KB253954

조선문학을 권함

오무라 마스오와 한국문학이라는 공유지

지은이

장문석 張紋碩, Jang Moon-seok

1984년 경상북도 안동 출생. 경희대학교 국어국문학과 부교수. 서울대학교 인문대학 국어국문학과 및 동 대학원 졸업. 식민지 / 제국과 냉전, 그리고 인간의 너머를 상상했던 동아시아의 사상과 세계문학으로부터 지금을 위한 지혜를 길어 올리고, '앎-주체'의 역사와 지식의 공공성을 성찰하기 위해 한국학을 연구하고 강의하고 있다. 『최인훈의 아시아─연대와 공존의 꿈으로 세계사 다시 쓰기』(틈새의시간, 2025)를 썼고, 『문학 '읽기'의 방법들─문학이론 도구상자』(이음, 2024)를 함께 옮겼다.

조선문학을 권함
오무라 마스오와 한국문학이라는 공유지

초판발행 2025년 4월 29일

지은이 장문석

펴낸이 박성모
펴낸곳 소명출판
출판등록 제1998-000017호
주소 서울시 서초구 사임당로14길 15 서광빌딩 2층
전화 02-585-7840
팩스 02-585-7848
이메일 somyungbooks@daum.net
홈페이지 www.somyong.co.kr

ISBN 979-11-5905-994-0 93810
정가 46,000원

조선문학을 권함

오무라 마스오와 한국문학이라는 공유지

장문석 지음

1. 이 책은 오무라 마스오의 학술적 실천을 살펴본 저작이다. 저자가 집필한 글을 6부 12장의 체제로 편성하였다. 각 부 사이에 오무라 마스오의 글과 강연, 인터뷰 등을 '목소리'로 수록하였다. 또한 책의 곳곳에 오무라 마스오, 김윤식, 최경희, 장문석, 이상경, 다카하시 아즈사의 글을 함께 '목소리'로 실었다.

2. 이 책은 저자가 학계에 발표한 다음 글을 바탕으로, 서술의 체제를 새롭게 세우고 관점 및 자료를 대폭 보완하여 집필하였다.
   · 「1960~1970년대 일본의 한국문학 연구와 '조선문학의 회(朝鮮文學の會)'－오무라 마스오(大村益夫) 교수에게 질문하다」, 『한국학연구』 40, 인하대 한국학연구소, 2016.
   · 「조선문학을 권함－『오무라 마스오 저작집』 1~6(소명출판, 2016~2018)과 한국문학의 동아시아적 재구성」, 『한국학연구』 54, 인하대 한국학연구소, 2019.
   · 「연대의 이념에서 주체성의 세계로－냉전기 일본의 조선문학 연구와 조선어」, 『일본비평』 27, 서울대 일본연구소, 2022.
   · 「김학철과 윤동주－오무라 마스오의 동아시아 이동과 한국문학의 탈중심화」, 『동악어문학』 88, 동악어문학회, 2022.
   · 「오무라 마스오의 아카이브－한국근대문학 연구의 토대와 '열린 공공성'」, 『한국학연구』 73, 인하대 한국학연구소, 2024.
   · 「일본에서 읽은 조명희 문학」, 『2024 제11회 포석 조명희 학술 심포지엄』, 동양일보, 2024.

3. 오무라 마스오의 저작집은 다음과 같이 축약하여 표현한다.

오무라 마스오, 『윤동주와 한국근대문학』 소명출판, 2016(오무라 마스오 저작집 1)	오무라 마스오 저작집 1
오무라 마스오, 심원섭 역, 『사랑하는 대륙이여－시인 김용제 연구』 소명출판, 2016(오무라 마스오 저작집 2)	오무라 마스오 저작집 2
오무라 마스오, 『식민주의와 문학』 소명출판, 2017(오무라 마스오 저작집 3)	오무라 마스오 저작집 3
오무라 마스오, 곽형덕 역, 『한국문학의 동아시아적 지평』 소명출판, 2017(오무라 마스오 저작집 4)	오무라 마스오 저작집 4
오무라 마스오, 정선태 역, 『한일상호이해의 길』 소명출판, 2017(오무라 마스오 저작집 5)	오무라 마스오 저작집 5
소명출판 편집부 편, 『오무라 마스오 문학앨범』 소명출판, 2018(오무라 마스오 저작집 6)	오무라 마스오 저작집 6

4. 이 책의 주석은 모두 저자의 것이다. 다만, [목소리 2] 「해방 후의 임화」(1967)의 경우 오무라 마스오가 원문에 기입한 주석을 각주로 입력하고, 저자의 주석을 '역자주'로 구분하여 입력하였다. 주석에서 앞서 인용한 문헌을 다시 인용할 경우, 주석에서 '저자, 책(글) 제목, 쪽수'의 형태로 표기하였다.

5. 일본어 인명 및 지명 표기는 외래어 표기법을 준용하되 일부 예외가 있다. 본문에 등장하는 각종 기관 및 출판물의 명칭은 한국어의 의미를 살리는 방향으로 표기하였고, 일부 예외가 있다. 고유명이 처음 등장할 때는 한국어와 일본어를 병기하였고, 두 번째 이후로는 한국어로만 표기하였다.

雲が走る。

アンテナが倒れそうだ。

— 金泰洙

구름이 내닫는다.

안테나가 넘어지려 한다.

— 김태수

"원컨대 용기이어라."[1]
책장을 펼치며

최경희 시카고대학교 동아시아언어문명학과

<그림 1> 오무라 마스오와 최경희
촬영 : 신지영

1

오무라 선생님께서는 언제나 제게 따뜻하고 환한 미소로 계셨습니다.
2017년 7월 초 선생님께서 즐겨 찾으시던 도쿄의 한 레스토랑에서, 동석한 신지영 님^{현재 연세대 교수}이 찍어준 고마운 이 사진에서처럼. 그날 도쿄 릿쿄대학에서 열린 아시아학 학술회의에 참여했던 저는 우연히 하타노 세츠코^{波田野節子} 선생님으로부터 선생님께서 와세다대학에서 열린 식민지문화학회 학술회의에 계실 것이라는 귀한 정보를 듣게 되었습니다. 순간의 망설임 없이 저는 와세다대학으로 향했습니다. 와세다대학에 도착한 저는 복도의 벽에 몸을 기대고 방금 시작한 오후 패널이 얼른 끝나기만을 하염없이 기다렸습니다. 이윽고 학회장의 문이 열렸고 살그머니 참가자들이 가득 한 발표장에 들어간 저는 가판대에 놓인 책과 자료를 들여다보고 계신 선생님을 발견하였습니다. 미국 시카고에 있어야 할 최경희가 난데없이 선생님 앞에 불쑥 나타난다면 어떠한 표정을 지으실까, 그 생각만으로도 마음이 들떠 즐거워 하면서 선생님 곁에 가만히 섰습니다. 집중하시던 선생님의 무덤덤한 표정은 어느덧 해석하기 어려운 풍부한 어리둥절함으로, 그리곤 더없이 환하게 빛나는 미소로 변하셨습니다.

두 시간의 담소도 그 끝의 작별도 마냥 아쉽기만 하던 헤어짐의 순간이었는데, 사진 속의 두 얼굴에는 어쩌면 이토록 2년 만의 해후가 빚은 반가움만이 화사하게 깃들어 있는 것일지. 그 순수지속의 기류 덕분에 제가 선생님을 마지막으로 직접 뵌 때가 이때였다는 뒤늦은 깨달음의 안타까움마저 슬그머니 사라집니다.

2

　2017년의 여름, 즉흥적이고 기습이기까지 한 저의 와세다대학행은, 저만이 가지고 있던 굳은 믿음이 작동을 한 것이었습니다. 선생님과 저 사이에는 경이로운 우연의 신비가 깃들일 수 있다는 믿음. 그 믿음은 2006년 9월 화창한 가을날에 빚어졌습니다. 식민지 검열을 연구하던 저는 첫 번째 해외 연구년을 와세다대학에서 보내고 있었습니다. 그리고 자료수집을 위해 한국을 방문하였습니다. 당시 공동연구자였던 정근식 선생님과 함께, 도서관의 소장 기록은 있으나 행방이 묘연하다고 판단되었던 황현의 『매천집』 검열본을 찾기위해서 였습니다. 저희 두 사람은 귀중본을 찾아 직접 전주대학 도서관에 내려가 정성을 들이고 있었습니다. 결국 우리는 자물쇠 전문가를 소환하여 도서관 행정실 구석의 옛 철제 캐비닛을 열었고 그 안에서 비단 보자기에 고이 싸인 『매천집』 검열본을 찾아내는 쾌거를 이루었습니다. 이루 말할 수 없는 황홀함을 가슴에 안은 채 저는 제6회 광주비엔날레를 기획하고 참관하러 한국에 온 시카고대학교 동료들을 만나기 위해 광주로 향하였습니다. 광주 고속터미널에 도착한 버스의 문이 열리고 승강장에 발을 디딘 그 순간 놀랍게도 제 코 앞에 선생님께서 서 계셨습니다. 도쿄의 신주쿠역 야마노테선 전차 개찰구에서 우연히 뵙더라도 놀랐을 터인데, 한국의 남도 광주 고속터미널, 제가 타고 온 버스의 출입구 바로 앞의 만남이라니. 우주적 힘, 신비로운 인연 등의 말이 제 마음에서 떠올랐습니다. 우연한 만남도 무척 놀라웠지만, 우연에 반응하는 저의 모습은 더더욱 놀라웠습니다. 번개같이 튀어나온 저의 말은 "아, 선생님, 저 보러 오셨어요?"였습니다. 전주대 도서관에서 이룬 발견의 기쁨에 함초롬히 취해서였을까요. 예의를 갖추지 못하는 것에도 급

수가 있을진대, 저의 언사는 선생님과 동행 중이셨던 심원섭 선생님 또한
무척 기막혀 하셨을 터입니다.

저의 아버지를 제외하고는 선생님 연배의 그 어떤 분께도 강도 높은
농담을 내보인 일은 없습니다. 이때의 일을 두고두고 돌아보면서 숨을 고
르고 경건한 마음을 가지게 됩니다. 바로 선생님께서 어떤 분이신지 생각
했기 때문입니다. 선생님과 제가 만난 적은 몇 번 되지 않습니다. 한국문
학이라는 같은 길을 걸었지만 일터와 세대와 언어가 달랐기에 선생님과
의 만남이 여의치는 못했습니다. 선생님을 직접 마주 뵈며 대화를 나눈
것이 두 번, 여럿이 담소를 나누었던 것이 두 번, 선생님께서 인솔하셨던
작가의 자취 탐방 및 선생님의 연구발표 청취가 각각 두 차례, 그리고 스
치듯 나눈 조각 대화 몇 번 등, 통틀어도 제가 선생님과 같은 시공간에서
보낸 시간은 마흔 시간이 되지 못한 것이 현실입니다. 선생님께서는, 그
해 봄 처음 만난 중년의 연구자에게 어떻게 그토록 겁 없이 장난스럽고
자유로운 어린 아이의 심성을 일깨워 주셨을까요. 두 가지 생각이 들었
습니다. 선생님께서는 몇 번 안되는 만남 속에서도 선생님이 가지고 사신
마음의 바탕을 온전히 다 제게 보여주셨을 것이라는 점, 그렇게 제가 파
악한 선생님의 심성은 더 없이 티 없이 맑은 어린 아이의 것이라는 점. 아
마도 저 역시 선생님의 심성에 감응하여 툭 트인 자유의 충동을 발현한
것이 아니었을까 생각합니다.

3

이번에 출판되는 『조선문학을 권함』의 목차를 둘러보면서, 저는 한국 바깥의 한국학 연구자로서 겪어온 타자성과 주변성의 기억이 불현듯 다시 체험되는 듯한 느낌을 받았습니다. 제가 한국문학 연구로 입문하는 데에 흔치 않은 경력을 가졌고, 그로 인해 선생님께 더욱 큰 존경의 마음을 가졌다는 것을 자각하게 되었습니다.

한국의 한국문학 전공 연구자는 물론 영어권 학계에서 동아시아학 혹은 비교문학을 전공한 한국문학 연구자 대부분과 달리 저의 전공은, 학사부터 박사까지 전공이 영문학이었습니다. 미국의 흑인 여성 작가 및 영국의 소수계 흑인 여성 작가의 작품을 학위논문에서 다룰 예정이었습니다. 그런데 박사과정 첫 해부터 미국의 대학에서 한국어를 가르치고, 비교문학과 및 동아시아언어문명학과에서 한국문학 강의를 개설하는 이력을 쌓게 되었습니다. 1990년대 초반부터 북미의 유수 대학에서 태동하기 시작한 한국학 강좌의 개설 움직임 속에서 결국 저는 영문학 자격시험을 갓 통과한 연구 초심자로서 한국문학 전담 교수의 직책을 맡게 되었습니다.

선생님께서는 일본에서 조선문학 연구자가 소수였던 상황을 돌아보시면서 "맞닥뜨린 곤란함"을 헤아리신 적이 있습니다.[2] 제가 북미 학계에서 가르치고 일하며 느껴온 체험은, 선생님께서 말씀하신 "맞딱뜨린 곤란함"과 근본적으로 닿아있다고 생각합니다. 내년이면 상황이 어느 정도 호전되겠지만, 25년이 넘도록 저는 제가 소속된 학교 전체에서 유일한 인문학 전공의 한국학 교원이었습니다. 지금은 연구자 네트워크 Korean Literature Association을 운영할 정도의 위상과 규모를 갖추었지만, 북미 학계 안에서 한국문학 연구자의 존재감이란 자신 이외에는 체감할 사람이 없을 만큼 소수자의 위치에 있었습니다. 뒤늦게 시작한 한국문학 연구였지만, 모름지기 한국문학 연구자라면 상대적으로 익숙한 동시대에 머무르기보다는, 근대의 초기로 거슬러 올라가 공부를 시작해야 한다는 생각을 가졌습니다. 초심자로서 초발심初發心은 올바로 세웠지만 제가 뚜렷이 인식하지 못했던 것도 있습니다. 첫째, 영어를 매개로 새로이 세워야 할 한국문학 연구의 기반과 제게 제법 익숙했던 영미문학 연구의 전통 사이에는 상당한 거리가 있었다는 점입니다. 공부 거리는 망막하게 드넓은데 감당할 능력은 턱없이 부족하여, 일상의 나날이 허덕임으로 채워졌습니다. 둘째, 식민지 조선의 문학과 시대를 올바로 이해하기 위해서는 전방위적으로 공부를 해야 했다는 점입니다. 한국문학 공부의 초심을 잡아가는 과정에서 저는 일본의 식민지 검열이 당시 조선어 문학에 어떤 영향을 미쳤는지에 대한 연구로 접어들었습니다. 하지만 시간이 갈수록 어려워져만 가는 영어와의 씨름을 넘어서, 일본의 언어와 문화를 익히는 것은 쉽지 않았습니다. 다행스럽게도 제가 소속된 학과가 동아시아언어문명학과였기에 한국문학을 섭렵하는 동시에 동아시아의 고금古今에 대한 기본지식을 쌓아 갈 수 있었습니다. 어찌 보면 소싯적 학생 때에 했어야 할 공부를 교수가 된 후 아슬아슬하게 이어간 셈입니다.

중국학을 공부하시던 석사 시절에 처음으로 한국어를 배우시고 공부 길을 성실히 가시며, 후배 및 후학들이 한국문학 연구자로서 갈 길을 선구적으로 열어주신 선생님. 한국문학 연구자 수가 손꼽을 정도로 적던 북미학계에서 학위도 없이 덜컥 한국문학 교수로 부임을 받아 늘 마음 졸이며 교단에 서왔던 저에게, 선생님의 걸음이 얼마나 큰 영감과 용기를 주었는지 모릅니다.

이러한 즈음 '식민지 조선의 문학 / 문화와 일본어의 담론공간'이라는 제목으로 2015년 하타노 선생님께서 조직하신 학회는 제게 잊지못할 선생님에 대한 추억을 남겨주었습니다. 선생님께서도 발표자로 참여하신 이 학술모임은 제게 지극히 떨리고 설레는 경험이었습니다. 제가 처음으로 선생님 앞에서 발표를 하는 자리였기에 더욱 그러했습니다. 그 자리는 저를 제외하고는 주로 일본과 한국에서 활동하시는 여러 세대 연구자들이 모인 자리였는데, 저는 일본어 소통능력은 물론 학술적 언어로서 한국어 소통능력까지 제대로 연마하지 못한 채 발표에 임해야 했습니다. 돌이켜보건대, 저는 그날의 발표를 통해 늦깎이 한국문학 연구자로서의 걸음을 한 걸음 더 내딛고 싶었던 것 같습니다.

그날 저는 20세기 전반 조선어 신문의 검열을 담당했던 일본인들을 중심으로 한국문학 연구와 검열 연구의 교차점에 대한 사례를 발표하였습니다. 발표와 토론을 마친 후 숨을 고르기 위해 잠깐 복도에 나왔을 때, 소파에 홀로 앉아계신 선생님의 모습이 눈에 들어왔습니다. 문득 제가 시카고에서 후쿠오카까지 날아온 이유 중의 하나가 선생님을 비롯한 한국문학 연구 선배들과 동학들에게 저의 학술적 의제를 검증 받기 위해서 아니었을까 하는 생각이 날아들었습니다. "선생님, 제 발표, 어떻게 들으셨어요?" 이번에도 2006년 광주 고속터미널에서처럼 당찬 질문이 앞섰습니다. 역시 이번에도 선생님께서는 제가 지극히 좋아하는 선생님의 환한 미소를 베푸시면서 다가서는 저에게 손을 드셔서 엄지척을 해주셨고, 지금도 그리운 부드러운 그 음성으로 "최고예요"라는 말씀을 주셨습니다. 그때 제게 주신 선생님의 손짓과 말씀은 제가 역량 부족을 절감하는 절박한 순간마다 새록새록 되살아나 스스로에 대한 긍정을 한껏 고양하는 더없이 긴요한 빛이 되었습니다. "원컨대 용기이어라"라는 마음이 들 때마다, 선생님께서 베풀어주신 환한 미소를 떠올리게 됩니다.

4

　대화의 시간이 안타깝게도 짧고 직접 뵐 기회가 턱없이 적었지만, 시나브로 공부의 길을 걷는 어른의 모습이란 모름지기 선생님 같아야 한다는 전폭적인 믿음이 마음속에 뿌리를 내리게 되었습니다. 먼 거리와 공간을 마다치 않으시고 발품을 팔며 원전을 살피시고 당대 상황을 폭넓게 파악하시는 엄정한 연구의 방법, 어린아이의 말 한 조각도 허투루 듣지 않으시는 경청의 자세, 툭툭 조용히 던지시는 언사에서 빛나는 냉철한 통찰력과 지혜, 겸허하게 내주시는 섬세한 배려와 온화한 인품, 무엇보다 누구도 어려움 없이 읽어낼 수 있는 쉽고 명료한 공부의 언어. 저는 선생님께서 걸어오신 정갈한 공부길이 아름답다고 생각합니다.

　선생님의 격려가 용기가 된 것은, 선생님께서 실제로 경계 너머 미지의 영역을 용기로 일구어 오신 덕분입니다. 그 용기는 한국의 평범한 사람들이 성실히 삶을 일구고 그것을 언어와 문학을 표현하는 과정에 대한 마음 깊은 존중에서 피어오른 것입니다. 선생님의 엄밀한 연구 이면에 가로놓인 타자에 대한 존중과 동아시아의 공존에 대한 희구는, 역시나 주변부에서 연구를 이어가는 저를 비롯한 북미 한국문학 연구자들에게 귀감이 되십니다. 연구와 번역에 대한 선생님의 열정은 나아가 발 딛는 장소에서 조금은 미숙하더라도 다른 사람들이 하지 않는 시도에 도전할 수 있는 종지만하지만 내심 단단한 용기를 추스르는 격려입니다.

　후학들이 조금 더 깊이 공부하고 싶은 마음으로 일본을 방문하면 선생님께서는 몸소 후학의 걸음을 이끄셨습니다. 예의 검은 손가방을 드시고 뒤따르는 저희들보다 항상 두세 걸음 먼저 걸으시면서, 도쿄에서, 요코하마로, 후쿠오카 거리에서 외진 길목으로, 저희를 인도하셨습니다. 잔잔하면서도 농밀한 선생님의 걸음은 후학에게 길을 열어 주셨습니다. 안개가 자욱하고 급기야 부슬비까지 내리던 어느 날 아침. 선생님께서는 길을 놓치기도 하셨습니다. 갸웃하시며 방향을 고민하시는 선생님. 하지만 당황하신 것도 아니었고 서두르지도 않으셨습니다. 평소와 같은 표정과 마음으로 방향을 살피시던 선생님. 선생님께서는 작가들이 보았던 하늘을 바라보고, 작가들이 거닐었던 길을 걸어보는 것이 문학 공부의 큰 힘이 된다는 것을 저희 후학에게 몸소 가르쳐 주셨습니다.

저는 선생님께서 동료들과 인내와 정성으로 펴내신 육필 원고 덕분에 시인 윤동주가 자필시선에 붙였던 제목 '병원'의 흔적과 의미를 더듬을 수도 있었습니다. 그 경험에 힘입어 미국의 강의실에서 세계 각국에서 온 학생들과 함께 간도에서 살았던 식민지 조선의 시인 윤동주의 문학과 중국 조선족 3세 감독 장률의 영화를 연결하여 읽어볼 수 있었습니다. 또한 선생님께서 인내과 정성으로 모아 주신 한국문학 관계 일본어 글 모음 덕분에 전쟁 시기 조선인 검열관 업무 분담 변화의 실마리를 더듬어 볼 수도 있었습니다. 선생님께서 김학철이라는 동아시아의 역사를 온몸에 받아 안은 인물을 부각해 주신 덕분에, 한국과 북한과 일본과 중국의 관계를 아시아태평양전쟁과 한국전쟁의 단절과 연속의 측면에서, 그리고 그것을 넘어서는 인간의 정신이라는 측면에서 깊이 생각해 볼 수 있었습니다.

5

선생님께서는 15년에 걸친 긴 전쟁 시기에 제국 일본에서 태어나셨습니다. 종전을 패전으로 맞이한 나라에서 자라며, 미군정 및 냉전 고착기에 감수성 예민한 청소년기를 보내셨습니다. 정의로운 역사를 희구하시며 당시 세계사에 새롭게 등장하던 신중국을 통해 아시아의 현재와 미래를 가늠하셨습니다. 선생님께서 한국어 공부에 박차를 가하시게 된 계기는 냉전 체제 아래서 왜곡된 미일美日 관계에 저항하는 1960년 안보투쟁이었습니다. 그즈음 선생님께서는 재일조선인 아키코 선생님과 함께 한국문학을 읽고 안보투쟁의 대열에 합류하셨고 이후 결혼하셨습니다.

선생님의 삶과 공부에서 한국을 발견하신 계기 역시 심상치 않습니다. 학부의 전공인 정치학을 뒤로 하고 중국어를 열심히 연마하시다가, 중국 근대문학 연구에 뜻을 두시고 대학원에 진학하셨던 선생님께서는 1958년 돌연 한국어를 '아야어여'의 소리와 글자부터 새롭게 배우기 시작하셨습니다. 당시 한국에 관심이 있는 주변의 동학들도 엄두내지 못한 걸음이었습니다. 중국 근대의 지식인 량치차오梁啓超는 도카이 산시의 『가인지기우』를 번역할 때, 원전에 없는 의견을 가필하면서 일본인 저자와 암묵적으로 힘겨루기를 하였습니다. 하지만 선생님께서는 일본의 도카이와 중국의 량치차오 모두가 아시아의 연대에 관

〈그림 2〉 30대 중반의 오무라 마스오
출처 :『마이니치신문(每日新聞)』, 1971.1.25.

심을 가지고 한국에 대해 의견을 남겼지만, 정작 한국의 현실을 살아가는 한국인에는 무관심했다는 것을 날카롭게 읽어내십니다. "도대체 당사자인 조선인은 어떻게 생각하고 있는지 궁금해졌습니다."[3] 선생님께서 길어 올리신 화두는 참으로 울림이 큽니다.

선생님께 한국에 대한 공부는 학문이기 이전에 삶이었습니다. 선생님께서 말씀하신 한국어 한 조각 한 조각, 선생님께서 읽으신 한국어 소설 한 문장 한 문장, 선생님께서 번역하신 한국어 시 한 편 한 편은, 선생님께서 변화해 가는 세계 안에서 자신을 새롭게 만드는 자원인 동시에 변혁의 움직임 그 자체였을 것입니다.

저는 시카고대학교에서 한국문학을 강의하면서 미국인 동아시아학 선배 연구자 몇 분의 경탄스러운 작업과 행보를 근거리에서 지켜보았습니다. 일본 중세문학 전공에서 일본의 근대로 연구의 시기를 확장한 노마 필드Norma Field 선생님께서는 일본이 한국과 공유했던, 혹은 미국이 일본과 공유했던 역사를 비판적으로 진단하셨습니다. 정치학에서 역사학으로 지평을 넓히신 브루스 커밍스Bruce Cumings 선생님께서는 한국의 역사를 중심으로 미국이 태평양 주변의 세계와 공유했던 역사를 비판적으로 진단하셨습니다. 태평양 저편 노마 선생님과 커밍스 선생님의 공부는 태평양 이편 오무라 선생님의 공부가 가진 의미를 더욱 깊이 새기도록 해줍니다.

청년 시절 선생님께서는 일본인으로서 일본에 대한 비판의 자세 위에서 세계와 중국을 공부하셨습니다. 선생님의 대학원 시절 스승이셨던 다케우치 요시미竹內好 선생님은 루쉰 문학, 일중관계 및 번역 문제의 대가였습니다. 1960년 안보투쟁 속에서 스승 다케우치 선생님은 냉정과 군사적 지배에 반대를 표명하고 평화와 민주주의를 지키기 위하여 분연히 교직을 떠나시는 결기를 보여주었습니다. 중국어와 중국문학을 거쳐 도착하신 한국어와 한국문학을 공부하시면서, 선생님께서는 조용히 그러나 굳건히 스스로 몸을 두고 계신 일본의 과거와 현재에 대한 비판적인 시각을 견지하셨습니다. 또한 선생님께서는 한국을 대상이 아니라 주체라는 점을 한국문학 연구의 기율로 삼으셨고, 동아시아의 현실을 겸허하면서도 성실히 살아가는 한국 민중의 삶을 시종일관 존중하셨습니다. 한국 민중의 성실한 삶을 언어로 표현한 한국어와 한국문학의 목소리에 귀 기울이셨습니다. 그리고 훗날 퇴직하신 선생님께서 인천에서 스승 다케우치 선생님의 과오와 아시아에 대한 책임, 그리고 사직이라는 선생님 공부의 원점을 한국의 학생에게 차분히 말씀해 주셨습니다.

일본에서 발신한 동아시아론이 주변 나라 사람들에게 여전히 비판적인 의아함을 일으키는 지난 수십 년, 선생님께서는 동아시아의 언어와 민족의 경계를 넘나드시면서 한국문학을 진정한 동아시아적 지평에 올려놓으셨습니다. 한국, 일본, 중국의 각각의 역사와 주체성을 조심스레 짚어주신 선생님의 한국문학 연구는 세계시민이 함께 만들어갈 한국학의 미래의 전망에 예외적일 만큼 미리 도착한 사례가 아닐까 생각됩니다.

6

『조선문학을 권함』의 저자는 선생님보다 반세기 늦게 이웃 나라 한국에서 태어났습니다. 제가 이 예리한 비평적 시각을 지닌 탁월한 아카이비스트를 처음으로 만난 것은, 그가 박사과정생이던 2014년 여름 서울의 비교문학 강의실에서였습니다. 이후 십 년 동안 토론토, 호놀룰루, 뉴

욕 등 한국의 바깥에서 열린 학술행사와 거리에서 그와 만나 반갑게 공부 이야기를 할 수 있었습니다. 그러다가 2023년 봄 저자는 제가 근무하는 대학에 6개월동안 방문학자로 오게 되었습니다. 제가 흠모하는 만큼 거의 비슷한 강도로 선생님을 공부의 어른으로 흠모하는 젊은 연구자를 만날수 있었다는 것은 제게 크나큰 기쁨이었습니다. 태평양 양편에서 각자 쌓아온 공부 이야기를 하다가, 때로 선생님에 대한 기억을 함께 떠올리다가, 저희는 선생님께서 정리하신 북한의 『세계문학선집』의 목록을 새로 읽게 되었습니다. 북한문학에 대한 선생님의 불편부당한 시각을 상기하는 과정에서, 시카고대학교를 비롯한 북미 여러 대학 도서관에 북한 단행본이 여럿 소장되어 있다는 사실을 새삼 깨달을 수 있었습니다. 저희 두 사람은 북한의 세계문학 발간에 대한 공동 연구를 정식으로 시작하게 되었습니다. 동아시아언어문명학과가 있는 위볼트 홀 Wieboldt Hall은 경성제대 예과가 만들어진 1926년에 정초한 건물입니다. 연구실 창문 너머 쿼드랭글 Quadrangle의 녹음이 짙어가던 여름동안, 저희의 공부도 단단함을 더해가기 시작하였습니다. 저희는 선생님께서 남기신 연구의 시각에 힘입어, 세계 곳곳에 산재한 자료를 정리하고 연구하고 있습니다. 선생님과 저, 저자와 선생님, 그리고 저자와 저의 만남이라는 고리들은 저희를 선생님의 선구적인 작업으로 이끌었습니다. 2006년 도쿄에서 선생님을 처음 뵈었을 때는, 선생님과의 만남이 20년 동안 저의 공부길 과정 과정에 이토록 요긴한 지표와 쉼터를 마련해 주실 지 미처 상상하지 못했습니다. 2017년 7월 도쿄에서 선생님을 뵙고 사진까지 찍고 난 며칠 후, 저는 당시 도쿄에 머물며 학위논문을 쓰고 있던 저자를 일본의 중앙선 전차 안에서 우연히 만나게 되었습니다. 이런 우연들은 지금도 제게 신묘한 느낌을 줍니다.

저자는 선생님의 공부길을 돌아보면서 연구서 『조선문학을 권함』을 썼습니다. 국적과 세대, 발화위치가 다른 두 사람이 한국문학이라는 공유지에서 만나, 공유지의 경계를 넘나들며 새로운 대화를 열어가고 있다는 생각입니다. 이 책을 통해서 한국문학에 관한 선생님의 생각이 한국학에 관심이 있는 보다 많은 독자에게 닿을 수 있기를 바랍니다. 각자의 시대와 장소에서 성실하게 살아가는 독자들이 자신의 시각에서 어떻게 선생님의 생각을 새롭게 읽을지 자못 기대가 됩니다.

『조선문학을 권함』을 통하여 20세기 동아시아의 역사를 온몸으로 받아 안으며 선생님께서 일구어 오신 한국문학에 대한 고민과 상상이, 21세기 세계시민을 위한 한국문학과 한국학에 대한 새로운 전망으로 움트기를 기대합니다. 선생님께서 뿌리를 내리신 학문이, 또 하나의 새로운 시작이 되는 실다운 계기가 되리라 믿어 의심치 않습니다. 선생님께서 베풀어주신 예의 환한 미소와 하나되어 다시금 깊은 감사의 마음을 전하고 싶습니다.

2025년 3월

제1부
윤동주 문학이라는 공유지를 찾아서

제2부
아시아라는 질문을 안고 한국어를 배우다

제3부
일본인의 시각에서 한국문학을 읽다

그림 및 표 차례

윤동주 문학이라는
공유지를 찾아서

　윤동주는 한국이 낳은 위대한 민족시인이다. 물론 당시 한국은 세계에서 격리된 존재도 아니었으며, 윤동주 역시 시대의 흐름 속에 살아가면서, 세계문예사조의 흐름을 호흡하면서 스스로를 성장시켰던 것이다. 윤동주에 관한 본격적인 연구는 한국의 국문학자가 중심이 되어 진행하는 것은 당연한 일이지만, 북한·일본, 그리고 윤동주가 태어나서 자란 중국 옌볜延邊과의 공동 연구, 나아가서는 종교학, 미학, 역사, 철학, 독일문학, 프랑스문학 등 전문가들의 공동 연구 역시도 필요할 것이다.

「윤동주의 일본체험—독서력을 중심으로」¹⁹⁹⁶

　나는 내 번역에 결점이 없다던가, 질이 높다고는 조금도 생각하지 않는다. 보다 적절한 번역이 있다면 언제나 고치고 싶다. 한 작품을 둘러싸고 다수의 번역이 나오고, 서로 경쟁해서 보다 좋은 번역을 만들어 내면 좋겠다고 생각한다.

「윤동주의 「서시」 번역에 대하여」²⁰¹³

1. 뒤늦게 한국에 전해진 '윤동주 묘소 발견' 소식

항일민족시인 윤동주에 관한 새로운 자료가 발굴되어 문단의 관심을 끌고 있다. 일본 와세다대학 오무라^{大村益夫} 교수는 지난해 가을 발간된 『조선학보^{朝鮮學報}』^{일본 천리대학 발간} 121집에 북간도에 있는 윤동주의 생가터, 묘소, 비석, 출신학교의 학적부 등 생생한 자료를 공개했다.

최근 국내에 알려진 이 보고는 오무라 교수가 지난 4월까지 1년간 중공 길림성 연변에 있는 조선족자치주에 거주하며 추적한 르포다. 오무라 교수는 26페이지에 달하는 이 르포 속에서 생존 인사들의 증언과 철저한 현장 답사, 그리고 20여 커트의 현장 사진과 함께, 이역의 땅에서 버려져 있는 '항일 민족 시인 윤동주'의 잊혀진 모습을 재생시켜 놓았다.

윤동주의 묘소는 연길 시내가 아닌 용정현 용정진 교회에 있는 옛 동산 교회 묘지 자리에 돌보는 이 없이 버려진 채 발견되었다. 다행히 '시인 윤동주지묘'라고 쓰인 높이 1m, 너비 39.5cm의 묘비가 고국을 향해 남서쪽으로 남아있었다고 한다.[1]

1987년 4월 15일 오무라 마스오^{大村益夫}와 오무라 아키코^{大村秋子} 부부

의 윤동주 묘소 발견 소식이 한국에 전해졌다. 『조선일보』의 기사 「중공의 윤동주 유적 공개」는 오무라가 중공中共 지린성吉林省 옌볜조선족자치주延边朝鲜族自治州에서 윤동주의 묘소, 시비, 생가터, 중학교 학적부 등을 발굴한 사실을 알렸다. 윤동주의 사진과 새롭게 발견된 묘비 사진이 실렸으며, "일어만 낙제점 (…중략…) 성품난엔 '온순'", "잡초 속 묘비는 고국 향해 남서향" 등의 구절이 크게 식자되었다. 일본어 성적이 낙제라는 정보와 그의 묘비가 고국을 향하고 있다는 관찰은 기사 본문의 '항일 민족시인' 윤동주라는 표상, 혹은 '우리 문학사에서 가장 빛나는 시인'이라는 상찬으로 수렴한다.

이어서 『문학사상』 1987년 5월호는 '윤동주가 고향에 남긴 것'이라는 제목으로 오무라의 윤동주 묘소 및 자료 발견에 대한 특별기고를 편성하였다. 「중공 땅에 살아 있는 윤동주 시인의 숨결」이라는 제목으로 윤동주 묘소 및 묘비, 용정중학교 문학연구실의 윤동주 전시물, 그리고 윤동주 비문의 탁본을 사진으로 실었다. 편집자는 특히 비문 가운데 "아아, 애석도 하도다. 그의 시, 비로소 사회에 울려 퍼질만 했는데 춘풍무정春風無情, 꽃은 피우고도 열매 맺지 못하였나니, 아아, 얼마나 안타까운 일인가"라는 구절을 소개하였다. 일본 『조선학보朝鮮学報』에 소개된 오무라 마스오의 보고문 「윤동주의 사적에 대하여尹東柱の事跡について」는 윤동주의 동생 윤일주의 아들 윤인석이 번역하고 주석을 붙였다. 주석은 조부 윤하현의 묘소 위치와 자혜의원의 성격을 만주국 간도성 성립병원으로 바로잡은 것이었다.

"1933년 출생. 당년 55세. 와세다대학에서 중국문학 전공. 3년간 고등학교 교사생활을 거쳐, 와세다대학에서 교편을 잡기 시작. 현재 문학, 중국어, 한국어 등 강좌를 맡고 있다. 1956년쯤부터 한국문학에 관심을 갖

〈그림 1〉 윤동주 묘 옆에 선 오무라 마스오와 아키코
출처 : 오무라 마스오 저작집 6

게 되어 특히 윤동주 연구에 힘을 기울여 왔다."『문학사상』 지면에 함께
실린 오무라 마스오에 대한 간략한 소개이다.

1987년 4~5월 한국의 신문과 잡지는 오무라 마스오의 윤동주 묘소 발
견을 보도하였다. 하지만 이와 같은 소식이 한국에 전해지기까지는 어느
정도 시차가 존재했다. 한국의 기사는 1987년 4월에 보도되었지만, 오무
라 부부가 윤동주의 묘비를 발견한 것은 2년 전인 1985년 5월 14일이었
다. 보고문 「윤동주의 사적에 대하여」가 일본의 『조선학보』에 게재된 것
은 1986년 10월이었고,[2] 한국에 묘비 발견 소식이 전달되기에는 다시 6
개월이 소요되었다. 중국의 발견이 일본의 지면을 거쳐 한국의 기사로 도
착한 셈이다.

윤동주 묘소 발견 소식이 한국에 전해지는 데 걸린 2년의 시간은 동아
시아 각국이 하나의 '세계시간'을 공유하지 못했던 냉전기 동아시아의 상
황을 보여준다. 소식만 지연된 것이 아니었다. 한국 국적을 가졌기에 중

국에 입국할 수 없던 윤동주의 동생 윤일주가 1984년 여름 도쿄에서 일본인 오무라에게 윤동주의 묘소 확인을 부탁한 일, 중국의 옌볜에서 40년간 망각된 윤동주의 묘소를 일본인 오무라가 발굴한 일 등 윤동주의 묘지 발굴을 둘러싼 주체의 이동과 정보의 소통 과정은 냉전 동아시아 내부의 이동과 소통의 비대칭성을 보여준다.

다만, 1984년 한국의 기사는 윤동주 묘지 발견 소식이 도착하기까지의 언어와 국경의 월경과 그 시차에 대해서는 그다지 관심을 기울이지 않았다. 기사는 윤동주의 '항일'과 '민족'이라는 중심에 두었고, 윤동주 묘소 발견사건의 동아시아적 계기를 보여주는 문구 "일日 교수, 길림성 조선족 자치주 답사 발굴"을 시각적으로 주변화하였다. 1990년대 중반에도 한국의 언론은 윤동주의 묘소를 발견한 이가 일본인이라는 점을 '역사의 아이러니'라고 표현하였고, 오무라는 "왜 일본 사람이 그런 일을 하느냐?"라는 힐문을 듣기도 하였다. 오무라는 "당시 한국과 중국의 국교가 이뤄지기 전이라서 대신했을 뿐"이라고 겸손히 대답하였다.[3]

2. 윤동주의 묘소 앞에서 가족의 마음을 헤아리다

1984년 여름 오무라 마스오는 일본 도쿄대학에서 연구 중이던 윤일주를 만난다. 오무라는 윤일주에게 윤동주의 인격과 삶, 그리고 독서에 대해 질문하였다. 윤일주는 기억을 더듬어 윤동주의 묘지 주변을 약도로 그려주며 "윤동주 시인의 묘를 찾아봐 달라고 부탁"을 한다.[4] 해방 이후 윤동주의 가족은 대한민국으로 이주하였다. 냉전 체제 아래에서 중국과 한국은 국교가 없었기에 윤동주의 유족 역시 중국 옌볜 조선족 자치주 옌지

延吉 룽징현龍井縣에 두고 온 윤동주의 묘소를 40여 년간 돌볼 수 없었다. 일본인 오무라에게 윤동주 무덤을 찾아달라고 부탁한 것은 그 때문이었다.

1985년 4월 오무라 마스오와 오무라 아키코는 1년의 연구계획을 가지고 옌벤에 도착하였다. 옌지에 도착한 오무라는 인편으로 윤동주의 묘소를 수소문하기 시작한다. 하지만 당시 옌벤의 조선족들은 "윤동주가 누구인지조차" 모르는 상황이었다.[5] 옌지는 1985년 2월부터 외국인이 자유롭게 다닐 수 있는 개방도시가 되었지만, 룽징을 방문하려면 공안국의 허가증이 필요했다. 수소문을 했지만 교회 묘지에서 윤동주의 묘소를 찾지 못했다는 소식이 전해졌고, 오무라는 "묘가 없으면 없는 대로 직접 눈으로 확"하기 위해 허가증을 발급받는다. 1985년 5월 14일 오무라 마스오와 오무라 아키코는 연변대학 지프를 빌려 부총장 정판룡, 권철, 이해산, 한생철, 지프차 운전사 등과 함께 룽징으로 떠난다. 오무라 일행은 한참을 헤매다가 "산밑에서 15분내지 20분 정도 올라가 길가에서 조금 내려앉은 곳"에서 윤동주의 묘소를 발견한다.[6]

그 차를 타고 길이 없는 이곳저곳을 찾아다니고 다시 걷고 하다가 '시인 윤동주'라는 묘비가 세워진 무덤을 찾아냈던 것이지요. 그때의 감격이란 지금 생각해도 말로 다 형언하기 어렵습니다. (…중략…) 산 전체가 묘지여서 어디서부터 찾아야할지 막막했습니다. 그렇게 흩어져 찾던 중에 이해산 씨조선족 연구자가 묘를 찾았다고 소리를 질렀습니다. 묘비를 두 눈으로 확인하고는 순간 아무런 말도 하지 못했습니다. **그 시대에도 시인 윤동주라고 묘비에 써놓은 것이 놀라웠습니다. 묘비를 조성할 때 가족들이 이미 윤동주를 시인으로 인정하고 있었던 것이지요.** 아버지 어머니의 마음이 절절히 전해지는 비문도 넋이 나간 듯 한동안 찬찬히 호흡을 가다듬으며 읽었습니다.[7]

尹一柱
　成均館大　工科大　教授
　東大生産技術研究所　客員研究員

　著書「洋式建築80年史」　1966

1984.
尹東柱.　　　尹一柱氏の話　　　7月7日　読合

永信中学校　の前身
　（私立）光明学園中等部　——　日本人経営の5年制.
　　東柱は1938年に卒業している
　光明学園　が　1933年　満州国公立になって　第1回
民高等学校（4年制）
　一柱は　4年制　の最後の卒業生

一柱は1927年生れ.　　6歳の時　1932年　明東から　竜井た
移り.　44年12月卒業（本来は1945.3　の所をくりあげ）19歳
46年に　付属　へ移っている　（だろう）

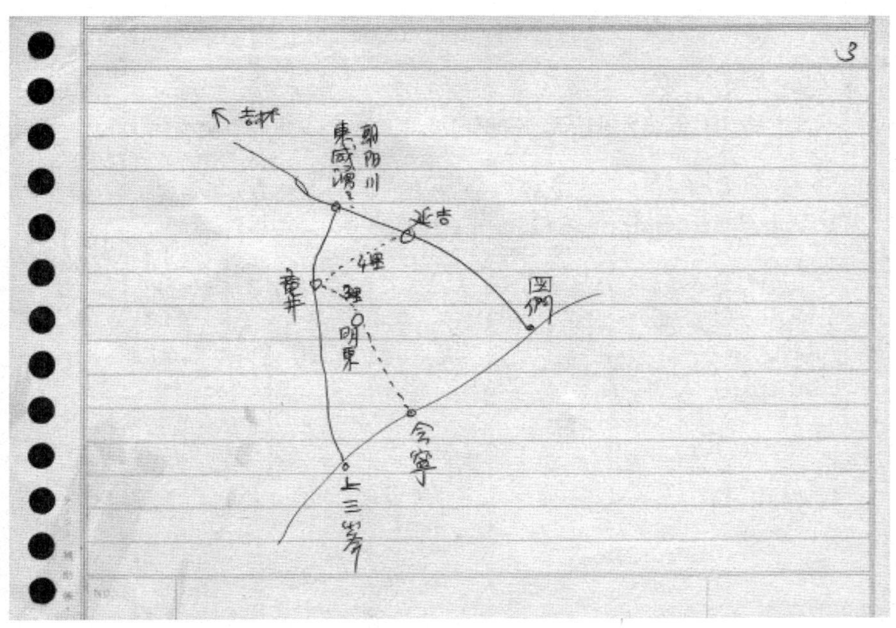

下吉利
哪阳川
東盛湧
延吉
4里
7里
竜井
明東
図例
会寧
上三峰

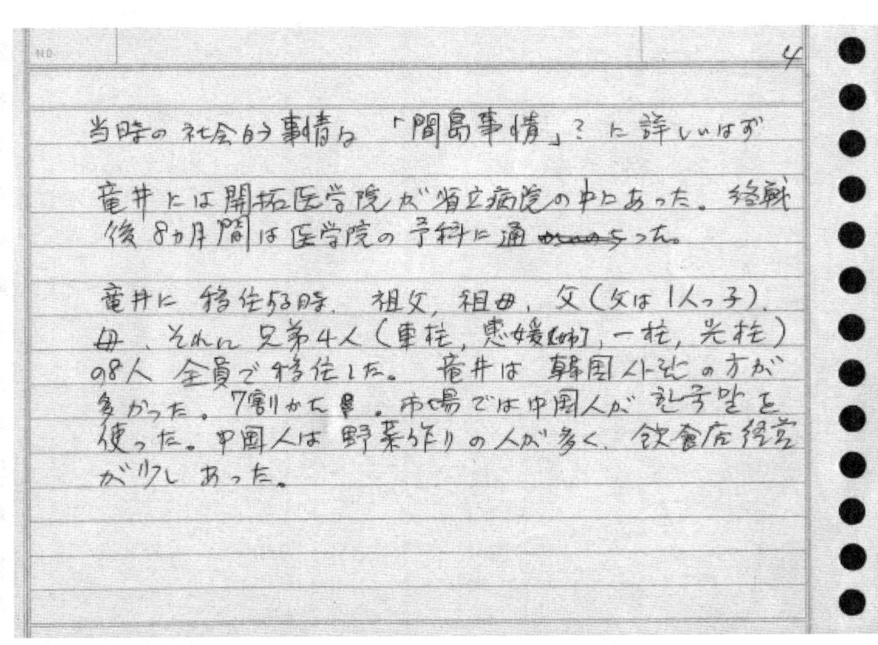

当時の 社会的 事情を 「間島事情」? に 詳しいはず

竜井 には 開拓医学院が 省立病院の 中にあった。終戦
後 8カ月間は 医学院の 予科に 通った。

竜井に 移住53時、 祖父、祖母、父（父は 1人っ子）、
母、それに 兄弟4人（車柱、恵媛[姉]、一柱、光柱）
の8人 全員で 移住した。 竜井は 韓国사람の方が
多かった。7割かた₃。市場では中国人が 韓国말 を
使った。中国人は 野菜作り の人が多く、飲食店経営
が少し あった。

東京で１学期の間に いろいろ本を 買い集め、家に持って帰ってもよいものは 竜井に 持って帰ってきた。 中にリルケの本もあった。
　東柱は 韓国人の文学者と 交流はなかった。 新春文芸とか 推薦に 応募したことはない。

　1939年（専門学校2年）：東柱は「朝鮮日報」の学生欄に 数篇投稿している。
　詩集を見ても わかるように 40年は わずか 数篇で、41年は ワッと 大量である。

　本を鉄道で送ったのちに 東柱は つかまった。京都から 送られてきた本の中に。

　ゴッホの手紙集、があった。 また英語の原書が 相当あった。 箱の中に 「ハイブラウの精神」（富門訳）という本もあった。 また 「同志社70年史」（新聞の古切）も あった。 全体でリンゴ箱 3個、そのうち半分は英語の 原書であった。

　フランス語は 辞書に 赤線が引いてあったりしたが、文学作品が読めたとは思えない。
　ジイド全集は 全部そろっていた。 バレリーも 揃っていた。 キエルケゴールの本もあった。

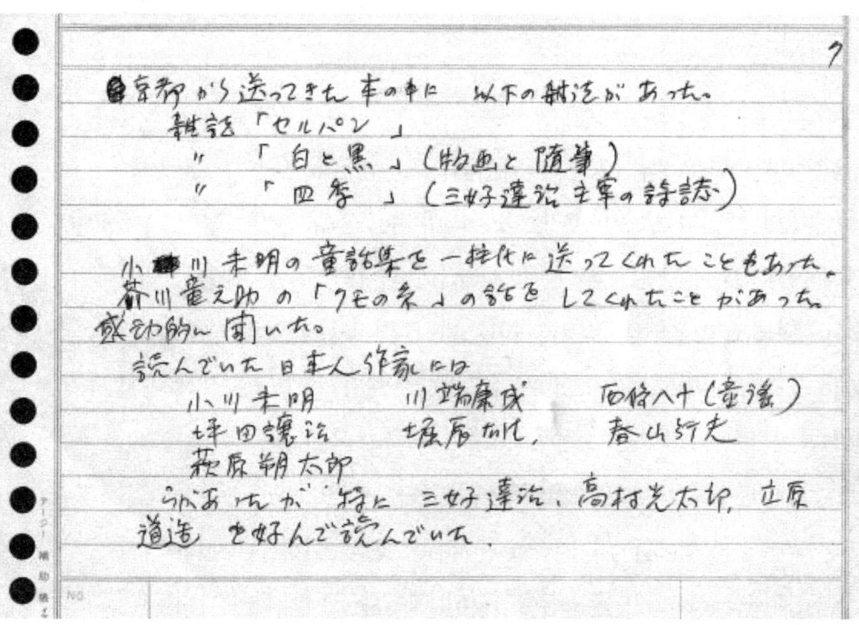
7
●京都から送ってきた本の中に 以下の雑誌があった。
　雑誌「セルパン」
　〃　「白と黒」(版画と随筆)
　〃　「四季」(三好達治 主宰の詩誌)

小川未明の童話集を一括化に送ってくれたこともあった。
芥川竜之助の「クモの糸」の話をしてくれたことがあった。
感動的に聞いた。
読んでいた日本人作家には
　小川未明　　　　川端康成　　　　石伴ヘ十(童謡)
　坪田譲治　　　　堀辰雄、　　　　春山行夫
　萩原朔太郎
らがいたが 特に 三好達治、高村光太郎、立原
道造 を好んで読んでいた。

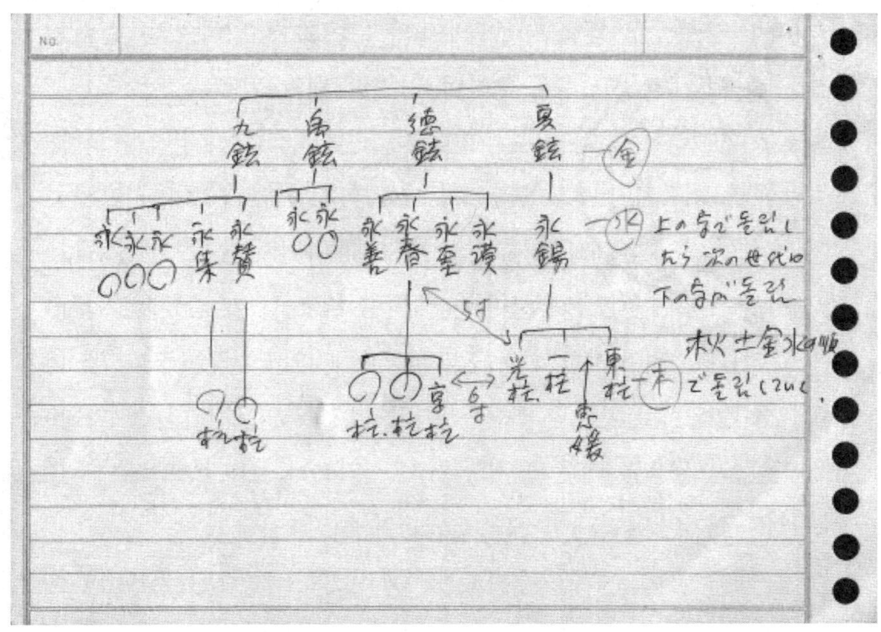
九鉉　高鉉　徳鉉　夏鉉　金
永　永　永　永　永　永永　永　永　永　永　永　永
　　　　珠　賛　　　　善　春　壺　讃　錫　水
上の字で돌림し
다 次の世代에
下의 字가 돌림
木火土金水의 順
으로 돌림(2대)
亨
亨
柱　柱　柱　柱　柱　東柱　夢
惠媛

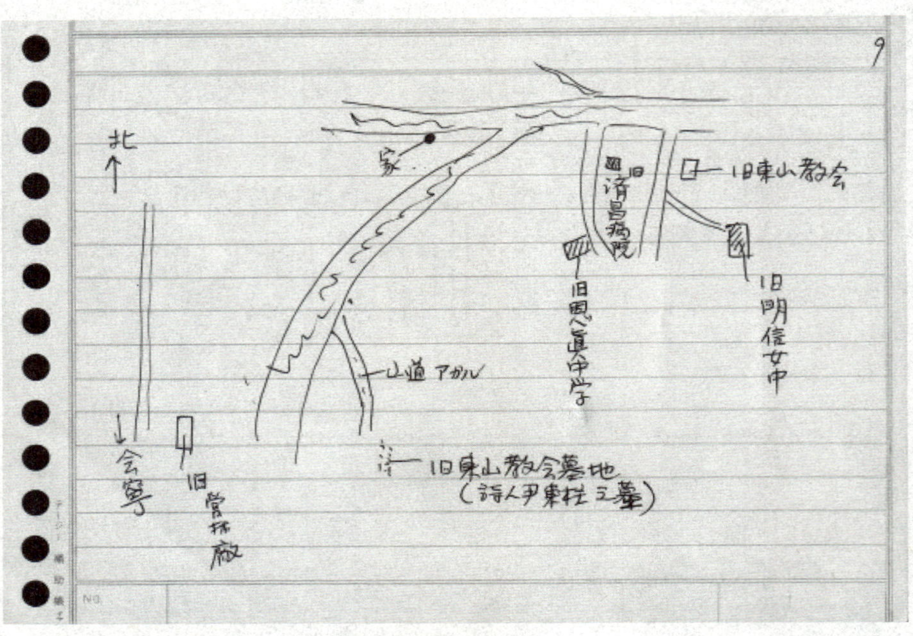

〈그림 2〉 윤일주와의 면담(1984.7.7)을 정리한 자료(전 9면)

오무라는 윤동주의 묘비에 '시
인 윤동주'라고 적힌 것을 더듬으
며, 가족들의 마음을 새겼다. 윤동
주의 묘소는 "5월 14일인데도 새
싹은 아직 돋지 않았으며 지난해
의 마른 잎이 뒤덮"인 채였다. 5월
19일 오무라 부부 등 9명은 다시
금 윤동주 묘소를 찾았고, 두만강
에서 잡은 송어와 조선산 명태를
박물관의 제기에 담아 '순조선식
제사'를 올렸다.[8]

<그림 3> 윤동주 시인 묘비
출처 : 오무라 마스오 저작집 6

3. 윤동주 연구를 위한 자료를 수집하다

오무라 마스오와 아키코는 옌벤에서 윤동주에 대한 사적과 자료를 하
나씩 갈무리하였다. 그들은 옌변박물관에 의뢰하여 윤동주 묘비명의 탁
본을 만들었고, 묘비명을 번역하고 검토하여 당시까지 부정확하게 알려
진 윤동주의 생애사 정보를 바로 잡았다. 오무라는 윤동주의 가계도를 재
구성하고 그의 가족에 대한 정보를 청취하였다. 윤동주의 생가 터, 송몽
규의 집, 윤동주 가족 묘지의 위치를 확인하고, 윤동주가 수학했던 명동
학교, 허룽和龍현립 제1소학교, 은진중학교, 광명중학교 등을 답사하고, 윤
동주의 광명중학 학적부를 발굴하였다. 그는 조선의 풍속에 따라 두 동생
의 이름으로 쓰인 묘비명을 읽으면서 "육친의 비탄과 슬픔"에 망연하였

◀〈그림 4〉윤동주 시인 묘비 탁본 뜨기

▼〈그림 5〉윤동주 묘소 앞에서 드린 조선식 제사
출처 : 오무라 마스오 저작집 6

44   제1부_ 윤동주 문학이라는 공유지를 찾아서

다. 또한 허룽현립 제1소학교 수학 과정을 되짚으면서 그 "경험이 기초가 되어" 「별 헤는 밤」의 "이국소녀들의 이름"이라는 시구가 쓰였을 것임을 조심스레 진단한다.[9] 1985년 11월 연변문학연구소에서 간행하는 『문학과 예술』 제6기[1983.11]에 윤동주와 그의 작품 10편이 소개된다.[10]

이듬해 일본으로 돌아온 오무라는 일본에서 확인할 수 있는 윤동주 자료를 수습한다. 그는 도쿄의 릿쿄대학立教大学 학적부 및 성적부, 릿쿄대학 재학 시절 거주지, 교토의 도시샤대학同志社大学 학적부 및 성적표를 발굴하였다. 그는 체포 당시 압수된 윤동주의 일기와 메모를 찾기 위해 변호사의 조력으로 교토지방재판소를 찾았으나, 윤동주의 재판기록만을 찾을 수 있었다.[11]

오무라 마스오는 '독서력讀書歷'의 재구성을 통해 윤동주의 문학을 문학사적으로 의미화하였다. 그는 1930년대 일본과 한국의 서양문학 번역 상황과 윤동주의 독서력을 교차 검토하였다. 윤동주의 시에 등장하는 라이너 마리아 릴케, 프랑시스 잠의 문학을 윤동주가 "일본어 역으로 읽었음에 틀림없다"라고 신중하면서도 확신을 담아 추론한다.[12] 또한 유족의 증언에 근거하여 윤동주가 읽었던 일본어 잡지 『사계四季』, 『세르팡セルパン』 등을 확인하면서, 자신의 추론을 비판적으로 검증하였다. 윤동주의 일본어 독서를 검토하는 오무라의 작업이 윤동주와 일본이라는 주제를 강화하는 결론으로 이어진 것은 아니었다.

문화의 수용이란, 약간 이상한 표현일지도 모르지만, 오해, 착각의 최적물이라고 생각합니다. 받아들이는 측은 수용자의 사정·필요에 따라 주체적으로 받아들이고 소화합니다. 구체적인 예를 들자면, 윤동주입니다. 윤동주는 독서하면서 자기 책에 자주 써 넣는다든가 자신의 마음에 든 것을 옮겨 적거나

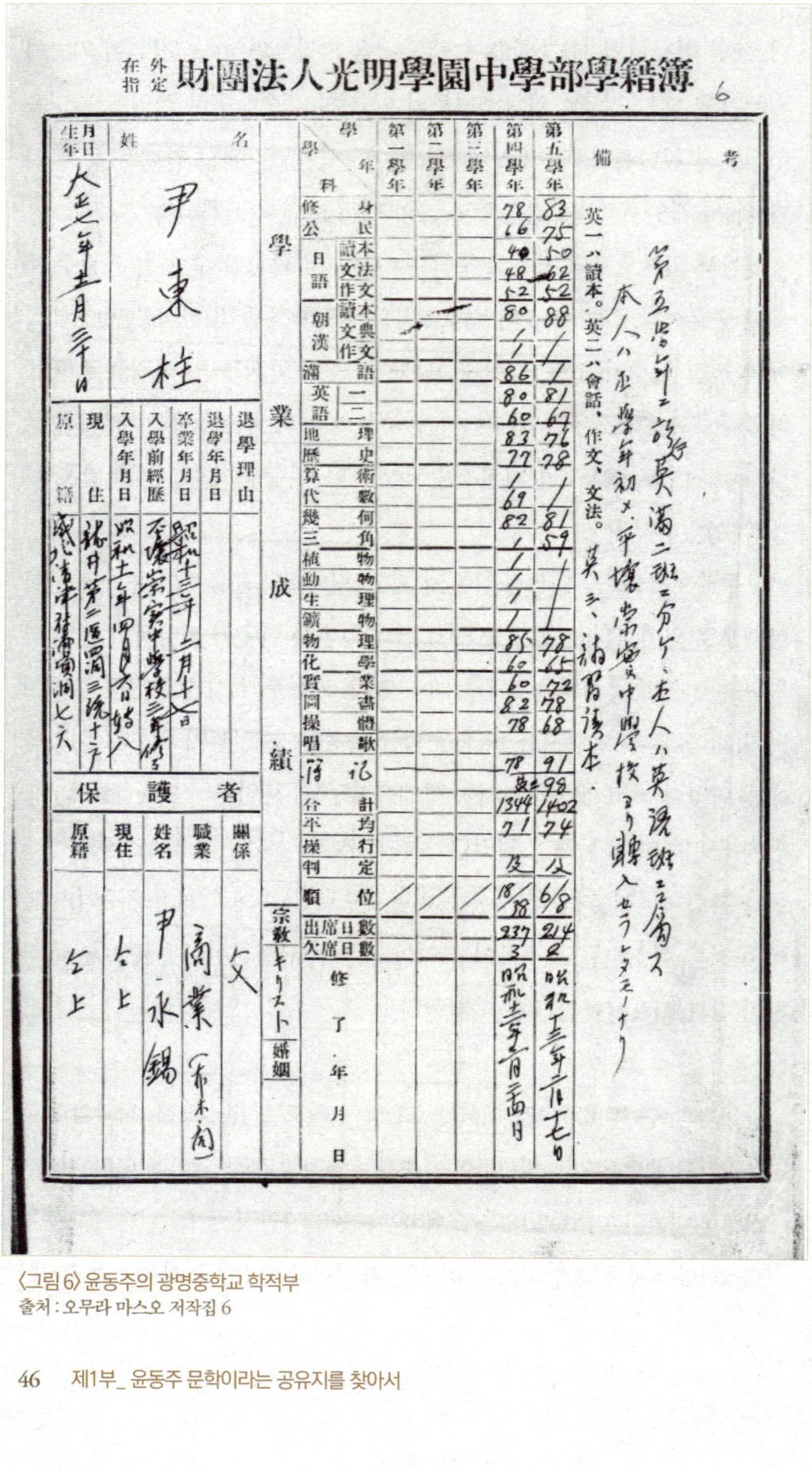

〈그림 6〉 윤동주의 광명중학교 학적부
출처 : 오무라 마스오 저작집 6

했습니다. 이『맹자』의 일절도 그것의 하나입니다만, 다카오키 요조高沖陽造가 쓴『예술학芸術学』1936의 책함에 써넣은 것입니다. 본래의 의미에서 벗어나 윤동주 나름대로 해석해서 받아들이고 적어 남긴 것 같습니다. (…중략…) 아시다시피 유학은 어떻게 해서 인민을 지배할까 하는, 말하자면 '제왕학'의 일종인데 윤동주는 그것과는 관계없이 엄격하게 자신을 내성하는 장구로서『맹자』의 한 구절을 파악했다고 생각되며 그 내성적 자기 통찰은 「자화상」의 시세계와 연결이 되는 것이라고 생각합니다. 이것은 하나의 예이며, **오해, 그것도 의식적인 오해일지도 모르지만 이렇게 해서 받아들이고 양분으로 하면서 성장해 나가는 것, 거기에 의미가 있는 것이라고 저는 생각합니다.**[13]

오무라는 외국문학의 수용을 모방이나 자기 상실로 이해하는 태도를 경계하면서, 수용자의 필요에 따른 주체적인 행위로 이해하였다. 윤동주는 고전인『맹자』의 내용을 그대로 오늘날에 적용하는 것이 아니라, 과거의 소산인 고전을 오늘의 시점에서 이해하고 오늘을 살아가는 데 쓸모 있는 자산으로 활용하는 "바꾸어 읽기"를 수행하였다.[14] 오무라는 윤동주의『맹자』읽기를 사례로, 문학의 읽기를 적극적인 창조이자 오해, 착각의 퇴적물로 이해하였다. 이것은 텍스트와의 적극적인 만남에서 경이를 경험하고 발견하는 '읽기'라 할 수 있다.[15] 오무라는 능동적인 읽기와 의식적인 오해를 바탕으로 작가가 성장할 수 있음을 강조하였다.

현재 보관되어 있는 윤동주의 장서를 검토해 보면 시론詩論·문학론·일본문학·프랑스문학·독일문학·미학·철학 등 상당한 범위에 이르고 있음을 알 수 있다. (…중략…) 윤동주는 한국이 낳은 위대한 민족시인이다. **물론 당시 한국은 세계에서 격리된 존재도 아니었으며, 윤동주 역시 시대의 흐름 속에 살아**

가면서, 세계문예사조의 흐름을 호흡하면서 스스로를 성장시켰던 것이다. 금후 윤동주 연구는 여러 시점에서 시도되고 심화될 것이지만, 진지한 국제적 협력관계가 필요하지 않을까 한다. (…중략…) 윤동주의 경우에도 앞에서 보아온 바와 같이 일본문학과 일본어를 통해 수용한 서구문학으로부터 영양을 흡수하면서 목숨을 내걸고 일본제국주의와 대항하는 길을 걸은 것이다. 윤동주에 관한 본격적인 연구는 한국의 국문학자가 중심이 되어 진행하는 것은 당연한 일이지만, 북한·일본, 그리고 윤동주가 태어나서 자란 중국 연변延邊과의 공동 연구, 나아가서는 종교학, 미학, 역사, 철학, 독일문학, 프랑스문학 등 전문가들의 공동 연구 역시도 필요할 것이다.[16]

오무라 마스오는 일본문학, 프랑스문학, 독일문학, 시론詩論, 문학론, 미학, 철학 등의 독서를 바탕으로 윤동주 문학이 동아시아의 문학, 나아가 세계문학과의 관계 안에서 다층적으로 구성되었음을 강조한다. 오무라의 학술적 실천은 한국문학의 정체성을 '세계문학'–'동아시아문학'–'한국문학'의 복합적 차원으로 재구성하는 과정이라 할 수 있다.[17] 그는 독서목록에 대한 검토에 근거하여 윤동주의 문학을 세계문학과 동시대성을 갖춘 문학으로 개방한다.

나아가 오무라는 윤동주 문학의 다층성을 올바로 이해하기 위해서는 한국의 연구자뿐 아니라, 북한, 일본, 중국의 연구자, 나아가 문학, 철학, 미학, 종교학 등 다양한 학술 영역 연구의 협업과 공동 연구가 필요하다고 강조한다. 그의 한국문학 연구는 선이해와 고정적인 정체성을 확인하는 재귀적 행위가 아니라, 신뢰에 근거한 개방과 상호토론, 그리고 공공성을 지향하는 학술적 실천이었다. 공유와 협업을 위해 오무라는 답사와 조사를 통해 성실하게 수집한 윤동주의 자료를 「윤동주의 사적에 관하여」『조선학보(朝鮮学報)』121, 1986.10 나「윤동주의 일본체험−독서력讀書歷을 중심으로」『두레사상』5, 1996년 겨울 등의 글을 통해 일본과 한국의 시민에게 널리 공개하였다. 철학자 박서현의 통찰을 빌려서 표현한다면, 오무라의 학술적 태도는 학술 지식을 비감소성과 비배제성을 가진 커먼즈commons로 인식하면서, 지식이 추구하는 가치를 통해 사회가 보다 더 건강해질 수 있다는 학술지식의 '열린 공공성'을 지향한 것이었다.[18]

다만, 오무라 역시 공개에 다소 시간의 지연을 둔 사례가 있다. 바로 윤동주 육필 원고가 그것이다. 윤동주 묘소 발견 소식이 한국에 전해지기 직전인 1985년 겨울 윤일주는 타계하였고, 오무라는 묘소 발굴 소식을 윤일주에게 전하지 못하였다.[19] 이후 오무라는 윤동주 유족과 교류를 시작하였고, 여름 유족과의 신뢰를 바탕으로 윤동주의 육필 원고와 장서, 그리고 그의 유품을 직접 볼 수 있었다.

1986년 여름, 저자는 처음으로 윤동주의 육필 원고를 눈으로 접했다. 손이 **떨릴 정도의 감동을 느꼈다**. 기구한 운명길을 밟았던 시인이 남긴 최대의 보물인, 조선문학의 한 주봉主峯을 눈 앞에서 본 감격이기도 하며, 그 원고들을 문자 그대로 목숨을 걸고 보관해 온 이 들에 대한 뜨거운 감회 때문이기도 하다. (…중략…) 나는 정치한 예술품을 다루는 것처럼 동주의 창작 노트와 직필直筆 원고에 눈을 집중하면서도, 원고의 전면적 공개, 그것도 칼라사진으로 공개되는 날이, 언젠가 올 것이라고 기원했다. 그러나 당시는 내가 윤동주의 직필 원고를 보았다는 사실조차 공개할 수 없는 상태였다. 일본인에게 보이는 것은 처음이기 때문에, 참고로 보는 데 그쳤으면 한다는 유가족의 의향도 있었다. 창작 노트의 필적을 판독하고 정리하는 작업은, 아무래도 한국인의 손에 의거하지 않으면 안되겠다고 생각한 것은 그때였다. **한국의 국민시인 윤동주**

의 전면적인 원고 공개가 일본인의 손으로 행해져서는 안 된다는 나의 생각은, 윤동주의 유가족의 생각과 같았다.[20]

오무라가 마주한 윤동주의 육필 원고 역시 동아시아의 경계를 넘어온 것이었다. 학병에 끌려가면서 정병욱이 모친에게 보관을 부탁했던 수고본 『하늘과 바람과 별과 시』, 릿쿄대학 재학시절 윤동주가 조선의 강처중에게 편지에 담아 보낸 시 원고, 해방 이후 여동생 윤혜원 부부가 중국 룽징에서 한국으로 탈출하면서 어려움 속에 가져온 윤동주의 창작 노트, 40년의 시간동안 그것을 안전하게 간수한 윤일주의 노력 등. 오무라는 윤동주의 육필 시고를 마주한다는 사실에도 감동했으나, 동시에 육필 원고에 동아시아의 경계를 넘은 주체의 이동과 실천이 응축되어 있음에 감격한다. 하지만 오무라가 윤동주의 묘소를 발견에 대하여, 한국의 언론과 지식인은 제국 일본의 식민주의 체제 아래에 숨진 윤동주의 무덤을 '하필' 일본인이 발견했다고 하면서 '역사의 아이러니'라고 부르는 상황이었다.[21]

오무라는 유족과 뜻을 같이하여 한국인 연구자가 육필원고를 찾기까지 원고 공개를 미룬다. 한국의 연구자가 윤동주의 육필원고를 찾은 것은 10년의 시간이 더 지난 1996년 여름이었고, 1997년 일본의 한국문학 연구자 오무라, 한국의 한국문학 연구자 심원섭, 한일 비교문학 연구자 왕신영, 유족 윤인석이 육필원고를 정리하였다. 정리 작업은 1999년 3월 『사진판 윤동주 자필시고 전집』으로 간행되었다. 이 전집은 연구 자료의 성격으로 육필시와 산문 150편을 대상으로 "윤동주의 유고를 원형 그대로 완전 복"하고, 윤동주 육필 시고를 컬러 사진으로 제공하는 한편 텍스트 비평을 수행한 것이었다.[22] 오무라는 이후에도 한국에서 출판되는 다양한 윤동주 작품집의 판본을 검토하면서 "토론을 거듭하여 완전한 윤동

<경림 7> 1997.2.10~3.11. 고려대 기숙사에서 『사진판 윤동주 시고전집』 편찬 작업 중인
윤인석, 심원섭, 왕신영, 오무라 마스오
출처 : 오무라 마스오 저작집 6

주 정본시집으로 확정될 수 있기를 간절히 바란다"라는 바람을 적어 두
었다.[23]

4. 윤동주 문학을 통해 동아시아의 경계를 넘다

오무라 마스오는 신뢰할 수 있는 윤동주의 텍스트를 통해 다시금 동아
시아의 경계를 넘어서고자 하였다. 한국, 일본, 중국의 윤동주 연구를 살
펴본 바탕에서 오무라는 북한의 윤동주 연구에 관심을 가졌다. 1990년대
이후 북한의 문학사적 시각이 이전보다 유연해지는 상황을 살펴보면서,
북한의 연구자들이 유보조건을 붙이긴 했으나 윤동주를 '애국시인'으로

높이 평가한 것에 주목한다.

윤동주를 평가한 또 다른 문헌은, 1994년 12월 20일 평양의 '문학예술종합출판사'에서 발행된 『문예상식』이다. (…중략…) 윤동주 항목을 보면 우선 1990년[1989년-인용자] 3월 '남조선의 재야인사 문익환 목사'가 평양을 방문했을 때 공항에서 최초의 연설에서 「서시」를 인용한 것으로 시작된다. 전문으로 인용하여 해설하고 있는 것은 「쉽게 쓰여진 시」이다. 「슬픈 족속」에 관해서는 "불과 4개의 행으로 이루어진 이 짧은 시에서 시인은 일제의 파쑈적 폭압 속에서도 굴하지 않는 인민의 정신과 기상을 뚜렷히 보여주고 있다"[『문예상식』, 180쪽]라고 쓰고 있다. (…중략…) 남북의 문학관이 한걸음 가까워진 것을 기뻐하고 싶다.[24]

오무라는 북한의 윤동주 이해를 검토하면서, 윤동주 문학을 매개로 한 한국과 북한의 소통 가능성을 탐색하였다. 그는 한국과 북한에서 모두 윤동주 문학으로부터 현실에 타협하지 않는 정신을 주목하였다는 공통점을 읽어낸다. 또한 1989년 방북한 문익환 목사가 평양에 도착하여 처음 읽은 시가 윤동주의 「서시」였다는 사실을 환기하였다. 오무라는 윤동주 문학 읽기를 통해 한국과 북한이 경계를 넘어 상호 이해로 나갈 수 있으리라 기대하였다.

나아가 오무라는 정확한 텍스트에 기반하여 다양한 번역이 나올 때 더욱 완성도 높은 번역이 나올 것이라 믿었다. 오무라는 일본에서 출판된 윤동주 문학의 번역을 존중을 담지만 엄정하게 검토하였다.

이부키 고[伊吹郷] 씨가 번역한 윤동주 시집은 매우 훌륭한 업적이다. 현재 공개되어 있는 윤동주의 모든 작품이 일본어로 번역된 책은 이 한 권밖에 없다. 치

쿠마서방筑摩書房에서 발행된 교과서에도 그대로 인용되어 있고, 도시샤대학 캠퍼스에 놓인 시비에도 이부키 씨의 번역이 새겨져 있다. 나는 이부키 씨의 업적에 최대한의 경의를 표하나 번역의 일부에 이론이 아주 없는 것은 아니다. (…중략…) 이부키 씨가 번역한 「서시」의 가장 큰 문제점으로서 "生きとし生けるものをいとおしまねば살아 있는 온갖 것을 사랑하지 않으면—인용자"라는 부분이 그것이다. 원문은 "모든 죽어가는 것을 사랑해야지"이다. 이 구절은 아무래도 "すべての死にゆくものを愛さねば모든 죽어 가는 것을 사랑하지 않으면—인용자"라고 하지 않으면 안 된다. 동주는 "죽어가는 것을" 모두 사랑하겠다고 했지, 생명 있는 것이라면 무엇이든 사랑해야 한다고 말했던 것은 아니다.

「서시」를 쓴 1941년 11월 20일은 이른바, 태평양전쟁이 시작되기 직전이었다. 일본군국주의 때문에 많은 한국인이 죽어갔으며, 사람뿐만 아니라, 말言語도, 민족의 옷도, 생활풍습도, 이름도, 그 민족문화의 모든 것이, 그리고 전쟁터로 내몰린 일본 백성들도 다 "죽어 가는死にゆく" 시대였다. 이렇게 "죽어 가는 것死にゆくもの"을 "사랑해야지愛さねば"라고 외친 그는 죽음으로 몰아대는 주체에 대해서 당연히 심한 증오를 갖고 있었을 것이다. 그것을 "生きとし生けるものをいとおしまねば살아 있는 온갖 것을 사랑하지 않으면—인용자"로 번역하면, 죽음으로 몰아대는 주체도 한꺼번에 사랑해 버리는 것이 되지 않는가.[25]

오무라는 윤동주의 시구인 "모든 죽어가는 것"을 "살아 있는 온갖 것生きとし生けるもの"으로 번역한 이부키 고伊吹鄉의 번역에 이의를 제기하면서, 원시의 표현을 존중하여 "죽어가는 것死にゆくもの"으로 번역해야 한다고 주장하였다. 윤동주가 이 시를 썼던 시대는 전쟁 아래 모든 것이 죽어가는 시대였다는 것이 판단의 근거였다. 오무라는 "모든 죽어가는 것"의 범위를 이름, 언어, 문화, 생활풍습 등 한국의 고유한 문화, 민주주의와 자유주의

의 이념, 나아가 전쟁에 동원된 한국과 일본의 민중 등으로 확장하여 이해하였다.[26] 오무라에게 윤동주의 문학은 한국인의 문학을 넘어서 동아시아의 민중이 함께 읽고 평화와 민주주의를 논의할 수 있는 기반이었다.

마지막으로 오무라 역을 써둔다. 다른 이들 비평만 하고 자신의 번역은 내놓지 않는 것은 무책임하다고 생각해서다.

死ぬ日まで空を仰ぎ見
一点の恥ずべきことなきを,
葉あいに起こる風にも
わたしは心苦しんだ.
星を歌う心もて
あらゆる死にゆくものを愛さねば
そしてわたしに与えられた道を
歩みゆかねば.

今宵も星が風に吹かれる.

나는 내 번역에 결점이 없다던가, 질이 높다고는 조금도 생각하지 않는다. 보다 적절한 번역이 있다면 언제나 고치고 싶다. 한 작품을 둘러싸고 다수의 번역이 나오고, 서로 경쟁해서 보다 좋은 번역을 만들어 내면 좋겠다고 생각한다.

이상, 많은 번역자에게 무례한 말을 했을지도 모르지만, 보다 좋은 번역을 위한 한 가지 의견이라고 생각하고, 관대히 넘어가 주시길 바라본다.[27]

오무라는 번역의 성취를 재단하는 비평가의 입장에서, 문학 번역을 검토하지 않았다. 오무라는 하나의 작품에 대하여 다양한 번역이 제출되어 작품의 이해와 해석, 소통을 둘러싼 논의가 축적될 때, 풍요로운 논의에 기반하여 "보다 좋은 번역"이 가능하다고 판단하였다. 오무라 자신도 "보다 좋은 번역"을 위해 협동하는 번역자 중 한 사람이었다. 오무라가 윤동주의 자료를 커먼즈로서 사회에 공개하였듯, 윤동주 문학 번역 역시 여러 번역자가 협동하고 쟁점을 공유할 때, 사회적으로 '공통의 부富'가 증진한다고 판단하였다.

5. 아키비스트, 연구자, 번역자 오무라 마스오

윤동주 연구는 일본의 제1세대 한국현대문학 연구자인 오무라 마스오가 평생에 걸쳐 수행한 학술적 실천의 성격을 뚜렷하게 보여주는 사례이다. 첫째, 오무라 마스오는 아키비스트로서 한국문학의 자료를 수집하고 발굴하였다. 오무라는 연구의 토대로서 자료를 발굴하고 현장을 답사하고, 작가와 그의 유족을 만나 인터뷰를 진행하였다. 한국의 연구자가 냉전의 제한으로 동아시아를 자유롭게 이동하지 못할 때, 그는 한국 외의 북한, 일본, 중국, 미국에 산재해 있는 한국문학 자료를 입수하였다. 그는 신뢰할 수 있는 작가 연보 및 작품 연보를 작성하였으며, 텍스트 비평을 수행하였다. 또한 독서목록을 구성하여 작가와 작품의 맥락을 재구성하는 한편, 현장 답사와 문헌 검토를 교차하여 신뢰할 수 있는 문학 지도를 만들었다. 작가 및 그의 유족을 인터뷰하여 자료로 정리되지 않는 정보를 모으기도 하였다.

　둘째, 오무라 마스오는 연구자로서 한국문학의 동아시아적 지평을 규명하고, 일본인으로서 한국문학에 대한 새로운 시각을 제시하였다. 오무라는 중국 옌볜의 룽징, 북한의 평양, 한국의 서울, 일본의 도쿄와 교토 등 동아시아의 민족과 국경의 경계를 넘어선 윤동주의 이동을 재구성하였다. 한국어, 일본어, 중국어, 영어, 한문 등 다양한 언어를 가로지르면서 형성된 윤동주의 문학을 통해 한국문학에 내재한 복합적이고 이질적인 언어와 문화의 다층성을 재구성하였다. 나아가 오무라는 자신이 일본인의 시각에서 한국문학을 읽는다는 사실에 유의하였다. 그는 한국인의 한국문학 읽기와 다른 일본인의 위치와 주체성에 기반한 한국문학 읽기의 방법을 제안하였다.

　셋째, 오무라 마스오는 번역가로서 한국문학을 통해 학술의 '열린 공공성'과 동아시아 민중의 상호 소통을 지향하였다. 오무라는 연구와 텍스트 비평을 바탕으로 한국문학 작품을 번역하였다. 그는 자신의 번역이 완전한 것이라고 생각하지 않았으며, 하나의 작품에 대한 많은 번역이 나와서 서로의 장단점을 토론할 때 보다 훌륭한 번역에 도달할 수 있다는 신념을 가지고 있었다. 더욱 많은 연구자가 자유롭게 번역하고 연구할 수 있도록, 그는 자신이 공들여 수집한 자료를 공개하였다. 그는 협업을 통해 지식이 더욱 풍요롭게 가치를 더한다는 진리를 신뢰하였으며, 지식의 민주주의를 학술의 기율로 견지하였다. 또한 오무라는 동아시아 민중의 성실한 생활을 존중하였으며, 문학을 통해 민중의 삶을 발견하고 그들의 목소리를 들을 수 있다고 판단하였다. 그는 한국문학의 연구와 번역을 매개로 동아시아 민중의 상호 이해와 소통을 지향하였다.

6. 동아시아의 근대, 『조선문학을 권함』, 한국과 민중

　동아시아의 근대는 세계시장에 포섭되면서 시작되었다. 서양의 충격 앞에서 동아시아의 주체는 '발전'에 대한 욕망과 '정체'에 대한 부정을 가 졌으며, 자기의 안팎에서 부정해야할 타자를 발견하고, 이로 인해 산출된 모순과 분열을 껴안은 채로 자신을 주체화하였다. 일본의 사상가 후쿠자 와 유키치福澤諭吉는 『학문을 권함学問のすゝめ』1872~1876을 통해 "국민과 정부 가 하나가 되어 일본의 번영과 평화를 쌓는 것"을 목적으로 학문을 권하 였다. 하지만 일본의 근대는 흥아와 탈아, 아시아에 대한 침략과 연대가 얽혀 있는 구조 속에서 전개되었다. 냉전기 일본의 문학평론가 다케우치 요시미竹內好는 동아시아 근대의 역사적 경험을 반성하면서, 아시아와 민 중의 시각에서 일본의 근대가 가진 모순을 직시하고자 하였다. 그는 「조 선어를 권함」1970을 통해 언어라는 타자의 매개를 통해 "차별자와 피차별 자 사이"의 관계를 합당하게 성찰할 수 있다고 판단하면서, "조선어를 익 히고 싶다. 남들에게도 권하고 싶다"라고 역설하였다. 오무라 마스오는 다케우치의 제자였다. 오무라 마스오는 같은 제목의 「조선어를 권함」1978 을 통해 "조선어와 그것을 통해 조선인의 사고·문화를 접하는 것은 우리 에게 새로운 시각을 열어줄 것이다. 이러한 의미에서 나는 일본인에게 조 선어는 다른 어떠한 외국어보다도 필요한 외국어라고 믿는다"라는 신념 을 밝혀두었다. 다케우치와 오무라에게 한국어라는 타자의 언어는 동아 시아의 근대에 내재한 비대칭성과 불균등성을 직시하면서, 민중의 시각 에서 일본을 성찰하면서 아시아의 새로운 소통의 가능성을 가늠할 수 있 는 계기였다.[28]

　이 책은 한국어와 한국문학을 통해 동아시아의 근대를 성찰하고 새로운 아시아를 상상하고자 하였던 다케우치와 오무라의 언급을 존중하면서, 일본의 제1세대 한국 문학 연구자이자 번역자인 오무라 마스오의 학술적 실천을 "조선문학을 권함"이라는 제목 아래 살펴보고자 한다. 오무라 마스오는 1950년대 일본의 전후 중국학에서 학술적 훈련을 쌓았으며, 1960년대에는 북한을 통해 식민지 시기 한국을, 1970년대에는 그 시각을 확장하여 한반도 전체를, 1980년대 이후에는 옌볜, 제주도 등 한반도의 외부로 학술적 시각을 확장하였다. 이 책은 오무라의 학술적 실천의 전개과정을 문제의식의 진화를 염두에 두면서 재구성하였다. 또한 각 시기 그의 학술적 실천이 식민주의와 냉전이 얽힌 20세기의 세계사 및 동아시아사와 교차하는 양상에 유의하였다.

제2부는 1950~1960년대의 학술적 실천이 중심이다. 이 시기는 중화인민공화국의 성립 및 아시아아프리카회의^{반둥회의}의 개최로 아시아 아프리카 탈식민 국가에 대한 관심이 높았던 시기이며, 일본의 시민이 동아시아의 냉전 질서의 재편에 저항하면서 안보투쟁에 나섰던 시기였다. 오무라는 안도 히코타로^{安藤彦太郎}와 다케우치 요시미의 가르침을 받으면서, 일본의 중국문학 연구자로 아시아에 관심을 가졌으며, 한국어를 배우면서 한국문학에 접근하기 시작한다.^{제2장} 또한 실천적 한국학 연구단체인 일본조선연구소에 참여하면서 북한을 통해 북한문학 및 식민지 시기 한국문학을 번역하고 연구한다.^{제3장}

제3부는 1970년대의 학술적 실천이 중심이다. 이 시기는 냉전 동아시아의 데탕트와 한일기본조약의 체결로 인해 한국과 일본의 교류가 확대되었다. 또한 한국의 독재정권이 저항시인 김지하를 억압하는 상황이 알려지면서, 일본의 시민은 김지하 구원운동에 적극 참여한다.^{제4장} 오무라는 동료 연구자들과 함께 '조선문학의 회' 동인을 만든다. '조선문학의 회'

동인은 한국과 북한의 문학사 이해와 거리를 두면서, 일본인의 시각에서 냉전의 경계를 넘어 한국문학을 온당하게 이해하고자 시도한다.제5장 오무라가 처음 한국에 체류한 것 역시 이 즈음이었고, 그는 한국의 연구자 김윤식, 임종국 등과 교류하면서 자료와 의견을 공유하면서 우정을 쌓았다.제6장

제4부는 1980년대의 학술적 실천이 중심이다. 이 시기는 중국의 개혁개방 등으로 동아시아에 탈냉전의 징후가 체감하기 시작한 때이자, 오무라가 주변의 시각에서 한국문학을 새롭게 이해하기 시작한 시기이다. 오무라는 옌볜에 체류하면서 조선족의 문학을 통해 한국문학에 대한 이해를 탈중심화한다. 또한 옌볜에서 오무라는 김학철과 만난다. 김학철과의 만남은 오무라에게 큰 인상을 남긴다.제7장 옌볜 체류 이후 오무라는 제주도문학에 관심을 가졌으며, 아시아태평양전쟁 시기에 집중된 제주도 작가들의 일본어 문학에 주목한다.제8장 오무라는 김용제의 문학을 통해 '친일'이라는 과오와 그 속죄와 책임을 묻는 한편, 한국인의 시각에서 아시아주의를 검토한다.제9장

제5부는 1990~2000년대의 학술적 실천이 중심이다. 탈냉전 이후 동아시아에서는 냉전 시기와 다른 방식으로 상호 교류가 시작된다. 오무라는 한국문학을 매개로 동아시아 민중의 이해 가능성을 탐색한다. 또한 혐오를 넘어 북한문학에 대한 온당한 이해를 요청하였다. 나아가 그는 일본인의 시각에서 한국현대시사를 새롭게 이해하고자 하였다.제10장 오무라는 평생동안 일본, 중국, 한국에서 수집한 자료를 목록으로 정리하고 자료집으로 편찬하여 널리 공유한다. 또한 칼럼과 심포지움을 통해 연구성과를 공유하고 확장하였고, 그가 평생 고민하였던 식민주의와 아시아주의에 대한 고민을 심화한다.제11장

오무라 마스오의 한국문학 연구 및 번역은 연대의 이념을 넘어서 동아시아 민중이 주체가 되는 세계를 지향한 것이었다. 그는 연구자의 협동을 존중하고 지식의 '열린 공공성'을 추구하였으며, 주변의 시각에서 한국문학을 새롭게 이해하고자 하였다. 오무라의 한국문학 연구 및 번역은 식민주의와 냉전을 경험한 20세기 동아시아의 역사적 경험을 온전히 받아안은 아시아인의 한국문학 읽기였다.^{제12장}

오무라 마스오의 학술적 실천은 식민지, 냉전, 그리고 탈냉전을 경험한 동아시아 근대의 비대칭성과 불균등성을 직시하는 과정이었다. 동시에 그의 학술적 실천은 동아시아의 주체의 상호이해(불)가능성 및 언어의 번역(불)가능성을 마주하는 행위였다. 오무라의 학술적 실천을 조명하는 이 책 또한 언어의 번역(불)가능성을 성찰하면서 서술하였다. 특히 이 책은 오무라 마스오의 학술적 실천을 지탱하는 개념인 '한국' 및 '민중'의 표기 및 사용에 유의하였다.

이 책의 서술에서 유의한 한 가지 개념은 '한국'이다. 오무라는 일본인으로서 조선, 조선어, 조선문학 등의 개념을 사용하였다. 당시 냉전기 일본에서는 북한을 조선으로, 대한민국을 한국으로 대별하여 부르기도 하였다. 오무라는 "한국과 북한으로 분단되기 이전의 총체적인 민족의 이름"을 조선으로 명칭하였다. 그는 자신이 조선어를 배워 조선문학을 연구한다고 자각하였으며, 강연과 글에서도 그렇게 표현하였다. 이 책에서는 오무라의 글을 비롯하여 당대의 문헌을 직접 인용할 때는, 발표 당시의 오무라의 발화 위치, 그리고 당시 용례를 존중하여 '조선', '조선어', '조선문학'을 그대로 살렸다.

1980년대 중반 일본에서 NHK 강좌 이름을 둘러싼 사회적 이슈가 있었을 때, 오무라는 그의 일관된 입장처럼, 분단 이전 민족의 이름인 '조선'

을 사용하여 '조선어' 강좌로 개강할 것을 강력히 주장하였다. 그는 냉전과 분단의 경계를 넘어선 전체로서 '조선'을 강조하였다. 하지만 동시에 그는 일본과 한국의 시각 차이 역시 섬세히 준별하였다.

하나는 일본과 한국에서는 '한국'이라는 말의 용법이 다르다는 것이다. 한국에서는 조선반도를 한반도라고 부르며 그곳에서의 유일한 합법적 국가는 한국뿐이라고 인식하고 있다. 따라서 조선민주주의인민공화국을 '북한'이라 부른다. (한때는 '북괴'라는 말을 주로 썼다) '한국'이 조선반도 전체를 의미한다면 일본에서 쓰는 '칸코쿠'가 대한민국을 의미하는 것과는 다르다. (…중략…) 또 다른 한 가지는 한자의 망령에 홀려 있다는 점이다. '韓國'이라는 한자 두 글자가 한국이라고 발음되면 그것은 한국에서의 용법과 의미를 따르지만, 일본에서의 '칸코쿠'라는 발음에 이르면 일본어의 '칸코쿠'라는 의미 밖에 없는 것이다. (…중략…) 말하자면 일본어의 '朝鮮語'는 한국에서는 '한국말'이라고 번역되며, 북조선에서는 '조선말'로 번역된다는 논리가 된다. 이것이 하나의 견식이다.

한자를 매체로 해서 자국에서의 한자어 용법으로 타국에서의 용법을 무시해 상대를 비난 비판하는 것은 외국어에 대한 두려움을 모르는 자의 소행이라 말하지 않을 수 없다. 한자문화권이라고 칭해지는 지역에서의 불행이다. 이것이 영어권이라면 KOREAN이라는 용어로 통일돼 문제가 발생할 여지는 없을 것이다.[29]

그는 한자 '韓國'이 한국에서는 '한국'으로 일본에서는 '칸코쿠'로 발음되고, 그 나라의 언어 활용에 따라 다른 의미의 내포와 외연을 가진다는 점에 유의하면서 각각의 발화 위치와 용례를 존중하였다. 그는 자신이 사용하는 '朝鮮語'가 일본어 단어라는 점을 분명히 인식하였다. 일본어 '朝鮮語'를 한국에서 번역한다면 '한국말'로, 북한에서 번역한다면 '조선말'이 될 것이다. 오무라는 냉전의 경계를 넘어서 전체로서 '조선'에 주목하는 한편, 일본의 '조선', 한국의 '한국', 그리고 북한의 '조선' 사이의 비대칭성에 유의하였다.

이 책은 '조선' 개념에 관한 오무라 마스오의 시각을 존중하는 동시에, 필자가 글을 쓰고 있는 대한민국의 위치를 고려하여, 오무라의 학술적 실천에 관한 서술할 때는 '한국', '한국어', '한국문학'이라는 표현을 사용하였다. 이 책에서 '한국'은 전통시대 한국, 식민지 시기 한국, 그리고 대한민국을 포괄하는 명칭이다. 그리고 조선민주주의인민공화국(북조선)은 '북한'으로 표현하였다.

다만, 식민지와 냉전이 겹친 동아시아의 역사적 맥락에서 오무라가 수행한 학술적 실천에 관해 서술하면서 이러한 원칙을 일관되게 적용할 수는 없었다. 1960년대 일본조선연구소는 일본과 조선의 연대를 지향하였다. 일본조선연구소의 조선은 북한 혹은 북한 및 지배계급을 제외한 한국의 민중을 의미하였다. 1963년 일본조선연구소 대표단의 북한 방문을 계기로 북한, 중국, 일본의 연구자는 「학술문화교류 촉진에 관한 공동성명」1963.8.31을 발표하는데, 이 성명에서는 일본·한국·타이완 구도의 '라이샤워 노선'에 반대하면서, 일본·조선·중국의 연대를 강조하였다.[30] 일본조선연구소와 관련된 '조선'이라는 표현 가운데 맥락상 북한을 가리키는 것이 분명한 경우, 북한으로 표기하였다. 다만, 일본조선연구소의 '조선'이 북한을 의미하는 경우도 있지만, 때로는 북한 및 지배계급을 제외한 한국의 민중을 함께 의미하는 경우도 있다는 점에서 일본어의 원뜻을 온전히 표현하지는 못한 것일 수 있다.

1985년 중반 오무라는 중국 옌볜에서 1년간 체류한다. 이때 오무라는 식민지 시기 옌볜지역에서 활동한 한국 작가의 문학은 '조선문학'이라고 서술하고, 신중국 성립 이후 옌볜의 조선족문학은 중국 소수문학의 하나인 '조선족문학'이라고 서술하였다. 그는 전자와 후자를 섬세하게 대별하면서도, 양자가 '조선'이라는 이름을 공유하고 "모두 조선어로 창작됐"다는 점에 유의하였다.[31] 이 책은 전자를 식민지 시기 옌볜지역에서 창작된 '한국문학'으로, 후자를 '조선족문학'으로 대별하여 서술하였다. '한국문학'과 '조선족문학'으로 양자를 지칭할 경우, '조선문학'과 '조선족문학'으로 양자를 지칭한 오무라의 지칭과 비교하면, 양자의 거리가 더욱 두드러진다. 하지만 필자의 위치를 고려하여 일부 예외를 제외하고는 '한국문학'과 '조선족문학'으로 표기하였다.

오무라가 사용했던 '조선', '조선어', '조선문학'이라는 개념을 직접인용과 이 책의 서술 모두에서 그대로 사용한다면, 보다 일관적인 서술을 할 수 있다. 하지만 이들 개념은 일본인의 시각과 위치에서 오무라가 사용했던 개념이다. 오무라는 일본과 한국의 거리를 분명히 인식한 바탕에서 소통을 기도하였다. 오무라는 한국과 일본 사이의 "민족이라는 벽"이 있을 수밖에 없다는 것을 직시하였다. 그는 민족 사이의 거리와 차이를 회피하기보다는, 거리와 차이를 인지하면서도 그 안에 "상대방 나라를 향해 다리를 놓아가는 노력은 포기해선 안" 된다고 강조하였다.[32] 1950년대부터 2020년대까지 오무라는 동아시아의 주체가 서로의 위치와 시각을 존중하면서, 차이와 충돌 가운데에서도 대화 가능성을 탐색하는 태도를 일관되게 강조하고 그것을 실천하였다. 이 책은 민족의 경계를 직시하면서도 그것을 넘어선 소통을 꿈꾸었던 오무라 마스오의 학술적 실천에서 배운 바를 새기며, '한국', '한국어', '한국문학'이라는 개념을 사용하는 필자의 위치에서 새로운 대화 가능성을 탐색하고자 한다.

　이 책의 서술에서 유의한 또 한 가지 개념은 '민중'이다. 오무라는 동아시아 각 나라의 평범한 사람의 삶을 존중하였다. 오무라는 그들을 민중, 서민, 인민, 대중, 거리의 사람 등 다양한 개념으로 표현한다. 이 책은 오무라의 글을 직접 인용할 때는 개별 표기를 존중하였지만, 오무라가 주목한 동아시아의 평범한 사람에 관해 서술할 때는 '민중'이라는 개념을 활용하였다. 여기에서 '민중'은 1970~1980년대 한국의 역사적 경험에 기반하여 형성된 정치적 주체의 의미를 넘어서,[33] 일상을 살아가는 평범한 사람을 의미한다.

　오무라의 스승 다케우치 요시미는 생산자, 인민, 다수, 서민 등의 의미를 포괄하여 "역사의 담당자"이자 "창조의 가장 깊은 근원"으로서 민중에 주목한 바 있다.[34] 또한 오무라의 동료인 한국사 연구자 가지무라 히데키 梶村秀樹는 완전무결한 존재로서가 아니라, "참된 주체로서 실수도 하고 경우에 따라서는 웃기도 울기도" 하는 주체로서 한국 민중에 주목하였다.[35] 다케우치 요시미와 가지무라 히데키는 일상을 살아가는 민중의 일상과 생활 감각을 존중하였다. 오무라 마스오 역시 다케우치와 가지무라가 강조한 민중의 주체성에 대한 인식을 공유하였다. 이 책은 오무라 마스오의 학술적 실천이 한국 및 동아시아 민중의 주체성에 존중했다는 점에 유의하면서, '민중'이라는 개념을 선택하여 서술하였다.

윤동주, 그의 시와 생애

오무라 마스오 와세다대학 명예교수

저는 시인 윤동주가 쓴 시의 원래 형태가 어떠했는지 알고 싶다는 마음으로 지금까지 공부했습니다. 시간이 20~25분 정도이기에 간략하게 이야기를 시작하겠습니다.

윤동주는 1917년 12월 30일생입니다. 다만, 릿쿄대학立敎大学이나 도시샤대학同志社大学의 학적부에는 1918년의 12월 30일로 되어 있습니다. 왜 1년 차이가 났을까요. 처음에는 음력의 환산이라고 생각했습니다만, 그것이 아니라 호적상으로는 1918년, 실제로는 1917년이지 않을까 합니다. 당시 만주국滿洲國 간도성間島省, 지금으로 말하는 중국 동북東北의 지린성吉林省의 조선족 자치주인데, 그곳에 있는 명동촌明東村에서 태어났습니다.

명동촌이라는 곳은 한국인, 즉 조선인만 살고 있는 촌락인데, 명동소학교를 졸업하고 한족, 한민족이 살고 있는 대랍자大拉子라는 마을에 있는 현립제일소학교縣立第一小學校의 고등과를 1년 다닙니다. 1932년에 용정의 은진중학교에 들어갔지만, 이것은 미션스쿨이고 4년제여서 상급학교에 진학하는 데에 적당하지 못해서 중도에 그만두고 평양의 숭실중학교로 옮깁니다. 하지만 숭실중학교도 신사참배 거부와 폐교 등의 이야기가 있

〈그림 1〉 2016.12.16. 와세다 조선문화 연구회 강연
출처 : 오무라 마스오 저작집 6

어서 용정으로 돌아가 광명학원光明學園 중등부를 졸업합니다. 중학교를 3개 다닌 셈입니다.

광명학원은 일본인 중등학교였기 때문에 상급학교 진학에 문제가 없었습니다. 1938년 4월에 연희전문학교 문과에 입학합니다. 그리고 2년 후배인 정병욱과 친하게 지냅니다. 그동안 릴케, 발레리, 지드 등의 작품을 탐독하는 동시에 프랑스어를 자습합니다. 프랑스어는 사전을 찾아 읽던 정도였고, 문학 작품까지는 읽을 수 없었던 것 같습니다.

1941년 12월에 연희전문학교를 졸업합니다. 졸업할 때 19편의 시를 모아 원고지를 묶은 자필의 자선 시집 3개를 만듭니다. 하나는 자신이 가지고 또 하나는 영어 선생님께 드리고, 나머지 하나는 친구 정병욱에게 주었습니다. 정병욱에게 준 것이 지금까지 전해지고 있습니다.

1942년 4월에 릿쿄대학에 선과選科로 갑니다. 선과는 청강생 같은 것입니다. 3~4개월 동안 지금의 한국YMCA와 다카다노바바高田馬場 주변 하숙집에 머물다가 여름방학을 고향에서 보냅니다. 1942년 10월 도시샤대학 문학부로 옮겨서 10개월, 한 학기 정도 있습니다. 이곳에서도 선과입니다. 그는 다케다武田아파트에서 지내다가 치안유지법으로 검거됩니다. 치안유지법의 경우 2년이나 2년 반을 받는 경우가 많은데, 윤동주는 2년 판결을 받습니다. 그리고 안타깝게도 옥중에서 세상을 떠납니다. 영화 〈동주〉2016는 상당히 좋은 영화입니다만, 영화에서는 주사를 맞고 인체 실험을 당했다는 것으로 상세히 나옵니다. 규슈대학九州大学이 인체 실험과 관계가 있던 것은 확실한 사실이지만, 윤동주가 옥중에서 맞은 주사가 무엇인지를 밝히기는 어렵습니다.

윤동주 시의 형태에 대해 말씀드리겠습니다. 생전에 발표된 시는 12편입니다. 나머지는 전부 원고 상태로 남아 있습니다. 원고 중 첫 번째 작품집인 『나의 습작기의 시가 아닌 시』에 59편이 모아져 있고, 두 번째 시 작품집인 『창문』에 53편, 아까 말한 자필 자선 시집은 19편, 산문이 4편, 조각 원고가 10편, 릿쿄대학에서 편지에 동봉하여 보낸 것이 5편입니다. 모두 150편입니다. 그것을 편찬해서 윤동주 시집을 만들게 됩니다. 현재 윤동주 시집이라고 이름이 붙는 것은 100종 이상 수없이 많습니다. 신뢰할 수 있는 것은 동생 윤일주 님이 만든 『하늘과 바람과 별과 시』입니다. 1948년 초판에 31편, 1955년 재판에 93편, 1976년 제3판에 86편이 수록됩니다. 편수가 늘어난 것만이라면 문제는 없겠습니다만, 각 판본 사이에 약간의 차이가 생깁니다. 표기를 새롭게 하고 방언을 표준어로 고치는 등 원래의 형태에서 조금씩 달라집니다. 시대의 변화에 따라 동주 시의 최신판을 읽고 싶은 것이고 새로운 독자에게 맞춰야 한다는 점에서는 어쩔 수 없는 일이기도 합니다. 『사진판 윤동주 자필 시고전집』은 시집을 새로 만들려는 의도는 없었고 존재하는 자료를 모두 사진으로 찍은 것입니다.[1] 많은 사람이 모여서 이것으로 윤동주의 시집은 괜찮은가 하는 것을 먼저 검토하여, 표준판 저본을 출판하고 그것을 번역하는 것이 순서일 것입니다. 다만, 현재 일본에서 나오는 것은 모두 일주 님의 시집을 따르고 있습니다.

시비에 대해 말씀을 드립니다. 시비는 1995년 도시샤대학에 세워진 것이 처음입니다. 우지宇治강 아마가세天ケ瀬 구름다리는 도시샤에서 귀국하

기 직전 친구들과 하이킹을 간 곳입니다. 그곳에서 윤동주의 마지막 사진을 찍었는데, 기념을 위한 시비는 만들었지만 장소가 없어서 중지 중입니다. 우지강 근처 공공지인 공원에 세우는 것으로 논의되고 있습니다.[2] 후쿠오카 쪽도 마찬가지입니다. 윤동주가 후쿠오카 형무소에서 죽었기에 연고는 있습니다만, 아직 시비도 만들어지지 않았고 장소도 정해지지 않았습니다. 무척 안타까운 일이라 생각합니다. 한국에는 시비가 많이 생겼고, 이제 셀 수 없을 정도입니다. 가장 먼저 생긴 것은 연세대학교의 시비입니다. 시비와 원고를 대비하면 5군데가 다릅니다. 대부분 표기의 문제인데 시의 내용과 관련 있는 것이 2군데 있습니다.

윤동주가 쓴 시 한 편을 실제로 읽어보겠습니다. 「별 헤는 밤^{星を数える夜}」을 읽어보겠습니다. 왼쪽은 원고를 그대로 옮겨둔 것이고 오른쪽은 그 번역입니다. 원문에 충실하려는 의도로 일본어로서 문학성은 잠시 미루어두겠습니다.

季節이 지나가는 하늘에는 가을로 가득 차있습니다.	季節の移りゆく空には 秋がいっぱいに満ち満ちています.
나는 아무 걱정도 없이 가을속의 별들을 다 헤일듯합니다.	わたしは何の憂いもなく 秋の中の星をすべて数えられそうです.
가슴속에 하나 둘 색여지는 별을 이제 다 못헤는 것은 쉬이 아츰이 오는 까닭이오, 來日밤아 넘운 까닭이오, 아직 나의 靑春이 다하지 않은 까닭입니다.	胸の中に一つ二つと刻まれる星を いますべてを数えられないのは すぐに朝が来るからで, あすの夜が残っているからで, まだわたしの青春が尽きてはいないからです.
별하나에 追憶과 별하나에 사랑과 별하나에 쓸쓸함과	星一つに思い出と 星一つに愛と 星一つに寂しさと

별하나에 憧憬과
별하나에 詩와
별하나에 어머니, 어머니,

어머님, 나는 별 하나에 아름다운 말 한마디식
불러봅니다. 小學校때 冊床을 같이 햇든 아이
들의 일홈과, 佩, 鏡, 玉 이런 異國少女들의 일
홈과 벌서 애기 어머니 된 게집애들의 일홈과,
가난한 이웃사람들의 일홈과, 비둘기, 강아지,
토끼, 노새, 노루, 「뚜랑시쓰·쨤」「라이넬·마
리아·릴케」 이런 詩人의 일홈을 불러봅니다.

이네들은 너무나 멀리 있습니다.
별이 아슬이 멀듯이,

어머님,
그리고 당신은 멀리 北間島에 게십니다.

나는 무엇인지 그러워
이많은 별빛이 나린 언덕우에
내 일홈자를 써보고,
흙으로 덥허 버리엿습니다.
따는 밤을 새워 우는 버레는
부끄러운 일홈을 슬퍼하는 까닭입니다.

그러나 겨울이 지나고 나의별에도 봄이 오면
무덤우에 파란 잔디가 피여나듯이
내일홈자 묻힌 언덕우에도
자랑처럼 풀이 무성 할게외다.

星一つにあこがれと
星一つに詩と
星一つにお母さん, お母さん,

お母さん, 私は星一つに美しい言葉ひとこと
ずつ口にしています. 小学校のころ机を並べた
子どもたちの名と, 佩（PEI）, 鏡（JING）, 玉
（YU）, こうした異国少女たちの名と, すでに
母親となった女の子たちの名と, 貧しい隣の人
たちの名と, ハト, 子犬, ウサギ, ラバ, ノル鹿,
フランシス・ジャム, ライネル・マリア・リルケ,
こうした詩人の名を呼んでみます.

この人たちはあまりに遠くにいます.
星がはるか遠いように,

お母さん,
そしてあなたは遠く北間島におられます.

わたしは何か恋しくて
この多くの星明かりの降りそそぐ丘の上に
わたしの名を書いてみて,
土で覆ってしまいました.
夜を明かして鳴く虫は
本当は恥ずかしい名を悲しんでいるからです.

しかし冬が過ぎわたしの星にも春が来れば
墓の上に緑の芝が生えるように
わたしの名が埋まった丘の上にも
誇らしげに青さが生い茂るでしょう.

　　이 시에서 윤동주는 '이국소녀'의 이름을 한자로 쓰고 있습니다. 한자
로 이름을 쓴 이국소녀는 중국인입니다. 당시 연세의 졸업을 앞두고 쓴
시에서 고향에 계신 어머니를 생각하고, 고향의 소년 시절을 생각하면서

이국소녀의 이름을 쓰는 셈입니다. 중국 소녀이기에 윤동주는 '페이pei, 찡jing, 위yu' 이런 식으로 발음을 해서 쓴 것 같아요. 경鏡이나 옥玉으로만 썼다면 한국인의 이름에서도 자주 사용하는 글자이기 때문에 특별한 의도가 아니었을 수도 있습니다. 그런데 "佩, 鏡, 玉"이라고 쓴 것은 아마 '페이, 찡, 위' 이런 식으로 부르면서 시를 쓴 것 아닐까 생각합니다.

또 그 부분에서 몇 행 다음에 프랑시스 잠과 라이너 마리아 릴케라는 시인의 이름이 있습니다. 릴케의 경우 1955년 재판까지는 '라이넬 마리아 릴케'로 되어 있습니다. 제2차 세계대전이 끝나기까지 일본에서는 릴케의 이름을 '라이넬 마리아 릴케'라고 부르던 것이 관행이었습니다. 윤동주가 일본어 번역을 읽었다는 방증입니다.[3] 1976년 일주 님의 3판부터는 '라이너 마리아 릴케'라고 되어 있습니다. 지금은 일본에서도 한국에서도 '라이너 마리아 릴케'로 하고 있습니다.

그러면 윤동주가 라이너 마리아 릴케의 시를 어떻게 읽었을까요. 한국에서 나온 『한국 세계문학 문헌 서지목록 총람』이라는 책이 있습니다. 어떤 시를 어느 잡지에서 언제 누가 번역해서 발표했는가 하는 것을 일람으로 한 대단한 작업입니다. 이 책을 보면 윤동주 생전인 1930년대에서 1940년대 전반에 걸쳐 릴케에 대한 문헌은 5편입니다.[4] 그렇지만 윤동주가 당시 잡지에 실린 글을 모두 보았다고는 생각되지 않습니다. 아무래도 윤동주는 일본어 단행본으로 보았다고 보아야 합니다. 윤동주의 장서 가운데 릴케의 책은 『기수 크리스토프 릴케의 사랑과 죽음의 노래』가 있습니다.[5] 이것은 전쟁터에서 여인과의 사랑과 비장한 주인공의 죽음을 노래한 장편 시입니다. 윤동주 시와는 조금 맞지 않는다는 느낌이 들기는 하지만, 나름 윤동주가 감명을 받았으리라 생각합니다.

프랑시스 잠의 『밤의 노래』는 윤동주가 좋아하는 미요시 다쓰지三好達治

가 번역하였습니다. 윤동주는 1936년에 나온 책을 가지고 있습니다.[6] 윤동주는 책에 구입한 장소와 날짜, 서점의 이름, 그리고 이름과 사인을 일일이 써두었습니다.[7] 이것은 윤동주 특유의 것인가 했더니 그건 아니었습니다. 심연수라는 윤동주와 1년 정도 차이로 용정에서 니혼대학日本大学으로 온 사람이 있습니다. 윤동주는 소지주의 아들인데, 심연수는 농민의 아들입니다. 농민의 아들이었기에 니혼대학에 와서 힘들게 문학을 하였습니다. 그가 쓴 글과 장서는 모두 남아 있습니다. 장서는 윤동주의 4~5배가 되는데, 언제 어디에서 샀는지 지도를 그릴 수 있을 정도입니다. 장소와 날짜를 쓰는 것이 윤동주의 독특한 습관은 아니었던 것 같습니다만, 윤동주에겐 꼼꼼함이 있습니다. 스무 살이 조금 넘었을 청년이 일본어를 통해 서양문학과 서양 사상에 대해 눈을 뜨는 과정을 알 수 있지 않을까 생각합니다. 한국에서는 그것은 서양문학이지 일본문학이 아니라는 식의 주장을 하는 사람도 있습니다만, 그런 의미에 머무는 것은 아니라고 생각합니다. 윤동주가 읽는 서양문학은 일단 일본어가 되어서 일본문학 속에서 나온 서양 시인의 문학이었습니다.

그리고 마지막 연 4행에서는 전반적인 톤이 바뀝니다. 윤동주가 따로 써서 붙인 것이 아닐까요. 윤동주의 친구인 강처중은 윤동주가 다른 사람에게 의견을 구하긴 하지만 절대 고치지는 않았다고 증언합니다.[8] 그 유일한 예외가 이 부분입니다. 정병욱 님이 『나라사랑』에 기고한 글에서 끝이 허하다고 말하자 윤동주가 덧붙였다고 쓰고 있어요.[9] 원고에도 마지막 4행 앞부분에 날짜가 적혀 있습니다.

역시나 원전을 보면 여러 가지를 알 수 있습니다. 『사진판 윤동주 자필 시고전집』이 나왔을 때 한국에서는 새롭게 알려진 미발표작 8편에만 관심과 흥미가 집중되었습니다. 이미 알고 있는 것에 대해서는 전혀 관심이 없었습니다. 연구자와 언론 모두 그랬습니다. 조금 이상한 느낌이 들었습니다. 당시까지는 진짜 원고를 볼 수 없기 때문이라는 식으로 말할 수 있었다고 생각합니다. 하지만 이제는 원고를 볼 수 있게 되었습니다.

윤일주 님의 공적은 매우 큽니다. 연세에 세워져 있는 비석도 오랜 세월을 고생하면서 연세 당국을 설복하여 그곳에 세웠습니다. 대중 안에서 모두의 사랑을 받는 윤동주상을 만들어 오셨습니다. 하지만 그분도 만능은 아니었습니다. 당시 이러저러한 윤동주의 원고를 대조하면서 만든 것이 지금의 『하늘과 바람과 별과 시』 시집이라고 생각합니다. 표준판 저본을 만들어야 한다고 말씀드렸는데, 한국에서 홍장학 님의 『정본 윤동주 전집』이라는 책이 나왔습니다. 확실히 이유는 있습니다만, 「별 헤는 밤」의 마지막 부분을 지웠습니다.[10] 나름의 이유가 있기는 하지만, 혼자서 하는 작업이라 뜻밖의 오류를 범해서 몇 가지 실수가 있습니다. 이 정도만 말씀드리겠습니다. (웃음)

윤동주라는 사람은 젊은 나이에 죽었습니다. 27살에 죽었으니까요. 또 무명이었습니다. 쓰고 싶은 것도 쓸 수 없었습니다. 자신의 이름조차 본명으로 쓰지 못했습니다. 당시는 정식 학적부에 윤동주라는 이름조차 쓰지 못하는 시대였습니다. 그렇기 때문에 젊은 사람만이 이처럼 아름다운 시를 쓸 수 있었습니다. 나이가 들면 도저히 쓸 수 없는 시입니다. 또 무명인 사람만이 아름다운 시를 쓸 수 있었습니다. 유명하면 쓸 수는 있지만 시국에 편승한 시를 강제로 썼어야 했습니다. 순수하고 성실한 사람만이 시를 쓸 수 있었습니다. 밥을 먹어야 하기 때문에 마음에 없는 글을 써야 했습니다. 젊음, 무명, 그리고 성실. 이 세 가지가 윤동주라는 사람을 완성했다고 생각합니다.

시간이 다 되었군요. 감사합니다.

〈그림 2〉 2016.12.16. 와세다 조선문화 연구회 강연의 청중과 함께
출처 : 오무라 마스오 저작집 6

이 강연은 2016년 12월 16일 와세다대학(早稻田大学) 오노기념강당(小野記念講堂)에서 진행한 와세다 조선문화 연구회 강연 「윤동주, 그의 시와 생애(尹東柱, その詩と生涯)」를 정리한 것이다. 일본어 강연을 다카하시 아즈사(高橋梓) 선생님(니가타현립대학)이 글로 옮겼다. 번역 과정에서 일부 문장을 다듬었고 뜻이 통하도록 보충하였다.

제2부

아시아라는 질문을 안고 한국어를 배우다

"일본인, 일본인"이라고 나는 입속에서 염불처럼 외고 있었다. 일본인이라는 사실이 묵직한 무게로 다가왔다. 나는 3·1운동을 생각하고 창씨개명을 생각하고 관동대지진을 생각했다. 조선은 나를 민족주의자로 만들었다.

「나와 조선」¹⁹⁶³

역사는 도카이 산시도 량치차오도 진실을 파악하지 못했으며, 당신의 조선인, 특히 '척왜척양', '축멸왜이', '진멸권귀' 즉 침략적 외국세력의 타도와 봉건적인 특권층의 타도를 목표로 하여 결집된 조선 농민들만이 세계를 꿰뚫어보는 눈을 가지고 있었음을 증명했다. 량치차오의 귀에, 어째서 조선 민중의 독립을 희구하는 절규와 의병투쟁의 총성이 들리지 않았던 것일까.

「량치차오와 『가인지기우』」¹⁹⁷⁴

일본인 중국학 연구자,
한국인의 목소리를 듣다

1. 와세다대학과 안도 히코타로의 중국학

냉전의 종식 이후 오무라 마스오는 1926년생 다나카 아키라田中明, 1927년생 가지이 노보루梶井陟, 1933년생 자신, 그리고 1941년생 조 쇼키치長璋吉와 사에구사 도시카쓰三枝壽勝 등이 일본의 "제1기" 조선문학 연구자로 활동했다고 회고한 바 있다.[1] 한국의 평론가 김윤식 역시 일본의 한국근대문학 연구의 학술사적 전개에서 오무라 마스오의 위치를 "제1세대"로 설명하였다.[2] 냉전기 일본의 한국문학 연구는 식민지 / 제국 체제의 종식, 동아시아 냉전 질서의 성립, 아시아의 부상, 한일관계의 재편 등의 역사적 맥락과 연동하여 시작되었다. 한국전쟁 중인 1952년 제2차세계대전을 결산하는 샌프란시스코 강화조약이 한국과 북한, 중국이 참여하지 않은 상태로 부분강화로서 체결되고 이듬해 발효되었다. 1953년 오무라는 도쿄東京의 와세다대학早稲田大学 정경학부에 입학한다.

사회주의 중국이 기세 좋게 세계사의 무대에 등장한 데에는 시선을 빼앗기지 않을 수가 없었다. 대학에 들어가 중국어를 제2외국어로 선택한 것을 계기로 하여, 아시아에 대한 관심이 급속하게 높아졌다. 정경학부 학생임에도 불구하고 정치·경제는 내버려두고, 오로지 중국어와 중국문학에만 열중했다. 1957년, 대학원에 들어감과 동시에 조선어를 배우기로 결심하였지만 어디에서도 가르쳐주는 곳이 없었다. 님 웨일즈의 『아리랑의 노래』와 김소운의 『조선시집』상,중을 접한 것이, 중국 연구의 세계에 안주할 수 없게 만든 계기가 되었는지도 모른다. 석사논문 「청말 사회소설 연구」를 쓰면서, 동시대의, 조선문학을 알아야할 필요성을 통감하고 있었다. 1958년 4월, 재일조선인의 귀국사업이 신문에 보도될 무렵, 60년 안보투쟁을 앞두고서야 겨우 주2회 아·야·어·여를 배우기 시작했던 것이다.[3]

대학생 오무라는 아시아에 대해 깊은 관심을 가졌다. 먼저 그가 관심을 가졌던 대상은 중국이었다. 중국에 대한 그의 관심은 당시 일본 대학생이 사회주의에 대해 가졌던 관심과 공명하는 것이었다.

우리의 학창 시절에 중국은 사회주의의 빛나는 성좌였다. 다케우치 요시미 등의 『중국 혁명의 사상』이나 에드거 스노Edgar Snow의 『중국의 붉은 별』이 성서처럼 읽혔다. 산촌공작대山村工作隊, 1950년대 전반 '일본공산당'의 지휘하에 무장투쟁을 지향한 비공식 조직의 잔당 등이 주변에 있어서 학생의 존경을 모았다. 전전戰前에 러시아어를 배우는 학생이 러시아혁명에 열중했던 것처럼 전후戰後의 학생은 중국어를 배우는 것을 통해 일본의 변혁을 꿈꿨다. 마오쩌둥은 전전의 천황과는 대극적인 위치에서 또 하나의 신으로 존재했다.[4]

제2차 세계대전 종전 후 미국의 언론인 에드거 스노가 대장정 직후의 중국 공산당 지도부를 취재했던 『중국의 붉은 별』이 일본에서 출판되었다. 에드거 스노는 패전 후의 일본인이 『중국의 붉은 별』을 통해 억압에

저항한 중국 인민의 투쟁, 구체적으로는 "커다란 운명에 항거하는 용기, 무거운 희생과 비통한 손실을 품은 불요불굴의 정신, 발명과 적응"을 만날 수 있으리라는 소회를 적었다. 1952년『중국의 붉은 별中国の赤い星』지쿠마서방(筑摩書房), 1952이 정식으로 간행될 때, 번역자 우사미 세지로宇佐美誠次郎는 이 책이 "중국 민중의 제국주의와의 투쟁을 생기있게 그린 고전으로, 평화와 독립과 자유를 희구하는 오늘 일본 국민에게 친숙한 감명과 풍부한 교훈을 줄 것임에 틀림없다"라고 확신하였다.[5] 1950년대 일본 학계는 중화인민공화국의 성립과 그것의 세계사적 의미에 큰 관심을 기울였다. 문학 연구자 다케우치 요시미竹内好, 사상 연구자 야마구치 이치로山口一郎, 사이토 아키오斎藤秋男, 노하라 시로野原四郎가 함께 저술한『중국 혁명의 사상－아편전쟁에서 신중국까지中国革命の思想－アヘン戦争から新中国まで』이와나미서점(岩波書店), 1953 역시 그러한 분위기의 산물이었다. 이 책은 중국 혁명의 규모와 사상적 깊이가 동시대 세계에 큰 영향을 미칠 것이라는 진단 아래, 일본인의 시각에서 중국 혁명을 사상사적으로 검토한 시도였다. 신중국 성립 이후 미래의 건설을 향해 나아갔던 동시대 중국인의 문제의식에 거리를 두면서, 일본인 저자들은 중국 근대의 비균질성과 혁명의 동력을 역사적으로 탐색하였다.

이 책의 주제는 한 마디로 중국 근대의 이질성 규명이다. (…중략…) 100년 간의 중국의 정치사를 세로로 삼고, 거기에 다양한 사상가개인으로서도 집단으로서도의 생활 방식을 가로로 삼았다. 사상사라기보다는 사상의 깊이로부터 바라본 혁명사이다. 그래서 책 제목도『중국 혁명의 사상』으로 하기로 했다.

사상은 항상 그 기반인 생활에 의해 지지된다. **사상과 생활은 항상 일치한다고 한정할 수 없지만, 오히려, 일치하지 않는 것이 많지만,** 어쨌든 둘 사이에는 관련이 있어서, 한쪽이 움직이면 다른 쪽이 움직인다. 물론 그 경우 생활 쪽에 주도적인 힘이 있다.[6]

이 책에 따르면, 사상이란 인간을 인간으로 만드는 것이자 인간의 생활에서 불가결한 것이다. 저자들은 사상을 규명하여 인간의 모습을 포착하는 방법을 취하였다. "중국이 어떻게 새로운 유형의 근대국가 형성에 성공했는지, 그 과정에서 어떤 문제가 있었고, 그것을 어떻게 해결했는지, 대표적인 사상가들이 무엇에 고민하고 무엇을 지탱하며 살았는지"라는 문제틀을 통해, 사상과 생활의 일치와 어긋남을 동력으로 삼은 중국 혁명의 사상 궤적을 그렸다. 이 책은 신중국 성립 이후 동시대 중국의 사상이 '새로운 인간형'의 창조라는 과제를 마주하고 있다는 기대섞인 진단으로 논의를 맺었다.

1950년대 일본의 대학생들은 신중국을 사회주의의 성좌이자 "인류의 이상향"으로 이해하였으며, 중국의 사회주의 경험을 참조하여 전후 일본을 변혁하고자 하였다. 『중국 혁명의 사상』과 『중국의 붉은 별』은 일본 대학생의 중요한 참고문헌이었다. 또한 당시 대학생들은 중국어를 학습하여 "혁명을 위해서 목숨을 내던진 사람들에 대한 감동적인 많은 기록이나 소설"을 탐독하였다.[7]

아시아에 대한 오무라의 관심은 점차 중국을 넘어 한국으로 확장하게 된다. 당시 오무라는 님 웨일즈Nym Wales의 『아리랑의 노래-어느 조선인 혁명가의 생애アリランの唄-ある朝鮮人革命家の生涯』아사히서방(朝日書房), 1953와 김소운金素雲의 『조선시집朝鮮詩集』전기 및 중기고후간(興風館), 1943를 접한다.[8] 이를 계기로 그는 중국 연구의 세계를 넘어서 한국어와 한국문학으로 관심을 점차 확장하였다. 오무라가 한국어를 배웠던 시기는 1958년 재일조선인의

귀국사업이나 1960년 안보투쟁 등이 이어지면서, 동아시아의 냉전 질서가 변동하는 시기였다.

나는 1년 재수 뒤인 1953년, 와세다에 들어갔으나 환멸을 느꼈다. 와세다에 대한 환멸이라기보다는 대학이라는 것에 대한 환멸이었던 것인지도 모른다. **그 환멸 속에서 안도 히코타로**安藤彦太郎 **선생님을 만났으며**, 그 분으로 인해 중국에 눈을 돌리게 되었다. 이후, 중국 근대사와 문학을 공부하던 중, 나는 항상 인도와 조선이 마음에 걸렸다. 아시아 문화와 역사가 새로운 관점에서 연구되어야 한다고 생각하면서도, 보잘것없는 내가 손을 뻗으면 신세만 망치고 마는 것이 아닌가 주저하고 있었다. 허나 인도는 제쳐 놓는다고 하더라도 중국과 비슷한 듯한, 혹은 그 이상으로 가혹한 운명 속에 놓여 있었던 조선의 역사는, 일본과 너무나도 생생한 관계를 맺고 있는 만큼 눈을 돌릴 수는 없었다. **일본·조선·중국이 서로 뒤얽혀 있는 관계를 해명하고**, 일본의 왜곡을 자그맣게나마 정상으로 돌려놓아야 한다고 생각했다. **또한 조선을 연구하기 위해서는 우선 조선어를 배워야 한다고 생각했다.**[9]

1950년대는 지구적으로 비식민화decolonization의 열기가 특히 높았던 시기였다. 1955년 인도네시아 반둥에서 탈식민 아시아 및 아프리카 신생 국가들이 모인 제1회 아시아아프리카회의반둥회의를 통해 '비동맹'의 기치 아래 독자적인 세력화를 시도한 것은 비식민화의 움직임을 대표한다.[10] 일본의 대학생 오무라가 중국을 공부하는 과정에 인도와 조선까지 그 시야를 확장하면서 아시아의 문화와 역사에 대한 새로운 시각을 요청했던 것 역시 아시아가 세계사에 등장했던 1950년대의 지구적 상황과 연동하고 있다.

오무라의 학술적 출발점은 전후戰後 일본의 중국학 연구였다. 대학 시절 오무라는 "일본사상사 속에서 중국학이 어떤 의미를 지니는지를 평생 연"하였던 역사학자 안도 히코타로^{安藤彦太郎}의 지도를 받으면서, 중국에 대한 공부를 시작하였다. 1950년 미군 점령하 일본에서는 공산당원을 공직과 민간기업에서 쫓아낸 레드 퍼지^{Red Purge}가 있었다. 그 여파로 러시아어와 중국어를 공부하면 공산당으로 간주되어 일본에서 취직이 쉽지 않았고, 안도의 강의 역시 학생들의 큰 관심을 끌지는 못하였다. 대학의 중국어 교육에 만족하지 못하였던 교수와 학생들은 대학의 바깥에서 중국어연구회, 중국어학습자연합 등 다양한 단체를 만들어 중국어를 학습하였다. 오무라 역시 2년간 구라이시 다케시로^{倉石武四廊郎}가 운영한 야간 중국어강습회에서 중국어를 공부하였다. 초급 및 중급 과정은 주 3회였고, 상급 과정은 주 1회였다. 안도는 "학생 중에서 진지하게 중국어를 공부하는 사람은 오무라 군뿐"이라고 하면서 오무라를 아꼈고, 오무라는 안도가 지도하였던 중국연구회에서 공부하였다.[11]

오무라는 중국 역사 및 문학에 관심을 심화하는 과정에서 일본의 중국학에서 "제외되어 있는 조선 사람들은 당시에 무슨 생각을 했을까?"라는 질문을 갖게 된다.[12] 1950년대 중반 와세다 중국연구회 역사부 안에 조선연구회가 생겼다. 오무라, 미야타 세쓰코^{宮田節子}, 강덕상^{姜德相} 등이 참여하였다. 그 규모는 5~6명에 불과했지만, 후일 역사학자 강덕상은 이 연구회가 "전후 과학적 조선사 연구의 요람"이었다고 평가하였다. 안도의 소개로 와세다의 조선연구회와 가지무라 히데키^{梶村秀樹}를 비롯한 도쿄대학 연구자들과 공동의 연구모임을 만들었고, 우방협회 조선근대사료연구회를 거쳐 1959년 조선사연구회를 발족한다.[13]

오무라는 와세다대학 조선연구회에는 참여했지만 1957년 도쿄도립대학 대학원으로 진학하면서 와세다의 연구자들과는 다소 멀어진다. 조선사

연구회 연구자들은 한국어를 공부하지 않고 한국어 자료를 활용하지 않았기에, 한국어 학습이 먼저라고 생각한 오무라는 이들의 연구방법에 거리를 느끼기도 하였다. 1963년 와세다대학 어학교육연구소의 시간강사가 되면서 오무라는 다시금 안도와 가까워졌다.[14]

1966년 중국에서 문화대혁명이 시작되었다. 오무라의 스승 안도 히코타로는 2년의 베이

〈그림 1〉 안도 히코타로와 강덕상 그리고 오무라 마스오
출처 : 『오무라 마스오와 한국문학』

징 체류 경험을 바탕으로 발발 직후의 문화대혁명을 "이상의 사회를 만들기 위한 사상개조"라고 보면서 "장대한 실험이 나아갈 길"을 기대하였다.[15] 하지만 문화대혁명은 점차 과격해지고 폭력적으로 변모하면서, 일본에서 문화대혁명에 대한 비판적 여론이 높아졌다. 1967년 안도와 오무라 등 7명은 마오쩌둥저작언어연구회 소속으로 문화대혁명 발발 직후의 중국을 방문한다.

1967년에는 방중대표단의 일원으로 안도 선생님과 함께 베이징을 방문했습니다. 하지만 문화대혁명 시기라 만리장성 등의 명승지는 갈 수 있었지만, 숙소인 북경반점 밖을 자유롭게 나갈 수 있는 상황은 아니었습니다. 밤이 되면 숙소 밖에서 커다란 소리가 들리기도 하는 등 험악한 분위기였던 것이 지금도 기억납니다.[16]

안도와 오무라의 중국 방문 목적은 마오쩌둥 저작물 연구였지만, 문화대혁명으로 호텔 밖을 나가는 것조차 어려웠다. 중국은 혼란스러운 상황이었고 외부인을 향한 감시도 철저하였다.[17] 하지만 이듬해에도 안도는 "문화대혁명은 현상 형태로서는 참으로 중국적이지만 그 본질에는 사회주의에 대한 보편적인 명제를 내"하고 있다고 진단하면서 문화대혁명의 의미를 우호적으로 이해하고자 하였다. 그는 문화대혁명이 '파사입공破私立公' 즉, "'나'를 부수는 투쟁을 통해서만 프롤레타리아 계급의 '공'을 형성할 수 있다"라는 질문을 제기한다는 점에 유의하면서, 문혁을 성급히 부정하기보다는 "냉정하고 상세한 평가"의 자세를 가질 필요성을 주장하였다.[18] 오무라 역시 중국을 다녀온 직후 여전히 문화대학명을 신중한 존중과 이해의 시선을 바라보았다.

작년1967년 여름 필자가 단기간 중국을 방문했을 때 베이징 거리는 대자보의 홍수였다. (…중략…) 마지막으로 베이징에서 본 대자보를 소개한다. 그것은 왜 『붉은 바위紅岩』에 등장하는 영웅은 모두 희생되는가, 왜 이야기의 결말이 승리로 끝나지 않는가, 라는 의견이었다. 아마도 문화의 수준이 특별히 높지 않은 아주 평범한 청년이 쓴 것이리라. 『붉은 바위』 비판으로서는 그렇게 중시할 만할 것이 아닌지도 모른다. 그러나 거기에 중국 민중의 문학에 대한 일종의 기대를 엿볼 수 있다. 일본인이 혁명적 문학에 기대하는 것과는, 바로 정반대의 것이 거기에 있다.

인류 역사상 전례를 찾아볼 수 없는 프롤레타리아 문화대혁명 속에서 인류 역사상 전례 없는 문예가 탄생하려 하고 있다. 일본인으로서 그것을 어떻게 받아들일지에 대해서, 일본에서 『붉은 바위』의 소개 및 평가 문제는, 하나의 과제를 제기하고 있다.[19]

『붉은 바위紅岩』는 1961년 중국의 뤄광빈罗广斌과 양이옌杨益言이 공동집 필하여 출판한 소설이다. 이 소설은 중화인민공화국 성립 직전 국민당 근거지 충칭重慶의 수용소를 배경으로 공산당원이 수행한 불굴의 투쟁을 그린 것이다. 출판 직후 중국에서 430만 부 이상 판매되었고, 신극, 전통극, 영화 등으로도 만들어지면서 중국 사회에 널리 전파되었다. 1963년 일본의 신일본출판사新日本出版社가 이 책을 3권으로 번역된 것을 계기로, 일본에서도 널리 읽혔으며, 일본의 평단에서는 문학의 계급성 및 투쟁성, 혁명적 인간상 및 인물의 유형화, 근대문학 양식 등을 둘러싼 '『붉은 바위』 논쟁'이 일어난다. 오무라는 1967년 중국 방문 당시 보았던 대자보의 예를 들면서, 근대문학의 관습에 익숙한 일본의 독자와 전혀 다른 요청을 제시하는 중국 민중의 목소리에 귀 기울인다. 그는 문화대혁명 가운데 "인류 역사상 전례 없는 문예"가 탄생할 수 있을지 기대 섞인 질문을 신중히 제기하였다.

오무라는 역시 초기에는 문화대혁명을 지지하였다. 하지만 지식인에 대한 중국 정부의 탄압을 알게 되면서 "문혁으로부터 마음이 멀어져갔다." 하지만 스승 안도 히코타로는 "문화대혁명을 끝까지 지"하였고, 그 때문에 제자들과 사이가 멀어지기도 하였다. 오무라는 문화대혁명에 대한 비판적 거리를 유지하면서도, 안도의 입장을 이해하고자 하였다. 그는 스승 안도가 "문혁이 관료주의를 타파했"다는 측면을 중시했다는 점, 안도가 "가난하지만 열심히 살아가는 사람들"의 삶에 대한 존중으로 인해 문혁을 지지했다는 점을 유의하였다.[20] 이후 오무라는 한국문학을 통해 한국 민중의 일상을 존중하고 알아가고자 하는데, 이러한 태도는 중국 민중을 존중하였던 안도의 태도와 닮아있다.

2. 도쿄도립대학과 다케우치 요시미의 아시아주의

1957년 오무라 마스오는 와세다대학을 졸업하고 도쿄도립대학東京都立大学 대학원으로 진학하여, 중국문학 "공부"에 열중하였다.[21] 그가 도쿄도립대학으로 진학한 것은 중국문학 연구자 다케우치 요시미竹內好가 재직하고 있었기 때문이었다. 오무라는 다케우치 요시미에 대한 친근함을 담아, 그를 '다케우치 고竹內好'라는 통명으로 부르기도 하였다.[22] 오무라의 학술적 실천에서는 다케우치와의 공명을 곳곳에서 확인할 수 있다. 가장 중요한 두 가지는 민중에 대한 존중과 아시아에 대한 주체적인 사유이다.

다케우치는 「일본의 민중」[1953]에서, 민중이 역사를 만들어간다는 테제에 동의하면서, 동서고금을 막론하고 민중은 역사의 담당자이자 창조의 가장 깊은 근원이고 혁명의 주체였음을 강조한다. 그는 민중의 속성을 네 가지로 판단하였다. 첫째, 민중은 직접적 생산에 종사하여, 인류 생존의 근간이 되는 가치를 만들어 낸다. 둘째, 민중은 피지배자의 위치에 놓이며, 지배권력에 맞서는 피지배자이다. 둘째 속성, 곧 지배권력에 맞서는 피지배자로서 민중의 동의어는 인민이다. 다케우치는 첫째 속성으로부터 둘째 속성이 도출되는 것이며, 그 역은 성립하지 않는다고 보았다. 셋째, 민중은 다수이기에 혁명에 동원될 수도 반혁명에 동원될 수도 있는 힘이다. 넷째, 민중은 통일체가 아니라 잡다한 이해관계로 분열되어 있다. 그는 넷째 속성, 곧 겹겹이 내부 대립하는 무명으로서 민중을 서민으로 들었다. 다케우치는 일본의 혁명을 현실화하기 위해서는, 민중에게 스며들어 있는 지배자의 속성인 관료주의에 대한 저항을 내부로부터 조직하고, 민중이 본래 지닌 혁명의 에너지를 해방하는 것이 필요하다고 판단하였다.

오늘날 상황하에서는, 아무리 외부 조건이 바뀌어도 관료주의를 극복해야 할 필요는 변치 않는다고 생각한다. **혁명은 그것을 떠받쳐주는 인간 혁명 없이는 성공할 수 없다. 혁명은 인간 혁명을 수월하게 만들며, 인간 혁명은 또한 혁명을 가능하게 만든다.**

민중이라는 건 이미 존재하는, 그러므로 이용하면 좋은 그런 성질의 것이 아니다. 상명하달식의 소위 '대중노선' 사고는 글러 먹었다. 민중은 부단히 형성되어야 하며, 민중을 형성하는 것은 다름 아닌 민중 자신이다.[23]

청년 오무라는 인간 혁명이라는 토대를 통해서만 진정한 혁명이 가능하다는 다케우치의 언급에 밑줄을 그었다. 다케우치 요시미는 민중이 자기를 형성하는 주체성을 존중하면서, 진정한 혁명의 조건으로 민중의 인간혁명을 강조하였다. 혁명은 다케우치가 루쉰문학에서 주목한 주요한 개념이기도 했다. 아시아태평양전쟁 전시체제기의 긴장 아래에서 다케우치는 『루쉰』1944을 쓰면서, 쑨원孫文의 서거를 애도하는 루쉰의 문장에 주목하였다. 그는 "결국 쑨원에게서 '영원한 혁명가'를 보았던 루쉰은 '영원한 혁명가'에게서 자신을 보았던 것이다"라고 쓰면서, "영원한 혁명가에게 모든 혁명은 실패이다. 실패가 아닌 혁명은 진정한 혁명이 아니다. 혁명의 성공은 '혁명은 성공했다'고 외치는 것이 아니라, 영원한 혁명을 믿고 '혁명이 성공하지 않은' 현재를 파괴하는 것"이라고 언급하였다.[24] 다케우치는 「내셔널리즘과 사회혁명」1951에서도 "반혁명에서조차 혁명의 계기를 잡아내었던" 전형으로 루쉰을 들었다.[25]

다케우치는 민중이 지닌 혁명의 에너지를 해방하기 위해서, 민중이 생산자로서 자각을 회복해야 한다고 주장하였다. 그는 "노동자의 첫 번째 의미는 사회적 부의 생산자라는 것"에서 찾았고, "노동자는 생산자이기에 혁명을 짊어질 수 있다"라고 언급하다. 그는 민중 스스로 잠든 의식을 깨워 생산자로서 노동자임을 자각하고 아래로부터 축적하여 연대와 의식의 높이를 갖출 때 혁명이 가능하다고 보았다.[26] 청년 시기 카를 마르크스Karl Marx는 『1844년 경제학 철학 수고』에서 "동물은 단지 육체적 욕구에 지배되어서 생산할 뿐이지만, 인간 그 자체는 육체적 욕구로부터 자유롭게 생산하고, 나아가 육체적 욕구로부터의 자유 가운데에서 비로소 진정 생산한다"라고 언급하였다. 카를 마르크스에 따르면, 생산자 인간은 "그에 의해 창조된 세계 가운데에서" 자신을 "유적 존재"로 인식할 수 있다.[27] 다케우치는 교사를 사례로 노동자로서 민중의 자각을 요청하였다. 오무라 또한 학술적 실천 전반에서 연구와 번역이라는 행위가 사회적 부를 생산하는 노동이라는 것에 유의하였으며, 보다 많은 사람의 협동을 통해 사회적 부가 더욱 증진될 수 있다고 보았다.

다케우치 요시미는 침략과 연대라는 아시아의 역사적 경험에 내재한 아포리아를 직시하면서, 아시아를 주체적으로 사유할 수 있는 시각을 모색하였다.[28] 아시아에 대한 관심 또한 오무라의 학술적 실천 전반에서 확인할 수 있다. 그의 연구의 시작 역시 아시아에 겹쳐 있었다. 다케우치 요

15 日本の民衆

にもその兆候がある。しかし、外の條件の變化が内の條件に働きかけることはあっても、内の條件の固有の意味を究極的に消すことはないから、私の提言はおそらくムダではないと思う。私のいいたいのは、支配者の恩恵である官僚主義にたよって革命を成功させることはできない、ということだけである。

かりに、何かの力關係で今日の支配權力が倒れたとしたら、官僚主義の克服は容易になるだろう。しかし、その場合でも問題は残るにちがいない。まして、今日の事情の下では、どんなに外の條件が變ってもその必要は變らないと思う。革命は、それを裏つける人間革命なしには成功しない。革命は人間革命を容易にするが、人間革命はまた革命を可能にするのである。

民衆は、すでに存在し、それを利用すればいいという性質のものではない。天くだりのいわゆる「大衆路線」の考え方はまちがっている。民衆は不斷に形成すべきものであって、それを形成するものは、ほかならぬ民衆自身である。

（創文証『現代史講座』第二巻、一九五三年六月）

〈그림 2〉다케우치 요시미의 「일본의 민중」에 그은 오무라 마스오의 밑줄

오무라 마스오는 다케우치 요시미의 『국민문학론』(도쿄대학출판회, 1954)에 실린 「일본의 민중」을 읽었다

<그림 3> 1961.6.14. 오무라 마스오와 아키코의 결혼식에서 축사를 하는 다케우치 요시미

시미는 강의에서 주로 청말 소설을 강독하였다. 오무라는 석사논문으로 「청말 사회소설 연구」를 작성하였는데, 류어劉鶚의 견책소설『라오찬 여행기老殘遊記』를 비롯한 상하이 조계에서 출판된 소설을 연구하였다. 석사 과정을 졸업하고 1959년 박사과정에 진학하여 연구를 이어간다. 오무라의 회고에 따르면, 다케우치의 수업은 무료하기도 했지만, 소설가 홋타 요시에堀田善衛나 중국문학 연구자 및 번역가 오카자키 도시오岡崎俊夫 등이 찾아와서 학생들과 대화하기도 하였다. 오무라는 루쉰문학 역시 관심을 가졌다. 그는 루쉰이 옌푸嚴復의『천연론天演論』을 읽었던 점에 유의하면서 루쉰의『무덤墳』첫 글「인간의 역사人之歷史」와 에른스트 헤켈Ernst Haeckel의『우주의 수수께끼宇宙の謎』를 검토하였다.「인간의 역사」에서 루쉰은 "무생물이 전화하여 생물이 되어다는 것은 이제 바꿀 수 없는 진리가 되었"다고 언급하였다. 오무라는 루쉰이 헤켈의 저서 전반부에 등장하는 자연진화론은 관심을 가졌지만, 사회진화론은 부정하였다고 판단하였다. 다만, 오무라는 다케우치의 루쉰 읽기에 흥미를 느꼈지만, 당시에는 그것에 충분한 관심을 기울이지는 않았다고 언급하였다.[29]

오무라는 류어와 동시대 지식인으로 일본에서 중국어로 소설을 썼던 량치차오梁啓超에게도 관심을 가졌다. 량치차오는 도카이 산시東海散士의『가인지기우佳人之奇遇』를 중국어로 번역하였다. 도카이 산시의『가인지기우』는 일본 정치소설의 대표적인 작품 중 하나로, 아시아 연대라는 시각에서 쓰인 텍스트이다.

『가인지기우』는 근대일본이 낳은 걸작 중의 하나이다. 단지 문학사에 그 이름을 남기고 있을 뿐 아니라, 지금 읽어도 힘 있는 문체와 아울러 읽는 이의 피를 끓게 한다. 아일랜드 독립운동가인 여성 투사, 스페인 전제 군주에 반기를 든 여성 혁명가, 청 왕조의 전제 지배를 뒤엎으려고 하는 중국의 지사, 그리고 도카이 산시, 이 네 명의 남녀가 세계를 무대로 대국의 식민지 정책에 반대하는 가운데 굳게 맺어져 있다. (…중략…) 비참한 상황을 타파하고 또한 동양의 여러 나라들이 잘 연합해서 서구의 침략에 저항하려고 한 생생한 아시아 연대감이 넘친다. 그러나 아쉽게도 앞에서 말했듯이 조선문제에 관해서는 권수를 거듭할수록 더욱 더 그 연대감이 약해지다가 결국은 때로 정부보다도 격렬한 대외 강경파가 되어, 조선합병으로 이어지는 길을 걷게 되어 버린다. **메이지 초년에는 서구제국주의에 대항하는 피침략자의 국제적 연대와 동양세계의 단결에 뿌리내리면서, 다른 아시아 여러 나라보다 한 걸음 앞서서 근대화 = 서양화의 길을 걸은 일본은, 연대의식이 지도자의식으로 바꾸고 대동아공영권 구상으로 기울어버린 역사적 비극을 경험하지 않으면 안 되었다.** 그 위험한 맹아는 『가인지기우』 2권에도 이미 있었다고 할 수 있을 것이다.[30]

오무라는 먼저 일본의 정치소설 『가인지기우』의 아시아주의를 검토한다. 『가인지기우』에 일본이 동양의 약소국이 함께 서구의 아시아 침략에 저항하는 아시아의 연대에 대한 지향이 있는 것은 사실이지만, 아시아에 대한 연대는 근대화를 먼저 성취했다는 자부심의 다른 형태이자, 아시아의 맹주가 되어 대동아공영권 구상으로 연결될 위험을 내포한 것이었다. 유럽의 문명에 맞서서 아시아의 연대와 해방을 외치는 담론 안에서도 오리엔탈리즘·식민지주의를 내포한 문명화론이 각인되어 있었다는 것을 예리하게 진단한 셈이다.[31] 일본 아시아주의에 대한 오무라의 비판은 스승 다케우치 요시미의 아시아주의 비판과도 공명한다. 같은 시기인 1960년대 초반 다케우치는 일본의 아시아주의를 검토하면서, 비침략적 아시아주의라는 심정이 사상으로 승화되지 못하고, 침략의 논리로 귀결하였던 양상을 탐색하고 있었다.[32] 오무라는 『가인지기우』 10권에서 아시아의 연대는 침략으로 그 성격이 바뀌었고, 그 시점에서 "『가인지기우』가 가진 역사적 의미』는 완전히 소멸되었다"라고 엄정히 진단하였다.[33] 그리고 『가인지기우』가 아시아의 연대에서 침략으로 변모하고, 민권주의에서 국권주의로 우선회右旋回하는 과정에 '조선문제'가 시금석으로 놓여 있다고 판단하였다.[34]

중국의 지식인 량치차오가 『가인지기우』를 번역한 것은 일본 정치소설의 사회적 효용에 관심을 가지고, 서구에 대항하는 동양의 단결이 필요하다는 도카이의 아시아 연대관에 동의했기 때문이었다. 그런데 량치차오는 『가인지기우』 제16권에 이르자 번역을 중단한다.

16권이 되면 량치차오는 삭제에 삭제를 거듭하고, 끝내는 중도에서 붓을 던져버리며 스스로 짧은 한 구절을 써넣는다.

16권에서 량치차오가 삭제한 주요 부분은, 원문 중의 청나라에 대한 비호의적인 부분과 일본이 청을 물리치고 조선에 대한 권익을 주장하는 부분이다. 당시 중국의 위정자는 조선을 속국으로 여기는 것이 보통이어서 량치차오도 예외는 아니었다. 따라서 도카이 산시의 정론을 량치차오로서는 용납할 수 없었을 것이다. 그러나 역사는 도카이 산시도 량치차오도 진실을 파악하지 못했으며, 당신의 조선인, 특히 '척왜척양', '축멸왜이', '진멸권귀' 즉 침략적 외국 세력의 타도와 봉건적인 특권층의 타도를 목표로 하여 결집된 조선 농민들만이 세계를 꿰뚫어보는 눈을 가지고 있었음을 증명했다.[35]

오무라는 일본 정치소설 『가인지기우』의 아시아 연대론이 침략의 논리로 귀결하는 양상을 비판하는 동시에, 중국의 지식인 량치차오가 한국을 속국으로 간주하는 인식에서 벗어나지 못했다고 비판하였다. 오무라는 량치차오가 도카이가 주장한 일본의 '조선경영론'을 삭제하고, 대신 붙인 주석에서 '조선에 대한 청군 파병의 정당성'을 기술하고 있음에 유의한다. 그는 도카이의 '조선경영론'과 량치차오의 '조선 파병 정당성'은 표면적으로는 정면으로 대립하지만, "조선의 자주성을 인정하지 않고, 조선을 자국의 속국으로 만들려고 하는 점에서는, 양자는 완전히 일치"한다고 날카롭게 비판한다.[36]

오무라의 『가인지기우』 분석에서 중요한 판단의 근거는 한국의 민중이었다. 민중에 대한 관심은 안도 히코타로의 관심과 연결되는 한편 다케우치의 관심과도 공명하는 것이다. 오무라는 도카이와 량치차오의 입장이 가진 침략의 면모를 한국의 농민들이 꿰뚫어 보고 있었다고 언급하였다. 다케우치 요시미는 「일본의 아시아주의」[1963]에서 일본의 아시아주의가 "내부결함을 대외진출로 만회하려는 형태를 반복"했던 이유로 "인민이 허약"한 것을 들었고, 인민의 구체적인 삶과 아시아주의를 관련짓는 것이 "오늘날 아시아주의의 가장 중요한 과제"라고 보았다.[37] 『가인지기우』 분석을 마무리하면서 오무라는 "량치차오의 귀에, 어째서 조선 민중의 독립을 희구하는 절규와 의병투쟁의 총성이 들리지 않았던 것일까"[38]라는 질문을 제시하였다. 그는 량치차오의 아시아 연대가 한국의 민중과 분리되어 있다는 것을 통찰을 제시하였다.

다케우치 요시미는 『루쉰』에서 루쉰이 량치차오의 영향을 '받았다'고 생각하기 보다는 '받지 않았다'고 간주하는 것이 합당하다고 보았다. 그는 루쉰이 본질의 측면에서 량치차오의 영향을 받지 않았으며, 설사 "받았다고 하더라도 그 받았던 방식은 그 가운데에서 자신의 본질적인 것을 뽑아내기 위해 그 속으로 몸을 던지는" 방식, 곧 "쩡짜掙扎"적으로 받아들였다고 판단하였다.[39] 오무라 역시 량치차오를 읽으면서, 자신을 던져 량치챠오와 대결하면서 자신의 주체성을 성찰적으로 도출하였다. 『가인지기우』와 그 번역에 대한 검토를 통해 오무라는 일본인이라는 자신의 주체성과 중국학이라는 자신의 학술적 시각에서 한국 민중의 목소리가 부재한다는 것을 발견한다. 후일 그는 "이 소설에서 제외돼 있는 조선 사람들은 당시에 무슨 생각을 했을까 하는 생각에서 조선문학에 관심을 품기 시작했"다고 회고하였다.[40] 오무라는 "일본의 왜곡을 자그맣게나마 정상으로 돌려" 놓아야 한다는 겸허한 마음으로 "일본과 너무나도 생생한 관계를 맺고 있"던 조선으로 관심을 확장한다.[41]

일본의 중국학에서 연구를 시작한 오무라 마스오는 일본의 아시아주의에 대한 비판적인 진단을 수행하면서 한국을 발견한다. 그는 일본과 중국이라는 시각에서는 재현되지 않는 한국의 재현 가능성을 질문하고 재현되지 않는 한국 민중의 목소리에 귀기울였다. 그의 문제의식은 다케우치 요시미의 아시아주의 비판과 공명한다. "다케우치 요시미 선생님이 제게 조선을 연구하라고 말씀하신 적은 없지만 무언無言 중에 그분의 생각이 제 안에 파문을 일으켰던 것은 아닐까요"라는 오무라의 고백은 다케우치와의 공명에 대한 증언이다.[42]

3. 재일조선인 회관에서 들은 한국 민중의 목소리

한국 민중의 목소리에 관심을 가졌던 오무라의 첫걸음은 한국어를 배우는 것이었다. 그는 "저는 단순했기 때문에, 그렇다면 조선어로부터 시작해야겠다고 마음 먹었지요"라고 겸허하게 회고하기도 하였지만, 1960

년대 초반이 전후^{戰後} 일본의 한국학이 성립하는 시기였음을 고려한다면 오무라의 선택은 중요한 의미를 갖는다.

> **역사를 배운다고 해도 문학을 배운다 해도 우선은 어학부터입니다.** 바로 이것이 같은 와세다대학 학생단체인 중국연구회의 멤버였던 미야타 세쓰코 씨나 강덕상 씨와 다른 점이었습니다. 이분들은 일본어 문헌을 섭렵해 차례차례 성과를 냈지만, 저는 '아야어여'부터 시작했습니다.[43]

1950년대 후반 미야타 등 한국사 연구자들은 '우방협회'를 방문하여 조선총독부 관료의 증언과 그들이 제공한 자료를 정리하면서 연구를 시작하였지만,[44] 오무라는 한국어의 '아, 야, 어, 여'부터 공부하면서 연구를 시작한다. 하지만 당시 간사이^{関西}지역의 덴리대학과 오사카외국어대학에는 조선어 강좌가 개설되어 있었지만, 간토^{関東}지역에는 조선어 강좌가 없었다.

1957년 석사 1학년 오무라는 조선총련 도쿄본부의 유학생 동맹을 찾아가 한국어 강좌의 문을 두드린다. 그는 "일본인이 조선어 학습을 하겠다고 하니 의심스러운 눈초리"를 감당해야 했고, 수강을 거절당한다. 이듬해 1958년 석사 2학년 시기에 한 번 더 찾아가지만 다시 거절당하고 조선청년동맹을 소개받는다. 오무라는 시나노마치의 조선회관^{朝鮮會館}에서 열린 조선청년동맹 도쿄도 본부 야간강습회에서 한국어를 배운다. 하지만 그곳은 외국어 학습기관이 아니라, 민족의식을 고양하는 근로자 학교에 가까웠다. 당시 오무라는 "조선어를 잘 모르는 재일조선인 노동자" 사이에서 한국어를 배우면서 역설적으로 자신의 일본인 주체성을 자각하게 된다.[45]

그 개강식 자리에서의 긴박감은 지금도 잊을 수 없다. 저 지부, 이 지부에서 젊은 청년남녀들이 엄청나게 몰려들어 온다. 모두 아는 사이인 듯하다. 낯선 조선어가 어지럽게 날라 다닌다. (…중략…) 강당의 정면에는 김일성의 사진이 커다랗게 걸려있다. 200~300명이나 되는 젊은이들의 훈김으로 숨이 콱 막힐 것 같다. 복도까지 사람이 넘치고 있다. 전부 조선인뿐이다. 아는 얼굴이 있을 리 없다. 나는 사람들의 벽 뒤에 숨어 조그맣게 앉아 있었다. 이어 연설이 시작되었다. 일본에 대한 격렬한 언어가 거대한 파도들처럼 부풀어 오른다. 그것은 진짜 조선의 소리였다. "일본인, 일본인"이라고 나는 입 속에서 염불처럼 외고 있었다. 일본인이라는 사실이 묵직한 무게로 다가왔다. 나는 3·1 운동을 생각하고 창씨개명을 생각하고 관동대지진을 생각했다. 조선은 나를 민족주의자로 만들었다.[46]

개강식에 모인 200~300여 명 한국인 사이에서 오무라는 '낯선 한국어'가 어지러이 날아다니는 것을 경험하다. 일본에 대한 격정적인 언어가 파도처럼 부풀어 오른 가운데에서 그는 그것이 '진짜 한국인의 소리'라는 것을 깨닫는다. 오무라는 낯선 한국어 음성과 일본에 대한 비판으로 가득 찬 낯선 공간 안에서 스스로를 일본인으로서 인식하였다. 유일한 일본인 수강생이었던 오무라는 한국어 강좌에서 좀처럼 친구를 가지지 못했다. 재일조선인 동급생들은 처음에는 그가 일본인이라는 사실을 믿지 않았고, 나중에는 한국어를 배우는 일본인인 오무라를 괴짜 취급하였다.

다케우치 요시미는 「근대주의와 민족의 문제」[1951]에서 일본 프로문학이 국제주의와 계급 이론이라는 사상을 수입하는 길을 걸었던 것을 비판하였다. 그는 프로문학이 강조한 '민족독립'의 주장 가운데 '민족'은 선험적 개념에 머물 뿐 민중의 생활감정을 담지 못했다고 비판하였다. 그 결과 일본의 프로문학은 민족주의와 대결하거나 그것을 개조하지 못했고, 프로문학 역시 천황제의 구조로부터 자유롭지 못하였다. 다케우치는 일본 파시즘에 동원된 "울트라 내셔널리즘에서 울트라만 뽑아내 탄핵한다면 무의"하다고 보면서, "내셔널리즘과 대"하면서 "민족의 전통에 뿌리" 내린 "혁명"을 요청하였다.[47] 오무라 역시 한국어를 매개로 현실에서 조우한 재일조선인의 생활감정과의 긴장 섞인 연결 속에서 일본인의 주체성을 재구성하였다. 일상 안에서의 생활감정은 역사적 사건으로 확장되었다. 오무라는 3·1운동, 관동대지진, 창씨개명 등 역사적 사건을 경유하면서 일본인 주체성을 구성하였다.

조선청년동맹의 한국어 수업은 조선어 2콤마^{단위}, 음악 1콤마^{단위}, 역사 1콤마^{단위}로 구성되었다. 한국어 초급반 수업을 교사는 박정문^{朴正汶}이었다. 오무라는 "조선어 학습은 즐거웠다. 지금 조선대학에 계시는 박정문 선생은 나를 조선어에 홀리게 만들었다"라고 회고하였다. 오무라는 석사학위 논문을 쓰는 외중에도 주 3회 수업에 성실히 참여했다. 박정문은 훌륭한 언어학자였지만, 야학 수업이 아니라 대학 수준의 강의를 하였다. 한국어 강의는 개강 시 40~50명이었지만, 종강 즈음에는 오무라를 포함하여 3명만이 남았다. 후일 그의 아내가 되는 성추자^{오무라 아키코}를 처음 만난 곳도 한국어 강좌에서였다. 성추자는 당시 한국어 중급반 학생이었으며, 두 사람은 역사와 음악 수업에서 만날 수 있었다.[48]

후일 오무라는 자신이 한국어를 배우기 시작한 1958년을 "귀국 문제가 시작되기 전 해"였다고 언급하였다.[49] 그는 도쿄의 재일조선인들로부터 한국어를 배우면서, 재일조선인의 '귀국'운동과 이동을 목도하였다.

〈그림 4〉 1958~1959년경 조선총련 청년학교 야유회
출처 : 『오무라 마스오와 한국문학』

4. 안보투쟁의 나날에 한국어를 배우다,
　　한국문학을 읽다

오무라 마스오가 대학원 박사과정에 들어가고 한국어 공부를 시작하였던 1960년 일본에서는 안보투쟁安保闘争이 일어났다. 1960년 5월 19일 일본 자유민주당 기시 노부스케岸信介 내각은 미일군사동맹을 강화하고 일본의 전쟁 개입을 허용하는 방향으로 '미일안전보장조약'의 개정을 강행하였고, 일본의 시민은 그 움직임에 저항하였다. '미일안전보장조약'은 1951년 9월 8일 제2차 세계대전의 종결을 위해 연합국 49개국과 일본이 체결한 '샌프란시스코조약'과 동시에 체결된 조약이었다. 다케우치 요시미는 5월 21일 조약 개정에 항의하여 도쿄도립대학에 사직서를 제출하였다.

저는 도쿄도립대학 교수직에 취임할 때 공무원으로서 헌법을 존중하고 지키겠다고 서약했습니다.

5월 20일 이후 헌법의 가장 중요한 요소의 하나인 의회주의를 상실했습니다. 더구나 국가권력의 최고기관인 국회가 그 기능을 잃도록 만든 책임자는 다름 아닌 중의원 의장이며, 공무원의 대표격인 내각 총리대신입니다. 이렇듯 헌법이 무시당하는 작금의 현실에서 도쿄도립대학 교수직에 머문다면 취임할 때 이 서약을 저버리는 일입니다. 또한 교육자로서 양심에 어긋납니다. 그리하여 저는 도쿄도립대학 교수직을 떠나겠다고 결심했습니다.[50]

안보투쟁은 샌프란시스코 강화조약과 한국전쟁 휴전으로 구조화한 1950년대 동아시아 냉전 질서를 미국 중심으로 강화 재편하려는 일본의 반민주-권위주의 정권에 대한 민중의 저항이었다.[51] 당시 일본의 시민들은 "육체의 형태로서 민주주의가 추정하는 가장 기본적인 것 중 하나를 주장하는 방법"[52]인 집회를 이어갔고, 오무라 역시 안보투쟁의 거리로 나서서 "압정에 저항을", "기시 그만둬!", "다케우치 그만두지마" 등의 구호를 외쳤다.[53]

1960년 동아시아 냉전질서의 채편이 감지되는 상황에서 오무라 마스오는 후일 아내가 되는 성추자_{오무라 아키코}와 도쿄대학 학생 이소령 등과 함께 몇 페이지씩 한국문학을 읽고 대화를 나누는 "소박한 모임"을 시작했다. "작품다운 것"으로 처음 "제대로" 읽은 것은 최서해의 「탈출기」였다. "읽기 모임을 마치고 나서 국회 앞에서 열린 안보투쟁 데모에 나가곤 했"다.[54] 1963년 오무라는 자신이 한국문학을 읽는 이유를 다음과 같이 적어두었다.

1920년대와 1930년대의 문학을 조금씩 공부해 가고 싶다. 일조日朝 양문화의 상호관련성과 같은 비교문학적 연구보다도, 곤란하긴 할 것이나, 조선민족의 발상·사고방법 그것부터 탐구해 가고 싶다. 그것은 이중의 의미에서 현대에 살고 있는 일본인의 지침이 되는 것이다. '이중의 의미'에서라는 것은, 하나는 당시 일본의 수법을 조선이라는 거울에 낱낱이 비춰내서, 꿈이여 다시 한 번 하고 비는 이들에게 타격을 가하기 위해서이며, 또 하나는 자유가 속박된 인간의, 광명의 얻기 위한 투쟁, 그 에너지의 근원이 무엇이었는가를 탐구하기 위해서이다.

후자에 관해서 말한다면, 신경향파문학에 관철되고 있는 피압박자 의식, 두터운 벽을 무너트리려 해도, 방화나 강도나 살인 같은 수단 외에는 호소할 길이 없는 폐쇄상황 등등, 그것들은 어느 것이나 현재의 우리 것에 가깝다. 그렇

〈그림 5〉 오무라 마스오가 촬영한 1960년 일본 안보투쟁
"기시 그만둬", "다케우치 그만두지 마"라는 피켓이 보인다
출처 : 오무라 마스오 저작집 6

게 비합법적 수단에 의한 것이 아니면, 스스로가 광인이 될 수밖에 없는 어
두운 시대다. 이 시대의 소설에는 미치광이가 다수 나온다. 이익상의 「광란」,
최서해의 「박돌의 죽음」·「미치광이」, 번역된 이태준의 단편소설집에도 미치
광이가 다수 등장했던 기억이 있다. 광인의 등장이 보여주는 밝음은, 암야의
촛불처럼, 오히려 주변의 어둠을 극명하게 드러낸다. 이러한 와중에서 조선민
족은 돌파구를 찾고, 자기 나라를 해방시켰던 것이다.[55]

오무라의 한국문학 읽기의 배경에는 중국문학 읽기가 놓여 있다. '빛'
과 '어둠'의 대립, 그리고 '자유'가 속박된 인간의 형상은 루쉰의 『외침』의

「자서」에 등장하는 유명한 '철방'의 비유를 떠올리도록 하며, '광인'이라는 표현은 루쉰의 「광인일기」를 연상하도록 한다.[56] 오무라는 식민지를 자유의 속박이라는 조건으로 이해하였고, 그 조건 아래에서는 비합법적 투쟁과 '광인' 양자택일뿐이라고 판단하였다. 이 점에서 오무라 마스오는 "중국문학에서 조선문학으로" 전환한 것인 동시에 "중국문학 연구의 바탕 속에서 조선문학 연구를 전개"한 셈이다.[57] 같은 글에서 오무라는 식민지 시기 한국문학을 통해 "조선민족의 발상·사고방법"을 탐구하겠다고 다짐한다.

오무라는 일본인으로서 한국문학을 읽고 있다는 것을 명확하게 인식하였다. 주목할 것은 그가 비교문학적 접근보다는 '한국문학'에 대한 내재적 이해에 관심을 두었다는 점이다. 그는 일본인에게 한국문학 연구는 두 가지 의미가 있다고 판단하였다. 하나는 일본에서 식민주의 비판이라는 현실적이고 동시대적인 의미였고, 다른 하나는 속박된 인간의 투쟁이라는 보편적인 주제에 대한 역사적인 접근이라는 의미였다. 오무라는 한국을 이해하기 위해 한국문학을 읽었으며, 또한 일본의 민족주의와 대결하면서 그것을 재구축하는 방법으로 한국문학을 읽었다. 한국이라는 타자를 통해 일본인의 주체성을 재구성하고자 하였던 오무라는 일본과 한국 양국의 온전한 이해는 불가능하리라는 역설 또한 직시하고 있었다.

그것은 이중의 의미에서 현대에 살고 있는 일본인의 지침이 되는 것이다. '이중의 의미'에서라는 것은, 하나는 당시 일본의 수법을 조선이라는 거울에 낱낱이 비춰내서, 꿈이여 다시 한 번하고 비는 이들에게 타격을 가하기 위해서이며, 또 하나는 자유가 속박된 인간의, 광명을 얻기 위한 투쟁, 그 에너지의 근원이 무엇이었는가를 탐구하기 위해서이다. (…중략…) 허나 **일조 양국이 서로를 완전히 이해할 수 있는 날이 오리라고는 결코 생각하지 않는다. 아마도 그날은 영원히 오지 않을 것이다. 민족주의적 관점에 서는** 한 그것은 당연한 일이다.[58]

오무라는 민족주의의 입장에서 한국과 일본의 화해를 쉽게 긍정하기보다는 화해의 어려움과 불가능성을 문제화하였다. 그는 민족주의를 실체적 전제로 절대화하거나 편의적으로 부정하지는 않았다. 그는 민족주의를 엄연히 존재하는 현실의 '기능적 구성' 요소로 이해하면서 '민족주의'를 재인식하고자 하였다.[59]

오무라는 일본과 한국의 온전한 화해가 불가능하다는 것을 인지하면서도, 대화를 이어갔다. 1961년 오무라는 가나가와현神奈川県 현립 가미미조고등학교上溝高等学校의 교사가 된다. 한 학생이 유아사 가쓰에湯浅克衛의 「간난이カンナニ」를 읽은 후, 흉허물없이 지내던 친구가 귀화한 한국인이라는 사실에 뛰어넘을 수 없는 선을 느꼈다고 말하였다. 오무라는 다음과 같이 답변하였다.

어쩔 수 없어요. 그것은. 아무리 사이좋은 친구라 해도, 혹 부부라 해도 민족이라는 벽은 넘어설 수 없는 거예요. 그래도 포기해서는 안 되지요. 두 나라가, **상대방 나라를 향해 다리를 놓아가는 노력은 포기해선 안돼요.** 일본과 조선의 경우는 더욱 특별해요.[60]

안보투쟁의 나날 속에서 한국문학에 접근하던 오무라에게 중요한 과제는 일본, 한국, 중국의 뒤얽힘을 해명하는 것이었다. 그는 일본, 한국,

〈그림 6〉 1993.3.20. 문학기행에 참여한 오무라 마스오와 아키코
출처 : 오무라 마스오 저작집 6

중국을 각각의 주체성을 존중하면서도, 세 나라의 얽힘을 얽힘 자체로 이해하고자 하였다. 당시 오무라는 박지원의 『열하일기』에 매혹되었고, 한국문학을 읽으면서 "조선이라는 존재의 위대한 모습이 눈앞에 서서히 솟아 올라"오는 느낌을 적어두는 등 낭만적인 진술도 일부 남겨두었으나, 한국에 대한 그의 태도가 긍정 일색이었던 것은 아니었다.[61] 오무라는 '속박'과 '폐쇄'라는 '어둠'의 조건 가운데에서 '해방'을 성취한 한국 민중의 역사적 경험을 존중하였다. 그는 한국의 역사와 얽혀있는 일본의 역사를 재인식하고. 일본이라는 정체성과 대결하였다. 그는 일본이라는 '자기'를 한국이라는 '상대'에게 투입하고 끄집어내는 과정을 경유하면서 '자기'를 갱신하였다.[62]

도쿄도립대학 대학원 재학 시절 오무라는 중국문학 강의 외에 한국사 연구자 하타다 다카시旗田巍의『고려사』강독을 수강하기도 하였다. 하타다는 소설가 오카 쇼헤이大岡昇平, 오에 겐자부로大江健三郎, 김달수金達寿 등과 함께 고마쓰가와사건小松川事件의 피의자 이진우李珍宇 구명운동을 전개하였다. 오무라도 이 운동에 참여하였고, 오무라를 바라보는 재일조선인의 시각 또한 점차 바뀌었다. 오무라와는 다른 경로로 성추자오무라 아키코 역시 구명운동에 참여하였다. 고마쓰가와사건의 피의자 이진우 구명운동의 참여를 통해 오무라는 문헌으로만 접했던 한국인의 삶을 직접 경험할 수 있었고, 중국학에서 한국학으로 전환하는 중요한 계기를 얻을 수 있었다.[63]

1961년 고등학교 교사로 직장을 구한 후 오무라 마스오는 아키코와 결혼하였다. 다케우치 요시미는 결혼식에 참여하여 축사를 하였다.[64] 이후 반세기가 넘는 시간동안 오무라 아키코는 동아시아 국민국가의 경계를 넘어선 오무라 마스오의 학술적 여정에 동행하였다. 그는 "촬영기사"를 자처하면서, 오무라 마스오의 학술적 실천을 사진으로 기록하고 증언하였다. 오무라 아키코가 촬영한 사진은 오무라 마스오 저작집 6과『오무라 마스오와 한국문학』에서 찾아볼 수 있다.[65]

문학 작품의 내용에 대해 말하자면, 현재 채록되어서 공화국에서 출판되고 있는 것과는 상당히 다른 듯하다. 한설야의 「씨름」에 대해서 말하자면, 스토리가 똑같지만 잡지에서는 후반부가 중단되어 있다. 언어도 꽤 다르다. 어려운 조건에서는 붓을 구부린 곳도 있을 것이다. 현재의 선집「현대조선문학선집」-인용자에서 볼 수 있는 것과 완전히 같은 작품은 적을 것으로 생각한다.

검열은 심하다. 복자 투성이다. 특히 신간회를 논의한 글에서는 전혀 뜻을 닿지 못한다.

「『조선지광』 목록해제」¹⁹⁶⁴

일본, 조선 양국의 프롤레타리아문학의 교류는 무척 밀접했을 것이다. 그런 교류에 대해서는 북한에서도 남조선에서도 그다지 언급하고 싶어하지 않는다. 그러나 이런 양국 문화 교류의 역사를 밝히는 것은 무엇보다 조선 프롤레타리아문학이 일본 프롤레타리아문학의 미니어쳐라든가, 아류라든가 하는 것과는 전혀 다르게, 양국 인민의 역사적 연대를 입증하기 위해 필요하다고 본다.

「1920년대의 조선문학—프롤레타리아문학과 '민족주의문학'」¹⁹⁶⁵

1. 일본조선연구소와 동아시아 인민 연대의 이념

1961년 5·16군사쿠데타로 성립한 한국의 독재정권은 일본과의 국교
재개를 서둘렀고, 한일 양국에서는 국교회담에 반대하는 운동이 전개되
었다. 한일국교회담에 대한 반대의 목소리가 높은 사회적 분위기 속에서
1961년 11월 일본조선연구소가 설립된다. 일본조선연구소는 "일본과 조
선의 올바른 관계를 세워 가는" 실천적 "조직"을 자임하면서, "우리 일본
인"의 시각에 기반한 "조선을 대상으로 하는 과학적 연구"에 대한 지향을
천명하였다.[1] 일본의 시민사회는 급속히 미국에 종속되면서 아시아의 사
회주의 및 민족해방운동과 적대적 관계를 맺어가던 일본 정부의 입장을
'탈아'로 규정하였으며, 아시아의 반제국주의운동과 연대하고자 하였다.
일본조선연구소는 "제국주의에 저항하고 탈식민지화를 지향하면서 대두
한 '아시아'와의 연대를 모"하는 실천을 수행한 연구단체였다.[2]

일본조선연구소의 설립자 중 한 사람인 일본공산당 당원 데라오 고로寺
尾五郎는 1958년 공화국 창건 10주년 기념식에 초대를 받아 북한을 방문한
후 일본에서 조선 문제의 핵심이 된 인물이었다. 그는 일본과 한국의 국교
회담에 반대하는 일한투쟁에 지속적으로 관여하고 있었다. 그가 남긴 메

모 가운데에서 "일한투쟁을 위해서는 일조관계사와 국제 문제로서의 조
선문제, 사회주의 조선에 대한 면밀한 연구가 없으면 싸울 수 없기 때문에
연구소를 만들었다"라는 언급을 볼 수 있듯, 일본조선연구소는 한일회담
에 반대하는 활동을 하는 정치 단체인 동시에 조선에 대한 연구를 학술적
접근을 시도하는 학술단체였다. 일본조선연구소의 총책임자는 데라오 자
신과 사회당 당원 후루야 사다오古屋貞雄였고, 연구의 중심으로는 하타다 시
게오畑田重夫, 요시오카 요시노리吉岡吉典, 후지시마 우다이藤島宇內, 안도 히코
타로安藤彦太郎가 있었고, 젊은 활동가로 미야타 세쓰코宮田節子, 가지무라 히
데키梶村秀樹, 오자와 유사쿠小澤有作 등이 참여하였다. 일본조선연구소는 기
관지『조선연구朝鮮研究』를 비롯한 출판물 발행, 연구회 및 강연회 개최 등을
주요 사업으로 하였다.[3] 안도 히코타로는 중국 연구자였지만 한국 전문가
가 없었던 상황에 공감하여 일본조선연구소의 창립에 참여하였다. 다케
우치는 연구소 설립대회에는 출석하였지만, 공산당과 조직에 대한 거부
감으로 이후 연구소에 등을 돌렸다.[4]

　일본조선연구소는 '조선 문제'를 일본인의 문제로 인식하였다. 일본조
선연구소는 회칙에서 "본 연구소는 일본인의 손을 통해 일본인의 입장에
서 조선 연구를 목적으로 한다"라고 분명히 하는 듯, "일본"이라는 주체
의 위치에 유의하였다.[5] 데라오 역시 "일본조선연구소라고 일본 두 글자
를 일부러 씌운 것은 장소를 드러내는 것이 아니라, 연구자의 연구 태도
를 드러내는 것이다"라고 언급하였다. 그에 따르면 "일본인의 입장"에서
연구하고 활동하는 것은 "일본인의 책임과 문제의식"에 유의하는 것이었
다. 이를테면, 일본의 침략사로서 한국근대사를 반성하는 동시에, 그것
이 일본 민중 여러 권리에 대한 억압과 어떤 연관을 맺는지 검토하는 것
이었다. 데라오는 "각각의 주체가 명확"할 때 진정한 교류와 이해가 가능

하다고 판단하였다. 그가 생
각한 일본이라는 주체는 한
국 및 중국과 연대하는 주체
였다. 그가 구상한 "일본인의
입장에서 일본인에 의한 조
선 연구"는 "조선인의 입장에
서 조선인의 입장에 의한 조
선 연구"와 "상호 교"하여, "운
동에서의 진정한 연대, 연구
에서의 진정한 교류"로 나아가야 하는 것이었다.[6]

〈그림 1〉 오무라 마스오와 아키코의 결혼식에 참석한 가지무라 히데키

　일본인의 입장에서 식민주의에 대한 반성을 바탕으로 연대와 교류를
지향하는 일본조선연구소의 지향이 잘 드러난 소책자가 『일·조·중 삼
국 인민연대의 역사와 이론日·朝·中三国人民連帯の歴史と理論』일본조선연구소(日本朝鮮
研究所), 1964이다. 안도, 데라오, 미야타, 요시오카가 함께 집필한 이 책은 19
세기 말 이후 일본의 한국 침략을 반성하는 한편, 제국 일본에 저항한 일
본, 한국, 중국 인민의 연대와 그 역사에 주목하였으며, 냉전 동아시아의
지정학적 상황을 미국의 정책적 개입 및 중국에 대한 봉쇄라는 관점에서
이해하였다. 일본조선연구소는 샌프란시스코 강화조약 체결 과정에서
시작된 한일회담 반대운동을 전개하는 한편, 일조우호운동日朝友好運動과
일중우호운동日中友好運動을 통해 아시아의 새로운 질서를 열어가는 것이
필요하다고 주장하였다. 이 책은 다루이 도키치樽井藤吉의 대동합방론 이
래 아시아의 연대를 주장한 사상적 역사적 흐름을 재조명하면서, "제국주
의 본국" 가운데 "구 식민지 조선과의 우호운동, 구 침략지 중국과의 우호
운동"을 전개하는 상황이야말로 유럽에서는 볼 수 없는 아시아의 상황이

라고 판단하였다. 이 책의 저자들은 옛 제국주의 본국와 옛 식민지의 연대는 "인민의 힘"을 통해 가능하다고 판단하였다. 나아가 옛 제국과 옛 식민지의 우호운동을 바탕으로 미국 제국주의와 투쟁하는 한편 부활하는 일본제국주의를 경계하고자 하였다.[7]

일본과 북한의 연대에 대한 일본조선연구소의 관심이 현실화된 것은 방조일본연구소대표단訪朝日本朝鮮硏究所代表團의 평양 파견이었다. 1963년 북한의 초청을 받아 단장 후루야 사다오, 부단장 안도 히코타로, 비서장 데라오 고로, 단원 오자와 유사쿠 등으로 구성된 대표단은 평양을 방문하여 북한 사회주의 건설의 성공을 대표하는 시설을 방문하는 한편 김일성과 백남운을 만났다. 방문과정에서 일본의 후루야와 안도, 북한의 김석형과 리승기, 중국의 천한꿰이陳翰奎 등은 「학술문화교류 촉진에 관한 공동성명」1963.8.31을 발표하였다. 이 성명은 '라이샤워 노선'으로 알려진 미국 주도의 근대화론이 일본·타이완·한국이라는 구도를 갖춘 것에 대항하여, 일본·조선·중국의 구도를 제시하였다. 공동성명은 "공통의 적 아메리카 제국주의에 반대하는 일본·조선·중국의 인민 사이의 전투적 우의에 기초를 두는 이러한 세 나라 학자, 연구자, 지식인의 밀접한 연대와 공동투쟁은 아시아 제 민족의 독립 및 우호에 크게 기여"할 것이라고 선언하였다.[8]

2. 『심포지엄 일본과 조선』과 한국이라는 정형

일본조선연구소는 일본인의 입장에서 일본의 식민주의를 역사적으로 성찰하고 미국의 동아시아 정책을 비판하면서 아시아의 연대를 지향하였다. 일본조선연구소가 제시한 일본·조선·중국의 인민연대의 이념이 장기적으로 수행할 과제라면, 연대의 이념을 구체적인 현실의 층위에서 어떻게 실현될 수 있는지는 중요한 문제이다. 그 문제의 중심에는 각국 인민의 상호 인식 재구성이 놓일 것이다. 이러한 맥락에서 일본인의 한국 인식과 관련하여 일본조선연구소의 연속 심포지엄 '일본에서의 조선 연구의 축적을 어떻게 계승할 것인가'에 주목할 필요가 있다.

1962년부터 1968년까지 진행된 이 연속심포지엄은 사회경제사, 역사, 언어, 교육, 미술, 고고학 등 다양한 영역을 대상으로 '전전戰前'의 한국 연구 성과의 계승 문제를 검토하였다. 심포지엄은 한국 연구에 직간접적으로 참여하였던 '전문가'를 초청하여 그들의 발표를 청취하고, 일본조선연구소의 젊은 한국 연구자들이 질의를 통해 토론을 이끌어 가는 형식이었다. 그리고 그 결과는 『심포지엄 일본과 조선シンポジウム 日本と朝鮮』케이소서방(勁草書房), 1969으로 간행되었다.[9] 심포지엄의 기록을 통해 당대 일본인의 한국 인식을 비판적으로 검토해볼 수 있다.

연속 심포지엄에서는 식민지 시기로부터 냉전기에 이르기까지 일본인의 한국 인식이 불투명하다는 지적이 이어졌다. 비평가 나카노 시게하루中野重治는 일본문학에서 한국 및 한국인 재현의 문제를 통해 일본인의 한국 인식을 검토하였다. 그는 "지금까지 일본인은 조선 또는 조선인을 문학의 세계에서 그리 진지하게 다루지 않았"다고 지적하면서, 제국 일본의 한국 인식을 1960년대 초반 "일본의 일부 진보적·민주적인 사람들"이 여전히 "계"하고 있다고 비판하였다.

이는 우리가 일본과 조선 사이에 존재하는 과거의 그런 관계로부터 빠져나오려는 전투적인 의지 혹은 태도가 불충분하다는 데서 비롯된 것이 아닌가 싶습니다. 오늘날 일본과 조선의 관계를 적극적으로 확립해 나가려는 마음가짐이 우리들 안에 충분히 무르익지 않았기 때문에, 일본 제국주의의 부당하고 가혹한 방식에 대한 적발 혹은 부지불식간에 선량한 일본인이 성실한 조선인을 어떤 식으로 괴롭혔는지에 대한 객관적인 사실 묘사만을 다루고 있을 뿐, 미담류의 이야기를 애써 찾아내려 한다거나 애초에 그런 노력 자체를 하지 않았던 겁니다.[10]

나카노는 일본문학이 제국주의에 대한 비판이나 일본인이 조선인을 괴롭히는 등 정형streotype화된 서사의 반복에 머문다고 지적하였다. 제국주의 비판의 서사는 일견 윤리적으로 보일 수 있지만, 일본과 한국의 관계를 피해 및 가해의 구도에 고정한다면 이 역시 적극적으로 일본과 한국의 새로운 관계 확립에는 무관심한 것이었다. 과거를 고정하는 것은 현재를 고정하는 것이며, 타자를 고정하는 것은 자기를 고정하는 것이다.[11] 나카노는 일본이 한국에 무관심한 이유를 "소련이나 미국 그리고 중국에 대해서는 더 이상 모른 채로 있을 수 없다는 사고방식의 변화가 일찍부터 있었으나 조선의 경우는 (…중략…) 당분간은 그럭저럭 넘길 수 있을 거라는 식으로 지금까지 버텨" 온 것에서 찾았다. 안도 히코타로 역시 나카노의 언급에 공감하면서 많은 경우 일본인이 한국을 "외국 연구의 대상"으로 인식하지 못하고, 여전히 한국을 "외지外地로 바라볼 뿐"이라고 비판하였다. 나아가 안도는 이에 대한 대안으로 한국인과 일본인의 "상호적인 자각"을 요청하였고, 미야타 세쓰코 역시 "일본인의 조선관에 대한 변혁은 일본의 변혁 문제와도 불가분의 관계"라는 점을 강조하였다.[12]

일본의 한국 인식이 고정되어 있다는 것은 언어의 문제와도 연관되어 있었다. 1963년 10월에 진행된 심포지엄 '조선어 연구'에서 1912년생으로 도쿄제국대학 언어학과를 졸업하고 1940년부터 경성제대 조교수로 근무하였던 고노 로쿠로河野六郎는 "조선어에 매력을 느끼지 못하는 가장 큰 요인"으로 "과거 조선의 중요한 기록들이 조선어로 적혀 있지 않"고 "모두 한문으로 기록되어 있었던" 상황을 지적하였다. 그가 판단하기에 한국어에 대한 무관심을 과거의 문제로 머무는 것이 아니었다. 고노는 냉전기 서구에 대한 일본인의 관심과 아시아에 대한 일본인의 무관심을 대비하면서, 한국어를 "많은 사람 눈에 띄지 않는 언어이긴 해도 저희 일본인으로서는 그 무엇보다 연구할 보람이 있는 언어"로 그 중요성을 강조하였다.[13] 한국의 언어에 대한 무관심은 구체적으로 동시대 일본 내부의 타자인 재일조선인에 대한 차별 및 제도적 미비와도 연동하였다. 1962년 8월의 심포지엄 '조선인의 일본관'에서 소설가 김달수金達寿는 1949년 요코스카橫須賀민족학교 폐쇄 당시 "일본어와 조선어가 서로 별개라는 사실"조차 인식하지 못한 시회 문교위원장의 사례를 들었다. 김달수의 언급에 호응하며 1905년생으로 중국연구소의 이사를 역임한 우부카타 나오키치幼方直吉는 다음과 같이 언급하였다.

그와 유사한 사례로 작년에 도쿄·오사카 두 외국어대학에서 조선어과를 설치하자는 이야기가 나왔는데, 그때 사무관이 교수회에서 결정한 내용을 문부성 쪽에 전할 생각을 좀처럼 하지 않았다고 합니다. 그 이유를 들어 보니, "조선어는 일본어와 다를 바가 없다. 즉, 외국어가 아니기 때문에 그런 사항을 문부성에 제출해 봐야 소용없을 것"이라고 했다는 겁니다. 이 이야기를 듣고 저 역시 상당히 놀랐습니다. 왜냐하면 독립을 하든 그렇지 않든 간에 조선민족은 엄연히 존재하고 있었으니까요. 물론 독립으로 인해 새로이 의식하게 되는 어떤 차이 같은 것이 있을 순 있어도 어쨌든 실질적으로 존재하고 있는

민족 자체를 알아차리지 못한다는 점은 우리 일본인들에게 늘 따라다니는 문제라고 할 수 있습니다.[14]

우부카타는 한국어와 일본어를 분별하지 못하는 관료의 발언으로부터 "엄연히 존"하는 한국 자체를 타자로 인식하지 못하는 태도를 진단하였다. 우부카타의 언급을 받아서 도야마 마사오遠山方雄도 냉전기 일본이 서구에는 관심을 갖지만 한국에 대해서 무지하다는 사실에 동의하였다. 그는 일본인이 한국에 대해서 "그저 모른다기보다 의식 자체가 없는" 상황의 문제성을 지적하고, 동시대 일본의 "진보든 파쇼든 중도든 일단 일본인이라 이름하는 자들 그 대부분"이 이 문제로부터 자유롭지 못하다고 언급한다.

일본조선연구소의 연속 심포지엄 '일본에서의 조선 연구의 축적을 어떻게 계승할 것인가'는 일본의 한국 인식이 정형을 벗어나지 못하고 있다는 것이 거듭 지적되었다. 그것은 한국과 한국어에 대한 무관심에 기인한 것이었고, 일본 내 재일조선인에 대한 제도적 차별과도 연결되어 있었다. 특히 한국을 정형으로 인식하는 입장은 식민지 시기의 식민자만이 아니라, 1960년대 일본의 진보적 시민들도 그 인식을 계승하고 있다는 점에서 문제적이었다.

3. 일본조선연구소 어학강습회

한국에 대한 정형화된 인식을 비판했던 1960년대 일본조선연구소 내부에도 한국어에 대한 관심과 실천이 존재하였다. 1962년 오무라 마스오와 가지이 노보루梶井陟가 일본조선연구소의 소원所員으로 가입하였다. 오무라가 일본조선연구소에 가입한 것은 안도 히코타로의 추천에 따른 것이었다.[15] 당시 오무라는 대학원에서 중국문학을 전공한 고교 교사였으며, 1927년생 가지이는 도립 조선인학교에 근무한 적이 있는 고등학교 이과 교사였다. 오무라와 가지이를 비롯한 일본조선연구소의 어학문학연구부語学文学研究部, 혹은 어학문학연구부회(語学文学研究部会) 부원들은 한국어의 중요성을 강조하였다. 1936년생인 간노 히로미菅野裕臣 역시 일본조선연구소의 어학문학연구부 부원이었다. 그는 도쿄외대 몽골어과 출신으로 후일 도쿄외대 조선어과 교원을 역임한다. 간노는 한국어와 일본어의 관계는 한국과 일본의 관계를 보여준다고 생각하였다.

우리나라에 있어서 조선어 학습조선어의 언어학적 연구는 별도로 하고은 조선 해방 이전과 이후의 양상이 무척 다르다. 일제의 조선강점시대 조선어의 회화서의 대부분 예가 보여 주듯, 그곳에 반영된 언어는 지배자의 것이었다. 일본인은 하칭형下称形, 아랫사람에 대한 용언의 형태으로, 조선인은 상칭형上称形, 윗사람에 대한 용언의 형태으로 말한다는 것이 그 내용이었다. 하지만 해방은 일제의 조선어 근절정책에 종지부를 찍었고 조선어는 살아 있는 본래의 모습으로 돌아갔다.

조선 해방 후 일본인과 조선인 사이의 언어상의 비정상不定常은 신속하게 제거되지 않으면 안 되었다. 그럼에도 불구하고 우리나라에 있어서 조선어 학습 운동은 극히 저조하여, 다른 외국어의 경우와는 전혀 비교가 되지 않는다. 일본인의 조선어 학습자의 대부분은 경찰, 자위대 등 권력의 쪽 사람들이 점유하고 있으며, 그들의 조선어 지식은 진정한 일조우호日朝友好의 정신과 서로 용납하지 않는다.[16]

간노는 '해방' 이전과 이후 한국어 학습의 구체적인 양상은 다르지만, '해방 이전'에는 일본어와 한국어 사이에 권력의 위계가 존재했다는 점에서, '해방 이후'에는 일본의 권력자만이 한국어에 관심을 가진다는 점에서 '언어상의 비정상'이 지속되고 있다고 판단하였다. '언어상의 비정상'이라는 전후 일본의 상황에서 한국어를 배우는 경험은 일본의 현재를 성찰하는 계기였다.

일본조선연구소는 정치적 이념으로서 동아시아 인민 연대를 주장하였고, 일본과 북한의 우호를 주장하였다. 하지만 연속심포지엄에서 진단하였듯, 일본과 한국 사이에는 여전히 위계가 있었고 상호인식은 막연하였다. 오무라는 한국어를 학습함으로 민중의 생활이라는 구체적인 층위에서 한국과 일본의 관계를 고민하였다. 오무라에게 한국과 일본은 서로를 타자로 분명히 인식하는 관계였다. 하지만 앞서 보았듯, 그는 양국의 온전한 이해를 낙관하지 않았다. 정치적 이념의 층위를 지향한 일본조선연구소가 일본과 한국에 대한 다소 막연한 우호를 낙관하였다면, 민중의 구체적 생활의 층위에 유의한 오무라는 차이와 이해 불가능을 전제로 한 상호인식을 지향하였다.

일본조선연구소가 북한에 관심을 가지고 북한과 교류하였듯, 오무라 역시 이 시기에는 북한과 북한문학과 접점이 많았다. 일본조선연구소의 어학문학연구부는 초기에 북한의 『조선문학통사』전2권, 과학원출판사, 1959를 분담하여 내용을 요약하고 문제점을 검토하였다.[17] 오무라는 1963년 오쓰키 겐大槻建과 함께 빨치산 회상기 『연길 폭탄』을 번역하지만, 출판사가 게릴라 활동을 선동하는 책으로 보일까 염려하여 출판이 무산된다.[18] 또한 1967년에는 한국전쟁을 다룬 윤세중의 아동문학 『붉은 신호탄』을 신일본출판사新日本出版社의 '세계신소년소녀문학선世界新少年少女文学選' 제10권으

연길 폭탄

(항일 유격대원의 투쟁 실기)

직업 동맹 출판사

1962

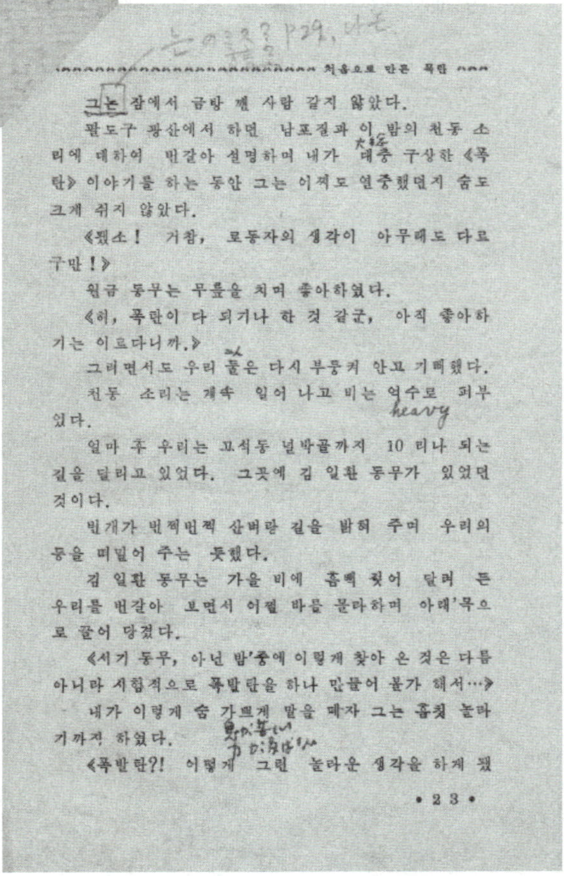

〈그림 2〉 오무라가 번역을 시도한 북한의 『연길 폭탄』 표지 및 번역 메모

～～～～～～ 처음으로 만든 폭탄 ～～～

그는 잠에서 금방 깬 사람 같지 않았다.

팔도구 광산에서 하던 남포질과 이 밤의 천둥 소리에 대하여 번갈아 설명하며 내가 대충 구상한 《폭탄》 이야기를 하는 동안 그는 어쩌도 열중했던지 숨도 크게 쉬지 않았다.

《됐소! 거참, 로동자의 생각이 아무래도 다르구만!》

원금 동무는 무릎을 치며 좋아하였다.

《허, 폭탄이 다 되기나 한 것 같군, 아직 좋아하기는 이르다니까.》

그러면서도 우리 둘은 다시 부둥켜 안고 기뻐했다.

천둥 소리는 계속 일어 나고 비는 억수로 퍼부었다.

얼마 후 우리는 꼬석동 널박골까지 10 리나 되는 길을 달리고 있었다. 그곳에 김 일환 동무가 있었던 것이다.

번개가 번쩍번쩍 삽버랄 길을 밝혀 주며 우리의 등을 미밀어 주는 듯했다.

김 일환 동무는 가을 비에 흠뻑 젖어 달려 든 우리를 번갈아 보면서 어쩔 바를 몰라하며 아래'목으로 끌어 당겼다.

《서기 동무, 아닌 밤'중에 이렇게 찾아 온 것은 다름 아니라 시험적으로 폭발탄을 하나 만들어 볼가 해서…》

내가 이렇게 숨 가쁘게 말을 맺자 그는 흠칫 놀라기까지 하였다.

《폭발탄?! 어떻게 그런 놀라운 생각을 하게 됐

로 출판한다. 일본조선연구소는 연구소의 문화적 역량 및 자본을 투입하여, 북한 사회과학원 력사연구소가 편집한 『조선문화사^{朝鮮文化史}』 전2권^{朝鮮文化史刊行会, 1966}을 유물의 컬러사진을 수록한 대형 호화본으로 출판하였다. 한국이 정체된 나라라는 이미지를 불식하기 위한 다소 무리한 시도였다.[19] 오무라는 가지이 노보루, 와타나베 마나부^{渡部学}와 함께 번역 책임자 역할을 맡았고, 한국사 연구자 가지무라 히데키^{梶村秀樹}도 번역에 참여하였다. 1913년생 와타나베 마나부는 재조일본인으로 성장하여 조선총독부 학무국 관료를 거쳐 경성제국대학 이과교원양성소 교수로 종전을 맞은 교육학자였다.[20]

오무라는 간노 히로미, 가지이 노보루 등과 함께 일본조선연구소에서 어학강습회^{조선어강습회}를 진행하였다. 연구소 활동이 활발했던 1963년 10월에는 월요일에서 목요일까지 매일 저녁에 한국어 강좌가 다수 개설되었다. '회화교실'^{화요일 오후 6~9시, 격주}은 오무라가 담당하였으며, '중급강좌'로는 간노의 북한 '국어' 교과서^{월요일 오후 6~9시}가 편성되었다. 가지이는 북한 사회과학원 력사연구소의 『조선근대혁명운동사』 강독^{목요일 오후 6~9시}을 진행하였다. 『조선통사』 윤독회^{매주 화요일, 오후 6시}와 '국어' 교과서 학습회^{매주 수요일 오후 6시}도 함께 개설되었다.[21] 일본조선연구소가 강독한 북한의 역사학 저작은 1960년 전후 북한 역사학의 시각 변화를 보여주는 저작들이다. 과학원 력사연구소가 편집한 『조선통사』^{과학원출판사, 1962}는 자본주의 맹아론의 입장을 채용하였고, 과학원 력사연구소 근세 및 최근세사 연구실 편집한 『조선근대혁명운동사』^{과학원 출판사, 1961}는 갑신정변을 부르주아적 개혁운동으로 규정하였다. 이들 연구는 세계사의 기본법칙이 한국사에도 관철된다는 일국사적 발전단계설을 동아시아의 '전후 역사학'과 공유하는 한편, 본격적으로 '자본주의 맹아'를 규명하기 시작한 성과였다.[22]

당시 일본조선연구소 사람들은 눈이 부실 정도로 빛나는 분들이었는데 그에 비해 저는 흐릿한 존재였어요. 정치운동이 체질에 맞지 않았습니다. 그래서 활동가가 아니라 번역을 하며 양지가 아닌 음지에 있었습니다. 당시 공화국에서 많은 자료가 왔습니다. 핵심관계자들이 그 자료를 해독할 수 없으니 제게 번역을 해달라는 요청을 하더군요. 저를 번역기 정도로 생각했던 것일까요? 북에서 오는 조선어 자료를 읽어야 일본 사회에서 발언할 수 있는 힘이 생기니까 제게 엄청난 양의 자료를 번역하라고 했던 것 같습니다. 그에 대해서 저는 반발하는 마음이 컸습니다. 모두가 그래야 하는 것은 아니지만 대부분의 멤버들이 조선어를 거의 읽지 못하면서 일본조선연구소를 한다는 것이 무언가 앞뒤가 맞지 않는 느낌이었습니다. 더구나 조선을 연구한다면서 당시 많은 연구자들이 일본어 자료로만 논문을 쓰는 것도 제게는 이상해 보였습니다.[23]

한일회담 반대투쟁이 활발했던 시기에는 많은 사람들이 어학강습회에 참여하였다.[24] 하지만 일본조선연구소는 전반적으로 한국어를 중시하는 분위기가 아니었다. 어학강습회 역시 1966년 2월에는 더욱 단출해져서 초급강좌수요일 및 금요일 오후 6~8시, 수강료 4,000엔와 중급강좌목요일 오후 6~8시, 수강료 2,000엔가 개설되었고, 1967년 상반기에는 어학강습회가 단일 강좌월요일 및 금요일, 오후 6시 30분~8시 30분, 수강료 4,000엔로 개설되었다.[25] 조선일본연구소에서 어학을 중시하는 입장은 소수파였으며, 장소가 좁아서 어학강습회를 개최하기에 어려움이 있었고, 또한 개강할 때는 사람이 많이 모여도 곧 관심 밖으로 밀려나 종강 무렵에는 2명만 남기도 하였다.[26]

일본조선연구소의 장소가 좁아서 분쿄구文京区에 방을 빌려서 조선어 강습회를 하였습니다. 간노 히로미 씨는 초급, 저는 중급이었습니다. 초급이 마치는 시간과 중급이 시작하는 시간이 겹쳤는데, 역전에서 만나면 간노 히로미 씨는 손으로 'V자'를 그려 보이곤 했습니다. 그날 학생 수가 두 명이라는 것이었지요. (웃음)[27]

한국의 역사, 정치, 경제 및 민족교육을 주제로 한 화요강좌는 1967년에도 계속 이어졌다.[28] 어학강습회는 점차 축소되는데, 이는 일본조선연구소 구성원 및 시민에게 한국어가 큰 반향을 일으키지 못했음을 보여준다. 하지만 오무라와 가지이 등은 한국어를 매개로 일본인의 입장에서 한국문학 연구를 본격적으로 시작하였다.

4. 아카이브 구축의 세 가지 경로
재일조선인 서가, 북한 출판물, 일본 도서관

한국문학에 본격적으로 접근하기 위해 오무라는 먼저 한국문학 자료를 수집해야 했다. 그는 개인적으로 자료를 수집하기도 했고, 일본조선연구소의 어학문학연구부 활동의 일환으로 한국문학 자료를 수집하였다.[29] 1960년대 오무라는 세 가지 경로로 한국근대의 자료를 입수하였다. 첫째, 재일조선인 작가의 서가를 통한 접근, 둘째, 북한의 출판물을 통한 접근, 셋째, 일본의 도서관을 통한 접근.

첫째, 재일조선인 작가를 통한 접근. 김윤식이 백철과 유진오를 방문하고 최남선과 박영희의 장서에 접근했듯, 오무라는 재일조선인 작가 김달수의 서재를 찾아갔다. 오무라는 하타다 다카시旗田巍가 주도한 고마쓰가와사건小松川事件의 피의자 이진우 구명운동에 참여한 것을 계기로 김달수

金達壽의 집을 방문하였다. 김달수는 거리낌 없이 자료를 보여주었으며, 오무라는 그의 서고를 자유롭게 드나들었다.

오무라는 김달수의 서고에서 해방 이후 조선문학가동맹의 기관지『문학』,『건설기의 조선문학』 등을 입수할 수 있었다. 평양에서 간행한 임화의 시집『너 어느 곳에 있느냐』文學建設社, 1951도 이때 입수한다. 당시 복사기가 없어서 오무라는 사진기로 찍고 그것을 인쇄하여 묶는 방식으로 자료를 정리하였다. 재일조선인 작가 모두가 오무라의 자료 열람에 호의적이었던 것은 아니었다. 오무라는 이은직李殷直에게 잡지『문장』의 열람을 요청하였지만, 이은직은 일본인이『문장』을 어떻게 이용할지 모른다고 하면서 열람을 거절한다.[30] 하지만 오무라는 자료 수집에 힘쓴 결과, 해방 전의 잡지『문장』과 해방 후의『문학』과『학병』 등을 복사본으로 마련할 수 있었다.[31]

오무라가 재일조선인 작가로부터 입수한 자료는 1930년대 후반에서 1950년대 중반에 이르는 시기에 간행된 조선문학가동맹 작가의 단행본이나 잡지가 중심이었다. 중일전쟁기에서 해방을 거쳐 한국전쟁에 이르는 시기 경성과 평양에서 출판된 잡지 및 단행본은 1919년생 김달수와 1917년생 이은직이 생애사적으로 성년이 될 즈음 현해탄을 오가며 자연스럽게 수집할 수 있는 텍스트였다.

1990년대 중반 이은직이 발표한 자전적 소설『조선의 여명을 찾아서朝鮮の夜明けを求めて』에는 재일조선인 주인공이 1940년 전후 경성으로 건너가 김태준을 만나 개인적인 가르침을 받고,『조선소설사』를 선물 받는 장면이 등장한다. 실제로 해방 이전 이은직은 김태준의『조선소설사』를 일본어로 번역하였고, 번역 원고를 소장하고 있던 김달수는 그것을 해방 이후『민주조선民主朝鮮』에 게재하였다.[32] 1951년 김달수는 김태준의 죽음을 다

룬 보고를 『민주조선』에 싣기도 하였다.[33] 『문학』에 실린 이태준, 임화, 김 태준, 김남천, 이원조 등의 작품은 김달수 등의 번역을 거쳐 큰 시차 없이 『민주조선』에 실렸고, 북한에서 임화와 이태준이 발표한 작품은 허남기 의 번역을 통해 『인민문학人民文学』에 실렸다.[34]

1940년대 『민주조선』에 번역된 텍스트의 저본으로 활용되었던 김달 수가 소장한 잡지 『문학』은 1960년대 오무라에게 연구자료로 다시 발견 된다. 『문학』에 글을 기고하고 조선문학가동맹에 참여했던 임화, 김남천, 이태준 등의 작가의 텍스트는 월북과 숙청으로 인해 한국과 북한 모두에 서 그 존재가 은폐되고 공식적인 유통이 어려웠다. 1960년대 오무라가 김달수의 서재에서 발견한 『문학』은 1940~1950년대 한국어와 일본어 를 오갔던 재일조선인 작가의 지향을 보여주는 자료인 동시에, 중일전쟁 과 해방, 그리고 한국전쟁이라는 식민지와 냉전 아래 아래에서 망각된 조 선문학가동맹 작가의 문학적 실천을 증언하는 자료였다.

둘째, 북한의 출판물을 자료 접근. 1950년대 후반 북한에서는 국가 기 획으로 문화적 역량을 동원하여 세 종류의 선집을 기획 간행한다. 『조선 고전문학선집』42권?, 국립문학예술출판사, 1958~1965?, 『현대조선문학선집』전 16권, 조선작 가동맹출판사, 1957~1961, 『세계문학선집』71권 규모 예상 및 30권 출판 확인, 국립문학예술출판사 및 조 선문학예술총동맹출판사, 1960~1967?이 그것이다. 『현대조선문학선집』은 박세영, 백 석, 이기영, 이북명, 이용악, 이찬, 최명익, 한설야, 홍명희 등 북한에서 활 동하고 있던 작가 외에 강경애, 김소월, 나도향, 이상화, 이육사, 최서해, 채만식 등 당시에 타계한 작가까지를 포함한 것으로 "8·15 해방 전에 발 표된 시, 소설, 희곡, 씨나리오, 아동문학 작품, 평론, 수필, 기행문, 서간" 등 다양한 문학 양식을 아우른 30권 기획이었다.[35] 『현대조선문학선집』 은 이상, 유진오 등 모더니즘 작가와 임화, 이태준, 김남천 등 숙청된 작가를 제외하고는 1920년대에서 해방에 이르는 시기 한국근대문학 전반을 아우르는 출판 기획이었다. 실제 16권이 간행되었고, 작가 66명과 작품 902편이 수록되었다.[36]

탈식민 국가 북한이 국가 주도로 1920~1930년대 한국근대문학을 정전화하였던 출판물인 『현대조선문학선집』이 일본으로 건너와 오무라에게 도달한 셈이다. 국립한국문학관 오무라 마스오 기증자료 가운데 북한의 『현대조선문학선집』 전질이 있다. 1959년 북한에서는 문학사의 정전을 편집한 선집뿐 아니라, 『조선문학통사』를 간행하여 문학사 이해의 구도를 제시하였다.

그런데 이삼 년이 지났을 때일까. 김달수 씨의 소개를 통해, 그가 불쑥 찾아왔다. 우에노의 찻집에서 만나 잠깐 잡담을 하다가 서로 얼굴을 맞대고 논의한 적이 있다는 것을 깨닫고 놀란 표정을 지었지만, 내가 가장 크게 놀랐던 것은 다른 것에 있었다. 그것은 그가 가방에서 『조선문학통사』라는 제목의 작은 조선어 활자가 빼곡한 책을 꺼냈기 때문이다. **그는 붉은 연필로 이곳저곳에 붉은 밑줄을 그은 책을 펼치고 주로 1920년대 문학의 평가에 대해 여러 질문을 했다. 그때 나의 놀라움은 말로 다 할 수 없을 정도였다.**[37]

1962년 오무라는 최서해의 「탈출기」를 번역하여 도쿄도립대학 중국문학연구실에서 간행한 『감의 회 월보柿の会月報』 제20~21호에 실었고, 1964년 조명희의 「낙동강」을 번역하여 '조선문학의 모임' 회지 『조선과 문학朝鮮と文学』 제1~2호에 실었다.[38] 1964년에는 어학문학연구부에서 나도향의 「행랑자식」을 조선어로 읽고 번역을 시도하였다.[39] 모두 『현대조선문학선집』 제1권소설집, 조선작가동맹출판사, 1957에 실린 작품들이다.

셋째, 일본의 도서관 소장 자료를 통한 접근. 오무라는 일본의 대학에 소장된 한국문학 자료를 정리하고 수집하였다. 1964년 12월 오무라와 가지무라 히데키는 각각 「『조선지광』 1927.11~1930.1 총목록^{「朝鮮之光」 1927.11~1930.1 総目録}」과 「『동아일보』 1920~1928 소장 문학 작품 목록^{東亜日報 (1920~1928所載文学作品目録)}」을 일본조선연구소의 기관지 『조선연구^{朝鮮研究}』에 발표한다. 오무라는 와세다대학 도서관에 소장된 『조선지광』의 목록을 정리하였고, 가지무라는 당시 서울 동아일보사가 간행한 창간에서 1928년까지의 축쇄본을 검토하여 『동아일보』 소장 문학 작품 목록을 정리하였다. 가지무라는 『동아일보』, 『조선일보』, 『중외일보』 등의 일간지, 혹은 『개벽』이나 『조선지광』 등의 월간지 등이 "1920년대로부터 30년대에 걸쳐 조선인의 합법 범위에서의 중심적인 발표기관, 논단의 중심"임을 강조하면서, 비록 검열 아래에서 간행되지만 "총독부 측의 사료에서는 전혀 닿을 수 없는 사실을 엿볼 수 있는 다수의 기사를 포함한 중요한 사료"라고 강조한다.[40] 가지무라 히데키는 오무라 마스오와 마찬가지로, 1950년대 후반부터 한국어의 중요성을 인지하고 한국어 학습에 힘썼던 한국사 연구자였다. 오무라와 가지무라의 작업은 식민권력이 생산하여 '일본어로 이야기되는 세계'가 아니라, 한국의 민중이 만들어 간 '한국어로 이야기되는 세계'에 귀 기울이는 것이었다. 동시에 이들 목록의 작성은 냉전의 경계를 넘어서 식민지 시기 한국의 상황에 실체적으로 접근하는 길이었다.

『조선지광』은 『개벽』에 이어 두 번째로 문학과 관련이 깊은 잡지이다. 그리고 카프의 기관지이기 때문에 명확한 정치적 주장을 관철하고 있다. 다음은 1927년 11월호^{통권 73호}로부터 1930년 11월호^{통권 93호}까지의 목록이다. 그 이전의

〈그림 3〉 오무라 마스오가 복사한
『조선지광』 제85호(1929.6)

것과 그 이후의 것도 아직 눈에 띄지 않고 있다. 이 시기는, 카프의 조직 개혁 이전, 제1차 검거사건에 이르는 프롤레타리아문학이 가장 성대하게 개화했던 시기이다. 현재에 남겨진 뛰어난 단편 소설이나 희곡은 모두 이 잡지에 실렸다고 해도 좋다. 이 잡지를 통해 프롤레타리아 문화의 정수를 볼 수 있다. 또한 문예이론에서도 창작방법의 수립, 예술적 형상과 주제의 적극성의 관계, 문학의 대중화, 형식과 내용, 농민문학 등등의 문제가 지면을 둘러싸고 제기되고 있다.

편집자로는 이기영, 한설야, 조명희 등이 있다.

이론 및 창작 상의 주요 인물은 한설야, 박영희, 김기진, 이기영, 최승일, 김영팔, 송영, 이량, 유진오, 이북명, 박팔양 등이다. 그들은 모두 젊은 청년이다. 유진오 등은 아직 경성제대 학생으로 진영을 확장하고 있다.

그들 중에는 현재도 공화국에서 활약하고 있는 이기영, 송영, 한설야, 김동환, 이북명, 조선전쟁 가운데 죽은 김영팔, 전후에 입북入北하였다가 죽은 윤기정, 북에서 반국가적 스파이 행위를 이유로 처형된 임화, 남에서는 현재 고려대학 총장 유진오, 이전 서울신문사장을 역임한 김법린, 군사혁명에서 구속된 주요한, 이화여대, 성균관대 교수로 근무하다 얼마 전에 죽은 변영로 등등. 당시는 일선에 나란히 있던 사람들이, 어떤 이는 전진하고 어떤 이는 후퇴하고, 어떤 이는 죽고 어떤 이는 지금도 활약을 이어가고 있다. (…중략…)

문학 작품의 내용에 대해 말하자면, 현재 채록되어서 공화국에서 출판되고 있는 것과는 상당히 다른 듯하다. 한설야의 「씨름」에 대해서 말하자면, 스토리가 똑같지만 잡지에서는 후반부가 중단되어 있다. 언어도 꽤 다르다. 어려운 조건에서는 붓을 구부린 곳도 있을 것이다. 현재의 선집『현대조선문학선집』-인용자에서 볼 수 있는 것과 완전히 같은 작품은 적을 것으로 생각한다.

검열은 심하다. 복자 투성이다. 특히 신간회를 논의한 글에서는 전혀 뜻을 닿지 못한다.

필명이나 호는 불분명한 것이 많다. (…중략…)『조선지광』은 와세다대학 도서관의 소장. 사진을 찍기 희망하는 분은 일본조선연구소로 연락을 바란다. 또한 일본인과 조선인이 함께 어울려 이 잡지 윤독회가 열린다면 멋지리라 생각된다.[41]

오무라는 와세다대학 도서관에 소장된『조선지광』1927년 11월호통권73호로부터 1930년 1월호통권 93호를 검토하였다. 그는 목록 정리를 바탕으로, 프로문학의 중요한 창작 및 이론적 논쟁의 발표지면으로 기능한 것을『조선지광』의 문학사적 의미로 정리하였다. 그는 검열로 인해 텍스트의 훼손이 심하다는 것을 언급하고, 그는『조선지광』주요 필자들이 해방 이후 한국과 북한으로 갈라져 활동하였고, 일부는 유명을 달리했다는 사실

을 밝힌다. 또한 그는 자료를 널리 공유하였고, 일본인과 한국인이 함께
하는 윤독회에 대한 바람을 적어둔다.

1960년대 오무라는 홀로 혹은 동료들과 함께 재일조선인 서가, 북한
출판물, 일본 도서관을 통해 식민지 시기 원본과 북한의 출판물을 중심
으로 한국문학 자료를 수집한다. 수집한 자료를 바탕으로 그는 문학사의
맥락을 조금씩 정리하고, 식민지 검열의 양상에 주목하였다. 또한 북한의
『현대조선문학선집』에 실린 텍스트 판본과『조선지광』 원본에 실린 텍스
트 판본의 비교한다. 그는 식민지 시기에 간행된 원본 자료에 접근하여,
북한의 문학사 시각을 상대화하면서 텍스트 비평의 기초를 마련할 수 있
었다.

5. 한국문학 번역의 시작 최서해와 조명희

1963년 12월 일본조선연구소의 어학문학연구부의 오무라와 가지이
가 중심이 되어서 '조선문학의 모임^{朝鮮文学の会}'을 결성하였다. '올바른 조
선 인식'의 형성을 목적으로 일본어를 통해서 한국문학에 접근하고자 하
는 연구소 안팎의 사람들을 대상한 모임이었다. 일본인이 중심이 된 '조
선문학의 모임'은 재일조선인의 참여를 환영하였으며, 이은직과 김달수
등도 참여하였다. '조선문학의 모임'은 회지『조선과 문학』을 두 차례 간
행하고 3호 준비 중에 짧은 활동을 마무리하였다. '조선문학의 모임' 이
후 어학문학연구부 안에서 문학이 더욱 우세해져서, 어학문학연구부는
문학부^{문학부회, 문학연구회}로 불리기도 하였다. 1965년부터 문학부에 오무라,
가지이 노보루, 임전혜^{任展慧}, 윤학준^{尹学準} 등이 참여하였고, 안우식^{安宇植},

최숙자崔淑子 등도 때때로 참여하였다. 1965년 문학부는 원칙적으로는 월 1회 셋째 수요일 오후 6시부터 진행되었고, 연구 발표가 중심이었다. 가지이는 「조윤제 저 『조선시가의 연구』를 둘러싸고」, 「근대시의 발생과 시조」를, 오무라는 「조선 프롤레타리아문학과 '민족주의문학'」을, 임전혜는 「재일조선인의 문학 활동과 문학 작품」을 발표하였고, 『문학』 1965년 11월호 합평회도 진행하였다.[42]

1960년대 중반 조선연구소 내부에서도 정치적 운동에 치우쳤던 것을 반성하면서, 한국문학의 소개가 필요하다는 의견이 제시되었다. 오무라와 가지이는 한국문학 소개의 기본방침 세 가지를 마련하였다.

1. 가능하면 조선문학 본연의 모습을 일본인에게 알리기 위하여, 번역을 원칙으로 하고 우리 스스로 작품을 선택하고 번역에 임한다.

2. 대상을 현대문학으로 하고, 그 시작에 1920년대 후반에서 30년대 초두까지 식민지 아래 조선의 통치와 치열하게 싸웠던 '카프조선프롤레타리아예술동맹'의 활동에 둔다.

3. 이 기획은 가능한 한 이어가지만, 우선은 '카프'의 중핵으로 활동하였던, 이기영, 한설야 외에 송영극작가, 박세영시인, 최서해소설가, 조명희소설가·시인 등의 작품을 선택한다.[43]

오무라와 가지이는 일본인의 시각으로 한국문학의 본연을 잘 보여주는 작품을 선택하고 일본인의 손으로 직접 번역하는 것을 기본원칙으로 삼았다. 일본조선연구소의 성격과 번역자의 관심과 연관하여, 프로문학을 먼저 소개하기로 하였다. 첫 번역이 실린 『조선연구』 1966년 10월호에 잡지 편집부는 한국문학 번역의 필요성을 설명하였다.

지금까지 『조선연구』는 '조선문학'에 대한 지면이 적었다. 무엇보다 '조선문학'이라고 했을 경우, 일본인 대부분은 '재일조선인의 문학'을 떠올리리라 생각한다. 그리고 그것은 당연한 것 그럴지도 모르겠다. 일본이 조선을 지배했던 30여 년간의 역사는, 분단된 조선의 현실의 모습 가운데 뿌리 깊이 여전히 살아있고, 그것이 진정한 '조선문학'을 일본 독자의 눈에 띄지 않게, 먼 곳으로 쫓아버리고 있기 때문이다.

따라서 우리는, 조선어로 쓰여, 조선 민족의 기쁨이나 슬픔, 그리고 격렬한 분노 가운데에서 태어난 그 '조선문학'을 소개하고자 한다.

그런 의미에서 이 기획은, '조선문학'을 해방 이전과 이후로 나누고, 또 1945년 이후의 부분은, 남북 조선의 소설 및 논평을, 이번 10월호[55호]로부터 1년 6개월에 걸쳐 연재하기로 했다. 번역 그 자체에도 문제가 많으리라 생각하지만, 작은 힘 가운데 이어가는 이 작업에 대하여 독자의 적극적인 비판과 협조를 바란다.(편집부)[44]

편집부는 식민지과 냉전으로 인해 한국문학의 진정한 모습이 일본 시민에게 소개되지 못했다고 판단한다. 오무라와 가지이의 번역 방침과 마찬가지로, 편집부 역시 한국인의 기쁨, 슬픔, 분노를 한국어로 쓴 한국문학을 소개하고자 한다. 기획 수립 당시에는 1년 6개월간 해방 전과 해방 후, 한국과 북한이라는 경계를 넘어서 한국문학의 전체상을 소개하고자 하였다. 기획 소개에 이어서 1966년 10월호[55호]부터 1967년 6월호[62호]까지 소설 3편과 평론 2편이 실렸다.

<표 1> 『조선연구』의 한국문학 번역

시기	권호	저자	역자	제목
1966.10	55호	조명희(趙明熙)	오무라 마스오(大村益夫)	낙동강(洛東江)

시기	권호	저자	역자	제목
1966.11	56호	최서해(崔曙海)	오무라 마스오(大村益夫)	탈출기(脱出記)
1967.1~3	58~59호	한설야(韓雪野)	가지이 노보루(梶井陟)	과도기(過渡期)
1967.4~5	60~61호	이기영(李箕榮)	가지이 노보루(梶井陟)	창작방법의 문제에 대하여 (創作方法の問題について)
1967.6	62호	한설야(韓雪野)	가지이 노보루(梶井陟)	프롤레타리아예술선언 (プロレタリア芸術宣言)

1962년 오무라는 「탈출기」를 『감의 회 월보柿の会月報』 제20~21호柿の会編集部, 1962.4~6에, 「낙동강」을 『조선과 문학朝鮮と文学』 제1~2호朝鮮文学の会, 1964.1~2에 발표한 바 있다. 『조선연구』에는 우선 오무라가 이전에 번역했던 「낙동강」과 「탈출기」를 손질하여 다시 실었다. 번역 소설과 함께 실린 「작자 소개」를 통해서 오무라는 작가와 작품 소개, 그리고 번역 과정의 쟁점을 소개하였다.

「낙동강」은 1927년 5월 작으로 조명희의 대표작이며, 카프문학의 고전적 작품이기도 하다. 번역 중 방선 부분은, 발표 당시 복자였던 것을 당시 저자와 함께 생활하고 있던 사람들에 의해서 복원된 것. ○○○○의 부분은 그래도 여전히 메울 수 없는 부분이다.[45]

오무라는 「낙동강」을 통해 한국 프로문학의 대표적인 작품의 성취를 보여주는 한편, 검열의 양상을 일본의 독자가 확인할 수 있도록 하였다. 그는 번역 과정에서 식민지 검열 아래에서 생산된 텍스트의 특징에 유의하였다. 그는 번역문 말미에 『현대조선문학선집』 제1권소설집, 조선작가동맹출판사, 1957을 저본으로 삼아 번역했다는 사실을 밝혔다. 1920년대 조명희가 최초로 「낙동강」을 발표할 때 검열로 인해 단어와 문장 상당부분이 복자로 처리되었다. 1950년대 북한의 『현대조선문학선집』 편집자는 "일제의 가혹한 탄압과 검열로 인하여 복자로 된 부분들은 당시 창작 활동을 함께 한 분들에게 위촉하여 살린 것도 있고_{살린 점은 방점을 침} 전혀 알아볼 수 없는 대목은 그대로 둘 수밖에 없었다"라고 복원의 규칙을 밝혔다.[46] 편집자는 복자를 복원하고 방점으로 그 부분이 복원임을 표시하였고, 복원할 수 없는 부분은 ○○○으로 그대로 두었다. 오무라는 북한의 텍스트 복원 양상 및 정보를 정확히 일본어로 옮겼다.

「탈출기」 번역의 어려움 역시 검열로 인한 텍스트의 문제로부터 왔다. 오무라는 "검열을 고려하여 사용하고 싶은 말이나 표현을 굳이 피하고 고심하여 쓰고 있는 것을 잘 알 수 있다. 번역은, 그것을 가능한 한 충실하게 재현하려고 시도했지만, 조금 지나친 점이 있을지도 모른다"[47]라는 서술을 통해 「탈출기」가 검열 아래 생산된 텍스트임을 환기하면서, 독자에게 섬세한 독해를 요청하였다. 또한 북한문학사가 최서해의 문학을 '초기 프롤레타리아문학'으로 이해하고 있다는 것 또한 간략히 소개하였다.

오무라의 번역에 이어 가지이는 한설야의 「과도기」, 이기영의 「창작 방법의 문제에 대하여」, 한설야의 「프롤레타리아 예술선언」을 소개하였다. 그런데 한설야는 1962년 무렵 북한에서 비판을 받고 숙청된 상황이었다.[48] 오무라와 가지이도 대략적으로나마 한설야의 숙청 소식을 알고 있었다.

해방 후 다시 펜을 들었던 그는 정력적으로 수많은 단편과 『역사』, 『대동강』 등의 장편을 썼으며, 조선민주주의인민공화국의 최고인민위원과 문학예술학 총동맹^{sic} 위원장을 역임하였다.

그러나 그 후, 그에게 여러 비판이 가해진 것 같고, 작가 생활을 어떻게 계

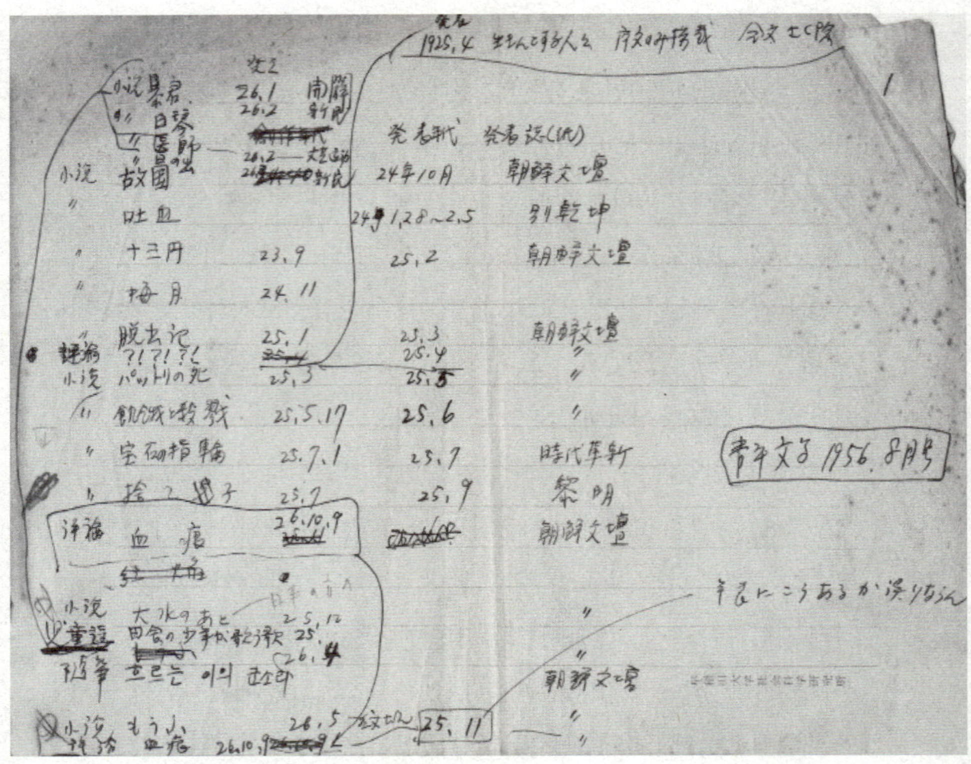

<그림 4> 오무라 마스오가 작성한 최서해 작품 목록 초안

속하고 있는지 역자는 알 수 없다. 하지만 조선의 근대문학을 이야기할 경우, 빠뜨려서는 안 될 중요한 작품이라고 생각하고, 여기에 졸역을 실었다.

이 소설이 탁월했다는 그런 것이 아니다. 그러나 이 소설이 쓰인 1920년대 후반은 일본 국내에서도 파쇼의 폭풍이 몰아치고 있었던 것이다. 그런 의미에서 이 「과도기」가 당시 조선문학의 한 방향을 분명히 하고 있던 것으로서 확실히 자리매김하고 있었다고 생각한다.[49]

일찍이 오무라는 「카프에 대하여カップについて」라는 글에서 카프 초기에는 창작보다 평론이 우세했는데, 카프 초기의 대표적인 평론이 바로 한설야의 「프롤레타리아 예술선언」이라고 언급한 바 있다.[50] 오무라와 가지

이는 북한의 한설야 비판을 소개하면서도, 문학사적 위상을 고려하여 한설야의 「과도기」와 「프롤레타리아 예술선언」을 소개하였다.

하지만 한설야의 평론이 소개된 후, 한설야 작품의 번역에 대하여 조선총련이 항의하였다. 항의의 요점은 "1950년대 후반에 한설야는 우리나라공화국에서 부정되고 있다. 더구나 「과도기」는 공화국판도 있는데 어째서 그것을 쓰지 않았느냐?"라는 것이었다.[51] 조선총련의 항의는 숙청이라는 북한의 정치적 상황이 문학사의 시각을 제한했던 당대의 상황을 잘 보여주는 사례이다. 번역 대본 역시 문제였다. 가지이는 북한의 『현대조선문학선집』 제4권한설야단편집, 조선작가동맹출판사, 1959 및 제8권평론집, 조선작가동맹출판사, 1959에 실린 「과도기」와 「프롤레타리아 예술선언」이 아니라, 『조선지광』와세다대학 도서관 소장과 『동아일보』에 실린 최초 발표본을 저본으로 삼았다. 『현대조선문학선집』에 수록된 해방 이전 작품 가운데 상당수는 작가 혹은 편집자가 대폭 개고한 것이었다. 오무라와 가지이는 북한의 출판물이 아니라, 식민지 시기에 발표된 초출본을 저본으로 선택하여, 냉전의 이념이 개입하기 이전 1920년대 한국문학의 실체에 온전히 접근하고자 하였다.

일본조선연구소는 조선총련의 항의를 적당히 얼버무렸고, 한국문학 번역은 중단된다. 한설야의 번역을 둘러싼 사건은 냉전체제 아래에서 오무라의 한국문학 번역 및 연구가 마주했던 정치적 곤란을 보여주는 동시에, 오무라의 자료 수집이 다음 단계로 나아가고 있음을 보여준다. 오무라는 북한의 출판물을 통해 한국문학에 접근했던 단계를 넘어서, 직접 원본을 확인하면서 북한의 텍스트와 해석을 상대화하면서 자신의 시각을 구축해 간다.

6. 식민지의 프로문학과 해방 후의 임화

한국문학 자료의 축적에 힘입어 오무라의 연구 또한 본격적으로 시작한다. 오무라의 한국문학 번역 및 연구는 식민지의 프로문학과 해방 후의 한국문학을 대상으로 출발하였다. 1920년대는 한국문학의 물질적 토대가 형성된 시기이자 한국문학이 본격적으로 시작한 시기였다. 오무라에 따르면, 총독부의 문화정치 아래에서 "일정 범위 발언의 길"이 열렸고 이 시기에 창간된 한국어 신문 및 잡지는 작품 발표의 지면으로 기능했다. 한국문학이 본격적으로 전개하고 분화하면서, "프롤레타리아문학과 '민족주의문학'이 격하게 대"하기도 하였다.[52] 해방 후는 오무라가 한국문학을 공부하기 시작한 1960년대와 직접 연결되는 시기였다. 1964년 오무라는 "손을 더듬어 조금씩 조선어를 공부하기 시작한 것은 지금으로부터 4년 전, 귀국문제가 시작하기 전 해의 일었다"라고 언급하였다.[53] 그에게 한국어와 한국문학은 냉전기 한국의 민중, 북한의 민중, 그리고 재일조선인의 삶과 연결된 것이었다.

오무라가 처음으로 연구성과를 발표한 지면은 도쿄도립대학 중국문학 연구실에서 간행한 『감의 회 월보柿の会月報』였다. 『감의 회 월보』 제20호 1962.5와 제21호 1962.6에 오무라의 첫 번역은 「탈출기」와 「역자해설」이 실렸고, 제24호 1962.11과 제25호 1963.1에 「해방 후의 조선문학」이 실린다.

오무라는 북한의 문학사 인식의 영향을 받으면서도 독자적인 시각을 모색하기 위해 노력하였다. 본격적인 한국문학 연구의 첫 글인 「해방 후의 조선문학」의 서두에서 오무라는 예외적으로 자신의 심경을 토로하였다. 자신 역시 한국문학을 논할 능력이 충분한 것은 아니지만, "일본에서 일본인의 손으로 된 조선문학 소개가 너무 부족한 지금 상황에서는 이처

럼 서투른 것이라도 다소 의미가 있을지 모른다"라는 심사가 그것이다.[54]
이 글은 북한의 문학사 인식의 영향이 강하게 드러난다. 하지만 오무라는
마오쩌둥의 「옌안문예강화」와 북한의 문학을 나란히 두기도 하고, 재일
조선인 작가 김달수의 저작 『조선─민족·역사·문화朝鮮─民族·歷史·文化』岩
波書店, 1958의 도움을 받으면서 자신만의 시각을 갖추기 위해 노력하였다.

「탈출기」의 「역자해설」을 살펴보면, 오무라는 일본인의 시각에서 한국
문학을 읽는 방법을 계속 고민하고 있다는 것을 확인할 수 있다. 첫째, 그
는 문학사에 유의하면서 「탈출기」의 문학사적 위치를 비정하고자 하였
다. 1910년대 도쿠토미 로카德富蘆花와 구로이와 루이코黑岩涙香의 번안소
설 및 이광수의 "서구근대문학의 영향을 강하게 받아 완전한 언문일치로
새로운 내용과 형식을 가진 소설"이 등장하고, 3·1운동을 경계로 '신경
향파'가 등장한다. 둘째, 중국문학에 대한 유비를 통해 한국문학을 설명
하였다. 오무라는 이광수를 후스胡適에, 신경향파를 문학연구회에, 카프를
좌련左聯에 상당한 것으로 설명한다. 이 방법은 중국문학 연구에서 시작
한 오무라의 학술적 방법인 동시에, 동아시아 근대문학의 공통성을 바탕
으로 한국근대문학의 특징을 설명하는 방식이다.

연구 방법의 모색을 바탕으로, 오무라는 북한의 문학사와 다른 시각에
서 「탈출기」 읽기를 시도한다. 북한의 문학사는 「탈출기」가 사회변혁의
의도를 직접 드러낸 것을 고평하지만, 오무라는 오히려 사회변혁의 의지
가 전체 서사와 고립되어 있다고 판단한다. 그는 "극한으로 절박한 생활
속에서 생존을 위해 필사적으로 노력하는 과정에서의, 적에 대한 증오와
가족 사이의 애정"에 유의하고 그 과정을 음미하면서 "일본인으로 느끼
는 일종의 아픔"을 새길 것을 제안하였다.[55]

1960년대 오무라는 전체적으로는 접근성이 높은 북한의 문학사 연구

와 재일조선인의 저작을 참고하였지만, 한국의 연구와 스스로가 직접 발굴한 자료로 검토의 범위를 넓혀 갔다. 필요할 경우 중국문학도 참조하였다. 『조선연구』 1964년 12월호에 발표한 「카프에 대하여」는 참고문헌으로 북한에서 간행한 『조선문학통사』 하권^{과학원출판사, 1959}, 『현대조선문학전집』 전 16권^{조선작가동맹출판사, 1957~1961}, 일본 학우서방에서 복각^{翻印}한 『문학』, 한국에서 간행한 백철의 『신문학사조사』^{민중서관, 1953}, 조연현의 『한국현대문학사』^{현대문학사, 1956}, 일본에서 오무라가 발굴한 『예술운동』과 와세다대학에 소장된 『조선지광』 1927~1929년분 등을 제시하였다. 「카프에 대하여」는 1925년 8월 24일에 창립하여 1935년 5월 21일에 해산하기까지 "고난과 영광으로 가득찬 생애를 문학사 위에 남긴" 카프의 문학적 실천을 조직론의 시각에서 개괄한 글이다.[56]

오무라의 프로문학 연구의 중간 결실은 한일기본조약이 체결된 해인 1965년 11월 이와나미서점^{岩波書店}의 잡지 『문학』에 발표한 「1920년대의 조선문학-프롤레타리아문학과 '민족주의문학'」이었다. 이 글은 임전혜의 「장혁주론^{張赫宙論}」 및 부록 「1945년 이전의 재일조선인 문학 관계 연표^{一九四五年以前の在日朝鮮人文学関係年表}」와 함께 발표되었다. 오무라는 이 글에서 북한의 『조선문학통사』 하권와 『현대작가론』 1권^{조선작가동맹출판사, 1961}과 한국의 『한국현대문학사』^{조연현, 인간사, 1961} 등을 두루 참고하면서, 1910~1940년대 한국근대문학의 흐름을 개괄한 후 1920년대 '민족주의문학'과 프로문학을 집중적으로 논의하였다. 오무라는 북한과 한국의 연구 성과로부터 자료의 도움은 받지만, 자신만의 텍스트 해석과 문학사적 시각을 만들어 간다. "공화국의 문학에서는 '반동적 부르주아 작가'로서 전혀 언급되지 않는 김남천, 유진오, 이태준의 소설이나 평론"을 언급한 것 역시 눈길을 끈다.[57]

오무라는 최서해와 조명희를 1920년대 프로문학의 전개과정 안에서 다시금 정위한다. 최서해는 "육체에 각인된 아픔, 즉 이론이 아닌 생활로부터 사회주의에 접근"해 간 작가로서 독보적인 위상을 갖지만, "실감만 존중되고 사상으로의 승화작용이 미흡한" 작가였다. 조명희는 "혁명은 반드시 승리한다는 확신"을 "조선민족의 과거, 현재, 미래"를 아우르며 "서정적"이고 "격조 높은 긴박한 필봉"으로 그려내는 작가였다. 이기영과 한설야의 성취와 한계 또한 검토하였다.[58] 오무라는 한국과 북한의 문학사가 그 의미를 온당히 제시하지 않고 있는 식민지의 프로문학을 주체적인 시각에서 이해하고자 한다.

조선의 프롤레타리아문학은 1922~1923년에 시작되었다. 종래의 문학사는 1925년 '조선프롤레타리아예술동맹' 약칭 카프의 결성을 두고 프롤레타리아문학이 시작되었고, 그 이전에는 신경향파 문학, 혹은 초기 프롤레타리아문학이라고 부르고 있다. **문학운동사적으로 보면, 그것도 물론 맞지만 문학 작품의 전반적 사상 내용으로 보면, 1922~1927년을 초기 프롤레타리아문학이라고 부르는 편이 타당하다.** 그러나, 후에 문제로 삼듯이, 이 초기의 작품을, 진정 프롤레타리아의 계급적 자각과 요구에 입각한 문학이라고 부르기에는 조금 약한 부분도 있다.[59]

오무라는 조직론에 주목하여 카프를 결성한 1925년을 프로문학의 기점으로 바라본 기존의 문학사 인식에 거리를 두면서, "작품 전반의 사상 내용"에 대한 검토를 바탕으로 1922~1927년을 '초기 프로문학'으로 보다 넓게 이해한다. 그는 정치적 실천보다는 구체적인 텍스트의 성취에 주목하여 자신의 문학사적 시각을 제시하였다. 신경향파가 아닌 프롤레타리아문학이라는 보편적인 명칭 또한 일본 프로문학과 한국 프로문학의 교류를 보다 직관적으로 보여주기 위한 명명이었다.

일본, 조선 양국의 프롤레타리아문학의 교류는 무척 밀접했을 것이다. 그런 교류에 대해서는 북한에서도 남조선에서도 그다지 언급하고 싶어하지 않는다. 그러나 이런 양국 문화 교류의 역사를 밝히는 것은 무엇보다 조선 프롤레타리아문학이 일본 프롤레타리아문학의 미니어쳐라든가, 아류라든가 하는 것과는 전혀 다르게, 양국 인민의 역사적 연대를 입증하기 위해 필요하다고 본다. (…중략…) 카프는 국내에 여러 개의 지부를 설치했고, 국외에도 간도_{조선과 국경을 맞댄 중국 지린성 일대}나 도쿄에도 지부를 두었다. 맹원은 300여 명을 거느렸고, 이는 당시 예술가의 압도적 다수였다. 그러나 엄격한 탄압 때문에 운영은 좀처럼 용이하지 않았다.[60]

오무라는 카프 도쿄지부가 간행한 『예술운동』에 대한 검토를 바탕으로, 한국 프로문학을 일본 프로문학에 겹쳐서 읽어간다. 그는 한국과 북한에서 주목하지 않은 한일 프로문학 교류의 복원이 필요하다고 역설한다. 다만, 교류의 복원이 영향관계의 입증을 의미하지는 않았다. 오무라는 한일 프로문학의 교류를 통해 양국 인민의 역사적 연대를 입증하고자 하였다. 또한 오무라는 카프 도쿄지부와 간도지부의 존재를 환기하면서 한국 프로문학의 범위를 한반도에 한정하지 않고 확장적으로 이해할 가능성을 탐색한다.

1963년 오무라가 일본과 한국 양국의 상호 이해 불가능성을 언급했던 것을 떠올린다면,[61] 이 글은 양국의 연대 가능성을 낙관하고 있다. 오무라의 시각에서 일본조선연구소의 정치적 입장의 영향이 일견 감지되기도

한다. 하지만 한국과 북한 모두가 삭제한 프로문학에 대한 온당한 이해를 시도하고, 텍스트라는 구체적 층위에 주목했다는 점에서, 오무라는 일본인의 위치에서 자신만의 조선문학 인식의 가능성을 탐색하고 있었다.

1967년 오무라는 논문 「해방 후의 임화」를 발표하여, 한국 프로문학에 대한 자신의 입장을 더욱 예각적으로 제시한다. 서두에서 오무라는 1953년 8월 6일 평양 모란봉 극장에서 임화에게 내려진 사형 판결을 제시한다. 출처는 현대조선연구회가 편역한 『폭로된 음모─아메리카의 스파이 박헌영·이승엽 일당의 공판 기록暴かれた陰謀─アメリカのスパイ朴憲永·李承燁一味の公判記録』순다이샤(駿台社), 1954였다. 『폭로된 음모』는 『민주조선』 1953년 8월 5일, 7일, 8일 및 『노동신문』 1953년 8월 8일에 수록된 기소장, 피고인 진술, 판결문 등을 일본어로 번역한 것인데, 임화의 진술이 편집되고 최종 진술이 누락되는 등 텍스트에 문제가 있었다. 하지만 소설가 마쓰모토 세이초松本清張가 『북의 시인北の詩人』1962~1963을 집필할 때 참고하는 등 일본에서 널리 활용되었다.[62]

오무라는 "임화라는 한 생명이 정치적 시간표에 따라 처단된 것은 차치하고, 그가 문학인으로서 어떻게 살았는가, 곧 임화의 문학 작품을 통해 그의 사상성과 정치성을 문제삼고자 한다"라고 자신의 시각과 방법을 분명히 제시한다.[63] 오무라의 입장은 임화의 존재를 삭제하고 그에 대한 풍문만을 남겨둔 냉전 동아시아의 정치적 상황에 대한 비판적 인식에 기반하고 있다. 오무라는 구체적인 텍스트에 근거하여 임화문학의 성취와 한계를 검토하겠다는 주체적인 시각을 분명히 밝힌다. 그는 자신이 수집하여 확인한 서울과 평양에서 발표한 비평과 시 텍스트를 근거로, 해방 후 임화의 문학적 실천을 재구성한다.

해방 후 임화는 '민족문학'을 한국문학이 지향할 목표로 제시한다. 오무라는 1946년 2월 8~9일 서울에서 개최된 제1회 조선문학자대회에서 임화가 발표한 「조선 민족문학 건설의 기본과제에 관한 일반보고」에 주목한다.

> 임화의 '민족문학' 주장은 세 가지 시각을 기반으로 하고 있다고 할 수 있다. 첫째, 그의 근대주의, 둘째, 프롤레타리아문학에 대한 평가, 셋째, 통일전선론이다.[64]

오무라는 임화의 민족문학론의 기반을 근대주의, 프로문학에 대한 평가, 통일전선론 등 세 가지 관점에 토대를 두고 있다고 판단한다. 오무라는 임화가 유럽의 근대문학을 기준으로 삼았기에, 전통시대 한국의 이야기책의 문화유산과 식민지 시기 한국문학의 성취를 충분히 인정하지 못했고, 임화의 민족문학이 '민족허무주의적 비민족문학'으로 귀결한 것은 아닌지 비판적으로 진단한다. 또한 오무라는 해방 후의 임화가 이식성과 공식주의를 이유로 프로문학을 부정하고 통일전선의 구축을 요청하였다고 판단하면서, 통일전선론을 비판적으로 검토한다.

1946년 임화는 중일전쟁기 한국의 작가들이 "첫째 조선어를 지킬 것. 둘째 예술성을 옹호할 것. 셋째 합리정신을 주축으로 할 것"을 기율로 파시즘에 저항하는 공동전선을 "신문학 이래 처음으로" 형성하였다는 것을 환기했다. 그는 파시즘의 억압으로 그 전선은 한시적으로 유지되었지만, "협동 가운데서 조선의 문학자들이 남긴 업적은 결코 적은 것이 아니었"다고 언급한다. 임화는 해방 이후 한국의 작가에게 반제반봉건의 실천과 새로운 '민족문학'의 건설을 위해 조선문학가동맹을 중심으로 협동할 것을 요청한다.[65]

해방 직후 김달수 등 일군의 재일조선인 작가는 임화의 문학적 실천에 동의하면서 프로문학에 대한 반성 위에서 새로운 민주문학을 전개하고자 하였다. 김달수는 '공동전선'에 대한 임화의 시각을 수용하였으며 1958년 개설서『조선—민족·역사·문화』에서 탄압과 전쟁을 앞에 두고 조선의 모든 문학자가『문장』을 중심으로 '민족적 통일전선'을 형성하였다고 보았다.[66] 오무라는 김달수로부터 자료를 제공받았지만, 통일전선의 가능성을 긍정하였던 김달수 등 재일조선인과는 다른 입장에서 있었다.

조선의 근대문학이 일제의 압력에 효과적으로 저항하지 못했던 것은 반파시즘·반일제 통일전선이 약했기 때문이다. (…중략…) (해방 후의—인용자) 임화는 프롤레타리아문학을 부정하고 1920년대 이래의 계급문학과 민족문학의 격렬한 대립을 해소한 것을 바탕으로, 통일전선을 구축하자고 주장하였다. 그러나 이 논리는 전도된 것이 아닐까. 해방 이전에는 주요한 적敵, 곧 일본 제국주의에 대하여, 민족의 배신자를 제외한 모든 조선 인민이 통일전선을 형성할 필요성이 있었다. (또한 사실, 카프 해산 후에 있어서는, 매우 소극적이고, 강요된 형태이긴 했지만, 프롤레타리아파도 예술지상주의파도 민족문학파도, 조선어를 지키고 조선어로 쓰인 문학 작품을 지킨다는 선에서, 실질적으로 통일전선을 형성한 시기가 있었다) **하지만 일제 붕괴 후에 있어도 조건은 같을 것인가?**

이와 관련하여, 임화의 '민족문학' 제창의 세 번째 근거로 생각되는 것은, 박두하는 파시즘의 엄혹함을 예측한 통일전선론이다. 확실히 이러한 예측은 빗나가지 않았다. 하지만 그가 미국과 이승만의 마수를 얼마나 명확하게 내다보았는지는 의문이다.[67]

오무라는 식민지 시기 한국문학이 가진 근본적인 허약함을 통일전선의 결여 때문으로 보았다. 그는 해방 이전에는 통일전선이 문학의 과제일 수 있지만, 해방 후의 임화가 다시금 통일전선을 들고 오는 것은 전도된 논리였다고 비판한다. 통일전선에 대한 오무라의 판단 이면에는 중국 근대문학과의 비교가 놓여 있다. 인민전선 혹은 반제통일전선 형성의 핵심 조건은 민족부르주아지·민족주의의 존재 여부이다. 반식민지 중국의 경우 중일전쟁의 위기 아래에서 국공합작으로 반제통일전선을 형성하였다. 1937년 중국의 작가들은 중화전국문예계항적협회^{中華全國文藝界抗敵協會}를 결성하고 "우리의 붓을 사용하여 인민을 동원시키고 조국을 수호하며 침략자를 분쇄함으로써 승리를 쟁취해야 한다"라고 다짐하였다. 1943년 궈모뤄^{郭沫若}는 항적협회에 대하여, "문필예술에 종사하는 모든 사람들은 유파, 계층, 신구를 불문하고 모두 일치단결하여 항전 승리를 쟁취하기 위하여 바삐 뛰고 다니면서 외치고 헌신하였다. 이는 작가들의 대단결을 나타내는 것이며 중국 근현대사에서 의심의 여지 없는 공전의 현상이었다"라고 높이 평가하였다. 1944년 마오쩌둥은 「옌안문예강화」에서 "우리의 문예가 모두 인민대중을 위한 것이다"라는 전제 아래, "문예계의 통일전선 문제"를 논의한다. 그는 "문예는 정치에 종속하며, 오늘날 중국정치에서 제일의 근본문제는 항일이기 때문에, 당의 문예활동가는 무엇보다 먼저 항일이라는 점에서, 당 외의 모든 문학자·예술가^{당의 동조자, 소부르주아 계급의 문예가로부터 항일에 찬성하는 모든 부르주아 계급, 지주계급의 문예가에 이르기까지}와 단결하지 않으면 안 된다"라고 언급하였다. 마오에게 문예 대중화와 통일전선은 연동한 문제였다.[68]

다케우치 요시미는 「내셔널리즘과 사회혁명」¹⁹⁵¹에서 중국은 내재적인 근대화를 실패하고 반식민지 상태에 놓였고, 옛 지배층은 제국주의와 영합하면서 매판화된다고 보았다. 이 때문에 역설적으로 중국의 내셔널리즘은 사회혁명과 결합한다. 다케우치는 중국에서는 반혁명조차 혁명의 에너지로 전화轉化할 수 있었고, 문학을 통해 중국의 내셔널리즘과 사회혁명의 결합을 뚜렷이 확인할 수 있다고 보았다. 그는 중국문학에서 내셔널리즘의 심정이 비애감, 체념, 절망, 분노 등 다양한 모습으로 나타나지만, 결국 "국가적 독립과 국민적 통일에 대한 기원"으로 귀착한다고 보았다. 이에 반해 일본은 근대화에는 성공하지만 내셔널리즘과 사회혁명을 결합하지 못하였고, 혁명의 에너지는 반혁명으로 전화하는 것이 반복되었다.[69] 다케우치는 전후 일본이 중국이나 동유럽 등 외부의 경험을 모방하여 통일전선을 제창했지만, 그것은 실체 없는 가공의 권위를 공고화하는 것일 뿐 인민의 생활과는 무관한 허약한 움직임이었다고 비판하였다. 그는 "인민의 자유로운 의지가 표명되려면 아래로부터의 민주적 조직이 필요하다"라고 언급하였다.[70]

식민지라는 조건은 한국에서 건전한 민족부르주아지·민족주의의 형성을 제약하였고, 식민지 시기 한국의 통일전선은 주체 없는 통일전선에 불과하였다. 비평가들이 한국에서 지성, 교양, 전통이 가능한가 거듭 질문했던 것 역시 이 때문이다. 임화 역시 "계급으로서 유약한 조선의 시민은 신문학의 진보성을 철저히 추진하지 못하였다"라고 언급하였다.[71] 역사학자 홍종욱이 지적했듯, 중일전쟁기 한국의 작가들은 처음으로 공동전선을 형성하지만, 이것은 국제적인 반파시즘인민전선의 일환이기보다는 오히려 '전향'을 통해 가능한 국민전선의 일각인 한에서 허용된 '굴절된 공동전선'이었다. 한국은 해방을 통해 민족통일전선의 조건을 비로소 갖출 수 있었지만, '반제반봉건'의 문제의식에 기반한 실천은 냉전과 분단으로 굴절된다.[72] 북한의 김일성은 대중, 농민, 프롤레타리아의 자발성과 창조성을 존중한 마오의 생각에 동의하지 않았고, 간부가 모든 것을 경정한다는 스탈린주의에 경도되었다.[73]

해방 이후 임화가 다시 한번 공동전선을 언급하면서 반제반봉건의 실천을 주장한 것은 냉전과 분단의 도래라는 새로운 시대적인 조건 및 민중과의 충분한 연결을 고려하지 못한 것이었다. 오무라가 해방 후 임화의 논리가 전도되었다고 한 것은 이 때문이다. 오무라는 임화의 창작 또한 한국의 민중과 유리된 것으로 비판한다.

임화는 한 개인으로서 자신의 감정을 노래하는 것에는 솔직했다. 하지만 이 솔직함 때문에 그는 인민으로부터 유리되었고, 그의 배후에 인민은 없었다. 문학이 일부 엘리트를 위해 존재하는 것이 아니라 노동자·농민·병사를 위해 존재하는 것이며, 노동자·농민·병사의 감정을 자기감정으로 삼아 노래해야 하고, 그렇게 하기 위해서 시인의 고통스러운 사상개조가 이뤄지지 않으면 안 된다는 의식이 그에게는 없었다. 결국 임화는 예술지상주의 시인이었다.[74]

오무라는 재일조선인 김달수에게 입수한 시집 『너 어느곳에 있느냐』에 한국전쟁 시기 임화의 시를 비판적으로 검토한다. 임화의 시는 자신의 감정에 솔직한 시였지만, 오무라는 임화의 감정이 민중으로부터 유리된 것이었다고 비판하였다. 다만, 오무라의 비판이 문학을 정치와 민중에게 평면적으로 종속시키는 것은 아니었다.

임화의 시가 민중으로부터 유리되었다는 오무라의 판단에는 다케우치 요시미의 일본 프로문학 비판과 마오쩌둥의 문예 대중화론이 가로 놓여 있다. 앞서 보았듯, 다케우치는 일본 프로문학이 내셔널리즘과 결합하지 못하고 사회혁명의 이념만을 계승한 결과, 혁명의 에너지는 반혁명으로 귀결하고 혁명의 전통을 형성하지 못했다고 비판하였다.[75] 또한 그는 「루쉰과 마오쩌둥」[1947]에서 마오쩌둥이 문학에 한없이 높은 것을 요구하였던 루쉰의 태도를 깊이 이해했다고 보았다. 다케우치는 루쉰의 문학이 정치를 넘어섰듯, 「옌안문예강화」역시 문학에 더 높은 것을 요구하는 태도라고 판단하였다.[76] 마오는 「옌안문예강화」에서 "우리 문예 활동가의 사상, 감정이 노동자·농민·병사 대중의 사상·감정과 하나로 융합"되어야 한다고 주장하였다.[77] 문예 대중화는 문예 활동가가 대중의 창의創意를 이끌어 내고 대중으로부터 창조적으로 배울 때 가능하다. 이를 위해서는 문학자의 창조적 정신이 필요하다.[78]

마오와 다케우치의 시각을 참조한다면, 해방공간 임화의 통일전선론은 문예 대중화의 구호는 가지고 있었지만, 내셔널리즘과 사회혁명의 결합의 필요성을 충분히 고려하지 못히여 결과적으로 조선의 민중과 유리된 것에 머물렀다고 할 수 있다. 오무라는 일본과 중국의 문예이론을 바탕으로 해방 후 임화의 민족문학론과 그 것의 토대인 통일전선을 근본적으로 비판하였다.

다만, 오무라가 임화의 시를 비판으로 일관한 것은 아니었다. 1960년대 초반 중국소설 『붉은 바위紅岩』의 번역을 계기로 전형적인 영웅의 형상과 갈등 없는 내면을 둘러싸고 일본 비평계의 논쟁이 일어난다. 논쟁의 핵심은 문학의 계급성 및 투쟁성, 혁명적 인간상 및 인물의 유형화, 근대문학 양식과 독자의 반응 등이었다. 오무라는 정치운동 조직자와 문학자의 대립이 논쟁의 기저에 놓여 있다고 판단하였다. 그는 논쟁의 경과를 비판적으로 점검하면서 『붉은 바위』에 대한 중국 민중의 기대를 그 자체로 존중할 것과 일본의 위치와 주체성을 바탕으로 『붉은 바위』를 읽을 것을 강조한다. 특히 그는 『붉은 바위』를 읽은 감동을 생활 속에서 실천하는 공산당원 여성 독자의 사례를 제시하면서 "성실한 사람들의 에너지야말로, 일본의 변혁을 이끌어갈 것이다"라고 기대하였다.[79]

오무라는 『붉은 바위』 논쟁에 임화의 시를 겹쳐 읽으면서, "안타깝게도 이러한 논의가 조선의 문학 작품을 둘러싸고 벌어진 적은 한 번도 없지만, 『붉은 바위』에 대해 불만을 품은 독자는 임화의 시에 깊은 감동하지 않을까"라는 단서를 붙였다.[80] 오무라는 임화 시의 감상성이 민중과 유리되었기에 비판적으로 검토하면서도, 그 반대편에 놓일 내면 없는 영웅의 형상에도 동의하지 않았다. 그는 민중의 삶에 기반한 문학을 중시하였다. 오무라는 임화의 시를 거울삼아 문학에서 정치와 미학, 사상과 감성, 문학과 민중의 새로운 분할선을 고민하였다.

해방 후의 임화

오무라 마스오 와세다대학 교수

1

1953년 8월 6일, 평양 모란봉 지하극장에서 임화林和는 사형 판결을 받았다.

조선민주주의인민공화국 최고재판소 군사재판부는 박헌영朴憲永, 이승엽李承燁 일당 12명 가운데 10명에게 사형, 나머지 2명에게 징역 2명을 선고하였다.

임화의 항목은 다음과 같다.

피고 각 개인의 죄행

림화. 조소문화협회 중앙위원회 전 부위원장. 사형.

그는 1953년1935년의 잘못, 일본 제국주의 경찰과 야합하여 혁명적 문화단체 카프를 해산시키고, 친일적 '문화보국회'의 리사에 있어 일본 제국주의의 식민지 정책을 정당화하기 위해 이른바 내선일체의 사상을 주창하는 등, 민족 반역 행위를 자행해 왔다. 8·15 해방 후에는 미국 첩보기관의 스파이로 활동하면서, 리승엽 등과의 련계 밑에 스파이 행위를 해 온 것이다.

(ㄱ) 1945년 12월부터 미국 첩보기관, 혹은 전前 남조선 미군정청 공보처 여론국장이었던 피고 설정식薛貞植 등과의 련계 밑에 당 및 문화단체의 비밀을 이들에게 지속적으로 수집·제공했다.

1948년 11월부터 피고 리승엽과 간첩으로서의 련계를 가지면서, 조일명趙一明, 박승원朴承源, 리강국李康國 등과 결탁하여 십여 회에 걸쳐 미국 첩보기관에 제공하기 위하여, 공화국의 정치, 군사, 경제 분야에 걸친 정보 자료 등을 련락하였다. 또 6·28 1950년 6월 28일, 조선전쟁에서 서울의 해방 이후 서울에서 리승엽의 지시에 따라 정치 정보를 수집·제공했다.

(ㄴ) 리승엽 등의 정치적 모략 활동에 참여하여 조일명, 박승원, 리원조李源朝 등과 함께 변절자 및 그 밖의 불순분자들을 그들 주위에 집결시켜 당과 정부의 시책에 반대하는 반국가적 선전·선동을 벌였다.

1951년 8월에는 무장폭동 음모 활동에 참여하고 폭동 음모본부를 조직하여 폭동 시 조일명과 함께 정치 및 선전·선동 조직의 책임을 담당하고 그 세력을 집결하기 위해, 문화·예술단체를 그 수중에 장악하고자 활약했다.[1]

요컨대 임화는 미국 제국주의에 포섭되어 박헌영·이승엽 등과 함께 공화국 정부와 노동당 내에서 차지하고 있던 높은 지위를 이용하여 당과

---

1) 現代朝鮮研究会 編,『暴かれた陰謀』.
[역자주] 現代朝鮮研究会 編,『暴かれた陰謀ーアメリカのスパイ朴憲永·李承燁一味の公判記録』, 駿台社, 1954, 137~138쪽, 146쪽.『폭로된 음모ー아메리카의 스파이 박헌영·이승엽 일당의 공판 기록』는『민주조선』1953년 8월 5일, 7일, 8일 및『노동신문』1953년 8월 8일에 수록된 기소장, 피고인 진술, 판결문 등을 일본어로 번역한 것인데, 임화의 진술이 편집되고 최종진술이 누락되는 등 텍스트에 문제가 있었다. 하지만 소설가 마쓰모토 세이초(松本清張)가『북의 시인(北の詩人)』(1962~1963)을 집필할 때 참고하는 등 일본에서 널리 활용되었다. 와타나베 나오키,『임화문학 비평ー프롤레타리아문학과 식민지적 주체』, 소명출판, 2018, 328~335쪽 참조.

공화국 정부의 제반 시책 실현을 방해하고 공화국의 인민정권을 전복하려 하였다는 것이다.

아마도 이것은 사실일 수도 있다.

하지만 이 짧은 글에서 그가 스파이 행위를 했는지 아닌지를 논할 생각은 없다. 임화라는 한 생명이 정치적 시간표에 따라 처단된 것은 차치하고, 그가 문학인으로서 어떻게 살았는가, 곧 임화의 문학 작품을 통해 그의 사상성과 정치성을 문제삼고자 한다.[2]

2

해방 후 조선전쟁에 이르는 시기의 임화의 행동을 중심으로 조선문학계의 상황을 먼저 짚어보겠다.

조선 인민이 40년의 오랜 일본의 식민지 지배에서 벗어나 해방의 환희로 들끓던 8월 15일의 이튿날 조선문학건설본부 약칭 '문건' 가 신속하게 서

---

2) 14년 전의 일을 새삼 거론하면서 약간의 감회가 없지 않다. 임화와 이태준(李泰俊)이 비판을 받을 때, 부르주아 자연주의문학자로서 격렬히 비판을 받았던 현진건(玄鎭健)이 『어문연구』(조선민주주의인민공화국 사회과학원 언어학연구소·문학연구소의 계간 기관지) 1966년 제2호에 실린 송기용(宋基鎔)의 「비판적 리얼리스트 현진건」을 통해 1920년대의 비판적 리얼리즘 작가로서 '명예회복'되고 있다. 상당수의 조선인 사이에서 임화의 시가 애호되는 경향이 사라졌다고 할 수 없고, 임화·김남천과 함께 '미국제국주의자의 앞잡이', '전형적 부르주아 반동작가'로 비판받은 이태준이 평안도의 국영인쇄공장 교정계로 칩거 생활을 하다가 지난해부터 다시 집필 활동을 시작했다고 한다. (한국문인협회 편, 『해방문학 20년』에 의함)
[역자주] 한국문인협회 편, 『해방문학 20년』, 정음사, 1966, 84쪽. "이 밖에 특이한 존재라면, 이태준이 살아 있어서, 62년(?)에는 지방신문 편집책임자로 약간 대우가 달라진 셈이나 작품이라고는 없다."

울에 출현했다. 임화·이원조[3]·김남천金南天·김기림金起林[4] 등이 중심이었다. 이틀 뒤인 8월 18일 문건이 중심이 되어서 문학·미술·음악 등 예술 분야의 통일 조직체로서 조선문화건설중앙협의회약칭 '문협'가 조직되었다.

그로부터 한 달 남짓 늦게 이기영李箕永·한설야韓雪野·송영宋影 등을 명목상의 지도자로 하여실제로 세 사람 모두 재북 조선프롤레타리아문학동맹약칭 '프로문맹'을 만들었고, 그것을 여러 부문의 동맹조직 가운데 핵심 조직으로 하여 조선프롤레타리아예술연맹약칭 '프로예맹'을 결성하였다. 함께 카프에 속해있던 작가들은 이 시점에 문건과 프로문맹 두 조직으로 나뉘게 되었다.

프로예맹의 강령은 확인할 수 없지만, 이태준에 따르면 "'문협' 것과 별로 다를 것이 없"었다.[5] 프로예맹이 강령으로 프롤레타리아트의 지도를 선언한 것은 아니었지만, 단체명에 '프롤레타리아'라는 이름을 넣은 이상, 문화에 있어서 프롤레타리아트의 지도를 지향한 것임은 틀림없다.

정치정세는 나날이 엄혹해져 갔고, 각 정파의 정치적 움직임이 뒤섞이는 가운데 미군정이 시행되었다. 미국은 여운형呂運亨 등이 주축이 되어 만든 조선인민공화국을 국가로 인정하지 않았고, 남조선 각지의 인민위원회를 강제로 해산시켰다. 군정을 앞에 두고 문건과 프로문맹이 조직을 통합한 것이 조선문학가동맹이었다. 조선문학가동맹의 중심이 임화였다.

한편, 해방 전 일본에 협력했던 우익 문학자의 목소리는 해방 직후에 전혀 들리지 않았다. 그러나 1946년 3월 신탁통치 문제를 계기로 해서,

---

3) 문예평론가. 초기 노동당 중앙위원회 선전선동부 부장. 임화와 같은 재판에서 징역 12년 형을 받는다.

4) 김남천·김기림은 모두 해방 후 공화국으로 넘어갔다. 김남천은 한때 북조선예술총연맹의 부위원장으로 취임하기도 하지만, 사상적으로 문제가 많아 집필을 정지당했다.

5) 이태준, 「해방 전후―어느 작가의 수기」
[역자주] 이태준, 「해방전후」(『문학』, 1946.8), 상허학회 편, 『이태준 전집 3―사상의 월야·해방전후』, 소명출판, 2015, 295쪽.

"정치적 관심보다도 먼저 문화적 성실성으로 건국사업에 참여하자"[6] 등의 슬로건 아래 우익 문학자들도 숨을 쉬기 시작했다. 1946년 4월 4일에는 조선청년문학자협회가 만들어졌고, 이듬해 2월 12일에는 우파의 결집체인 전국문화단체총연합회^{약칭 '문총'}가 조직되어 자기네 세상의 봄을 구가하게 된다.

우파의 대두와 함께 미군정의 폭압은 무시무시하게 전개됐다. 1946년 5월에는 정판사사건을 조작하여 공산당이 지폐를 위조했다고 탄압하였고, 7월에는 정당등록법·신문단속법을 공포하여 민주적 조직·언론기관을 탄압하였다.

그해 10월 미군정의 폭압에 대하여 남조선 전역에서 대규모 인민 항쟁이 폭발했다. 경찰이 철도 노동자의 파업^{strike}에 테러를 가하자, 경찰 테러에 대한 항의가 발단이 되어 남조선 인민 300만 명이 파쇼적 정치에 저항했다. 미군은 진압에 나섰고, 투쟁의 결과 사상^{死傷} 2만 6천 명, 체포투옥 1만 5천 명의 희생자가 발생하였다.

해방의 감격이 아니라 압제의 심연에 서게 된 문학자는 서재를 나와 인민항쟁을 외치면서 투쟁의 일익을 담당하지 않을 수 없었다. 조선문학가동맹 기관지 『문학』은 인민항쟁 특집호^{1947년 2월}를 발간하였다. 이 잡지의 권두 논문이 임화의 「인민항쟁과 조선문학―3·1운동 28주년 기념에 즈음하여」이다. 이 글에서 그는 무단정치 아래 신음했던 조선 인민이 10년 되던 해에 새로운 역사적 시대를 열어젖힌 3·1운동을 조선 신문학운동의 출발점이었다고 언급하면서, 인민항쟁이야말로 오늘의 3·1운동이

---

6) 『통일조선연감 1965~1966년도판』에 의한다.
   [역자주] 「解放後朝鮮文学20年史」, 『統一朝鮮年鑑 1965-66年版』, 統一朝鮮新聞社, 1965, 539쪽.

며 새로운 민족운동의 출발점이라고 강조하였다. 임화는 인민항쟁을 미국 제국주의에 대한 전조선민족의 싸움으로 보았던 것이다.

그러나 같은 글에서 임화는 "조선 인민의 반제·반봉건적 투쟁의 의식을 새로운 형식으로 대변하는 형태가 계급문학이 아닐 수 없었을 때, 신문학은 민족주의문학을 부르짖으면서 사실상에서는 토착 자본계급의 문학으로 전락하였"[7]고 언급하였다. 반제·반봉건을 지향하는 문학이 계급문학이 되어버렸기 때문에 민족주의문학이 부르주아지의 문학으로 밀려나고 만 것이다. 임화에 따르면 그 교훈을 지키려면 현시점에서 계급문학을 주장해서는 안 된다. 민족문학은 부르주아지에서 프롤레타리아트까지 아우르는 전 민족의 것이 되어야 한다는 것이 그의 주장이었다.

인민항쟁이 많은 희생자를 내면서 운동은 지하로 들어갔다. 조선문학가동맹회관도 1947년 8월 13일 폐쇄되었다.[8] 많은 문학자가 자유를 찾아 38선을 넘어 북쪽으로 건너갔다.[9] 임화 역시 그해 겨울 여성작가인 아내 지하련池河蓮과 함께 공화국에 건너가 남조선노동당의 기관지 『노력자』의 편집에 종사했다.

그후 남조선문학계의 상황을 보면, 1947년에서 1948년에 걸쳐 문학가동맹계의 김동석金東錫·김병규金秉逵 등과 청년문학가협회계의 김동리金東里 사이에서 문학의 사회적 기능을 둘러싸고 '순수문학' 논쟁이 벌어진 것을 끝으로 좌익계 문학자는 자취를 감추었다.

---

7) **[역자주]** 임화, 「인민항쟁과 문학운동—3·1운동 제28주년 기념에 제하여」, 하정일 편, 『임화문학예술전집 5—평론 2』, 소명출판, 2009, 452쪽.
8) **[역자주]** 「解放後朝鮮文学20年史」, 538쪽.
9) 남에 대한민국이, 북에 조선민주주의인민공화국이 들어선 1948년 이전에는 남북의 왕래가 비교적 자유로웠다.

3

　임화가 38도선을 넘어 북쪽으로 건너가기 조금 전, 북의 문학계에서 이른바 '응향' 사건이 벌어진다. 이것은 임화의 문학사상 비판에 수반되는 사건으로 이해할 수 있기에 간과할 수 없다.

　1949년 겨울 원산에서 시집 『응향凝香』이 출판되었다. 거의 같은 시기 함흥에서 모기윤毛基允, 음역의 『문장독본文章讀本』, 『예원藝苑 서클』, 『예술藝術』, 『관서시인집關西詩人集』[10] 등의 출판물이 간행되었다. 『문장독본』은 서명으로 미루어보면 조선의 명문 및 명작의 정수를 모은 것이겠지만, 『예원 서클』과 함께 예술지상주의적 색체가 농후하고, "부패한 무사상성과 정치적 무관심"[11]에 충만한 것으로 언급되었다. 그 외 극장이나 방송 등을 통해 문화면에서 무사상적, 비정치적인 내용의 작품이 눈에 띄게 나타났다. 일본의 식민지 지배 아래에 모국어를 말하지도 쓰지도 못했고, 아니, 자기의 조국도 개인의 이름조차도 빼앗겨 온 삼천만의 사람들이 일제히 자유의 소리를 갖게 된 이상, 사회주의 한 방향의 작품만 쓴다는 것은 도저히 생각할 수 없는 일이다. 그렇기는 하지만 이를 방치할 수는 없었다. 북조선의 문학계는 예술지상주의, 문학의 무사상성無思想性과의 싸움으로부터 출발했다.

　『응향』에서 서창훈徐昌勳이라는 시인은 이렇게 노래하고 있다.

고요한 사막의 첫새벽	静かなる沙漠の夜あけ
나는 설레는 가슴을 안고	おどろなる胸をいだきて

---

10)　관서란 옛 평안남북도로, 현재의 평안남북도와 자강도의 일부.

11)　**[역자주]** 안막, 「민족예술과 민족문학 건설의 고상한 수준을 위하여」(『문화전선』, 1947.8), 전승주 편, 『안막 선집』, 현대문학, 2010, 278쪽.

마음은 지향을 얻지 못하고	心はゆくえ定めえず
너는 광명을 찾아	われは今光明を追い求め
이국의 길을 떠난다	異国の道へ旅立ちぬ
네가 온밤중 흘린 눈물은	夜もすがら流す涙に
얼마나 나를 안타까웁게 하였으리	わが思いいかばかり切なるや[12]

이 시가 창작된 1946년 5월 23일은 토지개혁도 일단 마무리가 되면서, 조선 민중의 심장이 뛰었던 때이다. 그 시기 고독과 애수에 흐느끼면서 광명을 찾아 이국異國으로 방랑하는 것은 지주계급이나 친일 분자의 감정은 표현한 것이라고는 할 수 있어도, 인민의 심정을 노래한 것이라고는 할 수 없다.

또한 『관서시인집』에 이름을 올리고 있는 시인 황순원黃順元은 「푸른 하늘이靑い空が」라는 시에서

비록 내 앞의 불의의 총칼이 있어	たとえ目の前の不義のやいばが
내 팔다리 자르고	わたしの手足を切り落とし
내 머리마저 베혀 버린대도	頭まで切ったとしても
내 죽지는 않으리라	わたしは死にはしないだろう
오히려 내 잘린 팔다리는	いや, むしろ切り落とされたその手足は
어느 벌레마냥 하나하나 살아나리라	一つ一つがみみずのように生きるだろう
그리고 사나운 짐승처럼 노하리라	どう猛なけものゝように ほえるだろう
가슴은 불덩이냥 살아 있어	胸は火の塊のように息づき
바다처럼 노래 부르리라	海のように歌うだろう
눈은 그냥 별처럼 빛나고	目はそのまま星のように輝いて
오 떨어져나간 내 머리는	あゝ ころげ落ちたわたしの首は
하나의 유구히 빛하는 해가 되리라	永久に輝く太陽となろう
내 살리라	わたしは生きるであろう
내 이렇게 살리라.	このように生きるであろう[13]

---

12) **[역자주]** 안막, 「민족예술과 민족문학 건설의 고상한 수준을 위하여」, 278쪽 재인용.
13) **[역자주]** 안막, 「민족예술과 민족문학 건설의 고상한 수준을 위하여」, 280쪽 재인용.

이 구절이 비판자들의 말처럼 "북조선에 있어서 민주개혁의 우렁찬 행진을 '불의의 칼'로 상징하"고, "민주조선 건설의 근거지 북조선의 민주건설을 노기를 가지고 비방"[14]하는 것인가는 단정하기 어렵다. 하지만 백 보 양보하여 '불의의 칼'이 일본 제국주의의 것이라고 하더라도 토지개혁·중요산업 국유화를 비롯한 민주적 시책이 봇물 터지듯 쏟아져 나오고 민족의 에너지가 조선 현대사에서 가장 전면적으로 개화했던 때에, 이처럼 악마적인 dämonisch 저항시(?)를 노래하는 것은 민중의 감정으로부터 멀리 동떨어진 것이라고 할 수 있지 않을까.

그중 특히 북한문학계에 충격적이었던 것은 『응향』이 단순한 개인이나 임의의 단체의 출판이 아니라, 문학 활동을 지도하는 공기관이 편찬한 출판물이었다는 점이다. 북조선문학예술총동맹[15]은 「시집 『응향』에 관한 북조선문학예술총동맹 중앙상임위원회의 결정서」[16]를 내고 전력을 다해 이 문제의 조사점검에 매달린다. 장문의 결정서는 『응향』에 수록된 많은 시가[17] 조선의 현실에 대해 회의적·공상적·퇴폐적·현실도피적, 나아가 절망적 경향을 지니고 있다는 것을 지적하고 있다. 결국 『응향』은 즉각 발매 금지되었고, 북조선문학운동 내부에 남아 있는 반동적 경향을 청산하는 사상투쟁이 시작된다. 기성의 문학자는 '동원작가 動員作家'로서

<hr>

14)　안막(安漠), 「민족예술과 민족문학 건설의 고상한 수준을 위하여」(1947년 『문화전선』
　　　제5집).
　　　[역자주] 안막, 「민족예술과 민족문학 건설의 고상한 수준을 위하여」, 281쪽.
15)　북조선예술총연맹은 1949년 10월 13~14일에 걸쳐 열린 제2차 전체대회에서 명칭을
　　　북조선문학예술총동맹으로 바꾸었다.
16)　『문화전선』 제4집(1947년).
　　　[역자주] 「북조선문학예술총동맹 제1차 확대상임위원회 결정서」, 『문화전선』 4, 북조선
　　　문학예술총동맹, 1947. 4, 170~176쪽.
17)　강홍운(康鴻運)의 「파편집 18수」, 구상(具常)의 「길」, 「여명도」, 「밤」, 서창훈의 「해방의
　　　산상에서」, 「늦은 봄」, 이종민(李宗敏)의 「삼일폭동」, 「메데 송」 등.

공장으로 농촌으로 들어가게 된다.[18]

그럼에도 불구하고 낡은 사상은 불식되지 않았고, 조선전쟁 시기 임화의 시가 전형적으로 보여주는 것처럼, 『응향』에서 볼 수 있는 회의적·절망적 사상, 상징적인 수법은 그대로 계승되고 있었다.

4

해방 후 임화가 생각한 조선문학이 나아갈 길은 민족문학의 건설이었다. 1949년 2월 8일 및 9일 이틀에 걸쳐 서울에서 개최된 제1회 조선문학자대회에서 발표한 임화의 「조선 민족문학건설의 기본과제에 대한 일반보고 朝鮮民族文学建設の基本課題についての一般報告」에는 그의 생각이 잘 나타나 있다.

종래에는 민족적이냐 계급적이냐, 또는 진보적이냐 반동적이냐 하는 방법으로 생각되던 문제가 이 시기에 이르러서는 민족적이냐 비민족적이냐, 혹은 친일적이냐 반일적이냐 하는 형식으로 제기되기에 이른 것이다.[19]

---

18) 송영, 「생산과 문학」(『문화전선』 제4집)은 동원작가로서 흥남의 공장에서 보고한 것이다. 같은 시기 김사량(金史良)은 아오지(阿吾地)의 광산에서, 최명익(崔明翊)은 성진(城津)의 공장에서 '동원'을 하고 있었다. 조선어에서 '동원'이란 일정한 사업 및 업무에 적극적으로 뛰어들어 대중의 의식을 발양 및 변혁시키는 것을 말한다.
[역자주] 송영, 「생산과 문학 ― 동원작가 현지보고로써」, 『문화전선』 4, 북조선문학예술총동맹, 1947.4, 80~87쪽; 김사량, 「동원작가의 수첩」, 『문화전선』 4, 북조선문학예술총동맹, 1947.4, 70~79·94쪽; 최명익, 「마천령」, 『문화전선』 4, 북조선문학예술총동맹, 1947.4, 140~169쪽.

19) [역자주] 임화, 「조선 민족문학 건설의 기본과제에 관한 일반보고」(『건설기의 조선문학』, 조선문학가동맹, 1946), 하정일 편, 『임화문학예술전집 5 ― 평론 2』, 424쪽.

임화는 1920년대로부터 집요하게 이어진 '계급문학인가, 민족문학인가'라는 대립 방식을 버리고 해방된 조선민족이 건설해야 하는 문학은 "근대적인 의미의 민족문학 이외에 있을 수가 없다"라고 결론짓는다. 그리고 "근대적인 의미의 민족문학" 건설의 전제조건으로서 일본 제국주의 문화 지배의 잔재와 봉건 문화의 유물 청산을 든다.

임화의 '민족문학' 주장은 세 가지 시각을 기반으로 하고 있다고 할 수 있다. 첫째, 그의 근대주의, 둘째, 프롤레타리아문학에 대한 평가, 셋째, 통일전선론이다.

임화의 근대주의는 그의 조선 근대문학사관 속에 잘 나타나 있다.

임화는 "신소설"이란 "결국 새로운 내용과 낡은 형식의 절충물, 조화되지 아니한 접합체에 불과한 것이다"[20]라고 본다. 그가 말하는 새로운 내용이란 '개화사상'이며 '시민정신'이다. "시민정신의 정도가 극히 유치했"기 때문에, 신소설이 새로운 형식을 창조하지 못하였고, '시민정신'이 문명개화에 대한 막연한 요구에 머물러 있었기 때문에 성과가 적었다고 하는 것처럼, 신소설을 부당하게 낮게 평가한다.

임화에게는 조선민족 사이에서 발전시켜 온 고전소설, 즉 이야기가 눈에 거슬렸던 모양이다. "이야기책이란 (…중략…) 현대소설에 비하면 실로 원시적인 형태에 가까운 설화문학이요, 그것도 서구의 설화나 민간의 전승과도 달라 형식과 내용 공히 중국의 영향을 받은 것이어서 생경하기 짝이 없는 것이다"라고 말하고 있다. 말하자면 조선에 유럽의 근대사상이

---

20) 임화의 「조선소설에 대한 보고」(『건설기의 조선문학』 수록). 이하 각주 21 이전까지의 인용은 모두 같은 보고에 근거한다.
 [역자주] 임화, 「조선소설에 관한 보고―보고자 안회남 씨의 결석으로 인하여 대행한 연설 요지」(『건설기의 조선문학』, 조선문학가동맹, 1946), 하정일 편, 『임화문학예술전집 5―평론 2』, 428쪽.

수입되기 이전의 문학 유산은 대단한 것은 아니며, 있다 하더라도 "중국의 영향을 받은 것이어서 생"하기 때문에 미련없이 버려야 한다. 세계에서 진정으로 가치있는 문학이란 유럽적 근대문학 이외에는 없게 된다. 임화가 주장하는 '민족문학'은 실은 민족 허무주의적 비민족非民族 문학인 셈이다.

신소설의 의의를 높이 평가하지 않는 임화는 이광수李光洙를 칭송하면서, 이광수가 그의 단편소설에서 "이야기책을 양기하고 서구의 소설을 들여다가" 조선 근대문학을 성립시켰다고 본다. 왜냐하면 "단편이란 근본에서부터 서구의 것이요, 동양의 것이 아니며 이야기책의 것이 아니요 소설의 것"이라는 것, 즉 이광수의 문학에는 "낭독도, 설화, 교훈도 있을 수 없으며 오직 사람과 사람의 생활이 있을 수 밖에 도리가 없는 것"방점은 오무라이라고 말하고 있다.

도대체 무슨 말인가. 임화는 1920년대 후반 이래 카프의 지도자였고, 조선 프롤레타리아문학운동의 승리자champion이었고, 찬란한 당원 문학자였다. 해방 후 1년의 앙양기昂揚期에 이 '마르크스주의 문학자'는 민족반역자 이광수를 찬미하고, 문학에서 인간이 살아가는 길을 찾는 것이 아니라, 문학으로부터 사상성·정치성을 배제한 채 '사람과 사람의 생활'만을 그리는 것을 조선 근대문학이라고 언급한다.

이광수의 뒤를 이은 김동인金東仁·염상섭廉想涉·현진건玄鎭健 등의 자연주의를 통하여 조선문학도 "본격적 발전의 궤도로 오르게 되었"고, "문학적으로는 자연주의문학의 성과 없이는 새로운 발전이 약속될 수 없었다"라고 임화는 말한다. 이 역시 자연주의문학과 프롤레타리아문학 사이의 격렬한 사상적 투쟁을 해소하고 조화시키려는 것에 다름아니다.

임화의 근대주의는 또한 그의 반봉건주의로 나타난다. 조선은 자력으로 봉건적 제반 관계를 타파하고, 근대사회에 진입하려 할 때 일제에 의해 식민지화되었다. 임화가 지적하는 것처럼, 부르주아지 일부는 봉건적 지주와 야합하여 일본 제국주의와의 타협에서 활로를 찾았다. (이광수가 바로 그렇다. 임화의 논리로도 이광수는 부정되어야 한다) 조선문화는 잡다한 봉건적 유물을 내포한 채 조선의 근대화를 두려워하는 일본 치하에서 지내야 했다. "극히 제한된 현대화의 기초에 있어서 봉건적인 불구^{不具}한 조선이 그들의 침략과 착취의 대상으로 제일 적당"[21]했기 때문이다.

임화가 일제와 봉건세력과의 유착을 지적한 것은 옳다. 일제가 몰락한 이 시기에 봉건적 잔재의 일소^{一掃}를 주장한 것도 전적으로 옳다. 그러나 싸움의 목표를 친^親 일제^{日帝}적 요소와 봉건적 요소로만 한정하고, "미신과 신앙 대신에 문명과 과학을, 지방주의와 편협한 국수주의 대신에 세계적인 의미의 민족문화를, 문화의 독점^{獨占} 대신에 인민적 공유^{共有}를 새 문화의 모토로 하지 않으면 아니 된다"[22]라고 하면서, 임화는 문학의 계급성을 부정해 버린 것이다.

임화가 '민족문학'을 주장한 두 번째 근거에는 나름의 프롤레타리아문학에 대한 평가가 있다고 할 수 있다.

조선의 근대문학이 일제의 압력에 효과적으로 저항하지 못한 것은 반파시즘·반일제^{反日帝} 통일전선의 나약함에 있었다. 3·1운동의 실패 후 소

---

21) 임화(林和), 「문화에 있어 봉건적 잔재와의 투쟁임무(文化における封建的残滓との闘法について)」(『민주조선(民主朝鮮)』, 1948년 9월).
   [역자주] 林和, 「文化における封建的残滓との闘法について」, 『民主朝鮮』 22, 民主朝鮮社, 1948.9, 17쪽; 임화, 「문화에 있어 봉건적 잔재와의 투쟁임무」(『신문예』 창간호, 1945.12), 하정일 편, 『임화문학예술전집 5 – 평론 2』, 384쪽.
22) 위와 같음.
   [역자주] 林和, 「文化における封建的残滓との闘法について」, 17쪽; 임화, 「문화에 있어 봉건적 잔재와의 투쟁임무」, 385쪽.

부르주아지는 조선의 현실에 대하여 절망하여 비관적 분위기로 빠져들거나, 급진적 반항의식의 표현수단을 취하였다. 임화는 후자가 프롤레타리아문학이라고 본다. 그는 카프에 대하여 다음과 같이 공과 죄를 논하고 있다.[23]

첫째, 프롤레타리아문학이 "내용에 있어 미약한 진보성과 계몽성을 혁명성과 대중성의 방향으로 발전시켰고, 형식에 있어 '리얼리즘'을 확립한 것"[24]은 큰 공적이라고 언급한다.[25]

둘째, 민족문학과의 대립 항쟁을 통하여 종래 민족문학 가운데에 있는 반봉건성半封建性과 국수주의적 면모를 드러내었다.

이러한 두 가지를 프롤레타리아문학의 '공'으로 인정한 다음 하나의 '죄'를 지적하는데, 임화의 주장은 이 '죄' 쪽에 무게가 실려있다.

프로문학은 수입된 사조의 모방으로 기인되는 공식주의적 약점을 드러냈었다. 종래의 신문학 가운데 들어있는 긍정될 요소와 새로이 대두하는 예술문학 가운데 들어있는 좋은 의미의 민족성을 부르주아적이라고 하여 부정하는 과오에 빠졌다. 반제국주의적이요 반봉건적인 민족문학 수립의 과제가 역시 장래에 있다는 사실도 그다지 고려되지 아니했고 문학유산의 계승이라든가 예술적 완성이라든가 하는 문제도 적당히 취급되지 아니했다. 통틀어 민주적인

---

23) 임화, 「조선 민족문학 건설의 기본과제에 관한 일반보고」.
    [역자주] 임화, 「조선 민족문학 건설의 기본과제에 관한 일반보고」, 419~422쪽.
24) **[역자주]** 임화, 「조선 민족문학 건설의 기본과제에 관한 일반보고」, 420쪽.
25) 여기에서 주의할 것은 임화가 말하는 프롤레타리아문학이란 1925년 이후 약 10년간의 카프문학을 말하는 것으로, 이른바 신경향파문학을 포함하고 있지 않다는 것이다. 임화의 관점은 현재 조선민주주의인민공화국에서 신경향파문학을 초기 프롤레타리아문학으로 보는 관점과는 다르다. 임화가 말하는 "미약한 진보성과 계몽성"이란 이른바 신경향파의 속성을 말하고 있는 것이다.

민족문학의 수립이 부단히 현실적 과제로 살아있고 그것을 수행할 주요한 담당자로서의 역사적 사명에 대한 자각이 부족했음을 반성되지 아니하면 아니 된다.[26]

임화는 프롤레타리아문학을 부정하고 1920년대 이래의 계급문학과 민족문학의 격렬한 대립을 해소한 것을 바탕으로 통일전선을 구축하자고 주장하였다. 그러나 이 논리는 전도된 것이 아닐까. 해방 이전에는 주요한 적敵, 곧 일본 제국주의에 대하여, 민족의 배신자를 제외한 모든 조선 인민이 통일전선을 형성할 필요성이 있었다. (또한 사실 카프 해산 후에는 매우 소극적이고 강요된 형태이긴 했지만, 프롤레타리아파도 예술지상주의파도 민족문학파도, 조선어를 지키고 조선어로 쓰인 문학 작품을 지킨다는 선에서, 실질적으로 통일전선을 형성했던 시기가 있었다) 하지만 일제 붕괴 후에도 조건은 같을 것인가?

이와 관련하여, 임화의 '민족문학' 제창의 세 번째 근거로 생각되는 것은 박두하는 파시즘의 엄혹함을 예측한 통일전선론이다. 확실히 이러한 예측은 빗나가지 않았다. 하지만 그가 미국과 이승만의 마수를 얼마나 명확하게 내다보았는지는 의문이다. 제1회 전국문학자대회1946년 2월에서의 「파시즘의 위험과 문학자의 임무에 관한 결의」는 미리 대회 프로그램으로 마련한 것이 아니라 당일에야 의장이 의제 추가를 요구하고 있다.[27]

---

26) [역자주] 임화, 「조선 민족문학 건설의 기본과제에 관한 일반보고」, 421쪽.
27) 「제1회 전국문학자대회 회의록」(『건설기의 조선문학』 수록).
    [역자주] 「팟시즘의 위험과 문학자의 임무에 관한 결정서」, 조선문학가동맹, 『건설기의 조선문학』, 조선문학가동맹, 1946, 201쪽; 「회의록—제1일」, 조선문학가동맹, 『건설기의 조선문학』, 213~215쪽.

‘조선문학가동맹’[28]은 분명 ‘조선문학건설본부’와 ‘프롤레타리아문학
동맹’이 통합한 것이지만, ‘프롤레타리아문학동맹’의 조직상 중심인물,
이기영·한설야·송영 등이 실제로는 모두 북에 있어서 남에서는 동맹이
큰 힘을 가지지 못했다. 따라서 양자의 대등한 합동이라기보다는 프롤레
타리아 동맹계가 민족문학계에 양보하면서 통합한 것이 아닌가 추측된
다. 통합의 경과를 보면, 1945년 12월 3일 양 단체의 대표가 공동 위원회
를 열어 구체적 방법을 검토하고, 12월 6일에 통합에 관한 성명서를 발표
하였다. 이 통합이 무엇보다 파시즘 공격의 위험성을 앞에 두고 그 투쟁
력의 강화를 위해 도모한 것이라면, 왜 대회 이전부터 「파시즘의 위험과
문학자의 임무에 관한 결의」를 미리 준비하지 않았을까.

28) 조선문학가동맹 강령은 다음과 같다.
   민주주의 국가의 건설 과정에 있어서 조선문학의 자유스럽고 건강한 발전을 위하여
   ① 일본제국주의 잔재의 소탕, ② 봉건주의 잔재의 청산, ③ 국수주의의 배격, ④ 민족
   문학의 건설, ⑤ 조선문학의 국제문학과의 제휴
   다섯 항목 중 넷째 항목이 중심이라고 보아야 할 것이다. 민족문학 수립이 동맹의 기본
   임무이며, 첫째, 둘째, 셋째 항목은 기본 임무의 달성을 위한 전제 혹은 당면 과제로 보
   아야할 것이다.
   서두와 넷째 항목의 시작 부분에는 초안에서는 원래 ‘진보적 민주주의 국가’, ‘진보적
   민족문학’이었다. 대회의 토론 과정에서 두 군데 ‘진보적’이 삭제되었다.
   [역자주] 서기국, 「조선문학가동맹 운동 사업 개황 보고」, 『문학』 1, 조선문학가동맹,
   1946.7, 147~148쪽; 조선문학가동맹 중앙위원회 서기국, 「제1회 전국문학자대회 회
   의록」, 조선문학가동맹, 『건설기의 조선문학』, 230쪽.

5

　마지막으로 조선전쟁 당시 임화의 작품에 대해 언급하고 싶다. 전쟁 시기 그의 시 여덟 편이 『너 어느 곳에 있느냐 おまえはどこにいるのか』라는 제목의 시집[29]으로 정리되어 있다. 시라는 긴박한 문학 형식을 일부분만 인용해서 비판하는 것은 지양하고 싶기 때문에 논의할 때에는 전체를 소개해 둔다.

남은	南は
원수들이 멸망하는	敵どもが滅亡する
전선의 우레 소리는	前線の雷鳴は
남으로 남으로 멀어가고	南へ南へと遠のき
우리 공화국의 영광과	わが共和国の栄光と
영웅적 인민군대의	英雄的人民軍の
위훈을 자랑하는	煎をほこる
무수한 깃발들	無数の旗
수풀로 나부끼는	森のようになびく
서울 거리는	ソウルの街は
나의 고향	わたしの故郷
잔등의 채찍을 맞으며	背にむちうたれ
가슴에 총칼을 받으며	胸に銃剣をつきつけられた
사랑한 우리들의 수도다	愛するわれらの首都だ

---

29) 전선문고, 시집 『너 어느 곳에 있느냐』 1951년 5일 발행. 문화전선사. 발행인 김남천.
　[역자주] 림화, 『너 어느 곳에 있느냐』, 문화전선사, 1951. 판권면에 따르면 시집 『너 어느 곳에 있느냐』는 전선문고로 간행되었으며, 저자는 림화, 발행인은 김남천, 인쇄인은 류종섭이다. 발행소는 문화전선사이고 인쇄소는 문화출판사이다. 1951년 5월 9일 인쇄하여 같은 달 15일에 5,000부를 발행하였다. 가격은 50원이다.

악독한 원수들이 비록

아름다운 산하를 더럽혀

그림 같던 낙산 마루 위에는

나무 하나이 없고

골짝마다 물소리 맑던

삼각산 인왕산 기슭에는

흙이 붉어 황량하나

종남산 넘어가면

한강수 용용하고

바다 같은 창공엔 언제나

북한연산 장엄한

여기는

슬기로운 우리 조상들이

죽음으로 외적을 물리쳐

자랑스러운 도시

용감한 우리 선진자와 전우들이

조국의 자유를 위하여

피흘려 싸운 영광의 거리

이 자랑스럽고

영광스러운 서울이

이 아름다웁고 수려한

우리들의 수도가

흉악한 미제국주의

침략자의 발굽 아래서

간악한 이승만 역도들의

피 묻은 손아귀 속에서

우리 인민에게로

우리 조국에게로

돌아왔다

1950년

暴虐な敵が よしたとえ

美しい山河をけがし

絵のような落山の頂には

木一本とてなく

谷々に水音の清かった

三角山, 仁王山のふもとには

赤く荒涼として

終南山を越えゆけば

漢江の水は遥かに流れ

海のような青空にはいつも

北漢山荘厳なる

ここは

偉大なるわが祖先が

死もて外敵をうち破った

誇り高い都市

勇敢なるわが先駆者と戦友が

祖国の自由のために

血を流し戦った栄光の街

このほこらしくも

光栄あるソウルが

この美しく秀麗なる

われらの首都が

凶悪なるアメリカ帝国主義

侵略者の足もとから

好悪なる李承晩逆徒の

血なまぐさい手の中から

わが人民に

わが祖国に

返ってきた

一九五〇年

6월 28일
무적한 인민군대의
영예로운 탱크병이

오랫동안
사람들의 눈물과 피와
한숨으로 어리웠던
종로 한 거리를
앞으로 앞으로 달려

원수들의
수치스러운 소굴이었던
경복궁 넓은 마당에
오각별[30] 뚜렷한 깃발을 날리던
그 순간으로부터
서울은 영구히
우리 인민의 거리로 되었고
서울은 영구히
우리 조국의 움직이지 않는
수도로 되었다

어떠한 원수가
감히 또 다시 이 거리에
흙을 밟을 수 있으며
어떠한 도적이
감히 또 다시 이 거리에
한 조각 지붕과
한 오리 골목을 엿보아
날을 수 있겠는가

무심한 섬돌 하나 하나에
용사들의 피가 젖었고
이름 없는 골목 구비 구비에

六月二八日
無敵なる人民軍の
はえある戦車兵が

長い間
人々の血と涙と
ため息に凝り固まった
鍾路のまち中を
前へ前へひた走り

敵の
醜い巣窟であった
景北宮の広い庭に
五角の星鮮かにひるがえった
その瞬間から
ソウルは永遠に
わが人民の街になり
ソウルは永久に
わが祖国のゆるぎない
首都となった

いかなる敵も
あえてふたたびこの街で
大地を踏みえようか
いかなる盗賊も
あえてふたたびこの街で
戸口から戸口
路地から路地をうかがって
とびまわりえようか

無心なる礎石一つ一つに
勇士たちの血がにじみ
名もない路地のかどかどに

---

30)   조선민주주의인민공화국의 국기.

우리들이 존경하는
김삼룡 이주하 두 동무와
자유를 위하여 싸운
무수한 전우들의
옷깃이 스친 곳

악독한 원수를 무찌르고
이 아름다운 거리와
불행한 인민들을
침략자의 마수로부터 해방한
영웅적 인민군대의
불멸한 위훈으로 하여

서울은
더욱 자랑스럽고
더욱 영광스러운
우리들의 거리다

미국 강도배들
추악한 무리는
날러 오려면 오라
멸망한 이승만 역도들의
망령은 떠돌려면 떠돌라

아아한 북한연산과
용용한 한강수와
쇳물로 끓는 백만의 심장과
철벽의 인민군대가
불패한 성곽으로 뭉쳐 있는
서울 거리는

모든
원수와 도적들이
사멸로 운명지워져 있는 하늘
모든 침략자와 강도배들이

われらの敬愛する
キムサンョン, イジュハ同務と
自由のために戦った
数かぎりない戦友の
足跡を留めたところ

悪逆なる敵をうち破り
この美しい街と
不幸な人民を
侵略者の魔手から解放した
英雄的人民軍の
不滅の偉勲として

ソウルは
さらに誇らしく
さらに光栄ある
われらの街だ

強盗アメリカの
醜悪なる群よ
とんでくるならばこい
滅亡した李承晩逆徒の
亡霊よ騒ぐなら騒げ

峨峨たる北漢山と
遙かにうねる漢江の水と
にえたぎる百万の心臓と
鉄壁の人民軍が
不滅の成果に凝固する
このソウルの街は

あらゆる
敵と盗賊が
死滅へと運命づけられている空
あらゆる侵略者と強盗どもが

멸망으로 가는 길　　　　　　　滅亡へと歩む道

다만　　　　　　　　　　　　　ただ
조국의 영광과　　　　　　　　祖国の栄光と
인민의 승리가　　　　　　　　人民の勝利が
산악처럼 강물처럼　　　　　　山のように河のように
불변한 곳　　　　　　　　　　変わらぬところ

어떠한 일이 있어도 영구히　　いかなることのあろうとも永遠に
서울은 우리 인민의 거리이고　ソウルはわが人民の街であり
어떠한 먼 미래에도 또한 영구히　いかなる遠い未来にも永久に
서울은 우리 조국의 수도이다　ソウルはわが祖国の首都だ

아, 아름다웁고 영광스러우며　美しく光栄なる
자랑스러운 우리들의 서울이여!　誇るべきわれらのソウルよ!

— 「서울ソウル」31)

　조선전쟁이 시작된 직후인 7월 서울이 처음 해방되었을 때의 작품이다. 이 시는 차 오르는 환희에 젖은 시가 아니다. 해방 이전의 음산한 서울은 있어도 해방된 서울시민의 감격은 어디에도 없다. "흉악한 미제국주의 침략자", "간악한 이승만 역도들"처럼 격렬한 말도 보이지만, 추상적인 말의 나열일 뿐 실체가 없다. 적에 대한 증오는 희박하며, 적에 대한 규탄의 말도 산하의 아름다움에 대한 묘사 안에 승화되어 있다.

　그렇지만 시집 『너 어느 곳에 있느냐』에서 이 시 「서울」은 가장 전투적인 시였다. 시 「너 어느 곳에 있느냐」는 조선전쟁 중에 생이별한 딸을 생각하는 병사인 아버지가 말하는 형식을 취하고 있다. 임화는 이 시에 자신이 있었기 때문에 이 시의 제목을 시집의 표제로 삼았을 것이다. 그런데 아무리 보아도 이 시로부터는 전투 의욕을 불러일으킬 수 없다.

---

31)　**[역자주]** 임화, 「서울」(『너 어느 곳에 있느냐』, 문화전선사, 1951), 김재용 편, 『임화문학예술전집 1-시』, 소명출판, 2009, 307~312쪽.

아직도	まだ
이마를 가려	前髪をたらし
귀밑머리를 땋기	おさげに編むのを
수줍어 얼굴을 붉히던	はずかしがり顔を赤らめていた
너는 지금 이	おまえは今この
바람 찬 눈보라 속에	さむい吹雪の中に
무엇을 생각하여	何を思い
어느 곳에 있느냐	どこにいるのか
머리가 절반 흰	なかば白い髪の
아버지를 생각하여	とうさんを思い
바람 부는 산정에 있느냐	風の吹く山中にいるのか
가슴이 종이처럼 얇아	胸が紙のように薄く
항상 마음 아프던	いつも心痛めていた
엄마를 생각하여	かあさんを思い
해 저무는 들길에 섰느냐	日の沈む野の道に立つのか
그렇지 않으면	さもなければ
아침마다 손길 잡고 문을 나서던	毎朝手をとって家を出た
너의 어린 동생과	おまえの幼い弟と
모란꽃 향그럽던	ぼたんの花かおる
우리 고향집과	わがふるさとの家と
이야기 소리 귀에 쟁쟁한	話し声が耳に残る
그리운 동무들을 생각하여	なつかしい友を思い
어느 먼 곳 하늘을 바라보고 있느냐	どこか遠くの空を眺めているのか
사랑하는 나의 아이야	愛するわが子よ
벌써 무성하던	緑の
나무 잎은 떨어져	木の葉はすでに落ち
매운 바람은	冷い風は
마른 가지에 울고	かわいた枝に鳴り
낯익은 길들은	いつも通った道は
모두 다 눈 속에 묻혀	みな雪にうずまり
귀 기울이면 어데선가	耳傾ければどこからか
들려오는 얼음장 터지는 소리	聞こえる氷の割れる音

아버지는 지금
물소리 맑던 낙동강가에서
악독한 원수들의 손으로
불타고 허물어진
숱한 마을과 도시를 지나
우리들의 사랑하던
서울과 평양을 거쳐
절벽으로 첩첩한 산과
천리 장강이 여울마다 우는
자강도 깊은 산골에 와서
어데메에 있는가 모를
너를 생각하여
이 노래를 부른다

사랑하는 나의 아이야

은하가 강물처럼 흘러
남으로 비끼고
영광스런 우리 군대가
수도를 해방하여
자유와 승리의 노래
거리마다 가득 찼던
아름다운 여름 밤
전선으로 가는 길 역에서
우리는 간단 말조차
나눌 사이도 없이
너는 전라도로
나는 경상도로
떠나갔다

이 동안
우리들 모두의
고난한 시간이 흘러
너는 남방 먼 곳에
나는 아득한 북방 끝에

とうさんは今
水音澄んだ洛東江のほとりから
憎むべき敵どもの手で
焼かれて灰になった
多くの村と都市を過ぎ
わたしたちの愛していた
ソウルを過ぎピョンヤンを過ぎ
折り重なる絶壁の山々と
千里の長江が瀬ごとに鳴る
慈江道の山奥深くわけいって
どこにいるのかわからない
おまえを思い
この歌を歌うのだ

愛するわが子よ

銀河が夜空を流れて
南へ傾き
はえあるわが軍隊が
首都を解放し
自由と勝利の歌が
街街にあふれていた
美しい夏の夜
前線へ行く道ばたで
別れのことばすら
かわすまもなく
おまえは全羅道に
わたしは慶尚道に

この間
われわれすべての
苦難の時が流れ
おまえは南の遠いところに
わたしははるか北のはてに

천리로 또 천리로 떨어져　　　　　　千里また千里と離れ
여기에 있다 그러나　　　　　　　　今ここにいる
들으라　　　　　　　　　　　　　　聞け

사랑하는 나의 아이야　　　　　　　愛するわが子よ

이러한 도적의 침해에　　　　　　　こうした盗賊の侵害に
우리 조선인민이 어느　　　　　　　わが朝鮮人民が
한번인들 굴해본 적이 있으며　　　　かつて屈したことがあったか
한사코 싸워 물리치지　　　　　　　命をかけて戦って
아니한 때가 있었는가　　　　　　　撃ち退けなかった時があったか
보라 우리 영웅적 인민군대는　　　　見よ わが英雄的人民軍は
벌서 청천강을 건너　　　　　　　　すでに清川江を越え
평양을 지나　　　　　　　　　　　ピョンヤンを過ぎ
다시금 남으로 남으로 내려가고　　　再び南へ南へとくだりゆき
형제적 우리 중국인민지원부대는　　兄弟のごときわれら中国人民志願軍は
폭풍처럼 달려와　　　　　　　　　はやてのようにかけつけて
미구에 너의 곳에　　　　　　　　　まもなくおまえのところに
이를 것이다　　　　　　　　　　　着くだろう
기다리라　　　　　　　　　　　　待っていろ

사랑하는 나의 아이야　　　　　　　愛するわが子よ

엷은 여름옷에　　　　　　　　　　薄い夏の着物に
삼동 겨울바람이　　　　　　　　　十二月の寒い風が
칼날보다 쓰라리고　　　　　　　　やいばより厳しく
진동치는 눈보라가　　　　　　　　地をゆるがす吹雪が
연한 네 등에 쌓여　　　　　　　　やわらかいおまえの背につのり
잠시를 견디기 어려운　　　　　　　ひとときも耐えがたい
몇 날 몇 밤일지라도　　　　　　　いくいく晩であったとて
참고 싸우라　　　　　　　　　　　耐えて戦え
악독한 야수들의　　　　　　　　　あくらつな野獣どもの
포탄과 총탄이　　　　　　　　　　砲弾と銃弾が
눈을 뜰 수 없이　　　　　　　　　目もあけられず
퍼부어 내려도　　　　　　　　　　降り注いでも

<table>
<tr><td>

사랑하는 나의 딸아

경애하는 우리 수령은
무엇이라 말하였느냐
한치의 땅
한 뼘의 진지일지라도
피로써 지켜내거라
한모금의 물
한톨의 벼알일지라도
원수들에 주지 않기 위하여
너의 전력을 다하거라
원수가 망하고 우리가
승리할 때까지 싸우라
그리하여 만일

사랑하는 나의 아이야

네가 죽지 않고 살아서
다시금 나와 만날 수 있다면
나부끼는 조국의 깃발 아래
승리의 기쁨과 더불어
우리의 만남을
눈물로 즐길 것이고
불행히도 만일
네가 이미 이 세상에 없어
불러도 불러도 돌아오지 않고
목메어 부르는 나의 소리를
영 영 듣지 못한다면
아버지의 뜨거운 손이
엄마의 떨리는 손이
동생의 조그만 손이
동무들의 굳은 손이
외딴 먼 곳에서
아버지를 생각하여

</td><td>

愛する娘よ

敬愛するわが首相は
何と語ったか
寸土たりとも
一尺の陣地たりとも
血も守り
一滴の水
一つぶの米たりとも
敵に与えないために
おまえの全力をつくせ
敵がほろび われわれが
勝利する日まで戦え
そうして もしも

愛するわが子よ

おまえが死なずにいて
も一度わたしと会えるなら
ひるがえる祖国の旗のもと
勝利の喜びとともに
わたしたちの再会を
涙もて喜ぶだろう
不幸にも もし
おまえがすでにこの世になく
呼んでも呼んでも帰らず
声をかぎりに叫ぶわたしの声を
もう聞くことができないならば
とうさんの熱い手が
かあさんのふるえる手が
弟の小さい手が
友だちの堅い手が
ひとりさびしく遠い所で
とうさんを思い

</td></tr>
</table>

엄마를 생각하여	かあさんを思い
동생을 생각하여	弟を思い
동무를 생각하여	友だちを思い
고향을 생각하여	ふるさとを思い
조국을 생각하여	祖国を思い
외로이 흘린 너와	わびしく流したおまえと
너희들의 피를	おまえたちの血を
백배로 하여	百倍にして
천배로 하여	千倍にして
원수들의 가슴팍이	敵の胸底深く
최후로 말라 다할 때까지	最後の血の一滴のつきるまで
퍼내일 것이다.	突きさすことだろう
사랑하는 나의 아이야	愛するわが子よ
한 밤중 어느	一晩じゅう どこか
먼 하늘에 바람이 울어	遠い空に風が鳴り
새도록 잦지 않거든	夜明けまで止まなければ
머리가 절반 흰 아버지와	髪がなかば白いとうさんと
가슴이 종이처럼 얇아	胸が紙のように薄く
항상 마음 아프던	いつでも心を痛めている
너의 엄마와	おまえのかあさんと
어린 동생이	幼い弟が
너를 생각하여	おまえを思い
잠 못 이루는 줄 알어라	寝られないでいるのだ
사랑하는 나의 아이야	愛するわが子よ
너 지금	おまえは
어느 곳에 있느냐	今一二〇どこにいるのか
(1950.12)	(一九五〇・十二)

—「너 어느 곳에 있느냐—사랑하는 딸 혜란에게 おまえはどこにいるのか―愛する娘恵蘭に [32]

---

32) **[역자주]** 임화, 「너 어느 곳에 있느냐—사랑하는 딸 혜란에게」(『너 어느 곳에 있느냐』, 문화전선사, 1951), 김재용 편, 『임화문학예술전집 1—시』, 323~329쪽.

이러한 시를 그 치열한 조선전쟁 안에서 창작된 시라고 할 수 있을까. 임화가 조선 인민의 심정을 노래했다면 그것은 조선 인민에 대한 모독이며, 자기 심정을 노래한 것이라면 임화는 애국자가 아니다. 한때 미군이 압록강에까지 이르렀지만, 중국인민지원군의 뜨거운 지원 아래 조선인민군이 '세계 최강'의 미군을 상대로 한 나라의 운명을 걸고 싸우고 있을 때에, 이처럼 감상적인 시를 짓고 있는 시인의 입장이란 도대체 무엇일까.

인민군 병사의 뇌리를 차지하고 있는 것은 이 시에서 보듯 육신과 고향뿐이었을까. 미국이 육해공의 가공할 전력을 쏟아부어 조선 인민을 무차별적으로 대량 학살하고 있을 때, 임화가 떠올린 인민군 병사는 자신의 딸이 "머리가 절반 흰 아버지와 가슴이 종이처럼 얇아 항상 마음 아프던 너의 엄마"를 생각하며 "외딴 먼 곳"에 있는 것을 걱정하면서 "잠 못 이루는" 것이다. 물론 부모로서 자녀의 안부를 염려하지 않는 사람은 없다. 하지만 이 시에 흘러넘치는 것은 혈육과 이별한 슬픔과 고독감일 뿐, 혈육의 애정이 미국 제국주의 격멸과 조국 통일을 희구하는 격렬한 전투 정신으로 고조되지 못하고 있다.

김명수는 임화가 "전쟁 시기에 쓴 그의 모든 시작품들은 오직 한가지 목적에로 귀결되는 바, 곧 우리 인민들이 전쟁에서 승리를 거두지 못하도록 전선에 있는 미군과 보조를 맞추는 것이다"[33]라고 말하고 있다. 그의 논문은 임화가 간첩이며, 그의 작품도 공화국을 내부로부터 붕괴시키려

---

33) 김명수, 「흉악한 조국 반역의 문학」(『조선문학』 1956년 4월). 이 논문은 날카롭게 임화의 본질에 박두했다고 생각하지만, 뜻만 앞서고 충분히 설명되어 있지 않다. 인용 역시 자의적으로 조건문의 전반부만 끌어와 비판하는 곳도 있다. 내가 임화의 시 두 편의 전문(全文)을 소개한 것은 임화가 문학계를 휩쓸고 있었던 당시의 조선과 지금의 일본은 임화의 작품에 대한 독자의 예비지식이 전혀 다르기 때문이다.
[역자주] 김명수, 「흉악한 조국반역의 문학」, 『조선문학』, 조선작가동맹출판사, 1956.4, 162쪽.

는 의도적인 수단의 하나로 창작되었다고 파악하고 있다. 스파이 사건은 차치하더라도 임화의 시는 공화국 인민의 마음을 고양시키지 못했고, 결과적으로 '흉악한' 역할을 수행했다고 할 수 있다.

시 「바람이여 전하라」에서도 전투를 그린 부분이 전혀 없는 것은 아니지만 대부분 비애와 감상에 빠져 어머니와 고향을 생각하는 병사의 마음을 노래하면서, 결국 전쟁의 비참을 과장하고 전쟁 혐오와 패배주의 사상의 침투를 이끌어 내는 결과에 이르고 말았다.

<table>
<tr><td>

우리 사랑하는
머리 흰 분들에게
그 애처러운 사람들에게
반드시 전하라 우리의 마음을—

밤마다 당신들의
따뜻한 손길 어루만지던 흰 이마는
이미 비와 바람과 눈발에
돌처럼 찌들었고

원수의 피와 죽음과
마지막 비명 소리를
노래처럼 그리워하여
돌과 쇠로 굳어졌으나

어찌 꿈엔들
송아지 울던 우리 시골의
버들숲과 앞내 물소리와
종다리 울음을 기억하지 않으며

그 속에 나서
그 속에 커서
스무 해를 자란 당신들의

</td><td>

わ愛する
髪の白くなった人々に
その物悲しい人々に
風よ 必ず伝えよ わが心を一

夜ごとあなたの
暖い手が撫でてくれた白い額は
もう雨風と降る雪に
石のように堅くなり

敵の血と死と
断末魔の悲鳴を
歌のようになつかしみ
石と鉄とでかためられたが

夢の中では
小牛鳴くわがふるさとの
柳の茂み庭先の小川の音と
ひばりのさえずりをなぜ忘れえぬのか

その中に生まれ
その中に育ち
はたちになったおまえたちの

</td></tr>
</table>

이 시에는 "집과 낟가리와 마을까지를 읽고 바람 속에 섰는" 비참한 어머니의 모습과 어머니와 고향을 그리워하는 병사의 탄식이 있지만, 조국 해방을 위해 목숨을 걸고 싸우는 기개와 적에 대한 격렬한 증오심은 찾을 수 없다. 결국 임화에게는 문학이 누구를 위한 것인가 라는 자각이 빠져 있는 셈이다.

김일성은 "우리 작가·예술가들은 인간 정신의 기사"여야 하며, "자신들의 작품이 싸우는 우리 인민의 강력한 무기"³⁵⁾가 되게 해야 한다고 말한다. 임화는 한 개인으로서 자신의 감정을 노래하는 것에는 솔직했다. 하지만 이 솔직함 때문에 그는 인민으로부터 유리되었고, 그의 배후에 인민은 없었다. 문학은 일부 엘리트를 위해 존재하는 것이 아니라 노동자·농민·병사를 위해 존재하는 것이며, 노동자·농민·병사의 감정을 자기감정으로 삼아 노래해야 하고, 그렇게 하기 위해서 시인의 고통스러운 사상 개조가 이뤄지지 않으면 안 된다는 의식이 임화에게는 없었다. 결국 임화는 예술지상주의 시인이었다.

그럼에도 불구하고 임화의 시 8편을 묶은 시집은 당시 전선문고의 한

---

34) **[역자주]** 임화, 「바람이여 전하라」(『너 어느 곳에 있느냐』, 문화전선사, 1951), 김재용 편, 『임화문학예술전집 1－시』, 339쪽.

35) 김일성, 「우리 문학 예술의 몇 가지 문제에 대하여－작가, 예술가들과의 담화」(1951년 6월 30일).
　　 [역자주] 김일성, 「우리 문학 예술의 몇 가지 문제에 대하여－작가, 예술가들과의 담화」(1951.6.30), 『우리 혁명에서의 문학 예술의 임무』, 조선로동당출판사, 1965, 1쪽. 오무라 마스오는 김일성의 『우리 혁명에서의 문학 예술의 임무』에 수록된 「우리 문학 예술의 몇 가지 문제에 대하여」를 일본어로 번역하여 『조선연구』에 발표한 바 있다. 大村益夫, 「金日成の文芸論」, 『朝鮮研究』 64, 日本朝鮮研究所, 1967.8, 56~60쪽.

권으로 당당히 5천 부가 출간되었다. 더구나 임화를 지지하는 기석복キ・ソッポク, 정동혁チョン・トンヒョク, 정률チョン・ニュル36) 등의 문학자들도 적지 않게 있었다. 임화의 시가 강력하게 비판을 받은 것은 그가 처형된 후인 1955~1956년경이었다.

1963~1964년 무렵 번역 소개된 중국소설 『붉은 바위紅岩』의 평가를 둘러싸고, 일본문학계에서 작은 논쟁이 일어난 적이 있었다. 많은 논자들은 중국소설에 등장하는 인물이 '유형적'이거나 '영웅적이며 인간미가 없다'라고 말했다. 목숨을 걸고 혁명운동을 하고, 체포되고 나서도 옥중 투쟁을 거듭하고, 마침내 처형될 때에도 "마오쩌둥 만세", "중국 공산당 만세"를 외치면서 죽음으로 나아가는 것이 '너무 뻔하게 훌륭하다', 혁명가라면 죽음의 공포가 없는 것인가, 죽음을 바라보면서 가족의 얼굴을 생각지 않는 것인가, 그러한 나약함도 가진 인간을 그릴 때야말로 소설이 리얼리티를 가지고 사람들에게 감동을 줄 수 있다는 것이 『현실과 문학現実と文学』과 『문화평론文化評論』에 실린 대다수의 의견이었다. 안타깝게도 이러한 논의가 조선의 문학 작품을 둘러싸고 벌어진 적은 한 번도 없지만, 『붉은 바위』에 대해 불만을 품은 독자는 임화의 시에 깊이 감동하지 않을까.

임화의 「흰눈을 붉게 물들인 나의 피 위에白い雪を赤く色どるわが血の上に」는 황해도 602고지의 전투에서 적의 토치카의 총구를, 몸으로 막아 전사한 김창권을 노래한 시인데, 시의 주인공인 병사는 처음부터 우울한 마음에 사로잡혀 있다. 적탄이 머리 위를 쌩쌩 날아오는 가운데, 하늘을 우

---

36) 『통일조선연감』 1965~1966년판에서는 기석복(奇石福), 이병철(李秉哲), 황하일(黄河一)의 이름을 들고 있다.
[역자주] 「解放後朝鮮文学20年史」, 『統一朝鮮年鑑 1965~66年版』, 統一朝鮮新聞社, 1965, 555쪽.

러러 "둥그런 하늘이여 / 팔 벌리면 / 가슴 뿌듯한 땅이여 まるい空よ / 腕をのば
せば / 胸みちたりた大地よ"라고 감상에 젖거나 "어느 곳에서 조국은 / 나의 가는
길을 바라보고 섰느냐 / 종일 토록 울어 끊지 않는 / 바람 속 어느 곳에서
어머니는 / 나의 마지막 숨결소리를 / 들으려는 것이냐 // 인제 가서 / 돌
아오지 아니할 602고지 / 눈 덮인 절정 위 どこで祖国は / わたしの行く手を見つめて
いるか. / 終日吹きすさぶ風のなか / どこでオモニ (母親)は / わたしの最後の息づかいを聞いているの
か. // 今行って / 帰ることない六〇二高地 / 雪をかぶった峯の上"37)라고 노래하고 있다. 시
에 등장하는 병사는 조국과 자신이 한 몸이라는 것을 확신하지 못하고,
조국이 어딘가에서 자신 행동을 지켜봐 주기를 바라고 있다. 그는 국가와
당을 위해서만 죽음으로 나아가는 것이 아니라, 전우들에게 자신의 존재
를 잊지말 것을 당부하고 자신의 죽음을 슬퍼할 어머니를 위로해 달라고
부탁하면서 고지로 향한 길을 걸어간다. 더욱이 이 시에서는 병사들에 대
한 '엄격한 전투명령'만이 강조되어 있고, 병사 스스로 조국을 위해 목숨
을 바치겠다는 적극성의 표현이 없다.

임화가 가진 계급적 시각의 불철저함, 시의 화려함, 난해한 표현, 모더
니즘의 영향 등은 해방 후에 갑자기 나타난 것이 아니라 해방 전부터 있
던 것이다.

영화배우로서 세상에 등장하여, 다다이스트로 자부하였던 임화. 그가
카프의 지도자가 되고, 일제에 체포되어 전향하고, 마지막에는 미국과 이
승만의 스파이로서 죽어간 임화의 해방 전의 사상과 행동에 대해서는 후
일 다시 논의하고 싶다.

---

37) **[역자주]** 임화, 「흰눈을 붉게 물들인 나의 피 위에―1950년 12월 25일 황해도 신계부근
602고지 전투에서 적 화점을 몸으로 막아 전사한 김창권 동무를 위하여」(『너 어느 곳
에 있느냐』, 문화전선사, 1951), 김재용 편, 『임화문학예술전집 1―시』, 344~346쪽.

이 글은 와세다대학(早稻田大学) 사회과학연구소(社会科学研究所)에서 간행한 『사회과학토구(社会科学討究)』 제13권 제1호(1967.6)의 99~125쪽에 수록된 「해방 후의 임화(解放後の林和)」를 번역한 것이다.

『북의 시인 北の詩人』해설

오무라 마스오

임화(R)imhwa는 본명이 임인식(R)iminsik으로 1908년 서울에서 태어났다. 1920년대 후반 도쿄에 유학하였고, 귀국 후 때마침 민족주의문학과 프롤레타리아문학이 함께 일본의 식민지 지배와 싸워가면서도, 내부에서 투쟁하였던 1932년 '조선프롤레타리아예술동맹'의 서기장을 맡았다. 이 동맹은 1925년에 창설되어 가장 과감하게 일본의 지배에 저항하였지만, 그만큼 1931년 1934년 두 차례에 걸쳐 혹독한 탄압을 받아 맹원 전원이 체포되는 등 조직 기능이 마비되어 1935년에 해산될 수밖에 없었다. 해산 당시 서기장이 임화였다. 동맹의 해산 후 임화는 고전 연구와 조선 최초의 근대문학 통사 서술에 침잠하는 한 편, 민요 등 민족문화를 발굴하여 학예사라는 출판 사업을 경영한다. 파시즘의 폭풍을 피하는 이러한 모습은 임화 개인의 전향이라기보다는 만주사변 후 광포화해져 가는 일본의 통치 아래에서 조선문학 전체가 더듬으면서 나가지 않으면 안 될 하나의 과정이었다.

1945년 8월 16일 조선이 해방을 맞이한 바로 다음 날 임화는 신속히 '조선문학건설본부'를 서울에 조직하였다. 이듬해 이 단체와 '조선프롤레타리아예술연맹'을 통합하여 '조선문학가동맹'을 만들고, 민주주의 진영의 결집을 도모하였다. 1947년 미군정의 탄압이 엄혹해지자 38선을 넘어 북으로 들어갔고, 조선전쟁 중에도 시 창작을 이어갔지만, 정전협정 조인 직후인 1953년 8월 3일부터 같은 달 6일에 걸친 군사재판에서 미국의 스파이로 사형에 처해진다. 임화의 저서로 시집에 『현해탄』[1938], 『찬가』[1947], 『너 어느 곳에 있느냐』[1951] 등이 있고, 평론집에 대저 『문학의 논리』[1940]가 있는데, 단행본에 수록되지 않은 저작이 수록된 것보다 훨씬 많다. 임화는 그만큼 다작이었고 1930년대 이후 좌익문하운동의 중심인물이었다. 그의 시는 뼈가 굵은 프롤레타리아 서정시로 높은 평가를 받았고, 많은 이들이 애창하였다.

임화가 미국 정보기관에 정보를 제공했고, 이승엽·설정식 등과 함께 조선민주주의인민공화국의 전복을 기도했다는 죄상의 사실 여부는 현재까지도 불분명하다. 그러나 그 군사재판은 박헌영을 비롯한 남조선노동당의 투쟁 방침과 북의 공화국 정부의 방침 사이의 어긋남과 관련있는 것은 확실해 보인다. 그러나 문학이라는 측면에서 보는 경우에도, '반혁명反革命'의 죄상과 무관하게 그의 정감 넘치는 프롤레타리아 서정시가 사회주의를 온전히 지향하는 공화국 인민의 교과서로 쓰이지 못했던 것이 틀림없고, 프롤레타리아문학이 아닌 '민주적 민족문학'의 구호를 내건 해방 후 그의 문학 이념이 공화국에서 그대로 받아들여질 리도 없었을 것이다. 청년 임화는 초기에 다다이즘으로 질주하였다. 그후 프롤레타리아문학의 기수旗手로 정착하면서도 그 어떤 속박도 거부하는 다다이즘의 꼬리표를 어딘가에 달고 있었던 듯하다.

『북의 시인』은 이러한 임화를 주인공으로 하고 주변 인물도 모두 실명을 사용하면서 역사적 사실에 기초를 두고 있지만, 이것은 어디까지나 허구fiction이다. 허구와 역사적 사실은 물론 어긋남이 있다. 무엇보다 『북의 시인』은 거의 전적으로 재판 기록을 활용하면서 이야기를 전개하고 있지만, 앞에서도 말했듯 임화가 과연 정말 미국의 스파이인가, 군사 법정에서 임화의 진술이 진실인가는 장래 역사의 판정에 맡기지 않으면 안 될 것이다.

전향 여부도 현재로서는 확인할 수 없다. 1939년 '조선문인협회'의 발기인에 이름을 올리고, 그 협회 평론수필부분의 평의원을 지낸 것, 같은 해 총독부 주최의 '문인출판업자 간담회'에 참석하고, 1941년 좌담회 「문예동원을 말하다」에 참석한 것은 사실이다. 하지만 당시의 상황을 보자면 생명을 보존하기 위한 어쩔 수 없는 알리바이 만들기였다고 할 수 있다. 오히려 많은 다른 문학자들에 비하면 임화는 일본에 대한 협력에 소극적인 편이었다고 할 수 있다. 해방 직후 임화의 적극적·정력적 활동을 보더라도, 해방 전 비밀리에 행했던 전향이 발각될까 두려워 함구하는 기색은 전혀 보이지 않는다. 『북의 시인』이 허구인 이상, 실재의 임화와 소설의 임화와는 구별하지 않으면 아니다. 이 작품이 사실을 왜곡하는 것이라는 한국에서의 비난은 의미상 합당하지 않다.

그보다 조선의 북에서도 남에서도 용납되지 않고 이념^{ideology}과 정치적 역학에 의해 짓밟혔고, 현재도 남북 모두의 문학사에서 완전히 말살된 조선 최대의 프롤레타리아 시인에 대해 강렬한 관심과 뜨거운 시선을 쏟은 최초의 일본 작가가 마츠모토 세이초松本清張였다는 사실이 큰 의미가 있다. 하물며 현재라면 임화에 대한 꽤 많은 1차 자료를 볼 수 있지만, 1952년 당시 몇 안 되는 문헌으로부터 서울을 무대로 하여, 해방 직후의 복잡한 정치적 상황 아래에서 기구한 운명을 걸었던 임화를 소설화해낸 마쓰모토 세이초의 구성력은 기막히도록 놀라지 않을 수 없다.[1]

미국 정보기관, 보다 일반화하자면 정치권력의 모함에 농락당하는 인간의 고뇌를 그린 것이 『북의 시인』의 주요 주제^{theme}일 것이다. 그 주인공과 무대를 조선으로 잡았다는 점에서, 이 작품은 마쓰모토의 문학 가운데서도 특이한 존재라고 할 수 있다.

작중의 임화는 미국 정보부에 전향의 비밀을 파악당하고, 그의 약점과 결핵의 특효약 때문에 정보를 제공하지 않을 수 없게 된다. 해방군으로 남조선에 진주해 온 미국은 소련과 대치하면서, 38도선 이남의 좌파 세력을 철저히 탄압한다. 미군정청이 일본의 통치 기구를 그대로 온존하고 거물 좌익인사를 차례차례 자기 뜻대로 만들어가는 상황은 독자에게 전율을 일으킨다. 이것은 조선만의 이야기가 아닐 것이다.

『북의 시인』은 『중앙공론中央公論』 1962년 1월호부터 이듬해 3월호까지 연재되었고, 1964년 일부를 수정하여 단행본으로 간행하였다. 임화의 실상이 아직 충분히 규명되지 않은 지금, 이 작품은 임화에 대한 하나의 해석을 보여주고 있다고 볼 수도 있다.

이 글은 1983년 가도카와서점(角川書店)에서 가도카와문고로 간행한 마쓰모토 세이초의 『북의 시인(北の詩人)』의 344~347쪽에 수록된 「해설(解說)」을 번역한 것이다.

제3부

일본인의 시각에서
한국문학을 읽다

구원 활동과 작품의 발표와 진정한 이해의 삼위일체 선언의 앞에서, 필자는 머뭇거리고 고개를 갸웃거리지 않을 수 없다. 타자에 의한 다양한 이해를 부정하기 때문이다. 원문은 전부 공표하여, 각 사람이 각 양의 번역소개를 수행하고, 다양한 작품이해를 전개하여 그속에서 '진정한 이해'를 경쟁하는 것이 민주주의의 원칙이 아닐까.

「Kimjiha 작품 번역에서 어학상의 문제점」[1980]

1. "김지하를 죽이지 마라! 김지하를 구하라!"

1965년 한일기본조약 체결로 한국과 일본의 국교가 다시 수립되었고 양국 시민들은 국경을 넘어 교류하였다. 동아시아의 정치적 조건의 변화와 함께 일본의 시민과 연구자의 관심은 북한에서 한국으로 옮겨 갔다. 1970년대 한국에 대한 일본 시민의 인식과 실천을 보여 주는 중요한 사건은 '일한연대운동'으로 명명할 수 있는 일본 시민이 수행한 일련의 정치적 실천이다. 1960년대 후반에서 1970년대 초반 일본 사회에서는 베트남 반전운동, 일본 내 민족 차별 문제에 대한 비판 등 아시아라는 타자와의 관계를 주제로 한 시민의 움직임이 있었다. 1970년대 초반 베트남 전쟁에서 미군이 철수하자, '베트남에 평화를! 시민연합ベトナムに平へい和わを! 市し民みん連れん合, 베평련'을 중심으로 한 베트남반전시민운동의 역량을 이어받아 일한연대운동日韓連帶運動이 시작된다. 일한연대운동은 한국의 개발독재에 저항하며 투옥을 거듭하였던 시인 김지하와 한국 유학 중 간첩 누명을 쓰고 투옥된 재일조선인 서승·서준식 형제에 대한 구원운동으로 시작되었다. 일한연대운동은 김대중납치사건과 민청학련사건 등을 계기로 한국민주화운동 세력에 대한 일본 시민의 연대로 확장되었고, 다양한 정치적 실천과 문화예술운동의 네트워크로 분화하였다. 일한연대운동은

1980년 5월 광주와 김대중 사형언도를 계기로 최고조를 맞이하였다.[1]

　김지하구원운동은 김지하에 연대하는 일본 시민의 정치적 실천과 김지하 출판물 간행이 중심이었다. 1970년 6월 「오적」 필화사건으로 김지하가 구속되자 일본의 신문 지면을 통해 그의 구속 소식이 전해졌고 곧이어 『주간 아사히週刊朝日』는 「오적」을 번역하여 실었다. 언론을 통해 김지하의 시를 읽은 중앙공론사中央公論社 편집자 미야타 마리에宮田毬栄는 1971년 12월 시부야 센타로渋谷仙太郎의 번역으로 『긴 어둠의 저편에長い暗闇の彼方に』를 출판하였다. 이 책은 예상 이상의 반향을 불러오고, 김지하의 이름도 조금씩 일본에 알려진다. 1972년 김지하는 다시금 수감되었고, 미야타는 김지하의 이름을 알리는 출판 활동만으로 충분하지 않고, 그를 지키는 구원운동이 필요하다는 것을 통감한다. 미야타의 발의에 반응한 이는 평론가 오다 마토코小田実였고 두 사람은 1972년 6월 '김지하구원국제위원회'를 조직한다.

　1974년 김지하는 민청학련사건으로 다시금 수감되었고 7월 13일 긴급조치 4호 위반으로 사형을 선고받는다. 김지하의 사형 구형 다음날인 7월 10일 '김지하구원국제위원회'는 '김지하 등을 돕는 회金芝河らを助ける会'로 확대 개편하였다. 창립 기자회견에는 오다 마코토, 오에 겐자부로大江健三郎, 아오치 신青地晨, 쓰루미 슌스케鶴見俊輔, 히다카 로쿠로日高六郎, 와다 하루키和田春樹, 김달수, 김석범金石範, 정경모鄭敬謨, 윤학준尹学準, 이진희李進熙 등이 참여하였다. 사형이 선고된 후인 7월 16일 마쓰기 노부히코真継伸彦, 난보 요시미치南坊義道, 김석범, 김시종金時鐘, 이회성李恢成 등은 도쿄 스키야바시공원数寄屋橋公園에서 3일간 단식 농성을 진행하였다. 농성 직후인 7월 19일 일본 아시아·아프리카작가회의 산하의 국제구원위원회가 「긴급성명」을 공표하였고 시민 1,000여 명이 한국대사관을 향해 행진하고

〈그림 1〉 김지하를 구하기 위한 단식 농성
출처 : 『季刊三千里』 1, 三千里社, 1975.2.

연좌 농성을 하였다. 7월 23일 일한연대연락회의日韓連帶連絡會議会와 '김지하 등을 돕는 회'가 주재한 기자회견에서는 오다 마코토, 쓰루미 슌스케, 오에 겐자부로, 엔도 슈사쿠遠藤周作, 마쓰모토 세이초松本清張, 시바타 쇼柴田翔, 다니가와 슌타로谷川俊太郎 외에 장 폴 사르트르, 시몬 드 보부아르, 헤르베르트 마르쿠제, 하워드 진, 노엄 촘스키, 에드윈 라이샤워, 베리건 신부 등 서구의 지식인, 활동가 등이 김지하 지지를 표명하였다. 7월 한 달 동안 천명 단위의 시민이 참여하는 집회가 "김지하를 죽이지 마라! 김지하를 구하라!"라는 구호와 함께 일본과 세계 각지에서 이어졌다.[2]

또한 오다 마코토는 1975년 6월 28~29일 모스크바에서 열린 아시아·아프리카 작가회의 제15회 상설서기국 회의에 참여하여 김지하의 작품과 한국의 상황에 대해 소개하였다. 또한 오다는 일본의 김지하구원운동 사진 및 노마 히로시野間宏, 오에 겐자부로, 이회성이 서명한 추천문, 그리고 영역본『민중의 소리』를 제출하였다. 오다가 노력한 결과, 아시아·

<그림 2> 김지하를 구하기 위한 연좌 농성
출처 : 『季刊三千里』 1, 三千里社, 1975.2.

아프리카 작가회의 참석자들은 김지하를 로터스상 특별상의 수상자로 선정하였다.[3] 일본의 지식인과 작가를 매개로 한국의 투옥된 저항 시인 김지하는 서구 '자유진영' 지식인과 '사회주의' 및 탈식민 아시아 및 아프리카의 작가 모두의 지지를 받았던 것이다.

김지하의 구원을 위한 정치적 실천과 더불어 김지하와 관련된 출판물이 다수 간행되었다. 1970년대 한국에서는 김지하가 석방이 되었을 때, 몇몇 시가 신문과 잡지에 겨우 발표된 것을 제외하면, 그의 작품은 출판될 수 없었다. 하지만 같은 시기 일본에서는 20여 종 이상의 김지하와 관련된 출판물이 간행되었다. 이는 공식 출판물을 계수한 것으로 팸플릿, 해적출판물, 뉴스레터 등 비공식 출판물을 계수하면 그 수는 더욱 증가한다. 김지하의 작품집이 거듭 출판되었고, 한국어 전집 『김지하 전집金芝河全集』한양사(漢陽社), 1975과 일본어 전집 『김지하 작품집金芝河作品集』 전2권아오키서점(青木書店), 1976이 출판되기에 이른다.[4] 1970년대에 지속적으로 출판된 다양한 성격의 김지하 출판물에는 그의 작품 외에 그가 집필한 정치 문건 및 그의 재판기록이 함께 편집되어 실렸다. 일본은 독재정권 하의 한국에서 출판이 어려운 그의 글이 공개되는 경로로 기능하였다. 대표적인 사례가 1975년 8월 4일 김지하의 「양심선언」 공표이다. 옥중의 김지하가 집필한 이 글은 한국에서는

발표가 어려웠고, 결국 도쿄에서 신부 소마 노부오相馬信夫의 기자회견을 통해 공표되었다.[5]

일본은 김지하의 글이 발표될 수 있는 경로였고, 일본어는 한국어로 출판 불가능한 그의 작품집이 발간될 수 있는 매개였다. 하지만 김지하 구원운동이 보여 준 김지하에 대한 연대는 주체의 의도와는 무관하게, 한국을 또 다른 정형stereotype으로 이해할 위험에서 자유롭지 못하였다.

〈그림 3〉 김지하 시집 『오적』의 해적출판물

일본의 시민이 한국의 저항시인 김지하를 도와야 한다는 담론의 구조에서 한국은 독재 하 자유와 민주주의가 보장되지 않은 나라로 규정되었다. 당시 일본 시민과 한국 시민의 연대를 강조했던 일본의 진보적 매체 역시 한국을 민주주의에 미달하는 군사독재 국가로 재현하곤 하였다.[6]

다른 한편 김지하구원운동에 참여한 일본의 시민들은 스스로를 "평화와 민주주의를 희구하는 자"로 규정하였다.[7] 민주주의 미달의 한국에서 투옥된 '저항시인'을 민주주의를 지향하는 일본의 시민이 돕고 구원救援하는 관계의 정형 또한 형성된 것이다. 이 점에서 김지하구원운동은 지역의 현실을 보편적 이념으로 재해석하고 그 재해석을 통해 '국제연대'를 보편이념이라는 규범적 가치를 실현하는 통로로 이해하는 '이념형 연대'의 성격을 가진다. 김지하구원운동은 김옥균 등에 대한 연대와 제국 일본의 식민지 사회주의자에 대한 이념형 연대의 계보에 둘 수 있다.[8]

현해탄을 거듭 건너 김지하를 만났던 일본의 사상가 쓰루미 슌스케가 마주한 것 역시 '이념형 연대'라는 형식이 가져온 곤혹이었다. 1972년 7월 1일 및 2일 쓰루미는 한국 입국이 거부된 오다와 미야타를 대신하여 마산국립병원에 연금된 김지하를 만났다. 후일 쓰루미는 그와 김지하의 첫 만남을 다음과 같이 회고한다.

<그림 4> 김지하, 『김지하 전집』, 한양사, 1975

한국에서 김지하가 감금되어 있는 병실까지 만나러 갔더니 김지하는 놀란 모습이었다. 전혀 알지 못한 일본인이 갑자기 나타나니까. 그래서 나는 영어로 이렇게 말했다. "여기에 당신을 사형에 처하지 말라는 취지에서, 세계 각지로부터 모은 서명이 있습니다"라고. 김지하는 일본어는 못했고, 영어도 별로 못했다. 그렇지만 그는 조각난 영어로 이렇게 말했다. "Your movement can not help me. But I will add my name to it to help your movement.당신의 운동은 나를 도울 수 없다. 그러나 나는 당신들의 운동을 돕기 위해 서명에 참가한다"[9]

쓰루미는 김지하에 대한 선의를 가진 일본 및 전 세계 시민의 서명을 들고 김지하를 돕기 위해 한국을 방문하였다. 김지하는 그에게 감사의 뜻을 표하지 않았고, 그들이 자신을 도울 수 없으리라 단언한다. 후일 김지하 역시 같은 장면을 회고하면서, 그때 "쓰루미 선생은 많이 놀란 것 같았다"라고 언급하였다.[10] 쓰루미가 자신과 김지하를 각각 도움을 주는 자와 받는 자의 관계로 이해했다면, 김지하는 그 구조를 벗어난 위치에서 발화하였다. 쓰루미는 김지하와의 만남이 "추상적으로 조선인을 차별해서는 안 된다거나 조선인은 불쌍하다거나 하는 것은 완전히 넘어"서게 되는 계기였다고 평가하였다.

쓰루미는 "원주를 가주게"라는 김지하의 권유에 따라 원주를 방문한다. 원주에서 그는 김지하 시의 뿌리가 민중의 삶에 있다는 것을 발견하고, 김지하구원운동이 뛰어난 시인 김지하 개인을 돕는 운동에 머물러서는 안 되며 "압정에 주눅 들지 않고 싸워 가려는 민중의 자세를 도우라"는 명령이라는 것을 깨닫는다.[11] 쓰루미는 원주 민중의 삶을 발견함으로 김지하에 대한 추상적 인식으로부터는 거리를 둘 수 있었지만, 그는 여전히 도움의 구도 안에서 김지하와의 관계를 구성하고 있다. 후일 여성학자 우에노 지즈코上野千鶴子는 김지하의 언급에서 상대를 의지하는 것도 깔보는 것도 아닌 "완전히 대등한 관계"를 읽어내고 김지하가 "보편"을 지향하고 있다고 평가하였다.[12] 하지만 1970년대 쓰루미는 그러한 관계에 도달하지는 못했다.

1970년대 후반에 접어들면서 김지하 출판물의 양적 증가 및 확산과는 별개로, 일본 시민 사회의 김지하에 대한 인식은 내부적으로 고비를 맞이하였다. 1978년 미야타 마리에는 김지하의 옥중 기록을 모은 『고행―옥중에서 우리의 투쟁苦行―獄中におけるわが闘い』을 중앙공론사中央公論社에서 간행하였다. 쓰루미 슌스케는 그 책을 읽으면서 감옥 안의 김지하를 떠올린다. 그는 김지하에게 감옥이란 "도둑과 시인의 친교의 장소"이며, "그곳에서 시인은, 지상의 인류 모두가 함께 모이는 모습코이노니아의 원형을 본다"라고 판단하였다. 쓰루미는 동학과 기독교를 모티브로 밥은 하늘이며, 밥

은 모두가 나누어 먹는 것이라는 장일담의 사상을 "김지하의 종교-정치사상"의 핵심으로 제시하였다. 쓰루미는 「양심선언」에 등장하는 장일담 사상을 "동서의 정치사상 대립"보다 "남북의 빈부갈등"에 가까운 것으로 해석한다. 김지하 사상에 대한 쓰루미의 이해는 그의 「양심선언」에 대한 지지이자, 그에게 공산주의자의 혐의를 씌운 중앙정보부에 대한 반론이다.

쓰루미의 글에서 김지하는 여전히 감옥의 김지하이며 고립된 김지하로 도움의 대상에 머물 뿐이다. 그는 김지하의 글이 "지금의 내가 있는 곳을 끊임없이 무너뜨리는 힘으로 계속 작용한다"라는 추상적인 진술을 남기기는 하지만, 일본에서 김지하의 문학을 읽는 것의 의미를 명확히 설명하지는 못한다. 결국 그는 "당신들의 운동은 나를 도울 수 없다"라는 김지하의 언급이 7년을 이어온 김지하구원운동에 대한 "적확한 예언"이었다고 토로하며, "우리의 무력함"을 고백한다.[13]

쓰루미가 고백한 무력감은 김지하를 돕는다는 고정된 구조가 가져온 한계로 이해할 수 있다. 그는 김지하와 자신의 관계를 도움의 관계 이외로 상상하지 못하였고, 그 결과 김지하와 소통하지 못하였다. 소통의 어려움은 언어의 문제로도 나타났다. 김지하는 일본어를 몰랐으며 쓰루미는 한국어를 몰랐다. 쓰루미는 김지하의 단편적인 영어에 대해 "전혀 군더더기 없는 독립된 언어"이자 "시인"의 언어로 평가하지만, 조각난 영어는 두 사람 사이 소통의 어려움을 의미하기도 한다.[14]

2. 일본인이 김지하 문학을 읽어야 하는 이유

1970년대 일본에서는 김지하 출판물이 다수 간행되었으나, 적지 않은 출판물에는 심각한 오역이라는 문제가 있었다. 김지하 출판물의 폭발적 간행이 어느 정도 사그라든 1980년 일본 시민사회의 김지하 구원운동에서 한 걸음 거리를 두었던 오무라 마스오는 김지하 출판물의 번역을 신중하게 검토하였다.

그는 "정치적 사건이 없었다면 김지하 문학을 일본 사회는 돌아보지 않았을 것"이며 일본에서 그에 대한 관심은 "정치우선인 것"이라고 지적하였다. 대표적인 출판물 5종을 검토한 오무라는 일본어의 김지하 출판물에 다양한 오역이 있었다는 것과 "무서명의 반체제적인 작품이면 무엇이든 김지하의 것"으로 소개되었듯 텍스트 비평의 기초도 수행되지 못했음을 지적하였다. 오무라의 서술을 빌려온다면, 김지하구원운동 역시 김지하가 저항시인이라는 것 외에 김지하의 문학이 무엇인지 "정밀하고 성실하게" 알지 못한 채 진행되었고, 결과적으로 도움을 주고받는 구조 이상을 상상하지 못한 셈이다. "문학자 김지하의 석방을 요구하였기 때문에 문학자로서 김지하를 냉정하게 평가하는 것이 아니었고, '한국에서는 문학자를 탄압한 것이 아니며, 정치운동가 김지하를 투옥한 것이다'라는 한국 정부의 논리를 반대편에서 정당화한 것일 수도 있지 않을까?"라는 오무라의 근본적인 질문으로부터 김지하구원운동은 자유롭지 못하였다.[15] 1974년 다나카 아키라田中明 역시 한국의 반정부운동에 대한 일본인의 동정同情 및 연대의 호소에 내재한 선의를 인정하면서도, "한국에는 포악무도한 권력자와 목숨을 건 정의의 투사 라는 두 가지 인종밖에 없다는 이미지가 강해지고 있는 듯 보이는 것에는 약간의 의구심을 품지 않을 수

없다"라고 날카롭게 진단하였다.[16]

　오무라는 일본의 한국문학 번역이라는 맥락에서 볼 때, 김지하 문학의 번역은 무척 예외적인 특징을 가지고 있다고 지적하였다. 그는 김지하 출판물의 일본어 번역에 대해 "특수한 루트를 통하여 작품을 입수하며, 원문을 공표하지 않는다거나, 타자에 의한 번역을 허락하지 않으며 자신들 번역의 개역도 허락하지 않는 태도에는, 무언가 권력적인 기미마저 있다. 순진한 사람들로서는 유감이다"라고 진단하였다.

　　구원 활동과 작품의 발표와 진정한 이해의 삼위일체 선언의 앞에서, 필자는 머뭇거리고 고개를 갸웃거리지 않을 수 없다. 타자에 의한 다양한 이해를 부정하기 때문이다. 원문은 전부 공표하여, 각 사람이 각 양의 번역소개를 수행하고, 다양한 작품이해를 전개하여 그속에서 '진정한 이해'를 경쟁하는 것이 민주주의의 원칙이 아닐까.[17]

　오무라 마스오는 한국의 독재정권에 맞서 자유와 민주를 지향하면서 김지하에 연대하였던 일본 시민사회의 김지하 출판물이 오히려 김지하에 대한 해석의 평면화와 단일화를 가져온 것은 아닌가 고민하였다. 나아가 오무라는 자료의 공개와 이에 근거한 다양한 번역과 이해의 경합, 그리고 그로서 구성되는 문학의 '민주주의'를 요청하였다.

　1970년대 초반 오무라 마스오는 일본인으로서 김지하 문학을 읽는 것의 의미를 고민하였다. 그는 김지하의 문학을 통해 '아시아'라는 계기를 사유하고자 하였다. '조선문학의 회朝鮮文學の会'에서 간행한 『조선문학―소개와 연구朝鮮文學-紹介と研究』 제3호1971.6에서는 김지하의 시 한 편을 번역한다. "별것 아니여 / 조선놈 피먹고 피는 국화꽃이여 / 빼앗아 간 쇠그릇 녹

여버린 일본도란 말이여 / (…중략…) / 처절한 神風도 별것 아니여 / 조
선놈 아주까리 미친 듯이 퍼먹고 미쳐버린 / 바람이지, 미쳐버린 / 네 죽
음은 식민지에 / 주리고 병들어 묶인 채 웨치며 불타는 식민지의 / 죽음들
위에 내리는 비여"[18] 등의 구절을 포함한 김지하의 「아주까리 신풍―미
시마 유키오에게」는 1970년 미시마 유키오의 자살을 배경으로 한 것이
었다. 김지하는 미시마 유키오가 할복하는 데 사용한 검으로부터 아시아
태평양전쟁 말기 금속을 공출하였던 역사적 기억을 떠올리면서, 일본의
장엄한 미의식이 실은 식민지의 죽음 위에 서 있음을 비판적으로 쓴다.
오무라 마스오는 다음과 같이 썼다.

> **이 시에는 미시마의 죽음을 매개로 하여, 해방 전의 식민지 조선의 모습과
> 해방 후 한국 현실이 겹쳐 있다.** 일본의 일부에서는 미시마의 죽음이 찬미를
> 받고 있지만, 일본의 침략을 받았던 아시아의 각국에서는 사회체제의 여하를
> 불문하고 미시마의 죽음과 국화꽃에 "소름끼치는" 공포를 느끼고 있다. 미시
> 마의 죽음을 죽이지 않으면 안된다.[19]

오무라의 글에서 "소름끼치는 身の気もよだつ"이라는 표현은 김지하의 시
작 노트 「미시마 유키오의 죽음에 반대한다」에서 빌려온 구절이다.[20] 오
무라는 김지하의 시적 상상력이 식민주의 비판과 연결되어 있고, 그것은
현재의 일본과 연결된 것임을 직시하였다. 김지하의 시를 읽는 일본의 시
민들도 오무라의 비평에 공명하였다. 그들은 김지하의 시로부터 받은 미
적 충격을 고백하는 한편, 미시마가 껴안았던 "아시아의 희생 위에서 서
있는 동시에 '반서구화의 마지막 성채로서의 비극의식'이라는 '텐노天皇'
의 비젼은 이제 '전후戰後' 아시아에서는 지양되거나 사라지지 않으면 안

된다"라고 반응하였다.[21] 일본인의 주체성에 유의하면서 김지하의 문학을 읽는 것은, 식민지와 냉전이 겹친 근대 아시아의 역사적 경험을 성찰하며 "아시아의 일원으로서 아시아에 책임을 지는 자세"[22]를 요청하였던 다케우치 요시미의 입장과 공명한다.

도미야마 다에코富山妙子의 시화집 『심야-김지하＋도미야마 다에코 시화집深夜－金芝河+富山妙子詩画集』土曜美術社, 1976도 일본인으로서 김지하 문학을 읽는 것의 의미에 유의하였다. 1921년생 도미야마는 식민주의, 전쟁, 아시아 여성이라는 주제에 천착하였던 실천적인 예술가였다. 그의 문제의식은 1950년대의 일본의 탄광노동자, 1960년대의 라틴아메리카의 탈식민적 실천, 1970년대의 한국의 민주화운동, 1980년대의 5월 광주, 1990년대의 '위안부', 2000년대 9·11 이후의 아프가니스탄과 난민, 2010년대는 3·11 이후 재난 속의 '자연' 등의 주제와 만나면서 확장되었다.[23] 도미야마는 1970년대 초반 세 차례의 방한을 통해 옥중의 서승徐勝을 면회하고 김지하의 작품을 거듭 접한 것을 계기로, 한국의 독재와 민주화운동을 주제로 한 작품을 발표하기 시작하였고, 1972년부터 김지하구원운동에 참여하고 몇몇 김지하 출판물의 표지를 맡았다.[24] 『심야』에는 김지하의 시 「고행…1974」『동아일보』, 1975.2.25~27와 「비어-육혈포 숭배」『창조』, 1972.4의 한국어 원문과 정경모가 번역한 일본어 번역문으로 함께 실었고, 도미야마가 김지하의 시를 모티브로 제작한 석판화Lithograph를 실었다. 도미야마는 3년의 차이를 두고 발표된 김지하의 「비어-육혈포 숭배」와 「고행…1974」를 회화로 연결하여, 한국의 군사독재정권과 일본의 관계를 가시화하였다. 한국 민중의 옆얼굴을 거듭 등장시켜 한국의 시민들이 억압 아래에서도 점차 목소리를 높여가는 과정을 제시하였다.[25]

시화집 『심야』에는 번역자 정경모가 낭송하고 바이올리니스트 구로누

마 유리코黒沼ユリコ가 연주를 한 「찬미가—묶인 손들의 기도」가 레코드로 실려 있었다. 일본인 화가와 음악가, 그리고 재일조선인의 목소리와 번역을 통해서 한국의 수감된 시인의 작품은 일본어 문장과 한국어 문장으로, 나아가 글과 음성, 도상으로서 다양한 형태로 복수화複數化하며 새로운 맥락을 열어간다. 권말 「심야深夜에 붙이는 글わが深夜の記」에서 도미야마는 자신의 유년시절 체험과 한일의 역사적 관계, 그리고 루쉰, 이육사, 김지하 텍스트 읽기의 경험을 겹쳐둔다.

한국은 깊은 암흑의 밤 속에 있다. 언젠가는 이 밤은 개일 것이다.

한국사람들을 암흑으로 덮치고 있는 자는 누구일까. 그것은 고도경제성장이라는 환상에 취해있는 우리들 일본인이다. 우리들 일본인은 항상 이웃 나라 사람들에게 희생을 강요하면서 침침한 네온등 밑을 헤메여 왔다. 어제도 오늘도. 이 석판화집의 표제 『심야』는 루쉰魯迅의 「심야에 쓴 글」「깊은 밤에 쓰다」—인용자에서 딴 것이다. (…중략…) 중일전쟁이 한창일 무렵 나는 일본의 식민지가 된 중국의 동북東北, 대련大連과 할빈에서 소녀시대를 보냈다. (…중략…) 나는 전시 하의 조선반도를 경유한 적이 있었다. 부산에서는 고등계 형사가 연락선에서 내린 연락 중의 몇 사람을 심문 끝에 연행해 갔다. 그때 나는 부산항에서 대망태 가득히 청포도를 사, 그 감미로운 열매를 먹으면서 조선의 산하를 둘러보았다. "내 고장 7月은 / 청포도가 익어가는 시절 / 이 마을 전설이 주절이 주절이 열리고 / 먼데 하늘이 꿈꾸며 알알이 들어와 박혀……" 전쟁이 끝난 후 『조선시집』에서 읽은 이 시의 한 구절이 청포도를 먹으며 둘러본 조선의 풍경과 겹쳐져 깊은 인상으로 뇌리에 남아 있다. 이 시를 쓴 이육사는 먼 데 하늘을 꿈꾸며, 1944년 북경에서 일본관헌의 고문으로 39세를 일기로 옥사하였다. ― 우리 일본인은 중국과 조선 사람들에 대하여 얼마나 무거운 혈책血責을 져온 것일까.

어제도 오늘도. (…중략…) 심판을 받아야 할 자가 심판을 하는 자리에 선다
는 것은 가치기준이 빗나간 권력구조의 최대의 죄악이다. 예수도 그리하여
십자가를 짊어진 것이다. 한국교회의 십자가는 '비스듬한 십자가'라고 문동환
목사는 말한다. 그 십자가는 교회 지붕 위에 세워진 꼿꼿한 십자가가 아니라 각
자가 피를 흘리며 골고다의 언덕으로 짊어지고 올라가는 비스듬한 자세의 십
자가라는 것이다. 그들은 거대한 영혼의 존재로서 영적인 혼의 종자種子를 뿌
린다. 나도 그 영혼의 씨를 내 가슴에 심고자 한다. 이 석판화집 「심야」는 나
의 '망각에의 기념'망각을 위한 기념」—인용자이며, '인혁당'에 희생된 영웅에 대한 진혼
의 곡이며, 김지하의 자유를 요구하는 나의 가냘픈 부르짖음이기도 하다.[26]

도미야마는 한국 독재정권의 억압과 김지하의 저항이라는 구도로 김
지하 문학에 접근하지 않는다. 그는 김지하 문학을 '심판받아야 할 자'와
'심판을 하는 자'라는 보다 보편적인 맥락으로 확장하는 동시에, 그 자신
이 식민자로서 중일전쟁기 '만주' 및 조선 거주했던 경험과 루쉰의 「망각
을 위한 기념」과 이육사의 「청포도」를 읽었던 경험 또한 겹쳐둔다. 이를
통해 동아시아 근대의 역사적 경험에 유의하면서, '절망'에 저항하며 '희
망'을 지우면서 주변부 민중의 삶에 근거한 새로운 역사인식의 가능성[27]
을 김지하로부터도 읽어낸다. 도미야마의 김지하 읽기는 김지하 문학의
저항을 존중하면서도 그것을 동아시아적 시각으로 개방하여 읽을 가능
성을 제시한다.

우리 회에는 회칙이 없다. 그러나 최소한, 이 모임이 ① 일본인에 의한, 적어도 일본인을 주체로 한 모임이라는 점, ② 백두산 이남에서 현해탄에 이르는 지역에서 살았던, 또한 살아가고 있는 민족이 낳은 문학을 대상으로 한다는 것이 원칙이라는 점을 확인하자. 우리 마음속에 38선은 없다.

「진군 나팔 소리는 들리지 않는다―동인의 변」[1970]

우리의 힘은 보잘것없다. 그러나 그와 동시에, 초라한 우리가, 그러한 기대를 받지 않으면 안 될 정도로, 지금까지 일본인이 아무것도 한 것이 없다는 무서운 사실을 새삼스럽게 깨닫게 되는 것이다. 조선인 여러분의 말씀은, 우리에게는 감언이 아니라, 어떤 의미에서는 잔혹한 채찍이다. 정신을 똑바로 차리라고 엉덩이를 내리치는.

「기쁨과 당혹과―『조선문학―소개와 연구』 창간호를 내고」[1971]

1. 가지무라 히데키와 '한국어로 이야기되는 세계'

가지무라 히데키梶村秀樹. 1935년 도쿄에서 태어나 1944년 시골로 소개
되어 전시를 체험하였다. 패전 직후 군국주의적인 교과서로 가르치던 교
사가 학생들에게 먹으로 내용을 지우라고 지시하자, 가치관의 혼란과 기
성세대의 권위에 의문을 품는다. 1954년 도쿄대학에 입학한다. 대학생 사
이에 유행이던 마르크스와 마오쩌둥의 저작을 읽었는데, 마오에 대한 일
방적인 찬양을 담은 전기를 수줍은 목소리로 가차 없이 비판하였다. 1958
년 님 웨일즈의 『아리랑의 노래』를 열독하였고, 미야타 세쓰코宮田節子, 강
덕상姜德相 등과 함께 조선근대사료연구회를 만든다. 1959년 조선사연구
회에 참여하였고, 대학원에 입학한다. 이즈음 한국어를 배우기 시작한다.
1960년대 일본조선연구소에 참여하였고, 일본사회에 팽배한 한국에 대
한 편견과 식민주의적 시각을 비판하고 재일조선인의 권익을 위해 행동
하기 시작한다. 1968년 김희로사건金嬉老事件을 마주하면서 연구와 실천에
큰 전환이 일어난다. 1970년 현대어학숙現代語學塾을 만들어서 시민 대상
한국어 강습을 시작한다. 한국과 북한 어느쪽만이 아닌 '통일 조선'이라는
시점을 통해, 한국 자본주의 발전에 대한 예찬을 경계하고, 북한의 현실에

〈그림 1〉 1979.7. 고베학생청년센터에서 '해방 후의
재일조선인 운동'을 주제로 강연하는 가지무라 히데키
출처 : 『抗路』 1, 2015.9.

도 거리를 두었다. 내재적 시각에서 남북한 사회의 본질을 파악하고자 노력하였고, 그는 한국에 대한 외압을 중시하면서도 민중에 주목하는 문제의식에 근거하여 '내재적 발전론'을 체계화하였다. 세계사의 전개를 한국에서 확인하는 시각을 되돌려, 한국 '내부'의 시각에서 세계사적 연관을 재구성하고자 하였다. '만신창이가 되어서도 주체성을 추구하는 존재'로서 민중의 삶을 존중하는 한편, "외부의 문명을 따라잡으려 하지 않고, 독립 문명을 향하는 몽상에 빠지지 않으면서, 스스로가 '주변'에 몸을 두고 있음을 자각하고 그곳에서 몸을 가다듬는 자세", 곧 식민지성과 주변부성을 직시하는 용기를 요청하였다.[1]

1950년대 후반 가지무라는 정규 교육 없이 한국어를 공부하기 시작한다. 그는 한일사전이 없어서 한영사전과 영어사전을 대조하며 공부하였고, 대학 기숙사 친구, 전 조선총독부 교원 및 관리, 단기간 일본에 체류한 한국인 여성, 한국 라디오 방송 등으로 한국어를 공부하였다. 오무라가 가지무라를 처음 알게 된 것은 석사과정 시절 안도 히코타로를 통해서였다. 당시 도쿄대학에 출강하던 안도는 "가지무라라고 도쿄대학 느낌이 없는 좋은 학생이 있는데, 조선어를 공부하고 싶어하니 좋은 교과서를 추천해 주게"라고 소개하며 주소를 건넸다. 문학 연구자 오무라와 역사 연구자 가지무라는 1950년대 후반 비슷한 시기에 한국에 관심을 가졌고, 한국어의 중요성을 인지하고 한국어를 공부하기 시작했다. 또한 비슷한 시기에 일본조선연구소에 참여하였지만, 객관적인 거리를 유지하였다. 오

무라는 가지무라가 일본조선연구소의 주요 연구원이었지만, 지도부에
대한 냉철한 비판정신을 잃지 않았다고 회고하였다.[2] 1970년대 중반 가
지무라 히데키는 '일본어로 이야기되는 세계'와 '한국어로 이야기되는 세
계'를 대별하였다.

> 말하자면 일본어로 이야기되는 세계에서는 조선인의 일이, 기껏해야, 예컨
> 대 일본 제국주의가 침략하고 몹시 나쁜 짓을 해 온 상대라는 의미에서 딱한
> 사람들이라는 느낌으로 이해됩니다. 그러한 세계에서는 당사자들은 몸둘 곳을
> 모를 것 같았겠죠. 일본 국가가 조선인에 대해 표면적으로 무엇을 해왔는가 하
> 는 것, 즉 침략의 역사를 이해하기 위해서는 어떤 의미에서는 일본어의 세계로
> 충분할지도 모릅니다. 그렇지만 **그러한 도식의 세계에 등장하는 조선인은 아**
> **무래도 일본인이 주체인 가운데, 이른바 풍경이 객관적으로 비쳐지는 것과**
> **마찬가지로, 극단적으로 말하자면, 그러한 수동적인 입장으로밖에 등장하지**
> **않습니다.** 언제나 수동적으로 일본 제국주의의 피해를 받고 있는, 딱한 희생
> 자로서밖에 등장하지 않습니다. 저 자신도 일본어에 의해 조선을 인식하고 있
> 던 당초에는, 그러한 감각으로 조선 문제를 이해해 왔다고 생각합니다. 그런데
> 그렇지 않습니다. 재일조선인의 생활도 포함해, 조선인이 주체가 되는 세계라
> 는 것이, 당연하다고 하면 당연합니다만, 별개로 확고하게 있기 때문입니다. 일
> **본어의 세계가 조선인을 객체화하는 세계라고 한다면, 조선어로 이야기되는**
> **세계는 조선인이 주인공이고 주체인 세계입니다.**[3]

가지무라는 일본인이 주체가 되는 세계에서 한국인은 일본인이 생각
한 구도 안에서 수동적인 대상에 머물 수 있다고 비판하였다. 김지하와
만났던 쓰루미가 한국어를 하지 못한 것에서 볼 수 있듯, 김지하구원운동

은 '일본어로 이야기되는 세계' 안에 존재하였다. 김지하는 일본 시민의 도움의 손길이 필요한 한국의 정치적 인물이자 감옥에 수감된 저항시인 이상의 의미를 가지기 어려웠다.

가지무라에게 '일본어로 이야기되는 세계'는 '일본인이 보고 느끼고 구성하는 세계'를 의미했으며, '한국어로 이야기되는 세계'는 '한국인이 보고 느끼고 구성하는 세계'를 의미했다. 달리 말하면, '한국의 민중이 주체가 되는 세계'라고 할 수 있을 것이다. 가지무라는 한국인의 주체성을 존중하였으나, 그것이 한국인을 무결한 존재로 이해한 것은 아니었다. 그는 "참된 주체로서 실수도 하고 경우에 따라서는 웃기도 울기도" 하는 주체로서 한국 민중의 삶을 존중하였다.[4] 가지무라는 '한국사를 연구하는 일본인'으로 자의식을 뚜렷하게 가졌으며, 그가 견지한 일본인의 주체성은 외부에 대한 예민한 감각과 배리를 이루었다. 그가 '일본어로 이야기되는 세계'와 '한국어로 이야기되는 세계'를 대별한 것은 두 세계를 구별하는 것 자체에 목적이 있는 것이 아니라, 당대 일본에서 한국인 및 재일조선인에 대한 정형을 비판하는 의미가 있었다. 문학연구자 차승기의 지적처럼, 가지무라는 번역 불가능성을 존중하며 "일본어의 세계에 '조선어의 세계'를 집어넣어 충돌"시키고자 하였다.[5]

번역불가능성을 무릅쓰면서 일본어로 이야기되는 세계와 한국어로 이야기되는 세계를 충돌하고자 했던 가지무라의 1975년 언급은 상호이해 불가능성을 무릅쓰면서 일본·한국·중국이 얽혀 있는 관계를 이해하기 위해 한국어를 공부해야 한다는 오무라의 1963년 생각과 공명한다.[6] 오무라와 가지무라에게 한국이란 일본인 주체성의 구성적 외부constitute out-side였다. 그들은 한국인의 주체성을 존중하였으며, 한국이라는 계기를 통해 일본인의 주체성의 "근본적 재표명을 촉발하고 생산적 위험을 무릅"

쓰고자 하였다.[7] 1970년대 오무라와 가지무라는 '한국어로 이야기되는 한국 민중의 세계'를 존중함으로, 일본인의 주체성을 수행적으로 재구성하였다.

1970년 10월 가지무라는 재일조선인 차별문제에 대해 문제를 제기하였던 '김희로사건공판대책위원회' 회원들과 함께 한국어의 대중적 확산을 위해 현대어학숙을 조직하였다. 제1기 강사는 가지무라와 오무라, 조 쇼키치長璋吉 등이었다. 현대어학숙은 개교 당시에 언어보다 정치적 활동을 중시하는 사람들로부터 "우리는 매일매일 싸우고 있는데 너희들은 뭘 그렇게 태평스럽게 어학 따위를 하냐?"라는 비판을 받기도 하였다.[8] 하지만 '현대어학숙'의 조선어 학습을 지속적으로 이어갔다.[9]

1981년 가지무라는 1981년 가지무라는 현대어학숙 회원들과 함께 심훈의 『상록수』를 일본어로 번역하였다. 가지무라는 공업화를 억압한 식민지의 경제구조로 인해, 식민지 시기 한국에서 저항 주체인 '민중'은 농민식민지적 과소농(過小農)의 모습으로 발견된다고 보았다. 그는 『상록수를 공동경작, 문해교육, 회관건립 등 1930년대 한국의 평범한 농민의 리얼리티 있게 그린 역사학의 사료이자 "조선 민중의 강인한 정신"을 보여주는 리얼리즘 작품이라 평가하였다. 『상록수』의 면면을 흐르는 "농촌대중해방운동의 고양"은 한국을 전면전全面戰에 끌어들이고자 했던 일본 제국주의에 근본적인 위협이 된다.

『상록수』는 1930년대 초반 격동의 시대를 살아가던 조선 민중의 생각을 직접적으로 우리에게 전해주는 귀중한 역사의 증언이라고 할 수 있다. 지금 일본에서 이러한 **조선민중사의 올바른 상像을 우리 마음속에 정립하는 것은 뜻깊다고 생각한다.** 이러한 사상적 유산을 계승하고 있는 오늘날 한국의 민중운동을 진정으로 깊이 있게 이해하기 위해서라도, 우리 마음속에 웅크리고 있는 부정적 이미지를 되짚어 보는 행위가 필수적이라고 생각되기 때문이다. 역자 일동은 이 번역서를 많은 독자이 열독하여 솔직한 감상과 질책이 전해지는 것을 마음으로부터 희망하고 있다.[10]

가지무라는 1980년대 일본에서 『상록수』를 읽다는 의미에 유의하였다. 식민지 통치자의 문헌과 달리 『상록수』는 "조선 민중의 주체적, 능동적인 자세를 살아있도록 묘"하였다. 『상록수』를 통해 일본의 독자는 식민지 인의 시각에서 식민지 체제를 다시 검토하는 동시에, 한국 민중의 주체성을 발견하게 된다. 나아가 그것은 동시대 한국의 민중운동의 사상적 맥락을 검토하는 것이자, 일본이 한국에 대해 가지고 있는 부정적인 이미지를 성찰하는 것이었다. 동시대 한국 민중에 대한 가지무라의 관심은 1984년 여공 송효순의 수기 『서울로 가는 길』^{형성사, 1982}을 한국어 학습 교재로 삼아 한국 노동조합의 현실과 여성 노동자의 언어와 감수성, 성장과정에 주목한 것으로 이어졌다.

동아시아 사상사의 시각에서, 민중의 주체성은 아시아의 저항과 혁명의 근거로 기능한다. 1926년 루쉰은 "관은 '도둑'이라고 하지만 사실은 참다운 국민인 경우가 있으며, 관이 '민'이라고 하지만 사실은 관아의 하수인인 경우가 있다"라고 지적하면서 민중의 주체성을 강조하였고, "관어인가, 비어^{匪語}인가, 민어^{民語}인가, 그도 아니면 '아전'의 말인가"라는 질문을 통해 언어에 대한 날카로운 대별을 요청하였다.[11] 1948년 다케우치는 '관이 말하는 민'과 '민이 말하는 민'을 대별한 루쉰의 문제의식을 받아 안으면서, 일본문화의 구조와 중국문화의 구조를 비교하였다. 그는 일본의 메이지 유신은 성공한 혁명이었지만 반혁명을 압살하면서, 그 자신이 반혁명으로 전화하면서 일본문화의 구조가 형성되었다고 보았다. 일본문화의 구조에서 민중은 '관이 바라본 민'에 머물렀으며, 저항과 혁명으로 나아갈 수 없었다. 중국의 신해혁명은 실패한 혁명이었지만, 역설적으로 '민이 말하는 민'의 시각에서 '야만스러운 아시아의 저항'과 혁명의 원동력을 잃지 않았다.[12] '민이 말하는 민'의 시각을 강조한 루쉰과 다케우치의 시각은 '한국어로 말해진 세계'를 존중한 가지무라 및 오무라의 시각과 공명한다. 다케우치는 민중을 아시아의 저항과 혁명의 근거로 이해하였으며, 가지무라는 민중을 '내재적 발전'의 동력으로 이해하였다. 오무라 역시 민중의 삶에 존중하면서, 식민지와 냉전의 경계를 넘어선 민중의 소통을 꿈꾸었다.

2. '조선문학의 회' 동인, "우리의 마음 속에 38선은 없다"

오무라 마스오는 1963년 4월 와세다대학 어학교육연구소 을종비상근강사가 되었고, 1964년 4월 1일 와세다대학 어학교육연구소 전임강사가 되었으며, 1966년 4월 와세다대학 제1·2법학부 전임강사를 옮겼으며, 1967년 4월 법학부 조교수가 되었다. 그는 1972년 4월 법학부 교수가 되었고, 1978년 어학교육연구소 교수로 옮긴다. 어학교육연구소로 옮기면서 오무라는 조선어 전담이 되었으며, 후일 그는 자신이 "와세다대학 150년 오랜 역사에서 처음으로 한국어 교사가 된 셈이죠"라고 회고하였다.[13]

한일기본조약이 체결된 1965~1966년 무렵 와세다대학 오무라 마스오 연구실에서 주 1회 단편소설을 읽는 공부 모임이 시작되었다. 매주 단

〈그림 2〉 법학부 교원 시기의 오무라 마스오
출처 : 『오무라 마스오와 한국문학』

편소설 2~3쪽씩을 꼼꼼히 읽었고, 독파하는 작품이 늘어나면서 번역을 타이프나 공판인쇄로 기록을 남기자는 움직임도 있었다. 1968년 윤학준이 와세다대학 어학교육연구소의 한국어 강좌를 담당한 것을 전후하여, 오무라, 가지이 노보루, 이시카와 세쓰石川節, 『조선문학─소개와 연구』 제4호(1971.9)부터는 이시카와 세쓰코(石川節子)로 개명, 다나카 아키라田中明, '조선문학의 회' 동인 활동 시에는 양자 입적으로 야마다 아키라(山田明)의 이름을 썼으며, 후에 다나카 아키라로 환원함, 윤학준, 이노구치 아키라井口昇 등 6명이 서로의 집에서 또 다른 공부 모임 '문학사 독서회'를 열었다. 3년간 지속한 이 모임에서는 매월 한 차례 조연현의『한국현대문학사』인간사, 1961를 읽었다. 이들은 한국에서 출판된 원저의 오식으로 괴로워하면서도 언어 학습을 겸하여 문학사 지식을 천천히 학습하였고, 때로는『한국단편문학전집』전 5권, 백수사, 1965에 수록된 작품을 읽었다.[14] 한국에서 간행된 문학사와 작품을 접하면서 오무라는 점차 북한문학사의 시각에서 벗어나게 된다.

1968~1969년 일본의 대학은 전공투의 시위가 절정에 달하였다. 학생들은 대학의 건물을 점거하였고, 도쿄대학 야스다강당과 와세다 오쿠마강당에서는 학생과 경찰의 격돌이 있었다. 이 와중에 학생들은 한국어를 배우고 싶다는 요구를 하였고, 오무라는 학생의 요청에 따라 "학생의 요청에 따라 일본 대학의 바리케이드를 뚫고 학생들에게 '아야어여'를 가르"쳤다. 한국어에 대한 일본 시민의 관심이 점점 커져갔다.[15]

1970년 11월 이와나미서점岩波書店에서 간행하는 잡지『문학文学』이 조선문학 특집을 편성하였다. 이 특집에 재일조선인 작가 김달수, 허남기許南麒, 김시종金時鐘, 평론가 안우식安宇植 등이 필자로 참여하였고, 김석범金石範과 이회성李恢成은 오에 겐자부로大江健三郎와 대담을 하였다. 오무라와 함께 한국문학 연구를 하였던 가지이, 윤학준, 다나카 등은 논문을 실었다.

가지이 노보루는 「사회주의건설의 인간상-해방 후의 북조선문학社会主義建設の人間像-解放後の北朝鮮文学」을 통해 해방 이후 북한문학을, 윤학준은 「현실참여를 둘러싸고-오늘날의 남조선문학現実参与をめぐって-今日の南朝鮮文学」을 통해 해방 이후 한국문학을 검토하였다. 다나카 아키라는 일본인의 한국관을 비판적으로 검토하였고, 오무라는 해방 이전 한국문학을 검토하였다. 다나카와 오무라는 일본에서 한국문학을 바라본다는 관점에 유의하였다.[16]

다나카 아키라는 1933년생으로 서울에서 성장한 재조일본인으로 패전 이후 저널리스트로 활동하였으며, 1960년대 중반 한국을 단기간 방문한 이후 가지이에게 한국어를 배웠다. 그는 동아시아의 국제 정치를 염두에 두면서, 일본인이 이국異國으로서 한국 또는 북한을 바라볼 수 있는 시각을 고민하였다.[17] 그는 1940년대와 패전 이후를 거쳐 당대에 이르는 한국에 대한 일본인의 관심을 비판적으로 분석한다. 다나카는 일본인이 선의를 가졌더라도 한국을 "주관적인 정세론이나 운동에 도움이 되는 도구"로만 활용한 것이 아닌가 진단하였고, "연대나 협력의 운동과 이론이 좌절하는 때, 황량한 무관심의 동토가 출현할 것"을 우려하였다. 다나카의 예리한 진단은 1930년대 후반 '조선 붐'에 대한 성찰이자 1960년대 일본조선연구소의 실천에 대한 역사적 비판이자, 1970년대 김지하구원운동을 비롯한 일한연대운동에 대한 미리 도착한 경계였다. 그는 한국을 "문화의 총체로서 독립한 역사의 소유자"로 파악하는 작업의 필요성을 강조하였고, "그러한 작업의 유일한 장"이 한국문학이라고 강조하였다.[18]

오무라의 글 「빼앗긴 들의 빼앗기지 않은 마음-해방 전의 조선근대문학奪われし野の奪われぬ心-解放前の朝鮮近代文学」은 1960년대 중반 이후 오무라의 문학사적 시각의 확장과 참고문헌의 변화를 보여주는 글이다. 오무라는

<그림 3> 1980년 다나카 아키라와 선우휘
출처 : 『田中明さんのぶ草－1926-2010, 田中明先生追悼文集』

김동인의 「붉은 산」, 유진오의 「김강사와 T교수」 등 북한의 문학사에서 논의하지 않는 작품을 포괄하며, 송민호의 공저 『일제하의 문화운동사』와 임종국의 『친일문학론』 등 한국의 연구 성과를 참고하였다. 1960년대 중반까지 오무라는 카프를 중심에 두고 식민지 시기 한국문학의 '저항'을 말했다면, 이 글에서는 카프 해산 이후 한국문학의 저항 및 그 임계에 주목하였다. 오무라의 결론은 다음과 같았다. "일본은 조선의 국토와 언어와 성명을 빼앗았다. 그러나 결국 조선인의 마음을 빼앗을 수는 없었다. 전향자의 마음조차도 받아내지 못했다."[19] 오무라는 한국근대문학을 1기 1905~1910, 2기 1908~1919, 3기 1919~1925, 4기 1925~1934, 5기 1934~1941, 6기 1941~1945 등 여섯 시기로 구분하고, 3기 이후의 문학을 검토한다. 3기의 문학에서는 한국과 북한 모두가 중시한 현진건과 나도향에 주목하였다. 4기~6기는 각 시대의 의미를 새롭게 규정하였다.

조선문학사를 '프롤레타리아문학기', '순수문학기', '암흑기'로 나누는 것에 나는 찬성하지 않는다. "유치장에 갈 각오라면 말하고 싶은 것의 절반을 말할 수 있는 시기", "말하고 싶은 것을 직접 말할 수 없지만, 말하고 싶지 않은 것에 침묵할 수 있는 시기", "억지로 상대의 의지에 따라 말하지 않으면 생명을 보장할 수 없는 시기"로 나누는 것이 적당하지 않을까.[20]

오무라는 문예사조적 관점과 민족주의적 시각의 문학사 구분에 거리를 두면서, 검열과 재현가능성의 범위에 주목한 문학사의 새로운 시기 구분을 제안한다. '유치장에 갈 각오라면 말하고 싶은 것의 절반을 말할 수 있는 시기'3기는 카프가 활동했던 시기로, 대표적인 작품은 최서해의 「무서운 인상」1926과 「큰물 진 뒤」1925였다. 이기영, 한설야, 조명희는 간략히 다루었다. '말하고 싶은 것을 직접 말할 수 없지만, 말하고 싶지 않은 것에 침묵할 수 있는 시기'4기는 다시 두 시기로 구분된다. 첫째 시기는 카프 해산 직후인 1935년 무렵으로, 유진오의 「김 강사와 T 교수」1935, 김정한의 「사하촌」1936, 박화성의 「한귀」1935가 대표작이다. 어두운 시대를 앞두고 있었지만, 여전히 카프의 잔영이 남은 시기이자 "사회환경에 저항하고 행동하는 인간"을 그릴 수 있었던 마지막 시기였다. 둘째 시기는 1940년 전후로 한설야의 「모색」1940, 임옥인의 「후처기」1940, 이효석의 「은은한 빛ほのかな光」1940이 대표작이다. "환경에 적응 못할 만큼의 양심을 가지고 환경에 쉽쓸려 생활하는 주인공"이 등장하게 된다. '억지로 상대의 의지에 따라 말하지 않으면 생명을 보장할 수 없는 시기'5기는 1941년 이후 '국민문학' 시기로 이광수와 이석훈 등이 대표작이다.

『문학』은 1965년 11월에도 한국문학 관계 글을 실었다. 당시에는 오무라와 임전혜의 글이 실렸는데, 두 편의 글은 북한 및 재일조선인의 문학사 시각과 연동하여 일본의 한국문학 연구의 시각이 형성되기 시작했던 시기의 결과물이다. 1970년 11월호 『문학』의 조선문학 특집은 5년 사이 일본에서 한국문학 연구의 진척을 보여준다. 연구를 이어간 결과, 일본인의 시각에서 한국문학을 읽은 의미에 더욱 예각적으로 제시할 수 있었고, 식민지 시기, 한국, 북한문학에 대한 글을 두루 편성할 수 있었다.

1970년 가을 오무라는 동료 연구자들과 함께 '조선문학의 회^{朝鮮文学の会}'를 결성하고 그해 12월 동인지 『조선문학—소개와 연구^{朝鮮文学—紹介と研究}』 창간호를 간행했다. 오무라, 가지이, 다나카, 이시카와, 조 쇼키치^{長璋吉} 등 5명이 창립 동인이었다. 제2호^{1971.3} 간행부터 오구라 히사시^{小倉尙}가, 제4호^{1971.9}부터 다카키 히데아키^{高木英明}가, 제8호^{1972.10}부터 도모나가 노리^{朝長ノリ}가, 제9호^{1973.3}부터 마키세 아키코^{牧瀬暁子}, 가지무라 마스미^{梶村真澄}가 참여하였다. 다나카는 제5호^{1971.12}를 간행한 후 탈퇴하였다.[21] 후일 한 기사는 '조선문학의 회' 동인이 전중파^{戦中派}로부터 순수 전후파^{純粋戦後派}를 망라하고 있다고 하였는데, 1927년생 가지이, 1933년생 오무라, 1941년생 조 등이 전중파에 속하고, 1946년생 마키세 등이 순수 전후파이다.

'조선문학의 회'는 '독립선언'이었다고 생각합니다. 아까 말씀드린 『문학』 1970년 11월호 '조선문학' 특집을 봐도 알 수 있듯 저와 다나카, 가지이 등 몇몇을 제외한 모든 필자들은 한국인^{재일조선인—인용자}이었습니다. 일본조선연구소처럼 정치 단체의 활동도 있었지만, 우리는 한국의 문학과 문화를 연구한다는 생각이었습니다. '조선문학의 회'는 한국인들이 아닌 일본인들의 모임이자, 정치와는 거리를 둔 문학 연구 모임이었습니다.[22]

'조선문학의 회'는 "한국인들이 아닌 일본인들의 모임"이자, "정치와는 거리를 둔 문학 연구 모임"을 지향하였다. 첫 번째 지향은 재일조선인의 시각과 구별되는 일본인의 주체적인 시각을 강조한 것이었으며, 두 번째 지향은 정치적인 시각과 통일된 시각을 강조하였던 일본조선연구소의 지향과 구별되는 자율적인 문학 연구의 시각을 강조한 것이었다. '조선문학의 회'의 지향은 『조선문학-소개와 연구』 창간호 권말에 실린 오무라의 「동인의 변」에 뚜렷이 드러난다.

이 회에 일정한 입장은 없다. 우리 회는 조선문학의 소개와 연구에 의욕을 불태우고, 회비를 내고, 연구회에 참가해야 하는 의무를 제외하고는 **회원 개개인의 행동 일체를 구속하지 않는다. 아니, 그보다 이 회 자체는 회원 개개인의 협의체에 지나지 않는다는 것이다.** (…중략…) 이렇게 다소 느슨하게 결합된 연구회이긴 하나, 현재는 존재 의의가 있다고 생각한다. 우리 회가 언제까지 지속될 수 있을지는 자신이 없다. 오히려, 너무 오랜 기간 동안 존속하지 않기를 우리는 바란다. 10년 정도만 간다면 된다. 그 사이에 회원도 늘고 세포분열을 일으키다가, 우리 연구회 자체는 없어지게 되는 그것이 아닐까. 그렇게 되길 빈다. 우리 회에는 회칙이 없다. 그러나 최소한, 이 모임이 ① 일본인에 의한, 적어도 일본인을 주체로 한 모임이라는 점, ② 백두산 이남에서 현해탄에 이르는 지역에서 살았던, 또한 살아가고 있는 민족이 낳은 문학을 대상으로 한다는 것이 원칙이라는 점을 확인하자. 우리 마음속에 38선은 없다.

우리는 발을 내딛었다. 어쨌든 간에, 우리의 기분은 무겁다. 기세 좋은 진군 나팔소리는 들려오지 않는다. 서두르지 말자. 서둘러서는 안 된다. 비수에 찔리어도, 피를 흘리면서도, 우리는 쉬지 않고 걸어갈 것이다.[23]

'조선문학의 회'는 1960년대 일본의 연구자가 한국문학을 연구하는 두 가지 주요한 경로인 일본조선연구소와 재일조선인 모두에 거리를 두고, 주체적인 시각에서 한국문학에 접근하였다. "일본인에 의한, 적어도 일본인을 주체로 한 모임"이라는 언급에서 보듯, 1970년대 '조선문학의 회' 역시 일본조선연구소와 마찬가지로 '일본인의 시각'을 강조하였다. 문학연구자 최태원의 지적처럼, 일본조선연구소는 "역사 인식이나 이념의 동질성을 추구"하였지만, '조선문학의 회'는 '스스로 번역하고 스스로 판단한다'라는 것을 유일한 지표로 삼으면서 개인의 주체적인 실천과 자율적인 참여에 기반하였다.[24] '조선문학의 회'는 "회원 개개인의 행동 일체를 구속하지 않는" "다소 느슨하게 결합된 연구회"였다. 다나카 아키라 역시 '조선문학의 회'를 "직업, 신조, 문학관 모두 천차만별"인 "이질적인 인간"의 '공동행위'이자 '공동행위'에 기반한 단체로 소개하였다. "운영은 동인 전원의 협의 양해로 이루어지고 있고, 동지의 참가를 바라고 있다"라는 다나카의 언급처럼, '조선문학의 회'는 상호 존중과 협동을 기율로 운영하였으며, 새로운 동인의 참가로 개방된 모임이었다.[25] 일본인의 모임으로서 '조선문학의 회'는 일본에서 한국문학 소개 및 연구를 주로 맡았던 재일조선인의 시각 및 실천과도 거리를 두고 있었다. '조선문학의 회'는 외부의 행사나 출판 활동에서는 재일조선인 작가의 도움을 받았지만 동인 가입은 끝내 거절하였다.[26]

'조선문학의 회'가 "일본인의 입장에서 조선문학을 연구한다는 것"은 "한국·북조선의 분단을 넘어서, 총체로서 조선문학을 바라" 보는 시각을 갖추기 위해서였다.[27] 냉전 동아시아의 질서 아래에서 한국과 북한은 모두 한국문학을 총체적으로 인식하지 못하였다. 1980년대 중반 오무라는 북한의 『현대조선문학선집』 전 16권조선작가동맹출판사, 1957~1960, 공화국 언어문학연구소 문학연구실이 편찬한 『조선문학통사』 하권과학원출판사, 1959, 한국의 김우종이 지은 『한국현대소설사』^{선명문화사, 1968}, 『한국문학전집』^{민중서관, 1958~1959}, 『한국단편문학전집』^{백수사, 1958}의 수록 작가 및 작품을 비교하여 다음과 같은 논평을 남겼다.

어느 것에도 거론되지 않은 작가로서 보충하자면 안회남, 현덕, 최인욱, 최명익 정도를 떠올릴 수 있다. 물론 이들 작가의 단편도 문학전집 류에 더해져야한다고 생각하지만, 이것이 없다고 조선근대문학이 성립될 수 없다고 할 정도는 아닌 듯하다. 요컨대, 작가의 면모가 거의 다 나와 있다고 할 수 있다.

문제는 면모가 제시되는 방식일 것이다. 표를 한 번만 보아도 알 수 있는 것은 남북의 극단적인 대조이다. 남북의 문학선집, 전집에 공통적으로 등장하는 작가는, 표에서 보자면, 채만식, 강경애, 나도향, 최서해 4명 밖에 없음을 알 수 있다. 그 외의 작가는 북의 선집에 있고 남의 전집에 없거나, 남의 전집에 있고 북의 선집에 없는 결과로 되어 있다.

이익상, 조명희, 조중곤, 한설야, 송영, 윤기정, 김영팔, 최승일, 송순익, 이북명, 이기영, 엄흥섭, 박승극, 한인택, 이동규, 조벽암, 석인해, 현경준, 차자명, 최인준, 이근영, 지봉문, 김소엽, 김만선, 김영석은 북에서만 그 면모를 볼 수 있고, 김동인, 염상섭, 현진건, 전영택, 주요섭, 박화성, 유진오, 이효석, 계용묵, 이무영, 박영준, 김유정, 이상, 김동리, 정비석, 최정희, 김정한, 김영수, 황순원, 곽하신, 최태웅, 임옥인, 박종화, 함대훈, 안수길, 장덕조, 심훈, 이광수, 백신애, 이석훈, 이주홍은 남에서만 그 면모를 볼 수 있다. 도대체 이것으로 한 나라의 문학이라고 할 수 있는 것일까? 일제 지배하 6년 동안 함께 살고 싸웠던 문학자의 유산이 반신불수가 되어 있다. 북의 사람^民은 스스로 근대문학의 반신밖에 모르고 남의 사람도 나머지 반신밖에 모른다. 이러한 상황 위에서 정치적인 남북 대화를 들고나오더라도 사상에 누각을 쌓는 격이 아닐까?[28]

'조선문학의 회'는 냉전으로 인해 결락이 있던 한국과 북한의 문학사 이해를 넘어서 온전한 한국문학에 접근하고자 하였다. 그들은 한국어를 매개로 "백두산 이남에서 현해탄에 이르는 지역에 살았던, 또는 살아가고 있는 민족이 낳은 문학"으로서 한국문학에 대한 새로운 이해에 도달하였다. 김윤식은 '조선문학의 회'가 재일조선인이 한국문학 연구를 전담하였던 당대의 풍토에 거슬러 만들어진 단체이자, 남북 모두에 거리를 둔 것이라고 언급하였는데, 이 언급은 '조선문학의 회'의 시각을 정확히 설명한 것이다.[29]

'조선문학의 회'는 일본인으로 처음으로 결성한 한국문학 번역 및 연구 단체였다. 동시에 '조선문학의 회'는 "완전히 아마추어 집단"이었다. 오무라는 엄밀히 말하면 중국문학 연구자였다. 가지이 노보루는 중학교 이과 교사였고, 다나카 아키라는 『아사히신문朝日新聞』의 기자였다. 이시카와 세쓰는 일본의 전통 악기 사미센 교습자였고, 오구라 히사시는 경제전문지 『도요케이자이東洋経済』의 기자였다. 조 쇼키치는 도쿄외대 중국어과를 졸업하고 한국에 유학을 다녀왔지만, 동인 참여 당시에는 직업이 없었다.[30] 가지무라 마스미는 히데키의 아내였으며 중국문학 연구자였다.[31]

에드워드 사이드는 전문화와 제도가 지식인에게 가하는 압력에 맞서기 위해서는 아마추어주의가 필요하다고 강조하였다. 아마추어주의는 전문성과 직업적 제약을 극복하여 경계와 장벽을 가로지르는 태도이다. 아마추어는 이윤이나 보상이 아니라, 사랑과 관심에 따라 움직이며, 이념과 가치를 존중하는 독립적이고 자율적인 주체이다.[32] 문학연구자 곽형덕의 지적처럼, 오무라는 아마추어주의를 견지하면서, 한반도라는 지리적 경계를 넘어 동아시아의 지역 및 주체와 연계하면서 한국문학을 탈중심화하였다. 나아가 그는 탈중심화한 한국문학을 통해 '일본인의 아시아관'을 변혁하고자 하였다.[33] '조선문학의 회'의 실천은 불모지와 같은 일본의 한국문학 연구 앞에서 "작은 밀알"을 심는 작업이었다.[34]

3. 동인지 『조선문학 – 소개와 연구』

'조선문학의 회'는 동인지 『조선문학–소개와 연구』를 간행하여, '조선어로 말해진 세계', 곧 조선인이 주체가 되는 세계를 일본의 시민사회에 제시하였다. 간행의 비용은 『문학』 조선문학 특집 원고료를 마중물 삼아, 동인 회비 및 정기구독자의 구독료를 통해 마련하였다.[35]

> 자신의 연구가 앞서간다고 해도
>
> 허세를 부리지 않고
>
> 의견이 달라도 성내는 일 없이
>
> 꾸준히 공통의 장을 구하며
>
> 귀한 자료를 손에 넣을 때도
>
> 흔쾌히 동료들에게 도움이 되게 하며
>
> 각자의 사상이나 신조의 차이가 있더라도
>
> 무엇보다도
>
> 조선을 사랑하고 조선문학을 사랑하며
>
> 딱히 명성을 기대하는 일도
>
> 물론 없이
>
> 단지
>
> 일본인으로서 자신과 조선을

문학 연구를 매개로 이어서

거기서 얻은 성과를

일본과 조선의 친선과 연대를 바라는 사람들이

공유의 재산으로 삼기 위해서

조선문학을

아마도 죽는 날까지

뚜벅뚜벅 배워나갈 것이다.[36]

『조선문학—소개와 연구』의 창간호 「창간의 말」은 가지이 노보루가 초안을 쓰고, 다나카 아키라가 보다 긴장감 있게 수정한 것이었다.[37] 연구자 개인의 개별성과 차이를 존중하는 바탕으로 한국문학 자료 및 연구 성과를 공유하고 토론하여, '공통의 장'을 형성하는 것. 나아가 한국문학을 매개로 일본과 한국을 연결하는 것. '조선문학의 회' 동인은 이 두 가지 다짐을 새겼다. 『조선문학—소개와 연구』의 창간호 목차는 〈표 1〉과 같다.

〈표 1〉 『조선문학—소개와 연구』 창간호 목차

구분	제목	저자	역자	쪽수
	창간의 말(創刊のことば)			1
소설	총독의 소리(総督の声)	최인훈	야마다 아키라 (다나카 아키라)	4
	빈처(貧妻)	현진건	이시카와 세쓰	18
시	나의 고향이(故郷が)	조명희	가지이 노보루	31
	진달래(つつじ), 데모(デモ)	박팔양	가지이 노보루	31
평론	일제 말 암흑기 문학의 저항 (日帝末期の暗黒期文学の抵抗)	송민호	오무라 마스오	34
서울 유학기	나의 조선어 소사전(私の朝鮮語小辞典) 1	조 쇼키치		51
신간소개	두 권의 재일조선인 시집 (二つの在日朝鮮人詩集)		가지이 노보루	60
	동인의 변(同人の弁)			62

창간호에는 식민지 시기 소설 「빈처」^{현진건}와 한국의 소설 「총독의 소리」^{최인훈}, 식민지 시기의 시 「나의 고향이」^{조명희}, 「진달래」^{박팔양}, 「데모」^{박팔양}를 실었다. 현진건은 1970년대 한국의 문학사와 변화하는 북한의 문학사 사이의 교차점에 위치한 작가였다. 오무라는 동인지 간행 직전인 1970년 11월 『문학』에 실은 글에서 현진건을 "북에서도 남에서도 모두 높은 평가를 받은 비판적 리얼리스트"로 소개하고, 「빈처」를 일본의 침략 아래에서 물질과 정신 양 측면에서 인간다운 삶을 영위하지 못하는 "식민지 현실에 대한 고발"로 소개한 바 있었다.[38] 번역자 이시카와 세쓰^{石川節} 역시 현진건이 한국에서는 "어떤 작가보다도 높이 평가된 작가"이지만, 1950년대 북한의 『조선문학통사』 하권^{과학원출판사, 1959}에서는 무시되었다가, 1966년 『어문연구』 제2호의 「비판적 리얼리스트 현진건」을 통해 재평가되었음을 기록해 둔다. 번역 저본은 『한국단편문학전집』 제1권^{증보 제4판, 백수사, 1956}이었다.[39] 조명희와 박팔양은 냉전 하 한국에서는 언급될 수 없었지만, 북한문학사에서는 중요한 위치를 점하는 시인이었다. 가지이는 조명희와 박팔양 번역의 저본으로 북한의 『현대조선문학선집』 제2권^{조선작가동맹출판사, 1957}을 활용하였다.[40]

눈길을 끄는 것은 최인훈의 「총독의 소리」 번역이다. 이 소설은 1967년 8월 한국의 잡지 『신동아』에 출판된 것으로, 역자 다나카 아키라가 한국의 잡지를 저본으로 번역하였다. 그가 이 소설을 선택한 이유는 일본의 독자에게 한일 관계에 대한 비판적 인식을 요청하기 위해서였다. 「총독의 소리」는 1945년 이후 한반도의 지하에서 활동하던 '총독'이 발신하는 가상의 방송을 취한 사변소설이다. 발신자 '총독'은 청취자인 '충용한 제국 신민 여러분'에게 동아시아 냉전 질서와 한반도의 정치적 상황을 검토하면서, '반도'의 식민지에 대한 옛 제국의 재래^{再來}를 기도한다.

이번에 번역 소개하는 「총독의 소리」는 1967년 잡지 『신동아』 8월호에 게재된 것으로, 그해에 있었던 부정선거가 직접적인 계기가 되었다고 할 수 있지만, 우리 일본인으로서는 일한조약 체결 후 살며시 다가온 '구 일본旧日本'의 발소리를 예민한 촉수로 잡아낸 작가가, 동포의 현실에 대한 비판을 그것과의 관련 속에서 묘파한 것이라는 점에서 가볍게만 읽을 수 없다고 생각된다.[41]

다나카 아키라는 「총독의 소리」 창작의 맥락을 정확히 지적한다. 이 소설의 직접적인 창작의 계기는 1967년 박정희의 부정선거였지만, 다나카는 1965년 한일기본조약 체결 또한 주목한다. 그는 일본의 독자들에게 제국 및 식민지라는 문제와 얽혀 있는 한일관계를 비판적으로 직시하면서 이 소설을 무겁게 읽도록 요청하고 있다. 다나카의 「총독의 소리」 번역은 조 쇼키치의 서울 유학기인 「나의 조선어 소사전」과 겹쳐 둘 때, 그 의미가 보다 뚜렷하다. 조의 글은 한국의 평범한 서민들의 구체적인 언어와 생활에 주목한 글이다. 『조선문학─소개와 연구』는 1965년 한일기본조약 체결 이후 다시금 한국과 일본이 국교를 수립한 1970년대 초반 상황에서 한국과 일본이 식민지의 역사를 비판적으로 성찰하고, 한국문학을 매개로 새로운 관계를 형성할 수 있을 것인지 그 가능성을 탐색하고 있다.

오무라는 창간호 권말 「동인의 변」에서 '조선문학의 회'의 걸음을 두고 진군 나팔소리가 들리지 않는 쓸쓸한 길로 묘사하였지만, 창간호에 대해 상당히 적극적인 호응이 돌아와, 동인들이 '기쁨과 당혹감'을 느낄 정도였다. 일본 전국의 10개 신문은 『조선문학─소개와 연구』 간행을 소개하였다. 독자들은 이 잡지의 창간을 환영하고 정기구독을 신청하였고, 소감을 전화나 엽서, 계좌이체 통신란을 통해서 전하였다. 편지 수는 121통에 달하였고 전화 문의 역시 비등했다. 반응의 절반은 일본인 독자의 것이었고, 절반은 재일조선인 독자의 것이었다.

－중국 연구가 일본인 C 씨

일본의 조선사 연구의 맹점이었던 문학·사상 연구의 결여는 약간의, 예외를 제외하고는 조선인을 인간으로서 간주하지 않았기 때문에 당연할 것입니다. 이 당연함을 부정하는 지점에 『조선문학』 창간의 의미가 있으며 그 앞길에 희망과 곤란이 있습니다. 동인 여러분의 분투를 빈다.

－가마쿠라에 사는 일본인 청년 E 씨

저는 올해 대학에 가는 18세 학생입니다. 작년에 한국을 다녀온(서울에 한국 사람 친구가 있어서) 후, 조선 반도의 역사·문학·언어에 흥미를 갖고, **과거의 조선반도는 일본에 있어서 무엇이었는가, 지금은 무엇인가, 미래에 무엇이어야 하겠는가를 알기 위해**, 지금 공부하고 있습니다. (…중략…) 그런 저에게 『조선문학』이라는 계간지의 발견은 근사한 것이었습니다. 전부터 읽어보고 싶었던 최인훈 씨의 「총독의 소리」^{전에 「웃음소리」를 읽은 적이 있다} …… 등등, **지금 저는 조선어를 독학하고 있습니다. 그리고 빨리 조선문학을 '한글로' 읽고 싶습니다.**^{밑줄 친 부분은 조선어로 쓴 것}

－도쿄 시부야의 재일조선인 F 씨

조선문학을 통해 조국을 보다 더 잘 알게 되었으며, 나아가서는 **조국의 사회변혁을 위한 실천 대열에 참여한 재일조선인의 한 청년**으로서 『조선문학』 창간을 축하드리며 가슴 가득 인사를 올립니다.

– '일본 속의 조선문화^{日本のなかの朝鮮文化}'사의 정귀문^{鄭貴文}[42]

저는 지금까지 많은 일본인과 교제해 왔습니다. 또 많은 친구도 있었습닌다. 한편으로는 일본인이 쓴 것, 또는 일본인의 손에 의해 만들어진 책도 적지 않게 읽었습니다만, 그 어느 경우나 반드시, 언젠가, 무언가 때문에, **어딘가에서 당혹감과 불안을 느꼈습니다. 이렇게 말씀드리면 아실 것으로 생각됩니다만, 그러나 귀지는 매우 실례스러운 말씀일지는 모르지만, 일자 일구에서도 그런 것을 느끼지 못했습니다. 귀지는 처음 만난 유쾌한 친구 같은 느낌이 듭니다.**

일본인 독자들은 일본의 한국 연구에서 결락된 부분인 문학 및 사상 부분을『조선문학―소개와 연구』가 채우고 있다는 것에서 그 창간의 의미를 찾았다. 또한 한일기본조약 체결 후 한국을 오가고 한국인을 만날 수 있게 된 상황에서 한국과 일본의 관계에 대한 진지한 고민이 필요하다는 것을 확인하였고, 한국어 학습의 중요성도 체감하였다. 실천적인 지향을 가진 재일조선인 청년 역시『조선문학―소개와 연구』의 활동을 환영하였다. 한일 고대사의 문화교류에 주목한 잡지『일본 속의 조선문화^{日本のなかの朝鮮文化}』를 발간하던 정귀문은 그동안 일본인이 쓴 한국에 관한 책에서 느꼈던 무언가 '당혹과 불안'을『조선문학―소개와 연구』에서는 느끼지 못했음을 고백하였다. '조선문학의 회' 동인의 문제의식에 일본인과 재일조선인 독자 모두 공명하고 있음을 확인할 수 있다.

따뜻한 격려의 말씀에 우리는 깊이깊이 머리를 숙인다. 그러면서도 "여기에 인간의 사랑과 일본인의 양심이 있다"든가, 이 잡지의 창간이 "현대 일본문학사상 하나의 사건"이라는 말씀까지 들으면, "잠깐만, 우리는 안 그"하며 도망가고 싶어진다. 때로는 등에 지워진 책임의 막중함에, 견딜 수 없다고 느끼

〈그림 4〉 오무라 마스오의 연구실에서 동인지를 발송 중인 '조선문학의 회' 동인들
출처:『朝日アジアレビュー』 3(3), 1972.9.

는 적도 있다. 우리의 힘은 보잘것 없다. 그러나 그와 동시에, 초라한 우리가, 그러한 기대를 받지 않으면 안 될 정도로, 지금까지 일본인이 아무것도 한 것이 없다는 무서운 사실을 새삼스럽게 깨닫게 되는 것이다. 조선인 여러분의 말씀은, 우리에게는 감언이 아니라, 어떤 의미에서는 잔혹한 채찍이다. 정신을 똑바로 차리라고 엉덩이를 내리치는.[43]

오무라는 독자의 반응에 감사하면서도, 따뜻한 반응과 격려가 그동안 일본의 사회가 한국문학에 무관심했던 상황으로 인한 역설적인 결과임을 상기하였다.

『조선문학－소개와 연구』는 〈표 2〉에서 볼 수 있듯, 1970년 12월의 제1호부터 1974년 8월의 제12호까지 간행되었다. 창간부터 종간까지 '계간'이라는 표현은 계속 표기하였으며, 창간호인 제1호[1970.12]에서 제6호[1972.3]까지는 3개월마다 간행이 되었다. 하지만 제7호[1972.7]가 조금 늦게 간행되었고 3개월 후에 제8호[1972.10]가 나왔지만, 제9호[1973.3], 제10호[1973.9], 제11호[1974.1], 종간호인 제12호[1974.8]는 실제 반년간에 가깝게 나왔다. 오무라는 발행 간격이 점점 늘어나는 것을 두고, "모임으로서의 에너지가 어느 때부터 줄어들었는지에 대한 하나의 바로미터가 되지 않을까"라고 회고하였다.[44]

판권면의 편집인은 편집 실무를 맡은 인물이며, 발행인은 대표자로서 독자와의 연락을 담당하고, 인쇄소와 연락하였으며 인쇄 전 교정을 보았다. 다나카는 편집인과 발행인 모두 기술적인 역할을 맡았으며, 실제 동인은 전원 협의 및 양해에 따라 움직인다고 언급하였다. 독자 연락을 위한 사무소는 제1호[1970.12]에서 제5호[1971.12]까지는 오무라의 와세다대학 법학부 연구실을 사용하였고, 제6호[1972.3]에서 제12호[1974.8]까지는 오구라의 자택을 사용하였다. 인쇄소는 계속 바뀌었다.[45] 가격은 호당 200엔을 유지하였으며 종간호는 증면[增面]을 예상하고 300엔을 책정하였다. 제2호[1971.3]부터는 940~1020엔의 비용으로 정기구독[연간예약] 신청을 받았고, 제11호[1971.4]의 종간 공지와 함께 초과납입분의 정산을 약속하였다.[46]

1972년 『아사히 아시아 리뷰[朝日アジアレビュー]』 기자가 와세다대학 법학부의 오무라 마스오 연구실을 방문한다. 그날은 '조선문학의 회' 동인들이 동인지의 발송 작업을 하는 날이었다. 가지이는 '조선문학의 회' 동인의 활동이 가지는 의미를 일본인의 시각에서 설명하였다. 1945년 이후 20여 년의 시간 일본의 시민들이 "조선어에 대한 대처를 게을리해 온" 결과, 일본에서 접근할 수 있는 한국문학 연구성과 가운데 일본인의 성과는 1할에도 미치지 못한다는 것을 지적한다. 그는 '조선문학의 회'의 움직임을 "뻥 뚫린 구멍을 우리의 작은 힘으로 어떻게든 메우고자 오직 그 소원"의 발로로 보았다. 조는 동인들이 바라보는 "조선이란, 한반도 그 자체, 그곳에 사는 모든 사람의 조국"임을 강조하고, "남도 북도 없이, 저 땅에서 만들어진 문학"을 일본에 소개하고 싶다고 언급한다. 북한의 문학 가운데 뛰어난 작품을 찾기 어려운 상황을 토로하면서도, 동인지 제10호를 '북조선 특집'으로 편집하겠다는 뜻을 밝힌다.[47]

『조선문학―소개와 연구』는 제7호[1972.7]부터 본격적으로 특집을 편성

〈표 2〉 『조선문학-소개와 연구』 전12호의 특집, 면수, 판권면 정보

호수	발행일	특집	면수	편집인	발행인
계간 제1호	1970.12.1		64쪽	야마다 아키라 (다나카 아키라)	오무라 마스오
계간 제2호	1971.3.10		64쪽		
계간 제3호	1971.6.1		64쪽		오무라 마스오
계간 제4호	1971.9.1		68쪽		
계간 제5호	1971.12.1		65쪽		
계간 제6호	1972.3.10		64쪽	오구라 히사시	
계간 제7호	1972.7.10	1930년대 문학	65쪽		
계간 제8호	1972.10.10	1950년대 남조선문학	65쪽		조 쇼키치
계간 제9호	1973.3.1	1960년대 남조선문학	72쪽		
계간 제10호	1973.9.1	조선민주주의 인민공화국의 문학	64쪽		
계간 제11호	1974.1.20		72쪽	오무라 마스오	
계간 제12호	1974.8.20	아동문학	76쪽		

호수	발행일	인쇄소	발행소	주소	정가	연간예약
계간 제1호	1970.12.1	기호도 (技報堂)	조선문학의 회	도쿄도 신주쿠구 도쓰카마치 1-647 와세다대학 법학부 오무라 연구실 내	200엔	
계간 제2호	1971.3.10				200엔 (〒35엔)	940엔 (〒포함)
계간 제3호	1971.6.1				200엔 (〒35엔)	940엔 (〒포함)
계간 제4호	1971.9.1				200엔 (〒35엔)	940엔 (〒포함)
계간 제5호	1971.12.1				200엔 (〒35엔)	940엔 (〒포함)
계간 제6호	1972.3.10			도쿄도 스미다구 다이헤이 4-4-4 조 쇼키치 앞	200엔 (〒35엔)	1020엔 (〒포함)
계간 제7호	1972.7.10				200엔 (〒35엔)	1000엔 (〒포함)
계간 제8호	1972.10.10				200엔 (〒35엔)	1000엔 (〒포함)
계간 제9호	1973.3.1	와세다대학 인쇄소			200엔 (〒55엔)	1000엔 (〒포함)
계간 제10호	1973.9.1				200엔 (〒55엔)	1000엔 (〒포함)
계간 제11호	1974.1.20	도요케이자이 인쇄(주)			200엔 (〒55엔)	
계간 제12호	1974.8.20				300엔 (〒55엔)	

* 〒는 우송료

하였다. 첫 특집은 '1930년대 문학'이었고, 제8호[1972.10]와 제9호[1973.3]는 각각 '1950년대 남조선문학'과 '1960년대 남조선문학'을 특집으로 편성하였다. 그리고 앞서 조의 희망대로, 제10호[1973.9]의 특집은 '조선민주주의인민공화국의 문학'으로 편성하였다. 마지막 제12호[1974.8]의 특집은 '아동문학'이었다.

오무라는 3년 8개월 동안 간행된 『조선문학-소개와 연구』의 전 12호의 실천을 돌아보며 "논문 9편, 에세이 10편, 번역으로는 소설 29편, 시 24편, 시조 12편, 동화 7편, 동시·동요 7편, 민요 4편, 평론 4편이 게재되었다. 작품의 선택은 해방 전후에 두루 걸쳐 있으며, 해방 뒤에는 남과 북을 함께 대상으로 삼았다"라고 정리하였다.[48] 자료 접근성 및 작품의 질, 동인의 관심 등으로 실제로는 번역의 대상에 어느 정도 편중이 있었다. 양식으로는 시, 소설, 평론이 많이 번역되었다. 시기로는 1960~1970년대 한국문학이 가장 많이 번역되었고, 식민지 시기의 문학이 그 다음이고 북한의 문학이 가장 적게 번역되었다.[49]

1960년대 이후 한국문학은 최인훈의 「총독의 소리」[제1호, 다나카 역], 하근찬의 「족제비」[제2호, 이시카와 역], 선우휘의 「묵시」[제3호, 오구라 역], 김지하의 「아주까리 신풍」[제3호, 오무라 역], 박두진·박남수·조지훈의 연작시 「우리는 또 다시 노예일 수가 없다」[제9호, 가지이 역] 등 "식민지·친일·한일조약 등 '일본이라는 문제'를 다룬 작품"을 포함하는 한편,[50] 오영수의 「새」, 송원희의 「분단」[제9호, 조 역], 이호철의 「부시장 부임지로 안 가다」[제9호, 오구라 역]처럼 냉전과 분단의 문제를 다룬 작품도 선택하였다. 1960년대 중후반에서 1970년대에 이르는 한국에서 발표되는 작품도 다수 번역하였다. 소설로는 김동리의 「무녀도」[제2호, 오무라 역], 이청준의 「문단속 좀 해주세요」[제7호, 이시카와 역], 송병수의 「쇼리 킴」[제8호, 이시카와 역], 손창섭의 「잉여인간」[제8호, 오구라 역], 김성한의 「바비도」제8호, 니지마 아쓰요시 역, 투고, 김승옥「무진기행」제9호, 이시카와 역, 이병주의「변명」제11호, 마키세 역 등을, 시로는 정현종의「시간의 공포를 주제로 한 연가」, 「신생―비와 술에 젖은 날의 기념」,「술 노래」제11호, 오구라 역 등을, 평론으로는 임헌영의「도전의 문학」제9호, 다카키 역, 김현의「바람의 현상학」제11호, 조 역 등이 실렸다.「작자소개」를 통해 작가 정보, 작품 해설, 번역 저본 등을 밝혔는데, 잡지의 발표본을 저본으로 삼은 경우가 상당하다. '조선문학의회' 동인들이 한국문학을 동시대적으로 다양한 경로로 접근하고 있음을 보여준다.

식민지 시기 작품으로는 현진건의「빈처」『한국단편문학전집』1(증보제4판), 백수사, 1965; 제1호, 이시카와 역, 조명희의「나의 고향이」『현대조선문학선집』2, 조선작가동맹출판사, 1957; 제1호, 가지이 역, 박팔양의「진달래」『현대조선문학선집』2; 제1호, 가지이 역, 「데모」『현대조선문학선집』2, 제1호, 가지이 역, 김유정의「동백꽃」제6호, 다카키 역 등이 실렸고, 제7호 1930년대 문학 특집으로 이태준의「까마귀」조 역, 강경애의「지하촌」『동아일보』, 1936; 이시카와 역, 이효석의「수탉」오구라 역, 이상의「봉별기」『한국문학전집』12, 민중서관, 1959; 조 역 등의 소설과 김기림의「해상」,「태양의 풍속」니지마 아쓰요시(新島淳良) 역, 투고, 정지용의「인동차」,「비」오구라 역 등이 소개되었다. 1960년대 오무라가 주로 1920년대 작품을 번역하였다면,『조선문학―소개와 연구』에서는 1930년대의 김유정, 이태준, 이상, 이효석 등 다양한 작가의 작품을 번역하였다. 조 쇼키치가 1930년대 모더니즘문학에 특히 관심을 가졌던 것과도 연동될 것이다. 번역 작품의 시기 및 양식이 확장되는 것과 연동하여, 번역 저본 역시 북한의 출판물에서 점차 한국의 출판물로 옮겨간다.

북한문학의 경우, 허춘식의「창조」『조선문학』, 1966.5; 제3호, 가지이 역, 류도희의「행복한 날에」『1962 문학작품년감』, 조선문학예술총동맹출판사, 1963; 제5호, 가지이 역 등이 실렸다. '조선민주주의 인민공화국' 특집인 제10호에서는 박태영의「다시 만날

날까지」『조선문학』1956.3; 가지이 역, 김현구의 「잠수 견습공」『1962 문학작품년감』, 조선문학예술총동맹출판사, 1963; 오구라 역, 시로는 김시곤キム・シグォン의 「어머니おかあさん」가지이 역, 김은하キム・ウンハ의 「백두산이 보인다白頭山が見える」가지이 역 등이 실렸다. 제12호 아동문학 특집 가운데 북한문학으로 황민ファン・ミン의 동화 「아버지アボジ」, 박세영의 동요 「무궁화ムグンホァ」, 박종경朴京種의 동요 「아버지의 배アボジの船」, 김우철キム・ウチョウル의 동요 「볏짚 쌓기稲むら積み」 등이 실렸다. 북한문학은 별도 특집을 편성하지 않을 경우, 적극적으로 소개되지 않았다.

정치적으로 풍요로운 시대였던 1950년대를 경과한 후, 북한에서는 김일성 이외의 정치세력이 모두 숙청되었고 문학 역시 경직화되었다.[51] 앞의 기사에서 조가 양질의 북한문학을 찾기 어렵다고 토로한 것은 이러한 상황과 관련된다. 북한문학에 대한 정보 접근성도 어려움을 가중했다. 1948년 '조선어 신철자법'을 공표한 후에는 북한의 매체는 한글 전용 표기를 채택했기에,[52] 식민지 시기부터 활동하여 한자가 알려진 작가가 아닌 경우, 작가의 이름은 가타가나로 이름을 표기하였다. 가지이 노보루는 「행복한 날에」를 번역한 후 작가 및 작품 소개로 "이 작품은 『문학작품년감』1962년판, 조선문학예술총동맹출판사 간행, 1963년, 평양에서 선별하였지만, 작가 류도희リュ・トヒ에 대해서는 알 길이 없다"[53] 정도의 정보만 쓸 수 있었다. 1970년대 북한이 외부와의 소통을 제한하였고, 일본에서도 북한문학에 대한 각종 정보에 쉽게 접근하지 못했던 것을 알 수 있다.

'조선문학의 회'는 이념적으로는 한국과 북한의 문학을 포괄하여 이해하고자 하였지만, 『조선문학-소개와 연구』의 실제 작품을 보면 한국문학의 동시대성에 대한 관심이 두드러진다. 식민지 및 일본과의 관계를 한국의 시각에서 다룬 작품을 포함하여 한국문학의 다양한 면모가 소개되었다. 북한문학에 대해서는 작품의 정형성과 정보 접근의 문제로 소개가 적극적으로 이루어지지는 않았다. 그리고 1930년대 한국문학 역시 번역되기 시작하는 데, 이것은 일본의 한국문학 연구의 확장과 연동한 것이었다.

1970년대 오무라는 동인 활동을 조율하고 잡지 발간의 실무에 힘쓰는 한편, 연구성과를 동인지에 발표하였다. 오무라는 창간 초기 제1호^{1970.12}에서 제5호^{1971.12}까지는 오무라의 와세다대학 법학부 연구실을 연락 사무소로 제공하면서 동인의 대표자인 발행인을 맡아 인쇄소와 업무를 진행하였다. 또한 그는 종간 즈음인 제11호^{1974.1}와 제12호^{1974.8}는 편집인을 맡아 동인지를 편집하였다. 오무라가 동인지의 창간 및 종간 모두의 실무 책임을 맡았음을 확인할 수 있다. 특히 동인 소식 및 독자 투고를 싣는 권말의 사랑방에 글을 꾸준히 실은 것은 그가 동인지 편집에 지속적으로 관여한 것을 보게 한다.

<표 3> 『조선문학―소개와 연구』에 게재한 오무라 마스오의 글

	권호	구분	저자	제목	비고
1970.12	1	평론	송민호	일제 말기 암흑기 문학의 저항 (日帝末期暗黑期文学の抵抗)	『동방학지』 9집(연세대학교 동방학연구소, 1968)
1970.12	1	동인의 변	오무라 마스오	진군 나팔 소리는 들리지 않는다 (進軍のラッパは聞えない)	
1971.3	2	소설	김동리	무녀도(巫女図)	작품 소개를 겸한 「작가 소개」가 실려 있다.
1971.3	2	사랑방	오무라 마스오	기쁨과 당혹과―『조선문학― 소개와 연구』 창간호를 내고 (喜びと, ともどいと―創刊号 を出して)	
1971.6	3	시	김지하	아주까리 신풍―미시마 유키오 에게(アジュカリ神風―三島 由起夫に)	
1971.6	3	시작 노트	김지하	미시마 유키오의 죽음에 반대한다	작품 및 작가 소개를 겸한 「역자췌언(訳者贅言)」이 실려 있다.

	권호	구분	저자	제목	비고
1971.6	3	사랑방	오무라 마스오	김사엽 선생의 편지 (金思燁先生のお便り)	
1971.12	5	자료안내	오무라 마스오	일본 유학시대의 이광수 (日本留学時代の李光洙)	
1971.12	5	사랑방	오무라 마스오	투서에 답하며 (投書にこたえして)	
1972.3	6	자료안내	오무라 마스오	『백조』와 그 동인들 (『白潮』とその同人たち)	
1972.3	6	사랑방	오무라 마스오	학년말의 우울 (学年末の憂うつ)	
1972.7	7	사랑방	오무라 마스오	한국에서 본 재일조선인작가 (韓国から見た在日朝鮮人作家)	
1972.7	7	평론 (해제)	김윤식	일본문단과 재일교포작가 (日本文壇と在日僑胞作家)	『세대』 1972월 4호에 이회성의 「반쪽발이」, 이호철의 「역자의 말」, 김윤식의 평론 「일본문단과 재일교포작가」 발표되었다. 김윤식의 글은 2장 및 3장을 초역한 것이고, 이호철의 글은 후반를 번역한 것이다.
1972.7	7	평론 (해제)	이호철	역자의 말(訳者の言葉)	
1973.9	10	수상	오무라 마스오	그 땅의 사람들 (かの地の人々)	
1973.9	10	사랑방	오무라 마스오	자기경계를 담아서 (自戒をこめて)	
1974.1	11	소설	최해군	파문(波紋)	작품 소개를 겸한 「작자 소개」가 실려 있다.
1974.8	12	동화	황민 (ファン・ミン)	아버지(アボジ)	부기로 "1957.1 작, 『아버지』(황민 작품집), 1963" 라는 정보가 제시되어 있다.
1974.8	12	동요	박세영 (朴世永)	무궁화(ムグンホァ)	부기로 "1954.8.28"라는 탈고 일자(추정)이 제시되어 있다.
1974.8	12	동요	박종경 (朴京種)	아버지의 배(アボジの船)	
1974.8	12	동요	김우철 (キム・ウチョウル)	볏짚 쌓기(稲むら積み)	

	권호	구분	저자	제목	비고
1974.8	12	해설	오무라 마스오	아동문학에 대한 메모 (児童文学おぼえがき)	
1974.8	12	종간을 즈음하여－ 동인의 변	오무라 마스오	감사 그 외(謝辞その他)	

〈표 3〉에서 볼 수 있듯『조선문학－소개와 연구』에 실은 오무라의 글을 일별할 때, 두 가지 활동에 특히 주목할 필요가 있다. 첫째, 작품 외에 송민호, 김윤식, 이호철 등 한국 작가의 글을 번역하여 실은 것. 둘째, 일본에서 이광수 자료를 발굴하여 소개한 것. 전자는 당시 '조선문학의 회'의 동인들이 한국의 작가 및 연구자와 동시대적인 소통을 했다는 것을 보여주며, 후자는 오무라가 일본의 한국문학 자료를 정리하여 공개하기 시작했음을 보여준다. 두 가지 특징은 1970년대 오무라의 연구에 나타난 중요한 변화이자, 이후의 실천까지 이어진다.

『조선문학－소개와 연구』 제2호[1971.3]를 간행한 직후인 1971년 4월 22일 목요일 당시 도쿄에 체류하였던 김윤식은 와세다대학 법학부 오무라 마스오의 연구실에서, 오무라 마스오, 다나카 아키라, 조 쇼키치 등을 만나, 한국어와 일본어를 섞어가며 1시간 가량 한국문학에 관해 강의하였다. 김윤식은 '조선문학의 회' 상황에 대하여 "극히 빈약한 자료밖에 없고 한국문학 동향에 퍽 둔감한" 상태라고 기록하였다.[54] 1970년대 초중반을 지나면서 '조선문학의 회' 동인과 한국의 작가의 교류가 점차 증가한다.

『조선문학－소개와 연구』가 동인이나 일본 독자의 범위를 넘어서 한국의 작가에게도 일부나마 전해지고 그것을 매개로 한국의 작가와 일본의 번역자의 만남을 추동하였다. 텍스트를 매개로 한 교류를 살펴보면, 우선『조선문학－소개와 연구』의 창간 소식이 한국에 전해진 것을 들 수 있다. 창간호 간행으로부터 반년 정도 지난 후인 1971년 7월 5일『동아일보』의 김병익은 기사「메마른 일본에 싹트는 한국문학」을 통해 '조선문학의 회'의 활동과 동인지『조선문학—소개와 연구』의 간행을 소개하였다. 김병익은 이 동인지가 "해방 이후와 일제시대의 문제작을 번역하고 한국문학과 문단의 동정을 소개하는 본격적인 '소개와 연구'의 구실"을 맡고 있다는 것을 전하고 창간호 매진 소식도 전하였지만, 동시에 동호인 모임으로서 영향 및 지속 가능성에 대해 우려를 적었다.[55] 그리고 동인 오구라는 제4호[1971.9]에『동아일보』보도소식을 일본 독자들에게 알리면서, 김병익의 기사를 번역하여 소개하였다.[56]

텍스트의 번역을 매개로 한 교류도 있었다. 제3호[1971.6]에 선우휘의「묵시」[『현대문학』1971.2]가 오구라 히사시의 번역으로 실렸다. 이 번역이 서울의 선우휘에게 전해졌고, 선우휘는 조 쇼키치를 통해 오역을 전달한다. 한국어 '돌팔이 의사'를 'やぶ医者[돌팔이의사]'가 아니라 '旅回り医者[순회의사]'로 번역한 것이었다. 오구라는 제6호[1972.3] 사랑방을 통해서 선우휘의 지적을 공개하고 오역을 바로잡았다.[57] 일본의 한 기자는 식민지 기간동안 일본이 한국인에게 일본어 사용을 강요했기에, "원작자가 일본인 못지않은 실력으로 일본어 번역문을 훑어보는, 괴테 연구가나 사르트르 번역자에게는 일어날 수 없는 일들이 조선문학 연구를 따라다닌다"라고 쓰기도 하였다.[58]

반대 방향의 움직임도 있었다. 1972년 4월 한국의 잡지『세대』는 이회성의「반쪽발이」를 번역 및 전재하면서, 이호철의「역자의 말」과 김윤식의 평론「일본문단과 재일교포작가—특히 이회성을 중심으로」를 함께 소개했다. 오무라는 이호철의 번역이 매우 정확한 것으로 검토하고, '조선'이 '한국'으로 번역되었다는 사실을 언급한다. 김윤식의 글에 대해서는 다음과 같이 논평을 붙인다.

> 김윤식 씨의 해제는 불과 4쪽이지만 날카로운 소논문으로 돼 있다. 전체는 네 부분으로 이루어져 있고 첫째 부분은 해외에서 한국인 작가들의 활동 일반에서 시작하여, 이어서 장혁주, 김사량으로부터 재일 문학자의 역사를 언급한다. **둘째 부분은 아쿠타가와상 수상에 이르는 이회성 씨의 문학 활동과 일본에서의 평가를 소개하고, 반대로, 일본문학계의 상황을 약간 무리하게 개괄하고**(씨^{김윤식 씨—인용자} 는 일본문학계를 전통회귀형·서구지향형·진보주의형의 세 가지로 나누어, 진보주의형은 대체로 마르크스주의에 의거하여, 전통문학의 데카당스와 서구교양파와 첨예한 대립을 이루고 있다고 본다. 진보파의 거점으로서『신일본문학』,『민주문학』을 나란히 두고 서구교양파 쪽으로서는『군상』,『문예』,『문학계』를 들고 있다), 그 후 일본문학계에서의 위치를 재일조선인 작가의 살펴 본다. **어찌 보면 조금 용감하고 어찌 보면 훌륭하기까지 한 김 씨의 정리 앞에 우리들이 멈칫하고 만다.** 여하튼 흥미있는 글이기에 김 씨 해제의 둘째 부분 후반과 셋째 부분의 초역^{넷째 부분은 무척 짧다} 및 이호철 씨의「역자의 말」후반을 번역한다. 사실을 오인한 것이라고도 할 수 있는 점이 약간 있는 것 같지만, 주석 등을 덧붙이지 않고 그대로 소개하기로 한다. (동인 오무라 마스오)[59]

오무라 마스오는 일본의 재일조선인 작가 이회성의 작품이 한국으로 번역되면서 동시에 생산된 이호철의「역자의 말」과 김윤식의 평론에 주목한다. 김윤식의 평론은 한국의 시각에서 재일조선인 문학을 살펴본 후, 일본문학을 언급하였다. 재일조선인 문학의 위치를 통해서 일본문학의 특징을 언급하는 것은 일본인 오무라가 예상하기 어려웠던 사유의 흐름이었다. 김윤식의 글은 사실 관계에 대한 오해가 있었고, 일본인의 시각에서 볼 때 도식적이었다는 점에서 다소 무리한 개괄이었다. 하지만 오무라는 김윤식의 시각이 예상치 못한 점에서 일본문학을 돌아보도록 하는 점이 있다는 것을 인정하고, 자신 역시 충격을 받았다는 것을 고백하며 일본 독자에게 소개하였다.

'조선문학의 회'는 『조선문학―소개와 연구』를 간행하면서, 한국이라는 구성적 외부를 통해 일본인의 주체성을 구성하였다. 그들은 한국문학을 통해 '한국어로 이야기되는 세계'에 관심을 가지고, 그 세계를 일본어로 번역하였다. 또한 텍스트를 매개로 한국 작가 및 연구자와 소통하는하면서 한국문학을 바라보는 자신의 시각을 재구성하였다. 때로는 한국인의 시각에서 본 일본문학을 일본의 독자에게 소개하였다. '조선문학의 회' 동인의 문화적 실천은 이미 알고 있다고 생각한 것을 재확인하고 공고히 하는 것이 아니라, 구체적인 아카이브를 통해 "무비판적으로 코드화된 확실성과 같은 것으로 제시된 것들에 대해 질문하고 그것들에 소란을 일으키고 재정식"하는 인문주의적 실천이었다.[60]

4. 한국문학 작품집의 시도 『현대조선문학선』

1973~1974년 '조선문학의 회'의 이름으로 『현대조선문학선現代朝鮮文学選』 전 2권을 소도샤創土社에서 간행하였다. 제1권에 1960~1970년대 한국 및 북한 소설을 주로 수록했고, 제2권에 조선문학가동맹을 중심으로 해방공간의 한국문학을 수록하였다. 다만, 『현대조선문학선』에 수록된 작품의 면면을 볼 때, 이 선집이 뚜렷한 지향과 기획 아래 편집된 것은 아닌 것으로 보인다. 또한 동인 바깥에 있던 재일조선인 작가 윤학준이 편

집을 주도하고 해설을 썼고, 이미 동인을 탈퇴하였던 다나카 아키라 역시 번역자로 참여했다는 점에서 볼 때, 이 선집은 '조선문학의 회'만의 온전한 성과로만 보기는 어려운 점도 존재한다.[61]

하지만 『현대조선문학선』은 '조선문학의 회'이 이름으로 출판한 번역집이다. 특히 이 책은 일본인의 주체적 시각에서 한국문학 연구를 천명한 이후에, 일본인 번역자가 작품을 선별하고 번역한 첫 선집이자, 당대 한국문학 번역 및 연구의 역량에 힘입어 출판한 성과라 할 수 있다.

〈표 4〉에서 볼 수 있듯, 『현대조선문학선』 제1권의 번역자는 탈퇴한 다나카까지를 포함한다면, 모두 '조선문학의 회' 회원들이다. 수록된 작품 가운데, 「총독의 소리」[제1호], 「족제비」[제2호], 「묵시」[제3호], 「한수전」[제5호], 「행복한 날에」[제5호], 「마록열전」[제6호] 등은 『조선문학―소개와 연구』에 소개한 것이었다. 송병수[「쇼리 킴」, 제8호], 최해군[「파문」, 제11호] 등은 『조선문학―소개와 연구』에 다른 작품이 소개된 작가였다. 박순녀의 「어느 파리」는 조가 자신의 첫 번역으로 『아사히 아시아리뷰』에 실었던 것이었다.[62] 『현대조선문학선』 제1권은 『조선문학―소개와 연구』를 비롯한 일본의 여러 지면에 발표했던 작품과 새로 번역한 작품을 모아서 편집한 것으로 추측할 수 있다. 한 가지 흥미로운 점은 『조선문학―소개와 연구』에 발표되지 않았던 남정현의 「사회봉」, 「분지」, 송병수의 「실증」은 해설자 윤학준이 저항의 시각에서 주목한 작품이라는 점이다.[63]

이 책에 수록한 작품에 대해 먼저 밝혀두어야 할 것은 '선選'으로서 일정한 계통을 세우고 싶었는데 그러지 못했다는 것이다. 또한 이 작품들이 꼭 현대 조선의 대표적인 작품이 아니라는 점도 덧붙여야 할 것이다. 따라서 해설을 쓰는 데에도 매우 고충을 겪고 있지만, **굳이 따진다면 저항문학을 중심으로 엮**

<표 4> 『현대조선문학선』 제1권의 한국문학 번역

작가	작품	번역저본[발표서지]	번역자
남정현	사회봉 (社会棒)	『문학춘추』, 1964.6	오구라 히사시
남정현	분지 (糞地)	『현대문학』, 1965.3	오구라 히사시
윤정규	한수전 (恨水伝)	『현대문학』, 1971.7	이시카와 세쓰코
송병수	실증 (失証)	『현대문학』, 1963.12	이시카와 세쓰코
최명익	마천령 (馬天領)	『여명』 (조선작가동맹출판사, 1964) [『문화전선』, 1947.4]	조 쇼키치
류도희 (リュ・トヒ)	행복한 날에 (幸せな日に)	『1962 문학작품년감』 (조선문학예술총동맹출판사, 1963)	오구라 히사시
선우휘	묵시 (黙示)	『현대문학』, 1971.2	오구라 히사시
하근찬	족제비 (いたち)	『월간문학』, 1970.1	이시카와 세쓰코
조정래	청산댁 (靑山宅)	『현대문학』, 1972.6	가지이 노보루
최해군	속연 (俗緣)	『현대문학』, 1972.4	오무라 마스오
서기원	마록열전 (馬鹿列伝)	『문학과지성』, 1971.6	가지이 노보루
박순녀	어떤 파리 (或るパリ)	『현대문학』, 1970.8	조 쇼키치
최인훈	총독의 소리 (総督の声)	『신동아』, 1967.8	야마다 아키라 (다나카 아키라)

었다고 할 수 있을 것이다. 그중에서도 「실증」, 「마록열전」, 「어느 파리」 등 3편을 제외하면 나머지 10편 전부가 어떠한 형태로든 일본과의 관계를 가지는 작품들로 구성되어 있다. 이 일은 앞서 언급했듯, 조선문학이 가지고 있는 체질, 생리로부터 필연적인 추세라 할 수 있다.

조선문학의 역사를 한 마디로 거칠게 정리한다면 그것은 외래문화, 외래문자에 항거하는 일관된 투쟁의 역사였다고 할 수 있다.[64]

해설자 윤학준은 『현대조선문학선』 제1권에 일본 혹은 식민지라는 주제와 관련 있는 작품을 모았다고 지적하는 것에서 한 걸음 더 나아가, 한국문학의 특징으로 '저항'을 제시한다. 역사적으로 전통시대 한국문화를 중국문화에 대한 '저항'으로, 식민지 및 냉전기 한국문화를 일본문화 및 그 상처와의 '저항'으로 이해한 까닭이다. 특히 그는 해설에 『조선문학―소개와 연구』 제9호 1973.3에 소개된 박두진·박남수·조지훈의 연작시 「우리는 또 다시 노예일 수가 없다」의 전문을 인용하였다. 이 시는 한일기본조약 체결을 비판한 작품이다. 1972년 10월 『조선문학―소개와 연구』에는 근간 예고가 실리는데, 수록 작품은 『현대조선문학선』 제1권과 동일하다. 하지만 가제는 『현대조선저항문학선집』이었고 "항일 작품을 중심으로 현대 남북조선의 저항문학의 대표작 망라!"라는 문구로 선집의 성격을 제시하였다. 해설 제목 또한 「오늘날의 조선문학 今日の朝鮮文学」이었다.[65]

『현대조선문학선』 제1권은 '조선문학의 회'가 동인지에 번역하여 소개했던 작품 중 현실비판적인 성격의 작품과 윤학준이 주목한 저항적인 성격의 작품을 함께 편집하고, '저항'을 표제로 작품집으로 준비하다가, 최종 단계에서 제목과 해설을 조정하여 출판한 것으로 볼 수 있다. 조율 과정에서는 한국문학을 '저항'으로 해석하고자 한 윤학준의 시각과 일본인의 시각에서 한국문학을 총체로 이해하고자 한 '조선문학의 회'의 시각 사이의 긴장을 볼 수 있고, 결국 저항이라는 열쇳말은 해설 본문에만 흔적을 남기는 것으로 조정이 된다. 윤학준 역시 한국문학을 주체적으로 이해하고자 했지만, 동시에 저항적인 성격의 한국문학은 외부에 대해 고립적인 입장으로 이어질 수 있었다. '조선문학의 회'는 한국문학을 총체적으로 이해하면서, 한국과 북한만으로 수렴되지 않는 한국문학의 존재를 발견해 갔다. 발견의 흔적은 『현대조선문학선』 2권에서 보다 뚜렷이 발견할 수 있다.

〈표 5〉에서 볼 수 있듯,『현대조선문학선』 제2권은 해방공간의 한국문학을 편집한 것이다. 이 책은 한국에서 활동하던 박영준, 김동리, 황순원, 김성한, 박연희, 북한에서 활동하던 박태원, 윤세중, 이기영 외에, 해방 직후에 타계한 채만식, 북한에서 숙청된 월북작가 이태준, 안회남, 이근영, 김남천, 평양과 베이징을 거쳐 옌벤으로 이동한 김학철이 해방공간에서 발표한 작품을 수록하고 있다. 월북작가는 한국과 북한 모두에서 지워지고 언급되지 않았던 작가였다. 1980년대 중반 오무라는 이태준, 김남천, 임화, 이원조 등 "월북 작가는 현재 남북 어느 쪽에서도 무시 혹은 말살되고 있어, 이 공백을 메우는 작업은 장래에 남아 있다"라고 언급하였다.[66] 『현대조선문학선』 제2권은 해방공간 월북작가의 문학사적 위치를 복원하여, 한국과 북한 양측 문학사의 결여를 보충했다.

눈길을 끄는 것은 김학철의 이동과 실천이다. 당시 일본에는 해방공간 김학철의 행적이 충분히 알려지지 않았다. 해설자 윤학준 역시 김학철의 작품이 38선 이남과 이북에서 간행된 잡지 모두에 실렸다는 사실을 감안하여, 그가 귀국 후 한동안 38선 이남에서 활동하다가 월북한 것으로 추정하였다.[67] 김학철의 중국 이동이 일본에 알려진 것은 그 이후의 일이었

작가	작품	번역저본[발표서지]	번역자
이태준	해방전후 (解放前後)	『문학』 창간호, 1946.7	다나카 아키라
박태원	춘보 (春甫)	『1946년판 조선소설집』 (아문각, 1947) [『신문학』, 1946.8]	오무라 마스오
김학철	담배국 (たばこスープ)	『문학』 창간호, 1946.7	와타나베 아키요시 (渡辺了好), 오무라 마스오
안회남	소 (牛)	『1946년판 조선소설집』 (아문각, 1947) [『조광』 1946.3]	시라카와 유타카, 오구라 히사시
이근영	탁류 속을 가는 박 교수 (濁流の中を行く朴教授)	『해방문학선집』 1 (종로서원, 1948) (『백민』 1947.3)	마키세 아키코
박영준	물쌈 (水あらそい)	『1946년판 조선소설집』 (아문각, 1947) [『문학』 2, 1946.2]	가지무라 마스미
김동리	혈거부족 (穴居部族)	『해방문학선집』 1 (종로서원, 1948) [『백민』, 1947.3]	가지이 노보루
황순원	곡예사 (曲芸師)	『황순원 전집』 2 (창우사, 1964)? [『문예』, 1952.1]	조 쇼키치
김성한	바비도 (バビド)	『사상계』, 1956.5	니지마 아쓰요시
박연희	방황 (彷徨)	『방황』(정음사, 1964)? [「탈출기」, 『현대문학』, 1960.7]	이시카와 세쓰코
윤세중	상아 물뿌리 (象牙のパイプ)	『조선문학』, 1956.8	다나카 아키라
채만식	미스터 방 (ミスター方)	『1946년판 조선소설집』 (아문각, 1947) [『대조』, 1946.7]	오구라 히사시
리기영	개벽 (開闢)	『문화전선』 1, 1946.7	오무라 마스오
김남천	삼일운동 (三・一運動)	『삼일운동』, 아문각, 1947	다나카 아키라

고, 오무라는 1985년 옌볜으로 가서 김학철과 조우한다.[68]

　오무라는 『현대조선문학선』 제2권의 편집을 돌아보면서, "무의식적으로 해방공간에서 '통일'을 모색하는 느낌이 있었다"라고 언급하였다. '조선문학의 회'가 마주하고자 한 한국문학에 대한 총체적인 이해는 한국문학과 북한문학만을 의미하는 것이 아니었다. 그들이 생각한 한국문학은 냉전과 분단으로 한국과 북한에서 삭제된 작가의 문학, 나아가 한반도의 범위를 벗어난 작가의 문학이 잠재적으로 공존하는 것이었다. 한국문학에 대한 총체적 인식이 한국문학에 내재한 탈중심화의 계기를 의도치 않게 포착한 셈이다.

5. 한국문학 연구의 심화와 확대
『조선단편소설선』과 『한국단편소설선』

　1968~1969년 전공투투쟁의 과정에서도 일본의 대학생은 한국어를 배우고 싶다고 요구하였고, 오무라는 바리케이트를 뚫고 학생들에게 '아야어여'를 가르쳤다. 한국어에 대한 일본 시민의 관심은 점점 커져갔으며, 대학에서 한국어 강의에 대한 요구도 커졌다. 1970년대 초반 오무라 역시 도쿄도립대학, 릿쿄대학, 메이지대학 등 8개 학교에서 비상근 강사로 한국어를 강의하였다. 한국어에 관한 일본 민중의 요청을 배경으로, 1970년대 중반 나가이 미치오永井道雄 문부대신이 한국어 교육의 필요성을 강조하였다. 1897년 설치되었다가 1927년 3월 폐과된 도쿄외국어대학 조선어과가 1977년 4월 다시 설치되었다. 같은 시기에 도야마대학에 조선어·조선문학과가 설치되었다. 가지이 노보루가 도야마대학 교원이

되었으며, 가지이의 취직을 도우면서 오무라는 법학부에서 어학교육연구소로 다시금 옮겨서 한국어 교육을 담당한다.[69]

'조선문학의 회' 회원이 한국문학 연구 및 번역을 수행하면서, 일본의 한국문학 인식은 분화 및 심화의 과정으로 나아간다. 그 분화를 잘 보여주는 사례가 조 쇼키치와 오무라 마스오의 경우이다. 조 쇼키치는 한국문학을 '문학'으로 심화하는 길을, 오무라 마스오는 한국문학을 통해 '한국'을 탈중심화하면서 재구성하는 길을 선택하였다. 그것은 일본의 한국문학 인식이 문학에 대한 관심과 한국에 대한 관심으로 분화해 가는 과정이기도 하였다.

동인지 『조선문학-소개와 연구』 제3호1971.6에 김지하의 「아주까리 신풍-미시마 유키오에게」를 번역하였듯, 오무라는 한국문학을 통해 한국을 발견하는 것에서 더 나아가 한국을 통해 일본을 성찰하고 아시아의 과거와 현재를 돌아보고자 하였다. 그가 한국문학을 통해 '한국'을 탈중심화하는 과정은 다음 장에서 보다 자세히 살펴보고자 한다.

조 쇼키치는 조선문학을 '문학'으로 심화하여 이해하고자 하였다. 그는 1960년대 일본조선연구소에서 한국어를 학습하였고 1968~1970년 한국에 유학하였다. 유학에서 돌아온 후 그 역시 '조선문학의 회' 동인에 참여하였다. 조는 한국 유학의 경험을 바탕으로 동인지 『조선문학-소개와 연구』 창간호1970.8에서 제11호1974.1까지 「나의 조선어 소사전」을 8회 연재하였고 그 결과를 단행본 『나의 조선어 소사전-서울 유학기私の朝鮮語小辞典-ソウル遊学記』호쿠요샤(北洋社), 1973으로 간행하였다.[70] 이 글에서 조는 하숙ハスッ, 하숙생ハスックセン, 거리コリ, 다방タバン 등 일본어로 번역하는 것이 불가능한 한국어 단어에 주목하면서, 한국 민중의 일상을 기록하였다. 오무라는 조가 국제정세나 일본 침략사 등 거대서사에 의존하지 않고, 낱낱의

단어라는 창을 통해 한국 사회 전체를 조망한다는 점을 높이 평가하면서,
「나의 조선어 소사전」이 체험을 바탕으로 한 문명비평의 성격을 가진다
고 높이 평가하였다. 또한 조가 한국어와 일본어의 관계를 일대일 번역
의 대응 관계로 이해하지 않는다는 점, 한국어를 조선어를 총체적으로 파
악하면서도 관념에 머물지 않고, 감각을 통해 육체적으로 파악하는 점을
조가 가진 사유의 특징으로 보았다.[71] 김지하구원운동의 사례에서 보듯,
1970년대 일본의 언론에서는 한국을 독재와 저항의 구도로 재현하였다.
한국에 대한 전형적인 재현과 거리를 두면서, 한국 민중의 일상을 경쾌한
필치로 그렸던 조의 유학기는 당시 일본인 독자에게 큰 충격을 주었다.[72]

조는 특히 1950~1970년대 동시대 한국문학을 번역하고 그것을 다룬
평론을 발표하였다. 조 쇼키치는 『조선문학−소개와 연구』에 박시정의
소설 「날개소리はばたきの音」 제4호, 1971.9, 송완희의 소설 「분단分断」 제9호, 1973.3,
김현의 평론 「바람의 현상학風の現象学」 제11호, 1974.1을 번역하였고, 논문 「마
마보이는 고발한다−1950년대 한국문학에 대하여お母さん子は告發する−1950年
代の韓国文学について」 제8호, 1972.10를 집필하였다. 김성한의 소설에서 '엉뚱한 사
람オントゥンハン サラム'을 발견하고 그 존재의 의미를 해명해 준 "한국의 평
론가는 어디에도 없다"라는 기술을 남긴 것에서 볼 수 있듯,[73] 조는 한국
평론가의 읽기를 참조하면서, 한국문학을 '문학'으로 읽었다.

조는 1930년대 식민지 조선의 모더니즘 소설에 관심을 두었고, 동인
지 제7호1972.7에 이상의 「봉별기」와 이태준의 「가마귀」를 번역하였다. 특
히 그는 한국과 북한에서 접근할 수 없었던 이태준 문학을 연구하였다.
하지만 조는 1970년대 냉전하에서 이태준 연구가 가지는 정치적 의미를
강조하기보다는, 이태준 문학의 문학사적 의미에 주목하였다. 그에 따르
면 이태준은 "프로문학의 전성기가 지난 후, 1930년대의 '순수문학'의 대

표적 작가. 그의 작품은 아름답지만, 역사적 상황을 사상해 버린 채 패배하고 소멸해가는 것에 대한 감상적인 동정을 표현하는 데 머물렀"던 작가였다.[74] 나아가 1979년 조는 이태준의 단편소설 외에 장편소설 및 아동문학으로 연구대상을 확장하여, '고아의식'에 주목하였다. 그는 이태준 문학을 "고아의 감정에서 출발하여, 고아의 운명을 타개하기 위해 방랑한 끝에 극히 의도적으로 만들어낸 개성 가운데에 다다른다. 하지만 그의 완결된 개성으로 보이는 것은 국권이 없는 식민지 통치하에서 양반의 출신을 가진 고아가 그의 삶의 타개를 요구하면서 지사 지향과 예술 지향을 가까스로 절충하여 만들어낸 인공적 개성에 불과하다"라고 평가하였다.[75] 조의 평가는 일본의 소설가 시가 나오야志賀直哉와의 대비를 염두에 둔 것이었다. 제국 일본의 소설가 시가가 확고한 부성을 가진 아버지와의 대립을 기반으로 견고한 개성을 구축하였다면, 식민지 시기 한국의 소설가 이태준은 실체 없는 아버지에 대한 일체화를 욕망하면서 허상을 근거로 행동하지 않고 관찰하는 자리에서 개성을 구축하다는 것이다. 조는 시가의 개성은 자연발생적으로 형성된 것이라고 보았지만, 이태준의 개성은 인공적으로 만들어진 것이라고 보았다.[76] 조의 시각은 "단편과 장편을 아울러 고찰하는 방식으로 이태준의 '전체상'을 조"하고자 한 시도였다. 그의 시각은 후일 예술가 의식과 지사 의식의 결합체로서 처사 의식을 통해 이태준 문학의 근대성을 해명하고자 한 한국 연구자의 시각과도 공명한다.[77]

1975년 조는 김우종의 『한국현대소설사』선명출판사, 1968를 번역한다. 김우종의 문학사는 당시 일본에서 남북의 편향된 문학사와 거리를 두면서, 시각의 균형을 유지한 문학사로 이해되었다.[78] 연구와 번역을 아우르는 조의 문학적 실천은 한국문학을 '문학'으로 이해하였으며, 한국문학을 보편성의 층위에 정위하고자 한 것이라 볼 수 있다. 조는 도쿄외대 조선어과 교원으로 일본의 한국문학 아카데미즘의 토대를 구축하였다. 조의 시각은 그의 후임으로 도쿄외대 조선어과 교원이 되는 사에구사 도시카쓰^{三枝壽勝}의 "한국문학을 외국문학으로 연구"해야 한다는 입장으로 이어진다.[79]

'문학'과 '한국', 두 방향으로 심화 및 확대해 갔던 '조선문학의 회'의 한국문학 인식은 작품집^{anthology}의 간행으로 결실을 맺는다. 1984년 오무라, 조, 사에구사가 편역하여 이와나미문고^{岩波文庫}로 출판한 『조선단편소설선^{朝鮮短編小説選}』 상하권^{이와나미서점(岩波書店), 1984}은 텍스트 비평과 문학사적 관점으로 편집한 작품집이었다. 일본의 대표적인 문고인 이와나미문고로 한국문학 작품집이 출판된 것은 김소운^{金素雲}의 『조선동요선^{朝鮮童謠選}』^{이와나미서점(岩波書店), 1933}과 『조선시집^{朝鮮詩集}』^{이와나미서점(岩波書店), 1954} 이후 오랜만이었고, 특히 일본인의 손으로 출판된 한국문학 선집은 처음이었다.[80]

『조선단편소설선』은 일본의 한국문학 자료 정리 및 연구의 학술적 성과에 힘입어 출판한 번역서였다. 번역자들은 일본의 한국문학 연구자들이 동아시아의 국경을 넘어 일본, 한국, 북한 등에서 수집한 자료를 활용하였고, 식민지 조선문학에 대한 연구의 성과도 적극 반영하여, 해방 이전 문학사의 전모를 개괄하였다. 〈표 6〉과 〈표 7〉에서 볼 수 있듯, 『조선단편소설선』은 해방 이전 한국문학의 전개에 대한 문학사적 시각을 바탕으로, 1920년대 김동인에서 1940년대 허준에 이르기까지 단편소설 22편을 번역하고 수록하였다. 해설을 쓴 사에구사는 해방 이전 한국근대문학의 전개를 1920년대 전반^{문학에의 각성}, 1920년대 후반~1930년대 전반^{저항의 문학}, 1930년대 이후^{문학의 개화} 등으로 개관하였다. 이 책은 1930년대 프로문학 작가 및 구인회 작가의 문학사적 성취에 주목하였고, 여성작가 박화성과 강경애의 작품도 선별하였다.

〈표 6〉『조선단편소설선』 상권의 한국문학 번역

작가	작품명	번역저본[발표서지]	번역자
김동인	태형 (笞刑－己未獄中記の一部)	『태형』(대조사, 1946) [『동명』, 1922.12~1923.4]	조 쇼키치
김동인	감자 (甘藷)	『발까락이 닮았다』(수선사, 1948) [『조선문단』, 1925.1]	조 쇼키치
현진건	운수 좋은 날 (運のよい日)	『조선의 얼골』(글벗집, 1926) [『개벽』, 1924.6]	사에구사 도시카쓰
나도향	뽕 (桑の葉)	『개벽』 1925.12	사에구사 도시카쓰
이기영	민촌 (民村)	『이기영단편집』(학예사, 1939) [『조선지광』, 1925.12]	오무라 마스오
최서해	백금 (白琴)	『신민』 1926.2 ※ 참조 : 『현대한국단편전집 A6 －최서해』(문원각, 1974)	사에구사 도시카쓰
조명희	낙동강 (洛東江)	『조선지광』 1927.7 ※『현대조선문학선집 1－ 소설집』, 조선작가동맹출판사, 1957	오무라 마스오
박화성	한귀 (旱鬼)	『현대조선문학선집 2－단편집(상)』 (조선일보사, 1938) [『조광』 1035.11]	사에구사 도시카쓰
강경애	지하촌 (地下村)	『신선문학선집 3－여류단편집』 (조선일보사, 1943) ※ 참고 : 『조선일보』 1936.3.12~4.3	사에구사 도시카쓰
유진오	김 강사와 T 교수 (金講師とT教授)	『유진오단편집』(학예사, 1939) [『신동아』, 1935.1]	오무라 마스오

〈표 7〉『조선단편소설선』 하권의 한국문학 번역

작가	작품명	번역저본[발표서지]	번역자
이효석	메밀꽃 필 무렵 (そばの花咲く頃)	『현대조선문학선집 2－ 단편집(상)』 (조광사, 1941) [『조광』, 1936.10]	조 쇼키치
김유정	동백꽃 (椿の花)	『동백꽃』(장문사, 1957) [『조광』, 1936.5]』	조 쇼키치

작가	작품명	번역저본[발표서지]	번역자
김유정	봄봄 (春·春)	『동백꽃』(장문사, 1957) [『조광』, 1935.12]	조 쇼키치
이상	날개 (翼)	『현대조선문학선집－단편집(중)』 (조선일보사, 1938) [『조광』, 1936.9]	조 쇼키치
김남천	소년행 (少年行)	『소년행』(학예사, 1939) [『조광』, 1937.7]	조 쇼키치
박태원	5월의 훈풍 (五月の薫風)	『소설가 구보씨의 일일』 (문장사, 1938) [『조선문학』, 1933.10]	조 쇼키치
유진오	창랑정기 (滄浪亭の記)	『유진오단편집』(학예사, 1939) [『동아일보』, 1938.4]	오무라 마스오
한설야	이녕 (泥濘)	『이녕』(건설출판사, 1946) [『문장』, 1939.5]	조 쇼키치
김사량	유치장에서 만난 사나이 (留置場で会った男)	『문장』, 1941.2	오무라 마스오
이태준	사냥 (狩り)	『돌다리』(박문서관, 1943) [『춘추』, 1942.2]	사에구사 도시카쓰
김동리	무녀도 (巫女図)	『무녀도』(을유문화사, 1947) [『중앙』, 1936.5]	오무라 마스오
허준	습작실에서 (習作室にて)	『잔등』(을유문화사, 1946) [『문장』, 1941.2]	사에구사 도시카쓰

이 선집에 실린 여성 작가는 동반작가同伴作家에 속하는 박화성과 강경애뿐이라, 이들로 조선의 여성작가를 대표하는 것은 문제가 있을지 모른다. 하지만 이 시대는 이처럼 남성적인 작가를 탄생시킨 셈이다. 박화성은 「하수도 공사」에서 노동쟁의를 다루고 「홍수 전후」에서 박력 있는 묘사력을 보여주었지만, 「한귀」에서는 농민들이 매일매일 내몰려가는 절망적인 모습을 그리고 있다. 결말에서 개가 입을 피범벅으로 만들고 뒤쳐 나가는 장면은 최서해의 작품을 떠올리게 한다. 장편 『인간문제』에서 노동문제를 다룬 강경애는 『지하촌』에서 불구의 인간을 등장시켜 밑바닥에서 살아가는 사람들의 구원받을 수 없는

궁핍함을 그리고 있다. 묘사의 가혹함으론 어찌할 바를 모르지만, 당시 경향작가傾向作家가 현실의 어두움과 가난함을 어떻게 표현하고 있었는지를 보여주는 본보기라 생각해주었으면 한다. **조선의 여류작가로는 이밖에도 국경침범으로 소련병사에게 연행되는 조선인과 중국인을 다룬 작품 「꺼레이」를 쓴 백신애, 후에 「지맥」, 「인맥」, 「천맥」을 쓴 최정희가 있다.**[81]

이중어 작가 김사량의 「유치장에서 만난 사나이」 역시 이 선집에 실린다. 해설을 집필한 사에구사 도시카쓰는 김사량이 주로 일본어로 소설을 썼지만, "더 이상 문학이 문제가 되지 않는 시대에 그가 남긴 업적은 크다"라고 하면서, 「물오리섬」과 「태백산맥」에 주목하였다. 특히 그는 「유치장에서 만난 사나이」에 등장하는 '광인'의 형상이 「표본실의 청개고리」염상섭, 「사립정신병원장」현진건, 「광인기」이석훈, 「인간수업」이기영, 「모색」한설야 등 언어와 시기, 작가의 경향을 넘어서 한국근대소설에서 다양하게 발견된다는 점에 주목한다. 사에구의 진단에 따르면, 식민지 소설의 광인 형상은 "마치 식민지 사회가 사람을 미치게 하는 폐색된 공간이었음을 상"하는 것이었다.[82]

프로문학 작가, 구인회 작가, 부분적이지만 여성작가와 이중어 작가의 작품까지 모두 수록하고 있는 『조선단편소설선』은 한국과 북한이 탈냉전 이후에야 확장할 수 있었던 문학사 인식의 핵심을 선취하고 있다. 사에구사 역시 작품 선정에 이론의 여지가 있을 수 있지만, "이 정도의 작품을 일반의 독자가 손쉽게 읽는 것은, 본국에서는 남북 어느 쪽에서도 불가능한 것임을 덧붙여 둔다"라고 첨언한다.[83]

해방 이전 한국문학사의 전모를 살펴보는 문학사적 시각을 갖출 수 있었던 것은 오무라, 조, 사에구사 세 사람이 수행한 협업의 결과였다. 3

〈그림 5〉 오무라 마스오 외역, 『조선단편소설선』 상, 이와나미서점, 1984

명의 편집자는 자신의 관심과 시각에 따라 작품을 선별하였고, 그것은 상호보완적으로 기능하였다.[84] 오무라는 프로문학 작가를 중심으로 선별하고 번역하였고, 조와 사에구사는 모더니즘 작가를 주로 선별하였다. 이는 편집자 각자가 가진 문학사적 관심의 차이 때문이기도 했지만, 일본의 한국문학 인식이 심화와 확대를 통해 분화한 결과이기도 했다. 일본의 한국문학 인식은 다양하게 분화하여, 한국문학을 입체적으로 이해할 가능성을 열어갔다.

『조선단편소설선』은 확장적인 문학사 인식을 제시하기 위해 노력하는 한편, 텍스트의 정확한 제공을 위해 노력하였다. 번역자들은 번역 저본으로 식민지 시기의 잡지 및 단행본, 한국의 단행본, 북한의 단행본 모두를 두루 활용하였다. 특히 오무라가 1960년대 중반 정리한 바 있는『조선지광』을 비롯하여, 『유진오 단편집』이나 『이기영 단편집』등 일본에 소재한 한국문학 자료를 적극 활용하였다.[85] 한국, 북한, 일본에서 텍스트를 수집한 후, 텍스트 비평을 수행하였다. 선집의 권말에 권말에 번역 저본과 초출 등의 서지 정보를 명기하였다. 작품의 앞부분에는 작가 소개를 실었는데, 『동광』, 『별건곤』, 『현대평론』, 『여성』, 『신문학』 등에서 가져온 작가 캐리커쳐와 사진을 함께 실었다.[86] 번역자들이 식민지 시기 한국문학을 정확한 표기를 통해 1980년대 일본에 소개하고자 노력했던 흔적을 「범례」를 통해 확인할 수 있다.

> 1. 본문 중 방점 ◎◎을 붙인 부분은 원문이 일본어인 것이며, 방점 ○○을 붙인 것은 원문이 조선의 글자로 표기된 일본어인 것이다.
> 1. 본문 중 ×××는 원문의 복자 글자 수를 표시한다. 또한 방점 ‥을 붙인 부분은, 발표 당시 복자였지만, 해방 후에 복원한 것이다.[87]

번역자들은 식민지 조선문학의 다양한 표기에 유의한다. 번역 과정에서 한국어 표기 사이에 일본어 표기가 섞이고, 일본어가 한국어로 표기한 문장이 들어가 있다는 점에 유의하여 그것을 텍스트에 방점으로 표시한다. 또한 검열 아래에서 출판된 식민지문학의 상황을 고려하여, 복자를 표시했고, 해방 이후 복원한 경우에도 검열 흔적을 확인할 수 있도록 하였다. 검열로 인한 복자와 해방 이후의 복원의 사례로 주목할 수 있는 것은 조명희의 「낙동강」이다. 번역자 오무라는 『조선지광』에 실린 「낙동강」 최초 발표본을 저본으로 삼고, 북한의 『현대조선문학선집』 제1권을 참고하여 복자 복원 부분을 방점과 함께 입력하였다. 그리고 「역주」를 통해 「낙동강」의 텍스트에 대한 상세한 설명을 붙였다.

「낙동강」의 본문 중 ‥‥를 붙인 것은 발표 당시 복자였으며, 해방 후 공화국에서 복원한 것을 따랐다. 공화국의 복자 매우기가 적당하다고 생각되지 않는 것에는 주석을 붙인 다음 역자 나름으로 복자를 채웠다. (…중략…) 소련판은 상당히 훌륭하게 복자 부분을 채우고 있다. 이것은 작가 본인이 1930년대에 메운 것이라 전해 진다. 하지만 본인의 필적을 가지고 묻은 텍스트의 사진이 있다면 모르겠지만, 현 시점에서는 갑자기 단정하기 어렵다. 또한 **작가 본**

인이 채웠다 하더라도, 일본 관헌의 검열 이전 원고로 복원하려고 시도한 것인지, 초출『조선지광』1927년 7월에서 너무 복자가 많아 뜻이 통하지 않기에, 조선 국내에서 다시 출판 가능한 형태를 상정하고 단어를 선별하여 복자를 채우려 한 것인지 알 수 없다. 전체적으로 보자면, 공화국판의 복원 부분에는 상당히 격렬한 말이 나열되고, 소련판 쪽은 상당히 온화하다. 예를 들면 공화국판이 "로씨야 혁명의 바람이다. 농민폭동이었다"라고 매운 부분을, 소련판은 "소낙비 앞잡이 바람이다. 깃발이 날리었다"로 매우고 있다. 최초의 원고가 소련판과 같다면 복자가 될 이유가 없어 보이기도 한다. **초출 때의 원고에 가까운 것은 어느 쪽일까, 판단이 어렵다.** 현 단계에서는 "당시 창작 활동을 함께 했던 분들"이 복자 부분을 매우는 작업을 실시한 공화국판에 의하기로 했다.[88]

1960년대 오무라는 일본조선연구소의 『조선연구』에 조명희의 「낙동강」을 소개하면서, 북한의 『현대조선문학선집』을 판본으로 활용하였다. 1984년 그는 단행본으로 이 작품을 다시 소개하면서, 『조선지광』 초출본을 저본으로 삼고, 북한의 『현대조선문학선집』 제1권소설집, 조선작가동맹출판사, 1957 및 소련의 『포석 조명희 선집』쏘련과학원 동방도서출판사, 1959를 두루 검토하였다. 소련판의 편집자는 「낙동강」에서 "일본정권 당국의 가혹한 검열로 인하여 복자가 된 그 자리에 작가가 1930년대에 친필로 다시 써 넣은 그 말들"을 복원한 것이라고 밝혔지만,[89] 오무라는 작가의 복원을 사진 등으로 확인하지 못한 점, 작가가 복원을 했다고 하더라도 그것이 검열 이전으로의 복원인지, 출판을 위한 복원인지 확인이 어렵다는 점 등을 고려하여, 북한판을 저본으로 활용한다. 북한판은 "일제의 가혹한 탄압과 검열로 인하여 복자로 된 부분들은 당시 창작 활동을 함께 한 분들에게 위촉하여 살린 것도 있고살린 점은 방점을 침 전혀 알아볼 수 없는 대목은 그대로 둘 수밖에 없었다"라고 복원의 규칙을 밝혔다.[90] 다만, 북한판의 복원에 동의가 어려운 경우, 오무라는 복원을 수정하고 주석으로 수정사실을 밝혔다. 북한판에서 "그네는 이 고장을 고향으로 생각지 아니하게까지 되었다"라고 복원한 부분을 소련판의 복원에 가깝게 "그네는 이 불평을 불평으로 생각지 아니하게까지 되었다"로 바로 잡은 것이 그 예이다.[91]

또한 유진오의 「김 강사와 T 교수」는 저자의 개작으로 해방 이전에도 초출『신동아』1936.1과 단행본『유진오단편집』, 학예사, 1939 등 복수의 판본이 존재하고, 저자 자신이 작품을 일본어로 번역하여『조선문학선집朝鮮文学選集』아카쓰카서방(赤塚書房), 1940의 제1권에 수록하여 출판하였다. 번역자 오무라는『유진오단편집』학예사, 1939에 실린 「김 강사와 T 교수」를 판본으로 번역하였고, 유진오 자신의 일본어 번역 일부를 주석으로 함께 제시하였다. 유진오는 1939년 학예사 본에서 "다른 본능적인 경계심", "김 강사에게 이유 없는 멸시", "어찌된단 말인가"로 표현한 것을, 일본어 역에서는 "이민족 특히 식민지인으로서 모국 민족에 대한 본능적인 경계심異民族殊に植民地人としての母国民族に対する本能的な警戒", "민족적인 편견에서 나온 듯한 김 강사에 대한 노골적 멸시民族的な偏見から出たらしい金講師に対する露骨な蔑視" 등으로 옮기고, "조선을 통치하는 관리가 ××주의자를 학교에 들여도 좋다고 생각하는가朝鮮統治の役人が××主義者を学校に入れてそれでいいといふのか"라는 문장을 가필하였다.[92] 유진오는 일본어로 번역하면서 식민지의 차별 및 민족의 갈등을 더욱 강조한 셈인데, 오무라는 이 점을 주석으로 제시하였다. 오무라는 「김 강사와 T 교수」의 '작자자역作者自譯'을 아키타 우자쿠秋田雨雀, 무라야마 도모요시村山知義, 장혁주張赫宙 등이 편집한『조선문학선집』제1권에서 확인하고, "'작자자역作者自訳'에 정확히 부합하는 원문은 발견할 수 없지만, 아마도 학예사판의 텍스트에 작자 나름의 생각을 더해 일본어로 번역한 것으로 생

각된다"라고 텍스트의 선후관계를 신중히 추론하였다.[93] 다만, 이것은 당시 자료 발굴 상황으로 인한 추론의 오류였다. 후일 문학연구자 윤대석은 『문학안내文學案內』1937년 2월호에 유진오가 「김 강사와 T 교수」를 일본어로 번역하여 발표한 후 1940년 그것을 『조선문학선집』에 다시 실었던 것을 확인한다. 유진오는 「김 강사와 T 교수」를 '조선어→일본어→조선어'의 순으로 번역 및 개작한 셈이었다.[94]

『조선단편문학선』은 텍스트 비평 및 문학사적 시각을 바탕으로 한국문학을 일본의 독자에게 정확하게 전달하고자 하였다. 또한 이들은 한국문학의 혐오 표현을 번역하는 문제에도 고심하였다. "이 번역서 가운데 신체 장애에 관하여 온당치 못한 것으로 생각되는 표현이 있지만, 그것은 역사적인 사실을 반영한 원문을 존중하기 위한 것으로 양해를 구한다"라는 안내를 붙였다.[95] 한국문학을 일본에 소개하는 번역자들의 신중한 언어 선택을 확인할 수 있는 하나의 사례이다.

1988년 오무라와 조, 그리고 사에구사는 분단 이후 한국의 작품을 선별하여 『한국단편소설선韓国短編小説選』을 이와나미서점岩波書店에서 출판한다.

<표 8> 『한국단편소설선』의 한국문학 번역

작가	작품명	번역저본[발표서지]	번역자
김동리	흥남철수 (興南撤収)	『김동리 대표작 선집 1−단편선집』(삼성출판사, 1967) [『현대문학』, 1955.1]	조 쇼키치
황순원	곡예사 (曲芸師)	『황순원 전집』2(문학과지성사, 1981) [『문예』, 1952.1]	사에구사 도시카쓰
손창섭	생활적 (生活的)	『현대한국문학전집 3−손창섭집』(신구문화사, 1965) [『현대공론』, 1954.11]	조 쇼키치
이호철	닳아지는 살들 (いらだつ人々)	『문』(민음사, 1981) [『사상계』, 1962.7]	오무라 마스오
하근찬	삼각의 집 (三角の家)	『수난이대』(정음사, 1972) [『사상계』, 1966.1]	오무라 마스오

작가	작품명	번역저본[발표서지]	번역자
김승옥	무진기행 (霧津紀行)	『김승옥 소설집』(샘터사, 1975) [『사상계』, 1964.10]	조 쇼키치
이청준	가수 (仮睡)	『별을 보여 드립니다』(일지사, 1971) [『월간문학』, 1969.9]	조 쇼키치
박태순	정든 땅 언덕 위 (いとしき里よ丘の上)	『정든 땅 언덕 위』(민음사, 1973) [『문학』, 1966.9]	오무라 마스오
남정현	분지 (糞地)	『분지』(한겨레사, 1987) ※ 저자 가필[『현대문학』, 1965.3]	오무라 마스오
이병주	변명 (弁明)	『이병주창작집 ─ 예낭풍물지』(세대사, 1974) [『문학사상』, 1972.12]	오무라 마스오
최인호	가족(초) (家族(抄))	『가족』(예문당, 1979) ※ 「신혼기」, 「첫번째 부부전쟁」, 「아내의 자장가」, 「덕수궁 돌담길」	사에구사 도시카쓰
황석영	가객 (歌客)	『가객』(백제, 1978) [「수추의 혀」, 『세대』, 1975.9]	사에구사 도시카쓰
문순태	징소리 (ドラの音)	『창작과비평』, 1978.겨울.	오무라 마스오
김원일	압살 (圧殺)	『어둠의 혼』(국민서관, 1973) [『현대문학』, 1973.9]	조 쇼키치
박완서	공항에서 만난 사람 (空港で出会った人)	『배반의 여름』(창작과비평사, 1978) [『문학과지성』, 1978.가을.]	사에구사 도시카쓰
조세희	잘못은 신에게도 있다 (過ちは神にも)	『난장이가 쏘아올린 작은 공』(문학과지성사, 1978) [『문예중앙』, 1977.겨울.]	조 쇼키치
현기영	도령마루의 까마귀 (トリョン峠の烏)	『순이삼촌』(창작과비평사, 1978) [『문학과지성』, 1977.가을.]	사에구사 도시카쓰
전상국	침묵의 눈 (沈黙の眼)	『한국문학』, 1978.2	조 쇼키치
이문구	우리 동네 김 씨 (うちの村の金さん)	『우리 동네』(민음사, 1981) [『한국문학』, 1977.11]	사에구사 도시카쓰

〈표 8〉에서 볼 수 있듯, 『한국단편소설선』은 1940년대 중반에서 1970
년대 한국의 단편소설을 번역한 책이다. 이 책 역시 권말에 역주와 해설,
그리고 번역 저본 및 초출 서지를 붙였다. 해설에서 사에구사는 "이 작품

집에 수록된 작품은 1945년 8월 15일의 해방에서 1970년대의 끝까지 발표된 것 가운데 선별한 것이다. 기간의 길이로 말하자면 식민지시대의 36년과 거의 같다. 해방후의 35년은 발전한 현재 한국을 준비하는 시기였다고도 할 수 있지만, 그러기에는 너무도 격동으로 가득한 비참한 시기였다"라고 설명한다.[96] 그는 한국 정치 및 사회의 변동을 서술하면서 각 작가 및 작품의 위치를 비정하고, 문체 및 구성 등 미학적 특징 등을 서술하는 방식으로 해설을 작성한다.

이 책의 역주는 대부분 한국의 인물이나 역사와 관련된 단어에 대한 설명이다. 『조선단편소설선』의 역주에서 볼 수 있었던 텍스트 비평에 대한 서술은 따로 없는데, 일본의 번역자들이 해방 이후 한국문학에 대해서는 번역 저본을 안정적으로 입수할 수 있었던 상황에 따른 것으로 보인다. 일본의 번역자들은 주로 1970년대 한국에서 간행된 단행본과 잡지를 저본으로 작품을 번역하였다. 일본의 조선문학연구자들이 한국문학사의 흐름과 어느 정도 동시대적인 흐름을 공유하고 있던 것을 번역 저본으로도 확인할 수 있다.

'조선문학의 회'는 한국어에 대한 관심과 일본인의 주체성을 바탕으로 조선문학을 이해하고자 하였다. 일본의 연구자들은 한국의 연구자와의 소통을 바탕으로 연구를 심화하였다. 한국문학 연구 및 번역이 확대하고 심화하면서, 한국문학에 대한 이해 역시 분기하였다. 『현대조선문학선』에서 『조선단편소설선』 및 『한국단편소설선』에 이르는 과정은 인식의 심화와 분화를 보여준다.

다만, 냉전 시기 일본의 독자들은 한국문학에 큰 관심을 보인 것은 아니었다. 1973~1974년에 '조선문학의 회'의 이름으로 간행한 『현대조선문학선』 전 2권은 750부를 인쇄했지만 거의 팔리지 않아서, 결국 폐기

해야 했다. 1980년대 당시 일본독자
의 반응은『한국단편소설선』쪽이 아
니라『조선단편소설선』쪽으로 향하였
다. 서울올림픽을 염두에 두고 출판한
『한국단편소설선』은 전혀 팔리지 않았
고, 『조선단편소설선』이 더 많이 팔렸
다. 당시 일본의 독자들이 동시대 한국
보다는 식민지 시기의 한국에 더 관심
을 가지고 있는 것을 볼 수 있다. 하지만
『조선단편소설선』에 대한 독자의 반응
역시 큰 규모는 아니었고, 이 책이 재판

<그림 6> 오무라 마스오 외역, 『한국단편소설선』,
이와나미서점, 1988
출처 : 『오무라 마스오와 한국문학』

을 찍은 것은 한류가 다시금 일본에서 인기를 얻은 2000년대 이후였다.[97]

나 개인 소년 시절의 경험만 해도 친척을 전전했던 연고소개緣故疏開, 밭일과 소나무 뿌리 나르기에 하루를 다 보낸 데 더해 친구로부터 낫빼따돌림을 당했던 집단소개集團疏開, 이와 굶 주림과 영양실조의 패전 전후, 과로와 근심으로 인한 어머니의 죽음, 이러한 어두운 기억은 교사·친척·친구, 그것을 이성적으로 소급하여, 군부·파시즘, 나아가 천황에게까지 원망을 응집시켰다고 하더라도, 외국에 의한 통치는 직접적으로 회상 안에 들어오지 않는다. 저 땅 의 사람들 원망의 근거에는 김윤식 씨 세대에게조차도 (그보다 젊은 세대는 또 다른 형태로) 일본 지배의 구체적인 여러 모습이 소년기 경험 속에 존재할 것이다. 그들의 눈에는 내가 나의 소 년기를 들고 나오는 것조차 우스워 보일 것이다.

「『상흔과 극복』 역자 후기」[1975]

본서의 번역을 진행하는 것은 역자로서 꽤 힘든 작업이었다. 임 씨는 한국의 필요에 따라 이 책을 저술했고, 역자는 일본의 필요에 따라 번역한 것이다. 이 책의 내용은, 세상의 책에 자주 있듯이, 저자가 일본어판 출판에 즈음하여 일본의 독자에게 안부 인사를 보낼 성격의 것은 아니다. 한국의 일반 독자로서도, 그들에게 있어서의 몸속 깊은 수치를, 그 수치를 강요 한 일본인 앞에 드러내기 싫다는 심리가 작용하는 것은 당연할 것이다. (…중략…) 그들에 게 치욕을 강요했다는 치욕에서 우리는 아직 자유로울 수 없는 것일까? 강요한 것은 강요된 자의 치욕보다 수백 배나 더 큰 것일지 모른다는 상념이, 다른 외국 문학에 대한 것과는 또 다른 어떤 긴장감을 우리에게 가져다 준다.

「『친일문학론』 역자 해설」[1976]

1. 사랑하는 대지와 그 땅의 사람들

1972년 5월 오무라 마스오는 현해탄을 건너 "내 조국이라고 부를 수는 없지만 사랑하는 대지를 밟았다". 동아시아 냉전 질서 아래 옛 제국 일본과 후식민지postcolonial 한국의 국교가 재개하면서, 한일관계에서 '65년 체제'가 성립하였다.[1] 변화한 한일 관계는 일본의 한국문학 연구에도 영향을 미쳤다. 조 쇼키치는 1968~1970년 서울에서 체류하며 연세대 대학원에서 공부하였고, 다나카 아키라는 동인에서 탈퇴한 후 1972~1973년 서울에서 체류하며 고려대 대학원에서 고전문학을 연구하였다.[2] 1970년 한국의 연구자 김윤식은 도쿄에서 1년간 체류하였다.

『조선문학―소개와 연구』의 발행소 주소는 제5호1971.12까지 와세다대학 연구실이었다가, 제6호1972.3부터 조 쇼키치의 자택으로 변동된 것은 오무라의 한국 체류 준비 때문이었다. 비자 신청 등 행정 수속 등에 준비 기간 2달이 소요되었다. 오무라의 첫 한국 체류는 1972년 동국대 6개월 체류였다. 길지 않은 시간이지만, 한국 체류를 통해서 오무라는 현실의 한국 민중을 만날 수 있었다. 한국에 오기 전에는 그 역시 한국의 지식인은 국가의 압력 아래에서 신음하고 고민하는 모습이 아닐까 생각하기도 하였지만, 그가 실제로 만난 한국의 지식인들은 "참으로 잘 마셨고, 우리의 두 배나 먹었고, 쾌활하게 웃으면서 지냈으며, 밤을 새우고는 일요일

마다 산을" 오르는 활력넘치는 이들이었다. 오무라는 한국인의 삶에 대한 한국인의 긍정을 보면서, 오히려 일본인이 일하지 못하면 노심초사하는 '가난증'을 가지고 있는 것은 아닌가 성찰하였다.[3]

오무라는 서울대 어학연구소의 한국어 중급반에 등록하였고 수료하였다. 국립한국문학관 오무라 마스오 기증자료 가운데서 서울대학교 어학연구소 5급 3차 쓰기 시험의 수료증을 확인할 수 있다. 한국 체류 시 오무라는 서울 바깥으로 이동할 때면 신분증 확인을 받아야 했고, 숙박 사실을 경찰서에 통지해야 했다. 그럼에도 간첩이라는 오해를 받기도 하였다.[4] 1973년 일본으로 돌아온 후 오무라는 한국 체류 경험을 『조선문학 −소개와 연구』 제10호[1973.9]에 수필 「그 땅의 사람들」로 정리하였다.

5월 서울에는 라일락 향기가 가득 차 있었다. 진달래와 비슷한 철쭉꽃이 진 홍색으로 또 순백색으로, 초여름을 연상시키는 햇볕을 받아서 아름답게 보여도, 100송이 백합을 모아놓은 것 같은 라일락 가지 하나에 대적하지 못한다. 장마가 걷힌 후의 아카시아와 마찬가지로 사람의 혼을 뺏는 향기다. **오랜 세월 동경해 오던 땅에 실제로 몸을 두고, 그 대지 위를 걸어다닐 수 있는 기쁨에 나는 취해 있었다. 설령 북으로는 갈 수 없다 해도, 남반부에라도 올 수 있었던 것이다. 내 조국이라고 부를 수 없지만 사랑하는 대지를 밟았다.** (…중략…)

처음 일주일 동안 나는 시내 지도를 한손에 들고서 내키는 대로 걸어다녔다. 서울역에서 시청 앞, 보신각부터 종로, 파고다공원에서 안국동, 남대문시장에서 남산, 중앙청에서 사직공원, 모두 책에서 봐서 익숙한 곳들이다. **서대문형무소와 종로경찰서를 먼저 보러 간 것은 해방 전에 그곳에서 고문을 당하고, 결국 옥사한 문학자나 어학자를 기리기 위해서다.**

어딘가 목적을 정하고 다니는 것이 아니라, **서울 시내와 한국을 이해하기**

위해서는 걷는 것이 최고다. 지나가는 노파의 말, 신문팔이 소년의 목소리,
아가씨들의 웃음소리와 웅성거림, 지하철 공사소음, 모두가 신선해서 내 마
음을 흔들리게 했다.[5]

오무라는 지도를 들고 발닿는대로 서울 시내를 걸었다. 그의 첫걸음은
책을 통해 습득한 지식을 확인하기 위하여 역사적인 장소를 목적지로 두
었다. 특히 그는 식민지 시기에 안타깝게 유명을 달리한 문학자와 어학자
를 기리며 서대문형무소와 종로경찰서를 가장 먼저 찾았다. 점차 서울 시
내 걷기에 익숙해지면서, 오무라의 관심은 한국 민중의 생활로 확장된다.
량치차오가 듣지 못했던 한국인의 목소리. 오무라는 책을 넘어서 서울에
서 살아가는 민중의 구체적인 삶과 조우하면서 한국인의 목소리를 발견
한다. 민중의 구체적인 삶에 대한 존중은 스승 안도와 다케우치가 각기
다른 방식으로 견지했던 태도이기도 하다.

극히 일부의 단어로 일한 양국민의 의식 구조론을 전개하려는 생각은 추호
도 없지만, 감으로 말하자면 조선 사회와 중국 사회 쪽이 어떤 의미에서는 일
본보다도 열려 있는 것 같다고 생각했다.

중국에서도 문화대혁명 중에 약간의 무력투쟁이 있었을지도 모르지만, 대
다수의 경우는 글로 싸우고 끝났다고 들었다. 각 지방 각 단위에서 남녀노소
사이에 중국어의 총탄이 날아들던 모습이 눈에 선하다. 조선의 서민사회도 그
런 점에서는 중국과 궤를 같이 하는 것이 아닐까. **그것은 사회주의나 자본주
의라는 체제의 틀을 넘어선 공동사회가 낳은 전통적 풍토인지도 모르겠다.**
(…중략…) 작은 일이라도 체면상 사람 앞에서 '추태'를 드러내는 것을 극단적
으로 싫어하며, 증오가 침전해서 음습해지거나, 말보다도 주먹이 먼저 나가는

것은 일본적인 습성인 것 같다. 태양이 확확 타오르고 붉은색과 녹색의 치마저고리가 맑은 청색 하늘 아래에서 펄럭이는 나라에서는 공기만이 아니라 싸움까지도 건조한 성질을 띤다.[6]

오무라는 일본에서라면 벌써 주먹이 오고 갔을 상황에서도, 한국인들은 욕설을 섞을지언정 말로만 싸운다는 점을 흥미롭게 관찰한다. 욕설이 서로를 향한 것인 동시에 배심원인 청중을 향한 것임도 발견한다. 오무라는 신중한 가설의 형태로, 일본 사회와 한국 사회의 차이, 그리고 한국 사회와 중국 사회의 유사성을 진단한다. 그는 유사성을 자본주의나 사회주의 등 체제의 문제로 설명하기보다는 그 이전부터 존재하는 한국사회의 전통으로 이해하고자 한다. 오무라가 진단한 '공동사회가 낳은 전통적 풍토'는 후일 미야지마 히로시宮嶋博史가 제안한 농업과 주자학의 보급에 근거한 17세기 이래 '동아시아 소농사회'의 역사적 경험과도 공명한다.[7] 오무라는 "'근대'로의 포섭이나 관여의 측면만이 아니라, 배제나 자율성 혹은 '비근대적'인 요소들의 광범위한 존재, 토착적·일상적인 저항의 양상까지를" 포괄하여 한국 사회의 구조를 파악하고자 하였다.[8] 그는 자율성을 가지고 구체적인 삶을 만들어가는 한국 민중의 삶에 주목하면서, 도시와 농촌 곳곳의 교회, 약국, 찻집, 탁구장 등 생활의 구체적인 장소와 싸움, 수도, 전기, 세수 등 일상의 다양한 경험을 통해 한국인을 만나고 그들의 이야기를 듣는다.

옛 제국 일본인 오무라와 후식민지 한국인이 가진 공유점은 역설적으로 식민지 경험과 일본어였다. 농촌에서 만난 어떤 사람은 "일본어는 이십 년 정도 쓰지 않아서 혀가 돌아가지 않는데, 읽는 것이라면 지금도 조선어보다 일본어를 더 빨리 읽을 수 있다"라고 말하였고, 교육칙어를 여전히 기억하고 있었다. 또 다른 한국인은 "술기운이 돌고 말투가 이상해진 일본어로" 오무라에게 "해방 전에 대구역 앞에 살고 있던 T·K라는 일본인을 어떻게든 찾아봐 달라"고 부탁하며 "어떻게든 만나고 싶다면서 울먹였다."[9]

식민지 경험과 일본어는 후식민지 한국의 주체에게 과거에 대한 노스탤지어 이상의 의미를 가졌다. 식민지 경험과 일본어는 한일 양국의 주체가 공유하는 바였다. 1933년 도쿄에서 태어난 오무라 마스오는 아시아태평양전쟁 말기에 미야기현宮城県 나루코마치鳴子町에서 동급생들과 함께 1년 2개월 소개 생활을 하였다. 이 시기를 회고한 「나와 8·15私の8·15」『季刊青丘』23, 1995.8.15에 따르면 물자의 부족과 친구들과의 관계로 "괴로웠"던 그 시기, 그는 "어두운 성격"으로 "남들의 이야기에 끼어 들"지 않았고, "언제나 하얀 보자기에 책을 싸서 갖고 다녔기 때문에, '유골 운반꾼'이라고 불"리기도 하였다.[10] 오무라와 그의 나이를 전후한 한국인은 자신의 유년기와 제국 및 식민지 경험이 겹쳐 있다는 세대적 공통점이 있었다. 오무라는 한국인의 유년 시절 경험에 대한 청취를 바탕으로 자신의 유년 시절을 되짚어 간다. 유년 시절 오무라는 집단 소개된 학교에서 전쟁의 시기를 경험하였고, 패전을 마주하였다.

1945년 8월 15일, 미야기현宮城県 나루고마치鳴子町에서 집단소개 생활을 하고 있던 나는, 그날 열이 40도로 올라 의식이 혼미한 상태였다. 엎드려 있던 나를 누군가 일으켜 세워, 1층 식당으로 데리고 가 '옥음방송玉音放送'을 들려주기는 했지만, 뭐가 뭔지 모른 채, 누군가에게 업혀 혼자 먼저 방에 돌아와 또 잠에 빠졌다. (…중략…) 저녁 무렵 전원집합령이 떨어졌다. 나도 고열로 비틀거리는 몸으로 나갔다. 최연장자이신 시마島 선생님이 통곡하고 있었다. **금세 화를**

내며 따귀를 쳐대는 아줌마 선생님으로 학생들의 공포의 대상이었는데, 그 시마 선생님이 여러 학생들 앞에서 문자 그대로 통곡하고 있었다.

"일본은 졌다. 여러분이 장성하면 원수를 꼭 갚아다오!"(…중략…) 전쟁은 주변에도 많은 죽음을 불러왔다.[11]

패전 당일 공포의 대상이었던 교사는 통곡하면서 오무라를 비롯한 학생들에게 장성하여 원수를 갚아달라고 부탁하였다. 하지만 오무라에게 전쟁은 궁핍과 질병, 가족과 친구의 죽음 등 고통스러운 경험이었다. 1929년생 부산대 교수 정순태의 식민지 경험은 학교를 중심으로 한다는 점에서 오무라와 일정 정도 유사하면서도 강도의 차이는 상당하였다. 전시체제 아래의 동래중학은 일본인 교장이 주 1회 일성지日省誌를 검사하고 이상한 점을 발견하면 경찰에 연락하는 감시의 장소였고, 정순태 역시 그로 인해 친구를 잃었다.

"내 친구 한 명은 고문으로 죽었고, 한 명은 불구가 됐습니다." 정순태는 담담하게 이야기를 계속 말했다. "해방 후 우노宇野 교장을 감금했습니다. 천황의 사진을 넣어두는 건물. 그걸 뭐라고 했는지 잘 기억이 안 납니다. 그렇지, 봉안전이라고 했습니다. 교장을 봉안전에 감금해서 아사시키자고 결의했던 겁니다. 준비는 다 했지만, 실행을 할 수 없었습니다. 선배가 와서 마음을 좀 더 넓게 지니라면서 인간은 그런 존재가 아니라고 말렸습니다.

후루야古屋라는 체육 선생이 있었습니다. 그 선생님으로부터 꽤 맞았습니다만, 종전이 되자 '조국을 위해 분발해라'라고 말씀해 주셨습니다. 우리는 좋은 선생님과 나쁜 선생님을 구별합니다. 좋은 선생님은 그립습니다. 지금 만나면 무릎을 꿇고서 눈물을 흘리며 인사를 올리고 싶습니다. 하지만 나머지 절반의 선생님에게는 도저히 그런 마음이 들지 않습니다."[12]

해방을 맞은 후 한국인 학생은 교장을 사적으로 처벌하고자 하였으나 '인간은 그런 존재가 아니라'는 선배의 말에 단죄를 포기한다. 정순태의 기억 중 눈길을 끄는 것은 그에게 '좋은 선생님'으로 기억되는 후루야의 경우이다. 후루야 역시 많은 체벌을 가했던 일본인 교사였지만, 그는 해방 이후 조선인 학생에게 "조국을 위해 분발하라"는 말을 남긴다. 정순태는 오무라에게 후루야를 다시 만난다면 절하고 싶은 스승이라고 설명한다.

강도의 차이는 있었지만 옛 제국의 주체 오무라와 후식민지의 주체 정순태는 유년 시절 학교를 중심으로 한 전쟁의 경험을 공유하였다. 다만 오무라는 경험의 유사성을 강조하기 보다는 정순태의 경험을 담담히 경청하였다. 정순태는 "일본을 증오한다고 말하면서 술에 취하면 일본어로 군가를 그리운 듯이 부"르는 등 의식과 무의식의 분열을 가진 후식민지 한국의 주체였다. 한국의 '젊은 세대'는 정순태의 모순을 비판하였지만, 오무라는 그 모순을 "무시무시한 식민지시대였음에도 자신의 청춘을 그곳에서밖에 찾아낼 수 없는 세대"의 아픔으로 무겁게 받아들인다.[13]

김윤식은 식민지시대와 자신의 유년 혹은 청춘이 겹친 자신의 세대를 '황국신민세대'라고 불렀다. 문학연구자 권보드래는 같은 세대를 '해방세대'로 명명하면서 이들이 1965년 한일기본조약체결 이후 '황국소년 및 소녀'로서 자기를 '내 안의 일본'이라는 난제를 정직하게 성찰하였고, 그중 일부는 개발독재체제와 대결하였던 '항일' 담론의 근저를 구성하다고 판단하였다.[14] '황국신민세대'인 1936년생 평론가 김윤식은 민족의 역사와 개인의 기억 사이의 분열을 직시하면서 "혼과 논리의 갈등"이라는 논

제를 제시하였다.[15] 오무라는 이러한 문제의식을 담은 김윤식의 『한일문학의 관련양상』일지사, 1974을 일본어로 번역하여 『상흔과 극복－한국문학자와 일본傷痕と克服－韓国の文学者と日本』아사히신문사(朝日新聞社), 1975으로 출판한다. 오무라는 한국 체류를 통해 만난 후식민지 한국 주체의 경험에 귀기울였으며, 그 문제를 통해 옛 제국의 주체로서 자신의 경험을 되돌아보았다. 그리고 자신이 청취한 한국인의 목소리를 일본어로 번역하고 일본 사회로 발신하였다.

2. 김윤식의 '상흔과 극복'

1970년 한국의 연구자이자 평론가 김윤식은 카프문학 연구를 위해 하버드 옌칭 장학금으로 도쿄대학 동양문화연구소에서 1년간 체류를 계획한다.[16] 1971년 4월 22일 목요일 김윤식은 오무라 마시오의 와세다대학 법학부 연구실에서 '조선문학의 회' 연구자들을 만나기도 하였다. 김윤식은 그 만남을 다음과 같이 기록하였다.

법학부 8층 와세다대학 연구실에서 오무라 교수 만나다. 이어 초우長 씨 오다. 좌담실에 가니 이시가와 오다. 오무라 교수는 내 나이 보다 더 된 듯. 그는 와세다대학 법학부 소속이었다.

한 시간이 넘도록 한국문학 강의. **한국말 일시 섞어하다.** 초우 씨는 일년 반 동안 한국 유학. 지금 장가들러 곧 간다는 것. 이들 연구자들 중 야마다다나카－인용자 씨, 가장 나이 들고 실력 있는 듯. **그들은 극히 빈약한 자료밖에 없고 한국 문학 동향에 퍽 둔감한 듯.**[17]

김윤식은 정보와 자료가 부족한 상황에서도 '조선문학의 회' 동인들이
한국문학을 이해하고자 노력했다고 기록하였다. 김지하구원운동이 천
명 단위의 일본 시민 및 지식인의 관심과 동의를 받았던 것과 대비할 때,
'조선문학의 회'로부터 김윤식이 받았던 '초라하다'라는 인상은 보다 뚜
렷해진다. 김윤식이 보았던 '조선문학의 회'는 "순수한 일본인"들이 결성
한 "조선문학연구모임"이었다.[18] '조선문학의 회' 동인들은 김윤식과 '한
국어'를 섞어 가며 소통을 시도하였다.

순수한 일본인만의 모임이라는 것. 모임의 성격이 오직 '조선문학'의 연구
에만 있다는 것. 공부하는 사람으로서 이것만큼 당연하고도 매력적인 것이 따
로 있겠는가. (…중략…) 이들과의 인연이란 그러니까 하늘이 맺어준 것도 아
니고 오직 조선문학 때문이었던 것. 정치꾼이거나 더러운 욕망을 가진 단체가
아니고서야, 저 루쉰 선생의 어법대로 하면, 그 누가 초라하기 짝이 없는 조선
문학을 탐내겠는가. 그들을 전적으로 믿었던 이유란 이게 전부였소. 그 결과는
과연 어떻게 되었던가? 참으로 다행히도 내 공부에 그들이 큰 도움을 주었지
만 유감스럽게도 그들에게 내가 베풀 것은 아무것도 없었소. (…중략…)

**오무라 교수는 일본 내의 조선문학 연구동향, 연구자를 비롯, 각 도서관의
조선문학 관계 자료 분포, 도서관 이용법 등에 이르기까지, 그야말로 이런
표현밖에 없겠지만, '손발이 되어' 주었소.** 와세다대학 출신의 조선 유학생 자
료 조사에서부터 이곳 출신의 이광수의 학적부_{고등부 시절} 열람에 이르기까지 씨
_{오무라 씨―인용자}는 흡사 소학생을 이끌고 다니듯 안내해주었소. 뿐만 아니라 서고
출입이 가능한 와세다대학 도서관을 언제나 이용할 수 있게끔 조처해주기까
지 했소. 도쿄대학 도서관이나 그곳 동양문화연구소 도서관_{이곳엔 북한 자료가 썩 많았다}
보다 와세다대학 도서관쪽이 마음 편했던 것도 결코 오무라 교수와 무관하지

않았던 것으로 회고되오.[19]

　1970년 김윤식은 일본 체류 기간 동안 "일본근대문학관과 와세다대학 도서관에 파묻혀" 자료를 조사하였다.[20] 오무라는 김윤식에게 일본의 한국문학 연구자 및 연구 동향, 각 도서관의 자료 분포, 도서관 이용법 등을 안내하였다. 김윤식은 오무라의 도움으로 일본에 유학한 한국 작가와 관련된 자료를 수집하였다. 오무라는 김윤식이 와세다대학에서 유학하였던 조선인 유학생의 자료를 조사하고, 이광수의 고등부 시절 학적부를 열람하도록 편의를 베풀었다. 후일 김윤식은 오무라의 도움 덕분에, 소속기관인 도쿄대학보다 와세다대학의 도서관에서 마음이 편하였다고 쓰기도 하였다.

　오무라가 『조선문학－소개와 연구』 제5호[1971.12]에 기고한 「일본 유학 시대의 이광수日本留学時代の李光洙」는 일본에 소재한 한국문학 자료를 발굴한 사례이다. 오무라는 메이지학원明治学院의 『백금학보白金学報』 제19호에 실린 「사랑인가愛か」, 이광수의 메이지학원 성적표, 와세다대학 학적부와 성적표 등의 자료를 소개하였다. 같은 시기 한국에서 김윤식은 「사랑인가」를 번역하여 『독서신문』[1971.12.5]에 소개하였다.[21] 후일 김윤식은 "와세다대학 학적부 및 첫 작품 「사랑인가」『백금학보』 제19호 등을 오무라大村 교수의 도움으로 확인했던 일은 지금 생각해도 가슴 설레는 일이었다"라고 감격과 사의를 기록하였다.[22] 1980년 김윤식은 2차 일본 체류에 나섰을 때, 도쿄대학 및 와세다대학 도서관 서고에서 자료를 열람하면서 메이지 시대의 사상과 사회적 분위기를 살피는 한편, 이광수가 『개조』에 기고한 「만영감의 죽음」[1936.8]을 발굴한다. 그 발견은 『이광수와 그의 시대』의 저술로 이어졌다.[23]

일본이라는 경로를 경유하여 김윤식은 한국에서 접근을 불가능했던 자료를 만나게 된다. 그는 오무라의 도움으로 프로문학 작가 및 북한 자료에 접근할 수 있었다. 김윤식은 오무라가 수집한 임화의 시집『너 어느 곳에 있느냐』^{문화전선사, 1951}를 검토한다. 김윤식은 임화 시집의 원본을 입수하였고, 후일 귀국 시에는 구두깔창에 넣어서 귀국한다.[24] 1972년 김윤식은「임화 연구―비평가론 기7」^{『논문집―인문·사회과학편』 제4집, 서울대 교양과정부}를 집필하면서,『너 어느 곳에 있느냐』에 대한 분석을 포함하였다.

원시^{原詩}**를 볼 수 없었기 때문에 오무라 마스오**^{大村益夫}**의「해방 후의 임화**^{解放後の林和}」^{『와세다 사회과학토구(早稲田社会科学討究)』 제13권 1호}**의 일역**^{日譯} **부분을 참조했음. 이하 일부를 소개함. "아직도 앞머리를 내려 / 내려 땋는 것을 / 부끄러워 얼굴을 붉히던 / 너는 지금 / 바람찬 눈보라 속에 / 무엇을 생각하며 어디 있느냐 / 어지간히 백발이 된 아비를 생각하며 / 바람 부는 산 속에 있는가 / 가슴이 종이처럼 얇은 / 언제나 가슴앓이의 / 에미를 생각하며 / 해저무는 들길에 서 있는가 / …… / 그리운 내 자식아……"^{『너 어디에 있느냐』 일역에서 대의(大意)만 번역함}[25]

김윤식은 북한의 출판물인 임화의 시집을 실제로 직접 열람했다고 밝히지는 못하였다. 그가 선택한 방식은 오무라의 논문을 접근의 알리바이로 제시하는 것이었다. 김윤식은 오무라가 1960년대에 발표한 논문「해방 후의 임화」를 통해 오무라가 일본어로 번역한 임화의 시를 보았다고 밝힘으로써, 북한의 임화에 대해 쓸 수 있었다.[26] 「임화 연구」는 김윤식의『한국근대문예비평사연구』^{한얼문고, 1973}의 마지막 장으로 실린다. 1970년 김윤식은 일본 체류를 통해 오무라와 교류하면서 자료를 제공받는 한편, 마루야마 마사오^{丸山眞男}의 사상사 연구를 참조하면서 한국근대문예비

<그림 1> 김윤식, 오무라 마스오 역, 『상흔과 극복
－한국의 문학자와 일본』, 아사히신문사, 1975

평사의 체계를 구축한다.[27] 한국근대문학 연구의 토대를 쌓은 중요한 저작인 김윤식의『한국근대문예비평사연구』는 현해탄 건넌 이동과 한일 연구자의 교류에 힘입어 출판될 수 있었다.

김윤식이 일본에서 자료를 보완하며 완성한 연구를 한국에서 발표하자, 오무라는 현해탄 건너편에서 호응하였다. 『한국근대문예비평사연구』출간 직후 오무라를 비롯한 일본의 연구자들은 그 책을 10권 주문하였다.[28] 그리고 '조선문학의 회' 동인들은 오무라의 연구실에 모여서 김윤식의『한국근대문예비평사연구』를 장별로 분담하여 요약 및 검토하였다.[29]

오무라는 김윤식의 저작『한일문학의 관련양상』일지사, 1974을 편집 및 번역하여『상흔과 극복－한국문학자와 일본傷痕と克服－韓国の文学者と日本』아사히신문사(朝日新聞社), 1975으로 출판한다.

국민학교에 입학한 것은 1943년으로, 진주만 공격 2년 후이며 카이로선언이 발표된 해에 해당됩니다. 십리가 넘는 읍내 국민학교에서 "아까이도리 고도리", "온시노 다바꼬", "지지요 아나다와 쯔요갓다", "요가렌노 우다" 등을 무슨 뜻인지도 모르면서 불렀습니다. 혼자 먼 산을 넘는 통학길을 매일 매일 걸으면서 하늘과 소나무와 산새 틈에 뜻도 모르는 노래를 흥얼거리며 외로움을 달래었던 것입니다. 내가 아는 리듬이란 그것밖에 없었기 때문입니다. 마을에서는 이 무렵 가끔 지원병 입대 장정의 환송회가 눈물 속에 있었고, 아버지의 징용

문제가 거론되는 불안 속에 우리는 이따금 관솔 따기로 수업 대신 산을 헤매었습니다. 동리에서도 할당된 양을 채우기 위해 관솔 기름을 직접 짰던 것입니다. 그리고, 놋그릇 공출이 잇따르고……. 이러한 일들은 내 유년 시절의 뜻 모르는 서정성으로 남아있는 것입니다. 내가 어른이 되어 1년동안 체일했을 때 '야스쿠니신사靖國神社'에 가끔 가서 느낀 것은 의외에도 이 나의 유년시절의 뜻 모르는 서정성의 아픔이었읍니다.[30]

『한일문학의 관련양상』의 서문 「어느 일본인 벗에게」는 다나카 아키라가 쓴 「'반일'의 풍화<反日>の風化」『아사히아시아리뷰(朝日アジアレビュー)』, 1973.9에 대한 답신 형식의 글이다. 다나카 아키라는 "나는 지배한 자가 지배당한 자의 심정을 절대로 이해할 수 없다고 생각한다"라는 시각을 뚜렷이 제시한다. 그는 한국인의 '반일'에 송구스러워하는 것으로 자기 만족하는 일본인의 태도를 비판하면서 '반일의 실질實質'을 직시할 것을 제안한다.[31] 김윤식 역시 다나카의 언급에 공감하면서, 아시아태평양전쟁기에 유년기를 보낸 자신의 세대를 '황국신민세대'로 명명한다. 김윤식은 '황국신민세대' 한국의 주체가 사후적으로 민족의 기억과 어긋나는 "유년 시절의 뜻모르는 서정성"으로 인해 정신적 외상을 입게 되었음을 인상적으로 설명한다. 김윤식은 1970년 30대 중반의 성년의 나이로 도쿄에 체류하면서 그 외상과 더욱 선명히 만나게 된다. 김윤식은 자신 안에 있는 "혼과 논리의 갈등"을 섣불리 봉합하기보다는 그것을 그 자체로 문제화하였다. 평론집 『한일문학의 관련양상』은 일본으로 인한 주체의 분열을 투철히 의식하면서, 문학적 글쓰기의 수행성에 기반하여 한일 양국의 공동과제를 발견한 시도였다.[32] 1975년 오무라는 김윤식의 평론집을 『상흔과 극복』으로 번역하면서 후기에 다음과 같이 썼다.

김윤식 씨의 글쓰기는 폭넓은 자료를 풍부하게 사용한 객관적 서술이다. 그럼에도 불구하고, 한일 관계에 대해서는 '피'가 끓는 것 같다. 씨^{김윤식 씨—인용자}의 많은 저작 가운데에서도 『한일문학의 관련양상』의 서문은 파격이다. 거기에는 일제하에 그 소년시대를 보낸 한국의 한 지식인의 육성이 있다. 나 개인 소년 시절의 경험만 해도 친척을 전전했던 연고소개^{緣故疏開}, 밭일과 소나무 뿌리 나르기에 하루를 다 보낸 데 더해 친구로부터 낫빠^{따돌림}을 당했던 집단소개^{集團疏開}, 이와 굶주림과 영양실조의 패전 전후, 과로와 근심으로 인한 어머니의 죽음, 이러한 어두운 기억은 교사·친척·친구, 그것을 이성적으로 소급하여, 군부·파시즘, 나아가 천황에게까지 원망을 응집시켰다고 하더라도, 외국에 의한 통치는 직접적으로 회상 안에 들어오지 않는다. 저 땅의 사람들 원망의 근거에는 김윤식 씨 세대에게조차도 (그보다 젊은 세대는 또 다른 형태로) 일본 지배의 구체적인 여러 모습이 소년기 경험 속에 존재할 것이다. 그들의 눈에는 내가 나의 소년기를 들고 나오는 것조차 우스워 보일 것이다.[33]

오무라는 '황국신민세대'의 육성을 담은 김윤식의 서문에 주목하면서, 자신의 유년 시절과 김윤식의 유년 시절을 겹쳐둔다. 그는 김윤식의 "유년 시절의 뜻모르는 서정성의 아픔"이 식민주의로부터 기인한 것임을 신중히 살펴보면서, 자신의 패전 전후의 경험 역시 무척 고통스럽고 어두웠지만, 자신의 경험에는 식민주의의 억압이 없다는 사실을 새긴다. 그는 김윤식의 경험에 섣불리 공감을 표하기보다는, 김윤식의 경험과 비교하면 자신의 경험은 가벼울 것이라고 평가한다. 〈표 1〉에서 볼 수 있는 『상흔과 극복』의 편집 및 번역은 오무라의 자기 성찰과 닿아 있다.

〈표 1〉 『상흔과 극복』의 목차와 원문 서지

『상흔과 극복(傷痕と克服)』 목차		원문 출처
일본어판 서문(日本語版への序文)		
머리말(はしがき)		『한일문학의 관련양상』, 서문
I부	일본문학의 한국체험 (日本文学の韓国体験)	『한일문학의 관련양상』, 2부 1장. 일본문학의 한국체험
	일제 말기 한일문학계의 관련양상 (日帝末期韓日文学界のかかわりあい)	『한일문학의 관련양상』, 2부 2장. 일제 말기 한일문단의 관련양상
	식민지문학의 상흔과 그 극복 (植民地文学の傷痕とその克服)	『한일문학의 관련양상』, 2부 3장. 식민지문학의 상흔과 그 극복
	교포문학의 위치-특히 이회성을 중심으로 (僑胞文学の位置-とくに李恢成を中心して)	『한일문학의 관련양상』, 2부 4장. 교포문학의 위치
II부	한일문학계의 관련양상 -가해자의 얼굴과 피해자의 얼굴 (韓日文学界のかかわりあい -加害者の顔と被害者の顔)	『한일문학의 관련양상』, 1부 4장. 한일문학의 관련양상
	한국작가의 일본어 작품 -일본어로 쓴 작품들과 그 문제점 (韓国作家の日本語作品 -日本語で書いた作品とその問題点)	「한국작가의 일본어 작품 -일어로 쓴 작품들과 그 문제점」, 『문학사상』, 1974.9
III부	어둠 속에 익은 사상-윤동주론 (暗黒のなかにはぐくむ思想-尹東柱論)	『한일문학의 관련양상』, 1부 5장. 어둠 속에 익은 사상
	임화연구-비평가론 (林和研究-批評家論)	『한국근대문예비평사연구』 부록 「임화연구」
역자 후기(訳者あとがき)		

오무라는 편집자로서 『상흔과 극복』의 번역 과정에 적극 개입하였다. 번역서 『상흔과 극복』은 전체 3부로 구성된다. 『상흔과 극복』의 제1부는 원저 『한일문학의 관련양상』 제2부이며, 『상흔과 극복』의 제2부와 제3부는 원저 『한일문학의 관련양상』의 제1부와 다른 지면에 발표된 글을 편집한 것이다. 『상흔과 극복』은 제1부에서 1940년대 한국문학의 이중어문학과 1970년대 일본의 재일조선인 문학을 검토하고, 제2부에서는 '친

일문학'의 역사적 의미와 새로운 해석 가능성을 검토한다. 제3부에는 윤동주와 임화의 작가론이다. 제3부에 실린 임화론은 오무라가 제공한 자료를 바탕으로 집필한 논문이며, 김윤식의 요청으로 추가한 것이다. 오무라는 책 제목을 보다 인상적으로 '상흔과 극복'으로 다듬었으며, 김윤식은 일본어 번역서를 위한 서문을 새로 썼다.[34]

기미독립1919년 3·1독립운동 – 역자주 선언문 중에, 다음과 같은 구절이 있습니다만, 저는 이 구절을 매우 좋아합니다.

"自己를 策勵하기에 急한 吾人은 他의 怨尤를 暇치 못하노라. 現在를 綢繆하기에 急한 吾人은 宿昔의 懲辨을 暇치 못 하노라. 今日 吾人의 所任은 다만 自己의 建設이 有할 뿐이오."

문제는 우리들 자신을 어떻게 책려하는가에 있는 것입니다. 문학을 통해서 이러한 것을 행하는 것이, 한국에서 문학하는 자의 과제이고, 우리들은 이것을 민족문학이라고 부르고 있습니다. 이 민족문학의 건설에 있어서는 대타의식의 밀도가 중요과제로서 놓여 있는데, 그 가운데 하나가 한·일관계와 관련된 것입니다. 그 모든 것은 과거형이 아니라 현재형입니다. 이 책은 이러한 현재형 가운데에서 극히 일부에 불과합니다. 혹시라도 이 책에 약간의 가치가 있는 부분이 있다면, 그것은 한 한국인이 자기 초상화를 그려 보려고 시도한 점에 있을 것입니다.[35]

김윤식은 일본어 독자에게 보이는 첫인사로 「기미독립선언문」의 한 절을 가져온다. 그가 인용한 부분은 '스스로를 채찍질하기에도 바쁜 우리에게는 남을 원망할 여유가 없노라. 우리는 지금의 잘못을 바로잡기에도 급해서, 과거의 잘잘못을 따질 여유도 없노라. 지금 우리가 할 일은 우리 자신을 바로 세우는 것이오'였다. 일본에 대한 대타의식을 한국인으로서 주체를 형성하는 중요한 계기로 승인한 김윤식의 판단은 한국에 대한 경험을 통해 일본인의 주체성을 구성한 오무라의 시도와 공명한다. 오무라 역시 한일관계가 지금을 위한 주체 구성의 중요한 계기라는 김윤식의 언급에 동의하였다.

> 일본인에 대한 김윤식 씨의 눈은 엄격하다. 우리가 힘껏 보여주는 아시아에 대한 관심도 '그들의 이 같은 포즈가 그들의 양심을 충족시키는 것 외에는 아무것도 아니다'라고 판단하며, '한국문학을 지적 흥미의 대상으로 하는 어떠한 논의도 우리는 참을 수 없다'라고 예민한 반응을 보인다. **우리 일에 솔직한 회의를 보이는 사람들이 한국에 있다는 것을 잊어서는 안 된다. 하지만 그래도 역시 앞으로도 조선문학을 일본에 소개하는 일을 계속해 갈 수밖에 없을 것이다. 우리는 그의 비판을 친구에게 들려준 쓴소리라고는 도저히 말할 수 없겠지만.**[36]

오무라는 일본인의 한국문학에 대한 관심이 양심을 충족하는 포즈이거나 지적 흥미의 대상에 머물 수 있다는 김윤식의 언급을 통해 한국문학을 소개하고 연구하는 자신을 성찰한다. 그리고 그러한 언급을 받아 안으면서 한국문학을 번역하고 소개하는 일을 이어가고자 한다.

『상흔과 극복』에 실린 「식민지문학의 상흔과 그 극복」『현대문학』, 1972.2에서는 연구자 김윤식과 오무라와의 공명을 확인할 수 있다. 이 글에서 김윤식은 오무라의 논문 「제2차 세계대전하에 있어서 조선의 문화 상황第二次世界大戦下における朝鮮の文化状況」『사회과학토구(社会科学討究)』 43, 1970과의 대화적 관계에서 이광수와 다나카 히데미쓰田中英光 등을 중심으로 식민지문학을 분석한다.

오무라의 논문은 임종국의 『친일문학론』^{평화출판사, 1966}으로부터 촉발하여 쓴 글이었다. 임종국은 이광수에 대하여 "이광수의 친일 활동이 그로서는 황국신민이 되어야겠다는 철저한 의식과, 또 그것이 조선 민중을 위하는 길이라는 신념에 입각한 당국에의 맹종"이었다고 판단한다.[37] 오무라는 임종국의 판단에 공명하면서도 한 걸음 더 나아갔다. 이 글을 작성하면서 오무라는 임종국이 활용하지 않았던 『동포에게 고함^{同胞に寄す}』, 『내선일체수상록^{内鮮一体随想録}』 등의 자료 또한 연구에 활용하였다.[38] 오무라는 이광수의 『내선일체수상록』을 분석하면서 "이광수의 내선일체와 총독부의 내선일체가 동일할 수는 없"고 그가 대일협력을 주장했지만 "그가 조선인임에는 변함이 없었던 것이다"라고 해석한다.

그^{이광수-인용자}에게는 조선이 저항했을 때 민족 멸망의 공포가 있었을 것이다. 그것을 회피하려는 계산만으로 눈물을 머금고 위장 투항했다는 측면도 없지 않을 것이다. 그 위장 기간이 너무 길어져 어느새 무대에서의 배역을 실제의 자신인 것처럼 착각하고 만 것은 아닐까? 총독부가 아무리 동화나 협화를 외친들, 또 백 보를 양보하여 조선인이 비록 일본에 동화하려고 노력하더라도 일본인 측이 그것을 받아들이려 하지 않는다는 것 정도는, 이 시점에서는 이미 알고 있었을 것이다. 우리는 이광수의 일제에 대한 인식의 달콤함을 쉽게 지적할 수 있지만, 그의 주관적인 선의만은 어느 정도 인정하고 싶다. 돌이킬 수 없는 중대한 잘못을 저지른 셈이었지만.[39]

이광수에 대한 오무라의 판단은 신중하면서도 단호하다. 그는 이광수의 대일협력에 위장의 측면이 있을 수 있고, 그 입장에 어느 정도 선의가 있을 수 있다는 것을 인정한다. 하지만 오무라는 이광수가 위장의 포즈와 실제 자신을 구별하지 못했고, 그것이 결국 돌이킬 수 없는 결과를 가져왔다는 것을 엄정히 비판한다. 그는 작가에 대한 후대 연구자의 평가가 외부에서 평면적으로 이루어지면 안 된다는 것을 강조하면서, 이광수의 입장을 내재적으로 비판한다. 다케우치 요시미는 「근대의 초극」[1959]에서 사상과 이데올로기의 분리 불가능성을 인지하면서도 역경을 무릅쓰고 사실로서의 사상을 해부하여 "묻혀 있는 사상으로부터 에너지를 끌어올"리고 새로운 "전통"을 형성하고자 하였다.[40] 이광수의 문학에 신중하면서도 엄정하게 접근하는 오무라의 시각은 그의 스승 다케우치 요시미의 태도와 닮아 있다.

김윤식 역시 오무라의 시각에 공명하였다. 김윤식은 일본의 식민지 지배를 아일랜드나 인도 식민지 지배와 대별한 후, "일제 말기 한국 지식인이 갈 길이란 ① 눈을 뜨고 전진하든가 ② 눈을 감고 절망하든가 ③ 타협하는 길밖에 없었던 것이다"라고 진단하였다. 김윤식은 이광수의 대일협력에 대한 비판의 필요성에 동의하면서도, 오무라와 마찬가지로 "이광수의 그러한 내선일체론의 치졸한 견해가 진심에서 우러나온 것이었을까"라고 하면서 판단에 신중을 기하였다.[41] 김윤식이 제시한 신중한 서술의 근거 역시 오무라와 마찬가지로 이광수의 『내선일체수상록』의 일절 때문이었다.

1966년 한국 임종국의 『친일문학론』이 1970년 3월 일본 오무라의 「제2차 세계대전하에 있어서 조선의 문화 상황」을 촉발하였고, 오무라의 글이 1972년 2월 한국 김윤식의 「식민지문학의 상흔과 그 극복」 집필의 계기가 된다. 그리고 김윤식의 글이 실린 책은 오무라의 번역으로 1975년 7월 일본에서 출판된다. 1965년 한일기본조약 체결 한국의 연구자와 일본의 연구자가 한국문학을 매개로 한국어와 일본어로 오가면서 학술적인 대화를 주고받는 가운데, 한국근대문학 연구의 성과가 축적되고 연구의 대상이 확장된 셈이다.

오무라 마스오가 가지고 있던 한국과 일본의 얽힘에 대한 관심은, 한일기본조약 이후 본격적으로 가능해진 한국 작가와의 교류를 통해 문제의식이 심화되고 확장된다. 또한 자료와 연구의 쟁점을 주고받고 공동의 대화로 학술적 질문을 심화하는 한편, 우정과 인격적 교류를 형성하였다.

30여 년 후. 2004년 1월 15일 목요일 오전 10시. 김윤식은 다시금 와세다대학 교정에 선다. 그는 1970년 시계탑을 바라보면서, 1971년 오무라의 연구실에서 '조선문학의 회' 회원을 만났던 것을 떠올린다.

동백꽃 붉게 숨은 길을 돌아 그리 헤매다가 덧없이 걷고 있는데 갑자기 큰 건물이 막아서지 않았겠소. 거대한 기둥에 어울릴 만한 크기의, 먹으로 쓴 간판이 기다리고 있었소.

大村益夫教授最終講義
「朝鮮近代文学と日本」
一月一五日(木) 一〇時 四〇分 於一四号館 五〇一教室
(…중략…)

그동안 어학연구소 한 귀퉁이에 놓인 '조선어'만큼 초라한 존재가 따로 있었으랴. 이를 가르치는 교수만큼 외로운 자 따로 있었으랴. 이 외로운 자가 바로 오무라 교수였을 터. 씨^{오무라 씨 - 인용자}가 이역 땅 감옥에서 외롭게 죽어간 시인^{윤동주}의 흔적을 찾아 중국 치하의 옛 간도 땅 연길^{延吉}, 용정^{龍井}을 헤맨 것도, 또 씨로 하여금 그곳에서 시인의 무덤을 찾아낸 것도, 나아가 가시덤불에 싸인 중국

조선족문학 연구에로 큰 발걸음을 옮겨 놓은 것도 이 외로움 때문이었을 터. 아, 외로움이란 무엇인가. 뻐꾸기 울음소리도 그런 것이 아닐까. 거대한 와세다대학 한구석에 깃든 '조선어', 그것은 뻐꾸기 울음의 환청이었고 이 환청이 씨로 하여금 시인 윤동주에게로, 「참회록」에로, 그의 무덤에로 뻗어가게 하지 않았던가.

이제 그 외로움은 끝났습니다. 뻐꾸기 소리도 들리지 않겠지요. 거대한 와세다대학 국제학부 속에 당당히 선 '조선어'가 아니겠는가. 수강생 팔백 명을 웃도는 조선어. **이 거대함이, 한 교수의 운명적인 외로움이 키워낸 산물이라는 사실을 그래도 조금 아는 이는 저 오구마**大隈 **대강당의 시계탑쯤일까. 용정 양지바른 공동묘지 한 켠에 있는 '시인 윤동주'라 새긴 비석쯤일까.**[42]

김윤식은 1970년 어학연구소의 한 귀퉁이에서 초라하고 외롭게 시작한 한국어가 2004년 수백 명의 수강생과 함께 와세다대학 국제학부 가운데 서 있는 모습을 겹쳐 떠올리면서, 오무라의 성실한 학술적 실천의 이면에 놓인 고독의 감각을 발견한다. 강의의 시작에 앞서 오무라는 김윤식을 소개하였다. 마치 2001년 9월 11일 김윤식의 정년 퇴임 강연회에서 김윤식이 오무라를 소개하였듯.

김윤식은 오무라의 최종 강의를 경청하면서 오무라의 연구 저변에 가로놓인 모랄의 감각을 읽어낸다. 오무라의 연구가 실증적인 성격을 가지고 또한 비판적 언급을 억제해온 것은 사실이지만, 김윤식은 그것이 지적인 날카로움이나 호기심에 이끌리는 것이 아니라는 것을 강조한다. 김윤식은 오무라의 연구가 지켰던 기율을 "연구자가 갖추어야 될 처음이자 마지막의 자질, 곧 '태만'과는 정반대인 '성실성'"으로 판단한다.[43] 김윤식이 주목한 오무라의 성실성은, 조선에 대한 망각과 태만에 대한 일본인으

〈그림 2〉 2004.1. 오무라 마스오의 와세다대학 최종강의에 참여한 김윤식
출처 : 오무라 마스오 저작집 6

로서 자각과 비판이었다. 오무라의 성실성을 루쉰의 어법을 빌려서 말하
자면 '망각을 위한 기념'이라 할 수 있다.[44]

　　「대기待機」라는 작품. 『국민문학』1942.12에 발표된 것이지요. 오무라 교수는 이
렇게 말하고 있더군요. "일본어로 작품을 쓰도록 강요되고, 문학잡지가 통폐합
되어 일본어 잡지 한 개만이 남았고, 조선청년에 대한 특별연성소가 만들어지
고 지원병 제도 대신 징병제가 실시되는 시기에 지난날의 왕궁의 '창경원 돌담
을 따라' 걷고 있는 조선 청년의 앞길을 읊은 시입니다"라고. 또 말합니다. "그
는 해방 뒤 문학사가들로부터 친일문학 행위자로 비난받아도 어쩔 수 없는 작
품을 발표했음은 확실합니다. 그렇지만 준엄한 상황 앞에 있던 동시대의 문학
자의 삶의 방식과 비교해 김종한을 평가해볼 필요도 있습니다"라고. **오무라**

교수가 선 자리란 어디까지나, 가해 민족과 피해 민족의 '상처 입히기와 입음', 곧 민족이란 단위에서 벌어지는 '문학적 모럴'이었음이 뚜렷합니다.[45]

김윤식은 오무라의 연구가 수행한 망각에 대한 저항이 바로 '민족적 모럴'에 근거한 것임에 주목한다. 그는 '한일관계와 일제에 의해 상처입은 조선민족'이라는 오무라의 과제를 존중하면서도, 그것이 20세기적 감각에 근거한 것이라는 점을 음미한다. 그리고 21세기적 상황에 맞는 새로운 연구의 가능성과 필요성을 가늠한다.

오늘은 김종한과 윤동주에 대해 얘기했지만, 물론 조선과 일본 사이에 있었던 문학자는 이 둘만이 아닙니다. (…중략…) 이들 조선문학자를 무시하고서는 일본근대문학은 그 비뚤어짐을 바르게 할 수 없겠지요. 동시에 조선의 근대문학을 말할 때도 일본근대문학의 존재를 어딘가 염두에 두지 않고서는 조선근대문학은 생각되지 않겠지요.[46]

한국문학을 염두에 두지 않고 일본문학에 대한 비판적인 이해에 도달할 수 없다는 오무라의 언급에 동의하면서, 김윤식은 일본문학을 염두에 두지 않고 한국문학에 대한 온당한 이해에 도달할 수 없다고 생각한다. 김윤식이 기록한 오무라 마스오 최종강의의 맺음이었다.

3. 임종국의 '춘추필법'

오무라의 한국문학 자료 수집 및 연구 과정은 연구자 임종국과의 교류에도 닿아 있다. 김윤식이 현해탄을 건너 일본에서 오무라와 교류하였다면, 임종국은 오무라와 짧지 않은 시간 서신과 자료, 그리고 자료로 교류하였다. 오무라가 임종국과 서신 교류를 시작한 계기는『친일문학론』^{평화출판사, 1966}의 번역 요청이었다.[47] 김윤식의『한일문학의 관련양상』번역이 같은 세대 한국인의 비평적 문제의식을 번역한 것이라면, 임종국의『친일문학론』번역은 역사 기술이자 학술적 연구의 번역이었다. 동시에 임종국의 역사기술은 식민주의 비판인 동시에 자신의 주체성에 대한 성찰이었다. 1976년 오무라는『친일문학론^{親日文学論}』을 재일조선인 박광수가 운영하는 출판사 고려서림^{高麗書林}에서 간행하였다.『친일문학론』의 서두에서 임종국은 1945년 해방 직전 자신의 '자화상'을 다음과 같이 그렸다.

1929년생. 그 무렵 나는 신설정^{新設町}에서 십대의 세월을 보냈다. 우리집을 가운데 두고 왼쪽에 만성루, 오른쪽에는 다케이^{竹井}이라는 일인이 살고 있었다. 나는 어느새 그 집 이쿠요^{幾代}라는 소녀와 가까워져서 흔히 연정 비슷한 감정을 느끼곤 했다. 그리고 얼마가 지났다. 근로동원을 가서 꾀를 피우다 으레 "가치노 고다키라^{조선놈의 씨알머리니까}", "아레 요보상다요^{저건 조선놈의 종내기야}"라는 욕을 먹었다. 그러면서도 나는 검도와 총검술을 배웠다. 배낭에 99식총과 대검^{帶劍}을 찬 상급생들이 참 하늘만큼 장해 보였다. "조센진토 멘타이와 다타케바 다다쿠호도 아지가 데루^{조선놈하고 명태는 두들기면 두들길수록 맛이 좋아진다}"라는 그 유명한 격언(?)을 들은 것도 이 무렵이었다. (…중략…) 그리고 또 얼마가 지났다. 배급쌀이라고 쌀 반 콩깻묵 반이 나오더니 나중에 쌀알만큼씩 부스러뜨린 국수

종류가 배급되고, 그러자 미구에 해방이
됐다고 세상이 벌컥 뒤집혔다. 나는 해방
이 뭔가? 하면서 그래도 덩달아 좋아하
였다.

이때 내 나이 17세. 하루는 친구놈한
테서 김구 선생이 오신다는 말을 들었다.

"얘! 너 그, 김구 선생이라는 이가 중
국 사람이래?"

"그래? 중국사람이 뭘 하러 조선엘 오
지?"

"이런 짜아식! 임마 것두 몰라! 정치하
러 온대!"

"정치? 그럼 우린 중국한테 멕히니?"

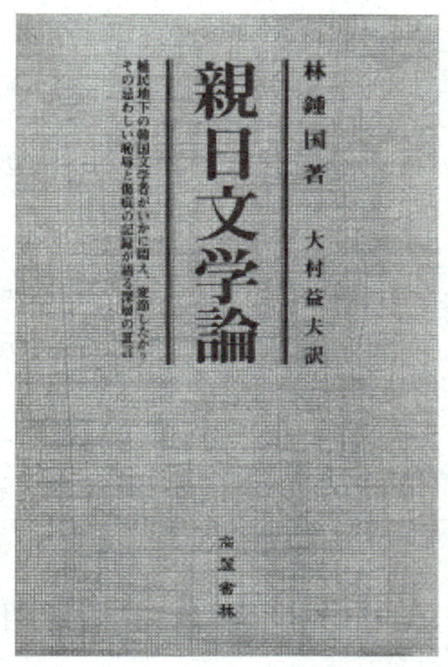

〈그림 3〉 임종국, 오무라 마스오 역,
『친일문학론』, 고려서림, 1976
출처 : 『오무라 마스오와 한국문학』

지금 나는 요즘의 17세에 비해서 그 무렵의 내 정신연령이 몇 살쯤 되었을
까 생각해 본다. 식민지 교육 밑에서, 나는 그것이 당연한 줄만 알았을 뿐 한
번 회의조차 해본 일이 없었다. 한국어를 제외한 모든 관념, 이것을 나는 해방
후에 얻었고 민족이라는 관념도 해방 후에 싹튼 생각이었다.

이제 친일문학론을 쓰면서 나는 나를 그토록 천치로 만들어 준 그 무렵의
일체를 증오하지 않을 수 없었다.[48]

임종국은 식민자와 식민지 주체가 함께 거주하였던 1940년대 서울 신
설동의 거리와 전시체제의 학교에서 군사훈련과 근로동원에 참여하는
학생의 모습을 그렸다. 당시 그는 해방이 무엇이고, 민족이 무엇이며, 김
구가 누구인지 전혀 모르는 '천치'로서 청소년기 자신의 초상을 고백하였

다. 특히 임종국은 청소년 시절 자신이 들었던 멸칭 섞인 일본어 문장을 한글로 적어두었다. 오무라는 멸칭 섞인 일본어 문장 안에 기록해둔 임종국의 자화상을 일본어로 번역한다. 그는 "ガチノ 子ダカラ", "アレ, ヨボサンダヨ", "朝鮮人ト メンタイハ, 叩ケバ叩クホド味ガデル" 등 임종국이 들은 일본어 문장을 가타가나로 표기하였고, "가타가나 부분은 원문 일본어의 조선 문자 표기. '가치ガチ'는 까치, 조선까치. 당시 민족적인 모멸어로서 사용되었다", "'요보ヨボ'는 원래 부부 등 친밀한 사람끼리의 호칭. 원래의 뜻을 왜곡하여 조선인에 대한 멸칭으로 사용되었다" 등의 역자 주석을 붙였다.[49] 임종국은 자신을 천지로 만든 일체에 대한 증오를 숨기지 않지만, 그것은 일본이라는 타자에 대한 분노만을 의미하는 것만은 아니었다.

> 그러니 필자임종국—인용자는 부득불 내가 창안한 근사한 창씨성명 하나를 공개하지 않을 수 없단 말이다.
> 만약 내가 그 무렵 25세만 되었더라도 나는 서슴없이 '아마노 효카天野兵家'라고 창씨개명했을지도 모른다. 뜻인즉 하늘과 들에 병사들의 집이 가득 찼다는 것이니 이 얼마나 군국 일본을 잘 표현한, 필승의 기백에 넘치는 이름이냔 말이다. '香山光郞'도 일본적으로 '뜻깊은' 이름이지만 역시 天野兵家보다는 함축성이 못하다는 필자의 학설이시다.[50]

임종국은 이광수의 창씨개명에 대해 서술하면서, 자신이 만들었을 창씨개명 역시 소개한다. 그가 만든 창씨 개명은 스스로의 언급처럼 군국주의를 내면화한 이름인 동시에, '아마노 효카'의 소리를 달리 읽으면 '천황 폐하'가 된다는 점에서 식민 지배에 대한 조소를 담고 있는 이름이기도

하다. "식민지 본국의 담론은 식민지에서 한 번 더 반복되고 식민지인에 의해서 모방될 때 그것은 언어가 뒤틀려 나타나듯이 뒤틀리고 더럽혀져서 나타날 수밖에 없다"는 윤대석의 통찰을 새긴다면,[51] 임종국의 창씨개명은 그 역시 식민지 주체의 '뒤틀림ひねくれ'을 깊은 상처로서 가지고 있음을 보여주는 언급이었다. 오무라는 이 부분을 번역하면서, 임종국이 만든 창씨개명 '아마노 효카天野兵家'에 대하여 "덴노 헤이카テンノヘイカ로도 읽을 수 있다"라는 역주를 붙이면서, 식민지 주체의 뒤틀림을 정확히 전달하고자 하였다.[52] 『친일문학론』을 저술하는 임종국의 분노는 일본의 식민주의에 대한 분노와 비판이기도 하였지만, 자기 자신에 대한 분노와 성찰이었다. 이혜령은 임종국의 『친일문학론』을 식민화된 자아를 서술하고 성찰하는 탈식민주의 비평인 동시에, 친일 혐의를 가진 동족의 이름을 불러내어 논고와 변론을 수행하는 역사적 비판으로 이해하였다.[53]

오무라가 관심을 가진 것은 친일문학론의 글쓰기 방식이었다. 1970년 오무라는 「제2차 세계대전하에 있어서 조선의 문화 상황」을 집필하면서, 『친일문학론』에 대하여 "배울 바가 많은 책"이며, "평가는 피하고 자료를 나열하는 서술 방법을 취하였지만, 그것이 '친일문학자'에 대한 침묵의 격렬한 규탄이 된다"고 고평하였다.[54] 그는 『친일문학론』의 글쓰기를 정확한 자료의 수집과 엄정한 사실의 축적이 현실에 대해 통렬한 비판적 개입을 수행하는 모범으로 판단하였다.

1976년 오무라는 『친일문학론』을 번역하면서 이 책이 문학사의 '공백기'와 '암흑기'를 메우는 "가장 기초적이고 체계적인 작업"으로 평가하였다. 오무라는 한일기본조약 체결을 직시하면서 "자료 정리와 집필 활동"을 이어간 임종국의 지향이 "구세대 친일문학자에 대한 성토가 아니"라는 점을 강조한다. 그는 "객관적 사료에 근거하여 냉정하게" 쓰인 이 책에서 임종국이 "개인에 대한 감정보다는 그들에게 그러한 작품을 쓰게 한 상황", 곧 식민주의에 대한 통렬한 비판을 수행한다고 보았다.[55] 오무라는 『친일문학론』은 비할 데 없이 정확하다. 객관적 사실로 이야기하는 이 책이 가진 생명력의 뿌리는 치밀한 기술과 정확한 인용에 있다"고 평가하면서,[56] 번역 역시 신뢰할 수 있는 원칙을 세우고, 원문을 검토한 바탕 위에서 정확한 표기로 진행하였다.

번역상의 용어·표기에 대해 한 마디 언급해 두자. 일본어의 작품명과, 일본어로부터의 인용은 『 』으로 표기하여, 가능한 한 원전에 따랐다. 다만 한자는 당용한자체当用漢字体로 고친 곳이 많고 고유명사인 '연맹(聯盟)', '만주(滿洲)' 등은 그대로 남겼다, 지금 젊은 독자에게 특히 난해한 한어漢語 등에는 원전에 없는 루비ルビ를 붙인 곳도 있다. 긴 인용문 가운데 일본어 원전 문장이 아닌 경우는 "『친일문학론』으로부터 다시 번역反訳"이라는 양해를 붙였다. 한두 줄의 짧은 인용 가운데 원전이 아닌 것에는 따로 말을 붙이지는 않았지만, '다시 번역'한 경우는 모두 현대 가나 표기를 사용하였다.

「 」는 조선어로 쓰인 작품의 표제와 조선어로부터 인용한 것이다. 신문·잡지명은 〈 〉를 붙였다. [ ]는 역자의 주석이다.

반도·국어일본어·언문한글·내선·북선북부 조선 지방·지나중국 등의 말은 당시의 용어 그대로 사용되고 있으므로 번역으로도 그대로 두었고 필요에 따라 역주를 붙였다. 한국·조선·반도의 쓰임도 모두 원문대로 따랐다.

본문 끝의 역주 가운데 일본인의 명부는 역자의 힘이 미치는대로 역자가 원저자에게 의뢰하여 조사한 것임을 밝혀둔다. 다시 한번 사의를 표하고 싶다.

관련 작품표와 인명해설은 원저에서 ㄱ, ㄴ, ㄷ한글 자모 순서로 나열되어 있던 것을, アイウエオ아이우에오 순서로 정렬했다. 이때 원저에서는 창씨명으로 나와

있는 것이라도 본명을 알 수 있는 것은 본명으로 되돌렸고, 원음을 읽는 방법을 알파벳으로 삽입했다.

인명해설은 이 책의 이해를 돕기 위해 저자가 해방 전의 직업과 지위를 간단히 적은 것이다. 이 명단이 친일파 명단도 아니고 총독부 어용 문화인 명단도 아님은 물론이다.[57]

오무라는 『친일문학론』이 "당시 나온 한국 책 중에서는 드물게 자료의 인용이 정확"했다고 평가하면서, "정확히 자료를 인용한 책이기에 번역 역시 정확해야" 한다고 판단하였다.[58] '친일문학'이 창작된 1940년대 식민지 조선, 『친일문학론』이 쓰인 1960년대 한국, 『친일문학론』이 번역된 1970년대 일본 사이에는, 언어와 한자 표기, 각종 개념 및 용어에 차이가 있었다. 오무라의 번역은 시대, 언어, 표기의 차이를 가로지르는 실천이었다.

『친일문학론』은 일본어 문헌과 조선어 문헌 모두를 인용하였는데, 임종국이 집필 과정에서 조선어 문헌과 일본어 문헌의 구분을 기호로 표시하였듯,[59] 오무라 역시 번역 과정에서 기호를 달리하여 인용 문헌의 언어를 구분하였다. 문제는 일본어 문헌이었다. 임종국이 『친일문학론』을 한국어로 집필하면서 식민지 시기 한국 작가의 일본어 문학을 한국어로 번역하여 수록하였기 때문이다. 오무라는 번역 과정에서 1차 자료인 일본어 원문을 직접 확인하고 인용하였다. 그는 원문 확인을 위해 임종국과 편지를 주고받으며 자료의 제공 및 확인을 요청하였다. 그가 임종국과 주고받은 편지는 30통에 달했다.[60] 일본어 원문을 미처 확인하지 못한 인용문의 경우, 오무라는 "『친일문학론』으로부터 다시 번역反訳"이라고 표시하였다. 또한 '반도', '국어', '내선', '지나' 등 역사적 개념은 최초의 용례를 존중하면서도 주석을 붙여 설명하였다. 표기 역시 1970년대 일본에서 사용하던 '당용한자'를 따르면서도 일부는 원문 표기를 존중하였다.

오무라는 번역서 『친일문학론』의 부록으로는 '관련 작품표'와 '인명해설'을 첨부하였다. 역자 주석은 두 종류였는데, 한 가지는 일본인 독자를 위한 한국의 역사 인물에 대한 주석이었으며, 또 한 가지는 원서에서 충분히 설명하지 않은 정보를 보완한 것이었다. 이것은 학술적 완성도를 위한 것이기도 하였지만 세대의 소통 및 역사적인 판단을 위한 기초작업이었다. 임종국은 『친일문학론』 권두에서 "20대의 독자들을 위해서" '내지인內地人', '내선內鮮', '야마토민족大和民族', '메이지明治', '다이쇼大正', '쇼와昭和' 등의 "이 책에서 사용된 그 무렵의 특수 용어 몇 개"를 권두에서 해설하였다.[61] 오무라는 『친일문학론』이 한국에서 전반적인 냉담 안에서 세대에 따라 어떻게 달리 읽혔는지 검토한다.

『친일문학론』은 1966년에 공간된 이후 한국 사회에서 냉담하게 다뤄져 왔다. 상재 당시는 상당히 떠들썩했고, 저자는 몇 군데 일간지로부터 인터뷰를 요청받기도 했지만, 서평으로는 홍사중Hong Sajung 씨의 것 한 편만 남아 있다. 개인적인 편지로 저자에 격려는 꽤 있었다고 하지만, 기성세대 공공의 소리는 적었다고 한다. 해방 무렵 중학생이었던 임 씨의 저작이 간행되면서 40대, 50대 일부 절의를 지킨 사람들은 자랑스러웠겠지만, 한국에 현존하는 많은 선배 문학가들로부터는 거의 완전히 무시당했다고 해도 과언이 아니다. 혹여 무시가 아니었을지도 모르지만, 한결같이 입을 다물고 반응은 극히 작았다고 할 수 있다. 덧붙여서 『친일문학론』은 1966년 7월 초판을 낸 후 한 번도 증쇄하지 않았다.

간행 당시 저자와 같은 30대 세대는 세대의 대립에 손을 보탠다든지 저자를 지지하는 쪽으로 돌아선 것 같다. 20대 이하의 젊은 세대에게 있어서는,

이 책은 바로 그 자체가 아니었을까? 지금을 설레게 하는 훌륭한 문학자가 해방 전에 그러한 과거를 가지고 있었는가 하고 망설이기도 하고, 기가 막히기도 하고, 이 책이 거짓이 아닌가 의심하기도 했다.

권말부록의 인명해설 등도 젊은 독자를 고려하여 붙인 것일 것이며, 집요하기까지의 인용문헌의 출처 명시는 반신반의하는 젊은 독자를 설득시키는 의미도 가지고 있었을 것이다.[62]

오무라는 한국 사회의 전체적인 분위기와 기성세대는 『친일문학론』에 침묵하였지만, 저자와 같은 세대 혹은 젊은 세대의 독자에게는 반향이 있었다고 판단한다. 임종국 역시 『친일문학론』 서술의 기율로 "필자 자신의 독단적 판단보다는 차라리 후학을 위한 자료 소개에 중점을 두지 않을 수 없었다"라는 입장을 밝힌다.[63] 임종국의 『친일문학론』이 조금씩 한국의 젊은 세대의 동의를 얻어가듯, 오무라는 일본의 독자들도 『친일문학론』을 통해 식민주의를 성찰하기 바랐고 그를 위해 정확히 번역과 풍부한 주석을 지향하였다. 시대와 언어의 차이를 가로지르며 정확하고도 풍요로운 번역에 기반하여, 오무라는 『친일문학론』을 통해 자신과 일본에 대한 성찰을 수행한다.

임종국 씨의 『친일문학론』은 해방 직후와 같은 친일파 규탄의 책이 아니다. 되풀이해서 말하듯, 그것은 객관적 사실을 사실적으로 보여주고, 문학사의 공백을 메우려는 시도이다. 그 작업의 저변에는 한일 관계가 있음에 틀림없다.

본서의 번역을 진행하는 것은 역자로서 꽤 힘든 작업이었다.

임 씨는 한국의 필요에 따라 이 책을 저술했고, 역자는 일본의 필요에 따라 번역한 것이다. 이 책의 내용은, 세상의 책에 자주 있듯이, 저자가 일본어판

출판에 즈음하여 일본의 독자에게 안부 인사를 보낼 성격의 것은 아니다. 한국의 일반 독자로서도, 그들에게 있어서의 몸속 깊은 수치를, 그 수치를 강요한 일본인 앞에 드러내기 싫다는 심리가 작용하는 것은 당연할 것이다. 식민지 지배의 정신적 잔혹함의 실체는 어떤 것일까? 그것이 얼마나 문학 본연의 모습을 왜곡시켰을까? 수량이나 통계표에서는 나타낼 수 없는 살아있는 인간이 입은 마음의 상처의 일단을, 이 책은 객관적 사실을 쌓아 보여주고 있다. 언뜻 무미건조해 보이는 사실들의 나열이 참으로 무서운 상황을 이야기해 주고 있다. 일례로 황군위문작가단이 조직되기까지의 복잡한 과정에는 저자가 아무것도 해설하지 않았음에도 불구하고 당시 작가들의 고뇌의 일단이 행간에 묻어나는 것을 독자는 간파할 수 있다.

일본 식민지하의 문학적 정황과 그 아래에서 돌파구를 열기 위해 고뇌하거나, 혹은 열지 못하고 신음했던 조선문학의 양상을 객관적 자료로 드러내 주는 것에, 『친일문학론』이 일본에 소개되는 의미가 있을 것이다. 역자로서는 객관적 진실성을 잃지 않는다면, 조선인 문학자 개인의 이름은 덮어도 된다고 생각하기까지 했다. 그들에게 치욕을 강요했다는 치욕에서 우리는 아직 자유로울 수 없는 것일까? 강요한 것은 강요된 자의 치욕보다 수백 배나 더 큰 것일지 모른다는 상념이, 다른 외국 문학에 대한 것과는 또 다른 어떤 긴장감을 우리에게 가져다 준다.[64]

오무라는 한국의 필요에 따라 임종국이 『친일문학론』을 집필하였고, 일본의 필요에 따라 자신이 『친일문학론』을 번역하였다고 언급한다. 오무라는 『친일문학론』 발간 직후에는 화제가 되었지만 이후 관심이 사라져 냉담해진 한국 사회의 반응을 소개하고, 한국 펜클럽 회장 백철의 방일에 대하여 냉담하게 대응하는 것을 넘어 해방 전 백철의 발언까지 보도하였던 일본의 언론에 결코 동의할 수 없다고 비판한다. 한국과 일본 모두 '친일문학'의 역사적 의미를 망각한 상황이었다.

오무라는 『친일문학론』의 글쓰기를 '춘추필법^{春秋筆法}'으로 규정하였다.[65] '춘추필법'은 전통시대 동아시아의 학자들이 공자가 편년체 역사책 『춘추』를 편찬하면서 견지한 엄정한 서술의 기율을 이른다. 그들은 공자가 『춘추』에서 표면적으로는 역사적 사실을 중립적으로 기술한 듯 보이지만, 그 행간에 큰 뜻을 숨겨두었다고 보았다. 따라서 『춘추』를 읽을 때는 평범하게 보이는 표현들^{미언(微言)}에 숨어 있는 큰 뜻^{대의(大義)}를 온전히 찾아 읽어야, 역사적 사실에 대한 공자의 서릿발 같은 평가를 이해할 수 있다고 판단하였다.[66] 오무라 역시 『친일문학론』이 객관적인 사실의 축적과 나열을 통해, 당대 작가의 고뇌와 치욕, 상처를 보여주는 동시에, '친일문학'을 강요한 식민지 지배의 정신적 참혹함을 고발하고 있다고 무겁게 받아들인다. 오무라는 『친일문학론』의 번역이 무척 고통스러운 과정이었음을 고백한다. 그는 『친일문학론』의 일본어 번역이 피해자인 한국인에게는 몸속 깊은 수치를 가해자 일본인에게 드러내 보이는 참혹한 경험일 수 있음을 성찰한다. 한국인에게 그러한 치욕을 강요한 일본인이 『친일문학론』이 보여주는 '무서운 상황'을 직시한다면, 그것은 수백 배나 더 큰 치욕일 수 있다고 보았다.

오무라의 언급에는 "8·15"를 "굴욕의 사건"으로 새겼던 다케우치 요시미의 성찰이 겹쳐져 있다. 샌프란시스코 강화조약 체결¹⁹⁵¹과 한국전쟁 정전¹⁹⁵³으로 동아시아의 냉전체제가 확립되었던 무렵 다케우치는 「굴욕의 사건」¹⁹⁵³에서 1945년을 되돌아본다. 조선이나 중국이 파시즘의 맹위에 대하여 저항의 힘을 길렀던 것과 달리, 일본은 파시즘의 맹위에 무력했고 "8·15 시기"에도 공화제를 실현하거나 인민정부 수립을 선언하지

<그림 4> 1981.3. 임종국 가족을 방문한 오무라 마스오
출처 : 오무라 마스오 저작집 6

못했다. 다케우치는 "8·15"를 "민족의 굴욕"이자 "나 자신의 굴욕"으로 "떠올리기 쓰라린 사건"으로 의미화한다. "우리는 고귀한 독립의 마음을 이미 8·15에 잃지는 않았던가. 지배민족으로 설쳐 독립의 마음을 잃고 독립의 마음을 잃은 채 지배당하는 처지에 놓인 것이 오늘날 우리의 모습이지 않은가"라고 자문하였다.[67] 다케우치가 "8·15"를 '굴욕의 사건'으로 의미화하면서 고통스럽게 자기와 샌프란시스코 조약 체결 직후 일본 사회를 성찰하였듯, 오무라는 『친일문학론』 번역을 통해 '친일문학'을 '수치의 경험'으로 의미화하면서 고통스럽게 자기와 한일기본조약 체결 후 일본 사회를 성찰하였다.

오무라는 임종국의 생애를 정리하면서 그가 1929년생이라는 점, 고려대 정경학부를 중퇴 후 재입학하여 졸업한 점, 풋풋한 서정시로 등단하여 평론 활동을 이어간 점, 『이상 전집』태성사, 1956~1958을 간행한 점 등을 소개한다. 그는 독립 연구자로서 임종국의 강직한 삶의 방식과 글쓰기의 연관성을 조심스럽게 가늠하기도 하였다.

씨임종국 씨−인용자는 지금까지 2, 3년간 신구문화사·삼중당 등 출판사에서 일한 것 외에는 교직을 비롯한 봉급 생활을 한 적이 없다. 지난 3년간 사업을 하고 난 아후로는 계속 붓으로 생활을 지탱해 왔고, 현재도 원고를 쓰면서 농장을 운영하고 있다. 씨의 필봉이 가진 예리함은 씨의 강직한 삶의 방식과 함께, 이러한 경제적 배경에 의한 것일지도 모른다.[68]

『친일문학론』 간행 이후 임종국과 오무라는 임종국의 타계까지 지속적으로 자료를 매개로 서신과 우정을 주고받는다. 1977년 오무라가 고려서림 박광수 사장의 인편으로 『친일문학론』 번역서와 인세, 서신을 보냈다. 임종국은 그에 대한 사의를 표하며 『동양지광』 및 『국민문학』 6책, 작은 병풍, 인삼 및 인삼차, 연수정 목걸이 등을 선물한다. 1977년 1월 오무라는 다시금 박광수의 도움으로 임종국 가족에게 지갑 2개, 시계 1개, 크레용 2개 등의 선물을 보냈고, 8월 임종국은 새로 발표한 글 「일제 말의 친일군상」이 실린 잡지 『대화』[1977.8]를 보냈다.[69] 오무라와 딸 미치노가 처음으로 천안의 임종국 가족을 방문한 것은 1981년 3월 1일이었다. 그는 책상 없이 사과 상자를 엎어 놓고 글을 쓰는 임종국을 보면서 "무서운 신념을 지닌 이"라고 느낀다.

내가 처음 임종국 선생 댁을 방문한 것은 1981년 3월 1일이었다. 천안역에서 버스를 타고 가다가, 내려서 30분 정도 산을 넘어 가는 곳으로, 차도 다니지 않는 곳이었다. 경운기로 집을 세울 재료를 날랐다고 한다. 하늘색 슬레이트 지붕에 장작을 지피는 온돌집이었다. 전기도 들어오지 않는 자가발전식이었다. 산 밑까지 전기가 들어오지 않았으며, 우편배달도 되지 않았다. 산 아래쪽 가게에 우편물과 신문을 맡아달라고 부탁해 놓았다가 하루 한 번씩 가지러 가는 생활을 하고 있었다. **책상도 없어 사과상자를 엎어놓고 쓰고 있었다. 이거야말로 멋지다, 대장부답다, 무서운 신념을 지닌 이가 여기 있구나, 생각했다.**

『친일문학론』은 춘추필법으로 쓰인 것이다. 주관적인 비난, 중상의 언어는 한 군데도 없으며, 오로지 사실만을 축적해감으로써, 해방 전의 문화 상황과 문인들의 발언을 재현해 냈다. 저명인이건, 권력자이건, 대학의 은사이건, 그리고 자신의 부친이건 간에 집필에 임할 때는 붓을 굽힌 적이 없었다. 임선생은 당연히 한국 사회로부터 외면을 당했으며, 심한 경우에는 협박을 받았다. 무직無職 생활을 강요당했음은 물론이다.

허나 생계야 이어져야 하는 법. 천안 교외에 있는 값싼 땅을 구입하여 과수원을 시작한 것이었다. 연구자와 과수원 경영자, 이 두 가지 '직업'을 갖고 있었기 때문에, 품이 많이 드는 복숭아나 배는 그만두고, 밤만 주 수입원으로 삼고 있었다. 그즈음 임 선생 댁을 방문한 것이었다. 장작 온돌은 기분이 좋았다. 부드러운 온기와 낙엽 타는 냄새 속에서 하루 저녁을 선생 댁에 묵었다.

그때 나는 중학교 1학년이 된 딸을 데리고 갔었다. 국민학교 2~3학년 무렵이었던 임 선생의 딸이, 우리 딸이 낀 빨간 장갑을 유심히 보고 있었다. 딸은, 갖고 싶은가보다 하고 장갑을 벗어준 셈으로 있었다. 그런데 다음날 그것이 세탁되어 되돌아온 것이었다. 아아, 때가 묻었으니 빨아드린다는 의미였구나, 하고 딸은 감격해 했다. 말은 안 통하나, 딸들끼리 마음이 통하고 있었다.[70]

오무라는 독립 연구자로서 과수원을 경영하면서 연구에 매진하는 임종국의 양심과 학술적 신념에 깊은 존경을 표한다. 또한 열악한 환경 안에서도 인생의 품격을 지키며 살아가는 임종국 가족과의 만남에서도 깊은 감명을 느낀다.

근대 한일관계를 조사하고 있으면, 대동아공영권이라는 것은, 이상 그 자체는 옳았던 것이 아닌가 하는 생각이 가끔씩 듭니다. 동아東亞 각국의 정황이든 일본의 군부 파시즘이든 그런 이상이 상당부분 굴절되어 버린 감이 없지는 않습니다만……. 동아를 위한 동아라는 국민적 이상, 국민적 정열을 지니고 있었다는 것만으로도 그 시대 사람들은 행복했겠다 하는 생각이 들 때도 있습니다. 이 시대 사람들은 한국인도 또 일본 분들도 별로 이렇다 할 만한 국민적 이상이나 정열을 갖고 있지 않은 듯합니다만……. 인간이란 결국은 신념 — 비록 그릇된 신념이라 하더라도? — 으로 불타오를 수 있을 때가 가장 행복한 것이 아닌가 생각됩니다만……. 외부의 영향을 극복할 만한 신념과 정열 없이 그저 짓눌려만 있는 상황이 제일 불행이 아니겠습니까. 이런 걸 생각하고 있으면 머리가 복잡해집니다만……. (임종국의 편지, 1984년 6월 25일)[71]

두 사람의 교류가 깊어지면서 임종국은 자신의 고민을 오무라에게 솔직히 털어놓았다. 임종국은 『친일문학론』의 결론에서 '친일문학'의 사상사적 유산으로 주목할 만한 점을 세 가지 든다. 첫째, 문학에 국가관념을 도입했다는 점, 둘째, 동양 고유한 이데올로기의 발견을 모색했다는 점, 자유주의적 서구문명을 비판하면서 문학을 대중화하려 했던 점 등이 그것이다.[72] 1984년 임종국은 오무라에게 보낸 편지에서 '아시아의 연대'라는 대동아공영권의 이념이 하나의 이상으로서는 긍정할 수 있는 것 아닌지 조심스레 자문한다. 자문의 근거는 당시의 일본과 조선의 민중들이 이에 동의하였다는 점이었다. 다케우치 요시미는 「일본의 아시아주의」[1963]에서 침략과 연대를 구별하는 것에 의문을 제기하면서, "최소 한도로 규정된 아시아주의의 속성"을 "아무리 에누리하더라도 그것이 아시아 나라들의 연대침략을 수단으로 삼건 삼지 않건 간에를 지향했다는 공통점"에서 찾은 바 있다. 그는 '대동아공영권' 역시 아시아주의의 한 형태이지만, 실상은 아시아주의를 포함한 일체의 '사상'을 압살하고 그 위에 성립한 의사 사상에 불과하다고 비판적으로 진단하였다. 나아가 그는 인민의 구체적인 삶과 아시아주의를 관련짓는 것을 "오늘날 아시아주의의 가장 중요한 과제"라고 보았다.[73] 임종국의 질문은 내셔널리즘과 아시아주의에 담긴 민중의 에너지를 길어냄으로써 비로소 가능할 다른 모습의 근대를 꿈꾸었던 다케우치 요시미의 언급과 공명한다.[74]

한일 관계가 최근 점점 농밀해지는 것 같지요? 일전 현해탄에서 개최되었던 '바보 회담', 그거 별로 안 좋았던 것 같습니다. 이쪽 출석자가 사과하라고 요구했다는데, **침략한 쪽도 나쁘지만, 침략당한 쪽도 나쁘겠지요.** 새삼스럽게 사과한다고 해서 뭔 일이 이뤄질 리도 만무하구요. **그것보다도 해방 전 일들의 뒤처리? 예를 들면 사할린 징용노무자의 귀국 문제 해결 같은 게 더 긴요한 대목이겠지요.** 양국의 지성인들이 좀 더 이성적으로 되었으면 하는 기분이었습니다. (임종국의 편지, 1984년 12월 17일)[75]

1984년 12월의 서신에서 임종국은 1984년 9월 한국 대통령의 일본 국빈 방문을 비판적으로 진단한다. 그는 침략당한 한국이 침략한 일본의 사과를 요구하는 것보다 자기 자신에 대한 성찰과 식민주의로 인해 여전히 고통을 당하는 민중의 현실적 문제에 대한 주목하는 것이 시급하다고 강조하였다. 임종국의 연구는 '침략당한 쪽'의 자기 성찰을 지향하는 것이었다. 임종국은 『조선총독부관보』 35년분 총계 2만 매 이상을 복사하는 중이었는데, 이듬해 1월부터는 『매일신보』 10년 치를 조사하고 필사할 계획을 밝힌다. 특히 『매일신보』 가운데 문학 기사의 필사는 오무라가 부탁한 것이었다. 1985년 2월 서신으로 임종국은 오무라의 사례금에 대한 감사의 뜻으로 잡지 『녹기』의 복사본을 제공하겠다는 의사를 밝힌다. 또

〈그림 5〉 1987.9.4. 밤을 따는 임종국과 오무라 마스오
출처 : 오무라 마시오 저작집 6

한 그는 강화도조약이 체결된 1876년부터 식민지로부터 해방된 1945년까지 조선의 정치·행정·문화·종교 등 사회 전반을 다루는 200자 원고지 15,000매 분량, 최장 8년 규모의 연구계획을 오무라에게 즐겁게 밝힌다.[76] 하지만 1985년 8월 서신에서 임종국은 5월에 건강이 악화되어 자료조사를 멈추었다는 안타까운 소식을 알린다.

돌아와 두 달이나 지난 최근 『매일신보^{每日申報}』가 경인문화사에서 1940년분까지 영인 발행되었습니다. 1945년분까지도 계속해서 영인 발행하게 될 것 같습니다만, 아직 나오지는 않았습니다. 1940년까지가 50여 책으로 한화 360만 원이라는 거금인 듯합니다. 1941~1945년은 친일기사 관계로 발행이 가능할지 어떨지 현재로서는 아직 알기 어렵습니다.

『매일신보』 1책 및 『蓬島物語^{쑥섬 이야기}』와 『靜かな嵐^{고요한 폭풍}』은 도서관 지질

이 나빠서 복사가 이 이상 선명해질 수 없음을 이해해주시길 바랍니다. 정인택의 『淸涼里界外청량리 근처』 등 단행본은 소지하고 계시던가요? 필요하시면 말씀해 주시길 바랍니다. (임종국의 편지, 1985년 8월 18일)[77]

건강 문제로 자료 조사를 중단한 안타까움을 뒤로 하고, 임종국은 한국의 영인본 출판 현황을 공유하고, 『매일신보』와 이석훈의 작품집 2권 등 서신에 동봉하는 자료의 복사 상태가 좋지 못한 것에 대한 양해를 부탁한다. 또한 필요한 자료는 언제든 공유하겠다는 의지를 밝힌다. 오무라와 임종국의 서신을 매개로 한 우정은 안부와 현실 비판, 자료와 연구계획의 공유로 이루어졌다. 1987년 9월 4일 오무라는 아내 아키코와 함께 다시금 천안으로 임종국 가족을 방문한다. 두 번째 방문이었으며, 이날 오무라는 장대로 밤 열매를 땄고, 밤이 듬뿍 들어간 밤밥을 대접받았다. 우연히 오무라는 임종국이 일본어 번역서 『서울의 성 밑에 한강은 흐른다―조선풍속사야화ソウル城下に漢江は流れる―朝鮮風俗史夜話』平凡社, 1987의 인세를 받지 못한 것을 알고, 귀국 후 곧바로 인세가 지급되도록 도왔다. 그달 23일 임종국은 감사의 서신을 보낸다. 1989년 3월 오무라는 임종국의 마지막 서신을 받는다.

그런데 1월 초 출간 예정이던 『일본군의 조선침략사』가 계속 늦어지다가 이제야 출간되게 되었습니다. 별편으로 보내드릴 터이니 언젠가 시간나실 때 일별해 주시면 영광이겠습니다. 그리고 책 속에 '침략'이라는 말이 많이 사용되고 있습니다만, 이쪽 입장을 넓게 이해해주시길 바랍니다. 저는 '지자知者는 허물을 제 안에서 찾는다'는 말을 신봉하는 자입니다. 그런 말을 쓰고 싶지는 않지만, 지금의 한국의 입장에서는 아무래도 어쩔 수가 없습니다. 언제나 이런 단계를 넘어설 수가 있겠습니까.

문인이 되는 꿈을 품고 있던 제가 문학을 팽개치고 망국의 족적만 뒤쫓게 되어 재미는 없군요. 이상理想은 못 쓰고 망국의 역사만 쓰게 되다니 가슴 아픈 일입니다. 젊었더면 아프리카라도 가서 아프리카 통일론이라도 휘갈겨 쓰겠습니다만, 이 나이에 폐기종이니 그건 몽상이겠지요. 아아 쓸데 없는 이야기를 드렸습니다.

그럼 오늘은 우선 이 즈음에서 실례하겠습니다.

선생님 그리고 댁내에 두루 건승과 행운을 빕니다.

안녕히 계십시오.임종국의 편지, 1989년 3월 10일[78]

임종국의 글쓰기는 『친일문학론』이 보여주듯 오무라가 '춘추필법'이라고 평가한 정확한 자료의 축적과 엄정한 사실의 축적이라는 성격을 가지고 있다. 동시에 『흘러간 성좌』[1966]나 『일제침략과 친일파』[1982] 등이 보여주듯, 임종국의 글쓰기는 '민족사적 생명'이라는 마나mana를 분유한 인격personality으로서의 개인에 대한 관심이 추동한 전傳, 혹은 도덕적 담화의 성격 또한 가지고 있다.[79] 임종국은 『친일문학론』으로부터 『일본군의 조선침략사』에 이르는 자신의 연구를 일관하는 기율을 "허물을 제 안에서 찾는 글쓰기"로 규정하였다. 임종국의 언급은 『논어』「위령공편」의 "군자는 자기 완성을 기준으로 행동하고, 소인은 남의 평가를 기준으로 행동한다"라는 구절과 공명하는 한편,[80] 『맹자』「공손추상」의 "어짊은 활쏘기와 같다. 활 쏘는 이는 자신을 바로잡은 후에 활을 쏜다. 그래서 쏴서 맞히지 못하면 이긴 상대를 원망하지 않고 돌이켜 자신에게서 그 원인을 구할 따름이다"라는 구절에 등장하는 '자반自反'의 태도와 공명한다. '자반'은 돌이켜 자신을 성찰하는 것으로, 자신의 결핍을 발견할 경우 그것을 자기

강화의 계기로 감싸안으면서 스스로를 더 강하고 충일하게 만들어가는 길이다.[81] 후일 오무라 마스오가 정리하였듯, 시인 윤동주 역시 자신이 소장한 다카오키 요조高沖陽造의 『예술학藝術學』비에이도(美瑛堂), 1937의 표지에 "자신을 돌이켜 성찰하여, 그 자신이 바로잡히면 천하가 그에게 돌아온다"라는 성찰을 포함한 『맹자』「이루상」의 문장을 적어두었다.[82] 임종국의 친일문학 작가 비판은 식민화된 자아에 대한 비판이었으며, 그의 제국 일본 비판은 식민지 조선의 자기 성찰을 요청하는 것이었다.

다만, 임종국이 자기 성찰을 수행한 장소는 '망국의 역사'라는 폐허였다. 문학연구자 차승기가 통찰하였듯, 식민주의를 배타적으로 정립된 주체가 자기 확장과 재생산과정에 타자의 시공간과 삶을 복속시키는 실천의 체계로 정의한다면, 식민주의로부터의 해방은 그러한 주체가 되는 것을 거부할 때만 가능하다. 선불리 어떤 이념이나 이상을 승인하는 것이 아니라, 식민주의로 인해 폐허가 된 자기의 세계를 직시할 때 진정한 해방을 상상할 수 있다.[83] 임종국은 문인의 이상을 남기지는 못한 것에 대해 안타까움을 표시하고 있지만, 그가 남긴 글쓰기는 식민지라는 폐허를 직시하고 성찰한 실천이었다. 마지막 서신으로부터 6개월 뒤 1989년 11월 12일 임종국은 60세의 일기로 타계한다.

나의 세 번째 방문은 성묫길이 되고 말았다. 미야타 세쓰코와 박광수에게 부탁받은 부의금을 들고, 건강 문제 때문에 새로 이사했다고 한 천안의 그 댁으로 찾아갔다. 개인별 친일 인명록 카드가 빼곡이 들어차 있는, 낯익은 수제手製 책장 한 쪽에 모셔져 있는, 검은 리본이 달린 임종국 선생의 영정을 뵈니 가슴이 북받쳐 올라왔다. 11월 하순의 묘는 아직 잔디도 돋지 않은 상태였다. 찬 바람만 스쳐 지나가고 있었다.[84]

<그림 6> 1989.11.28. 임종국의 영전
출처 : 『오무라 마스오와 한국문학』

오무라 마스오의 『친일문학론』 번역은 언어의 횡단을 넘어 학술적 실천의 태도를 발견하는 것이었다. 임종국의 연구와 글쓰기는 주관적인 판단을 앞세우기보다는 객관적인 사실을 축적하고, 자기를 성찰하였다. 이러한 연구의 태도는 오무라의 연구에서도 발견할 수 있다. 오무라 마스오 역시 1차 자료에 대한 성실한 조사과 정확한 문장을 연구의 기율로 삼으면서 학술적 실천을 수행하였다.

1965년 한일기본조약의 체결 이후, 오무라는 일본의 한국문학 연구자와 함께 번역과 연구를 본격적으로 시작하는 한편, 한국의 연구자와 소통하면서 작지만 의미 있는 공동의 논의 장을 만들어갔다. 특히 그는 김윤식과 임종국 등 한국의 연구자와 서로의 입장을 논증하면서, 자료를 공유하고 학술적 쟁점을 토론하면서 한국문학 연구의 학술적 토대 성립에 개입하였다.

조선어를 권함

오무라 마스오 와세다대학 교수·조선문학

조선어 ^{대한민국·조선민주주의인민공화국을 막론하고 역사적·민족적·문화적인 통일적 호칭으로서 조선·조선어라는 말을 사용한다}는 어떤 의미에서든 하나의 외국어이다. 그런 의미에서는 다른 외국어와 다를 바가 없다. 우리가 필요를 느낀다면 배우면 되고, 필요하지 않으면 배우면 된다.

그런데 일본의 고교·대학, 나아가 일반 교육기관에서 조선어를 가르치는 곳은 극히 적고, 그것을 배우는 사람은 극소수이다. 영어에 비하면 100만분의 1도 안 될 것이다.

하지만 조선어를 특히나 멀리하는 정당한 이유는, 생각해 보면 아무것도 없다. 조선어를 멀리하는 이유는 짐작건대 세 가지가 있는 듯하다. 첫째로, 조선어가 통하는 인구가 적다는 것이다. 상대적으로는 분명히 그렇다. 하지만 인구의 많고 적음을 말한다면, 세계에서 가장 많은 것이 중국어 인구이지만, 일본에서 중국어 학습자는 영어의 10만분의 1도 없을 것이다. 그 다음으로 많은 것이 영어인데, 그런 영어라도 세계 공용어라고 하기에는 걸맞지 않다.

둘째로 멀리하는 이유는 조선에는 아무런 문화적 매력을 느끼지 못한다는 것이다. 이는 인식이 부족한 결과로, 무의식적으로 일본 제국 식민지 지배의 논리적 패턴, 해당 민족의 에너지 무시→'무능력' 인정→개입, '원조'→지배→멸시라는 사고 방법을 그대로 수용하고 있는 결과라고 할 수 있다. 조선의 문화를 접한 후에 조선문화는 보잘 것이 없고 배울 가치가 없다고 결론짓는 사람이 있다면 (그 판단의 적합 여부는 별개의 문제로 하고), 그것은 어쩔 수 없다. 하지만 아직 나는 그런 사람을 보지 못했다. 요컨대 먹지 않고 싫어하는 것인데, 먹지 않고 싫어하는 원인은 메이지시대 이래의 일본 제국주의의 저주와 속박에 있는 것이다.

조선어를 멀리하는 세 번째 이유는 조선의 존엄성은 충분히 인정하지만, 아무래도 친애의 마음을 갖지 못하는 것이다. 경애 가운데 '경敬'은 있지만 '애愛'는 없다. 대체로 양심적 진보적 인사에게 이런 유형이 많다. 조선 문제의 중요성을 인식하고 때로는 남들에게도 그것을 설명하면서도 조선 내부로 파고들어가려고는 하지 않는다. 일본인으로서의 책임관이나 윤리감이 선행하면서,"하지 않으면 안된다"라는 마음에 쫓기면서 대상을 대하면, 고통은 느낄 수 있지만 즐거움은 느끼지 못한다. 이런 경우, 찌푸린 얼굴로 조선어의 주변을 빙빙 돌기보다는 마음껏 조선어의 세계로 들어가는 편이 좋다.

고등학교 시절 나는 헤르만 헤세를 동경하여 『수레바퀴 아래서』나 『데미안』을 꼭 원문으로 읽고 싶다고 생각했다. 그러면서도 당시 눈부시게 발전하는 신중국에 매료되어 대학에서는 영어 외에 중국어를 선택했는데, 밤에는 홍로외어紅露外語[1]에 다니며 어떻게든 독일어를 해보려고 했다. 이 시도는 완벽한 실패로 끝나고 말았지만, 하나의 외국어를 배우기 시작할 때, 그 문화에 대한 동경에서 시작하는 경우가 많다.

조선의 경우 그것은 무엇일까. 물론 개인의 흥미와 관심에 따라 각기 다르겠지만, 조선은 그 어떤 분야에서도 충분한 매력을 가지고 있어서 실망시키지 않는다. 조선 연구자의 말석에 있는 사람으로 그 말만을 보증해 두자.

일반적으로 외국문화를 접할 때, 그곳에서는 지금까지 깨닫지 못했던 새로운 것을 발견하는 즐거움을 얻을 수 있다. 미개척 분야가 많은 조선의 경우 그 기쁨은 더욱 크다고 할 수 있다. 나 역시 조선문학 한 조각을 만져 보면서 '이런 세계도 있었구나'라고 느끼는 경우가 자주 있었다. 나 자신이 마주하고 있는 사례 가운데, 번역하지 않아도 되는 작품 한 편을 살펴보자. (나는 자신의 번역까지 포함해서, 문학 작품의 번역이라는 것을 그다지 신뢰하지 않는다. 이론이나 역사라면 다르겠지만, 문학 작품이라는 것은 대개 번역 불가능한 것이라고 생각한다) 지금 세간에서 조선 문학은 거의 무시되고 있는데, 김지하キム·ジハ에 대해서만 떠들썩하고, 과감한 김지하론도 많다. 하지만 그의 작품이 주는 재미의 절반은 언어에 있다. 정치성만 주목하고 예술성을 경시하는 풍조는 역시나 편파적이라 생각한다.

번역하지 않아도 되는 작품이란 조선의 한시를 말한다.

妖氣唵翳帝星移	요기가 자욱하여 황제의 별 옮겨가니
九闕沈沈晝漏遲	침침한 궁궐에는 낮이 더디 흐르네
詔勅從今無復有	조칙은 앞으로 더 이상 없으리니
琳琅一紙淚千絲	종이 한 장 채우는 데 천 줄기 눈물이라
鳥獸哀鳴海嶽嚬	새도 짐승도 슬피 울고 바다도 산악도 찡그리니
槿花世界已沈淪	무궁화 이 세상은 이미 망해 버렸다네
秋燈掩卷懷千古	가을 등불 아래서 책 덮고 회고해 보니
難作人間識字人	되기 어렵구나, 인간 세상의 '글 아는 사람'
曾無支廈半椽功	짧은 서까래만큼도 지탱한 공이 없었으니
只是成仁不是忠	단지 인을 이루었을 뿐 충을 하지 못했네
止竟僅能追尹穀	결국 윤곡을 따르는 데 그친 것을
當時愧不躡陳東	부끄럽네, 왜 그때 진동처럼 못했던고[2]

 조선문학을 권함 오무라 마스오와 한국문학이라는 공유지

이 시는 매천梅泉이란 호를 사용한 황현黃弦의 절명시 네 수 가운데 세 수이다. 매천은 과거 생원의 시험에 합격했지만 벼슬에 나가지 않았고, 유학자, 말하자면 무관無冠의 지식인으로 시국의 혼란을 개탄하면서 향리에 머물다가 1910년 한국옛 한국이 일본에 병합되자 절명시를 남기고 스스로 목숨을 거두었다.

조선의 한문은 대체로 1910년대까지 사용되었고, 그 이후로는 극소수의 사람들을 제외하고는 쓰리지 않고 있다. 조선의 한문은 문장 앞에서부터 조선음으로 한자를 음독해 가고, 필요할 경우 구절 끝에 '이므로にて', '하면せば', '이라なり', '이더라けり'에 상당하는 조사를 붙인다. 일본에서처럼 가에리텐返り点 등으로 뒤집어 읽는 일은 없다. 이제부터는 조선의 한시는 조선말로 읽는다는 지적에만 그치지 말고, 앞서 들었던 한시의 내용을 살펴보자.

만약 일본식으로 읽어가면 다음과 같다.

妖氣唵靅 帝星移り	요기가 자욱하여 황제의 별 옮겨가니
九闕 沈々として昼も漏遲し	깊은 궁궐에는 낮이 더디 흐르네
詔敷いまよりまたと有ること無く	조칙은 지금부터 다시 있을 일 없으니
琳琅たる一紙に 涙千絲	아름다운 종이 한 장에 눈물 천 줄기
鳥獸哀しみに鳴き 海嶽まゆをひそむ	새도 짐승도 슬피 울고 바다도 산악도 찡그리네
槿花の世界は すでに沈淪す	무궁화의 세계는 완전히 몰락하고
秋燈に卷を掩いて 千古を懷う	가을 등불 아래 책을 덮고 지난 역사 헤아리니
なり難し 人間識字の人	되기 어렵구나. 인간 세상의 '글 아는 사람'
かって支厦半椽の功なく	일찍이 집을 지탱하는 데 서까래 반 정도의 공도 없으니
ただこれ仁を成すのみにして忠たらず	다만 나는 인을 다했을 뿐, 충을 하지 못했네
竟に止まりて僅かに能く尹穀を追い	결국 겨우 윤곡을 따르는 것에 머물고
時に当りて陳東につづかざるを恥ず	때를 당해도 진동에 이르지 못해 부끄럽네

불길한 먹구름이 짙게 드리워지면서 한국 왕실의 운명은 기울었다. 궁전은 고요하여 낮에도 역시 밤처럼 어둡다. 한국의 황제는 폐하여져서, 때에 따라 조칙이 내려지는 일은 두 번 다시 없을 것인 터, 조칙을 쓸 종이에는 눈물이 하염없이 흘러내렸을 것이다.

새도 짐승도 슬피 울고 바다도 산악도 얼굴을 찡그린다. 무궁화의 세계, 즉 무궁화를 국화로 하는 우리 조선은 이미 무너져 버렸다. 가을의 등불 아래에서 읽다 만 책을 덮고 천고의 역사를 헤아려보더라도, 이 사회에서 진정한 의미의 지식인이 되는 것은 쉬운 일이 아니다.

지금까지 조국에 대하여 차양이나 서까래 반 토막만큼의 작은 공적도 없는 내가 할 수 있는 일이라고는 유자儒子로서 인仁을 다한 것일 뿐, 도저히 충忠이라고 할 만한 일은 없다. 최후의 순간에 겨우 윤곡尹穀, 송(宋)나라 장사(長沙) 사람. 금(金)의 병사가 쳐들어와 담성(潭城)이 포위되자 분신하였다의 뒤를 따를 수 있을 뿐, 이 때에 진동陳東, 송나라 단양(丹陽) 사람. 금(金)과 화친을 맺으려는 간신을 주살하도록 송나라 고종(高宗)에게 간언하였으나 받아들여지지 않았고, 오히려 고송의 노여움을 사 참형에 처해졌다의 뒤를 잇지 못하는 것이 부끄럽다.

매천은 민간의 학자였지 특별히 고위 고관이었던 것은 아니다. 왕실에 의리를 지켜 운명을 함께할 필요는 없었을 것이다. 그는 다만 한 나라의 부침을 짊어진 지식인의 한 사람으로서 죽음을 맞이한 것이다. "되기 어렵구나, 인간 세상의 '글 아는 사람'なり難し 人間識字の人"이라는 한 구절에, 그야말로 숨이 막힌다. 무서운 구절이다. '글 아는 사람識字の人'은 단지 학문을 하는 사람이라는 뜻이 아니다. 학문을 통해, 그러나 학문을 벗어나 조국의 운명에 마음을 담아, 조국과 운명을 함께 하는 인간이라는 의미이다. '글 아는 사람'은 조선 지식인의 이상적인 모습이자 전형이라고 볼 수도 있을 것이다. 김지하도 문학자이자 문학자의 굴레를 벗어나 한국의 지식인으로 우뚝 선 봉우리가 아닐까.

그것이 반체제적인 입장만을 이야기하는 것은 아니다. '글 아는 사람'의 사상적 방향이 반드시 일치하지는 않는 셈이다. 조선에서는 문학자가 일상적으로 사회적인 발언을 한다. 문학자는 정치나 윤리와 깊이 결부되어 있다. (그래서 소설 못지않게 인생론적 에세이가 널리 읽히는 반면, 지적인 유희인 탐정물·스릴러물은 거의 모습을 보이지 않는 경향이 있다) 일본의 지식인은 각 분야의 전문적인 지식 소유자로 분화되어 있어서, 일견 일본 쪽이 진화한 것처럼 보지만, 실은 지식을 가지고 설 수 있는 기반을 잃어버릴 위험성 또한 가지고 있다.

지금까지 조선어는 수많은 외국어 가운데 매력 있는 것으로, 그것을 멀리할 정당한 이유가 전혀 없으며 우선 공부해 둔다면 반드시 얻는 것이 크다는 것을 나 자신이 마주한 예를 들어서 설명하였다.

그러나 이 글의 독자라면 이미 깨달으셨듯, 조선어는 우리에게 외국어 일반 이상의 의미를 갖는 것임도 확실하다. 조선이 단지 지리적으로 무척 가까울 뿐 아니라, 고대 이래 일본과 밀접한 관계를 가졌고, 농업·도예·학술·미술·건축 등에서 우리는 조선으로부터 많은 은혜를 받아왔다. 국어학·언어학·고고학에서도 조선어는 빼놓을 수 없는 한 분야이며, 일본 고대사를 규명하는 데에도 조선어는 필요하다. 고대사뿐 아니라 근대사에서도 조선과 중국이라는 관점을 무시하고는 일본 근대사가 성립할 수 없음은 그 누구의 눈에나 분명하다. 더욱이 최근에는 오히려 불행하게도, 정치·경제의 면에서도 조선어는 빼놓을 수 없는 외국어의 하나가 되고 있다.

한국에는 고등학교 제2외국어로 일본어가 설치되어 있을 정도로, 일본어에 대한 관심이 뜨겁다. 조선어에 대한 일본의 대처와는 비교할 수 없

〈그림 1〉 와세다대학의 조선어 강의
출처 : 『오무라 마스오와 한국문학』

다. 그럼에도 불구하고, 일본어 학습의 주된 목적은 일본 기술 혹은 일본을 통한 구미歐美 기술의 습득, 일본과 어느 정도 관련이 있는 기업 취직, 관광사업·무역업무 종사 등, 말하자면 실제 일상어로서 일본어이며 일본의 문화·사상이나 역사에 대한 관심은 부족하다.

한일 서적 수출입을 살펴보면, 한국 서적의 일본 수입은 연간 약 1억 엔이고 일본 책의 한국 수출은 연간 7~8억 엔에 이르지만 수출하는 일본 서적의 대부분은 자연과학 서적이나 기술공학 서적이다. 일본 측은 한국을 주요 수출 시장, 저렴한 노동력 제공지역으로 간주하면서 그곳에서 살아가는 사람의 문화나 역사에 관심을 가지지 않는다. 서로가 서로를 이용하면서 내심 경시하고 있는 이상, 상호 신뢰나 우호 관계가 생길 리가 없다. 불행한 일이지만 지금 상황의 대세는 그에 가깝다고 할 수 있지 않을까.

더욱이 잊지 말아야 할 것은 조선어는 일찍이 일본의 식민지 지배를 받은 나라의 언어라는 사실이다. 앞서 황매천도 일본의 한국병합에 항의하면서, 죽어가는 조국의 왕조와 운명을 함께 했던 것이다. 그런 점에서는 우리들이 조선을 대할 때, 구미를 대할 때와는 또 다른 관점을 요청하지 않을 수 없다.

전후戰後 일본의 "가장 교활한 점"은, "원폭 피해를 전면에 내세우면서 단번에 피해자의 입장으로 도망친 점이다"라고 한국의 어떤 문학자는 지적하고 있다.[3] 우리는 이러한 냉엄한 지적을 되새기면서 원폭 반대운동을 벌여야 할 것이다.

조선어와 그것을 통해 조선인의 사고·문화를 접하는 것은 우리에게 새로운 시각을 열어줄 것이다. 이러한 의미에서 나는 일본인에게 조선어는 다른 어떠한 외국어보다도 필요한 외국어라고 믿는다.

이 글은 Kyoto English Center(京都イングリッシュセンター)에서 간행한 『센터 통신(センター通信)』 35호(1978.3.15), 5~8쪽에 수록된 「조선어를 권함(朝鮮語のすすめ)」을 번역한 것이다.

수줍음 많은 이

가지무라 히데키 梶村秀樹 회상

오무라 마스오 와세다대학 어학교육연구소 교수

"왜 조선 연구를 시작하셨나요?"라는 질문을 몇 번 받은 적이 있다. 그럴 때마다 나는 적당한 대답을 해두곤 하였다. 사실 나 자신도 잘 모르는 것을 다른 사람에게 정확하게 전달할 수는 없다. 그런데 나 역시 그런 어리석은 질문을 딱 한 번 가지무라 님에게 했던 적이 있었다. 장소는 오사카외국어대학大阪外国語大学의 교직원 숙소였고, 집중 강의로 함께 했을 때의 일이었다. 인근에 마작집·파친코집은 물론 커피숍도 상점도 없는 빼어난 환경으로 산 위에 있는 오사카외대. 그곳에서 아침부터 저녁까지 6시간 수업을 하고 나면 피곤해서 밤에는 숙소에서 이런저런 이야기를 나누는 것 외에 아무것도 할 수 없었다. 가지무라 님은 맥주를, 술을 마시지 못하는 나는 차를 홀짝이면서, 저쪽에서도 두서없이, 이쪽에서도 두서없이 이야기를 나누곤 하였다. 그러다가 아까 어리석은 질문도 던졌다. 그때 가지무라 님은 "A 님 때문일까"하고는 순간 혀를 빼꼼히 내밀었다. 가지무라 님은 의외로 수줍음이 많았고, 때로는 이런 익살스러운 행동을 하기도 했다. A 님은 나도 알고 있는 재일조선인 여성이었다. 그러고 보면 1960년 안보투쟁이 시작되기 한두 해 전 가지무라 님은 이미 조선학에 뜻을 둔 셈이었다.

〈그림 1〉 청년 시절의 가지무라 히데키
출처 : 『오무라 마스오와 한국문학』

"생각하기에 따라서는 나도 그럴지도 모르겠네" 하고 나도 웃고 말았다. 조선학을 시작하게 된 동기에 대해 훌륭하게 학문적 이유를 대는 방법도 있겠지만 어떤 사람과의 작은 만남에서부터 설명할 수도 있다. 가지무라 님은 "A 님 때문일까?"라고 말한 뒤, 곧바로, "쓸데없는 소리를 해버렸네"라고 덧붙였다. 후회하는 듯했지만 그러면서도 얼굴은 웃고 있었다. 마치 장난꾸러기가 못된 짓을 한 뒤인 듯 보였다. 우리는 서른 해 정도 옛날의 추억을 이야기하였다.

그날 밤 나는 가지무라 님으로부터 컵라면 두 개를 받았다. 내일 강의를 마치고 돌아가는 터라 남은 것으로 실례한다고 하면서.

오사카외대의 집중 강의는 여름이나 겨울 방학 중에 진행하였다. 인근의 유일한 식당은 학생생협의 식당인데, 이곳도 방학에는 열었다 안 열었다 한다. 도쿄의 어느 대학 선생님은 왕복 팔천 엔의 택시비를 들여가면서 전차 역까지 저녁을 먹으러 가기도 했지만, 가지무라 님은 컵라면으로 때웠다. 그날 받은 라면으로 나는 다음 날 아침과 그 다음 날 아침을 먹었다.

가지무라 님의 이름을 처음 들었던 것은 내가 석사 학생일 때였다. 도쿄대학을 무척 싫어하셨던 와세다의 안도 히코타로安藤彦太郎 선생님이 그해에는 무슨 생각을 하셨는지 도쿄대학에 출강하셨다. "도쿄대학 냄새가 나지 않는 가지무라라는 좋은 학생이 있어. 조선어를 공부하고 싶다고 하니, 좋은 교과서를 알려주게"라고 하시면서 주소를 주셨다. 아마도 나는 탁희주卓熹銖 님의 『조선어 첫걸음朝鮮語の初歩』[1]을 추천하는 편지를 보냈으리라. 그 후 30여 년, 긴 교제를 나누었다. 역사적인 사항이나 인명 등으로 막힐 때 가지무라 님은 언제든 가르쳐주었다. 나 역시 옌볜의 역사 관계 자료 등을 제공하였다.

가지무라 님은 권력을 싫어했다. 도쿄대학을 나와 도쿄대학에서 수년간 월급을 받으면서도 순수 아카데미 안에 몸을 두지 않았다. 또한 가지무라 님은 권력을 거부한다는 또 하나의 권력에도 동조하지 않았다. 데라오 고로寺尾五郎 님이 이끄는 일본조선연구소의 주요 연구원이면서도 지도부에 대한 냉철한 비판정신을 잃지 않았다.

나에게 가지무라 님은 언제나 성실하고 약간 수줍은 조선학 연구자였다.

이 글은 1990년 아카이시서점(明石書店)에서 간행한 『가지무라 히데키 저작집 별권-회상과 남긴 글(梶村秀樹著作集 別卷-回想と遺文)』의 116~117쪽에 수록된 「수줍음 많은 이(照れ屋さん)」를 번역한 것이다.

조 쇼키치^{長璋吉} 추도문

오무라 마스오

조 쇼키치 님과 처음 만난 것은 일본조선연구소의 조선어 강좌 자리에서였다고 생각합니다. 강좌의 책임자는 지금 도쿄외대에 있는 간노^{菅野} 님으로, 가지이^{梶井} 님과 제가 협력하여 세 사람이 강사로 근무하고 있었습니다. 조 님은 낡은 와이셔츠에 고무 조리를 탁탁 울리며 걸어가는 열성적인 수강생이었습니다. 그 후 일 년 반의 한국 유학을 마친 조 님의 한국어는 무척 달라져 있었고, 이제는 제가 배우는 입장으로 바뀌었습니다. 이 시기 조 님은 에너지를 온전히 불태웠고, 그 후는 이때 축적한 것의 운영과 이자^{利資}였다고 생각합니다.

우리는 윤학준 님을 스승으로 모시고 『한국단편문학전집』을 제1권부터 한 글자 한 글자 검토하며 읽어나가는 독서 모임을 2~3년 이어가던 중,[1] 독파한 작품을 기록으로 남겨두고 싶다고 생각하게 되었습니다. 생각지 못한 원고료 수입을 바탕으로 하고, 윤학준 님이라는 강력한 조력자를 얻어 1970년 12월 1일 『조선문학―소개와 연구^{朝鮮文学―紹介と研究}』를 창간하였습니다. 창간 당시의 동인은 다나카 아키라^{田中明}, 가지이 노보루^{梶井陟}, 이시카와 세쓰^{石川節}, 오무라 마스오, 그리고 서울에서 막 돌아온 조 쇼키치 님이었습니다. 당시 조선으로 밥을 먹고 있었던 사람은 한 명도

없었습니다. 나중에 이 다섯 명 가운데 네 명이 여하튼 조선문학으로 대학 교사로 들어갔으니, 역시나 시대는 변하고 있다고 생각합니다. 조 님의 『나의 조선어 소사전―서울 유학기私の朝鮮語小辞典-ソウル遊学記』는 『조선문학―소개와 연구』의 창간호부터 연재되었습니다.[2] 이 뛰어난 에세이에는 조 님의 문학 연구 스타일이 잘 나타나 있다고 생각합니다. '소사전'에서 조 님은 단어 하나하나를 창으로 삼아서 그것으로부터 한국사회 전체를 내다보고 있습니다. 국제정세나 일본의 침략사로부터 시작해서 천하 국가를 논하는 듯한 평론은 결단코 쓰지 않는 사람이었습니다. 『소사전』은 자신의 체험을 바탕으로 한 걸음 한 걸음 한국 사회에 다가가는 능숙하면서 뛰어난 문명비평이었습니다. 하지만 고개를 빳빳이 들고 젠 척하지 않고, 신중하면서도 다소 수줍은shy 문명비평입니다.

조 님은 어딘가 다른 곳에서 '바람パラム'이라는 단어를 붙들고 이렇게 말하고 있습니다.

이 말은 "공기의 이동을 파악하는 감각을 나타내고 있다. 이 감각이 없었다면, 나는 조선어를 읽지 않았을 것이다."

조 님의 사고방식이 잘 나타난 말이라고 할 수 있을 것입니다. '바람'이라는 한국어 단어를, 바람風, 공기, 사회적 세력, 풍조, 유행, 바람기, 중풍, 무의 바람구멍 등 개별 일본어 단어에 대한 대응 번역으로서가 아니라, '공기의 이동'으로서 총체적으로 파악하고, 더욱이 그것을 관념적인 것으로가 아니라, 자신의 감각으로 육체적으로 파악해야고 한다는 것은 조 님의 일관된 사고방식이었습니다. 그런 의미에서 조 님을 감각파적 조선문화론의 시조라고 해도 좋을 듯합니다. 『나의 조선어 소사전』과 이 책 속편으로 최근 가와데서방신사河出書房新社에서 발행한 『평상복의 조선어普段着の朝鮮語』 등은 이 계열에 속합니다.[3] 앞의 두 저서가 단어 하나를 다루었

다면, 소시샤草思社의『한국소설을 읽다韓国小説を読む』는 한 편의 소설을 다
루었다는 차이가 있을 뿐 발상은 완전히 똑같습니다.[4] 조 님의 예리한 감
각은 그 문장의 빼어남과 어우러지면서, 나같은 사람은 도저히 당해낼 수
없는 것이었습니다.

조 님은 1930년대 작가 중에서 '순수문학'파인 박태원과 이태준을 좋
아했으며, 두 사람의 작품을 번역하고 연구하였습니다. 박태원의 대표작
『천변풍경』에 대해서 조 님은 "빨래터 아낙네 무리의 종잡을 수 없는 소
문에서 시작되는 서민의 희로애락, 살아가는 모습이 그야말로 가벼운 수
채화로 그린 풍경화처럼 전개된다. 종래에 관념적으로 되기 일쑤였던 조
선문학이 그려내지 못했던 빛깔과 생동감이 넘치는 살아간다는 것의 저
력과 아름다움을 비로소 이 작품에서 볼 수 있다"라고 격찬하였다. 저는
두 번이나 이 소설을 읽어보려 시도했지만, 너무 지루하고 낱말이 어려
워서 내팽개쳐 버린 경험이 있습니다. 뛰어난 재능과 감각의 소유자만이
『천변풍경』의 가치를 이끌어낼 수 있었으리라 생각합니다.

얼마 전 출판된 이와나미의『한국단편소설선』은 조 님과 사에구사 님
과 저, 이렇게 세 사람이 번역한 것입니다.[5] 일반적으로 공동 번역을 할
경우, 작품의 선택 단계는 화기애애하지만, 누가 어떤 작품을 번역할 것
인가 분담하는 단계에서 불꽃이 튀기 마련입니다. 그런데 이번에도, 그리
고 지난 번 이와나미문고의『조선단편소설선』 상하권의 경우에도 조 님
과 저는 단 한 번도 경합하지 않았습니다.[6] 그만큼 우리 두 사람의 관심은
달랐고, 조 님은 저에게 이질적인 존재였습니다. 저는 젊고 뛰어난 재능
의 소유자의 눈부신 모습을 긴 시간 보아왔습니다.

조 님은 인용과 주석을 충분히 붙인 탄탄한 학술논문 스타일의 글쓰기
에는 그다지 신통치 못했습니다. 그렇긴 했지만 조 님이 연구자로서 학술

적 업적에 소홀했다는 것은 아닙니다. 김우종의 저작『한국현대소설사』 번역은 훌륭한 학술적 업적의 하나입니다.[7] 이 책은 역주와 역주 보충이 책 전체 면수의 21퍼센트를 차지할 정도로 풍부합니다. 또한 조 님은 그때그때 원저자의 오류를 바로 잡으면서, 작가 한 사람 한 사람의 이력과 하나하나의 사항을 고증하면서 번역하였습니다. 자기 일에 완벽에 완벽을 기하다 보니, 원고 마감을 반년이나 일 년을 아무렇지 않게 미루면서 편집자를 괴롭히는 버릇은 아마 이때부터 시작된 듯합니다.

올해 9월 가지이 님이 세상을 떠났고, 지금 여기 조 님이 세상을 떠납니다. 가뜩이나 수가 적은 유능한 조선문학 연구자를 두 사람이나 연달아 잃은 우리는 어찌할 바를 모르겠습니다. 뒤따르는 분이 있으리라 믿지만, 조 님의 강렬하면서 개성적인 업무를 메우는 일은 쉽지 않을 것입니다. 저보다 시작이 늦었지만 저를 한참 앞서가던 조 님을 잃으니, 우리는 무언가 목표를 잃은 느낌입니다. 하지만 우리는 조 님이 남긴 연구 유산을 단서로 하여 조금씩 앞으로 나아가야 할 것입니다.

조 님, 길고 힘든 투병 생활을 마치셨으니, 모쪼록 평안히 안식하시길 바랍니다. 하지만 가끔은 뒤따르는 이들이 일하는 모습을 돌아봐 주시길 부탁드립니다. 긴 시간, 깊이 감사드립니다.

(이 글은 장례식에서 읽는 추도문이다.)

이 글은 1989년 가와데서방신사(河出書房新社)에서 간행한 조 쇼키치의『조선·언어·인간(朝鮮·言葉·人間)』의 421~423쪽에 수록된「조문(弔文)」을 번역한 것이다.

오무라 마스오에게 보낸 편지

김윤식

오무라 마스오^{大村益夫} 대형^{大兄}

2011.1.19.

귀국해서 달아보니 몸무게가 상당히 늘었소. 유노하나^{湯の花} 덕분이라 믿소.

삶은 길지 않은 모양인데 사는 방법을 몰라 너무 헤맨 것 같소. 이곳은 시방 너무 춥소. 어데, 아득한 곳에서 돌아온 것 같소.

봄이 또 오리라 믿소.

늘 건강하소.

소제^{小弟} 김윤식 배^拜

P.S. 안수길의 「부엌녀」 보내오.

사진을 뽑았는데, 무엇보다 대형의 표정이 제일 잘 나온 것 같소.

사모님의 사진도 괜찮소.

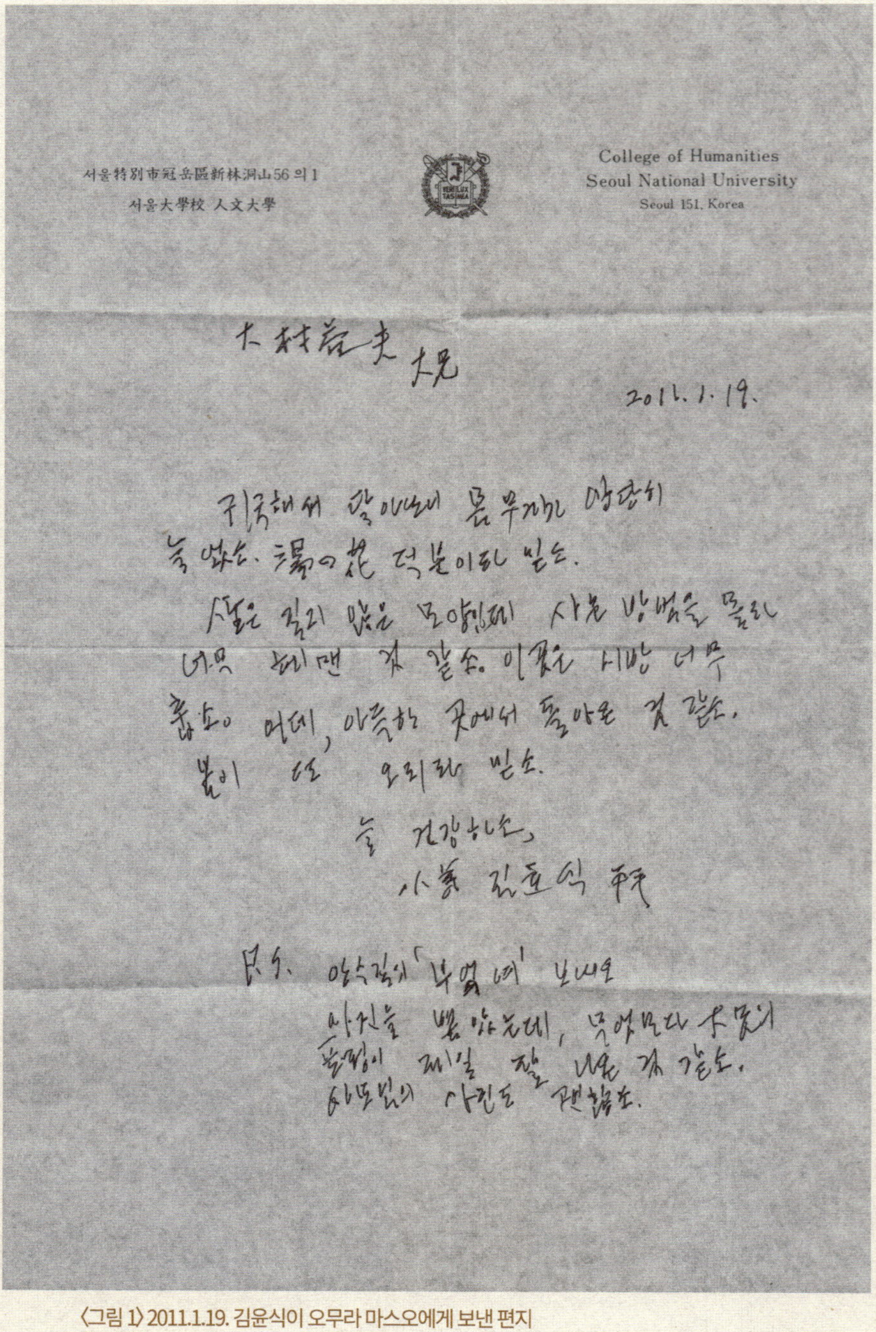

<그림 1> 2011.1.19. 김윤식이 오무라 마스오에게 보낸 편지

제4부

주변에서 새롭게
한국문학을 발견하다

연구자의 세계는 어느 나라에 가더라도 이런저런 이해관계가 얽혀서 일종의 음습한 공기가 느껴지는데, 그런 점에서 보자면 시장은 활짝 개어 있다. 혼잡한 시장 속에 있으면 묘하게 마음이 진정된다. 우리 숙소에 없는 것도 있고 해서 거의 매일 시장에 갔다. 매일 가게 되면 여러 가게 주인과 친숙해진다. 옌지라는 이름을 들으면 그 거리의 한 사람 한 사람의 표정과, 연변대학의 연변사회과학원에서 만났던 한 명 한 명의 표정이 떠올라서, 50살이 지난 내 가슴에도 작은 파문이 일어난다.

「연변 생활기」[1986~1987]

그는 불요불굴의 사회주의자였다. 이상으로 삼았던 것은, 그의 말을 빌리자면 '인간의 얼굴을 한 사회주의'였다. 구체적으로 그것이 무엇이었던가. 빈한했지만 정신적으로 풍요했던 팔로군 생활이었다. 그는 집요할 정도로 되풀이해서 자신의 체험을 소설화했다. 그 점은 분명하다. 그러나 그것은 단순히 전기소설을 쓰자는 목적에서 나온 것이 아니었다. 그의 이상향이 팔로군 생활 속에 있었기 때문이었다고 할 수 있다.

「김학철, 그 생애와 문학」[2016]

제7장

옌볜 조선족문학과 '인간의 얼굴을 한 사회주의'

1. 동경의 땅, 옌볜

1985년 4월에서 1986년 4월까지 1년 간 오무라 마스오와 오무라 아키코는 중국 지린성吉林省 옌볜에 체류한다. 여행자나 1945년 이전부터의 거주자가 아닌 일본인이 1년 이상 체류한 것은 오무라 부부가 처음이었다. 오무라의 체류 당시의 신분은 연변대학의 연구 유학생이었다. 연구 유학생은 대학원생의 일종이었기에 학비료를 납부해야 했지만, 일본어 수업을 맡는 대신 수업료를 면제받았다. 오무라 아키코 역시 주 2회 4시간씩 연변농학원의 일본어 훈련반에 모여서 일본 유학을 준비하는 전국 농업대학 및 연구소, 농업시험장 등의 젊은 연구자를 대상으로 일본어 교습을 맡았다.[1] 오무라 마스오는 연변대학 강의로 200원의 급료를 받았으며, 오무라 아키코는 무료로 강의하였다. 오무라 아키코가 담당한 농학원의 일본어반은 회화를 목적으로 한 것으로, 한족 절반과 조선족 절반으로 남성과 여성이 함께 수강하였다.[2]

오무라의 옌볜 체류에는 여러 목적과 계기가 있는데, 그중 하나는 그의 스승 안도 히코타로安藤彦太郎의 1963년 옌볜 방문이었다. 안도는 일본조선연구소 대표단 일원으로 중국과 북한을 방문하고, 9월 2일에서 5일까지 옌볜을 방문한다. 안도는 그 방문을 1964년 「옌볜기행」으로 보고하였으며, 오무라는 29세에 그 글을 읽은 이후 옌볜을 "동경의 땅"으로 마음에 두었다.[3] 개혁개방기 오무라는 20여 년 전 대약진운동 시기 안도의 길을 되짚으며 옌볜으로 이동한다. 1963년의 안도, 그리고 1985년의 오무라는 도쿄에서 규슈九州, 상하이上海 상공을 거쳐 베이징北京으로. 베이징에서 기차를 타고 창춘長春으로 이동하였고, 다시 창춘에서 옌볜의 옌지延吉에 도착하였다.

1985년 오무라가 발견한 옌볜과 그가 만난 조선족은 1963년 그의 스승 안도가 본 것과 유사하면서도 차이가 있었다. 두 사람은 모두 '만주국'과의 연속 및 단절이라는 역사적 시각에서 옌볜을 살펴보았다. 안도가 마주한 대약진운동 시기 옌볜은 '만주국'과 대비되는 신중국 조선족자치주였으며, 그는 신중국 성립 이후 제도의 변화와 그것이 민중의 생활에 가져온 이 점에 유의하였다.

언어와 관련하여, 교육상황에 대해서 써보겠다. 민족문화궁의 전시를 정리한다면, 위 표와 같다. 1952년에 소학교가 완전히 보급되어, 57년에 기본적으로 문맹일소를 완료하였고, 58년에 초중교육이 기본적으로 보급되었다고 전시되어 있다. 옌볜의 경우, 유치원은 해방 전의 2.6배, 소학교 3.6배취학률 100%, 초중생 32.7% 증가, 고중생 3.6배, 인민공사에 지식청년이 10만 인이며, 모두 생산에 참가하고 있다는 것이다. 연변대학, 연변의학원, 연변농학교 3개 대학이 있고, 그 외 전문학교로는 연변예술학교, 종합사범, 한어사범, 위생학교, 재무간부학교가 하나씩 있다. 모두 해방 전에는 없던 것이다. **해방 전 문맹률이 80%였던 것에는 민족문자 사용이 금지되었던 것이 한 원인이 있다.** (…중략…) 우리는 구 '만주국'시대, 대화소학교라 불리던 옌지시 제2완전소학교장 최두선 씨를 참관하여 그 수업을 보았다. 이곳은 조선족 학교로 생도 1382인, 교원 50인24학급의 전원 조선족, 교육도 완전히 조선어로 이루어지고 있다. 한어는 2학년부터 배운다.[4]

안도는 공식적인 통계를 활용하여 교육기관의 보급, 취학률의 증가, 문맹률의 감소 등을 긍정적으로 보고하였다. 다만 국가의 공식 통계를 활용하여 옌볜의 '발전'에 관심을 둔 안도의 기술은 대약진운동 시기 옌볜 민중의 구체적인 삶의 일면만을 주목한 것이었다. 1985년 김학철은 오무라에게 대약진운동 당시 "라디오와 신문과 스피커에서는 앞으로 몇 년 후면 공산주의 사회가 될 것이라고 호들갑을 떨었"지만, 실제 민중의 삶은 무척 고달팠으며 "집에 남아있는 목욕통의 솥, 학교의 철봉"까지 모두 가져갔고, 그것을 녹여서 "만들어진 강철은 조악해서 실제로 쓸 수 없는 상태였는지라 전적으로 낭비"일 뿐이었다고 회고하면서, 대약진운동을 "미치광이 짓"이라고 단호히 비판하였다.[5] 오무라 역시 1985년 옌볜 방문의 와중에 "문화대혁명이 야기한 사회적 후유증이 여기저기에 남아 있는 것이 확실하다"라고 조심스럽게 진단하였다.[6] 길지 않았고 공식적인 일정을 수행하였던 안도의 옌볜 방문은 국가의 통계를 넘어서 민중의 생활에 닿기에는 미진한 바가 있었다. 안도에게 옌볜은 "'간도항일 파르티잔'의 본거지"이자 "오늘의 조선민주주의인민공화국의 혁명 전통이, 길러진 곳"이라는 이념적 의미가 강하였다. 또한 그는 한국전쟁에 참여하여 "동결된 두만강을 건넌" 조선족 군은 "조선 측에서 본다면 완전히 조선어를 할 줄 아는 중국 병사"였을 것이라고 기술하는 등 정치적 맥락에서 조선족의 정체성을 이해하였다.[7]

1960년대 중반 안도는 일본조선연구소에서 활동하면서 일본, 중국, 북한 동아시아 3국 인민의 연대를 긍정하며 그것을 현실에서 실현하기 다양한 실천을 수행하였다. 그가 데라오 고로寺尾五郎, 미야타 세쓰코宮田節子, 요시오카 요시노리吉岡吉典 등과 함께 편집한 『일·조·중 삼국 인민연대의 역사와 이론日·朝·中三国人民連帯の歴史と理論』일본조선연구소(日本朝鮮研究所), 1964은 그러한 시각에서 쓰인 책이었다.[8] 안도는 "예전의 '오족협화'는 '만주국'의 속임수"에 불과하다고 비판하면서도 '오족협화' 가운데에 "각 민족 단결의 정신은 지금까지 살아있다고 생각된다"라는 언급을 통해 동아시아 민족의 연대 가능성에 유의하였다.[9]

하지만 1960년대 초반 한국어를 배우면서 오무라는 "허나 일조 양국이 서로를 완전히 이해할 수 있는 날이 오리라고는 결코 생각하지 않는다. 아마도 그 날은 영원히 오지 않을 것이다. 민족주의적 관점에 서는 한 그것은 당연한 일이다"라고 언급하였다.[10] 그는 일본과 한국북한의 온전한 이해 혹은 연대를 낙관하지 않았다. 오무라는 '이념형 연대'가 가진 관계의 정형을 넘어서, 조선어라는 계기를 통해 민중의 구체적인 현실을 발견하였다. 그는 연대를 낙관하기보다는 상호소통불가능성을 전제로 서울과 옌볜으로 이동하였고 그곳 민중의 구체적인 삶을 관찰하였다. 안도가 연대의 가능성에 주목했다면, 오무라는 주체의 비균질성과 동화의 딜레마에 주목한 셈이다.

오무라는 조선족의 삶에서 국가와 민족의 이중성에 유의하였다. 그는 "중국 조선족이란 중국의 소수민족 가운데 하나로 중국 국적과 공민권公民權을 가진 조선인을 말한다. 그들은 민족적으로는 조선인이고 국가적으로 중국인이다"라고 정의하였다.[11] 오무라는 조선족 청년들이 스포츠 경기에서 한국이나 북한이 아니라 중국을 주저 없이 응원한다는 점을 지적하면서, "기성세대는 약간 당혹스러워하는 것 같았지만, 젊은이들은 아무

주저함이 없다. 거짓 없는 중국의 젊은이들이다"라고 서술하였다.[12] 오무라는 나아가 지린성, 헤이룽장성黑龙江省, 랴오닝성辽宁省 등 한반도 출신지역에 따른 조선족 내부의 비균질성 역시 강조하였다.

방문 기간은 길지 않았지만, 안도는 옌볜에서의 발견을 바탕으로 안도는 1960년대 일본 식민주의에 대한 성찰을 이어갔다.

돌아와서 재일 조선인에게 옌볜 이야기를 말하자, 다소 의외의 반응이었다. "그 사람들은 왜 귀국하지 않을까?"라는 반문하는 일이 종종 있다. 파르티잔 혁명전통이 옌볜에 있다는 것을 충분히 알고 나서 재일조선인은 옌볜에 기이한 느낌을 품는 사람이 있는 것도 당연할 것이다. 하지만 나로서는 이 문제를 "왜 일본인은 모두 구 '만주'로부터 귀국해버린 것일까?"라는 형태로 받아들이고 싶다. '만주국'에는 많은 일본인이 몰려왔다. 농업이민만으로도 10만 6천 호, 31만 8천 명이라 말한다. 조선인 이민과 역사의 길이에 있어서는 다르다. 그렇다 치더라도 일본인이 소수민족으로서 뭉친 것이 아니라, 모두 인양引揚했던 것은 왜일까? 알제리의 프랑스인 식민자와도 다르며, 식민 역사상으로도 드문 일이 아닐까? 이 문제를 구명하기 위해서는 전전戰前 일본제국주의 성격, 특히 그 취약성 등을 분석이 필요한 것은 아닐까?[13]

일본에 돌아온 후 "왜 조선족은 귀국하지 않는가?"라는 어느 재일조선인의 질문 앞에서, 안도는 "일본인은 모두 구 '만주'로부터 귀국해버린 것일까?"라는 질문을 끌어낸다. 그는 '만주'로 이주했던 식민자 일본인이 '전후'에 모두 '인양'했다는 구체적인 역사적 경험을 계기로 '전전' 일본 식민주의의 취약성에 대해 근본적인 질문을 제시하였다. 일본의 프랑스 문학 연구자 스즈키 미치히코鈴木道彦는 1950년대 프랑스 유학기간 중에 알제리독립전쟁을 목도한 후, 1960년대 일본에서 식민주의 비판의 입장을 견지하였다. 스즈키는 "조선은 일본의 알제리였다"라는 언급을 통해 프랑스와 알제리의 관계를 일본과 조선의 관계에 유비하였다.[14] 유비는 직관적인 이해가 가능하도록 하지만, 프랑스-알제리의 역사적 경험과 일본-조선의 역사적 경험을 섬세하게 대별하지 못할 약점이 있다. 프랑스와 일본을 유비하였던 스즈키의 입장과 달리, 안도는 옌볜에 거주하였던 식민자 일본인의 '인양'이라는 역사적 사건을 참조하며, 일본 식민주의의 취약성에 대한 근본적인 질문을 제시하였다. 오무라 역시 안도와 마찬가지로 외부와의 비교나 유비의 시각으로 옌볜 민중의 삶을 이해하는 것을 경계하였다.

얼마 전에 미국 국적을 취득하고 옌지에 사는 어느 한국인은 이곳을 1960년 무렵의 한국 같다고 말했다. 소비 생활면에서 보더라도 그런 느낌이 없지 않다. 하지만, 외국과 무언가를 비교할 때는 위험한 함정이 기다리고 있다. 현대 중국을 역사적 발전 과정 가운데 보는 시점이 필요할 것이다.[15]

그는 한국인의 시각에서 옌볜을 1960년대의 한국으로 바라보는 시각에 동의하지 않는다. 오무라가 대안으로 제안한 것은 옌볜 민중의 구체적인 생활을 중국의 역사적 발전 과정 안에서 이해하는 것이었다. 그는 재일조선인이 조선족을 '외국에서 차별을 경험하는 동포'로 이해하는 것 역시 경계하였다.

재일조선인 중에는 조선족 가운데 "한족이 지배하는 중국에서 민족차별에 신음하는 조선인 상"을 발견하려고 하는 의식이 있는 것 같다. 그것은 일본사회로부터 유추한 선입관에 가깝다. (…중략…) 헌법에도, 민족구획자치법에도, 옌볜 조선족 자치주 자치 조례에도, 소수 민족의 권리가 법적으로 보장돼 있기 때문만이 아니라, 항일전쟁을 한족과 함께 싸우고, 항미원조의 최선봉에 선 역사적 경위가 여기에 있다. 본래 중국은 다민족 국가이며, 소수 민족집단 거주 지역이 전국토의 60%를 차지하며, 게다가 그것이 국경 주변으로 퍼져있어서 그것만으로도 소수민족을 소중히 대할 수밖에 없다. **그렇게 하지 않으면 안 된다는 당위성이나 높은 윤리성으로만 중국에 민족 차별이 없는 것이 아니라, 소중히 대할 수밖에 없는 사회적 필연성이 있기 때문이다.** 일부 재일조선인 인사가 외국에 거주하는 조선민족으로서 연대감을 품는 것은 당연한 일이지만, 일본의 차별구조를 그대로 중국 사회에서 구하는 것은 무리가 있다. 한족도 조선족도 기본적으로는 모순 없이 서로 긍지를 지니고 살아간다면 약간의 문제가 있더라도 협조하며 살아갈 수 있는 것이다.[16]

오무라는 중국에 대한 피상적 이해와 일본에서의 선입관에 근거하여, 일본 사회의 구조를 중국 사회의 구조로 유비하고 일본에서 재일조선인의 위치를 중국에서 조선족의 위치로 유비하는 것을 경계한다. 그는 중국의 민족 구성, 법제, 역사적 경험 등의 현실적 조건을 검토하면서, 당위와 윤리로서 민족 차별을 규제하는 것이 아니라, 사회 구조의 필연성과 필요성이 민족 차별을 조정하는 양상에 주목한다. 오무라는 재일조선인이 가진 같은 민족으로서 조선족에 대한 연대는 존중하면서도, 중국에서 조선족의 사례를 통하여 일본의 민족 차별을 돌아보는 동시에 어느 정도의 갈등을 품으면서 여러 민족의 공존할 가능성을 탐색하였다.

오무라는 한국과 일본 등 외부의 위치에서 옌볜의 삶을 판단하는 것을 경계하면서, 옌볜에서 살아가는 조선족의 구체적인 생활을 직접 관찰하였다. 오무라의 태도는 민중의 삶에 대한 스승 안도의 관심을 계승한 동시에, 1970년대 초반 한국 민중에 대한 오무라 자신의 관심과도 이어지며, 그와 마찬가지로 '한국어로 이야기되는 세계'에 관심을 가졌던 가지무라 히데키의 관점과도 공명하는 것이었다.

오무라는 조선족의 삶뿐만 아니라, 개혁개방기 중국, 특히 옌볜의 사회 역시 섬세히 관찰하였다. 1950년대 오무라를 포함한 일본의 청년에게 중국은 "사회주의의 성좌"이자 "인류의 이상향"이었다. 그들은 중국의 역사적 경험을 참고하여 일본 사회를 변혁하기 위해 중국의 사상과 언어를 배웠으며 혁명을 주제로한 작품과 수기 또한 많이 읽었다. 하지만 1970년대 후반 그는 "근대화를 지향하는 아시아의 개발도상국", 혹은 "후진국"의 하나로 중국을 다시금 만나게 된다. "중국에 대한 이미지를 우리는 머릿속에서 큰 폭으로 수정하지 않을 수 없게 됐다."[17] 1985년 오무라는 개혁개방기의 옌볜 사회와 그곳의 민중과 직접 대면한다.

옌볜에는 자유가 범람하고 있다. 그런데도 사회주의 사회인가 하고 내 쪽이 오히려 당황할 정도였다. (…중략…) **실제로 중국에서 생활을 해보면, 사회제도는 확실히 사회주의적인 요소가 강하지만, 그것을 지탱하는 개개인은 좋은 의미에서도 나쁜 의미에서도 얼마나 자본주의 사회와 비슷하게 인간다운 면이 넘치고 있는지 모른다.** (…중략…) 한국 사람이 보자면 옌볜 생활은 가난하게 보이는 모양이다. 하지만 사실은 일본이나 한국보다도 생활이 안정되어 있고 고용 불안도 없으며 주택난도 없고, 교육비의 지출도 없으며, 물가가 싸다. 국민 소득의 수치나 생활의 편리함에서 보자면 옌볜은 확실히 생활 수준이 낮아 보일 것이다. 해외 동포가 이러한 상황을 보면 경제적 원조를 하고 싶어지는 모양이며, 또한 옌볜 쪽에서도 원조를 요청하고 있는 모양이다.[18]

개혁개방기 옌볜을 마주한 오무라는 당황을 담아 그곳이 사회주의 사회인지 자문한다. 오무라는 개혁개방기 옌볜의 사회적 제도를 자본주의와 사회주의라는 틀로 재단하기보다는, 옌볜에서 살아가는 민중들이 어떠한 지향을 가지고 어떠한 삶을 열어가고 있는지 세심하게 관찰하고, 그들의 태도에서 '인간다운 면'을 발견하였다. 표면적으로 옌볜은 경제적으로 풍요롭지 않아 보일 수도 있지만, 실제 옌볜 사회는 일본이나 한국보다 훨씬 생활이 안정된 곳임을 강조한다.

옌볜 사회가 긍정적인 면모가 있는 것은 아니었다. 오무라 역시 혁명의 경력조차 생계의 수단으로 변화한 상황이나, 철저히 연줄로 이어진 사회 구조를 비판하였다. 그는 자본주의 사회와 마찬가지로 각종 형사사건이 일어나는 점, 불법 영상물이 유통되는 상황 등도 살펴보았다. 오무라 부부는 침대, 수도, 전화, 철도, 식당, 상점 등 생활의 다양한 측면에서 불편함을 겪었고, 또한 기대와 의사소통의 어긋남을 경험하였다.

베이징, 톈진, 하얼빈 등의 대도시에서는 버스를 탈 때 줄을 서는 캠페인을 벌이고 있다. (…중략…) 대도시에서는 시내 가는 곳마다 '위생 감시원'이라는 완장을 찬 사람을 두고서, 침을 뱉는 사람을 발견하면 바로 30전의 벌금을 부과한다. 그다지 사회주의적인 방법이 아니라고 생각하지만, 위생 관념의 향상과 도시 미화에는 틀림없이 도움이 된다. 중국 대륙은 공기가 너무 건조해서 대다수 사람들이 만성 기관지염을 앓고 있다. 그러한 캠페인이 옌볜까지 와서 정렬해서 승차하는 것이나, 줄을 서서 식권을 사는 것이 습관으로 정착되기까지는 앞으로 3, 4년 더 정도 지나면 충분할 것이다.

한번은 내 아내가 옌지에 있는 백화점 계산대에서 분노를 터뜨렸다. 백화점에서는 매장에서 사고 싶은 상품의 전표를 끊어서, 그것을 계산대에 가지고 가

현금을 지불하고서 매장에서는 영수증을 보고서 상품을 건네주게 돼 있다. 계산대에 무리 지어 있는 인파를 앞에 두고 내 아내가 외쳤다.

"줄을 서요! 이게 뭐하는 것이야. 당신들 짐승이야! 한 줄로 서야지."

짐승이라고 한 말이 통한 것인지 서투른 조선말의 기백에 눌린 것인지 2, 30명 정도의 무리가 한 줄로 늘어섰다. 줄 끝은 계단에까지 늘어설 정도로 긴 줄이다. 어떤 중년 부인이 지나쳐가면서 작은 소리로 "고마워요. 덕분에 살 수 있어요"하고 속삭였다.

"지나치게 그러면 내정간섭이니까 그만 둬"라고 내가 말렸지만, 아내는 조선인에 대해서는 조심성이 없어진다.[19]

당시 중국의 베이징, 톈진, 하얼빈 등 대도시에서는 상점이나 대중교통에서 줄을 서는 캠페인을 벌이고 있었고, 옌볜에는 아직 줄서기 문화가 도달하지 않았다. 하지만 생활의 불편을 온전히 무시할 수 없었고, 오무라 아키코는 백화점에서 한국어로 분노를 터뜨렸다. 오무라 마스오는 아내 아키코의 언급을 내정간섭이라며 제지하면서도, 아내에게 사의를 표하는 옌볜 중년 여성의 목소리에도 귀 기울인다. 오무라가 3, 4년 정도 후에 줄을 서는 문화가 정착하리라 낙관한 이유는 그것 때문이었다. 오무라는 "현실의 중국은 개인의 머릿속의 관념적 중국에 대한 이미지를 조소하기라도 하듯이 씩씩하고, 생활의 향기를 발산시켜서 당차게 살아가고 있다"라고 언급하면서, 관념의 중국이 아닌 현실의 중국에 관심을 가졌다.[20]

연구자의 세계는 어느 나라에 가더라도 이런저런 이해관계가 얽혀서 일종의 음습한 공기가 느껴지는데, 그런 점에서 보자면 시장은 활짝 개어 있다. 혼잡한 시장 속에 있으면 묘하게 마음이 진정된다. 우리 숙소에 없는 것도 있

고 해서 거의 매일 시장에 갔다. **매일 가게 되면 여러 가게 주인과 친숙해진
다.** 애국심 강한 건어물 가게 아주머니, 애국심 강한 건어물 가게 아주머니, 새
고기를 파는 가게 주인, 빵가게 아가씨……. 콩나물을 파는 할머니는 조선족이
고 나머지는 모두 한족이었다. 역시 장사는 한족 쪽이 한 수 위인 것 같다. (…
중략…) 우리는 매일 아침 빵^{한어로는 面包(멘파오)}을 먹었다. 좀 커다란 크기의 팥빵
정도의 빵이 연변대 부근에서는 한 개에 11전에 비닐봉지 값을 별도로 받았다.
그런데 서시장 아가씨는 한 개에 10전에 비닐봉지 값을 받지 않았다. 그 아가
씨는 나이보다 조금 더 들어보였는데 알고보니 스무 살로 조금 수줍어 하면서
옥수수처럼 건강한 치아를 보이며 말하는 것이 귀여워 보였다. 성도^{成都}인 창춘
^{長春}에 있는 대학에 진학하려는 남동생과 둘이서 살고 있었다. 그녀는 언제나
같은 버드나무 아래에서 장사를 했다. 우리는 그녀를 '멘파오 아가씨'라고 부르
며 거기서만 빵을 샀다. 가을, 가로수의 버드나무 잎이 그녀가 쓴 위생모자 위
에 하나둘 떨어지고, 그 위로 끝없이 맑고 푸른 대륙의 하늘이 이어졌다. 한겨
울, 영하 20도에 가까운 날에도 그 아가씨는 뺨을 붉게 물들이고 헛걸음하면서
찬바람을 맞으면서 하루 종일 서 있었다. **옌지라는 이름을 들으면 그 거리의
한 사람 한 사람의 표정과, 연변대학의 연변사회과학원에서 만났던 한 명 한
명의 표정이 떠올라서, 50살이 지난 내 가슴에도 작은 파문이 일어난다.**[21]

물론 오무라는 옌볜에 장기체재하는 첫 일본인이었기에 오무라와 조
선족 민중은 모두 서로에게 낯선 상대였다. 오무라는 "우리가 옌볜을 잘
모르는 것 이상으로 옌볜 시내에서 만난 사람들은 일본을 잘 모른다"고
언급하였다.[22] 하지만 오무라 부부는 매일 옌볜의 거리와 시장을 방문하
면서 옌볜의 조선족 및 한족 민중과 점차 친숙해졌고, 그들과 일상을 공
유하였다. 오무라가 특히 인상적으로 묘사한 인물은 '멘파오 아가씨'였

다. 야스마루 요시오^{安丸良夫}에 따르면 근세 일본의 '민중'은 지배계급의 이데올로기인 유교도덕을 통속화하여 자기형성 및 자기해방의 계기이자 일본 사회의 변혁 및 일본 근대화의 원동력으로 삼았다.[23] '멘파오 아가씨' 역시 근면, 겸양, 성실 등 통속도덕을 자기규율의 원리로 삼아 자기를 주체화하는 한편, 남동생의 상급학교 진학을 지지하면서 자신의 삶을 현재보다 나은 방향으로 바꾸고자 하였다. 오무라는 옌볜의 거리에서 만난 민중 한 사람, 한 사람과 대면하면서, 중국 사회의 역사적 변동을 존중하였고, 불편을 농담으로 견디는 옌볜 조선족의 목소리에 귀 기울였다. 이러한 태도는 그가 1972년 서울에서 가졌던 태도와 같았다. 오무라 아키코는 옌볜의 조선족들은 언제나 치마저고리 입고 노래하고 춤추었던 사람들이었다고 회고하였다.[24]

　1970년대 중반 이후 가지무라 히데키는 내재적 발전론의 문제의식 아래, 박정희 정권의 근대화 노선에 포섭된 듯 보이면서도 굳건히 생활 세계를 지켜나가는 한국 민중의 삶에 주목하였다. 역사학자 홍종욱의 지적처럼, 가지무라는 '종속발전'의 동력이면서 제국주의 및 자본의 전일적 지배를 허락하지 않는 내재하는 외부인 민중의 존재에 주목하여, 민중의 내셔널리즘 혹은 아시아주의로부터 건강한 에너지를 길어 올리고자 하였다.[25] "이곳도 사람이 살아가는 사회이니 라이벌 의식이나 질투도 있으며, 생활의 꾀도 교활함도 있다. 그 반면에 일본인이 도저히 갖추지 못한 원칙대로 하는 성격과, 붙임성과 한없이 깊은 애정을 갖고 있다"라는 옌볜 민중에 대한 오무라의 시각은,[26] 패배하기도 하고 오류를 범하면서도 현실을 살아가는 개발독재 시기 한국의 민중에 대한 가지무라의 시각과 공명한다.

　오무라 부부가 일본으로 귀국한 이후 그들에게 일본어 강의를 수강한

<그림 1> 1988.8.15. 옌볜 노인절
출처 : 오무라 마스오 저작집 6

옌볜의 조선족 학생들은 일본에 오면 부부를 만났다. 2015년 3월 7일 연변대학 일본어학부 83급 일본어 동학회는 졸업 28주기 기념식을 상하이에서 개최하면서, 오무라 마스오와 오무라 아키코 부부를 초대하였다.[27]

2. 한국문학의 탈중심화라는 질문

오무라는 옌볜의 역사에 대한 관심과 옌볜 민중의 삶에 대한 존중을 바탕으로, 옌볜이라는 '주변'으로부터 한국을 탈중심화하여 새롭게 이해할 가능성을 열어간다. 그는 "옌지를 중심으로 컴퍼스로 원을 그리면 베이징과 도쿄는 거의 동일 원주 안에 있어서 한반도 전체가 그 반경 안에 쏙 들어간다"라는 언급을 통해 탈중심적 한국 인식의 가능성을 제시하였다.[28]

〈그림 2〉 2015.3. 상하이에서 연변대학 졸업생과 만난 오무라 마스오와 아키코

옌볜에 가기를 정말 잘했다고 생각했습니다. 중국어를 헛되이 배운 것이 아니라고 느꼈습니다. 한때는 주눅이 들어서 중국을 대해왔는데 옌볜에 이르러 드디어 자신의 안에서 중국과 조선이 유기적으로 결부됐습니다. (…중략…) 옌볜에서의 생활은 대단히 즐거웠습니다.[29]

후일 오무라는 자신의 옌볜 생활이 무척 즐거웠고, 특히 옌볜의 생활을 통해 자신의 안에서 중국과 한국을 유기적으로 연관하여 사유할 수 있게 되었다고 언급한다. 그에게 한국을 탈중심화하는 과정은, 언어와 문학의 측면에서 중국과 한국의 관계를 복합적으로 사유하는 것과 연동되어 있었다. 그는 한어와 한국어를 함께 사용하는 조선족의 언어 사용 양상에 주목하였다.

옌볜에서는 조선어도 한어도 공용어다. 시내에는 두 언어가 뒤섞여 날아든

다. 나도 서투지만 두 언어 다 가능하기에 양다리를 걸치고 있어서 가끔 두 언어가 얽힌다. **옌볜의 조선족은 조선족 자치 거주 지구의 노인을 제외하면 모두 상당 수준의 한어가 가능하다.** 중국에서 살아가려면 한어 지식 없이는 곤란하기 때문이다. 평생을 옌볜 조선족 사회에서 지낼 마음이라면 조선어만으로도 사는 데 지장은 없다. 하지만 중국 전국으로 영역을 넓히려면 한어를 꼭 배워야 한다. 중앙 지향이 강하고 엘리트를 지향하면 할수록 한어 학습에 시간을 들여서 상대적으로 조선어를 소홀히 하게 된다. (…중략…) 이런 상황임에도 옌볜에서 조선어의 미래가 밝겠냐고 한다면 그렇게 생각할 수 없다. 지금 조선족 중에서 일선에서 활약하고 있는 것은 3세가 많다. 중국의 소수 민족에 대한 우대 정책도 있어서 안정적으로 중국에 정착하고 있지만, **정착을 하면 할수록 어떤 면에서는 필연적으로 동화의 정도가 높아지는 딜레마가 생긴다.** 젊은 학생들이 조선어로 인사조차 할 수 없어서 노인들의 빈축을 사고 있다. 부모와 이야기할 때에만 조선어를 사용하고 친구나 형제와 말할 때는 한어를 쓰는 것이 일반적이다. 문학을 좋아하는 청년도 한어로 된 중앙에서 발행되는 문예지는 읽어도 옌볜의 조선어 문예지는 읽지 않는 경우가 꽤 된다.[30]

"옌지시에는 서부에 조선족, 동부에 한족이 많이 살고 있다"라는 그의 관찰처럼,[31] 옌볜은 조선족과 한족이 함께 살아가는 지역이다. 오무라는 옌볜의 잡거 상황에 유의하면서, 조선족의 이중언어 사용을 진단한다. 중국에서 조선족이 소수민족으로 존중받고 조선어 출판물 발간 역시 국가의 지원을 받고 있지만, 그는 옌볜에서 한국어의 미래를 흔쾌히 낙관하지는 못한다. 공공기관 및 대학 대부분에서는 공용어로 한어를 사용하며, 한어의 유창한 사용은 교육 정도 및 사회적 지위의 지표가 되기도 한다. 따라서 한어와 한국어는 공적 영역과 사적 영역으로 그 사용의 영역이

분할된다. 오무라는 조선족의 언어 선택에 대하여 가치판단은 미루어두고, 딜레마 가운데에서 옌볜의 조선족의 현실적인 언어 사용을 그 자체로 존중하였다. 나아가 오무라는 높아진 동화의 정도가 조선족의 문화 및 언어에 어떠한 구조 변동을 가져올지 가늠한다.

현재 회족 722만 명, 만주족 29만 명이 자기 민족의 언어를 잃고서 생활과 문화 모두를 한어로 하고 있다. 조선족은 높은 문화와 전통을 갖고 있어서 백 년 이백 년 사이에 자신의 언어를 잃는 일은 없을 것이다. 하지만 문화의 정도가 높고 한족과 접촉하는 일이 많아지면 많아질수록 그 영향을 받기 쉬운 측면도 있다. **민족문화를 꽃피우면서, 한족이 압도적인 다수인 중국에서 얼마나 조화를 이뤄가며 살아갈 것인가, 말하기는 쉬우나 행하기는 어렵다.** 만약 조선족이 먼 장래에 조선어를 잃는다 해도 조선족문학은 계속될 것이다. 민족문학이라는 개념을 민족감정을 표현하는 문학이라는 의미로 파악한다면 **한어로 창작돼도 조선족문학이라 할 수 있다. 하지만 그것을 조선족문학이라 할 수 있을까?**[32]

오무라는 민족어 대신 한어를 사용하는 회족과 만주족의 경우를 참조하면서, 조선족 문화와 언어의 장래를 조심스레 진단한다. 다만, 그는 특정한 답을 확언하기보다는 질문을 위한 다양한 조건을 살핀다. 조선족 문화의 전통을 고려할 때, 100~200년 사이에 언어가 사라지지는 않을 것이지만, 조선족의 정착에 따라 문화 및 언어의 접촉이 증가하면서 그 성격이 변화할 가능성 또한 열어둔다. 또한 그는 한국어의 사용이 줄어들 경우, 조선족의 문학을 어떻게 이해할 것인지 가설적인 질문을 던진다. 민족이라는 주체를 중시할 경우, 한어로 창작한 조선족문학이라는 개념도 성립 가능하지만, 오무라는 '조선어 없는 조선족문학'이 조선족문학으로 성립할 수 있을지 신중하게 질문한다.

오무라는 한국어를 민족의 언어로 이해하였지만 그것이 한국어를 특정한 본질을 가진 고정적인 것으로 이해한 것은 아니었다.

> 옌볜의 조선인 대부분이 두만강 하나를 사이에 둔 함경도 출신이다. 그러므로 옌볜 말은 함경도 방언이 중심이다. 역사적으로 봐서 가장 이른 시기에 중국 땅에 살게 된 것도 이 사람들이라. 헤이룽장성에는 조선의 남쪽, 특히 경상도 출신이 많다. (랴오닝성에는 압록강 건너편 기슭인 평안도 출신이 많다) 그들은 조선에 가까운 옌볜을 함경도 사람들이 차지하고 있어서 더 북쪽으로 올라가서 헤이룽장성에 정착했다. 요컨대 **두만강, 압록강을 대칭축으로 해서 선대칭으로 구부린 형태로 동북 지방으로 이주한 것이다.** 이국땅의 출신지나 친족 별로 **집단 생활을 해서 지금도 조선 각지의 방언이 옛 형태로 보존돼서 그것이 지방인의 의식과 결부돼 있다.** (…중략…) 앞서서 **옌볜의 조선어는 함경도 방언이 큰 틀을 이루고 있다고 했는데 물론 그것만은 아니다.** 일본어 혹은 일본어를 원류로 하는 말이 의식되지 않은 채 사용되는 경우가 많다. 또한 러시아 어휘가 꽤 섞여 있다. 성냥을 비짓케라고 하는 것은 한 예다. 소련, 중국 , 조선의 접점이라고 할 수 있는 옌볜에는 중소 관계가 악화되기 전부터 소련을 왕래하는 사람이 많았던 것과, 전후 소련군의 동북 진출 등이 있어서 옌볜에 러시아어가 남아 있는 이유일 것이다. 그러므로 **노인들 중에는 조선어, 한어, 러시아어, 일본어 이렇게 네 개의 언어를 말하는 사람도 꽤 있다.**[33]

가지무라 히데키의 분석에 따르면, 18세기 중후반 조선의 함경도, 중국의 '만주', 러시아의 블라디보스토크 사이의 독자적인 대외무역이 활성화되었다. 세 나라 국경에 걸친 이 지역은 소농 경영을 기반으로 자립적인 지역 경제를 형성하며, 다양한 상품을 활발히 교류하였다. 독자적인 활기와 지역 내의 자급을 유지하였던 이 지역은 식민지화 이후 그 발전의 전망을 잃는다.[34] 함경도 사람이 두만강을 넘어 옌볜지역에 먼저 정착하였고, 경상도 사람은 옌볜지역을 넘어 헤이룽장성지역에 정착하였다. 옌볜지역의 문화와 언어는 19세기 이래 국경을 넘은 주체의 이동에 기반하여 역사적으로 형성된다. 그리고 해방 전 한족과의 잡거로 인한 중국어, '만주국' 성립과 일본인의 거주로 인한 일본어, 해방 이후 신중국에서 사용한 중국어, 소련과의 왕래의 흔적인 러시아어 등, 다양한 언어와의 교류 속에서 변모해 간다. 오무라의 시각에 따르면, 조선족의 한국어는 조선족이라는 민족의 본질을 반영하는 언어가 아니다. 조선족의 한국어는 동아시아의 근대 안에서 조선족의 이동과 생활에 기반하여, 다양한 민족의 문화 및 언어와 교차하면서 역사적으로 형성된 것이었다. 따라서 조선족이 중국 사회에 정착함에 따라, 한어와 접촉하며 한국어의 성격이 변모하는 것 역시 자연스럽다. 오무라는 조선족 언어로서 조선어의 역사적 변모 및 현실적 사용을 존중하였다.

또한 오무라는 조선족문학을 통해 한국문학에 대한 인식 또한 탈중심화한다. 그는 옌볜 체류의 목적으로 두 가지로 정리하였다.

내가 옌볜에 체재한 목적은 두 가지다. 하나는 옌볜의 조선문학 관계 자료를 수집하는 것이고, 다른 하나는 조선족문학의 동향을 알기 위해서다.

모두 조선어로 창작됐지만, 전자는 조선문학과 관련된 것이고 후자는 중국 소수민족의 하나인 조선족문학, 요컨대 중국문학의 일부라서 두 문학의 성격은 다르다. 물론 양자의 경계는 1945년 이전 상황을 보자면 **미묘해서 반드시 명확히 구별할 수 있는 것이 아니지만**, 적어도 1949년_{중화인민공화국의 성립} 이후의 중국 조선족문학은 명확히 한국문학이나 북한문학이 아니라 중국문학의 일부이다. 하지만 **문학의 국적은 그렇다 해도**, 조선민족이 낳은 문학이라고 한다면 세계 어느 나라에서 창작되었다 해도, 또한 어느 나라 말로 쓰였다 해도 '조선민족문학'이라고 하는 혈통론적 관점도 성립될 수 있을 것이다.[35]

옌볜 체류의 첫 번째 목적은 해방 이전 한국문학 자료의 발굴 및 정리였다. 해방 이전 한국문학과 '만주'에 대한 관심에 힘입어, 오무라는 용정에 살았던 소설가 강경애의 집을 방문하였다. 냉전의 도래 이후 북한은 강경애의 문학을 정전으로 대우하였지만, 한국에서 강경애에 대한 본격적인 학술적 논의가 시작된 것은 오무라의 옌볜 방문 한 해 전인 1984년이었다. 일본에서는 오무라가 조 쇼키치, 사에구사 도시카쓰와 함께 편집한 『조선단편소설선朝鮮短編小說選』岩波書店, 1984에 단편 「지하촌」이 번역된 정도였다.[36] 강경애 문학은 식민지 시기 한국문학과 옌볜지역문학의 연속을 보여주는 동시에, 냉전으로 인한 식민지문학 유산 계승의 지연을 보여준다. 하지만 문화대혁명으로 인한 자료 망실로 오무라는 옌볜 소재 한국문학 자료를 수습에서는 기대만큼의 성과를 거두지 못하였다.[37]

옌볜 체류의 두 번째 목적인 조선족문학 현황 파악에 대해서 오무라는 상당한 성과를 거두었다. 오무라는 1945년 이전 '조선문학'과 1945년 이후 '조선족문학'은 언어와 주체의 민족성이 같지만, 1945년 이전 '조선문학'은 한국문학북한문학으로 분류되고, 1945년 이후 '조선족문학'은 중국문학의 일부로 분류된다고 판단하였다. 오무라는 냉전 정치질서의 도래와 함께 '조선문학'과 '조선족문학'이 분할되었지만, 그 분할은 실상 "미묘해서 반드시 명확하게 구분할 수" 없다는 역사적 상황을 고려하였다. 다른 글에서도 오무라는 "조선족문학은 중국에 속하고 조선문학은 조선에 속하며 그 성격은 확실히 다르다"라고 언급하였다. 통상적으로는 "중국에서 사망했거나 지금도 중국에서 생존하고 있는 조선인을 조선족이라 하고, 제2차 세계대전 후나 조선전쟁 시에 본국으로 돌아가 사망했거나 지금도 본국에서 생존하고 있는 사람을 외국인으로서 조선인으로 간주하는 원칙"에 따라 '조선족문학'과 '조선문학'을 대별하였다. 오무라는 흔히 통용되는 '사망지 원리死亡地原理'를 다분히 편의적인 분류로 비판하였다. "막상 개개 작가나 작품을 살펴보면 이 양자의 구획은 그렇게 명확하게 나뉘어지는 것은 아니"라는 판단에 근거한 것이었다. 작품집『싹트는 대지』만선일보사, 1941,『재만조선인시인집』예문당, 1942, 동인지『북향』과 주요한 작가인 신채호, 김택영, 윤동주 등은 '조선문학'과 '조선족문학' 양자 모두에 속하는 사례였다.[38]

　오무라는 냉전 동아시아의 국경에 의해 명확하게 분할된 '조선문학'과 '조선족문학'의 구분이 모호하다는 점에 유의하면서, 한국문학의 역사적 전개에 내재한 중층성을 인식해 간다. 오무라는 '조선족문학'은 중국에 속한다는 점을 감안하면서, 중국 근대사의 시대구분을 참조하여 '조선족문학'의 시대를 구분하였다. 그는 19세기 후반에서 1919년 5·4운동까지의 구 민주주의 혁명 시기 조선족문학으로 민담과 창가 등을 예시하였다. 1919년에서 1949년 중화인민공화국 성립까지 신민주주의 혁명 시기의 조선족문학은 일본 점령구의 문학과 항일유격지구의 혁명가요 및 혁명 연극이 중심이었다. 또한 일본 점령구의 문학은『싹트는 대지』,『재만조선인시인집』등이 대표적인 사례였다. 일본 점령구인 '만주'에서 함께 활동하였던 작가들은 냉전의 도래와 함께 옌볜, 서울, 평양으로 분산한다. 항일유격지구의 문학은 '조선족문학'과 북한문학이 공유하는 바였다.

평양의 최신 문학사인『조선문학개관』^{사회과학출판사, 1986}을 봐도 1926년부터 1945년까지를 '항일혁명투쟁기의 문학'으로 규정하고 구 만주에서의 항일빨치산투쟁 중에 창작된 혁명적 문학을 문학사의 주류로 놓고 있고, 동 시기 조선 국내의 문학을 '항일혁명투쟁의 영향하에서 발전한 진보적 문학'이라고 규정하고 있다. 다시 말해 중국 땅에서 생겨난 문학이 조선문학의 주류라는 것이다.

조선노동당출판사가 1959년에 간행한『혁명가요집』은 주류 문학의 가요를 이른 시기에 수집한 귀중한 문헌이다. 험난한 항일전쟁 속에서 창작된 이들 혁명가요는, 같은 시기의 혁명가요를 모아 1958년과 1961년에 중국 옌볜에서 출판한『혁명의 노래』·『혁명가요집』과 내용이 상당 부분 겹친다. 개인에 의한 창작의 경우에는 사망지 원리를 채택해 중국문학^{조선족문학}과 조선문학의 경계를 획정할 수 있지만, 작자 미상의 혁명가요의 경우에는 그렇게 할 수가 없다. 원래 함께 싸웠던 항일전쟁 중에 창작된 가요이고 보면, 작품이 중복되거나 약간 변형되어 채록되는 것은 어쩌면 당연한 일이다. 그래서 그런지 동일한 혁명가요를 조선과 중국 모두 자국의 문화유산으로 간주하고 있다.[39]

오무라는 제목, 가사 등 세부적인 부분에서 차이는 있지만, '만주'에서 창작 및 번역된 혁명가요와 혁명적 연극을 북한과 옌볜 조선족이 공유하고 있다는 사실에 주목한다. 그는 1937년 옌볜에서 창작된『혈해지창』을 소개하면서, 그것을 평양의 '혁명가극'의 원조인『피바다』와 겹쳐 읽는다. 그는 "1936, 7년이라는 시점의 항일 유격대지구에서는 수많은『피바다』가 각종의 변형된 형태로 존재하고 있었던 것 아닌가 생각된다"라는 가설을 통해 북한 문학을 동아시아적 지평에서 이해할 것을 제안한다.[40]

혁명가요와 혁명적 연극에 주목하면서 오무라는 조선족문학과 북한문학에 관여하는 근대문학의 양식과 규범을 초과하는 문학의 의미를 짚는다. 근대문학은 저자 개인의 창조적 글쓰기로 이해되었으며, 근대문학 제도의 성립은 저작권의 제도화를 촉진하였다. 근대적 저자는 작품에 대한 소유권자이자 사법적 책임자였다.[41] 하지만 '항일전쟁'의 전선에서 창작된 혁명가요와 혁명적 연극은 익명의 창작이자 집단의 창작이라는 점에서 개인의 창작인 근대문학의 성격을 넘어선다.

많은 문예 활동가는 자신이 대중으로부터 유리되고 생활이 공허하기 때문에, 당연, 인민의 말에 익숙하지 못하다. (…중략…) '대중화'란 무엇인가? 대중화란, 우리 문예 활동가의 사상, 감정이 노동자·농민·병사 대중의 사상·감정과 하나로 융합되는 것이다. 하나로 융합되려면 대중의 말을 진지하게 학습하지 않으면 안 된다.[42]

마오쩌둥은 「옌안문예강화」에서 근대문예가 대중으로부터 유리된 것을 비판하면서, 문예의 대중화를 위해 민중의 언어에 귀 기울이면서 문예를 재구성할 것을 요청하였다. 혁명가요 및 혁명적 연극의 익명성과 집단성은 근대문학의 장場 외부인 전선戰線에서 창작되었던 상황의 산물이기도 했지만, 문예 대중화를 요청한 마오쩌둥의 「옌안문예강화」 및 동아시아 대중예술의 역사적 유산으로 근대문학을 재구성하였던 항전기 옌안의 문예 활동과 공명하는 실천이기도 했다. 1945년 직전 옌안행을 수행하였던 김태준과 김사량 역시 동아시아의 전통을 바탕으로 근대문학을 재구성하였다. 김태준은 1946년 2월 제1회 전국문학자대회에서 중국 고전소설의 전통에 유의하여 '구 형식'과 '신 내용'의 결합을 수행하는 중국의 작가를 소개하였고, 김사량은 해방공간 북한에서 연안의 경험에 근거하여 희곡을 창작하였다.[43] 혁명가요 및 혁명연극의 발견은, 근대문학의

규범을 초과하는 계기를 포함한 문학으로서 북한문학 및 조선족문학의
성격을 새롭게 인식하는 계기가 된다.

오무라에 따르면, 조선족문학이 비약적으로 발전한 시기는 1949년 중
화인민공화국 성립 이후였다. 그는 문화대혁명 이전 1949~1966년의 문
학, 문화대혁명 중인 1967~1977년의 문학, 그리고 문화대혁명 이후인
1978년 이후의 문학으로 1949년 이후 조선족문학의 시기를 구분한다.
문화대혁명 이전 시기 중국작가협회 연변분회의 회원 수는 100명 미만
이었고, 김학철과 리근전이 대표적인 작가였다. 문화대혁명 시기는 창작
이 불가능한 시기였다. 그는 윤광주의 친구인 중국작가협회 옌볜분회 부
주석 시인 김성휘와의 만남을 특기하고 그의 문화대혁명 경험을 청취하
였다.

옌볜에서는 실질적으로 상임 부주석인 김성휘 시인이 최고 책임자인 셈이
다. 그는 젊은 나이에 옌볜에서 죽은 시인 윤광주윤동주의 친동생의 친구로 **문화대혁
명 당시에는 재능이 뛰어나다는 이유로 오히려 더 괴로움을 당했다.** 농촌에
서 **10년 동안 강제로 농사일을 해야 했으며 책도 읽을 수 없었다.** 그 사이에
틈이 나면 톱과 대패와 끌만으로 바둑판과 돌통을 만들었다. 바둑판의 다리는
끼워넣는 형태가 아니고, 나무를 깎아서 다리 부분을 조각해 놓았다. 돌통도 나
무를 둥글게 깎고서 끌로 안을 파낸 것이다. **정연하지 않은 끌의 흔적을 보고
있으면 어떤 마음으로 바둑판과 돌통을 만든 것인지 느낄 수 있어서 마음이
찡했다.** 언제나 봄 바다처럼 온화한 표정을 하고 있지만, 대국을 하게 되면 거
칠게 싸움을 걸어오는 바둑으로, 마음속은 상당히 고집이 센 것으로 보였다.[44]

오무라는 10년간 책조차 읽지 못한 채 농사일에 힘써야 했던 김성휘의

목소리를 경청한다. 그는 김성휘가 만든 바둑판과 돌통에서 고통과 고뇌를 아프게 읽어낸다. 오무라는 김성휘의 온화한 외양 안에 있는 거친 강인함으로부터, 문화대혁명의 아픔을 무겁게 받아들인다.

1978년 중국작가협회 연변분회가 부활하였다. 1980년대 중반 연변분회 회원은 400여 명에 이르는데, 그중 중국작가협회 회원은 39명이었고, 봉급을 받는 전문직 작가는 10명이었다. 베이징北京의 민족출판사, 옌지의 연변인민출판사, 무단장牡丹江의 흑룡강조선민족출판사, 션양瀋陽의 요녕민족출판사 등 다양한 지역의 여러 출판사에서 다수의 단행본을 출판하였고, 옌지, 지린吉林, 하얼빈, 무단장 등에서 『천지』, 『문학예술』, 『아리랑』, 『도라지』, 『송화강』, 『은하수』, 『갈매기』 등 다양한 잡지를 간행하였다. 오무라는 1980년대 발전하는 조선족문학의 다양한 양상을 관찰하였다. 오무라는 "연변 체재 중에 시간이 허락하는 한 문학 작품을 읽었"으며, 그 결과 "일본어로 번역하고 싶은 작품" 20여 편을 선별하였다. 그는 흥미로운 작품을 만나면, 작가를 만나서 경력을 청취하였고, 각종 연회와 야유회를 통해 작가들과 교류하였다.[45]

오무라는 1980년대 조선족문학을 ① 항일전쟁에서 취재한 작품, ② 사상투쟁의 상흔을 그린 작품, ③ 건강한 연애나 연애관을 그린 작품, ④ 당의 경직화와 관료주의를 비판하고 당의 건전한 발전을 희구한 작품, ⑤ 가정 내의 인간관계, 애정이나 알력을 다룬 작품, ⑥ 사회주의 사회를 지탱하는 성실한 인간상을 그린 작품, ⑦ 생산책임제 도입 후 농민의 생산 의욕과 생활향상을 그린 작품, ⑧ 교육과 사제지간의 사랑을 그린 작품 등으로 유형화하였다.[46]

일본에 돌아온 후 오무라 마스오가 처음으로 착수한 일은 1984년 연변인민출판사에서 출판한 『연변조선족자치주개황』의 번역이었다. 옌벤

의 전모를 일본의 독자에게 소개하기 위해서였다. 번역을 마쳤지만 몇몇 출판사는 출판을 거절하였고, 결국 오무라는 자비 출판의 형식으로 1987년 12월 『중국 조선족-연변 조선족 자치주 개황中国の朝鮮族-延辺朝鮮族自治州概況』무궁화의 회(むくげの会), 1987을 간행한다. 당시 일본에서는 '조선족'이라는 명칭이 알려지지 않아 출판사 편집자들은 '재중 조선인'이라는 명칭을 제안하기도 하였다. 하지만 오무라는 중국의 56개 민족 중 하나인 '조선족'과 외국인의 대우를 받

〈그림 3〉 오무라 마스오 역, 『시카고 복만이
-중국 조선족 단편소설선』, 고려서림, 1989
출처 : 『오무라 마스오와 한국문학』

는 재중 조선인은 전혀 다른 개념이라고 말하면서, 제목에 '중국 조선족'을 두드러지게 표기하였다. 이 책의 출판 이후로, 일본에서는 '조선족'이라는 고유 명사가 널리 사용되었고, '간도' 대신 옌벤조선족자치주가 알려졌다.[47]

그후 오무라는 조선족문학 작품 13편을 선별하여 동료들과 함께 일본어로 번역하여 『시카고 복만이-중국 조선족 단편 소설선シカゴシカゴ福万-中国朝鮮族短編小説選』고려서림(高麗書林), 1989을 간행하였다. 연극 전공의 와세다대학 조교수 강정기姜禎基가 2편, 조선사 전공의 도쿄대학 조교 다카야나기 도시오와 오사카외대 조선어과 학생 우에다 고지植田晃次가 각 1편을 번역하였고, 오무라가 9편을 번역하고 전체 교정 및 저자소개, 역주 등을 담당하였다.[48] 〈표 1〉에서 볼 수 있듯, 『시카고 복만이』에 번역한 13편은 모두 중국에서 거주하면서 활동하는 작가들이 조선어로 쓴 작품이었다.

〈표 1〉『시카고 복만이』의 조선족문학 번역

작가	작품	번역저본[발표서지]	번역자
장지민 (張志敏)	시카고 복만이 (シカゴ福万)	『천지의 물줄기』(민족출판사(베이징), 1986) [『연변문예』, 1983.5]	오무라 마스오
최홍일 (崔紅一)	생활의 음향 (生活の響き)	『대문산 비곡』(연변인민출판사, 1985)	오무라 마스오
김성휘 (金成輝)	포로 (捕虜)	『연변문예』, 1980.7	오무라 마스오
임원춘 (林元春)	상장 (賞狀)	『격류속에서』 (흑룡강조선민족출판사(무단강), 1987) [『도라지』, 1986.6]	오무라 마스오
박은 (朴恩)	사시절가 (四季の歌)	『천지의 물줄기』(민족출판사(베이징), 1986) [『연변문예』, 1982.6]	강정기
김학철 (金学鉄)	구두의 력사 (靴の歴史)	『김학철단편소설선집』 (요녕인민출판사(션양), 1985) [불명, 1955]	오무라 마스오
유원무 (柳元武)	오이꽃 (キューリの花)	『격류속에서』 (흑룡강조선민족출판사(무단장), 1987) [『도라지』, 1984.6]	오무라 마스오
김훈 (金勳)	시름거리 (心配種)	『연변조선족자치주 성립 30돐 기념 단편소설집』 (민족출판사(베이징), 1982) [『아리랑』6기, 1982.8]	다카야나기 도시오
이원길 (李元吉)	배움의 길 (学びの道)	『백성의 마음』(연변인민출판사, 1984) [『아리랑』 5기, 1981.12]	오무라 마스오
박선석 (朴善錫)	처갓집 (妻の実家)	『천지의 물줄기』(민족출판사(베이징), 1986) [『연변문예』, 1984.8]	우에다 고지
정세봉 (鄭世峰)	하고 싶던 말 (言えなかった事)	『하고 싶던 말』(민족출판사(베이징), 1985) [『연변문예』, 1980.4]	오무라 마스오
이홍규 (李弘奎)	중국사람 (中国人)	『천지의 물줄기』(민족출판사(베이징), 1986) [『연변문예』, 1981.6]	오무라 마스오
김종운 (金宗雲)	조선에서 온 손님 (朝鮮からの客)	『흑룡강신문』, 1985.6.8	강정기

번역 저본으로 활용한 단행본 및 잡지의 출판지를 살펴보면 옌볜조선
족자치주 옌지 외에 지린성의 헤이룽장성의 무단장, 랴오닝성의 션양 등

이다. 오무라는 조선족문학을 조선어로 출판하는 주요 출판사의 작품을 모두 검토한 셈이다. 작품 선택의 과정에서 중국의 평론이나 조선족문학 관계자의 의견을 청취하고 문학상 수상 여부를 참고하긴 했으나, 그는 "직접 읽은 범위 내에서 일본에 소개하고 싶다고 생각되는 작품을 선"하였다. 『시카고 복만이』에는 김학철의 1955년작 「구두의 력사」 외에 모두 1980년대에 발표된 문학 작품을 실었으며, 김학철·이홍규 등 1세대 조선족 작가 외에 김종운·김성휘·유언무·임원춘·박은 등 1930년대 출생 중견작가, 장지민·정세봉·이원길·박선석 등 1940년대 출생 작가, 최홍일·김훈 등 다양한 세대의 작품을 번역하였다. 오무라는 1980년대 조선족문학의 특징으로, 조선족 다수가 농촌에서 쌀농사를 짓는 현실을 반영하여 농촌과 농민을 그린 작품이 많은 것, 풍속, 습관, 사고방식 등 민족색이 강한 것, 그리고 병적인 것, 악마적인 것, 퇴폐적인 것은 거의 없으며 건전한 것을 들었다.[49]

오무라에게 조선족문학은 그동안 알지 못했던 한국문학의 새로운 면모를 발견하는 계기였다. 그는 조선족문학을 매개로 확장하였던 한국문학 인식의 지평을 다음과 같이 정리하였다.

조선족문학은 우리들이 모르는 세계를 개척해 보여주었다. 그것은 **첫째로 조선문학 전체상을 파악하는 데 있어서 종래에는 빠져있었던 부분이었고, 둘째로는 중국문학과 조선문학의 공동사용지**共同使用地**적 성격을 갖는 양자의 접촉지역의 문학이었으며 양자를 이해하는 데 필요한 존재라는 사실이다. 셋째로 구**舊** 만주는 조선반도의 식민지화와 함께 일본 군국주의 침략의 최전방이었다는 사실을 보면, 조선족의 생활 방식은 역사적으로도 그리고 현시점에서도 우리 일본인과 무관할 수 없다는 점이다. 그리고 넷째로 조선족의 생활

방식은 재일한국인在日韓國人과 조선인의 현재와 미래에 하나의 암시를 던져준다고 할 수 있다. 마지막으로, 이것들을 종합해 보면 우리들에게 국가와 민족의 관계를 다시 한 번 생각하게 한다는 점을 지적할 수 있겠다.[50]

1970년 오무라는 "백두산 이남에서 현해탄에 이르는 지역에서 살았던, 또한 살아가고 있는 민족이 낳은 문학"을 한국문학으로 이해하였다. 중국 옌볜의 조선족문학은 이전까지 그의 한국문학 인식에서 누락되어 있던 영역이었다. 오무라에게 조선족문학의 발견은 한국문학의 범위를 확장하는 것이었으며, 조선족문학을 통해 중국문학과 한국문학의 현실적으로 접촉하는 양상을 검토할 수 있었다. 나아가 그는 조선족문학을 중국문학과 한국문학의 '공유지'에 위치한다는 논쟁적인 주장을 제안한다. 오무라는 조선족문학을 통해 한국문학을 탈중심적으로 이해할 가능성을 열어가는 한편, 1945년 이전 식민지 시기 한국문학의 역사적 중층성과 동아시아적 계기라는 논제를 가다듬는다.

'만주'는 당시 조선인에게 이향異鄕이긴 하지만 본국보다는 아직 자유가 남아있는 신천지로 인식되었던 것이다. 1945년 해방직후에 그들 문학자 중 어떤 사람은 본국인 북으로 돌아가고 또 어떤 사람은 남으로 돌아갔다. 또 어떤 사람은 중국에 남아 조선족문학의 발전에 공헌했다. 이렇게 해서 재중국 조선인 문학 활동은 조선문학과 뗄 수 없는 그 일부임과 동시에 중국문학의 일부인 조선족문학의 필수불가결한 구성요소가 되었던 것이다.[51]

오무라는 식민지 시기 한국 작가 다수가 현재 옌볜과 거의 영역이 겹치는 옛 간도에서 생활하거나 체류하였다고 지적하면서, 한국문학과 중국 동북지역의 밀접한 관계를 환기한다. 최남선, 염상섭, 김동인, 주요섭, 이태준, 최서해, 박팔양, 이석훈, 안수길, 김달진, 손소희, 박영준, 김조규 등 30여 명의 작가가 간도에 체류하였다. 해방 이전 '만주'를 가시화하는 것을 통해 1945년 이전 한국문학을 동아시아적 지평에서 이해하도록 한다. 또한 1945년은 "동아시아에서 제국의 시대가 끝이 나고 국민국가 혹은 민족국가의 시대가 시작"되었던 분기점이었다. 1945년 이후 해방공간 한국인의 이동에 따라, 한국문학, 북한문학, 조선족문학이 분기한다.[52] 한국문학의 동아시아적 지평에 대한 탐색은 20세기 식민지와 냉전을 경험하였던 동아시아에서 '국가'와 '민족'의 불일치라는 현실적 상황에 대한 고려 및 동아시아 근대의 현실에 기반한 사상적 과제에 대한 성찰을 요청한다. 오무라는 주목한 사상적 쟁점은 중국 조선족과 그의 문학이 걸어온 과거로부터 길어올린 것인 동시에, 재일조선인과 중국 조선족, 한국인, 그리고 북한의 인민을 위한 현재와 미래의 과제이기도 하였다.

3. 김학철의 '망각을 위한 기념'

1985년 오무라 부부는 옌벤에서 김학철 부부와 만난다. 오무라는 이미 10여 년 전인 1974년에 김학철의 소설 「담배국」을 일본어로 번역하여 『현대조선문학선』 제2권에 수록한 바 있었다.[53] 오무라는 「담배국」을 조선문학가동맹의 『문학』 창간호를 통해 접하였다. 당시 일본에서는 김학철이 누구인지는 충분히 알려지지 않았다.

김학철. 1916년 함경남도 원산 출생. 이 작가에 대해서는 거의 알려져 있지 않다. 다만 그의 작품집 『범람^{氾濫}』이 중화인민공화국에서 번역 출판되어 그곳에 실려 있는 경력을 소개할 수밖에 없다. 그는 빈농의 아들로 태어나 일곱 살 때 아버지를 잃었다. 20세 때 중국으로 망명, 국민당 부대에 소속된 적도 있었으나 후에 신사군^{新四軍}에 편입, 그리고 중국공산당에 입당하였다. 태항산^{太行山} 전투에서 부상을 입고, 포로가 되었다. 1941년 12월 일본 나가사키 형무소에서 무기징역형을 받고 복역. 옥중에서 치료를 받지 못하고 한쪽 다리를 절단. 해방과 함께 출옥하여 귀국. 이때부터 작가 생활에 들어간다. 이 책에 수록된 「담배국」은 남조선 문학가동맹 기관지 『문학』 창간호에 실린 작품으로, 귀국하고도 고향인 북으로는 가지 않고 한동안 남조선에 있었던 것이 아닌가 생각된다. 작품으로는 그 밖에 「균열」, 「정치범 919」가 있으며, 중편소설 「범람」은 '문예총' 기관지 『문학예술』 제3권 제8기에 발표되었다고 기록되어 있다. 따라서 나중에 북으로 간 것 역시 틀림없는 사실이다.[54]

해설자 윤학준 역시 김학철에 대해 충분히 알지 못하였다. 그는 중국에서 번역된 작품집 『범람』_{손진협(孫振俠) 역, 인민문학출판사(人民文學出版), 1952}에 의거하여 김학철이 중국으로 망명하여 중국공산당에 입당하고 태항산 전투에서 포로가 되어 나가사키 형무소에서 해방을 맞았다는 해방 이전 김학철의 행보를 제시하였다. 해방 이후의 이력은 김학철의 작품이 38선 이남의 잡지 『문학』과 이북의 잡지 『문학예술』에 실렸고 그의 작품집이 중국에서 번역되었다는 사실에 근거하여, 귀국 후 한동안 한국에서 활동하다가 월북한 것으로 추정할 따름이었다. 1981년 소도사^{創土社} 사장 이다 가즈에_{井田一衛}는 김학철로부터 편지를 받고 『현대조선문학선』 2권을 김학철에게 선편으로 보낸다.[55] 그리고 김학철 소식을 윤학준에게 전한다. 윤학준은 그간 알 수 없었던 김학철의 소식을 듣자 반갑게 편지를 띄운다.

저가 일본의 대학에서 조선문학 등을 강의하는 과정에서 우리나라 문학을 연구하는 일본인 친구들과 사귀게 되었고, 그들과 같이 정기적으로 연구회도 갖게 되었습니다. '조선문학의 회朝鮮文学の会'라는 것이 정식 명칭이었습니다. 그때까지만 하여도 일본에서 우리나라 문학의 소개는 재일교포의 손에 의해서 번역출판되었습니다만, 이 모임을 계기로 해서 본연의 자세, 즉, 일본인들이 자기자신의 노력에 의해서 번역이라는 결실을 보게 되었던 것입니다. 이런 점에서 자못 의의가 크다고 볼 수 있겠지요. (…중략…)

끝으로 선생님의 약력에 대해서 부족하나마 알게 된 것은, 본 선집의 역자의 한 사람인 오무라 마스오大村益夫 씨에 의해서 알게 되었습니다. 오무라 씨는 현재 와세다대학 교수이며 중국문학도 전공하고 있는 분입니다. 그러나 선생庶生님이 언제 공화국으로 가셨는지, 또 어떤 연유로 지금 중국 동북지방東北地方에 계시게 되었는지, 그리고 지금의 활동 상황 등등에 대해서 전연 모르고 있습니다. '해설자'인 저로서는 매우 궁금합니다. (…중략…) 가능하다면 알고 접고, 선생님의 작품도 읽고 싶습니다. (윤학준이 김학철에게 보낸 편지, 1981년 11월)[56]

윤학준은 김학철에게 '조선문학의 회'를 일본인의 시각에서 조선문학을 번역 및 연구하는 본격적인 최초의 모임으로 소개하였다. 또한 『현대조선문학선』에 실린 김학철의 정보를 오무라가 제공하였음도 밝히고 있다. 하지만 윤학준과 오무라 모두 김학철이 언제 북한으로 이동하였는지, 왜 중국으로 이주하였고 그 이후의 상황을 전혀 알지 못하는 것을 볼 수 있다. 윤학준의 편지에 대해 김학철은 서신 두 통을 보낸다. 윤학준 역시 답신을 보낸다.

선생님의 격동의 반생을 선생님의 편지로써 확인하면서 우리 민족의 고난의 역사를 새삼 생각지 않을 수가 없었습니다. 중국 대륙에서의 전전轉戰, 조국에서의 파란만장의 생애. 그러나 이 모든 것들이 앞으로 서생님^{원문 그대로─인용자}의 창작 활동에 충분히 살려지리라고 소생은 믿습니다. 더구나 조국의 문학계의 현황을 생각할 때 서생님에 대한 기대가 더욱 큽니다. 모쪼록 분투하시길 고대합니다._{윤학준이 김학철에게 보낸 편지, 1982년 7월 17일}[57]

윤학준의 답신에 미루어볼 때, 김학철은 자신의 반생을 기록하여 서신에 적어 보낸 것으로 보인다. 김학철의 생존에 대한 소식은 오무라에게도 전해졌을 것으로 추측할 수 있다.

1985년 옌볜 체류 중 오무라는 비로소 김학철과 대면하게 된다. 옌지에 도착한 후인 1985년 6월 오무라는 연변대학 부교장 정판룡에게 "김학철 선생이 연변에 계십니까? 꼭 만나 뵙고 싶습니다"라고 부탁한다. 그 며칠 후 밤중 오무라 부부는 김학철의 방문을 받게 된다. 홀로 다니는 법이 없는 김학철의 연락 없는 단독 방문이었다.[58] 놀랍게도 김학철은 이미 오무라가 옌볜에 올 것임을 알고 있었다. 그해 4월 오무라 부부는 옌볜에 도착하기 전 베이징에 잠시 체류하였다. 그때 미국 VOA 기자와 10분간 인터뷰를 했는데, 김학철이 그 방송을 들었던 것이다. 오무라 아키코는 김학철의 첫 만남을 다음과 같이 회고하였다.

일본군에 의해 한쪽 다리를 잃으신 분이 그렇게 친절하고 유쾌하게 우리를 받아주실 줄은 꿈에도 생각하지 못했어요. 그림에 대한 이야기며, 음악에 대한 이야기며, 아름다운 여성에 대한 조크며……. 그분의 감성의 근원은 어디일까요……. 너무 갑작스러운 방문이어서 녹음을 못 한 것이 얼마나 후회스럽던지 몰라요.[59]

오무라 마스오는 아내 아키코와 1985년 6월에서 1986년 2월까지 십수 회 두세 시간씩 김학철 부부를 방문하여 대화하였다. 김학철 또한 오랜만에 일본어를 쓰고 싶었던 듯, '옛날 일본어'로 말하였다.[60] 김학철과 오무라의 대화는 일본어를 기본으로 하고, 중국어와 한국어를 섞어 사용하였다.

김학철 선생은 일본말을 일본 사람보다도 더 유창하게 하였습니다. 테이프 녹음인데도 그것이 그대로 문장이 되었습니다. 군더더기 하나 없고 'ええ^{에-}', **'まあ^{마-}' 같은 일본 사람의 100분의 100이 다 그러는 못된 말버릇 하나 없이, 우정 멋을 피우거나 연설 식의 말도 정치적인 어구도 하나 없이 입말 그대로 아주 고운 대화체로 자기가 한 일을 엮어간 것에 감탄, 오직 감탄할 뿐입니다.[61]**

오무라는 김학철이 공개를 원치 않는 부분을 제외하고 대화를 녹음하여 10여 개의 녹음테이프를 남겼다. 오무라는 김학철의 생애사를 청취하고 해방공간 작가 김사량, 임화, 이태준, 한설야 등에 기억을 질문하였다. 2003년 오무라는 녹음기록의 일부를 정리하여 단행본 『중국 조선족문학의 역사와 전개^{中国朝鮮族文学の歷史と展開}』료쿠인서방(綠蔭書房), 2003에 「[청취록]김학철—내가 걸어온 길」로 공개하였고, 그 글은 이후 남상현의 번역으로 「김학철 선생의 발자취」라는 제목으로 김학철문학연구회가 간행한 『조선의용군 최후의 분대장 김학철』 제2권^{연변인민출판사, 2005} 및 제4권^{연변인민출판사, 2006}에 실렸다.[62] 김학철이 오무라에게 보낸 편지의 일부 역시 같은 책 4권에 「김학철 선생님의 편지」라는 글로 정리되었다.[63]

오무라는 원산, 서울, 상하이, 타이항산, 나가사키, 해방된 서울, 평양, 베이징, 옌지로 이어진 김학철의 '이동'에 따라 그의 행적을 질문하였고,

〈그림 4〉 1985.9.11. 김학철과 김혜원
출처 : 오무라 마스오 저작집 6

김학철의 생애사를 다시금 정리한다. 1916년 함경남도 원산부에서 출생한 김학철은 원산 제2고보에 입학하였고, 4학년 무렵 『킹』, 『소년구락부』 등 일본 잡지를 읽었다. 6학년 무렵 원산의 항만 파업에서 일본인 노동자가 조선인 파업을 응원하는 광경을 보고 기이하다고 생각한다. 1929년 서울 보성고등보통학교에 입학하였으며, 서울시 종로구 관훈동 69번지에 살았다. 광주학생운동에 참여한 후, 1935년 중국 상하이로 건너가 의열단에 참여한다. 1938년 후베이성 강릉중앙육군군관학교를 졸업한 후, 국민당군에 배속되었다가 조선의용대에 배속된다. 1940년 중국 공산당에 입당하고, 1941년 팔로군 지배지역에 들어가 조선의용군 화북지대 제2분대 분대장이 된다. 12월 후좌장胡家莊 전투에서 부상을 입고 포로가 된다. 1942년 스좌장石家莊 일본총영사관의 취조를 받고 「홍성걸에 대한 치안유지법 위반 피고사건 예심종결 결정」에 따라, 베이징과 부산을 거쳐 나가사키 형무소로 이송된다. 1943년 징역 10년을 언도받는다. 1945년 좌측 다리를 절단하고 10월 석방되어 11월에 서울에 도착한다.

　1946년 좌익 정치 활동에 참여하고 항일전쟁을 소재로 한 소설 10편을 작성한다. 특히 이태준, 안회남, 김남천, 지하련, 김동석, 윤세중 등이 참여한 「균열」 합평회가 열린다. 1946년 미군정의 탄압을 피해 월북한다. 1947년 『노동신문』 기자가 되어 소설을 발표한다. 함께 월북한 간호사 김혜원과 결혼한다. 한국전쟁 시기 인민군 후퇴 시에 중국 지안集案을 거쳐 베이징에 체류한다. 1951년 중국 중앙문학연구소 연구원으로 딩링丁玲에게 문학을 배운다. 1952년 옌지로 이주하여 작품을 활발히 발표한다. 1957년 반우파투쟁에서 비판을 받아 24년간 집필을 금지당한다. 1961년 베이징 소련대사관으로 망명을 시도하나 미수에 그쳤다. 문화대혁명 기간인 1966년 홍위병이 『20세기의 신화』 원고를 압수하였고, 1967년부터 1977년까지 복역한다. 1980년 복권되어 다시금 작품 활동을 시작한다. 1985년 중국 국적을 취득하고, 중국작가협회 연변분회 부주석이 된다. 1986년 중국작가협회 회원이 된다. 1989년 중국 공산당 당적을 회복한다. 1989년, 1993년 일본을 방문하며, 1994년, 1998년, 1999년, 2000년, 2001년 한국을 방문한다. 2001년 타계한다.[64]

오무라는 김학철의 기억과 증언을 바탕으로 김학철의 행적을 밀도 있게 재구성하였다. 1958년의 망명 미수사건은 김학철이 미공개를 전제로 말해준 것으로, 오무라는 김학철 타계 후에 공개하였다. 오무라 또한 생애사의 복원에 자료 발굴과 답사로 힘을 보탰다. 1929년 김학철의 거주지 주소는 1989년 김학철과 오무라가 함께 서울 관훈동을 답사하면서 확인한 것이었다. 1942년의 「홍성걸에 대한 치안유지법 위반 피고사건 예심종결 결정」은 오무라가 『사상월보』 101호에서 발굴한 것이다.[65] 오무라는 "물론 치안유지법으로 신병이 구속되어 있는 상황하에서의 재판이, 김학철 선생님의 의지를 철저히 무시한 것이니, 신뢰 가능하다고는 생각하지 않으나, 일본 관헌 측이 어떻게 보고 있었는가 하는 면에서 참고는 되지 않겠는가" 하는 신중한 태도로, 나가사키 지방재판소의 판결문을 복사하여 김학철에게 건넸으나, 김학철은 불편한 기색을 숨기지 않는다.

형사판결서刑事判決書란 으레 거짓말투성이라는 것을 알아두십시오. 피고被告가 이실직고以實直告하는 법은 거의 없습니다. 하물며 증거에 입각한 수사裏付搜査가 불가능한 경우, 피고의 공술은 신빙성 제로입니다. 때문에 판결서의 문면을 근거로 전기 같은 것이 씌어졌다면 대오류요, 대실례올시다.[66]

오무라는 한국어와 일본어를 교차하여 쓴 김학철의 편지를 읽고 '야단을 맞고 말았다'라고 썼다. 이 글은 후일 김학철문학연구회가 편찬한 『조선의용군 최후의 분대장 김학철』 제1권_{연변인민출판사, 2002}에 번역되어 실린다.[67]

오무라가 옌볜에서 김학철을 면담한 시기는 김학철이 1980년 복권된후 1983년 첫 장편소설 『항전별곡』을 집필하고 1985년 중국 국적을 취득한 직후였다. 『항전별곡』은 그가 팔로군의 일원으로 반식민주의투쟁에참여한 경험에 기반한 것으로, 김학철은 당 선전부가 출판물 간행을 허가하는 옌볜에서는 이 소설은 편집을 넘어 인쇄에 들어갔지만, 결국 출판허가를 얻지 못했다. 『항전별곡』은 「담배국」의 모델 문정일의 도움으로민생부가 관할하는 헤이룽장성에서 간행할 수 있었다. 헤이룽장성에서간행할 때도 국내 발행을 조건으로 붙였다.[68]

어쩐지 이렇게 살아 있는 것이 총 들고 싸우다 죽어간 소박하고도 용감한 전우들에 대해서 미안한 느낌이 있다. 빚을 지고도 갚지 않은 것 같은 그런 자기 가책을 느끼는 것이다. 나는 아직까지 그들의 무덤을 찾아서 풀 한 번 깎아본 적이 없다. 하긴 그들은 대개 다 죽은 뒤에 무덤도 안 남겼다. **하기에 나는 그들을 기념하는 글을 써서 가슴 속 깊이 그들에 대한 아름다운 추억을 간직하면서 이 목숨이 다하는 날까지 살아갈 수 밖에 없을 것 같다.**[69]

『항전별곡』은 1940년대 반식민주의투쟁에서 유명을 달리한 청년들의반식민주의투쟁을 기록한 것이다. 집필을 마친 후기에서 김학철은 자신의 마음에 남아 있던 항일전쟁 전장의 한 장면을 거듭 새긴다.

일본 침략군을 맞받아 싸우다가 가슴에 적탄을 맞고 피투성이 되어 쓰러진

젊은 전우의 시체를 앞에 놓고 풀밭에 주저앉아서

"왜 이 늙은 것이 죽지 않고 전정이 구만리 같은 젊은 이가 죽었단 말인가!"

하고 풀을 뜯으며 통곡하시던 한 선생의 모습이 아직도 내 눈앞에 선하다.[70]

반식민주의 항쟁에서 죽어간 동지를 기리는 김학철의 문장을 두고, 오 무라는 "루쉰의 「망각을 위한 기념」에 다름 아니다"라고 깊은 감동을 표현하였다.[71] 「망각을 위한 기념」은 루쉰이 좌련 5열사의 죽음에 대한 추도의 글이다. 글의 초두에서 루쉰은 "글을 씀으로 해서, 몸을 흔들고 비애를 털어내어 가뿐해지고 싶었"다고 쓰지만, 이것이 평면적인 망각을 의미하는 것은 아니다.

젊은이가 늙은이를 위하여 기념을 적는 것이 아니다. 그리고 이 30년간 내가 목도한 것은 청년의 피뿐이었다. 그 피는 층층히 쌓여져 가고, 숨도 못 쉴 정도로 나를 묻었다. 나는 다만 이와 같이 필묵을 희롱하여 몇 구절 문장을 엮음으로써 간신히 진흙 가운데에 작은 구멍을 파고 거기에서부터 헐떡거림을 계속할 뿐인 것이다. 이것은 어떠한 세계일까. 밤은 길고, 길도 또한 멀다. 나는 망각하고 말하지 않는 것이 좋을지도 모른다. 다만 나는 알고 있다. 설령 내가 아니더라도 언젠가 꼭 그들을 떠올리고, 다시금 그들에 관하여 이야기할 날이 오리라는 것을 ……[72]

루쉰은 좌련 5열사의 죽음을 애도하면서, '밤'과 '먼 길'을 떠올린다. 오 무라는 찢긴 마음으로 청년의 피를 슬퍼하는 루쉰의 문장에, 청년 동지의 죽음을 애도하는 노년 동지의 애도를 겹쳐 둔다. 중년의 루쉰이 「망 각을 위한 기념」에서 언젠가 피 흘린 청년에 관해 이야기할 날이 오리라

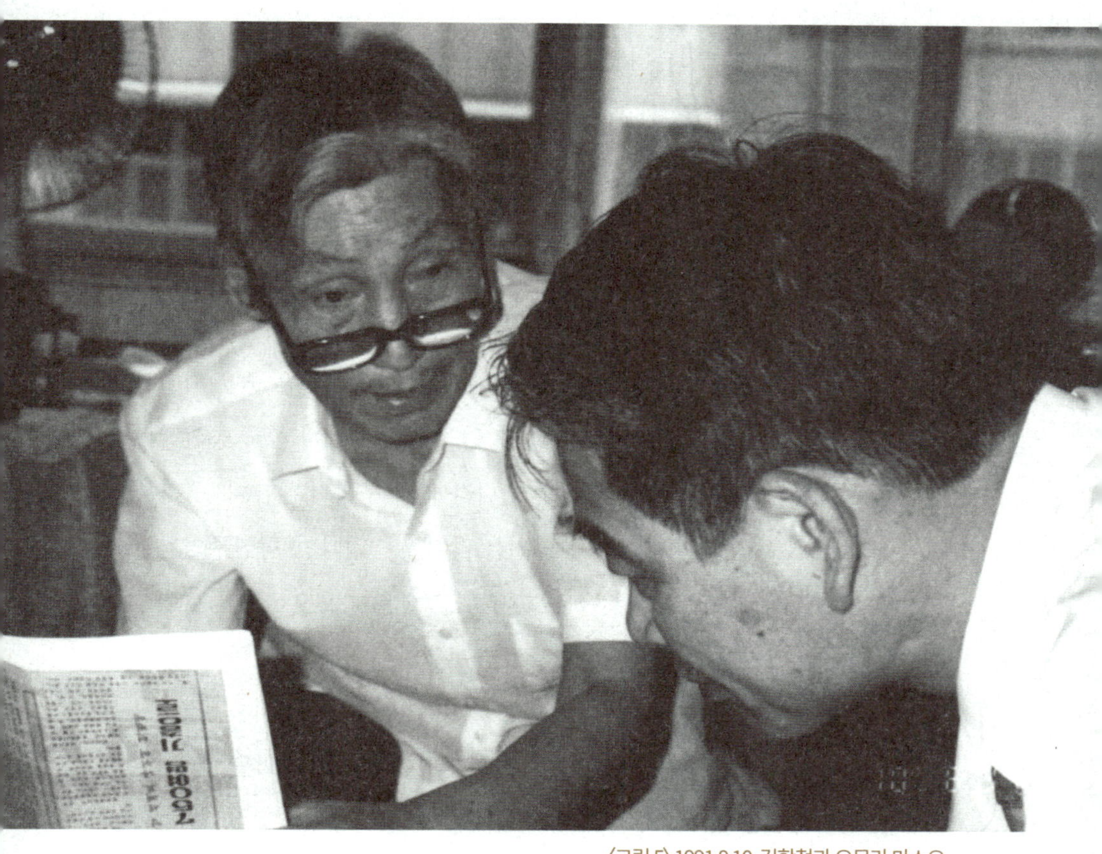

<그림 5> 1991.8.10. 김학철과 오무라 마스오
출처 : 오무라 마스오 저작집 6

는 기대를 적어두었던 것처럼, 노년의 김학철은 『항전별곡』에서 찢긴 마음으로 청년 시절 동지의 죽음을 다시 썼다. 오무라는 『항전별곡』을 읽어가고, 김학철과의 만남과 대화를 통해서 사회주의의 의미와 가능성을 다시금 확인하게 된다.

1950년대 오무라는 일본의 진보적 청년의 한 사람으로 사회주의의 이상에 공명하였고, 중국을 '사회주의의 성좌'이자 '인류의 이상향'으로 생각하였다. 하지만 1960년대 중반 베이징을 방문하고 문화대혁명을 살펴보면서 중국에 대한 객관적 거리를 두었으며, 1970년대 후반 그는 근대화를 지향하는 아시아의 개발도상국이자 후진국으로서 중국을 다시 마주한다. 1980년대 중반 다시금 중국을 방문한 오무라는 사회제도는 확실히 사회주의적인 요소가 강하지만, 그것을 지탱하는 개개인은 좋은 의미와 나쁜 의미 모두에서 자본주의적이라고 언급한다. 언젠가 중국 공산당 간부들이 조롱의 의미를 담아 "공산주의 나라에 와 무섭지 않습니까?"라고 물어보자, 오무라는 "중국에 공산당원은 많이 있습니다만, 공산주의자는 어디에 있습니까? 무서운 것을 도리어 보고 싶은 마음으로 만나보고 싶습니다만"이라고 비판적으로 응답하기도 하였다.[73]

그는 불요불굴의 사회주의자였다. 이상으로 삼았던 것은, **그의 말을 빌리자면 '인간의 얼굴을 한 사회주의'**였다. 구체적으로 그것이 무엇이었던가. 빈한했지만 정신적으로 풍요했던 팔로군 생활이었다. 그는 집요할 정도로 되풀이해서 자신의 체험을 소설화했다. 그 점은 분명하다. 그러나 그것은 단순히 전기소설을 쓰자는 목적에서 나온 것이 아니었다. 그의 이상향이 팔로군 생활 속에 있었기 때문이었다고 할 수 있다.

팔로군 당시의 전투 활동 시절을 그릴 때의 그의 붓은 가볍고 상쾌하다. 전투

〈그림 6〉 1985.6. 김학철이 오무라 마스오에게 증정한 『항전별곡』
출처 : 『오무라 마스오와 한국문학』

에는 승리도 패배도 있는 법. 그는 그 희비의 세계를 유머를 섞어 그리고 있다.[74]

　오무라는 김학철의 문학에서 '인간의 얼굴을 한 사회주의'라는 이념형을 발견한다. 그리고 그 이념형이 팔로군 생활이라는 경험에 근거한다는 점에 주목한다. 오무라의 판단에 따르면, 김학철이 거듭 팔로군 시절을 쓰는 것이 자전적 글쓰기의 욕망 때문만이 아니라, 팔로군 생활이라는 이념을 거듭 재현하고자 했기 때문이었다. 김학철은 오무라에게 팔로군이 냇물을 막자, 농민이 괭이를 들고 와서 팔로군 장교에게 호통을 쳤던 일, 팔로군이 메기를 잡아먹자 메기를 용왕으로 섬기던 그 마을 농민들이 찾아와 야단을 쳤고 신을 믿지 않는 팔로군도 결국 함께 기우제를 드릴 수밖에 없었던 일 등을 회고한다. 김학철이 기억하고 증언하는 팔로군은 민중과 평등하며 민중의 삶과 그 양식을 존중하는 실천적 공동체였다.

김학철의 팔로군 기억의 또 다른 중요한 축은 사령관 펑더화이彭德怀였다. 김학철은 팔로군의 지도자였던 펑더화이를 겸허하고 재치있고 소탈했으며 민족의 경계를 넘어 민중을 존중하였던 지도자로 기억한다. 펑의 판단에 따르면, 억지로 싸우는 일본군은 강한 규율로만 유지할 수 있지만, 자기 해방을 위해 싸우는 팔로군은 자발적으로 싸우기 때문에 강한 규율이 필요 없었다. 김학철이 기억하는 팔로군 생활을 어려움이 끊이지 않았지만 웃음을 가질 수 있던 시기였다. 또한 조선의용대 대원들이 적기赤旗를 게양하자 펑더화이는 태극기를 게양할 것을 조언한다. 한국의 인민은 적기를 보아도 그것이 무엇인지 알 수 없지만, 태극기를 보면 나라를 다시 찾았다고 직감할 것이라는 이유에서였다. 후일 문화대혁명 와중에 재판장에 설 때 김학철은 '마오쩌둥 만세' 대신 '펑더화이 만세'를 부르기로 마음먹기도 하였다. 오무라는 1950년대 중반 이후 마오쩌둥의 정책에 대해 비판적인 태도를 취했다는 이유로 결국 고초를 겪었다는 점에서 펑더화이와 김학철 두 사람이 비슷한 길을 걸었다고 판단하였다.[75]

재판에 임하는 김학철이 죽음을 각오했던 그때, 펑더화이 만세를 외친 것은, 그렇게 **겸허하고 소박하고 과학적인 지도자의 배후에서 모든 인간이 평등하고 평화롭고 생기 있게 살아가는 사회를 보았기 때문이 아닐까.**[76]

오무라에 따르면, 김학철이 신념하였던 '인간의 얼굴을 한 사회주의'라는 이념형은 겸허하면서도 과학적인 지도자를 신뢰하고, 모든 민중이 평등하고 평화롭게 살아가는 사회를 지향하는 것이었다. 특히 김학철은 팔로군은 무엇보다 자기 자신을 해방하기 위해 싸우고 있다는 펑더화이의 언급에 동의하였다.[77] 팔로군의 반식민주의적 실천은 자기 자신을 해방하면서 주체성을 구성하는 방식이었다. '인간의 얼굴을 한 사회주의'라는 김학철의 이념은 팔로군이라는 동아시아의 역사적 경험과 주체의 실천에서 길어 올린 것이었다.

동시에 '인간의 얼굴을 한 사회주의'라는 이념은 20세기의 현실 사회주의를 거스르는 것이기도 하였다. 오무라는 '인간의 얼굴을 한 사회주의'라는 언급 아래에 "마오쩌둥도 김일성도 스탈린도 인간의 얼굴을 하고 있지 않았다는 통렬한 비판"이 가로놓여 있다고 판단하였다.[78] 김학철은 유물론자인 팔로군 군인들이 민중의 성화에 못 이겨 기우제를 지냈던 기억을 떠올리면서, "혁명은 위대한 것만이 아니야. 재미있는 실패도 있는 법. 거짓말을 해선 안 되지"[79]라고 언급한다. 오무라는 허위의 역사에 거리를 두는 김학철의 언급을 중국과 북한의 공식적이고 도식적인 역사에 대한 비판으로 무겁게 받아들인다. 위대한 것만이 혁명이 아니라, 재미있는 실패도 혁명이라는 김학철의 인식은, 국가로 제도화된 동아시아 사회주의 역사의 결을 거슬러 사회주의라는 이념형을 제시하였다.

4. 냉전의 경계를 넘은 텍스트의 귀환, 혹은 생산

김학철의 『항전별곡』은 영웅서사의 전형적인 구조를 통해 이상과 승리를 평면적으로 서술하는 방식에 거리를 두었다. 당시 "조선의용군은 장교만 있었고 병사가 없는 조직"이었으며, 200명에서 시작한 규모는

大村先生
　年賀状ありがとう。この前の写真も確に受取りました。

　拙著《激情時代》を別便でお送りします。滞りなく届きましたら、さっそく外の方へも送りますから。

　《朝鮮族短篇集》に私の伝記を出すのは、思い止まられるよう。いろいろと事情がございますから、どうぞ悪しからず。先生はこちらに長く居られたんだから、説明なんか要らんでしょう。先生の《延辺記》は《○○誌》で面白く拝読しています。

　《金学鉄作品集》が四月に延辺出版社から出ます。その節はまたお送りましょう。

　司馬遼太郎先生からは、若菜秀民氏を通じて、また船便で、沢山の本を頂き、無我夢中で読みました。彼は実に偉い。

　ご家族の皆さまにどうぞよろしく。

金学鉄
5, 1, '87

561, 82, 2

3,000명으로 증가했지만 "그 정도로는 중국군이 몇 십만이 되는 중에서 아무 것도 할 수 없"었다. 이러한 상황이었지만 조선의용대는 "그 시대엔 모두 가능"했던 "일본어"를 통해 반식민주의 항쟁에 개입하였다.[80] 『항전별곡』의 초점화자 '나'는 작가 김학철과 마찬가지로 "일본식민지의 노예"로서 "우리는 부득불 어려서부터 일본말을 '국어' 삼아 배워야 하였"던 인물이었다. 노예의 언어를 배운 경험은 역설적으로 "항일의 전쟁마당에서 우리는 그 노예의 락인인 일어를 침략군에 대항하는 무기로 삼아 일본제국주의 강도들에게 본때를 보여" 줄 수 있는 계기가 되기도 하였다.[81] 『항전별곡』에서는 조선의용대가 중국 팔로군에게 일본어를 가르쳐주는 장면이 거듭 등장한다.

우리는 때로 광서군 병사들과 하사관들에게 일본말도 가르쳤다. "총을 바치면 살려준다.", "우리는 포로를 우대한다." "일본 형제들 총구를 그대네 지휘관에게 돌려대라" 따위를 가르쳐 주었다. 한데 괴이한 것은 그들이 정당한 말을 배우는 데는 혀가 제대로 돌아주지 않아서 애를 먹으면서도 "바가야로" 따위 욕설은 아주 수월히 배울 뿐 아니라 또 금시 써먹기까지 하는 것이었다. 그들은 참호속에서 일본군 진지에다 대고 목청이 아프도록 그 아름답지 못한 단어들을 외치는 것이었다. 그러면 맞은편에서도 지지 않으려는 일본 병사들의 똑같은 큰 목소리가 메아리치듯 들려오는 것이었다. "왕-바-단!"[82]

『항전별곡』은 식민지의 '노예'로서 배웠던 제국의 언어 일본어가 반식민주의 투쟁의 과정에서 '아름답지 못한 단어'로 오염되어, 제국 군인에게 되돌아가는 장면을 포착한다. 서술자는 언어 학습의 과정에서 중국인 팔로군이 '정당한 말'은 쉽게 배우지 못했지만, '욕설'은 아주 수월하게 배운다는 위트를 섞어둔다. 다른 한편, 『항전별곡』의 서술자는 조선의용대와 중국 팔로군은 일본군 포로와 소통가능성을 가늠하였다. 김학철은 팔로군이 중국의 민중 생활을 존중하였으며, 정책적으로도 "일본군 포로에게 예의를 다했"음을 강조한다.[83] 『항전별곡』의 서술자는 일본군이 포로가 된 후에 계급의식을 자각하고 자신 역시 "휘말려든 전쟁의 침략적 실질을 깨"달았다고 제시하였다 서술자는 언어와 국경을 넘어서 "진리란 결코 리해하기 어려운 것이 아니였다"라고 강조한다.[84] 김학철은 전쟁이라는 적대적 상황에도 불구하고, 진리의 공유에 근거한 자기 개조와 세계 변혁의 가능성을 신뢰하였다.

오무라 역시 김학철의 판단에 공명하면서 "강제로 배운 일본어이긴 했으나 전투 중에는 도움이 되었다"라는 사실,[85] 곧 제국의 언어를 반식민주의 항쟁의 자원으로 전용하고, 전시 동아시아 민중 소통의 매개로 활용할 수 있다는 점에 동의하였다. 김학철과 오무라가 주목하였던 동아시아의 해방 전후는 식민지와 냉전이 교차하면서 '남북일 냉전 구조'의 역학이 시작된 곳, 혹은 제국 일본어의 글쓰기와 식민지 조선어의 글쓰기가 교차하고, '해방'과 '패전'에 대한 복수의 시선과 목소리가 교차하는 시공간이었다.[86]

식민지의 주체가 학습한 일본어는 1940년대 중국에서의 반식민주의 투쟁에서 활용되었을 뿐 아니라, 탈냉전 직전 후식민지 주체 김학철과 옛 제국 주체 오무라의 대화를 매개하였다. 다만, 동아시아 냉전 아래에서 두 사람의 소통이 확산되는 데에는 어려움이 있었다. 김학철은 오무라에게 『항전별곡』의 번역을 부탁하지만, 오무라는 신중한 검토를 거친 후 거절하였다. 국내 발행을 조건으로 출판이 허가된 상황에서, 제한사항을 어기고 일본에서 출판한다면 김학철이 "다시 피해를 입게 될지도 모른다는 우려” 때문이었다.[87] 동시에 김학철은 냉전의 경계를 넘은 일본어와의 만남을 통해 그 자신이 해방공간에서 망실했던 텍스트를 다시 찾기도 하였다.

> “지대장 동지, 저는…저는”
> “?”
> “조 졸려서… 죽을 것 같습니다.”
>
> 1946년 서울
>
> 부언 : 이 작품은 해방 직후의 서울에서, 좌익 작가들에 의하여 결성된 문학가동맹의 기관지 『문학』 창간호에 실린 것으로서, 후에 즉 1974년에 일본에서 일어로 번역 출판한 『현대조선문학선』에 수록된 것을, 원문이 잃어졌으므로 작자가 다시 우리 말로 옮겨 놓은 것이다. 원문에는 당시 당지의 철자법대로 “하였습니다”가 “하였읍니다”로 “되었다”가 “되였다”로, 또 “련락원”이 “연락원”으로 “률기”가 “율기” 따위로 적혔었다.
>
> 1982 연길
> 『태항산록』[88]

옌볜의 노년 작가 김학철은 해방공간 한국에서 한국어로 창작한 소설 「담배국」을 일본어 번역을 매개로 한국어로 재번역하여 복원하였다.[89] 김학철은 1946년 11월 미군정의 탄압으로 급히 월북하는 과정에서 책, 원고, 편지 등을 외삼촌에게 맡긴다.[90] 이후 그는 서울, 평양, 베이징, 옌볜으로 이동한다. 같은 해방공간 일본의 재일조선인 김달수는 서울에서 간행한 『문학』 등의 잡지를 입수하였다. 김달수의 서가에 놓인 『문학』은 1940년대 『민주조선』에 김달수가 조선문학가동맹의 평론을 번역할 때

저본이 되었으며, 1950년대 김달수가 『조선―민족·역사·문화^{朝鮮·民族·}^{歷史·文化}』이와나미서점(岩波書店), 1958를 집필할 때도 『문학』에 실린 임화의 글을 활용하였다. 1960년대 오무라는 『문학』을 사진기로 찍어서 복사하였고, 「해방 후의 임화」 등 연구의 참고 자료로 활용한다. 1974년 오무라는 『문학』의 「담배국」을 『현대조선문학선』 2권에 번역하여 실었고, 1981년 이다 가즈에의 도움으로 『현대조선문학선』 2권은 중국 옌볜으로 건너간다. 김학철은 일본어 번역본을 바탕으로 「담배국」을 다시금 한국어로 복원한다. 35년의 시간동안 작가는 서울에서 평양으로 베이징으로 옌볜으로 이동하였고, 텍스트는 재일조선인의 손으로 도쿄로 건너가 일본인의 손으로 일본어로 번역되어 다시금 옌볜으로 보내진다. 옌볜에서 작가는 다시금 텍스트와 조우하고 한국어로 새롭게 작품을 써내려간 것이다.

오무라와 김학철의 만남은 냉전 동아시아의 경계와 관계의 정형을 넘어서는 언어와 텍스트의 이동을 추동하였으며, 나아가 새로운 텍스트의 생성과 이동을 수행하였다. 1986년 4월 옌볜 체류를 마친 오무라는 일본으로 돌아간다. 김학철이 오무라에게 서신을 보냈고, 오무라는 다시금 김학철에게 답신을 보낸다. 학술대회를 겸한 옌지 방문을 준비 중이지만 여의치 못하다는 것, 옌볜기행문을 써달라는 청을 받았는데 "남의 단점을 말하지 않고 생활 실감을 그대로 쓴다는 것"은 쉬운 일이 아니어서 고심 중이라는 소식을 전한다.[91] 그가 쓴 기행문은 「옌볜 생활기」라는 제목으로 『계간 삼천리^{季刊三千里}』에 1986년 가을에서 1987년 여름까지 1년간 연재된다.

옌볜에서 김학철은 오무라와의 만남을 바탕으로 소설 「원쑤와 벗」을 창작한다. 소설에서 "오오무라 선생"은 "대학교수보다는 영화배우가 더 알맞을 것 같은 미남자로서 조선말을 상당히 잘" 하는 인물로 제시되며,

오무라의 "부인 아끼꼬秋子 녀사는 조선 혈통으로서 남편의 연구 사업에 없지 못할 조력자"로 제시된다. 소설에서도 오무라 부부와 '나'는 "처음에는 조선말로", 이후에는 "차차 조선말, 일본말, 섞어작으로 변하다가 나중에는 아주 일본말을 유일한 사교 언어로 쓰게 된다."[92] 김학철의 자전적 경험에 근거한 초점화자 '나'는 오무라 부부를 청자로 설정하고 1942년 중국 스좌장石家庄에서부터 1945년 일본 나가사키長崎에 이르는 동아시아의 공간을 배경으로 자신과 일본인들이 쌓았던 우정의 역사를 차례로 기술한다.

오무라 부부는 나의 이야기가 끝이 나자 긴장감에서 풀려난 듯 가볍게 숨을 몰아쉬었다. 일본에는 내가 미워하는 원쑤도 있고 또 내가 사랑하는 벗도 있다는 것을 그들은 똑똑히 알았을 것이다.

내가 가는 인사하고 일어나니 오무라 선생은 얼른 앞서 나가 내 신발을 신기 좋게 돌려 놓아주었다. 그러나 신발이 한 짝만 있고 다른 짝이 보이지 않아서 그는 어찌할 바를 몰라 하였다. 내가 웃으면서

"본래 한 짝뿐입니다."

하고 일깨우니 오무라선생은 비로소 깨도가 되었서

"오 참 그렇지!"

하고 내외 같이 거뜬한 웃음을 웃는 것이었다.[93]

오무라가 현관에서 김학철의 구두가 한 짝만 있는 것을 보고 당황하고, 조급해하는 그의 모습을 김학철이 시치미를 떼고 구경한 것은 김학철과 오무라 부부가 처음 만났던 날의 일화였다.[94] 김학철은 패전과 해방 전후 제국 일본인과 식민지 조선인의 우정을 감동적으로 형상화하고, 그 우정

에 40년 후 자신과 오무라 부부의 우정을 위트와 함께 겹쳐두었다. 김학철이 옌볜에서 발표한 우정의 기록은 다시금 국경을 넘어서 한국으로 이동한다.

1989년 12월 한국의 문예지 『문학사상』은 특별기획 '해외동포 문화순례'를 연재 중이었고 그 중 '중국 옌볜편'으로 「원쑤와 벗」을 게재하였고, 김학철을 '중국작가협회 옌볜분회 부주석'으로 소개하였다.[95] 탈냉전 직전 1988년 한국에서 납월북 작가 해금으로 월북작가의 작품이 귀환하는 과정에서, "국적문제나 정치적 이유로 국내 출판이 불가능했던 '해외동포' 문인들의 문제작"이었던 조선족작가 김학철, 재일조선인 작가 이회성, 김석범, 김달수 등의 작품 또한 해금되었다.[96] 오무라는 김학철의 1954년 작 『해란강아 말하라』의 텍스트를 한국의 출판사 풀빛에 제공하고 해설을 붙임으로, 김학철의 한국 귀환을 지원하였다.[97] 1988년 6월에 쓴 해설에서 오무라는 김학철의 생애사와 동아시아의 이동을 약술하면서, 특히 이 책이 서울에서 간행된다는 점에 유의하여 해방공간 서울을 배경으로 한 김학철의 문학적 실천 및 이태준, 이원조, 임화, 지하련의 교류를 부각하였다.

1980년에 와서야 비로소 사회 활동에의 복귀를 허락받아 마음을 가다듬고 창작 활동에 몰두하고 있다. 1985년에 중국 국적을 취득한 이래 정식으로 중국작가협회 옌볜분회에 가입하여, 보통 사람 같으면 이미 은퇴할 고령임에도 불구하고, 옌볜분회의 부주석의 한 사람으로 선출되었다. **중국인으로 다시 태어난 백의민족의 한 사람으로 선생의 문학 활동은 이때부터 본격적으로 시작된 셈이다.**[98]

오무라가 담담하게 기록한 김학철의 생애사는 식민지와 냉전을 경유한 동아시아의 역사적 경험과 긴장을 형성하였다. 오무라는 김학철이 '중국인으로 다시 태어난 백의민족'이라는 점을 강조하고, 나아가 그의 문학적 실천이 "이때부터 본격적으로 시작"된다는 언급을 통해, 동아시아의 역사적 경험에서 건져 올린 '인간의 얼굴을 한 사회주의'라는 이념형을 미래로 개방하였다.

1987년 김학철은 징역을 살았던 주된 이유였던 원고 『20세기의 신화』를 출옥 10년 복권 7년만에 '불허발표'를 조건으로 돌려 받는다.[99] 『20세기의 신화』는 1996년 한국의 창작과비평사에서 비로소 단행본으로 간행될 수 있었다.

1989년 김학철은 해외 항일 활동 공적자로 국무 총리의 초청으로 한국을 방문한다. 김학철은 40여 년만에 서울의 외숙부를 만나 이태준, 김남천, 지하련 등과 함께 찍은 훼손된 사진 1장을 돌려받는다. 사진은 조선문학가동맹이 명동의 한 다방에서 열었던 김학철 환영회 사진이었으며, 그는 사진을 「원쑤와 벗」과 함께 『문학사상』 1989년 12월호에 게재한다.[100] 또한 김학철 부부와 오무라 부부는 서울에서 만나서 탑골 공원을 방문하고 그가 보성고 재학 시에 지냈던 관훈동 외갓집 일대를 60년 만에 함께 걸었다.

60년 전에 살던 옛집을 한번 찾아보고 싶은 마음이 간절했으나 놀라우리만큼 변모한 서울의 거리거리를 둘러볼 때, 관훈동 69번지 옛집이 그대로 남아 있어 주기를 바란다는 것은 한낱 허황한 꿈만 같았다. (…중략…) 허허실실로 안국동 네거리에서 인사동을 향하고 걸으면서 왼손편 골목을 하나하나 세어 나갔다. 세 번째 골목으로 꺾어져 들어가다가 왼손 편으로 두번째 집. 놀랍게

〈그림 8〉 해방공간 조선문학가동맹의 김학철 환영회
출처 : 『문학사상』, 1989.12.

도 나지막한 조선 기와집이 그대로 남아있잖은가! 전날의 대문간과 행랑방은 '할머니집'이라는 음식점으로 변했고 또 사랑채는 무어라나 하는 표구점으로 변했지만서도 한눈에 알아볼 수 있는 우리 집. 옛날의 우리 집이 틀림없었다. (…중략…)

내가 옛집에 다녀온 이야기를 하니까 오무라 씨는 크게 흥미를 가지는 것이었다.

"내일 한번 같이 가보십시다. 사진을 좀 찍어야겠습니다."

이튿날 두 쌍 네 사람이 '할머니집'에 가 식사를 하면서 여주인에게 연유를 설명하고 "안채를 좀 구경해도 좋으냐"니까 "어서 그러세요"라는 한마디로 쾌히 허락을 해주었다.

안에를 들어가보니 놀랍게도 60년 전의 옛모습이 거의 그대로 남아 있잖은가. 오무라 부인은 속사포식으로 신바람나게 셔터를 눌러댔다. (…중략…)

밖으로 나오자 출입문에서 엇비슷이 좀 떨어진 길바닥을 가리켜 보이면서 "여기가 바루 방학때마다 내가 나와 서서 우편배달을 기다리던 곳"이라고 거두절미去头切尾하고 안내를 하니까 오오무라씨는 듣고 귀가 솔깃해졌다.

"우편배달은 왜요…?"

"까닭이 있죠." (…중략…) 통신부성적표-인용자가 배달될 무렵이면 미리 나의 물샐틈없는 경비진을 쳤었다. 눈에 화등잔을 켜고 보초를 서는 것이다. 그리하여 영낙 없이 내 손아귀에 들어오는 통신부는 영원한 비밀에 붙여지군 하는 것이였다.

설명을 마치고 우리 넷은 그 보초 서던 유적에 서서 또 한바탕 웃음판을 벌였다.[101]

60년 만에 서울에 돌아온 김학철은 관훈동 거리를 걸으며 예전에 하숙했던 외갓집을 떠올린다. 그는 기대 없이 길을 나섰지만, 결국 그 집을 찾고 감동한다. 이 소식을 들은 오무라는 다음 날 다시 가볼 것을 제안한다. 오무라 부부와 김학철 부부는 김학철이 살았던 관훈동 옛집을 찾았고, 오무라 아키코는 사진을 찍는다. 이후에도 오무라는 김학철 가족을 일본에 초청하기도 하고, 한국에서 함께 만나기도 하며, 편지로 소통을 이어간다. 40여 년 만에 다시 일본 땅을 밟았을 때, 김학철은 "내 한쪽 다리는 이미 일본의 흙이 되었습니다"라는 소회를 오무라 부부에게 건넸다.[102]

객관적 서술의 기율을 놓치지 않고 주관적 평가에 신중을 기하던 오무라 마스오의 문장을 생각할 때, 김학철에 대한 오무라의 경의와 존경은 다소 두드러진다. 2010년대 중반 오무라는 "자신에게 가장 큰 영향을 미친 작가"로 김학철을 들면서, 그에 대해서는 "무시무시하다고 할지", "단순히 존경을 넘어 애처롭다고 해야 할지 그런 마음"이 든다고 고백하였다. 오무라에게 김학철은 연구의 대상이면서도 그 이상의 의미를 가진 존재였다. 오무라는 김학철을 "갈 수 있던 길"이 없었지만 그래도 걸어갔던 인물로 규정하면서, "시련의 나날" 속에서 오히려 "사회주의가 국가의 형태로 존재할 수 있는 것인지를" 질문하였던 사상사적 과제를 도출하였다.[103]

말년의 오무라가 마음을 쏟았던 것은 김학철 문학의 연구와 번역이었다. 2018년 오무라는 해방 직후 서울시대의 김학철의 실천과 문학을 정

〈그림 9〉 1989.11.28. 종로 김학철 옛집을 발견한 김학철 부부와 오무라 마스오 (오무라 아키코 촬영)
출처 : 오무라 마스오 저작집 6

리한 논고 「해방 직후 서울시대의 김학철解放直後ソウル時代の金学鉄」을 발표하였다. 이 연구는 해방공간 서울에서 간행된 잡지에 실린 초출 작품을 중심으로 김학철의 초기 문학을 연구한 것이다.[104] 오무라는 2020년 『김학철 문학선집 1권－단편소설선金学鉄文学選集 1－短編小説選』신칸샤(新幹社), 2020을 편집 및 출판하였다. 오무라는 김학철이 서울에서 쓴 「지네ムカデ」, 「균열亀裂」, 「담배국たばこスープ」, 평양에서 쓴 「승리의 기록勝利の記録」, 중국 베이징과 옌볜에서 쓴 「솔바람松涛」, 「군공메달軍功メダル」, 「구두의 력사靴の歴史」, 그리고 복권 이후에 옌볜에서 쓴 「전란 속의 여인들戦乱の中の女たち」, 「이런 여자가 있다こんな女がいた」, 「원수와 벗仇と友」, 「태항산록太行山麓」, 「죄수 의

376   제4부_ 주변부에서 새롭게 한국문학을 발견하다

사囚人医師」 등을 선별하였다. 동아시아의 국가와 언어의 경계를 넘었던 김학철의 이동과 실천을 포괄한 선별이었다. 그는 자신과 아내가 등장하는 「원수와 벗」도 함께 수록하였다. 선집의 표제는 김학철 자신이 한국에서 잃어버렸다가 일본을 거쳐 중국 옌볜에서 다시 찾은 텍스트의 제목인 '담배국たばこスープ'이었다.[105] 오무라는 2018년 한국문학번역상의 상금을 『김학철 문학선집』의 출판 비용으로 사용하였다.[106] 오무라가 병상에서 마지막까지 혼신의 힘을 기울인 작업 역시 『김학철 문학선집 2권—항전별곡』의 번역이었다.[107]

〈그림 10〉 1989.11.28. 종로 김학철 옛집을 살펴보는 김학철과 오무라 마스오 (오무라 아키코 촬영)
출처 : 오무라 마스오 저작집 6

오키나와沖縄라는 존재가 공간적으로 중앙과 떨어져 있음에도 불구하고 일본 사회의 모순과 문제점을 드러내는 데에 유리했다는 점에 비추어 볼 때, 제주문학을 통하여 한국문학의 전체상이 보여질 수도 있지 않을까 하는 것이 나의 생각이었다.

「『탐라 나라 이야기』 해설」[1996]

1. '탐라'라는 나라

옌볜 체류 중에 백두산에 오른 오무라 마스오는 다음에는 제주도 한라산에 오르리라 다짐한다. 2년 후에 오무라는 한라산에 올라서 백록담을 직접 보게 된다. "백두산에서 현해탄까지"가 1970년 '조선문학의 회'의 지향이었다면 1980년대 오무라는 백두산 북쪽의 옌볜, 그리고 현해탄 남서쪽의 제주도로 한국문학의 범위를 확장해 간다.

오무라가 주목한 제주도는 "고난의 땅"이었다. "바람과 돌멩이만 많아 물이 귀하고 따라서 밭이나 논이 적어 간신히 해산물과 목축업으로 가난하게 살아온 섬", 고려시대 원에 대한 무력항쟁 최후의 거점이었던 섬, 조선시대 정쟁에서 패한 이들의 유배지였던 섬, "태평양전쟁 중 일본 본토 방위를 위해" 요새화된 섬, "동서냉전과 남북분단에 기인한, 1948년부터 10년간에 걸친 전란에서 도민의 1/4을 잃었다는 4·3사건을 체험한 섬, 외화사정이 나빴던 시기에 해외 관광객을 상대로 달러벌이를 시킨 섬", 12만 명의 제주도 출신 재일조선인의 고향 등. 제주도의 역사적인 경험을 염두에 두면서, 오무라는 제주도문학을 "한국문학 속의 한 지방문학"인 동시에, "한국에서 푸대접과 신산辛酸을 가장 맛보아 온" 문학으로 이해하였다.

조선 현대문학을 연구할 때 일본문학과의 접점에서부터 연구에 착수하든가 중국 조선족문학이나 제주도의 문학으로부터 시작하는 방법도 있지 않을까 생각한다. 오키나와沖縄라는 존재가 공간적으로 중앙과 떨어져 있음에도 불구하고 일본 사회의 모순과 문제점을 드러내는 데에 유리했다는 점에 비추어 볼 때, 제주문학을 통하여 한국문학의 전체상이 보여질 수도 있지 않을까 하는 것이 나의 생각이었다.[1]

오무라는 옌벤뿐 아니라 제주도에 주목하면서 주변에서 바라본 시각의 가능성을 더욱 예각화한다. 옌벤과 제주도가 주변이라는 인식은 옌벤과 제주도가 한반도의 주변에 위치한다는 것을 확인하는 데에 머물지 않는다. 근대 국민국가는 중심과 주변이라는 지정학적 위계를 구축하고, 주변의 주체를 마이너리티의 위치에 두는 한편, 그 자신을 균질적인 공동체로 구심화한다. 하지만 주변부의 주체가 주변부의 위치성을 부정한다면, 국민국가의 구심력과 상상력을 말단에서부터 해체할 수 있다.[2] 한반도라는 중심의 내부에서는 발견하지 못하는 사유와 성찰을 주변에서 새롭게 발견 가능하다. 일본 근대의 폭력이 겹쳤던 오키나와의 역사적 경험을 성찰할 때 일본 사회의 구조와 모순을 중층적으로 파악할 수 있듯, 한국 근대의 폭력이 겹

〈그림 1〉 오무라 마스오 역, 『탐라 나라 이야기
─제주도문학선』, 고려서림, 1996
출처 : 『오무라 마스오와 한국문학』

쳤던 제주도의 역사적 경험을 성찰할 때 한국 사회의 구조와 모순을 중층적으로 파악할 수 있다는 것이 오무라의 판단이었다.

오무라는 3년의 시간 동안 집중적으로 제주도문학을 검토하고 연구하였다. 그 결과 그는 작품 9편을 선별하고 번역하여 1996년 『탐라 나라 이야기-제주도문학선耽羅のくにの物語-濟州島文学選』고려서림(高麗書林), 1996을 간행하였다. 『탐라 나라 이야기』라는 제목은 선집 『숨어서 쓴 섬나라 이야기-탐라소설선』태성, 1990을 참고한 것이다. 이 선집의 속표지에는 "옛날에 탐라국이라는 섬나라가 있었는데 지금은 어떤 나라에 예속되어 있다. 그들 종족 고유의 생활은 모두 빼앗기었으나 아직도 그들은 비밀의 장소에서 그들 고유의 언어로 교통하고 있다고 한다"라는 문장이 쓰여 있다. 오무라는 이 문장을 제주도의 주체성을 위트있게 표현한 흥미로운 문구라고 평가하면서, 자신이 번역한 제주도 문학 선집의 제목에서도 제주도가 아니라 탐라를 '나라'로 뚜렷이 적었다. 다만, 그는 『숨어서 쓴 섬나라 이야기』에 수록된 작품이 향토색은 강하지만 정치성은 미약한 점에 대해 아쉬움을 표했는데, 『탐라 나라 이야기』에는 제주의 역사적 경험에 주목한 작품을 선별하였다.

〈표 1〉 『탐라 나라 이야기』의 제주도문학 번역

작가	작품	번역저본
현기영 (玄基栄)	마지막 테우리 (最後の牛飼)	『마지막 테우리』 (창작과비평사, 1995)
오성찬 (呉成賛)	어느 공산주의자에 관한 보고서 (ある共産主義者に関する報告書)	『한 공산주의자를 위하여』 (실천문학사, 1989)
현길언 (玄吉彦)	우리들의 조부님 (わが家の祖父)	『우리들의 조부님』 (고려원, 1990)
오경훈 (呉景勲)	사혼 (死婚)	『현대문학』, 1987.1

작가	작품	번역저본
고시홍 (高時洪)	도마칼 (出刃包丁)	『대통령의 손수건』 (전예원, 1987)
한림화 (韓林花)	꽃 한송이 숨겨놓고 (花一輪隱し置き)	『문학과역사』, 1987.1
이석범 (李錫範)	적들을 찾아서 (敵を求めて)	『문학과 비평』, 1988.봄.
고원정 (高元政)	칼1 (刀1)	1985
정순희 (鄭順姬)	짐 (枝打ち)	『시와시론』, 1987

 9명의 작가 가운데 오성찬, 오경훈, 고시홍, 정순희, 한림화 등 5명은 제주도에 거주하는 작가였으며, 현길언, 현기영, 이석범, 고원정 등 4명은 제주도 출신으로 서울에서 창작 활동을 하는 작가였다. 「우리들의 조부님」, 「어느 공산주의자에 관한 보고서」, 「마지막 테우리」, 「사혼」, 「도마칼」 등 대부분은 4·3을 중심으로 제주가 경험한 국가 폭력의 경험을 다룬 것이었다.

 오무라가 선별한 작품은 1980년대 중반에서 1990년대 중반에 걸쳐 발표한 것들이었다. 번역서가 간행된 것이 1996년이라는 점을 염두에 둔다면 발표 시기로부터 10년 안쪽의 동시대 작품을 선별한 것인 동시에, 1978년 「순이삼촌」 이후 1980~1990년대 4·3에 대한 문학적 재현을 망라한 것이기도 하다.

 오무라가 『탐라 나라 이야기』에 수록한 작가 현기영, 오성찬, 현길언 등은 1980년대 초중반부터, 고시홍, 한림화, 오경훈 등은 1987년 6월 항쟁 이후부터 4·3에 대한 문학적 형상화를 시도하였다는 공통점이 있다. 이들 작가는 민족국가 내부에서 제주에 대한 식민주의적 차별이 국가 폭력과 결합하였던 양상을 민중의 시각에서 비판적으로 검토하거나, 제주의 공동체 의식을 탈이념적 시각에서 새롭게 조명하였다.[3] 『탐라 나라 이야기』는 4·3을 다룬 제주도문학을 통해, 식민주의와 냉전이 겹쳤던 한국 근대의 폭력에 대한 성찰을 요청하였다.

2. "그의 글을 읽으면 고통스럽다"

제주도가 일본과 관련 있는 지역이라는 사실 또한 오무라의 관심을 끌었다. 오무라는 아시아태평양전쟁 당시 제국 일본이 제주도를 군사기지화하였던 사실, 그로 인해 제주도에는 군사기지, 비행장, 해안 동굴 등이 구축되었다는 사실, 제주도 출신 재일조선인은 12만 명에 달한다는 사실 등을 무겁게 받아들인다. 한국문학과 일본문학의 관련과 관련하여, 오무라가 관심을 두었던 문학사적 현상은 1940년대 전반기 '국민문학'이었다.

그는 1943~1945년 서울의 『국민문학國民文學』에 일본어 소설을 실은 제주도 작가와 1942년 도쿄의 『청년작가靑年作家』에 일본어 소설을 실은 제주도 작가에 주목한다. '국민문학'이라는 시각을 통해서 볼 때, 1940년대 전반기 제주도는 서울과 또한 도쿄와 연결되어 있어 있었다. 하지만 연구를 위해서는 기초적인 작업부터 진행해야 했다. 1940년대 초반 신진작가 대부분은 창씨명으로 작품을 발표하였는데, 창씨명과 본명을 확인하기 위해 오무라는 당대 잡지에 실린 작은 단서에도 주목하였고, 또한 생존한 작가의 증언에 귀기울여야 했다.

오무라는 아시아태평양전쟁기 최재서가 서울에서 간행한 잡지 『국민문학』에 일본어 소설을 실은 제주도 작가로 이시형, 구레모토 아쓰히코吳

本篤彦, 야마다 에이스케山田榮助 등 세 명을 특정하였다. 이시형은 창씨명 미야하라 산지宮原三治로 잡지 『국민문학』에 「이어도イ크島」『국민문학(國民文學)』, 1944.8로 신인 추천되었다.

> 바다와 빛과 전설과 민요와 한라산이 엮어내는 「이어도」를 읽고 난 느낌은 상쾌하다. 1944년 8월이라는 험한 시점에서 쓰여진 만큼 한층 호감이 가는 작품이다. 다만, 「이어도」의 가장 마지막 부분에서 남南과 죽미竹美가 결혼을 결의하고 "신궁대전神宮大殿에서 서로를 허락하자"고 조선 신궁서울으로 향하는 장면은 납득할 수가 없다. 하지만 이것은 신변을 보호하기 위한 일종의 알리바이가 아닌가 생각된다. (…중략…) 「신임교사」에는 젊은 교사의 열정은 잘 그려져 있지만, 시국의 요청이 표면에 노출되어 아무래도 가작佳作이라고 말하기는 어렵다.[4]

오무라는 제주도 작가의 '국민문학'을 읽으면서 민족적인 것과 시국적인 것을 구분하는 읽기를 시도한다. 그는 시국적인 것이 표면에 그대로 드러난다는 점을 들어 「신인교사新人教士」『국민문학』, 1945.2를 높이 평가하지 않는다. 이와 달리 바다, 빛, 한라산 등 제주의 자연과 전설, 민요 등 제주의 문화를 풍요롭게 다루었다는 점에서 「이어도」를 고평한다. 높이 평가한다. 다만, 오무라는 조선 신궁으로 나아가는 두 사람의 행보를 납득할 수 없다고 강하게 비판하면서, 그것을 시국적인 알리바이로 설명하고자 한다. 그는 민족적인 것을 긍정하면서 그곳에서 조선인 제주도 작가의 진심을 읽고, 시국적인 것을 부정하면서 그곳에서 일본인으로서 자기 책임을 두었다.[5] 민족적인 것과 시국적인 것을 구분하는 읽기는 임종국의 읽기과 공명하는 것이었다.

일찍이 1966년 임종국은 구레모토 아쓰히코의 「긍지矜持」『국민문학』, 1943.9에 대하여 "조상의 전통에 대한 긍지와 애착, 망해버린 가문을 회복하려는 집념, 그리고 반도적인 의리, 인정과 절개 등을 취급한 단편, 보기에 따라서는 민족주의적으로 극히 불온한 소설이라 할 수 있는데『국민문학』이 이런 단편을 추천했으니 뜻밖이었다"[6]라고 언급한 바 있다. 오무라 역시 "선조로부터 물려받은 것을 일단 넘겨주지만 그것을 다시 찾는 집념이, 서귀포의 밀감 밭·마을 외곽의 동문교·관덕정의 석첩 위에서의 장기·곰방대에 담배를 갈아 채우는 노인들에 대한 묘사를 배경으로 펼쳐진다. 오래된 것에 대한 집착은 감동적이기까지 하다"[7]라고 하면서 임종국의 평가와 공명하면서 「긍지」를 읽었다.

오무라는 시국적인 것이 서사에 알라바이처럼 외삽적으로 삽입되었듯, 「긍지」의 일본어 역시 작가에게 외삽적으로 주어진 것이라고 판단한다. 그는 「긍지」의 일본어 가운데는 기묘한 표현이나 안정감 없는 어구가 있다는 점에 주목하여 "역시 무리해서 일본어로 쓰고 있구나"라는 평을 내린다.

또한 오무라는 아시아태평양전쟁기 도쿄에서 간행한『청년작가』에 일본어 소설을 기고한 이영복과 양종호에 주목한다. 그는 이영복森山一兵의 「밭당님畑堂任(バッタンニム)」『청년작가』, 1942.7이 제주도의 풍물에 주목하면서도 관광객의 시선처럼 표면에만 관심을 가지는 것이 아니라 소박한 생활자의 눈을 가지고 있다는 점을 높이 평가한다. 특히 징병제 실시 등 전시의 분위기가 높아졌던 당대 조선 사회 안에서 "전쟁 따위에 조금도 신경 쓰지 않는 제주도의 노파와 마부를 그렸다"는 점에 주목하였다.[8]

오무라는 「밭당님」의 언어에도 주목한다. 이영복의 길지 않은 일본 체류와 높지 않은 학력을 염두에 두면서 오무라는 그의 일본어 문장의 완성도가 낮다는 점을 지적한다. 완성도 높지 못한 일본어 문장이 역으로 당대 『청년작가』의 일본인 편집자에게도, 자신을 포함한 후대의 독자에게도 신선하고 흥미로웠을 것이라 추측한다. 오무라는 「긍지」의 어색한 일본어 표현에 대해서는 무리한 사용이라고 평가하였고, 이와 달리 「밭당님」의 서투른 일본어는 일본인 편집자가 신선하게 받아들였다는 점에 주목한 셈이다. 강조점의 차이는 「긍지」가 한국의 잡지 『국민문학』에 발표되었고, 「밭당님」은 일본의 잡지 『청년작가』에 발표되었다는 차이에서 기인한 것으로 보인다. 오무라는 한국 지면에서의 일본어 사용에 대해서는 외삽성과 강제성을 읽어내고, 일본 지면에서의 일본어 사용에 대해서는 당대 편집자의 엑조티시즘^{exoticism}에 주목하였다. 그는 한국과 일본이라는 발화의 위치 차이를 염두에 두면서, 한국인 작가와 일본어 문장 사이의 이물감과 위화감에 주목하고, 일본인으로서 일본어 창작 강제의 의미에 대해 성찰하였다.

1995년 9월 오무라는 오성찬의 안내로 당시 70대 중반이었던 이영복을 방문한다. 두세 시간정도 그는 이영복과 일본어로 대화한다. 1940년 20세의 이영복은 1940년 도쿄로 건너갔지만 전시체제 아래 일본에서 조선인은 감시와 통제의 대상이었다. 그는 이유 없이 끌려가 구류되기도 하였으며, 생활을 위해 신문 배달과 막노동을 거쳐 홋카이도로 건너가야 했다. 학교는 퇴학할 수밖에 없었고, 징용되었던 동생은 결핵에 걸렸고 고향에서 죽고자 하였지만 귀국선 승선을 거부당한 채 오사카에서 세상을 떠났다. 결국 이영복은 불심검문에 걸려 강제송환된다. 「밭당님」은 이영복이 고통스러운 일본 체류 중 고향을 떠올리며 쓴 것이었다. 오무라는 일본에서 돌아온 후, "그 후의 이 씨의 인생은 결코 뜻을 이룬 것으로 보이지는 않았다"[9]라고 하면서 담담하면서도 착잡한 마음을 써

두었다.

　오무라는『청년작가』에 글을 실었던 다른 작가 양종호 역시 주목한다. 그는 "양종호의 주장은 완전히 친일문학 그대로의 논리이다"라고 무겁게 평가하면서, "그의 글을 읽으면 고통스럽다"라고 안타까운 마음을 적어두었다.[10] 이영복은 양종호가 4·3 당시 빨치산으로 오인되어 죽음을 맞았다는 풍문을 전한다. 오무라는 안타까움을 담아서 양종호의 마지막을 되씹는다.

> 황국청년皇國靑年 요시하라 마사키良原正樹가 어찌하여 4·3사건의 와중에 죽었을까. 글로 보아 코뮤니스트가 될 리 만무한 그가 어찌하여 빨치산이 되어 산사람이 되었을까. 이영복 씨는 양종호가 산사람으로 오인받고 군경에 살해당했다고 했지만, 그 시점에는 그렇게 말할 수밖에 없었을 것이다. **1945년 해방을 맞자, 이번에야말로 민족을 위해 온몸을 던지려 했고, 그 정열이 당시 닥쳐온 상황 아래에서 그를 한라산으로 인도했던 것이 아닐까.** 그 진상이야 지금은 알 길이 없다.[11]

　1945년 해방을 맞은 이후, 양종호가 "이번에야말로 민족을 위해 온몸을 던지려 했고, 그 정열이 당시 닥쳐온 상황 아래에서 그를 한라산으로 인도"했을 수도 있다는 가정은 근거가 전혀 없는 오무라의 온전한 상상이다. 객관적인 서술의 기율을 지켰던 오무라가 이처럼 무리한 서술을 남긴 이유는, 양종호의 글을 읽으면 고통스럽다는 그의 고백에서 실마리를 발견할 수 있을 것이다.

　오무라는 해방 이전 제주도 작가인 이영복과 양종호가 같은 시기에 같은 잡지에 발표한 글이 내용상으로는 "특이한 대조"를 이루고 있다는 점에 주목한다. 그는 이영복의 인생은 "결코 뜻을 이룬 것으로 보이지는 않았다"라고 썼으며, 양종호의 글은 "읽으면 고통스럽다"라고 썼다. 주제의 차이에도 불구하고, 두 명의 일본어 작가 모두 고통스러운 글쓰기만을 남긴 삶, 뜻을 이루지 못한 삶을 살았다는 것이 오무라의 안타까운 판단이었다.

1976년 오무라는 임종국의 『친일문학론』을 번역하면서 "강요한 것은 강요된 자의 치욕보다 수백 배나 더 큰 것일지 모른다는 상념"을 무겁게 받아들인다.[12] 1990년대 오무라는 제주도 작가의 '친일문학'을 읽으면서 다시 한 번 강요한 자의 치욕을 상기하였다. 그가 치욕을 느꼈던 이유는 "구식민자인 일본인으로서의 자의식을 가지고 고통을 정면에서 마주하며 그에 책임있게 임하려 하기 때문"이었다.[13]

그런데 제2차 세계대전 말기에 제주도 문학자는 왜 이렇게 부상했던 것일까. 우연의 결과인가, 아니면 뭔가 이유라도 있는 것일까.[14]

오무라는 아시아태평양전쟁기 식민지 조선의 '국민문학'과 제주도 작가의 부상이라는 흥미롭고도 무거운 문제를 제안하였다. 오무라는 이 문제에 대하여 성급한 답변을 제안하지 않는다. 그는 이 문제를 고통스럽게 대면하고, 그에 대하여 책임을 가지는 자세를 가지고자 하였다. 오무라가 제시한 제주도문학과 식민주의의 상흔이라는 문제는 여전히 열려 있는 문학사적 과제이다.

2024년 2월 오무라 마스오의 자료 기증을 계기로 국립한국문학관에서는 학술대회 '한국문학과 오무라 마스오'를 개최하였다. 이 자리에서 문학연구자 윤대석은 목포상업학교의 학적부를 근거로 구레모토 아쓰히

코의 본명이 오의진吳義珍이었음을 변증하고, 1920년에서 1944년에 이르
는 해방 이전 그의 생애를 재구성한다. 해방 이후는 여전히 미상이다. 또
한 그는 이시형의 후손을 찾아 가계도와 자료를 제공받아 1919년에서
1950년에 이르는 그의 생애를 재구성하였다.[15]

해방 후 한국에서 김용제는 시종 문단 표면에 나오는 일이 없었다. 나올 의지가 없었던 것이 아니라, 나올 수 없었던 것일지도 모른다. 어떻든 친일문학으로 나아갔던 김용제는 그 나름으로 대가를 치렀던 것이다. 죄의식, 수치의식이 있었든 없었든 간에, 그는 남은 반생을 빛이 들지 않는 한국 사회의 구석에서 살아감으로써 그 나름으로 책임을 진 것이다.

『사랑하는 나의 대륙아』1992

1. 일본인이 '친일문학'을 잊지 말아야 하는 까닭

오무라 마스오는 1960년대 이후 한국문학에 대한 연구의 결과를 여러 편의 논문으로 발표하였다. 정년퇴임 무렵 그는 자신이 쓴 논문을 선별하여 두 권의 단행본 『중국 조선족문학의 역사와 전개中国朝鮮族文学の歷史と展開』료쿠인서방(綠蔭書房), 2003 및 『조선근대문학과 일본朝鮮近代文学と日本』료쿠인서방, 2003으로 묶었다. 연구서로서 두 권의 논문집을 간행하기 이전에 그가 유일하게 출간하였던 단행본은 『사랑하는 대륙이여 ─ 시인 김용제 연구愛する大陸よ ─ 詩人金竜済研究』다이와서방(大和書房), 1992였다.

1909년생 김용제는 1927년 도일하여 일본 프로문학운동에 적극 참여하였다. 1933년 치안유지법으로 검거된 그는 옥중에서 비전향의 태도를 견지하지만 1937년 한국으로 강제 송환된다. 한국으로 돌아온 김용제는 "급격히 '친일문학'으로 기울어 무참하게도 친일적 일본어 시집 세 권"을 간행하게 된다. 그는 "일본어와 조선어라는 두 개의 언어로 일본의 식민지 지배에 용맹 과감하게 저항한 조선의 서정시인이었고, 나중에는 극단적인 친일문학"의 길을 걸은 작가였다.[1]

오무라 마스오의 학술적 실천 가운데 윤동주 묘소 발견, 임종국의『친일문학론』번역 등이 널리 알려져 있다. 그런 그가 친일문학 작가인 김용

〈그림 1〉 오무라 마스오, 『사랑하는 대륙이여 ─ 시인 김용제 연구』, 다이와서방, 1992
출처 : 『오무라 마스오와 한국문학』

제에 대한 연구서를 집필했다는 것은 다소 의외로 보일 수도 있다. 하지만 윤동주와 김용제 모두 문학적 실천에서 한국문학이라는 시각에서는 충분히 설명되지 않는 동아시아적 계기를 가지고 있다는 공통점이 있다. 김용제는 일본과 식민지 시기 한국에서 활동하였던 프로문학 작가였으며 또한 친일문학 작가로, 해방 이후 한국과 일본의 연구자 모두에게 잊힌 존재였다. 오무라는 김용제 연구를 위하여 서지 작성 및 자료 수집 과정부터 새롭게 수행해야 했다. 그는 일본, 한국, 미국 등에서 1차 자료를 수집하였고, 인터뷰와 현지 조사를 수행하였다.

오무라가 김용제문학에 집중하게 된 까닭은 우발적인 상황에서 비롯되었다. 그는 1971년 「전절의 조선문학자 ─ 이광수와 김용제轉折の朝鮮文学者 ─ 李光洙と金竜済」『아시아(アジア)』, 1971.8를 집필하였으며, 1977년 8월 재일조선인의 잡지 『계간 삼천리季刊三千里』 제11호에 「시인 김용제의 궤적詩人・金竜済の軌跡」을 발표하였다. 이 글은 지역의 문학사 연구자 오마키 후지오大牧冨士夫의 편지로 촉발된 글이었다. 오마키는 일본 프로문학운동에 참여한 시인 김용제의 전시기 행적을 문의하였다. 오무라는 이를 계기로 김용제의 자료를 모아 그의 작품 목록을 작성하고, 그의 문학적 생애 전체를 개괄하는 글을 작성한다.

‘옛날 것’, ‘옛 기분’이 ‘우연’으로 180도 전회할 리 없다. ‘생각한 바’란 도대체 무엇이었을까. (…중략…) 김용제는 늘 달리고 있다. 정지해 있는 일이 없다. 시대적 배경이 있고 청춘이 있었다고는 하지만 **프롤레타리아문학에 뛰어들었을 때의 믿음을 그렇게 쉽게 버릴 수 있는 것일까?** 시대 인식은 힘으로 비틀려 엎어졌을 경우 비교적 쉽게 바뀔 수 있다. ‘역사의 코스는 지금 시대의 어느 선로를 돌진하고 있는가?’라는 현실 인식이다. 그렇다고 현실 인식이 바뀌면 신념, 그리고 행동 역시 변화하지 않을 수 없다. 변하지 않는 것은 시대를 선취하려는 작풍이고, 예언자적 시인의 자각이며, 과격한 말의 배열이다.[2]

다만, 오무라는 김용제가 전향의 이유를 확인하지 못하였고, 김용제의 전향이 가지는 의미에 대해 거듭 자문하였다. 또한 그는 김용제가 해방 이후 다른 작가와 달리 활발한 활동을 하지 않은 것에 주목하였다. 그리고 “해방 후 드디어 자기 본연의 재능을 발휘해 생명을 태워야 할 시기에 붓을 부러뜨린 듯한 김용제. 한국 땅에서 건재하다면, 올해로 68세. 적어도 장수를 유지할 수 있기를”이라는 바람을 적어두었다.[3] 일본을 방문하였던 서정주가 오무라의 글을 발견하고 김용제에게 사실을 알렸고, 김용제는 오무라에 대한 답장의 형식으로 「고백적 친일문학론—오무라 교수에게 답하는 위장 친일문학의 진상」『한국문학』, 1978.8을 기고한다.

오무라 마스오大村益夫 교수는 그 논문에서 몇 가지 중요한 의문을 제기하고 있다. 그 의문 중에는 나의 전향이 위장 전향, 위장 후퇴일지도 모른다는 어느 누구도 상상 못 할 관찰을 내가 쓴 글에서 찾아내기도 해서 아의我意를 적중시키고 있다. (…중략…) 서울의 대학에서 강좌를 맡고 있는 친우 모리타 요시오森田芳夫 교수와 오타니 모리시게大谷森繁 교수에게 그의 학문과 사상 경향을 물어서 확인하였다. 그들의 말에 따르면 오무라 교수는 본디 중국문학의 전문가로서 수년 전부터 한국문학 연구도 시작하였는데 한국어에 능하며 사상은 공평한 자유주의라고 한다. 나는 동 논문을 정독하였는데 그의 학구 태도와 논지가 순수하다고 느꼈던 바와 같았다.

동 논문의 기초자료로서 성의껏 조사 수집한 「김용제 저작 연표」에는 나에겐 거의 다 없는 자료와 망각된 사실까지 기록되어 있어서 그 열의와 노고에 경탄하지 않을 수 없었다. 1945년해방 전까지의 자료는 거의 완전히 정리되었고 해방 이후의 부분도 취급되어 있다. 그러나 이 부분에는 중요한 문학 행위와 경력이 많이 빠져서 안타까와하고 있었다.[4]

김용제는 그 자신도 망실하였던 자료와 망각한 사실을 오무라의 글과 연표에서 발견하고 반가워한다. 그는 오무라의 글을 문면보다 적극적으로 독해하여 '위장 전향'의 가능성을 끌어낸다. 이 글을 계기로 오무라는 김용제와 교류를 시작한다. 그는 김용제가 타계하기 이전까지 김용제를 거듭 인터뷰하고, 편지 200여 통을 교환하면서 연구를 진행하였다.

임종국은 『친일문학론』에서 친일문학을 "주체적 조건을 몰각한 맹족적 사대주의적 일본의 예찬추종을 내용으로 하는 문학"[5]으로 정의하였다. 오무라 역시 임종국의 친일문학 정의에 동의하면서 김용제의 문학에 대한 신중한 접근을 시도하였다.

김용제는 일본과 한국의 프롤레타리아문학사에 빛나는 업적을 남겼다. 이것은 누구도 부정할 수 없다. 후일 친일문학에 손을 댔다는 결과 쪽에서만 그를 보고 앞의 업적을 모조리 부정한다면, 한국 근대문학의 아버지라 불리는 이광수도 전면 부정될 수밖에 없다. 한 문인을 도달점에서 평가하는 것이 아니

라, 일단 당시 상황으로 돌아가 생각해 보는 과정도 필요할 것이다. (…중략…) 일본 프롤레타리아문학의 일익을 담당한 김용제를, 현재 일본문학계는 망각해 버린 지 오래다. 이 망각은 두 가지 의미에서 태만한 일이다. 첫째, 국제적인 벗이 행했던 역할에 둔감하다는 점, 또 하나는 이웃나라 진보적 문인에게 친일문학을 강요하며 기진맥진 끝에 변절에 이르게 한 사실을, 아픔을 안고 직시하려 하지 않는다는 점에 있어서다.

어쩔 수 없는 상황에서 친일문학을 했다 하더라도, 조국을 등졌다는 점에서 본다면, 본국에서 규탄받는 것은 당연할 것이다. **그러나 우리 일본인이 그 비난의 합창 속에 끼어들 수는 없다.** 물론 우리는 친일 행위를 옹호하려는 것도 아니며, 옹호가 가능한 것도 아니다. 단지 한 명의 한국인이 일본과 한국 사이에서 어떻게 살아갔는가를 이해하고 그것을 기록으로 남겨두고 싶을 뿐이다.[6]

김용제 문학에 접근하는 오무라의 태도는 신중하면서도 철저히 일본인으로서 성찰적 시각에 근거한 것이었다. 구체적으로 그는 두 가지 읽기의 방식을 제시하였다. 첫째, 그는 결과가 아니라 과정을 강조하였다. 그는 "문학자에 대한 평가는 결과만으로 판단해서는 안 된다. 루쉰이 위대한 것은, 만년에 그가 공산주의에 접근했기 때문은 아닐 것이다"라는 태도를 견지하였다.[7] 친일문학이라는 결과로 김용제의 문학에 대한 평면적인 판단을 내리는 것이 아니라, 당대적 상황을 고려하면서 그가 친일문학에 도달하기까지의 과정을 내재적으로 검토하는 방법을 요청하였다. 둘째, 그는 김용제에 대한 연구를 통해 한국문학에 대한 일본 작가의 망각 및 무관심에 저항하고자 하였다. 일본의 프로문학운동 역시 국제주의를 표방하였지만 '국제적인 벗'을 쉽게 망각하였다는 점, 일본의 작가들이 이웃 나라의 진보적인 문인에게 친일문학을 강요한 사실을 아픔을 안은 채 직시하지 않은 점을 들었다. 망각에 저항하는 오무라의 태도는 다케우치 요시미의 태도와도 공명한다. 다케우치 요시미는 「근대주의와 민족의 문제」[1951]에서 일본의 프로문학이 국제주의와 계급이론이라는 사상의 수입에 머물렀을 뿐, 민중의 자연적인 생활과 결합하지 못한 것으로 비판하였고,[8] 또한 「굴욕의 사건」[1953]에서 "8·15"를 '굴욕의 사건'으로 의미화하면서 고통스럽게 자기와 샌프란시스코 조약 체결 직후 일본 사회를 성찰하고자 하였다.[9]

망각에 저항하기 위한 첫 번째 방법으로 오무라가 선택한 것은 성실한 자료 수집에 근거한 당대 상황의 복원 및 맥락화였다. 『사랑하는 대륙이여—시인 김용제 연구』의 후반부에는 다양한 성격의 자료가 실려 있다. 오무라는 김용제의 문장 36편을 정리하여 전문 공개하였으며, 김용제에 대한 기록을 담은 1930년대 일본작가의 글 3편을 수습하였고, 1933년 대심원 판결문을 발굴하였다. 또한 1909년생 김용제의 해방 이전 연보와 저작 목록을 복원하였다. 이 자료들은 오무라가 짧지 않은 시간 직접 모은 것인 한편, 오마키 후지오, 임전혜任展慧, 오와 가즈아키大和和明 등 일본의 다른 연구자들의 도움을 받은 것이었다. 성실한 자료 수집과 동료와의 협업에 근거한 연구를 바탕으로 오무라는 김용제의 문학에 대한 망각에 저항하였다.

굶주린 들판에 들어붙은—
초가 지붕 밑과 어두운 온돌 바닥에
어떤 생활의 신음 소리가
어떤 슬픈 자장가가 있는지
그리고 그 용광로에서 끓어오르는 투쟁의 노래에
—그대의 수호守護에
그 어떤 무참한 ×압의 ×가 배어 나오는 가를
어머니 그대는 알고 있다.

그대의 격분은 대륙의 폭풍!
폭풍으로 불타오르는 볼셰비키의 불길을
일본해의 한류寒流가 끌 수 있을까?
식민지 프롤레타리아의 ×역逆의 눈사태를
제국주의의 보루가 막을 수 있을까!
대륙의 몸뚱이를 뒤흔드는 황량한 가을 바람이
차압당한 벼 이삭에 불어오네. (…중략…)

오오, 어머니 그대

사랑하는 대륙이여

그대의 자식들을 북돋아주어

식민지 프롤레타리아의 인고忍苦의 노래를

국경 저 멀리

세계의 심장에까지 울려 퍼지게 하라![10]

오무라는 김용제가 수행한 문학적 실천의 화양연화로 1930년대 초반 일본에서 프로문학 작가로 활동한 시기를 들었다. 그는 도일 이후 김용제의 일본어 실력이 뚜렷하게 발전한다는 점에 유의하면서, 김용제의 시가 조선 민족의 경험에 근거하여 일본 제국주의와 투쟁하는 주제를 다루었다는 점, 또한 변혁에 대한 김용제의 정열이 서정성과 결합한 혁명적 낭만주의로 나타난다는 점을 강조한다. 「사랑하는 대륙이여」가 김용제의 대표작이자 1931년 일본 프로문학의 대표작일 수 있는 것은 그 이유에서였다.

2. 김용제의 아시아주의 비판

1939년 작가 하야시 후사오林房雄는 제국의 주체인 일본인의 전향과 식민지의 주체인 한국인의 전향을 비교하면서, "나 또한 내지內地에서 전향자의 한 사람이다. 전향의 고통을 몸소 알고 있다. 하지만 그것은 조선에서 일본주의로의 전향자의 고통과는 비교가 안 된다는 생각이 든다. 일본인이 일본으로 돌아가는 것은 쉽다. 자기 집에 돌아가는 것에 불과하다. 하지만 조선인의 경우는 다르다. 자기 집으로 돌아가는 것이 아니라, 자기 집에 자신의 손으로 불을 지르는 것이다"라고 언급하였다.[11] 1942년

김용제는 하야시의 언급을 정면으로 비판하면서, "씨^{하야시 후사오 씨—인용자}의
조국관이 그토록 결벽하고 편협했는가. 나는 다만 역사의 이름으로, 또
한 번 금일의 조선을 참되게 재인식해 주기를 바란다"라고 요청하였다.[12]
임종국이 김용제의 친일문학을 일본 건국 사화^{史話} 및 창업에 대한 예찬,
대동아전쟁 및 대동아공영권 수립에 대한 예찬, 총후 반도의 정신적 각오
및 황도 조선의 건설 등으로 분류하였듯,[13] 김용제 문학에서 한국의 재인
식은 아시아의 재인식과 연동해 있었다.

1936년 김용제는 프로 시를 엮어서 첫 시집『대륙시집』을 기획했지만,
조선예술좌사건으로 출판으로 결실맺지는 못한다. 나카노 시게하루<sup>中野重
治</sup>는『대륙시집』의 서문에서 "조선은 대륙이 아니나, 김용제에게는 대륙
적 풍격이 있다"라고 썼다.[14] 1930년대 초반 대륙적 풍격으로 한국을 노래
하였던 김용제는 전향 이후에는 대륙의 이름으로 아시아의 부흥을 노래
한다. 1939년 전향 이후에 쓴 최초의 시이자 후일『아시아시집』의 첫 시로
실리는「서시」에서 김용제는 "새로운 대륙의 노래"에 대한 기대를 밝힌다.

나는 아세아의 부흥을 위해 싸우고 싶다

동시에 새로운 아세아 정신을 조용히 창조하고 싶다

나는 일본 국민의 애국자로서 일하고 싶다

동시에 새로운 일본 정신을 깊이 배우고 싶다

나는 조선 민중의 참 행복을 위해 일하고 싶다

동시에 그리운 자장가를 천진하게 노래하고 싶다

거기에 나는 감정의 모순을 조금도 느끼지 않는다

거기에는 아름다운 아세아적 조화가 있을 뿐이다.[15]

1940년대 김용제에게 한국과 일본은 아세아의 부흥을 위해 모순 없이 조화를 이루는 존재였다. 「바람의 언어」에서 아시아의 부흥에 대한 그의 바람은 일본의 군대와 함께 중국 대륙으로 진출하여, "대륙의 평화로운 건설"을 꽃피운다.[16] 1943년 김용제는 『아시아시집』으로 제1회 국어문예총독상을 수상한다. 또한 재조일본인 시인 데라모토 기이치寺本喜一는 『아시아시집』이 "반도의 새로운 모습을 극히 순수하고 솔직하고 밝게 노래하고 있다"라고 평였다. 일부 비판적인 평가도 있었지만 당대에는 김용제가 꿈꾸었던 한국의 아시아로의 신생이 긍정적인 평가와 함께 주목을 받았다. 아시아태평양전쟁의 이데올로기는 '대동아공영권'이었다는 점을 감안할 때, 김용제 역시 아시아주의를 자신의 문학으로 표현한 셈이다. 하지만 오무라는 김용제의 아시아주의가 한국을 망각하였다고 단호히 비판한다.

옛 프롤레타리아 시인 김용제는 어디를 보아도 조선의 시인이었다. 그러나 『아세아시집』에 이르러서는 극소 부분을 제외하고는 민족의 숨결이 사라지고 없다. 과거의 '생기生氣' 속에 조선민족과 흙이 있더니, 『아세아시집』의 '생기'는 일본 군국주의 시인의 호전시好戰詩의 그것과 다를 바 없다.[17]

오무라는 한국을 망각한 김용제의 아시아주의가 이성이 전혀 힘을 가지지 못하는 전쟁 시로 귀결하였다고 비판하였다. 김용제는 전향한 한국인은 돌아갈 곳이 없다는 하야시 후사오의 논의를 비판하면서, 한국으로 돌아가 새로운 아시아를 발견하고자 하였다. 전향은 권력 아래에서 일어나 사상의 변화라 할 수 있는데, 국가의 강제력과 개인의 자발성이 얽혀 있혀 있다.[18] 하지만 오무라는 "그에게는 '자괴의 언어'가 없었으며 전향

했다는 의식도 희박하다"라고 단언한다.[19] 김용제는 전향에 대한 서술을
남기지 않았고, 그의 텍스트에서도 전향에 대한 윤리적 고민을 발견하기
어렵다. 다케우치 요시미는 「근대란 무엇인가—일본과 중국의 경우」[1948]
에서 저항에 매개된 회심과 무개인 전향을 구별하면서, 회심은 안으로 움
직이지만 전향은 밖으로 움직인다고 보았다.[20] 김용제의 전향은 매개 없
는 전향의 전형적인 사례라 할 수 있다.

　전향과 관련된 모랄의 부재로 인해, 김용제의 문학에서 한국과 아시아,
사회주의와 아시아주의가 단절되게 된다. 오무라가 주목한 「증언」[1980.6]
에서 볼 수 있듯, 김용제에게 "프롤레타리아문학, 친일문학, 반공문학은
하나의 선으로 이어지면서 굴절이 없"다. 물론 1980년 김용제는 민족주
의라는 시각에서 그 연결을 재구성하고자 하지만, 그것은 근거를 갖춘 논
의라 보기 어렵다. 다케우치 요시미는 「일본공산당 비판1」[1950]에서 "사상
을 생활로부터 나와 생활을 넘어선 곳에서 독립성을 유지해야 한다. 그렇
다면 생활로부터 나오지 않은 것, 생활을 넘어서지 못한 것은 모두 사상
이라 말할 수 없다"라고 썼다. 이러한 서술은 일본의 공산주의가 일본 민
중의 생활에 근거하지 못한 외래의 이데올로기라는 판단에 근거한 것이
었다.[21] 재조일본인 시인 스기모토 나가오杉本長夫는 "생활을 붙들고 생활
그 자체를 다루지 않는다면 진짜가 아니라 생각합니다"라는 시각에서 김
종한金鍾漢의 시와 대비하면서 김용제의 시를 비판하였다.[22] 다케우치와
스기모토의 언급을 겹쳐 읽는다면, 김용제의 아시아주의는 조선인의 생
활에 근거하지 못한 이데올로기에 머무른 셈이다.

　다른 한편, 오무라는 김용제를 통해 조선인의 시각에서 아시아주의에
대한 착각과 오해를 정밀하게 검토하였다. 검토의 중심에는 1978년 김용
제가 오무라의 글에 대한 회답으로 쓴 「고백적 친일문학론」이 놓여 있다.

이 회고에서 김용제는 비밀단체 동아연맹 조선지부의 일원으로 위장친일파로서 조선의 독립을 위해 노력했다는 것이다.[23] 만주사변 주모자인 이시하라 간지石原莞爾가 제창한 사상 및 운동인 동아연맹은 아시아 여러 나라의 민족주의 연합과 국가혁신 및 통제경제를 통해 동아시아의 개발 및 발전을 실현하고 구미 제국주의로부터의 해방 및 지역 통합을 추진하였다. '동아연맹'은 일본·중국·'만주국'이 결합한 광역적 지역기구로서, 아시아 상호간의 전쟁을 억제하고자 하였다. 전체주의 사상의 성격을 가졌지만, 중국과 일본의 화해를 위해 일본은 일부 제국주의적 정책을 포기할 것을 주장하였다. 식민지 조선의 전향 사회주의자 가운데 일부는 동아연맹을 지지하면서 자치 및 독립을 기도하였다. 이들의 사상 및 행동은 기본적으로 저항을 포기한 대일협력이었으나 협력 행위를 통한 일정 정도의 비판 및 저항의 의미도 있었다.[24]

오무라는 김용제의 회고를 청취하면서, "이 속에는 당사자만이 알 수 있는 디테일이 있다. 그렇긴 하지만 주관적인 판단이 지나쳐 기본적인 사실 인식 면에 문제가 있는 것 같다"라는 신중한 판단을 내린다.[25] 그는 김용제의 회고가 가진 논리적 모순점을 학술적으로 비판한다. 오무라는 김용제의 회고를 비판하는 것으로부터 한 걸음 더 나아가 김용제의 사례를 바탕으로 아시아주의에 대한 사상사적 질문을 이끌어낸다. 그는 아시아주의 안에서 한국인의 위치를 재검토하는 한편, 한국인이 바라본 본 아시아주의란 무엇인가를 묻는다.

조선 지부가 있었다고 한다면 그것은 지하 비밀조직이었음에 틀림이 없다. 동아연맹 자체가 항일 단체가 아닌 것이 분명할 뿐 아니라, 오히려 '대동아공영권' 이념을 적극적으로 실현하기 위한 단체였다. 그것도 아시아인의 해방과 독립이라는 환상을 주입하려 했으므로 노골적인 침략보다도 더 악질적이었다고 할 수 있다. 정보가 부족했던 차에 심신이 곤궁한 지경에 놓여 있었던 김용제는 동아연맹을 항일조직이라고 착각했음에 틀림이 없다.[26]

오무라는 동아연맹이 가진 침략과 연대의 이중성을 정확히 지적하는 한편, 사료 검토를 바탕으로 동아연맹에 조선지부가 존재하지 않는다는 점을 확인한다. 다만, 그는 김용제의 회고가 날조라는 결론에는 다소 신중했다. 그는 가정을 전제로 동아연맹 조선지부가 존재했다면 그것은 비밀조직으로 존재할 수밖에 없고, 동아연맹의 이념에 비추어 본다면 한국의 전향 사회주의자들이 "동아연맹이 내건 '민족의 독립' 이념에 마지막 희망을 품"었을 가능성도 있다고 진단한다. 김용제가 언급한 일본인 장교 역시 이시하라의 정보원일 가능성을 열어둔다.[27] 하지만 오무라가 유의하는 것은 김용제 진술의 진실 여부, 혹은 동아연맹 조선지부라는 지하조직의 활동 여부가 아니다.

동아연맹 조직은 일본 57개, '만주' 6개, 중국 10개 지부를 두었고, 후일 동남아시아 여러 나라에서 인도까지 지부를 둘 계획을 가지고 있었지만, 동아연맹 조선지부의 실체는 확인이 되지 않는다. 역사학자 마쓰다 도시히코松田利彦는 역시 김용제의 회고를 바탕으로 1939년에 구 민족주의 우파 박희도, 장덕수, 나경석, 전향 사회주의자 강영석, 유진희, 김용제, 일본인 후지타 겐타로藤田玄太郎, 나카지마 메이운中島命門 등이 조선동아연맹본부를 결성하였다고 보았다. 그 역시 조선동아연맹본부가 실제로 이렇다 할 활동을 한 것이 없다는 것을 지적하였고, 동아연맹에 참여한 전향 사회주의자의 활동이 가진 대일협력의 면모를 유의하면서, '위장친일'로 해석한 김용제의 의견이 스스로에게 주는 '면죄부'에 지나지 않을 것이라 보았다. 다만, 마쓰다는 1940년 총독부가 사실상 동아연맹운동을 금지했기에, 조선동아연맹본부 또한 비합법 조직이었고, 동아연맹협회에서 지부로 인가받지 못했고 존재 역시 알려질 수 없었을 가능성도 제시한다. 그는 1940년 무렵 동아연맹협회의 기관지 『동아연맹』의 조선 취급소 주소가 박희도가 사장이었던 동양지광사의 주소와 같다는 점도 유의하였다.[28]

　오무라는 김용제의 회고를 검토하면서 식민지란 무엇인가라는 질문을 구체화해 간다. 우선 그는 동아연맹 조선지부가 설치될 수 없었던 이유를 한국이 일본의 식민지였기 때문일 것으로 추론한다. 식민지는 일본의 일부였기에, 동아연맹의 아시아주의에 참여할 권리를 가지지 못하는 위치에 있었다. 또한 식민지의 주체였던 김용제는 식민 권력으로 몸과 마음 모두가 억압을 받는 조건 아래에 있었고, 그에게 주어지는 정보는 불완전하였다. 오무라는 동아연맹을 통한 한국의 독립 및 자치라는 김용제의 지향을 인정한다고 하더라도, 그가 실제로 접했을 정보는 파편적이며 확인할 수 없다고 언급한다. 김용제가 이시하라의 정보원을 만났을 수도 있지만, 김용제의 뜻이 이시하라에게까지 전달되었는지는 확인할 수 없다. 오무라는 심신의 곤궁과 정보의 부족을 식민지 시기 한국인의 정치적 조건으로 보았고, 김용제가 동아연맹에 대하여 '착각'했을 가능성을 제시한다. 김용제의 회고에 대한 오무라의 검토는 제국 및 식민지 시기 아시아의 불균등성과 비대칭성에 관한 근본적인 성찰인 동시에, 아시아주의의 가능성에 대한 근원적인 질문이었다. 오무라의 『사랑하는 대륙이여－시인 김용제 연구』는 김용제라는 작가 개인에 대한 작가론을 넘어, 20세기 일본의 아시아주의를 식민지와 한국인의 시각에서 되묻는 사상적 문제제기였다.

다른 한편, 오무라는 평전 서술을 통해 프로문학 작가와 '친일문학' 작
가로만은 설명할 수 없는 김용제의 면모 또한 새롭게 부각하였다. 먼저
그는 프로문학 활동을 마치고 조선으로 강제 송환된 후 전향하기 이전까
지, 곧 1930년대 중후반 김용제의 문학적 실천을 복원한다. 이 복원은 또
다른 우발적 마주침을 가능하도록 하는데, 김용제와 윤동주의 마주침에
대한 가능성이 그것이다.

> 윤동주는 정지용, 서정주, 유치환, 김광섭 등의 영향을 받는 한 편, 프롤레타
> 리아 시인 임화, 김용제, 엄흥섭, 박세영 등의 문학 활동에도 깊은 관심을 갖고
> 있었던 흔적을 남겼다. 이 책의 부록에 넣은 '김용제 저작 목록'을 보아도 알 수
> 있을 것이나, 1936~1938년 사이의 김용제는 『동아일보』, 『조선일보』, 『비
> 판』 등을 통해, 한국 국내에서 활발하게 활동을 전개하여 애국 시인의 마음
> 을 사로잡았던 것이다.[29]

오무라 마스오는 윤동주의 자료를 검토하여 그가 김용제의 문학 활동
에도 관심을 가졌음을 확인한다. 그는 윤동주가 "'일제 말 암흑기'에 민족
을 비춰 준 시인"이라면, 김용제의 자리는 "윤동주와는 대극對極적인 마이
너스 좌표 위에" 있을 것이라 말한다. 하지만 "윤동주와 김용제, 두 시인
은 나이도 작풍도 생애도 다르지만, 1936, 1937년이라는 시점에서는 공
통항목을 갖고 있었다고도 할 수 있다." '민족'의 사후적인 판단에 선다면
윤동주와 김용제는 대극적인 자리에 놓이겠지만, 오무라는 '결과'가 아닌
'과정'에 주목하면서 두 사람을 1936~1937년 식민지 시기 한국이라는
하나의 시공간을 공유한 구체적인 인물로 재구성한다.

『사랑하는 대륙이여─시인 김용제 연구』는 성실한 '실증'의 산물이지

만, 20년에 걸친 오무라 의 실증은 파편적인 지식의 집적을 의미하는 것
이 아니라, '결과'라는 이데올로기에 가려진 문학사적 상황을 복원하고
그로부터 새로운 문제 제기의 가능성을 도출하는 방법이었다. 그가 발
견한 1936~1937년 식민지 시기 한국이라는 시공간은, 한반도의 연대
기적이며 직선적인 시간 속에서 2년인 것이 아니라, 1920년대 후반에서
1930년대 중반 일본에 이어지는 김용제의 이동 및 혁명적 실천이, 그 이
전 중국 옌볜에서 시작하여 이후 경성을 거쳐 도쿄와 교토로 나아갈 윤
동주의 이동 및 문학적 실천과 교차하고 접촉하는 시공간이었다. 오무라
마스오는 한국문학과 동아시아문학을 겹쳐두었으며, 한국문학이라는 공
간의 내부에 동아시아적 계기를 '내부화'하였다.[30]

3. 사랑하는 나의 대륙아

오무라가 해방 후 김용제의 삶을 바라보는 시각의 중심에는 '책임'의
문제가 놓여 있다.

해방 후 한국에서 김용제는 시종 문단 표면에 나오는 일이 없었다. 나올 의
지가 없었던 것이 아니라, 나올 수 없었던 것일지도 모른다. 어떻든 친일문학
으로 나아갔던 김용제는 그 나름으로 대가를 치렀던 것이다. **죄의식, 수치의식**
이 있었든 없었든 간에, 그는 남은 반생을 빛이 들지 않는 한국 사회의 구석
에서 살아감으로써 그 나름으로 책임을 진 것이다.[31]

1945년 8월 18일 조선문학건설본부의 임화, 김남천, 유진오가 조선문

인보국회에 나타난다. 그들은 같은 달 1일부터 조선문인보국회 상임간사를 맡았던 김용제에게 재산일체의 양도를 요청했고 김용제는 인도증서를 썼다. 해방공간문학사의 상징적인 장면 중 하나인 이 장면을 그리면서 오무라는 "임화, 김남천은 당연하다고 해도, 제1회, 제2회 대동아문학자대회에 조선대표로 참가했던 유진오가 그 자리에 있다는 것을 김용제는 도저히 납득할 수 없었다"라고 서술하였다.[32] 납득할 수 없었던 김용제. 이것은 김용제가 오무라에게 전달한 바였을까, 아니면 오무라가 김용제의 내면을 이해하면서 얻어낸 감각일까.

오무라는 해방 후의 김용제가 『나의 고백』으로 변명을 남긴 이광수와도 달랐고, 문학을 떠나 법학자, 정치인, 대학총장을 지낸 유진오와도 달랐고, 영문학자로 대학 교원으로 활동한 최재서와도 달랐다고 판단한다. 오무라는 해방 이후 김용제가 "자의반 타의반"으로 "문학자의 일다운 일을"하지 않았던 것"은 아닌지 진단하고, 그것이 김용제가 나름의 방식으로 자신의 친일에 대한 책임을 지고 대가를 치르는 것이라고 보았다.[33] 문학연구자 정종현의 지적처럼, 해방 후 김용제의 선택은 친일에 대한 책임을 진 윤리적인 태도인 동시에, 친일 이력을 가진 작가가 냉전 체제 아래에서 새로운 정체성을 만들어 갔던 사례였다.[34] 하지만 오무라는 해방 후 김용제의 활동을 '친일'에 대한 개인의 책임이자 속죄로 무겁게 받아들였다.[35] 동시에 오무라는 김용제가 시간이 지남에 따라 그러한 수치를 망각해 과정 역시 엄정히 판별하고 있었다.

이것이 「만세」의 전문이다. 여기서는 일제 치하에서 어쩔 수 없이 저지른 친일행위를 부끄러워하고 있다. 해방을 기뻐하는 자식 앞에서 부끄러움을 느끼고, 다른 사람들과 만세를 부르지 않았던 것도 그 수치감 때문이었다. 수많은 친일문인들은 해방 후 민족주의 문인으로 세상에서 활개를 치고 있었다. 그 실상은 임종국의 『친일문학론』이 폭로한 바대로다. 그러나 김용제는 수치스러워했다. 적어도 1954년이라는 시점까지는 수치스러워 사람들 앞에 나와 만세를 부르지 않았다.

순국 열사를 기리는 시를 쓰면서도 작자명을 쓰지 않았으며, 민족의 해방에 환희하면서도 만세를 부르지 않았던 김용제에게 나는 마음이 끌린다.

한편 이 「만세」라는 시는 저자 자신의 번역이 있다. 1988년 역인데 『산무정』1954의 원문과는 차이가 있는 듯하다. 번역이라기보다 개작이라고 하는 것이 나을 듯하다.[36]

오무라는 역사적 인물로서 김용제의 선택과 실천을 존중하였으며, 그가 견지하고 있었던 수치의 태도를 깊이 존중하였다. 하지만 1978년의 「고백적 친일문학론」이 보여주듯, 해방 이후 김용제의 반성과 수치는 점차 희미해지다가 삭제된다.[37] 오무라는 「고백적 친일문학론」이라는 증언에 대해서는 학술적으로 검증하고 그것으로부터 사상사적 과제를 도출하였다. 하지만 「만세」 시의 번역에 대해서는 그것이 개작에 가깝다는 언급을 남길 뿐, 구체적인 논평은 삼간다. 「만세」의 개작은 텍스트로부터 개인의 윤리를 도출하는 신중한 작업이기 때문일 것이다. 동시에 그는 일본인으로서 식민지 시기 한국인의 반성과 윤리를 재단하는 것에는 지극히 신중하였다.

오무라가 20년의 시간을 들여 저술한 『사랑하는 나의 대륙이여』는 식민지 책임이라는 문제에 대한 친일작가 김용제의 속제와 일본의 연구자 오무라의 성찰이 교차한다. 이 책에서 오무라는 객관적인 서술로 일관하다가, 「후기」의 한 부분에서 자신의 심사를 밝혀둔다.

〈그림 3〉 1992.10.22. 나가노 스즈코가 체류한 보안여관 자리를 찾는 김용제와 오무라 마스오
출처 : 오무라 마스오 저작집 6

그렇기는 하나, 김 선생과 나의 견해가 완전히 일치되고 있는 것은 아니다. 특히 태평양전쟁 중의 문학 활동이나 동아연맹에 대한 기술은, **김 선생의 뜻과는 현저히 어긋나고 말았다. 괴롭지만 연구자로서의 입장을 관철하지 않을 수 없었다.**[38]

「후기」는 이 책의 기획 및 작업 경과와 관련 연구를 정리하는 것에 중점을 두고 있으며, 개인적인 감상은 위의 언급뿐이다. 오무라는 연구자로서 연구 대상에 대한 객관적 거리를 유지하고 김용제를 망각한 일본인의 한 사람이라는 스스로의 위치를 견지하면서, 김용제의 사유의 진행 '과정'을 가능한 한 복원하며 그 의미를 엄정히 준별하였다.

오무라는 1992년 『사랑하는 대륙이여』 출간 이후에도 새로운 자료 보완하였다. 오무라는 1992년 봄에서 1993년 봄에 이르는 시기 1년간 고려대 연구원으로 서울에 체재하면서 자료를 수집하였고, 기존에 작성한

연보의 완성을 기하였다.[39] 1994년 6월 21일 김용제가 타계하였다. 오무라는 반일 프로문학운동을 기념한 부고 기사와 친일문학을 비판한 부고 기사를 대조하면서, 두 측면 모두 사실이지만, 동시에 김용제를 이해하기에는 충분하지 못하다고 판단한다.

1994년 8월 소설가 최인호는 잡지『샘터』에 연재 중이던 연작 소설『가족』227회를 「사랑하는 나의 대륙아」라는 제목으로 쓴다. 한 해 전인 1993년 겨울 최인호는 김용제를 방문하였다. 그 역시 오무라와 마찬가지로 김용제가 식민지 시기 친일이라는 과오를 반성하며, 해방 이후 스스로 붓을 꺾고 평생을 뉘우침 속에 살아갔다는 사실에 흥미를 느꼈기 때문이다. 최인호가 김용제 자신의 이야기를 소설로 쓸 수도 있다는 말을 듣자, 김용제는 어린아이처럼 기뻐했고, 소설이 완성되면 자신이 일본어로 번역하여 한국과 일본에서 동시에 출판하고 싶다는 바람을 숨기지 않는다.

그분이 그렇게 좋아했던 이유를 나는 미뤄 짐작할 수 있었다. **그분은 1909년 생이니, 36세까지의 그 부끄럽던 친일의 과거를 그로부터 50년 동안 줄곧 한 마디의 변명 없이 침묵하면서 살아오신 것이다.** 행여 내가 자신에 관한 소설이라도 쓰면 그 부끄럽던 과거에 관한 고백이 마치 가톨릭에서 행하는 고해성사가 되어 모든 죄와 부끄럽던 과거들이 사라지고 용서받게 될 것임을 믿기라도 하신 것일까.[40]

최인호는 해방 후 문단의 원로가 되고, 대학 총장이 되고, 자신의 이름을 딴 평론상을 제정하였던 다른 친일문학 작가와 달리, 김용제가 문단에서 사라졌고, 간헐적으로 '삼류 출판사'의 일본문학 번역자로서 자신의 이름을 이어갔다는 사실에 마음이 끌린다. 오무라의 판단과 공명하는 평가인 셈이다. 최인호는 김용제가 그토록 신이 나서 아직 구상도 되지 않은 자신에 대한 소설을 일본어로 번역하겠다는 다짐을 밝힌 것을, 그 자신 과거에 대한 속죄와 고백으로 받아들인다. 최인호의 판단은 "어떻든 친일문학으로 나아갔던 김용제는 그 나름대로 대가를 치렀던 것이다. 죄의식, 수치 의식이 있었든 없었든 간에, 그는 남은 반생을 빛이 들지 않는 한국 사회의 구석에서 살아감으로써 그 나름으로 책임을 진 것이다"라는 오무라의 시각과 공명하는 바였다.[41] 1993년 겨울 최인호는 김용제의 모습에서 마지막 만남이 될 것임을 직감하면서도, 김용제의 맑은 두 눈을 마음 깊이 새긴다. 이듬해 김용제의 부고를 들은 최인호는 그의 가장 빛나는 청년 시절의 시를 떠올린다.

다만 그의 부고 기사를 보면서 나는 그가 청년 때에 쓴 시의 한 구절처럼 우리 굶주린 가슴의 벌판이요, 앙상한 등대뼈, 상처투성이의 어머니인 우리의 대륙에서 태어났다가 사랑과 평화에 빛나는 대륙의 품 안으로 한줌의 흙이 되어 돌아가신, 격동의 수난기에 맑은 눈빛을 가지셨던 한 노시인의 모습을 떠올렸다. 그리고 나는 그 무엇으로든 그를 위로해야겠다고 생각했었다. 이 짧은 글이 그의 가엾은 영혼을 달래는 최소한의 진혼곡이 되어주기를 나는 간절히 소망한다.

'김용제 선생님, 수고하셨습니다. 안녕히 돌아가십시오.'[42]

최인호 역시 오무라와 마찬가지로 김용제를 생각하면서 '사랑하는 대륙'을 떠올린다. 오무라가 보기에 김용제가 사랑한 대륙은 식민지 시기 한국의 작가가 쓴 뛰어난 프로문학이 기반한 상상력의 근거였으며, 또한 한국 민중의 생활과 분리된 아시아주의의 공간적 기반이었다. 최인호가

〈그림 4〉 1989.12.7. 종로2가 YMCA 앞의 거리를 걷는 김용제와 오무라 마스오
출처 : 오무라 마스오 저작집 6

보기에 김용제가 사랑한 대륙은 상처투성이의 한국인이 태어났다가 돌아가는 근원적인 장소이자, 사랑과 평화의 상징이었다. 오무라는 김용제에 대한 최인호의 생각이 한국 사회에서 예외적이지만 정확한 판단으로 동의하였다.

한국의 지식인
뿌리 깊게 남은 일본에 대한 거부 반응

오무라 마스오 와세다대학 교수, 중국·조선문학

〈그림 1〉 마흔 무렵의 오무라 마스오
출처 : 『마이니치신문(每日新聞)』, 1973.8.19.

일본어 붐이라고 하더라도

현시점에서 한국의 지식인은 일본과의 문화교류를 바라지 않는 듯하다. 한국 정부가 경제적으로 일본 정부와 가까워지려고 하면 할수록, 그 나라의 지식인은 점점 더 강한 거부 반응을 일으킬 것이다.

물론 최근의 일본어 붐은 대단했고 서울의 거리에는 100개도 넘는 듯한 크고 작은 민간 일본어학원이 있다. 더욱이 올해부터는 제2외국어를 설치한 고등학교 대부분에서 일본어가 제2외국어로서 정식 반열에 올랐다. 대학에서도 이공계 학부나 관광학과 등에 일본어가 설치되어 있는 곳이 있다. 그러나 이들은 모두 실용적인 일본어 습득을 목표로 한 것으로, 일본문화나 일본어 그 자체에 대한 탐구심과는 별 관계가 없다. 적어도 그들은 그런 자세를 취하고 있는 것처럼 보인다. 그들에게 일본어는 제3국의 외국어라는 것은 틀림이 없지만, 일본어를 듣고 말할 때 그들은 어떤 종류의 아픔을 느끼는 것이다. 해방 전 친일파가 슬그머니 지배층이 되고, 한때는 일본어가 '국어'로서 강제된 경험을 가진 민족이라면, 그것도 당연할 것이다.

그들이 영어를 배울 때는 여전히 미국에 대한 문화적인 동경을 가지고 있지만, 일본어를 '선진국'그들은 항상 일본을 그렇게 부른다의 교양어로 보고 있지는 않다. 말하자면 오히려 마음 한 켠에 일종의 혐오감을 두면서, 일본어를 이용해 입에 풀칠을 하거나 자기 사업이나 연구를 조금 더 풍성하도록 도움을 받는 것에 지나지 않는다. 일본의 사정은 한국에 대중적으로도 상당히 알려져 있지만, 오늘날처럼 게다 소리가 점점 높아지고 있는 한 본격적인 일본 연구는 여전히 먼 일이라 생각한다. 반대로 일본에서는 남북南北을 막론하고 조선을 내면에서부터 이해하는 노력을 기울여야 한다. 그 전제로서 그 나라가 외국이고, 더욱이 일찍 오랜 세월 동안 일본의 식민지 지배를 받은 외국이라는 사실을 충분히 인식해 둘 필요가 있을 것이다.

한국 사람들이 실용 일본어를 필요로 한다면, 우리는 반대로 해야 한다. 시장조사라든가 인구동태라든가 재일조선인의 관리라든가 하는 실용적인 목적과 전혀 관계없이, 지금이야말로 쓸모없는 조선어를 내 것으로 삼아야 할 것이다. 역사·철학·문학 등은 쓸모없음 중에서도 으뜸이라 할 수 있다.

선의만으로는 친선이 깊어지지 않는다

얼마 전 일본 어느 대학의 검도부원들이 검도복을 입은 채 서울의 거리를 활보하여 물의를 일으켰다고 한다. 친선을 의도한 검도부의 마음이야 의심의 여지가 없지만 검도에서 반사적으로 '일제'를 연상할지 모르는 한국의 정신적 풍토에 대해서는 어두웠다고 할 수 있다. 일본과 미국 양국은 8월 1일의 일미日米 공동성명이 조선반도에서 "평화와 안정의 촉진을 위해 공헌한다"라고 소리 높인다. 하지만 일본의 한국방위 분담이 현실의 문제가 될 우려가 농후해지게 되면서 한국에서 일본 군대의 한국 상륙을 저지하기 위한 국민 여론이 들끓는 상황이라는 것 정도는 신문의 한자를 주워 읽어도 알 수 있는 일이다. 한국인의 위기의식을 이해하고 전전戰前 검도가 그들에게는 결코 단순히 스포츠일 수 없다는 것을 생각했다면, 그런 트러블을 피할 수 있었을 것이다.

선의만으로 친선은 성립되지 않으며, 친선의 전제로 반드시 상대방에 대한 이해가 필요하다. 저쪽은 이쪽을 알고 있지만 이쪽이 저쪽을 모른다면 우호친선은 성립하기 어렵다.

한국에 『다리'가교'라는 뜻』라는 야당계 월간 잡지가 있다. 작년 계엄령 이전에는 가장 첨예하게 현 정권을 비판하였고, 김지하キム・ジハ의 작품 등도 간간이 실으면서 곤란 속에서도 잘 싸워온 잡지다. 그런데 연대감을 품은 선의의 일본 청년들이 작년 여름 연일 다리사에 몰려들어 편집자를 괴롭힌 적이 있었다. 청년들은 분명 유람관광단과는 달라서, 한 손에 지도를 들고 잡지에 쓰인 주소를 더듬어 다리 사무실을 방문할 정도로 양심적인 한국의 모습에 마음이 끌리고 있었다. 하지만 편집자를 만나서 그들이 (예외없이 일본어로) 던진 질문을 살펴보면, 한국의 현상 분석 및 당신들의 투쟁 방침, 새마을 운동의 의의 및 실태 등 도저히 대답할 수 없는 거대한 문제나 반대로 연감이나 정부간행물에서도 볼 수 있는 간단한 우문愚問이 대부분이었다.

『다리』에서는 동료 편집자끼리도 정치에 대해 논의하지 않는데 내력조차 알 수 없는 일본인이 찾아봐 대답할 수 없는 문제를 퍼붓자, 가뜩이나 바쁜데 일을 손에 잡을 수 없어서, 일본어를 할 수 있는 연배의 분들께 도움을 청하여 일본 청년들의 상대가 되도록 하여 결례가 되지 않게 적당히 대응해 주고 있는 것 같았다. 말뿐이라면 언제라도 말하고 싶은 것을 말할 수 있고 길거리 데모를 해도 실탄이 날아올 두려움이 없는 일본을 척도로 해서, 상대방을 미루어 짐작하는 것은 선의라도 지나치면 폐가 될 수 있다는 것의 한 예이다.

끈기 있고 낙천적인 국민성

그렇지만 이런 나조차도 몇 번이나 스스로의 분별없음을 부끄러워했던 기회를 마주하곤 했다. 작년 초 재외 연구의 일환으로 한국에 건너 갔지만 이전에 머릿속에 그려두었던 그 나라의 지식인은 국가 권력의 압력 아래 신음하며 고뇌로 가득 찬 모습일 뿐이었다. 물론 그런 면이 없는 것은 아니지만, 현실에서 만난 지식인들은 참으로 잘 마셨고, 우리의 두 배나 먹었고, 쾌활하게 웃으면서 지냈으며, 밤을 새우고는 일요일마다 산을 올랐다. 산에서는 힘이 넘치고 정말 살아 있는 것 같았다. 그렇게라도 하지 않으면 견디기 어려운 것일지도 모른다. 하지만 일요일도 아침부터 일하지 않으면 안절부절 못하는 가난증의 일본인과 같은 부류의 사람은 극히 드물었다. 손님을 반기고 대화를 좋아하고 노래나 춤도 무척 좋아하면서, 삶을 즐기는 측면에서는 일본인 보다 훨씬 뛰어난 것 같았다.

아무튼 대단한 민족이다. 끈기있고 유머러스하며 낙천적이다. 김달수金達寿가 묘사한 '박달朴達'이 계속 떠올랐다.[1] 퍽 예전에 들었던 소문으로는 미군기지에서 하룻밤에 비행기가 한 대씩 통째로 도난당해 없어졌다는 말이 있었다. 또 작년 10월 계엄령 발령으로 출판 예정이었지만 빛을 보지 못한 원고나 교정쇄를 사 모으는 남자가 있다. 후일 값이 나갈 때 역사가에게 팔아버릴 생각만은 아닐 것이다. 아는 것이 전부가 아닌 것은 물론이요, 그것은 단지 출발점일 뿐이다. 하지만 알아가는 과정에서 공명하거나 반박하면서, 우호 친선의 길은 굳어져 갈 것이다.

이 글은 『마이니치신문(每日新聞)』 1973년 8월 18일(토) 석간 5면에 수록된 「한국의 지식인ㅡ뿌리 깊게 남은 일본에 대한 거부 반응(韓国の知識人ㅡ根強く残った日本への拒絶反応)」을 번역한 것이다.

    조선문학을 권함 오무라 마스오와 한국문학이라는 공유지

서울의 도서관들

오무라 마스오 어학연구소 교원, 1987년 교환연구원

서울 시내에 공공 도서관은 17개, 대학 도서관은 학교당 한 곳으로 셈해도 60여 개를 헤아린다. 그 가운데 특히 내가 지금껏 신세를 졌던 도서관에 대해 써보려고 한다.

먼저 국립 도서관이다. 구 총독부 도서관을 이어서 발전시킨 도서관으로 장서 수는 100만 권 가까이. 이곳에는 제2차 세계대전 이전의 귀중한 문헌이 많다. 박정희 정권 하에서 대학이 전면 봉쇄될 때에도 이곳만은 열려 있었고, 아침 일찍 줄을 서서 매일 같이 다녔다. 다만 작년에 가보니, 이전에 확실히 보았던 책의 경우에도 실물을 찾을 수 없는 경우가 있었던 것을 보면 관리 측면에서 다소 문제가 있었을지도 모른다.

국회도서관은 1955년 개관으로 제2차 세계대전 이전의 자료는 부족하지만, 최근 빠른 속도로 책을 수집하고 있기 때문에, 가까운 장래에는 일본의 국회도서관처럼 중심적인 역할을 하게 될 것이다.

대학 도서관에 대해서 말하자면 서강대에 개화기 19세기 말에서 20세기 초의 계몽기의 문헌이 많다든지 동국대에 불교 관계 자료가 충실하다든지, 각각 특색이 있어서 어느 곳도 경시할 수 없지만 사립으로는 고려대와 연세대, 국립으로는 서울대 도서관이 대표격이라 할 수 있고, 오랜 역사와 전통

을 가지고 있다. 고려대는 와세다대학과 교환협정을 맺었기 때문에, 와세다 연구자에게 특별한 편의를 베풀어 준다. 고려대 도서관은 전문 분야에 따라 도서실이나 분교 도서관을 따로 설치하여 중앙도서관, 대학원도서관, 과학도서관, 의학도서관으로 나뉘어있다. 작년 여름방학 2개월 동안 교환연구원으로 고려대에 체류했던 때는 대학원도서관통칭 구 도서관 건물의 방 하나를 연구실로 사용했기 때문에 도서관을 충분히 이용할 수 있었다. 원래 관장이었던 신일철申一澈 교수도, 작년 9월 새로 관장을 맡은 강만길姜萬吉 교수도 각각 와세다에서 반년, 1년간 체류한 적이 있었던 분이어서 황송할 정도로 정중히 대접해 주셨다. 특히 신일철 관장은 선대인께서 『동아일보』 상하이上海 지국장을 지내셨던 때에 루쉰魯迅과 친분이 있었고 그 자신이 고려대 아세아문제연구소 옌볜연구분회의 책임자로 중국에 대해 관심을 많이 가지고 있었다.[1] 1985년에서 1986년에 걸쳐 중국 옌볜에 체재한 경험이 있는 나와 이야기 나눌 기회를 많이 가졌다.

한국 사회는 최근 현저히 근대화되었다고 하지만 아직도 인간관계가 중요한 사회로, 연줄의 정도가 열람의 편의에 상당한 영향을 준다. 고려대와 나란히 으뜸가는 사학私學인 연세대는 특별히 수비guard가 탄탄하여서, 나는 연세대 국문과 교수의 소개장을 가져 갔지만 열람이 어려웠다. 이에 비해 고려대는 귀중본으로부터 금서사상적인 이유로 법적으로 판매 및 열람이 규제되는 책까지 자유롭게 볼 수 있었다.

매일 같이 도서관을 다니다 보면 열람과장, 도서과장 등 직원들과도 친해져서 점심시간에 함께 식사를 하거나 때로는 바둑을 두고 호되게 패하기도 했다.

고려대 도서관은 (대체로 어느 대학이나 비슷하겠지만,) 일반 도서는 자유롭게 열람할 수 있고, 희귀본·귀중본은 각각 稀·貴 라벨을 붙여 별도로 보

〈그림 1〉 서울대 규장각 도서열람실 입구의 오무라 마스오
출처 : 『ふみくら－早稲田大学図書館報』 13, 1988

관하면서 대개 열쇠로 잠가두어 안으로 들어갈 수 없다. 희귀본은 구하기 어려운 제2차 세계대전 이전의 출판물과 국내외 좌익계 서적 등이고, 귀중본은 중요문화재급 도서 자료로 고려시대10~14세기, 조선시대15세기~20세기 초의 판본도 많아 그 질과 양에 압도된다. 희귀본 및 귀중본은 관장의 허가가 있으면 지정된 열람실에서 볼 수 있고, 책에 따라 복사도 가능하다. 중앙도서관에는 8개의 문고가 있고 귀중본도 많다. 육당문고六堂文庫, 육당은 최남선의 호(號). 와세다대학 졸업생이자 신문화 개척자의 한 사람도 그 중 하나이다.

서울대 도서관은 의학, 농학, 법학 등 각 전문에 다른 분관을 별도로 둔다면 두 부분으로 이루어져 있다. 하나는 옛 경성제대 부속도서관의 책을 계승하여 발전시킨 중앙도서관이고, 다른 하나는 규장각 도서이다. 규장각은 1776년에 설치된 당시 왕실기관으로 기록 보존 및 장서의 기능을 수행하였다. 규장각 도서는 현재 중앙도서관과 같은 건물에 있지만입구는 별도, 조만간 안에 분리하여 규장각 도서만의 건물을 세울 계획이라고 들었다.

서울대 중앙도서관 서고에도 의자를 챙겨 4~5일 여유롭게 볼 수 있었다. 국문학과 김용직金容稷 교수의 소개도 있었고, 처음 안내해 준 젊은 직원이 재작년『조선학보朝鮮学報』에 실은 내 논문이 지난해 한국에서 번역된 것을 알고는 열렬히 환영해 주었다.[2]

규장각 도서는 고전이나 역사를 연구하는 사람에게는 그야말로 보물산이다. 접수처와 전시실도 당시의 분위기를 풍기는 구조이며, 입구에 "대관大官이나 문형文衡이라도 선생에게 잘못하면 당에 오르지 말라雖大官文衡非先生毋得升堂"라고 쓰인 큰 간판이 걸려 있어 흥미로웠다.

이외에 지명도는 낮아도 서울에는 중요한 도서관이나 연구기관이 많다. 재단법인 한국연구원도 그중 하나이다. 도쿄 고마고메駒込의 동양문고東洋文庫와 같은 분위기였다.

근대문학 관계로는 중앙대학교 부속 한국학연구소를 빼놓을 수 없다. 김근수金根洙 선생은 이곳의 주인 같은 분이시며, 교수직은 정년퇴직했어도 연구소장은 계속 맡고 계신다.[3] 15년 전에 귀중한 자료를 복사해 주셨고, 내가 와세다에만 소장된 문헌을 복사해 드린 이래 교제하고 있다.

이렇게 쓰다 보면 서울의 도서관 각각의 분위기와 책 향기, 그리고 관장을 비롯한 직원staff 여러분의 얼굴이 떠올른다. 몹시 그립다.

이 글은 와세다대학(早稲田大学) 도서관(図書館)에서 간행한 『후미쿠라—와세다대학 도서관보(ふみくら—早稲田大学図書館報)』 제13호(1988.2)의 10~11쪽에 수록된 「서울의 도서관들(ソウルの図書館たち)」을 번역한 것이다.

『조선문학 관계 일본어 문헌 목록』의 편찬

오무라 마스오 와세다대학

1

나는 몇 군데 대학에서 조선어를 가르치고 있다. 어학 교사인 이상, 어학교육에 나름대로 진지하게 임할 수 밖에 없고, 업무의 3분의 1정도는 어학과 관계된 일이 차지한다. 하지만 나의 본래 전공은 조선근대문학이다. 내가 소속된 와세다早稲田에는 조선문학 과목은 없지만, 오사카외대大阪外大 조선어학과나 도야마대富山大의 조선문학 코스의 집중 강의 등에서는 문학 이야기를 하지 않을 수 없다. 그런데 그런 전공 과정의 학생조차도 대표적인 조선문학 작품을 거의 읽지 않는다. 문학사를 이야기하는 데 작가의 이름도 별로 익숙하지 않은 것 같고, 학생은 아직 원문으로 많은 작품을 독파할 만한 힘을 가지고 있지 않은 단계이기 때문에 교사로서는 이야기를 진행하기 어렵다.

그렇지만 그것을 학생의 게으름이라고만은 할 수 없는 사정이 있다. 번역을 포함하여 조선문학에 관한 정보를 일본어로 입수할 수단이 거의 없기 때문이다. (그 원인을 근본까지 거슬러 올라가면 일본인의 아시아관이나 조선에 대한 식민지 통치에까지 도달할 것이다)

이것을 조금이라도 해결하려면 두 가지 길밖에 없다. 하나는 새로 번역서를 내는 것이다. 하지만 이것도 출판사의 이윤이라는 문제가 있어, 좀처럼 실현이 어렵다. 1973·74년 소도사創土社에서 『현대조선문학선現代朝鮮文学選』 1권 및 2권을 출판하였을 때, 1권은 1,000부, 2권은 750권을 인쇄하였는데, 우리는 원고료를 받지 못했을 뿐 아니라, 직접 보자기에 싸서 팔고는 하였다. 1976년에 번역 및 출판간 고려서림高麗書林의 『친일문학론親日文学論』의 경우는 1,000부를 찍어낸 지 6년 째인 지금도 재고가 남아 있다. 하지만 올해 4월 드디어 이와나미문고岩波文庫에서 『조선단편소설선朝鮮短編小説選』 상권이 나오는데하권은 6월, 단편 22편에 불과하지만, 이것으로 어느 정도는 학생들이 근대문학 작품을 계통을 갖추어 접할 수 있게 될 것이다.

두 번째 해결책은 지금까지 일본인이나 조선인이 조선문학에 대해 소개하거나 논의하거나 번역했던 일본어 자료의 존재를 밝히는 것이다. 소재만 알면 오늘날은 간단히 복사가 가능한 시대이다. 이를 위해 조선문학 관계 일본어 문헌 목록을 만들자. 이것이 목록 작성의 직접적인 동기였다. 그 목록은 일본의 조선문학 연구사의 전체적인 개괄로도 이어질 것이며, 향후의 연구 및 소개의 방향을 파악하는 데도 도움이 될 것이라고 생각했던 것이다.

당초에는 수록 범위를 아주 최근까지로 생각하고 있었다. 하지만 막상 작업에 착수해 보니 예상 이상으로 자료의 양이 늘어나서 전후戰後의 시기는 2~3년을 사용해도 정리할 수 없다는 것을 알게 되어 이번에는 1945년 이전 시기로 한정할 수밖에 없었다.

2

　지금까지 이런 종류의 목록은 무척 간단한 것이었다. 가지이 노보루梶井陟가 편집한 「조선문학의 번역작품 연보朝鮮文学の翻訳作品年譜」『계간삼천리(季刊三千里)』33호, 1983.2는 지금까지 것중 가장 분량이 많지만 해방 후의 것까지 포함해도 4~5쪽에 불과했다. 할 거면 철저하게 하자 라고 생각했다.『개조改造』,『신조新潮』,『중앙공론中央公論』등은 총목차가 있어서 도움을 받았다. 다이쇼大正 말·쇼와昭和 초기의 군소 프롤레타리아 문학 잡지의 상당 부분도 메이지문헌明治文献에서 간행한『현대일본문예총람現代日本文芸総覧』으로 어림짐작한 바탕에서 실물을 확인할 수 있었다. 선학들의 이러한 업적이 없었다면 우리 목록의 완성은 훨씬 늦어지고 정확도도 훨씬 낮은 것이 되었을 것임에 틀림없다.

　1967년 8월호『조선연구朝鮮研究』의 히구치 유이치樋口雄一 씨 등 3명의 협력으로 「조선근대문학에 관한 일본어 문헌 목록」을 게재한 적이 있다. 1967년의 시점까지의 문헌을 수록한 것이지만, 지금 보면 대단히 불충분한 것이었다. 수록 기준도 조금 달랐다. 이번 목록의 가장 큰 특색은 조선에서 발행된 조선문학 관계의 일본어 문헌을, 필자가 일본인인지 조선인인지 불문하고 가능한 모두 수록한 것이다. "일본 국체의 정신에 즉하여 건국의 이상 실현 = 공헌하는 것을 기日本国体ノ精神に則り建国ノ理想 実現 = 貢献セムコトヲ期"(강령)하는 녹기연맹緑旗聯盟의『녹기緑旗』소화11(1936)년 1월 창간, 1941년 11월 "조선문단의 혁신을 도모하기 위하여朝鮮文壇の革新を図るべく"창간호 권두언 거의 전면적으로 일본어로 간행한『국민문학國民文學』, 조선인 전향자를 조직하여 "반도 2천만 동포의 마음속에 일본정신을 철저히 하고, 황도정신을 앙양半島二千万同胞の心胸に日本精神を徹し, 皇道精神を昂揚"창간에 즈음하여 하기 위

해서 1939년 1월에 창간한『동양지광東洋之光』, 한일합방 이듬해 총독부가 직접 간행한『조선총독부월보朝鮮総督府月報』훗날『조선휘보(朝鮮彙報)』,『조선(朝鮮)』으로 개제, 관官과 호응하는 입장에서 중국 및 조선의 침략을 뒷받침한 1908년 창간한『조선朝鮮』훗날『조선급만주(朝鮮及満洲)』로 개제 등. 이들 잡지 5종은 모두 서울, 당시 경성에서 발간된 것이다.『조선총독부월보』,『조선』이 일본의 국회도서관에 거의 갖추어진 것을 제외한다면, 다른 잡지 3종은 한국의 어느 기관에도 갖추어져 있는 곳은 없고, 각종 공공 도서관 및 대학 도서관을 돌아다니면서 복사를 하였다. 대부분을 갖추었지만 아직 완전하지는 않고, 볼 수 없었던 책도 몇 호 남아 있다. 제2차 세계대전이 시작되자 조선인에게 '국어'라고 칭하는 일본어 창작 및 평론이 강요되었다. 총독부 기관지『매일신보每日新報』는 '계몽'의 의미에서 조선어 발행을 계속해 왔지만, 1937년 '국어면'이 신설되었다. 같은 무렵『신시대新時代』,『춘추春秋』 등 종합 잡지의 문예면에도 일본어의 창작이나 평론이 실리게 되었다. 그러나 이 잡지들을 모두 훑어보는 것은 불가능에 가깝다. 해방 후의 혼란과 조선전쟁으로 자료가 소멸되었던 것에 더해 한국에서 이들 자료를 찾는 것에는 저항이 있다. 당시 관계자들이 지금 문학계의 지도적 지위에 있고, 또한 직접적인 관계자가 아니더라도 자국의 부끄러움을 타인에게 드러나지 않고 싶은 심리가 강하게 작용하기 때문이다.

3

"이 목록은 일본어로 쓰인 조선문학 관계의 문헌을, 그 내용 여하를 묻지 않고 전부 수록하였다. 백 가지 논의에 앞서, 그 기초가 되는 자료의 존재를 확인하는 것이 필요하다고 생각했기 때문이다"라고 나는 목록의 머리말을 썼다. 조선 및 한국 관계에 관해서는 결실이 없는 정치 우선의 논의만 앞서고 기초적인 작업이나 실증적 연구가 등한시되는 경향에 대해, 평소부터 괘씸함을 느끼고 있었기 때문이다. 물론 목록작성자는 독자의 이용 방법에 조건을 붙일 수 없다. 그렇기는 하지만 목록작성자라고 해도 작성 과정에 있어서 약간의 감상이 없었던 것은 아니다. 목록의 서두에는 쓰지 않았던 그 소감을 이곳에서 간단히 서술해 보고 싶다.

목록 작성 작업은 문헌을 카드로 정리하는 것으로부터 시작되었다. 총 카드 수는 1,712장이었다. 통상은 1건 1장이지만 총서와 같은 경우는 1건으로 3장에 걸치기도 하고 반대로 교정의 단계에서 카드의 중복을 발견하기도 하였다. 카드 매수는 건수와 꼭 일치하는 것은 아니지만, 전체적으로 카드 매수는 건수를 드러내고 있다. 연도별로 카드 매수를 표시하면 표와 같고 그것을 시각적으로 꺾은선 그래프로 하면 아래와 같다.

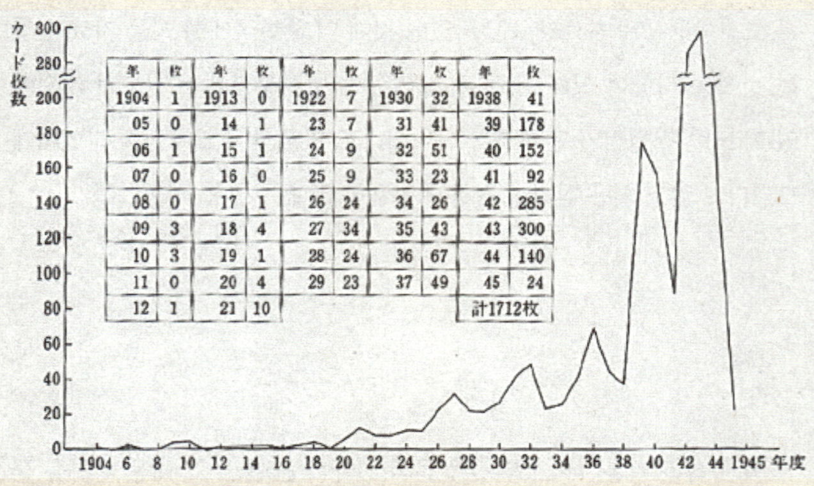

年	枚	年	枚	年	枚	年	枚	年	枚
1904	1	1913	0	1922	7	1930	32	1938	41
05	0	14	1	23	7	31	41	39	178
06	1	15	1	24	9	32	51	40	152
07	0	16	0	25	9	33	23	41	92
08	0	17	1	26	24	34	26	42	285
09	3	18	4	27	34	35	43	43	300
10	3	19	1	28	24	36	67	44	140
11	0	20	4	29	23	37	49	45	24
12	1	21	10					計1712枚	

〈그림 1〉『조선문학 관계 일본어 문헌 목록』(1984) 카드 매수 그래프
출처: 『書誌索引展望』 8(3), 日本索引家協会, 1984.8.

이를 보면 유감스럽게도 일본의 조선문학 연구·소개가 넓은 의미에서 정치에 종속되어 있다는 것을 알 수 있다. 일본인의 조선문학 연구는 1905년 조선통감부 설치를 전후하여 총독부와 그 주변의 민간인들이 시작하였다. 하지만 당시 일본인의 관심은 주로 정치와 산업에 있었고 문학에는 극히 낮은 관심밖에 보이지 않았다. (도쿄대 동양문화연구소 부속문헌센터東大東洋文化研究所附属文献センター 간행 『조선연구문헌목록朝鮮研究文献目録』 단행본편은 상중하 3권으로 되어 있는데, 문학 관계는 조선을 무대로 한 일본인의 소설이나 기행문, 조선어로 된 문학작품까지 포함하여 전체 6쪽밖에 되지 않는다) 이러한 경향은 기본적으로 1945년 이후까지 계속된다고 봐도 무방하다.

1920년부터 30년에 걸쳐 약간 그래프가 상승하는 것은 국제적 프롤레타리아 문학운동의 고조에 자극을 받은 것이 크다. 일본 유학생들이 다이쇼 말부터 쇼와 초기에 걸쳐 프롤레타리아 문학에 접하고 스스로 작품을 창조하고 그것이 본국에 들어와 조선의 현실을 그리는 리얼리즘 문학과 결부되었다. 때마침 시대적 배경으로 1917년의 러시아 혁명이 있었고, 젊은이 가운데 일부는 조국의 독립과 해방을 사회주의 운동에 의탁했던 것이다. 하지만 그 운동도 1934년 무렵에는 대부분 탄압되면서 프롤레타리아 문학 운동은 궤멸한다. 그 후에는 한발 물러서서 시정의 생활이나 신변잡기, 토착적인 무속, 그리고 애욕미학愛欲美学 등에 침전되어 간신히 민족성을 유지하는 시기가 찾아온다. 프롤레타리아 문학 괴멸 후의 일본에서는 그것이 신선하게 보였고, 또 일본의 문학계에서는 더 이상 붓으로 쓸 수 없게 된 생각을 조선의 작품을 통해 말한다는 측면도 있어서, 1934~38년 시기에 조선문학이 어느 정도 소개되게 된다. 잡지로 말하면 『문예수도文藝首都』, 『문학평론文學評論』, 『문학안내文學案內』가 많고 그 외 『개조』, 『신조』, 『테아토로テアトロ』에도 조선문학이 종종 등장했다.

1939년에는 일거에 앞선 해의 4배 이상으로 불어난다. 제2차 세계대전의 개전과 조선인에 대한 창씨개명이 강요된 1939년 총독부의 뜻을 받들어 『동양지광』, 『국민신보國民新報』가 창간되었으며, 이들 잡지에는 조선인들이 일본어로 많은 붓을 들었다. 일본에서 비교적 이름이 알려진 김사량金史良도 1939년 일본 문단에 등장했다. 물론 그는 민족주의적 입장에서 총독부 지배에 저항한 작가이지만, 일본어에 의한 창작 장려책에 의해서 질 높은 성과를 거둔 측면도 있다.

적어도 일본어로라도 조선의 민족문화를 유지하려는 시도는 자칫 높은 절벽에서 발을 헛디딜 위험이 있었다. 실제로 김사량 자신도 몇 번인가 일본 관헌에 체포되고 일본해군을 기리는 작품을 써서 '황군위문'을 위해 중국 대륙으로 가서, 그 길로 해방구로 탈출한 것이었다. 국내에 머무른 문학자의 대부분은 (전부는 아니지만), 본의 아니게 어용문학에 손을 대거나 생명 유지에 필요한 최저 한도의 알리바이를 만들면서, 민족적 양심은 버리지 못한 채 울상을 지었고, 그래도 조국을 버리고 타국에 가는 것을 떳떳하게 여기지 않았다.

태평양전쟁 직전에 조선의 문학지는 『국민문학』 잡지 하나로 통합되었고, 일본어에 의한 활동만이 남았다. 1943년의 절정은 이렇게 맞이한 것이다. 1944년 및 1945년이 감소하는 것은 일본의 전황 악화에 따른 용지 사정 및 이제 문학 따위는 미지근하다는 격앙된 절규만이 지면을 매우고 있었기 때문이다.

지금까지의 이야기를 종합해 보면, 조선문학의 소개와 연구에는 (1) 총독부와 그 주변의 문화인에 의한 통치 및 '황민화'에 봉사하기 위한 것, (2) 프롤레타리아 문학의 국제적 연대라는 입장에 선 조선인 문학자의 것, (3) 비록 일본어라도 민족성의 유지에 마음을 쓰고, 아울러 일본인에게 조선인의 마음을 전하려고 했던 것, (4) 시국과 정황을 받아들인 조선인 문학자의 것. 이렇게 4가지로 나눌 수 있을까. 하지만 (3)과 (4)의 구분은 미묘한데 같은 시기에 빛과 그늘이 뒤섞이고, 문학자 한 사람 안에서도 영광과 굴욕이 뒤섞여 있어 이 시기의 문학을 단순히 저항문학과 친일문학[어용문학]이라는 플러스와 마이너스로 양극화할 수는 없다.

4

목록 작성에 얼마나 시간이 걸렸느냐고 묻는다면 대답할 수 없다. 작성 시간뿐이라면 1년이라고도 할 수 있겠지만, 자료의 수집 기간을 넣으면 20년으로도 충분하지 않다. 우선은 자료를 카드로 정리하는 것부터 시작했다. 국회도서관, 근대문학관, 와세다대학 도서관에는 특히 신세를 졌다. 이제 더 이상은 갈 일은 없다고 생각해도, 다음에 이어서 확인해야 할 사항이 계속 나와서, 몇 번이나 찾아갔는지 모른다. 국회도서관에서는 대기시간이 무척 길었고 한 번에 빌려주는 분량이 한정되어 있어서 울고 싶은 생각이 들었다. 인쇄소에 보내고 나서도 활판으로는 비싸서 워드프로세서 편집을 부탁하였지만, 조선의 인명 및 지명에 특수한 글자가 많아 난항이었다. 젊은 워드프로세서의 기술자는 무척 유능했지만, 같은 글자의 구자체[旧字体]와 당용한자체[当用漢字体]가 연결하지 못하는 등 한자의 지식이 부족하여 세대의 차이를 깨달았다. 활판과 달리 대폭적인 수정이 어렵기 때문에 교정에도 신경을 썼다. 인쇄소의 프린트피아[プリントピア] 사장 마쓰모토 리키오[松本力生] 님은 이윤을 도외시하고 일을 맡아 주었다. 나는 마쓰모토 님의 집에 머물면서 원고의 정리와 교정을 했다. 300부를 인쇄하

여 주요한 도서관과 연구자에게 기증하자, 릿쿄대立教大의 야마다 쇼지山田昭次 님으로부터 『릿쿄문학立教文學』 소재의 추가할 자료 몇 점에 대해 가르침 받았다. 도야마대학의 가지이 노보루 님으로부터 질문과 의견이 섞인 장문의 편지를 받았다. 또한 젊은 연구자 임치호林浩治 군은 실수를 한 군데 지적해 주었다. 이렇게 지난 해에 목록을 살펴주신 분들께 감사드린다. 또한 뜻밖에 일본색인협회로부터도 연락을 받았다. 모르는 곳에서 나 자신의 일을 보고 있다고 생각하니 기쁘고, 또 긴장이 되었다.

앞으로는 여전히 누락된 문헌을 보충하여 증보판을 만들 생각이다. 그 때는 연보뿐만 아니라 저자명 색인도 덧붙여서 보다 이용하기 쉽게 해야겠다고 생각하고 있다. 또한 협력자 몇분과 함께 시간을 낼 수 있다면 1945년 이후의 목록도 만들고 싶다.

이 글은 일본색인협회(日本索引家協会)에서 간행한 『서지색인전망(書誌索引展望)』 제8권 제3호(1984.8)의 24~26쪽에 수록된 「『조선문학 관계 일본어 문헌 목록』의 편찬(『朝鮮文学関係日本語文献目録』の編纂)」을 번역한 것이다.

제5부

동아시아의 평범한 사람을 위한 열린 한국문학

‘韓國’이라는 한자 두 글자가 한국이라고 발음되면 그것은 한국에서의 용법과 의미를 따르지만, 일본에서의 ‘칸코쿠’라는 발음에 이르면 일본어의 ‘칸코쿠’라는 의미 밖에 없는 것이다. (…중략…) 말하자면 일본어의 ‘朝鮮語’는 한국에서는 ‘한국말’이라고 번역되며, 북조선에서는 ‘조선말’로 번역된다는 논리가 된다. 이것이 하나의 견식이다. 한자를 매체로 해서 자국에서의 한자어 용법으로 타국에서의 용법을 무시해 상대를 비난 비판하는 것은 외국어에 대한 두려움을 모르는 자의 소행이라 말하지 않을 수 없다.

「‘NHK’ 한글 강좌가 시작되기까지」[1992]

생활환경 속에서도 겸허하고 성실하게 살아가고 있는 북한의 일반 서민들에게 나는 응원을 보내고 싶다. 전전戰前의 일본에 의한 조선인 강제 연행이나 전후 북한에 의한 납치 행위 등 국가 권력에 의한 범죄행위는 미워해야 마땅하지만, 정부나 국가의 차원을 떠나 시민의 차원에서 우호의 길을 모색하지 않으면 안 될 것이다.

「겸허하게 살아가는 서민들」[2002]

1. 'NHK 한글강좌'라는 시행착오

오무라 마스오는 한국어를 매개로 한국과 북한을 넘어서 옌볜, 제주도 등 동아시아 내부의 '한국어로 이야기되는 세계'의 역사성과 비균질성에 주목하면서, 각각의 세계에서 살아가는 민중의 생활 감각을 존중하였다. 그는 동아시아를 살아가면서 한국어를 사용하는 민중이 수행한 "개별적 경험의 특수성을 부인하지 않으면서" 한국문학의 상을 새롭게 "그려보고 싶"하고자 하였다.[1] 민중에 대한 존중과 관심은 그의 스승 안도 히코타로와 다케우치 요시미 역시 강조한 것이었다. 특히 오무라의 시각은 "박정희 정권의 근대화 노선에 완전히 포섭된 듯 보이면서도 굳건히 생활 세계를 지켜나가는 한국 민중"의 삶에 주목하고 "민중의 내셔널리즘 혹은 아시아주의 속에서 건전한 에너지를 길어 올리"고자 했던 1970년대 중반 이후 가지무라 히데키의 시각과 공명하는 바였다.[2] 1989년 오무라가 조선족 작가 김학철의 「구두의 력사」를 번역하면서 "가난하면서도 사회주의를 향한 긴 여정을 시작하는 젊은이"의 삶에 주목한 것 역시 마찬가지 맥락에서였다.[3] 한국, 북한, 연변, 제주도 등 동아시아의 곳곳에서 '한국어로 말해진 세계'에서 살아가는 한국인에 대한 발견은 오무라의 일본인 주체성 구성과 팽팽한 긴장을 형성하였다.

탈냉전 이후인 1990년대 초반 오무라는 「일본에서의 남북한문학의 연구 및 번역 상황」『한국문학』, 1992.3·4~5·6에서 일본 사회가 한국문학을 번역하고 읽는 역사적 맥락을 검토한다. 1950년대 일본의 민주주의 고양기에는 사회주의 북한의 문학이 주로 재일조선인의 손으로 번역되었다. 번역된 북한문학은 '좌익문화운동'에 참여한 일본 시민의 주목을 받았다. 하지만 1960년대 중반 한일기본조약 체결 및 북한문학의 경직화와 연동하면서 일본에서 한국과 북한의 위치가 역전되기 시작하였고, 일본인은 "한국이라는 나라와 민중"을 발견하기 시작하였다. 구좌익과 신좌익 모두로부터 거리를 두고, 조총련과 민단 등 재일조선인과도 거리를 둔 시민 차원에서 한국문학에 관심을 갖는 일본인들이 등장하였고, '조선문학의 회' 역시 그러한 일본인들이 결성한 단체였다.[4] 1980년대 일본에서 한국에 대한 관심은 점차 확대된다. 냉전의 긴장이 점차 완화되면서 1988년 서울올림픽을 전후로 하여 일본에서는 '한국붐'이 조성되었고 인적 왕래도 빈번해진다. 1960년대 일본에서는 한국 관련 도서를 취급하는 유통기구가 없어서 특별주문을 해야 했고, 1970년대에는 대형서점에 한국 코너가 생겼고, 1980년대에는 어느 서점에서든 한국 관련 도서를 만날 수 있게 되었다는 것이 오무라의 체감이었다. 그는 일본인의 일상 안에서 한국은 '가깝고도 가까운 나라'가 되었다고 이해한다.

오무라는 1980년대 일본의 한국붐의 조건과 양상을 신중하게 검토한다. 특히 그는 올림픽과 외교 등 국제관계적인 요인 이외에 미디어라는 조건에 유의한다. 이 시기 일본의 텔레비전과 라디오에 한국 소식이 자주 등장하였고, '한글 강좌'가 시작된다. 오무라에 따르면, "1980년대 들어와서 한국에 대한 일본인의 이해가 좋은 의미에서건 나쁜 의미에서건 대중의 수준으로 변화"한다.[5] 여행이나 가벼운 놀이로 이웃 나라 한국을 소개하는 서적의 출판이 증가하고, 한국에서 한두 해 살아본 일본인의 경험적인 한일 문화론 역시 증가한다. 전철 안에서 한국 책을 읽는 일본의 시민도 눈에 띨 정도였다. 1980년대 이후 시민 차원에서 한국에 대한 이해가 증가한 것은 1970년대 한국문학이 김지하를 중심으로 정치적인 맥락의 관심만을 받았던 것과 대비된다. 오무라는 1980년대 일본의 한국에 대한 관심을 검토하면서 특히 두 가지 지점에 유의한다. 첫 번째는 북한에 대한 관심의 결여이다.

80년대 들어 또 하나 중요한 것은 남한에 대한 관심이 지대해진 반면, 북한에 대한 인식은 결여되어 있다는 것이다. 남북분단의 사실은 알고 있지만 한반도 내부에서처럼 분단의 아픔을 현실적으로 느끼지 않는 것이다. (…중략…) 대형 출판사까지도 노골적인 반(反)북한 캠페인에 가세하는 현상이 나타나기 시작했다. 이러한 영향 탓인지 1980년대에는 조총련계 학교의 학생들이 등하교 때마다 갖가지 모욕과 폭력을 당하는 사건이 계속되기도 하였다. '북한은 천국, 남한은 지옥'이라는 1950년대의 인식이 1980년대에 들어서는 '남한은 천국, 북한은 지옥'으로 뒤바뀌어 간 것이다.

현재의 남북한 정부가 어떻든 거기에 살고 있는 민중은 같은 민족이며 같은 언어를 쓰면서 생활하고 있다. 너무나 지당한 이야기지만 거기에는 어쨌든 인간의 삶이 있고, 문학이 있다. 우리들은 그 양쪽에 동등한 관심을 가져야 마땅하지 않을까 한다. (…중략…) 일본의 지식인들은 주체성을 가져야 하는 것이다. 초대된 여행에서 향응을 받고 그 나라의 정권을 칭송하는 문화인들이 80년대 이후에도 있는 것이 사실이나 우리는 그들의 말을 믿지 않는다.[6]

오무라는 일본 사회에서 북한에 대한 관심이 점차 낮아지는 데서 더 나아가, 북한에 대한 혐오 출판물과 인식이 확산되는 양상을 우려를 담아 신중히 살펴보았다. 북한이라는 외부에 대한 혐오는 일본 내부의 재일조선인에 대한 차별과 연동되어 있었기에 오무라는 이러한 현상을 더욱 무겁게 받아들였다. 그는 일본인의 주체성을 강조하면서 한국과 북한 모두에 대한 균형 있는 관점을 요청한다. 오무라는 한국 정부와 북한 정부의 정책이나 담론이 아니라, 한국과 북한에서 살아가는 민중의 삶, 언어, 그리고 문학에 대한 관심을 요청한다. 1980년대는 동아시아 국가의 교류가 활발해지지만, 동시에 일본 역사 교과서 고대사 서술의 '우경화'가 한국과 중국 언론의 비판을 받으면서, 동아시아에서 고대사와 민족주의가 현재의 쟁점으로 부상한 시기였다.[7] 오무라는 냉전이 누그러지며 동아시아의 교류가 증가했던 1980년대 한국과 북한에 대한 일본의 피상적인 이해와 혐오를 넘어서, 시민 차원의 교류와 이해를 제안하고 있는 셈이다.

한국에 대한 일본의 사회적인 관심에도 불구하고, 한국에 대한 신뢰할 수 있는 지식은 부족했다. 당대 일본의 한국학계는 연구의 역량을 결집하여, 단행본 『조선을 아는 사전朝鮮を知る事典』헤이본샤(平凡社), 1986 한 권을 출판할 수 있었다. 오무라는 한국에 대한 체계적인 지식을 생산하고 유통할 학술 전문가의 수가 무척 적은 상황을 우려하면서, 대학의 전공 개설, 교원 확충, 그리고 재단의 지원 등 제도화의 과제를 제시하였다.

오무라는 시민 차원의 교류에 적극 관심을 가졌으며 그 교류의 기초가 되는 방송 한국어 교육에도 관심을 가졌다. 1984년 일본의 방송국 NHK는 '안녕하십니까~한글강좌アンニョンハシムニカ~ハングル講座'를 시작하였다. NHK의 '조선어 강좌'에 대한 논의는 1970년대 중반 시작하였다. 오무라는 1974년 재일조선인 고순일高淳日의 『아사히신문』 기고, 1975년 11

월 『계간 삼천리』 제4호의 구노 오사무久野收와 김달수의 대담, 1977년 문부대신 나가이 미치오長井道雄의 한국어 교육 요청 및 도쿄외국어대학 조선어과 부활 등의 일련의 사건을 검토한다. 오무라는 NHK '조선어 강좌'의 시작을 지식인이나 관료 개인의 언급에서 찾기보다는 그 언급이 등장할 수 있었던 사회적 맥락과 일본 시민의 바람을 강조하였다.

이러한 발언이 나오는 배경에는 완만한 흐름이지만 사회적인 변동이 있었다. 1965년 전후는 한일조약 등 정치적인 면에서 자주 시끄러운 일들이 벌어지고 있음에도, 야간 조선어 강습회 등에는 그 안내가 큰 행사 코너에 소개돼도 수강자가 2, 3명 정도 밖에 없는 경우도 있었는데, 그 후 10년 지난 1975년이 되면 교실이 좁아서 수강 희망자를 거절하는 경우가 나타나기도 했다. 한국과의 인적 왕래나 교류가 있고 간헐적으로 신문 1면을 떠들썩하게 하는 조선 반도의 정치적 사건에 대한 일본인 쪽의 경박한 관심에 대한 반성 등으로 조선사회와 그곳에 사는 사람들에 대한 관심이 조선어 열기의 배경이었다고 생각한다.[8]

1960년대 오무라는 일본조선연구소에서 한국어 강좌를 진행하였지만 그리 관심을 받지는 못했다. 수강자가 두세 명이라는 진술은 그 자신의 경험이었다. 하지만 1970년대 중반 일본 사회에서 한국어에 대한 관심은 이전보다 커졌다. 오무라는 한국어에 관한 관심의 배경으로 한국과의 교류 증가, 한국과 북한의 정치적 사건에 대한 흥미 위주 접근에 대한 성찰 등을 이유로 들었다. 동아시아 관계의 변화와 일본 시민의 성숙 등이 한국어 교육에 대한 사회적 관심을 일으켰고, 일본 사회의 분위기 변화는 관료의 언급과 제도화로 이어졌다.

　　서명운동을 거쳐 1976년 3월 『계간 삼천리』 사무실에 'NHK에 조선어 강좌 개설을 요청하는 모임NHKに朝鮮語講座の開設を要望する会'이 설치되었다. 평론가 히다카 로쿠로日高六郎, 작가 홋타 요시에堀田善衛, 마쓰모토 세이초松本清張, 한국사 연구자 하타다 다카시旗田巍, 한국어 연구자 고노 로쿠로河野六郎, 그리고 오무라 등 40여 명이 결성하였다. 재일조선인은 김달수 1명이 참여하였다. NHK는 처음에는 변명과 함께 난색을 표했지만, 모임의 문화인과 작가들은 거듭 NHK를 방문하고 언론을 통한 홍보와 서명 활동을 진행하고 뉴스레터를 3호까지 발행하였다. 서명운동 등을 위한 비용 831,566엔은 시민의 후원금으로 충당하였다. 1977년 4월 4일 38,748명의 서명과 함께 NHK에 다시금 정식으로 '조선어 강좌'의 개설을 요청하였고 NHK 역시 몇 가지 단서를 붙여 긍정적으로 응답한다.

　　하지만 'NHK에 조선어 강좌 개설을 요청하는 모임'이 NHK에 서명을 제출한 이틀 후인 4월 6일 재일본대한민국거류민단民団 중앙본부는 '한국어 강좌 개설에 관한 요청서'를 NHK에 제출하였다. 그들은 '조선어'가 아니라 '한국어'의 이름으로 강좌 개설을 요청하였다. 요청서는 일본 국회의원의 이름을 작성되었지만, 실제 요청자는 민단이었다. 한국이 UN이 인정한 합법정부라는 점, 한국의 인구가 북한보다 많은 점, 재일조선인 중 민단계가 총련계보다 많은 점, '조선'이라는 단어의 어감이 한국인에 대한 차별표현으로 느껴진다는 점 등이 이유였다. 오무라는 민단의 요청서 제출로 인해 "처음에는 문화운동으로 발족한 강좌 개설운동은 일거에 정치운동으로 변모했다"라고 논평하였다.[9] 민단 역시 서명운동을 진행하고 민단의 홍보지 『통일일보』 기사를 통해 자신들의 입장을 강조하였다. 민단 측은 서명운동 이후 다시금 요청서를 제출하였고, 특히 '조선'이 차별어라고 단호히 표현하였다.

　　1981년 6월 NHK는 '조선어 강좌'의 개설을 결정하고, 한국대사관, 민단, 조선총련과 접촉하여 호의적인 반응을 얻었다. 하지만 한국대사관 출입 『조선일보』 기자가 '조선어 강좌'라는 명칭을 문제 삼는 기사를 "수교 우방의 국호를 기피하고 식민지시대의 호칭을 고집"이라는 부제와 함께 한국에 타전하였다.[10] 여러 언론의 보도가 이어지면서 한국에서는 반대운동이 강하게 전개되었다. 오무라는 한국의 반대운동을 "반공의식과 민족감정에 촉발된 것으로 그런만큼 이성과 논리를 얼마쯤 결여한 것"으로 객관적으로 진단하였다.[11] 민단 역시 '한국어' 명칭을 NHK에 강하게 요청하였으며 일본의 언론은 그것을 증폭하였다. 예외적으로 한국의 언어학자 이현복은 "'조선'이나 '조선어'라는 낱말에 반사적으로 혐오와 반발을 느끼는 데 그치지 말고 이제 좀 더 넓은 이해와 아량을 갖고 문제의 앞뒤를 가려보는 자세가 필요하지 않은가 한다"라는 객관적인 자세를 요청하였다. 그는 북한이 사용한다는 이유로 혐오와 두려움을 느낄 필요가 없다고 강조하면서 조선이라는 말 또한 다시금 떳떳이 사용할 것을 제안한다.[12]

　　1982년 1월 NHK는 '조선어 강좌'의 개설을 보류하였다. NHK 측에서는 프로그램 명칭에 대해 "한국과 조선민주주의인민공화국에서 각각 강한 요청이 있어서 일치점을 찾을 수 없다"라고 썼지만, 오무라는 이 언급이 거짓이라고 단호히 비판한다. 북한은 NHK 강좌에 대해 지극히 냉담했고, 운동에 참여한 이들은 "일본인을 주체로 한 조선어 강좌 개설모임"뿐이었기 때문이다.[13] 당시 일각에서는 절충적인 표현으로 '한국·조선어'로 하자는 의견도 제시되었으나 하타다와 오무라는 강좌의 이름으로 '조선어'를 일관되게 주장하였다. 『조선일보』 주일 특파원의 비판과 재일조선인 의사 이성웅李聖雄의 '코리아어' 제안이 이어졌다.

이듬해인 1983년 4월 다시금 NHK는 '조선어 강좌'를 기획한다. NHK 와 민단 측에서는 북한과 조선총련이 '조선어' 강좌를 요청했다고 보도 했지만, 오무라는 자신이 아는 한 이 역시 사실이 아니라고 논평하였다. 1983년 9월 NHK는 강좌명을 '안녕하십니까~한글강좌アンニョンハシムニカ~ ハングル講座'로 발표하였고 1984년 4월 강좌가 시작되었다.

강좌가 시작한 1984년으로부터 8년이 지난 1992년 오무라는 「NHK '한글 강좌'가 시작되기까지NHKハングル講座が始めるまで」라는 글을 발표한다. 이 글 역시 '망각을 위한 기념'이라는 오무라의 글쓰기 기율에 따라 쓰인 다. 그는 망각에 저항하면서 다양한 사람들이 생산한 기초자료를 수집하 는 한편, 강좌 개설에 이르는 경위와 그 과정의 쟁점을 객관적으로 기술 한다. 다만, 오무라는 "이 기록은 앞선 분들의 노고에 대해 기념비를 세우 려는 것이 아니라, 조선 문제와 관련된 사람이 아직까지도 봉착해야만 하 는 씁쓸한 경험의 이정표로서의 성격을 띠고 있다"라고 그 의미를 분명 히 제시한다.[14]

NHK '한글 강좌' 개설 과정이 씁쓸한 경험이 된 첫 번째 이유는 동아 시아 상호 소통을 위한 시민운동이 식민지와 냉전으로 인해 정치화되었 던 사례이기 때문이다. 오무라의 다른 글과 마찬가지로 이 글 역시 대상 에 대한 신중한 서술과 다른 입장을 가진 논자 개인에 대한 존중을 전제 로 하고 있지만, NHK, 『통일신보』, 한국 언론의 보도를 사실에 근거하여 검증하고 엄정히 비판하였다. 오무라는 일본 사회의 성숙과 내적인 요구 에 따라 시민운동의 일환으로 시작된 NHK '조선어 강좌' 개설운동이 전 개 과정에서 정치화되었다고 판단하였다. 특히 그는 NHK, 민단, 한국의 언론이 북한과 조선총련에 대한 혐오 섞인 거짓과 왜곡의 태도를 가졌던 것에 비판적이었다. 오무라가 한국의 언론에 대한 비판적인 입장을 제시한 것이 상당히 예외적인데, 이것은 그가 "오른쪽도 왼쪽도 아닌 일본인 시민운동으로 시작된 움직임이 반공과 반일의 풍토 안에서 정치적으로 뒤틀"렸다고 판단했기 때문이다.[15] 그의 비판은 일차적으로는 한국 언론의 감정적이며 비논리적인 태도에 대한 비판이지만, 보다 근본적으로는 한국 언론의 태도에 동아시아의 식민지와 냉전의 경험이 가로 놓여 있다는 점에서 일본 사회의 성찰을 재귀적으로 요구하고 있는 것이다.

NHK '한글 강좌' 개설 과정이 쓸쓸한 경험이 된 두 번째 이유는 동아시아 시민의 소통 과정에서 서로에 대한 오해와 무지가 드러났기 때문이다. 오무라는 시종일관 강좌명으로 '조선어'를 지지하였다. 그는 일본과의 국교 유무나 인구수로 명칭을 정하고자 한 민단의 의견을 정치적 발상으로 판단하였고, '한국·조선어'는 오히려 현재의 분단을 역사적으로 소급하는 개념으로 보았다. 오무라는 '조선'과 '한' 모두 역사적, 지역적, 문화적 통합체의 명칭으로 예로부터 사용한 것이었으며, 일본에서 한국과 북한을 통칭하여 언급할 때는 '조선'을 통상 채택한다는 점을 강조하였다.

부기한다면 두 가지가 더 있다. **하나는 일본과 한국에서는 '한국'이라는 말의 용법이 다르다는 것이다.** 한국에서는 조선반도를 한반도라고 부르며 그곳에서의 유일한 합법적 국가는 한국뿐이라고 인식하고 있다. 따라서 조선민주주의인민공화국을 '북한'이라 부른다. (한때는 '북괴'라는 말을 주로 썼다) '한국'이 조선반도 전체를 의미한다면 일본에서 쓰는 '칸코쿠'가 대한민국을 의미하는 것과는 다르다. (…중략…) 또 다른 한 가지는 한자의 망령에 홀려 있다는 점이다. '韓國'이라는 한자 두 글자가 한국이라고 발음되면 그것은 한국에서의 용법과 의미를 따르지만, 일본에서의 '칸코쿠'라는 발음에 이르면 일본어의 '칸코쿠'라는 의미 밖에 없는 것이다. (…중략…) 말하자면 일본어의 '朝鮮語'는 한국에서는 '한국말'이라고 번역되며, 북조선에서는 '조선말'로 번역된다는 논리가 된다. 이것이 하나의 견식이다.

한자를 매체로 해서 자국에서의 한자어 용법으로 타국에서의 용법을 무시해 상대를 비난 비판하는 것은 외국어에 대한 두려움을 모르는 자의 소행이라 말하지 않을 수 없다. 한자문화권이라고 칭해지는 지역에서의 불행이다. 이것이 영어권이라면 KOREAN이라는 용어로 통일돼 문제가 발생할 여지는 없을 것이다.[16]

오무라는 흔히 동아시아 소통의 매개라고 불리는 한자가 오히려 오해를 낳을 수 있다는 점에도 유의한다. 같은 한자 '韓國'으로 표기한 단어라도 한국에서 한국어로 '한국'이라고 읽는 것과 일본에서 일본어로 '칸코쿠'라고 읽는 것은 그 의미의 내포가 다르다. 같은 한자로 표기한 단어라도 국가와 언어에 따라서 그 의미는 동일하지 않을 수도 있다. 오무라는 자국의 용법을 기준으로 타국의 용법을 존중하지 않고 무시하는 태도를 '외국어에 대한 두려움을 모르는 자의 소행'으로 엄정히 비판하였다. NHK '한글 강좌' 개설과정은 한자의 공통성에 대한 부주의한 활용이 오히려 상호 소통을 가로막은 사례라 할 수 있다. 오무라에 따르면, 한자가 동아시아의 공통성 및 소통가능성의 매개로 기능하기 위해서는 서로의 차이에 대한 존중과 이해가 필요하다.

오무라에게 NHK '한글 강좌' 개설 과정은 시민의 움직임이 정치화되고, 또한 소통에 대한 섣부른 기대가 오해와 갈등을 불러온 씁쓸한 경험이었다. 개설운동의 과정에서 NHK '조선어 강좌'에 대한 근본적인 비판 역시 제기되었다. NHK에 '조선어 강좌'가 개설되더라도 재일조선인의 현실적인 곤란과 차별이 개선되는 것과는 무관하며, 한국에 대한 잘

못된 인식을 바로 잡기 위해 '우선 언어로부터!'라고 주장하는 방송 강좌 개설운동 역시 지나치게 낙천적이라는 비판이었다. 오무라는 이 비판을 NHK '조선어 강좌' 개설의 근본적인 한계로 겸허히 수용한다. 하지만 그는 "눈에 보이지 않을 정도로 미미한 발걸음이라 하더라도 조선어 학습이 일본의 변혁에 살짝이라도 이어질 수 있지 않겠느냐고 하는 기대를 나는 걸고 싶다"라고 다짐을 적어둔다.[17] 오무라는 한계와 오해를 온몸으로 받아 안으면서, 한국어를 매개로 한 동아시아 시민의 소통을 위한 일상의 성실한 노력을 그치지 않았다.

동아시아 시민의 상호소통을 위해 오무라가 마주하고 고민하였던 북한 혐오, 동아시아 시민 차원의 교류, 안정적인 학술지식 생산 및 교류를 위한 제도화 등은 2020년대 중반인 현재까지고 여전히 과제로 남아 있다. 오무라가 NHK '한글 강좌' 개설 과정을 씁쓸한 경험을 망각에 저항하여 기록해두었듯, 그의 목소리에 다시금 귀기울인다.

2. 북한문학과 대화하는 날을 기다리며

"평양에서도 윤동주에 관한 평이 나왔어요."

1999년 겨울, 해맑은 얼굴로 느릿느릿 말하며 복사한 종이 한 장을 주셨던 모습을 잊을 수 없다. 소복히 쌓인 흰 눈보다 더 밝게 미소 지으며 살짝 벌린 입으로 소리 없이 기뻐하셨다.[18]

1999년 오무라 마스오는 연구자 김응교에게 복사한 종이 한 장을 건넨다. 윤동주에 대한 북한의 평이었다. 그가 기뻐하며 건넨 글은 「애국시인 윤동주」『금수강산』, 루계 제111호, 1998년 제11호였을까. 그때는 1990년대 중반 김일성의 회고록 『세기와 더불어』조선로동당출판사, 1996 및 류만의 쓴 신판 『조선문학사』 제9권과학백과사전종합출판사, 1995의 간행에 힘입어 힘입어 북한에서도 윤동주는 공식적인 독서 목록에 오른 직후였다.[19] 오무라는 북한에서도 윤동주에 대한 평가가 나왔다는 것을, 이제 북한의 연구자와 한국의 연구자, 그리고 일본의 연구자가 함께 윤동주 문학을 논의할 수 있게 된 상황을 기뻐하였다.

오무라가 북한문학을 진지하게 마주한 것은 1980년대 이후였다. 1960년대 일본조선연구소에서 활동할 당시 그는 북한의 출판물을 읽고 북한의 문건을 번역하였으나, 그것은 정치적 실천의 일환이었다. 1980년대 중반 오무라는 옌볜 체류 과정에서 북한 민중의 삶과 간접적으로 만날 수 있었다. 그는 옌볜의 시장에서 명태, 오징어, 정어리, 송어, 김, 구두, 칼, 조선식 엿, 식기, 부엌용품, 참기름 등 북한 물품을 파는 노점 30여 개를 발견한다. 옌볜 사람 대부분은 북한에 가까운 친척이 살고 있다는 점도 확인한다. 친척 방문, 무역, 유학 등 인적 교류도 빈번하였으며, 연변대학의 역사, 문학, 언어학 교원 중 두세 명은 김일성종합대학에 상시적으로 유학하였다. 두만강에 빠진 중국의 소달구지를 북한 청년이 꺼내주었다는 미담, 강에 빠진 북한의 소녀를 중국인이 구해주었다는 미담이 신문 지면에 보도되었으며, 북한에 다녀온 옌볜 사람들은 훌륭한 교육제도 및 위생환경과 부족한 식료품 상황 등 북한 사회의 복합적인 면모를 소개하였다. 특히 그는 중학교 졸업 이후 군인, 학생, 노동자로 진로를 정하는 북한의 청년들이 생활을 위해 노력하느라 정서를 키울 겨를이 없다는 것을 아쉬워한다.

옌볜의 어느 지식인은 북한에서 돌아와서 "조선 민족이 불쌍합니다" 하면서 개탄했다. 남북으로 분단돼 해외에 이산된 상황을 떠올리고, 또한 북한이 반드시 지상낙원이 아니라는 생각을 담아서 입 밖에 낸 말이다. 하지만 그것은 일본에

〈그림 1〉 두만강 건너 보이는 북한 땅 앞에서 오무라 마스오와 아키코

서 한국계 저널리즘이 확신하고 있는 "꼴좋다" 식의 북한에 대한 적대의식을 노골적으로 드러낸 욕설과는 성질이 다른 것이다. **그의 말에는 동포로서의 그리고 친구로서 느끼는 아픔이 담겨 있다.** (…중략…) 해방 전과 비교해 보면 생활은 비약적으로 향상됐으니 모두 나라의 지도자에게 감사하고 있는 것 같은데, 그렇다 해도 조금 더 생활에 여유를 가질 수 없는 것인가 하고, 이렇게 한탄하는 조선족은 북한이 문화대혁명 당시의 중국과 똑같다고 한다. 문화대혁명까지 수출을 했다는 식의 대국주의적 냄새가 코를 찌르기는 하지만, **문화대혁명이 부정된 후 중국에 활기가 되살아났듯이, 중국의 조선족이 북한의 개방정책을 기대하는 것도 명확해 보였다.**[20]

오무라는 북한 현실의 아픔과 궁핍을 목도하면서 북한 민중의 삶을 연민하고 개탄한 옌볜 지식인의 목소리에 귀기울인다. 하지만 오무라는 그것이 혐오 감정에 기반한 야유나 욕설이 아니라 동포이자 친구로서 공감한 아픔의 감정에 기반한 것으로 판단한다. 이러한 판단의 이면에는 문화대혁명을 넘어서 개혁개방 이후 중국 사회가 활기를 되찾았듯, 북한 역시 개방으로 다시금 활기를 되찾기를 바라는 1980년대 중반 조선족 지식인

과 오무라의 기대가 가로놓여 있다.

지금까지 옌벤에서 떠도는 북한의 생활과 관련된 소문을 몇 가지 소개했다. 물론 이것은 간접적으로 전달된 것이니, 이른바 직접적인 목소리가 아니라서, 진실의 일부만을 전달하고 있을 따름이다. 따라서 전면적이고 계통적인 정리는 아니다. 우리 일본인이 대표단이나 초대의 형식이 아니라 북한을 자유롭게 여행하고 체재할 수 있는 날이 가까운 미래에 찾아오리라고 나는 굳게 믿고 있다.[21]

다만 옌벤에서 오무라가 들은 북한의 목소리는 간접적인 것이었다. 도쿄에서 재일조선인의 목소리를 듣고, 서울에서 한국인의 목소리를 들었던 오무라는 북한 사람의 목소리 역시 직접 듣기를 희망한다.

1990년대 중반 오무라는 탈냉전 이후 북한 사회의 변모 가능성을 섬세하게 진단하면서 기대한다. 특히 그는 1980년대 후반에서 1990년대에 이르는 시기 북한문학의 여러 변화에 주목한다. 오무라는 한국에서 월북 작가 해금으로 인해 문학사에 큰 변화가 있었듯, 북한에서도 문학사를 바라보는 관점에 점진적인 변화가 생긴다는 것에 유의한다. 1980년대에 들어서면서 북한의 문학 연구자들은 기존의 문학사적 정전을 확장 및 극복하고자 노력하였고, 당은 이에 응답하였다. 북한에서는 작가의 정치적 행적을 조사하여 문제가 없다고 판단한 작가를 '해금'한다.[22] 박종원과 류만의 『조선문학개관』 제2권_{사회과학출판사, 1986}은 '항일혁명문학'과 '항일혁명문학 밑에 발전한 진보적 문학'을 위계적으로 대별하였다. 이 책은 후자에 대한 적극인적 평가를 시도하여, 종래 문학사에서 높이 평가된 조명희, 이기영, 강경애, 송영 외에 채만식, 심훈, 이효석의 작품 역시 주목하였다.

오무라는 1990년대 이후 북한의 문학사적 시각이 더욱 확장되고 유연해진다고 보았다. 변화의 원인으로 김일성의 회고록 『세기와 더불어』 제5권조선로동당출판사, 1994에 등장하는 "'카프'가 창립된 때로부터 조선의 진보적 문학은 로동자, 농민을 비롯한 근로인민대중의 리해관계를 대변하고 옹호하는 프롤레타리아문학예술발전에 이바지하였다"[23]라는 서술과 김정일의 『주체문학론』조선로동당출판사, 1992에 등장하는 "카프문학에 대한 평가와 처리를 공정하게 하여야 한다. (…중략…) 특히 카프가 새로운 강령을 내놓은 이후 시기에 나온 작품은 기본적으로 사회주의적 사실주의 작품이라고 보아야 한다"[24]라는 서술을 들었다. 오무라는 사회주의 국가의 제도적 특성에 유의하면서 김일성과 김정일의 저작에 실린 입장을 지도자 개인의 판단이 아니라 토론의 결과로 이해하고자 한다.

북한의 문학사가들은 두 사람의 절대자가 기술한 내용을 넘어설 수는 없지만, 그렇다고 해서 절대자가 허용하는 범위 안에서 신음하고 있다 말하기는 어렵다.

본래 사회주의 제도를 채택하고 있는 국가에서는 그 지도자의 발언이 규범성을 갖게 마련이다. (…중략…) 그래서 그 저작은 일국一國의 정치를 지배할 정도로 힘을 갖고 있기 때문에, 전적으로 한 사람의 힘만으로 집필될 수 있는 것이 아니다.

김일성 회고록도 김정일 문학론도, 물론 본인의 의지가 충분히 담겨있으며, 본인이 최종적으로 원고를 결정했다고 하더라도, 그 이전에 많은 문학 연구자들의 의견수렴과 토론 과정을 거쳤을 것이다. 개인의 이름으로 발표되었다고 하더라도, 그 시기 문학계의 전체적인 의향이 반영되었다고 말할 수 있는 것이다. (…중략…) 위 결론은, 김정일이 파쇼적으로 결정해서 문학 연구자가 그대로 절대로 복종한 것이 아니라 문학 연구자들의 의견을 김정일이 총괄

했거나, 혹은 김정일이란 이름으로 문학 연구자가 총괄하고 있는 것으로 이해된다.[25]

오무라는 북한에서 지도자의 이름으로 공표된 출판물이 공식적인 강령으로 기능하지만, 지도자 개인의 판단만으로 그 문헌이 성립하는 것은 아니라고 보았다. 오무라는 사회주의 국가의 제도적 특성을 고려하여 연구자들의 의견과 토론을 수렴한 결과를 지도자의 이름으로 공표하는 것이라 추론하였다. 그가 참고 사례로 들었던 것은 마오쩌둥의 「옌안문예강화」였다. 1942년 5월 2일 마오쩌둥은 문예에 대한 문제를 제기하였고, 작가들이 며칠간 토론을 진행한 후, 마오는 23일 토론의 결론을 정리하여 발표하였다. 「옌안문예강화」의 일본어 번역자 다케우치 요시미 역시 이 글에 대한 「해설」[1956]에서 "결론을 밀어붙였다는 느낌이 아니라, 처음에 대략 방향을 잡아놓고 토론 결과를 담아 다시 한번 진한 밀도로 다시 한번 이론을 전개하는 느낌이다"라는 감상을 적어두었다. 다케우치는 마오의 문제 제기가 작가의 활발한 토론을 거쳐 밀도 있는 결론으로 이어진 것으로 보면서, 마오의 조직력과 구성력을 높이 평가하였다.[26] 오무라 역시 다케우치의 분석에 공명하면서, 북한 저작물에 인쇄된 판권면 정보 및 지도자의 이름을 넘어서, 북한 연구자의 주체적인 움직임을 역동적으로 파악하고자 하였다. 다른 한편, 오무라는 개인의 저작으로 출판된 북한의 연구서 역시 개인의 저작으로 출판된 것 학계의 토론을 거쳐 공적으로 승인된 출판물로 이해할 필요가 있다고 판단하였다.

한국의 박사는 독자적인 견해를 가진 연구자로서 시작한다는 것을 의미하지만, 북한의 박사는 연구자의 영예로운 도달점을 의미한다. 한국에서는 박사학위가 없으면 대학교수로 취직할 수 없는 것이 현실이지만, 북한에서는 한국에서 교수라고 하는 지위를 '교원'이라 하고, '박사'는 현저한 학술적 업적을 보유한 연구자에게만 부여하는 명예로운 칭호이다.[27]

오무라는 한국과 북한의 학술 제도의 차이를 고려하면서, 한국과 북한의 문학 연구 사이의 대화 가능성을 신중히 가늠하였다. 그는 구체적으로 김학렬의 『조선 프롤레타리아문학운동 연구』_{김일성종합대학출판사, 1996}를 검토하면서 북한 학술의 현단계를 진단한다. 그는 이 책이 김일성이나 김정일의 교시를 강조하여 인쇄하는 북한 출판물의 관행을 따르지만, 식민지 시기 잡지 및 신문 등 1차 자료 인용이 풍부하고 치밀한 실증적 방법을 수행했다는 점에 주목하였다. 또한 일본과 한국의 자료 및 연구성과도 참조한다는 점도 긍정적으로 평가한다. 물론 오무라가 신중한 불만을 표시한 시각도 있었다. 『백조』와 『폐허』를 부르주아 잡지로 비판하면서 분석에서 제외한 점, 김기진, 박영희, 안막, 김남천 등의 식민지 시기 활동을 정치적 결말을 소급하여 재단한 점, 일본 프로문학과의 관계를 무시한 점 등이 그것이다. 무엇보다 오무라는 '주체사상'으로 문학사를 설명하는 시각에는 이해할 수도 동의할 수도 없다고 단호히 비판하였다. 하지만 그의 비판은 소통에 대한 기대와 연동된 것이었다.

불만을 헤아려보자면 다른 것도 여러 가지가 있지만, 나무를 보고 숲을 무시할 수는 없는 법이다. 그것보다도 **최근 북한문학계와 입장 및 견해의 차이점이 있더라도 공통의 자료, 문헌에 기초하여 토론할 수 있는 시대가 다가오고 있다는 점을 기뻐하고 싶다.** 한국, 북한, 또 여기에 추가하자면 일본의 문학 연구자가 함께 연구·토론할 수 있는 시대가 올 가능성이 희미하게 보인다고 할 수 있겠다. 북한에서 출판된 책들이 한국에서 복각 출판되고, 한국 학술서가 북한에서 참고문헌으로서 공적으로 인정되기에 이른 점도 매우 고무적이다.[28]

오무라는 탈냉전 이후 1990년대 북한의 문학 연구를 검토하면서, 차이와 불만에도 불구하고 조금씩 대화 가능성이 열린다는 점을 기대와 함께 주목한다. 한국, 북한, 일본이 한국문학을 매개로 자료를 공유하면서 따로 그리고 함께 연구를 진행할 가능성을 기대한다. 그의 바람은 2000년대 작가 강경애에 대한 연구 및 출판으로 결실을 맺는다. 강경애 탄생 100주년을 맞아 북한에서 류희정과 오향숙이 편찬한 『강경애작품집』문학예술출판사, 2006은 한국의 이상경이 편집한 『강경애 전집』소명출판, 1999 및 일본의 오무라가 발굴한 자료 등을 활용하였고, 한국과 북한의 강경애 연구의 상호소통 위에서 출판되었다. 또한 같은 해 한국에서 '강경애 탄생 100주년 기념 남북 공동 논문집'『강경애, 시대와 문학』랜덤하우스코리아, 2006을 출판하였다.[29]

오무라는 북한의 문학 연구를 검토하는 한편, 북한문학을 직접 연구하기도 하였다. 일본에서도 북한의 문학 자료는 여러 곳에 흩어져 있으며, 그 자료를 두루 검토하는 것에는 상당한 노력이 필요했다. 오무라는 어렵게 수집한 북한문학 자료를 직접 검토하고, 신뢰할 수 있는 목록을 작성하여 공개하였다. 그는 자신이 단편적으로 모은 자료를 신중히 검토하여, 북한 문학의 전체적인 경향을 진단하고 학술적 쟁점을 도출하였다. 오무라의 자료 공유 및 논점의 제안은 북한문학에 대한 새로운 연구의 가능성을 열어주었다. 특히 그는 북한의 문학 출판물 중 대표적인 문학선집인 『현대조선문학선집』과 『세계문학선집』의 출판 양상을 검토하였다. 오무라는 문학선집 출판을 검토하면서 북한의 한국문학 및 세계문학 인식의 지형도를 읽어낸다. 『현대조선문학선집』은 1957년에서 1961년 무렵에 간행되었으며, 1987년 이후 다시 간행되기 시작한다. 오무라는 새로운 『현대조선문학선집』을 검토하면서 북한문학의 큰 변화를 진단한다. 그는 1987~1988년 2년간 출판된 5권의 선집을 검토하여, 새로운 『현대조선문학선집』에서 수록 작가와 작품의 범위가 넓어졌다는 점에 주목하였다. 검토를 바탕으로 오무라는 그동안 평가받지 못한 이광수, 한용운, 숙청되었던 한설야, 시종일관 부정 혹은 무시되었던 윤동주, 이육사, 한때 부정되었던 김소월이 수록될 것을 예상하였다. 또한 오무라는 『현대조선문학선집』에 대한 텍스트 비평을 시도하여, 작가 변증을 신중히 하고 있다는 점, 원문을 정확히 표기하고, 가필할 경우 표시라는 점 등 신중과 정확을 기한다는 점 등을 높이 평가하였다.

> 이번 『현대조선문학선집』은 5권을 출판하는데 2년이나 걸렸다. 매우 신중하다. 앞으로도 토론을 쌓아올리면서 이 보폭을 지킬 것으로 보인다.[30]

오무라는 북한의 『현대조선문학선집』이 여러 편집자의 협업을 바탕으로 신뢰할 수 있는 텍스트로 출판되고 있다는 사실에 주목하였다. 『현대조선문학선집』은 시인 김상훈의 아내인 류희정이 인민대학습당에 소장된 신문, 잡지, 단행본의 원문을 확인하고 편집자들이 함께 검토한 협업의 산물로 원전에 기반하여 편찬한 문학선집이다.[31] 1987년 제1권 '계몽기소설집(1)' 출판 당시 100권 규모를 예상하였던 『현대조선문학선집』은 2011년까지 '해방전편'으로 제53권 '1940년대문학작품집해방전편'까지 간행하였다. '해방후편'의 출판도 이어져서 제95~96권 박태원 저작의 『계명산천은 밝아오느냐』문학예술출판사, 2022와 제97권 류희정 편찬의 『1960년대 희곡선』^{문학예술출판사, 2019} 등까지 발간되었다. 오무라가 신중히 기대했던 것처럼 이광수, 한용운, 한설야, 윤동주, 이육사, 김소월 등 이전의 북한의 문학사에 포함되지 못했던 작가들도 『현대조선문학선집』에 수록되었다.[32]

『세계문학선집』은 1960년에서 1967년에 간행되었으며, 1986년 이후 다시 간행되기 시작한다. 오무라는 1960년대의 『세계문학선집』에 대한 검토를 통해, 일본, 한국, 북한의 세계문학전집이 가진 공통성에 주목하였다. 또한 그는 1980년대 이후의 북한의 세계문학 출판을 검토하여 소련문학 및 중국문학을 비롯한 사회주의 국가의 문학에 대한 관심이 확장되는 경향을 진단하였다. 북한의 새로운 『세계문학선집』의 목록 안에는 희랍, 이탈리아, 영국, 독일, 프랑스 등 서유럽 국가의 작품, 소련, 중국, 동유럽 등 사회주의 국가의 작품, 그리고 몽골, 월남, 인도, 알제리, 세네갈 등 아시아 아프리카, 라틴아메리카 작품이 포함된다. 오무라는 "외국문학을 비판적으로 받아들인다는 한계는 있지만 북한이라는 사회주의 사회에서도 비사회주의적 작품이 많이 읽히고 있다는 사실을 잊어서는 안 된다"라고 강조하였다.[33] 북한의 새로운 『세계문학선집』은 1984년 100권의 목록을 만들었지만, 출판의 과정은 여의치 않아 2003년까지 39권이 출판된 것을 확인할 수 있다.[34] 오무라는 1986년 이후에 새로 출판되는 『세계문학선집』 100권의 작품목록 전체를 공개하였다. 『세계문학선집』 출판의 전모를 확인할 수 없는 상황에서 오무라가 학계에 공유한 100권의 목록은 북한의 '세계문학' 인식을 이해하는 데 큰 도움을 준다.

나아가 오무라는 자신이 수집한 자료를 바탕으로 북한문학에 관한 새로운 학술적 의제를 제시하였다. 오무라는 『현대조선문학선집』에 대한 검토를 통해 한국문학에 대한 북한의 시각이 점차 유연해지고 있다는 것

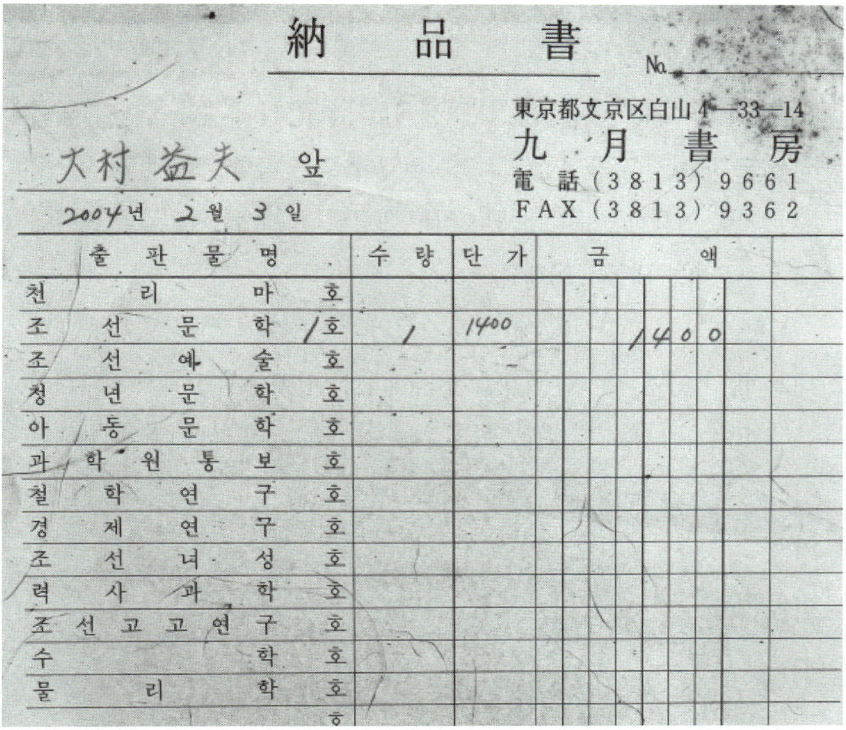

納品書 №.

東京都文京区白山 4—33—14
九月書房
電話 (3813) 9661
FAX (3813) 9362

大村益夫 앞
2004년 2월 3일

출판물명	수량	단가	금액
천리마 호			
조선문학 1호	1	1400	1400
조선예술 호			
청년문학 호			
아동문학 호			
과학원통보 호			
철학연구 호			
경제연구 호			
조선녀성 호			
력사과학 호			
조선고고연구 호			
수학 호			
물리학 호			
호			

〈그림 2〉 오무라 마스오의 구월서방(九月書房) 북한 책 주문서

을 확인하였으며, 또한 『세계문학전집』에 대한 검토를 통해 북한과 세계의 관계를 새롭게 이해할 것을 제안한다.

> 세계문학전집·선집의 배경에는 반드시 외국문학 연구가 있어야 한다. 북한을 봉쇄적이고 세계에 있어서의 문화적 고도처럼 말하는 것은 사실 오인이다. 세계문학전집의 존재가 고도설孤島說을 부정한다.[35]

오무라는 『세계문학선집』의 검토를 통해 북한 및 북한문학에 대한 새로운 시각을 요청한다. 우선 그는 『세계문학선집』의 출판을 위해서는 연구가 선행되어야 한다는 것을 환기하였다. 오무라는 출판물에 대한 검토를 바탕으로 북한에서 활발하게 이루어지는 연구자들의 학술적 실천을 확인하고자 하였다. 나아가 그는 『세계문학선집』의 존재가 북한이 '문화적 고도'가 아님을 증명한다고 역설하였다. 그는 북한을 세계 안의 고립된 국가로 이해하는 시각을 단호히 비판하면서, 세계문학이라는 시각에서 북한문학을 새롭게 이해할 필요성을 요청한다.

북한의 『세계문학선집』에 대한 오무라의 논평은 북한의 문학에 대한 내재적인 접근을 요청하는 학술적 의제 제안인 동시에, 동아시아 사회의 북한 이미지에 대한 비판적 개입이기도 하다. 그는 일본의 대중매체에서 전하는 북한의 이미지는 야만적이고 가난한 나라, 혹은 문화는 끝장난 나라로 고정되어 있지만, 북한의 실상에는 이와 다른 면모가 있다는 점을 강조한다.

북한의 각종 조선문학선집, 세계문학선집을 보면 새삼 이 나라의 가능성과 잠재능력이 얼마나 큰지를 알 수 있다. 특히 1987년부터 네 종류의 선집, 즉 '현대조선문학선집', '조선고전문학선집', '세계문학선집', '세계아동문학선집' 각 100권이 거의 갖추어지고 있는 상황을 보아도 이 나라의 문화적·학술적 수준이 얼마나 높은지를 알 수 있다.

이러한 선집이나 전집류를 간행하기 위해서는 당연히 사전에 작품 평가나 출판의 의미를 둘러싸고 내부 토론이 있었을 것이며, 그 배후에는 많은 문학 연구자와 번역자가 있어야 할 것이다. (…중략…) 발행 부수도 각 권 1만 부에 이른다고 하니 사회적 영향력도 적지 않다.

북한 사회에서 비사회주의권 작품도 대중적인 차원에서 널리 읽히고 있다는 것을 알 수 있다. 체제가 달라도 외국의 문화를 알고 흡수해야 할 것은 흡수하고자 하는 노력이 한쪽에서 착실하게 이어지고 있다는 사실도 잊어서는 안 될 것이다.[36]

오무라는 『세계문학선집』의 이면에서 학자들의 내부 토론과 연구자와 번역자의 협동을 읽어낸다. 북한의 『세계문학선집』은 호메로스의 『일리아드』, 단테의 『신곡』, 스탕달의 『적과 흑』, 도스토예프스키의 『죄와 벌』 등 일본의 문학전집과 작품의 목록을 공유하는 한편, 몽골, 루마니아, 브라질, 알제리, 이집트, 베트남 등 아시아 아프리카의 작품 또한 편성되어 있다. 그는 비사회주의권 국가의 작품 또한 북한에서 대중적으로 널리 읽히고 있다는 점에 유의하면서, 북한 역시 주체에 대한 관심 못지 않게, 세계에 대한 관심을 유지하고 있다는 점을 강조한다.

2000년대 초반 오무라는 북한문학을 읽으면서 북한민중의 생활에 대한 사려깊은 관심을 요청하였다. 1970년대 가지무라 히데키가 '일본어로 이야기되는' 한국과 한국인의 형상을 경계하면서, '한국어로 이야기되는 세계'에 대한 존중을 요청하였듯, 오무라는 일본의 미디어에서 그려내는 북한 상을 경계하면서, 북한 민중의 생활에 주목하였다. 2002년 9월 그는 다시금 중국 지린성을 방문하고 북한의 자유경제무역지구인 선봉·나진 지구를 당일치기로 방문한다.

북한의 상황이 일본에서 말하는 만큼 참담하지는 않았다는 것이다.

노인들이 큰 나무의 그늘 속에 앉아 세상 이야기를 하며 즐거워하기도 하고 중년여성들이 길가에서 떡을 팔고 있는 모습은 한국의 풍경과 그다지 다르지 않았다. 프리마켓에서는 쌀과 전기제품 말고는 팔지 않는 게 없었다. 물건을 파는 아주머니와 즐겁게 이야기를 나누느라 구입한 팥만두를 가방에 담는 것도 잊을 정도였다. 바닷가여서인지 삶은 털게 한 가득이 일본 돈으로 60엔, 살아 있는 것은 105엔_{냉장고가 없다}으로 값이 쌌지만, 아이스크림은 하나에 30엔으로 상당히 비싼 편이었다. (…중략…) 소설이라는 것은 주제나 작가의 의도와 달리 의외로 정직하게 현실을 전해준다. 변경지역에서는 일부 경공업 제품이 부족한 듯하다. 하지만 그러한 **생활환경 속에서도 겸허하고 성실하게 살아가고 있는 북한의 일반 서민들**에게 나는 응원을 보내고 싶다. 전전戰前의 일본에 의한 조선인 강제 연행이나 전후 북한에 의한 납치 행위 등 국가 권력에 의한 범죄행위는 미워해야 마땅하지만, 정부나 국가의 차원을 떠나 시민의 차원에서 우호의 길을 모색하지 않으면 안 될 것이다.[37]

오무라는 옌볜에서 만난 민중의 삶을 묘사하였듯, 나진 및 선봉의 프리마켓에서 만난 북한 민중의 모습을 기록한다. 그리고 그는 2001년『조선문학』에 발표된 소설 한 편을 떠올린다. 이 소설에는 자신의 1년 소득의 가치를 가진 귀중한 자전거를 낙오한 군인에게 빌려주는 청년이 등장한다. 소설의 주제는 군대에 대한 신뢰였지만, 오무라는 작가의 의도를 초과하여 재현되는 북한 민중의 현실에 관심을 둔다. 그는 소설에서 경공업 제품이 넉넉하지 않은 생활환경 안에서도 성실하게 살아가는 북한 민중의 삶을 읽어낸다.

'일본어로 이야기되는 세계'에서 재현하는 북한의 삶과 '한국어로 이야기되는 세계', 즉 북한의 민중이 주인공이 되는 북한의 삶이 다르다는 것. 그리고 북한에서 "겸허하고 성실하게 살아가고 있는 북한의 일반 서민들"의 모습은 "한국의 풍경과 그다지 다르지 않"다는 것. 그것이 한국에 대한 인식을 탈중심화하면서 심화한 오무라의 결론이었다. 하지만 1980년대 중반 이후 2000년까지 오무라의 일관된 바람, 곧 북한의 개혁개방이나 북한의 자유로운 방문의 현실화는 2020년대 중반인 지금까지 여전히 이루어지지 못하였다. 한국과 북한 사이에 여전히 존재하는 현실적 거리를 염두에 두면서, 북한과의 대화를 희구한 오무라 마스오의 바람에 귀기울인다.

3. 시로 배우는 조선의 마음
일본인이 새로 쓴 한국현대시사

1998년 오무라 마스오는 『대역 시로 배우는 조선의 마음對訳詩で学ぶ朝鮮の心』청구문화사 (青丘文化社), 1998을 편집하여 출판한다. 오무라는 『계간 삼천리三千里』1983년 여름호부터 1986년 겨울호까지 「대역 조선근대시선」을 15회 연재하였으며, 『계간 청구靑丘』1989년 가을호부터 1992년 봄호까지 「대역 근대조선시선」을 10회 연재하였다. 오무라는 6년의 연재물을 기반으로, 작품을 조정하고 오역을 바로 잡아 단행본으로 출판하였다. 교정 과정에서는 연구자 김응교가 힘을 보탰다.

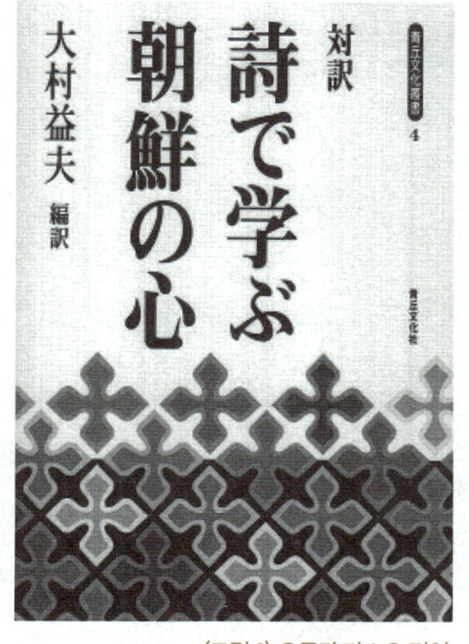

〈그림 3〉 오무라 마스오 편역, 『대역 시로 배우는 조선의 마음』, 청구문화사, 1998
출처 : 『오무라 마스오와 한국문학』

『대역 시로 배우는 조선의 마음』은 1920년대 초반에서 1980년대 초반까지의 한국 시를 번역하여 수록하였다. 제목에 포함된 대역對譯이라는 표현에서 볼 수 있듯, 이 책은 한국의 현대시 텍스트를 한국어와 일본어로 함께 제시하고 주석과 짧은 작가 해설을 붙인 책이다. 해설에는 작가의 경력, 작품 경향, 주요 작품, 번역 저본 등을 밝혔다. 이 책은 기초 과정을 마친 한국어 학습자가 한국어를 연습하고, 시를 통해 한국 문화를 체험하는 것을 목적으로 편집하였다.

대역하는 작품을 선택할 때 물론 본국本國에서 문학사의 평가를 참고하였지만 꼭 그것을 따르지 않은 경우도 있다. **기본적으로 문학사의 전체상이 그려지도록 노력하였지만 일부는 편자의 문학관과 취향으로 선택하였고 때때로 양자는 곤혹스러운 몸싸움을 벌이기도 하였다.** 이에 더해 작품이 어학 교재로 적합한지 부적합한지의 문제도 있어서 반드시 근대시사 서술의 정점에 위치한 시인의 작품만을 모은 것도 아니다.[38]

오무라는 대역시집의 작품 선별의 기준으로 문학사의 전체상, 편자의 문학관 및 취향, 그리고 어학 교재로서의 적합성 등을 들었다. 그는 '본국'이라 할 수 있는 한국과 북한의 문학사 평가를 참조하면서도, 자신의 시각에서 문학사의 전체상을 그리고자 하였다. 문학사적 시각뿐 아니라, 편자 오무라 개인의 문학관과 취향, 그리고 어학 교재로서의 유효성도 선별의 기준이었다. 그는 해석이 어려운 구절 및 방언 등에 주석을 붙였으며, 표기법은 가능한 그대로 두어 한국과 북한의 차이를 가시적으로 확인하도록 하였다. 다만 일부 식민지 시기의 표기는 다듬었고, 한자는 한글로 바꾸었다.

시집 『대역 시로 배우는 조선의 마음』을 통해 한국문학사에 관한 오무라의 시각을 가늠할 수 있다. 그의 문학사적 시각이 가장 특징적으로 드러나는 것은 3부로 편성된 대역 시집의 구조 그 자체이다.

〈표 1〉 『대역 시로 배우는 조선의 마음』의 목차

구성	작가 수	작품 수
제1부 해방 전편(1922~1945년)	22	62
제2부 해방공간과 대한민국(1945년~)	23	30
제3부 해방공간과 조선민주주의인민공화국(1945년~)	12	18

『대역 시로 배우는 조선의 마음』의 가장 중요한 특징은 "남북한을 동시에 바라본다는, 제3국인의 시선"으로 편집한 것이다.[39] 오무라는 한국의

시인 57명의 시 110편을 제1부 해방 전편^{1922~1945년}, 제2부 해방공간과 대한민국^{1945년~}, 제3부 해방공간과 조선민주주의인민공화국^{1945년~}으로 나누어 편집하였다. 해방 이전 식민지 시기의 문학사를 공유하는 한국 현대시가 해방 이후 한국과 북한의 분단과 함께 분단되어 1998년에 이르기까지 각기 전개되어 온 양상을 3개 부로 편집한 것이다. 눈길을 끄는 것은 제1부의 작품 수가 제2부와 제3부의 작품 수를 합친 것보다 많다는 점이다. 이러한 편집은 해방 이전의 문학에 관한 연구가 해방 이후의 문학에 관한 연구보다 더 많이 축적되었던 당시 학술적 상황과 연동된 결과인 동시에, 해방 이전 한국문학의 문화적 성취가 해방 이후 한국과 북한으로 분할되었다는 것을 가시적으로 보여준다. 오무라는 문학사적 관심으로 이 책을 읽는 독자는 제1부부터, 어학 학습을 위해 이 책을 읽는 독자는 제2부와 제3부부터 읽기 시작하기를 권한다.

〈표 2〉 『대역 시로 배우는 조선의 마음』 제1부의 해방 이전 한국문학 번역

작가	작품
한용운(韓龍雲)	님의 침묵(ニムの沈黙)
	군말(無用のことば)
	명상(冥想)
	복종(服從)
김소월(金素月)	진달래꽃(山つつじ)
	초혼(招魂)
이상화(李相和)	시 삼편 일 조선병(詩三篇 一 朝鮮病)
	빼앗긴 들에도 봄은 오는가(奪われた野にも春は来るか)
김동환(金東煥)	적성을 손가락질하며(赤星之指さして)
	송화강 뱃노래(松花江舟歌)
박용철(朴龍喆)	떠나가는 배(船出)
	어디로(どこへ)
박팔양(朴八陽)	진달래(つつじ)
	침묵(沈黙)

작가	작품
박팔양(朴八陽)	처녀 영웅(娘英雄)
김동명(金東鳴)	우리 말(ウリマル)
	도처사(妻をいたむ)
이은상(李殷相)	화하제(花かげ)
	성불사의 밤(成仏寺の夜)
이병기(李秉岐)	매화(梅)
	난초(蘭)
심훈(沈熏)	조선은 술을 먹인다(朝鮮は酒を飲ませる)
	그날이 오면(その日が来れば)
김영랑(金永郎)	영랑 시집 사십이(永郎詩集四十二)
	영랑 시집 사십오(永郎詩集四十五)
정지용(鄭芝溶)	춘설(春雪)
	가모가와(鴨川)
박세영(朴世永)	나에게 대답하라(俺に答えよ)
	향수(鄕愁)
임화(林和)	우산 받은 요꼬하마의 부두(雨傘さす横浜の埠頭)
	한잔 포도주를(一杯のぶどう酒を)
	자고 새면(寝てさめれば)
	통곡(慟哭)
김용제(金龍濟)	슬픈 과실(悲しい果実)
	굴뚝(煙突)
	태양 찬(太陽讚)
윤곤강(尹崑崗)	변해(弁解)
	원숭이(サル)
	야경(夜景)
	언덕(丘)
	우리의 노래(われらの歌)
이육사(李陸史)	꽃(花)
	절정(絶頂)
김달진(金達鎮)	체념(諦念)
	경건한 정열(敬虔な情熱)
	용정(龍井)
	향수(鄕愁)
	황혼(黃昏)

작가	작품
백석(白石)	흰 밤(白い夜)
	청시(青い柿)
	수박씨, 호박씨(スイカの種, カボチャの種)
	적경(寂境)
노천명(盧天命)	사슴(鹿)
	장날(市の日)
	아무도 모르게(誰も知らずに)
김종한(金鍾漢)	낡은 우물이 있는 풍경(古井戸のある風景)
	귀로(帰路)
윤동주(尹東柱)	별헤는 밤(星をかぞえる夜)
	서시(序詩)
	고향집(ふるさとの家)
	아우의 인상화(弟の印象面)
	봄(春)

권말에 실은 「조선근대시사 노트－해설을 대신하여」에서 오무라는 3·1운동 이후 한국 현대시가 본격적으로 전개된다고 보았다. 그는 1920년대 후반 식민지 시기의 한국문학은 프로문학과 민족주의 문학으로 대별하는데, 프로문학의 대표적인 시인은 이상화이고 민족주의 문학의 대표적인 시인은 한용운과 김소월이다. 1930년대 민족에 대한 정치적 억압이 심해지고 카프가 해산되지만, 이 시기 한국현대시는 완연히 개화하며, 시어로서 한국어가 다듬어진다. 시어와 리듬을 섬세하게 조탁한 서정시를 쓴 박용철, 김영랑, 정지용, 모더니즘의 김광균, 윤곤강, 백석, 옛 카프계 박세영, 임화 등이 이 시기의 시인들이다. '암흑기'인 1940년대에는 조지훈, 박두진, 박목월, 김종한, 노천명, 이육사, 윤동주 등 젊은 시인들이 '해방 이전 최후의 빛'을 밝혔다.

오무라는 해방 이전 한국 시인 22명의 시 62편을 선별하여 번역하였다. 그는 윤곤강, 김달진, 윤동주의 시를 5편씩, 한용운, 임화, 백석의 시를 4편씩, 박팔양, 김용제, 노천명의 시를 3편씩, 김소월, 이상화, 김동환, 박용철, 김동명, 이은상, 이병기, 심훈, 김영랑, 정지용, 박세영, 이육사, 김종한 등의 시를 2편씩 편집하여 수록하였다.

오무라는 해방 이전 문학사의 전체상 및 특징을 염두에 두면서 시를 선별하였다. 그는 카프 해산 이후에 오히려 프로문학 시인이 높은 서정성과 예술성을 성취했다는 문학사적 판단 아래 임화, 윤곤강, 박세영 등의 1930년대 후반 시를 주로 수록하였다. 또한 문학사적 위치를 감안하여 한용운, 김소월, 박용철, 김영랑, 정지용 등 서정과 자연을 다룬 시를 제시하였다. 여성 시인은 "전통과 민속에의 회귀성향을 보이는 섬세한 시인"인 노천명 1명을 선별하였다.[40] 이상화의 「빼앗긴 들에도 봄은 오는가」, 심훈의 「그날이 오면」 등 해방 이전 한국문학의 근본적인 조건인 식민지 상황을 제시하는 시도 선별하였다.

『대역 시로 배우는 조선의 마음』은 전체적으로 해방 이전 문학사의 대표적인 시인을 포괄하고 있지만, 구체적으로는 한국의 외부에서 한국문학을 읽고 있는 오무라의 위치와 취향 역시 시의 선별에 관여하였다. 그는 정지용과 임화의 시 가운데에서 일본과 관련이 있는 정지용의 「압천」, 임화의 「우산 받은 요코하마의 부두」를 선별하였다. 또한 옌볜과 관련이 있는 김달진의 「용정」, 윤동주의 「별 헤는 밤」, 김조규의 「연길역 가는 길」^{제3부 수록} 등을 수록하여 한국문학의 동아시아적 지평을 제시하였다. 또한 민중에 대한 관심의 연장으로 "민중의 세계를 토속적인 소재와 시어로 노래하여 새로운 경지를 열어갔"던 시인 백석과 "모던한 기법으로 민요풍 리듬에 기반을 두고 민중의 모습을 노래"했던 김종한의 시를 선별하였다. 한국의 문학사에서 잊힌 시인 김용제의 시 역시 포함하였다. 특히 오무라는 임화에 대해서 비교적 긴 해설을 붙였다.

그의 주요한 업적은 둘이다. 시집으로 『현해탄』^{1939년, 서울}, 『찬가』^{1947년, 서울}, 그리고 『너는 어디에 있느냐』^{1951년, 공화국} 등 세 권이 있다. 또 하나는 문학평론이다. 대저 『문학의 논리』^{1940년}에 수습한 것 외에도 많은 평론을 남겼다. 문학운동가, 조직자, 문학사가, 출판사 경영자, 영화배우로 일은 시와 평론에 비교하면 전혀 중요하지 않다.

임화의 시는 사회의 변동 속에서 숨쉬고, 고양과 침잠의 물결이 있다. 여기서 다룬 「우산 받은 요코하마 부두」는 1929년의 작품으로 이른바 고양기에 쓰여졌고, 나머지 세 편의 시는 모두 1939년의 작품으로 침잠기의 작품이라고 할 수 있다.

임화의 시는 고양 속에도 비애가 있고, 침잠 속에도 희망이 있다. 프롤레타리아 시로 절규하는 아지테이트는 감상을 짙게 담고 있고, 패배의 통곡을 하면서도 "중요한 것은 우리가 피로하지 않는 것이다"라고 스스로에게 단언해 희망을 미래에 연결하고 있다.

임화는 남북의 정치 대립 속에서 그 문학도 사라져 버렸다. 하지만 최근 한국에서는 민주화운동의 물결 속에서 임화의 시집이 영인되면서 본격적인 임화론이 다시 한번 당당하고 합법적으로 일반문예지에서 논의하게 되었다.^{예를 들면 『문학사상』 1988년 10~12월} 그것은 크게는 45년 동안 반신불수였던 조선문학의 전인격적 회복이며, 작게는 임화라는 시인에 대한 진혼가라고나 할까.[41]

오무라는 카프 해산 이전 고양기의 작품 가운데서도 비애를 노래하고, 카프 해산 이후 침잠기의 작품 가운데도 희망을 미래에 연결하는 것을 임화 시의 특징으로 보았다. 그는 카프 해산 이전의 시 「우산 받은 요코하마 부두」와 카프 해산 이후의 시 「한 잔의 포도주를」, 「자고새면」, 「통곡」을 함께 편집하였다. 또한 오무라는 월북작가 해금이라는 한국의 문학사적 현상에도 큰 관심을 가졌다. 그는 해금 이후 한국에서 임화의 작품이 다

시금 출판되고 그에 대한 연구가 진행되고 있다고 특기하면서,『문학사
상』에 연재한 김윤식의 임화 연구와 단행본『임화연구』^{문학사상사, 1989}를 참
조하였다.[42] 특히 그는 임화의 문학사적 귀환이 작가 개인의 신원을 넘어
서 냉전으로 인해 분단된 한국문학사의 복원을 의미한다고 판단하였다.

오무라가 문학사적 가치를 인정하지만 선별하지 않은 시인도 있다. 오
무라는 문학적 성취를 고려하여 시인 서정주를 포함해야 한다는 권유를
받았지만, 단호히 서정주의 시를 수록하지 않았다.

선생께서 내신 책 중『시로 배우는 조선의 마음』이라는 일본어 책이 있다.
한국 현대 시인을 대역한 책이다. 나는 이 책 교정 볼 때 참여해서 우리말과 일
본어를 대조했다. 그런데 목차에 서정주가 없었다.
"선생님, 서정주는 넣어야하지 않을까요?"
라며 친일이나 친독재 문제는 각주로 넣으면 어떻겠냐고 말씀드렸다. 나의 말
에 선생님은 낮고 단호하게 말하셨다.
"서정주는 빼려 합니다."
"그래도 한국어를 가장 잘 다룬 시인인데요."
내가 다시 말하자, 말이 느린 그는 한국어로 더 천천히 대답했다.
"일, 본, 인에게…. 서, 정, 주를 소개하고 싶지… 않, 습, 니, 다."[43]

1970년대 중반 오무라는『친일문학론』을 일본어로 번역하면서, 일본
인으로서 '조선인에게 치욕을 강요했다는 치욕'을 무겁게 새긴 바 있다.[44]
그리고 1990년대 오무라는 일본인을 위한 한국문학을 선별하여 대역시
집을 편집하면서 일본인에게 서정주의 시를 소개하는 것을 거절하였다.
오무라는 서정주를 제외한 대신 "당시 문단의 대세를 점하고 있던 모더

니즘운동을 배격하고 동양정신의 발굴에 힘을 기울"였으며 "종교적인 내면적 정신 세계를 노래하였"던 시인 김달진의 작품을 수록하였다.[45] 김윤식은 오무라가 대역시집에서 김달진의 시를 다수 수록한 이유를 추론하면서, 서정주의 「무제」가 제시하는 불교적 공空이 자신에게 귀착하는 반면, 김달진의 「경건한 정열」이 제시하는 불교적 공은 형이상학적으로 확장한다고 설명하였다.[46] 또한 오무라는 이광수와 최남선의 시 역시 수록하지 않았는데, 그것은 계몽주의 문학을 본격적인 한국현대시 전개 이전의 단계로 판단했기 때문으로 보인다. 그가 백석의 시 중 상대적으로 길지 않거나 어휘가 어렵지 않은 시를 선택한 것, 이상의 시를 수록하지 않은 것 등은 한국어 학습 교재라는 시집의 성격 때문인 것으로 보인다.

〈표 3〉 『대역 시로 배우는 조선의 마음』 제2부의 해방 이후 한국문학 번역

작가	작품
권환(權煥)	어서 가거라(さっさと失せろ)
김기림(金起林)	우리들의 팔월로 돌아가자(われらの八月に帰ろう)
이하윤(異河潤)	동포여 다 함께 새 아침을 맞자 (同胞よ いざ共にあらたな朝を迎えよう)
	잃어진 무덤(失せた墓)
	한 많은 밤(嘆きの夜)
	나는 들에 핀 국화를 사랑합니다(野に咲いた菊が好き)
김광섭(金珖燮)	조국(祖国)
김현승(金顯承)	가을의 기도(秋の祈り)
박목월(朴木月)	윤사월(閏四月)
	삼월(三月)
박두진(朴斗鎮)	도봉(道峰)
조지훈(趙芝薰)	고풍 의상(古風衣裳)
김수영(金洙暎)	푸른 하늘을(青い空を)
	어느날 고궁을 나오면서(ある日, 古宮を出ながら)
김춘수(金春洙)	부다페스트에서의 소녀의 죽음(ブダペストの少女の死)
박인환(朴寅煥)	검은 신이여(黒い神よ)

작가	작품
신동엽(申東曄)	서울(ソウル)
윤일주(尹一柱)	민들레 피리(タンポポ笛)
	낮잠(昼寝)
	가을(秋の夜)
박재삼(朴在森)	무제(無題)
이추림(李秋林)	바람처럼(風のように)
박봉우(朴鳳宇)	휴전선(休戦ライン)
신경림(申庚林)	겨울밤(冬の夜)
허영자(許英子)	사모곡(思母曲)
최하림(崔夏林)	백설부(일)(白雪のうた(1))
김지하(キムチハ)	아주까리 신풍(ヒマの神風)
조태일(趙泰一)	물·바람·빛(水·風·光)
이성부(李盛夫)	벼(稲)
이하석(李河石)	분홍강(粉紅江)

해방 직후 한국과 북한 모두에서 해방의 환희과 새로운 국가 건설의 의욕을 드러낸 시가 창작되었다는 공통성에 주목한다. 한국에서 김광섭의 「조국」, 권환의 「어서 가거라」, 이하윤의 「동포여 다함께」, 북한에서 백인준의 「그날 할아버지」 등이 그것이다. 그에 따르면 청록파 시인 박두진, 박목월, 조지훈 등은 전통적인 서정성과 운율을 공유하였고, 전후파 시인 박인환, 박봉우, 박재삼, 김춘수 등은 전쟁과 분단을 다루었다. 또한 참여 시인 김수영과 신동엽은 4·19혁명 이후 현실 안에서 생명과 자기 변혁의 문제에 몰두하였다. 신경림, 조태일, 이성부, 최하림 등이 그 뒤를 이었다. 특히 김지하는 일본에서도 알려진 시인이었다. 김지하의 「아주까리 신풍」은 오무라 자신이 1970년대 초반 동인지 『조선문학─소개와 연구』 제3호[1971.6]에 번역하여 소개한 바 있었다. 그는 1980년대 박노해의 시에 대하여, 한국 사회의 구조적 모순을 비판하는 성취를 거두었지만 예술성에서 아쉬운 측면이 있다고 평가하였다.

  오무라는 해방 이후 대한민국의 시인 23명의 시 30편 선별하여 번역하였다. 그는 이하윤의 시를 4편, 윤일주의 시를 3편, 박목월과 김수영의 시를 2편 수록하였다. 그리고 그는 권환, 김기림, 김광섭, 김현승, 박두진, 조지훈, 김춘수, 박인환, 신동엽, 박재삼, 이추림, 박봉우, 신경림, 허영자, 최하림, 김지하, 조태일, 이성부, 이하석 등의 시를 1편씩 수록하였다. 오무라가 제2부를 편집한 기준은 해방 이후 한국시의 다양성이다. 그는 역사, 사회, 자유, 사랑, 죽음, 자연, 감정 등 다양한 주제의 시를 선별하여 수록하였다.

  해방 이후 대한민국의 시를 선별한 제2부에서도 오무라의 독특한 시선을 확인할 수 있다. 한국의 문학사에서 대표적인 시인의 위상을 차지하는 시인의 시는 대개 1편씩 수록하였지만, 이하윤과 윤일주의 시를 3~4편 수록한 것은 다소 낯설다. 「조선근대시사 노트―해설을 대신하여」에서 지적한 것처럼 오무라는 해방의 환희를 노래한 시의 대표작으로 「동포여 다함께」를 선별하였고, 이하윤의 시를 제2부에 수록하였다. 하지만 오무라가 선별한 이하윤의 나머지 시는 해방 이전 시이다. 오무라는 김소운이 해방 이전 이하윤 시를 일찍이 훌륭히 번역하였지만 의역이었다고 평가하면서, "이하윤의 시는 소리내어 읊으면, 리듬이 있어서 상쾌해진다. 이는 원문을 접하는 사람만이 느낄 수 있는 기쁨이다"라는 평을 붙여두었다.[47] 오무라의 판단에 따르면, 외국인 독자가 한국시를 원문으로 읽는 것은 한국어의 음성적 아름다움을 경험할 수 있는 지름길이었다. 윤동주의 동생 윤일주는 1984년 도쿄에서 오무라를 만나 윤동주의 묘소를 찾아달라고 요청한 바 있다. 오무라는 윤일주의 동시가 윤동주의 초기 작품과 무척 유사하다는 점을 들어 "두 사람 형제는 공통의 동시 세계를 가지고 있는 듯하다"라고 평하였고, 형 윤동주에 대한 사모의 정을 제시한 「민들레 피리」를 선별하였다.[48]

　제2부의 편집에서 눈길을 끄는 한 가지는 1988년까지 한국에서 월북 작가로 출판이 금지되었던 권환과 김기림을 대한민국의 시인으로 편집 했다는 사실이다. 그는 권환이 "월북하지 않고, 한국에서 세상을 떠났다" 라는 사실을 지적하였으며, 김기림이 "조선전쟁의 가운데 북조선으로 갔으나, 그 후 소식 불명" 상황이라고 설명하였다. 오무라가 선별한 김기림의 시 「우리들의 팔월로 돌아가자」는 해방의 감격과 꿈을 원천으로 삼아, 새로운 나라를 세워가자는 목소리를 담은 시이다. 해방 이후 김기림은 비서구 식민지로서 한국의 해방이 가진 지구적 의미에 유의하면서, 민중의 의지에 기반한 새로운 나라를 기대하였다. 오무라는 이 시를 양주동이 편집하여 서울에서 출판한 『민족문학독본』 하권^{청년사, 1946}에서 확인하였다. 오무라에게 김기림은 월북 작가가 아니라, 식민지의 시각에서 근대를 성찰하면서 한국의 통일을 지향하였던 시인이었다.[49]

<표 4> 『대역 시로 배우는 조선의 마음』 제3부의 북한문학 번역

작가	작품
백인준(白仁俊)	그날 할아버지(ある日おじいさんは)
민병균(閔丙均)	고향(故鄕)
조기천(趙基天)	큰 거리(大いなる街)
정문향(鄭文鄕)	철서구(鉄西区)
김조규(金朝奎)	물길(水路)
	눈과 눈(目と目)
	해안촌의 기억(海岸村の記憶)
김조규(金朝奎)	연길역 가는 길(延吉駅へ行く道)
이용악(李庸岳)	두 강물은 한곬으로(二つの流れを一筋に)
	검은 구름이 모여든다(黒い雲が押し寄せる)
	낡은 집(朽ちた家)
김귀련(金貴蓮)	조국어(祖国語)
김순석(金舜石)	송아지(子牛)
	귀향(帰郷)

작가	작품
김상오 (キム·サンオ)	산-산촌 소묘(山-山村スケッチ)
정렬 (チョン·リョル)	항해길은 사납다(航海はけわしい)
로승모(ロ·スンモ)	전변(転変)
윤병규 (ユン·ピョンギュ)	그대 곁에 우리 곁에(君のそばわれらのそばに)

오무라는 해방 이후 북한의 시인 12명의 시 18편 선별하여 번역하였다. 그는 김조규의 시를 4편, 이용악의 시를 3편, 김순석의 시를 2편, 그리고 백인준, 민병균, 조기천, 정문향, 김귀련, 김상오, 정렬, 로승모, 윤병규 등의 시를 1편씩 편집하여 수록하였다. 제3부에 선별한 시인의 수가 가장 적고 시의 수도 적다.

조선민주주의인민공화국에서는, 보통, 해방 이후 문학사 시기 구분을 평화적 건설 시기1945.8~1950.6, 조국해방전쟁 시기1950.6~1953.7, 사회주의 기초 건설 시기1953.7~1960, 사회주의의 전면적 건설기와 사회주의의 완전 승리를 조기 실현하기 위한 투쟁 시기1961~로 나눌 수 있다. 여기에서 각 시기의 특징이나 주요한 작품을 정리할 여유는 없다. 다만 한 가지 분명한 것은 1965년 일한조약日韓條約 체결과 같은 시기에, 북에서는 이른바 작품의 경직화가 급속히 이루어졌다는 사실이다. 1965년을 분수령으로 문학은 크게 양상을 달리한다. 65년 이전은 사회주의 건설이라는 분명한 전망을 보이는 작품이 많았지만, 65년 이후에는 자국 지도자에 대하여 경애의 마음과 충성심을 노래하는 시가 많아졌고, 시에서도 지도자의 이름이나 언급이 등장하면 그 부분은 고딕으로 하고 있다. 이 대역서對譯書에는 역시 1965년 이전의 작품을 많이 수록하였다.

70년대 이후는 「꽃파는 처녀」, 「한 자위단원의 운명」, 「피바다」라는 대형

혁명가극이 문예계의 주류였지만, 서정시의 분야가 때로는 중심이 되는 작품과 충돌하는 경우가 있었다. **노동자·병사·농민에까지 작가가 확장되면서 경력은 물론 이름의 한자조차도 알 수 없는 젊은 시인들이 많이 등장하고 있다. 그들의 작품이 때로는 공화국의 정신세계나 생활실상을 반영하기도 한다.** 윤병규의 「그대 곁에 우리 곁에」는 그 예이다.[50]

오무라는 북한의 공식적인 문학사 시대 구분을 소개하면서도, 독서 경험을 바탕으로 주체적인 시각에서 북한의 문학에 접근하였다. 그는 북한문학에서 1965년이라는 분기점에 주목하였다. 1965년 이전의 북한문학은 사회주의 건설이라는 전망에 근거한 작품이 주를 이루었으며, 1965년 이후에는 시가 경직화되는 동시에 지도자에 대한 언급이 증가한다. 또한 1970년 이후에는 혁명가극이 중심이 되면서 서정시와 충돌하기도 하였다. 오무라는 북한 작가의 범위가 노동자, 병사, 농민 등으로 확장되면서 경력을 알 수 없는 작가도 등장한다는 사실을 적어둔다.

북한문학의 전개과정 및 특징을 염두에 두면서 오무라는 주로 1965년 이전의 작품을 수록하였다. 1980년 재일조선인 연구자 김학렬은 백과사전 편찬을 위해 북한의 작가동맹중앙위원회에 작가 정보를 요청하였다. 북한의 작가동맹에서는 작가 34명의 약력을 김학렬에게 회신하였는데, 회신에는 작가 이름이 조기천, 박세영, 이찬, 백인준, 최영화, 정서촌, 정문향, 김조규 등의 순서로 기록되어 있었다. 오무라는 이 순서를 북한에서 문학적 평가에 따른 것으로 보았다.[51] 그는 제3부에서 북한의 문학사적 평가를 일부 참조하면서, 조기천, 박세영, 백인준, 정문향, 김조규의 작품 등의 시를 실었다.

물론 오무라는 북한의 문학사적 평가를 넘어서, 북한문학의 다양성을 고려하여 제3부의 시를 편집하였다. 김조규는 해방 이전 쉬르리얼리즘의 시인이 사회주의 국가인 북한에서 중진 시인으로 활동한 사례이다. 그는 자기비판, 좌천 등 정치적 위기를 겪기도 하였지만, 1960년 이후 북한문학의 중요한 작가가 된다. 이용악 역시 식민지 시기부터 활동한 북한 작가였다. 해방을 맞아 그의 시 세계는 어둠에서 밝음으로 전환한다. 일본 릿쿄대학 유학 시기 윤동주와도 친교를 가졌던 백인준은 조선작가동맹 위원장의 위치에 오른다. 정문향은 지속적으로 활동한 작가이다. 조기천은 건국 초기 북한에서 활발히 활동하다가 한국전쟁 중 전사한 시인이다. 김순석은 1950년대에 활동한 시인이었으며, 민병균과 김귀련은 1960년대 초반 이후 활동을 중지했거나 소식이 불명인 작가였다. 김상오, 정렬, 로승모, 윤병규 등은 경력 및 활동이 거의 알려지지 않은 시인이었다.[52]

가장 많은 작품을 실은 시인은 김조규이다. 김조규는 평양 숭실전문학교에서 수학하였고 해방 직전에는 '만주' 차오양촨朝陽川의 농업학교에서 근무하였으며, 1945년 이후 평양에서 북한의 시인으로 활동하였다. 오무라는 김조규를 "낡은 시대의 운명을 등에 지고 지난 시대의 작품을 방기도 절연도 하지 않고 자신이 걸어 온 삶을, 일관성을 가지고 인식·파악하고자 힘썼던" 시인으로 평가하였다. 그는 해방 이전 김조규의 시 「해안촌의 시」, '만주'에서 쓴 「연길역 가는 길」, 해방 이후의 「수로와 「눈과 눈」을 선별하였다. 북한에서 김조규는 해방 이전 시를 거듭 개작하였는데, 「해안촌의 기억」은 해방 이전 3개 판본과 해방 이후 1개의 판본이 있다. 오무라는 해방 이후의 개작이 표현은 쉬워지지만 예술성이 반감되었다고 평가하면서, 원본성과 예술성을 중시하면서 해방 이전 『신찬시인집新撰詩人集』시학사, 1940에 실린 「해안촌의 시」를 번역 저본으로 삼았다.[53]

백인준의 「그날 할아버지」, 민병균의 「고향」, 조기천의 「큰 거리」, 정문

향의 「철서구」, 김조규의 「물길」 등은 해방 이후 토지개혁의 감동과 새로
운 나라 건설의 기대를 담은 작품이다. 김귀련의 「조국어」는 북한의 말
과 글에 대한 사랑을 담은 작품으로 한국어 학습이라는 책의 목적과 잘
어울리는 시이다. 김조규의 「눈과 눈」, 이용악의 「두 강물은 한곬으로」,
김순석의 「송아지」, 「귀향」, 김상오의 「산」 등은 서정성이 두드러지는 시
이며, 정렬의 「항해길은 사납다」는 바다, 로승모의 「전변」은 땅, 윤병규의
「그대곁에 우리 곁에」는 노동을 다룬 시이다.

오무라는 『대역 시로 배우는 조선의 마음』을 편집하면서 북한의 정
치 지도자를 직접적으로 언급하는 시는 선별하지 않았다. 대신 그는
1940~1950년대 새로운 나라 건설에 대한 민중의 기대를 담은 시와 사
회주의 국가를 살아가는 인민의 일상과 감정, 그리고 자연을 다룬 시를
주로 선별하였다. 일상과 감정, 자연은 오무라가 선별한 제3부 북한 시의
주제인 동시에, 그가 제2부 한국 시와 제1부 해방 이전 시를 선별할 때도
유의했던 주제였다. 오무라는 『대역 시로 배우는 조선의 마음』을 통해 식
민지 시기의 한국, 그리고 해방 후의 대한민국과 북한의 문학적 공통성을
제시하고 있다.

조선반도에서 전통적으로 시詩가 가진 사회적 비중은 일본에 비해 크다. (…
중략…) 공적 기념행사 중에 시가 낭독되거나 또한 때때로 귀빈을 환영하는
주연酒宴 자리에서 즉흥시를 낭송하는 풍경은, 현대 일본에서는 볼 수 없는 것
아닐까. 조선반도에서 시가 현실생활에 밀착한 정도는 일본보다 높으며, 감
정 표현의 측면에서도 자기주장의 측면에서도 시는 인생 그 자체인 듯하다.

일본 근대시는 국가라든가 사회라든가 거대한 틀 가운데에서 뜻을 이루지
못한 지식인이 혼자 중얼거리는 것에서 시작한 것은 아닐까.

한국 근대시는 국가와 민족의 위기 속에서 발생·발전했기 때문에, 비록 개인의 정감을 노래하더라도 민족이나 국가의 운명의 일단一端을 짊어지지 않을 수 없었다. 해방 전 조선의 좌파 문학은 정면에서 일본 제국주의에 대항 했기 때문에 필연적으로 정치성을 띠었고, 사상성·정치성을 거부하는 순수 예술파의 문학도 전통 풍습이나 민족 정서나 곤궁한 생활상을 그려서 식민 지배를 부정한다는 의미에서 객관적으로 정치성을 띠지 않을 수 없었다.[54]

오무라는 식민주의와 냉전의 경계를 넘어서 한국 시에 전체적인 면모를 대역 시집에 담았다. 그는 대역 시집의 편집을 마무리하면서, '시로 배우는 조선의 마음'을 제목으로 정하였다. 식민주의와 냉전의 경계를 넘어서 한국문학의 전체적인 면모를 조망하면서, 오무라는 자신이 한국 현대시를 통해 두 가지를 배웠다는 것을 적어둔다. 첫째, 한국 시는 민족이나 국가에 대한 관심을 지속적으로 표출하였다. 둘째, 한국 시는 한국 민중의 일상에 밀착하여 그들의 감정을 표현하였다. 오무라는 한국 현대시를 통해 한국의 역사와 한국 민중의 감정을 배웠다. 그는 한국문학을 통하여 한국 민중의 목소리에 귀기울였다.

목록 작성의 어려움은 목록을 만든 사람이 잘 안다. 이렇게 노고가 많고 밀도 높은 일에 대한 사회적 평가는, 그것이 논문이 아니라는 이유로 의외로 낮지만, 사실 양질의 목록은 이러저러한 논문이 수백 편 모인다고 해도 당해낼 수 없는 가치를 가지고 있다.

『조선문학 관계 일본어 문헌 목록―1882.4~1945.8』 머리말」[1997]

대동아전쟁에 쌍수를 들어 찬성한 것은 다케우치답지 않은 실수였다. 하지만, 그 심정은 이해할 수 있다. 1937년에 시작된 중일전쟁은 침략전쟁이었다. 다케우치는 그 중국으로부터 에너지를 받아 자신을 지탱해 왔다. 모순과 의혹이 그를 괴롭혔다. 그러나 영미가 상대가 된다면, 이것은 제국주의와 제국주의의 맞부딪침이다. 윤리적으로 가책을 느낄 일은 아니다. 말하자면 대동아전쟁 발발에 의해 그때까지의 찜찜함이 후련해졌던 것이다. (…중략…) 이 결론에 달한 데는 그의 '아시아주의'가 작용하고 있었던 것이지만, 대동아문학자대회라는 주제에는 벗어난 것이므로 다른 기회에 다루려 한다. 다만 하나, 그의 아시아주의에는 일본이 아시아의 리더라고 하는 지도자 의식이 없는 것이 하나의 특색이 되고 있다.

「대동아문학자대회에 참가한 문학자, 하지 않았던 문학자」[2010]

제11장 ──────── 한국문학으로 새로운 아시아를 상상하다

1. 오무라 마스오의 아카이브
한국문학의 '열린 공공성' 형성을 위한 기반

1960년대 한국문학 연구를 시작한 이래 오무라는 제1세대 연구자로서 연구의 토대인 목록 작성 및 자료집 편찬에도 지속적으로 힘썼다. 특히 그는 일본어로 쓰인 한국문학 자료와 일본에 소장된 한국문학 자료의 정리에 관심을 가졌다. 이들 자료는 당시 한국의 연구자들의 관심 바깥에 있는 자료이면서, 동시에 일본에서 접근할 수 있는 자료였다.

한국문학 연구를 시작하였던 초기인 1963년 11월 오무라는 「중국 번역 조선문학 작품목록中国訳朝鮮文学作品の目録」을 정리하여 일본조선연구소의 기관지『조선연구월보朝鮮研究月報』에 발표한다. 이 목록은 그가 일본에서 입수한 1950~1960년대 중국의 단행본 및 잡지에 번역된 북한문학 및 식민지 시기 한국의 프로문학 작품을 정리한 것이다. 오무라는 김학철의『범람泛滥』1953, 한설야의『대동강大同江』1955, 이기경의『고향故乡』1957, 『조기천시집趙基天诗集』1958, 『최서해소설집崔曙海小说集』1959, 『조선현대단편소설집朝鮮現代短篇小说集』1960 등 단행본의 출판을 정리하였고, 잡지『인민문학人民文学』,『극본剧本』,『베이징문예北京文艺』,『민간문학民间文学』,『문예보文

艺报』,『역문译文』,『세계문학世界文学』,『시간诗刊』,『신화월보新华月报』,『신화반월보新华半月報』,『문예월보文艺月報』 등에 수록된 번역 작품의 목록을 정리하였다. 목록 정리를 바탕으로 오무라는 "해가 갈수록 중국어 조선문학 작품은 증가하고 있는 것을 위의 목록을 통해 알 수 있다. 지금부터 조금씩 조중 관계가 밀접해진다면 문학의 교류 역시 질과 양 모든 점에서 발전할 것이다"라고 기대하였다.[1] 이듬해인 1964년 12월 오무라는 「『조선지광』1927.11~1930.1 총목록「朝鮮之光」1927.11~1930.1 総目録」을 『조선연구』에 발표하였다. 한국사 연구자 가지무라 히데키梶村秀樹 역시 같은 호에 「『동아일보』1920~1928 소장 문학 작품 목록東亜日報(1920~1928)所載文学作品目録」을 발표하였다. 오무라는 와세다대학 도서관에 소장된 『조선지광』의 목록을 정리하였고, 가지무라는 당시 한국의 동아일보사가 간행한 창간에서 1928년까지의 축쇄본을 검토하여 『동아일보』 소장 문학 작품 목록을 정리하였다.[2]

1967년 오무라는 동료 연구자들과 함께 「조선근대문학에 관한 일본어 문헌 목록朝鮮文学に関する日本語文献目録」『조선연구(朝鮮研究)』, 1967.8을 정리하였다. 이 목록은 1925년에서 1967년까지 일본의 신문 및 잡지에서 발표된 한국근대문학의 일본어 번역, 소개, 논문 등의 목록을 정리한 것이다. 오무라는 재일조선인의 창작을 제외하고 신소설 이래 한국문학의 다양한 문헌 목록을 정리하였다. 이 목록은 일한협회日朝協会 오사카연합회大阪府連合会 및 일조무역문화센터日朝貿易文化センター가 발행한 「조선에 관한 일본어판 도서목록朝鮮に関する日本語版図書目録」,『코리아평론コリア評論』의 「문헌목록文献目録」, 재일조선인 연구자 임전혜가 작성한 1920~1930년대 연표 등을 바탕으로 작성한 것이었다.[3] 특히 오무라는 『조선지광』의 소장처를 와세다대학으로 밝히고, 『조선지광』의 사진을 찍기 희망하는 사람은 일본조선

연구소로 연락하도록 요청한다. 그는 성실히 수집한 자료를 널리 공개하였고, 공유한 자료를 활용하여 "일본인과 조선인이 함께 어울려 이 잡지 윤독회가 열린다면 멋질 것이라 생각된다"라고 기대하였다.[4]

오무라는 지속적으로 일본에서 자료를 수집하였고 수집한 자료를 카드로 정리하였다. 그는 『개조改造』, 『신조新潮』, 『중앙공론中央公論』의 잡지 목록집과 『현대일본문예총람現代日本文芸総覧』 등 일본의 잡지 기사 목록을 적극 활용하였고, 일본의 국회도서관, 근대문학관, 와세다대학 도서관 등에서 직접 자료를 확인하였다. 또한 오무라 자신이 한국에서 수집한 자료로 일본의 자료를 보충하였다.[5] 오무라의 지속적인 자료 정리가 결실을 맺은 것은 임전혜와 함께 간행한 『조선문학 관계 일본어 문헌 목록朝鮮文学関係日本語文文献目録』프린토피아(プリントピア), 1984이다. 『조선문학 관계 일본어 문헌 목록』은 1904년부터 1945년 시기의 한국문학 관련 일본어 문헌을 1,712매의 카드를 통해 정리한 것이다. 또한 일본에서 간행된 문헌 외에 식민지 조선에서 간행한 문헌도 포함하였다.

이 목록은 일본어로 쓰인 조선 문학 관계의 문헌을, 그 내용 여하를 묻지 않고 전부 수록하였다. 백 가지 논의에 앞서, 그 기초가 되는 자료의 존재를 확인하는 것이 필요하다고 생각했기 때문이다.[6]

오무라는 우선 관련 문헌을 모두 정리하여 일본의 한국문학 번역 및 연구의 전체적인 지형을 구축할 것을 제안한다. 그는 '자료의 존재'를 확인하는 것이 연구의 기초라는 것을 강조하면서, 텍스트의 생산 및 분포에 대한 전체적인 조망을 바탕으로 새로운 이론 및 가설의 제안 또한 가능하다고 역설하였다.

오무라는 1,712매의 카드를 전체적으로 정리하면서 일본어로 된 한국문학의 창작, 연구, 소개의 경향을 실증적으로 파악한다. 그는 통감부 시기를 전후하여 한국문학이 소개되기 시작하였고, 1925~1936년에 전지구적 프롤레타리아 문학운동의 고양에 발맞추어 주로 좌익 성향의 문헌이 발표되었다고 보았다. 1936년 이후 일본어 한국문학 문헌이 급증한다. 이것은 프로문학의 괴멸 이후 일본문학으로 말할 수 없는 것을 한국문학을 통해 말하고자 했던 일본문단의 의도와 일본어 글쓰기를 통해서라도 민족의 문학을 이어가고자 했던 한국 작가의 의도가 부합한 결과였다. 1941~1944년에는 '친일문학'의 급증으로 일본어로 쓰인 한국문학 문헌 역시 급증한다. 하지만 1944~1945년에 이르면 전세 악화, 용지 및 인쇄소의 부족, "이제 문학 따위는 미지근하다는 격앙된 절규만이 지면을 메우고 있었기 때문"에 한국문학 문헌 역시 감소한다. 일본어로 쓰인 한국문학 관련 문헌에 대한 전체적인 정리와 확인을 바탕으로 오무라는 "유감스럽게도 일본어로 된 조선문학의 창작·연구·소개가 넓은 의미에서 정치적 요청에 따르고 있"다고 진단한다.[7]

오무라는 한국에서도 적극적으로 자료를 수집 및 정리하였다. 그는 한국의 국공립 도서관, 대학 도서관, 민간 연구기관 및 박물관 등 시민에게 공개된 도서관을 방문하면서, 한국문학 자료를 수집하였다. 국립한국문학관에서 정리한 오무라 마스오 기증자료 가운데에는 『서울대 중앙도서관 도서관 안내』, 『고려대 중앙도서관 도서관 안내』, 『인천직할시립도서관 장서목록 색인』 제2집, 『재단법인 한국연구원 문헌선록』, 『국립중앙도서관 이용안내』, 『삼성출판박물관』 팜플렛, 『고려대 중앙도서관 1992 도서관 안내』, 『대한민국 국회도서관 사서국 국내간행물 기사색인〈1945~1957〉』 등이 있다. 오무라 마스오가 한국에서 자료를 정리할 때, 활용한 자료로 보인다.

오무라는 1987년 여름방학을 맞아 2개월 교환연구교원으로 고려대에 체류하였고, 이듬해 서울의 도서관에 대한 수필을 발표한다. 그는 당시 서울 시내에 공공 도서관이 17개, 대학 도서관은 1교 1개로 헤아려도 60개에 달할 것으로 계수한다. 오무라는 1970년대 한국 체류 시에 박정희 정권이 대학을 봉쇄하자 국립중앙도서관에서 날마다 자료를 열람한 경험이 있었다. 하지만 1980년대 중반 오무라는 10여 년 전에는 보았던

〈그림 1〉 1987.8.5. 고려대 도서관 앞의 오무라 마스오
출처 : 오무라 마스오 저작집 6

책을 다시 찾지 못하기도 하여, 한국 도서관의 섬세하지 못한 도서 관리를 염려하기도 하기도 하였다. 그는 서울의 도서관에서 보낸 1985년 여름의 나날을 따뜻한 필치로 기록해두었다.

매일같이 도서관을 다니다 보면 열람과장 도서과장 등 직원들과도 친해져서 점심시간에 함께 식사를 하거나 때로는 바둑을 두고 호되게 패하기도 했다.

고려대 도서는 (대체로 어느 대학이나 비슷하지만) 일반 도서는 자유롭게 열람할 수 있고, 희귀본·귀중본은 각각 稀·貴 라벨을 붙여 별치하며, 보통 열쇠로 잠가두어 그 안으로 들어갈 수 없다. **희귀본은 구하기 어려운 전쟁 전 출판물과**

국내외 좌익계 서적 등이고, 귀중본은 중요문화재급 도서자료로 고려시대 10~14세기, 이조시대15~20세기 초의 판본도 많아 그 질과 양에 압도된다. 희귀본 및 귀중본은 관장의 허가가 있으면 특정 열람실에서 볼 수 있고, 책에 따라 복사도 가능하다. 중앙도서관에는 8개의 문고가 있고 귀중본도 많다. 육당문고六堂文庫. 육당은 최남선의 호(號), 와세다대학의 졸업생이자 신문화 개척자의 한 사람도 그 중 하나이다.

서울대 도서관은 의학, 농학, 법학 등 각 전문에 다른 분관을 별도로 하면, 두 부분으로 이루어져 있다. 옛 경성제대 부속도서관의 책을 계승하여 발전시킨 중앙도서관과 다른 하나는 규장각 도서이다. 규장각은 1776년에 설치된 당시 왕실기관으로 기록 보존 및 장서의 기능을 수행하였다. 규장각 도서는 현재 중앙도서관과 같은 건물에 있지만입구는 별도, 조만간 안에 분리하여 규장각 도서만의 건물을 세울 계획이라고 들었다.[8]

오무라는 매일 도서관을 출근하듯 드나들었고, 도서관 사서들과 개인적인 친분을 쌓기도 하였다. 그는 열람 경험을 바탕으로, 국립중앙도서관, 국회도서관, 각 대학 도서관의 역사과 특징을 대별하였다. 특히 그는 식민지 시기 문헌 자료의 계승 및 분포 현황, 좌익 서적의 관리 현황, 한국문학 작가의 자료 기증 등에 관심을 기울였다.

오무라는 한국과 일본에서 새로운 자료를 발굴하면, 목록 또한 새로 작성하여 최신의 정보를 연구자들과 공유하였다. 1984년 오무라는 목록의 증보를 약속하였는데, 실제로 1997년 호테이 토시히로布袋敏博와 함께 다시 한 번 『조선문학 관계 일본어 문헌 목록－1882.4~1945.8 朝鮮文学関係日本語文文献目録－1882.4~1945.8』료쿠인서방(緑蔭書房), 1997을 간행한다. 새롭게 편찬한 목록에서 오무라는 문헌의 조사 시기를 확장하였고, 문학의 범위를 넓게 해석하여 민화, 저널, 영화, 연극, 음악, 무용, 회화 등도 포함하였다. 이 목록을 간행하면서 오무라는 목록 작업의 어려움과 보람을 기록해 두었다.

목록 작성의 어려움은 목록을 만든 사람이 잘 안다. 이렇게 노고가 많고 밀도 높은 일에 대한 사회적 평가는, 그것이 논문이 아니라는 이유로 의외로 낮지만, 사실 양질의 목록은, 이러저러한 논문이 수백 편 모인다고 해도 당해낼 수 없는 가치를 가지고 있다. 후학이 얼마나 그 은혜를 입을지 모른다.[9]

또한 오무라는 '만주'지역의 자료목록을 정리하였다. 그가 이상범李相範과 함께 정리한『『만선일보』문학 관계 기사 색인－1939.12.~1942.10.『滿鮮日報』文学関係記事索引－1939.12~1942.10』1995과 호테이와 함께 정리한『구 '만주' 문학 관계 자료집旧「満洲」文学関係資料集』전 2권, 2000 등이 그 예이다.

1990년대 이후 오무라는 자신이 동아시아 곳곳에서 수집한 자료를 자료집 및 작품집의 형태로 공간하였다. 그와 호테이는『조선문학 관계 일본어 문헌 목록朝鮮文学関係日本語文文献目録』을 바탕으로, 거질의 자료집『근대 조선문학 일본어 작품집近代朝鮮文學日本語作品集』료쿠인서방(緑蔭書房), 2001~2008, 전 23권을 간행하였다.『근대 조선문학 일본어 작품집』은 1939~1945년 시기의 작품을 창작 6권, 평론 및 수필 3권 규모의 제1기로 간행하였고, 1901~1938년 시기의 작품을 창작 5권, 평론 및 수필 3권의 규모로 제2기로 간행하였으며, 추가로 발견한 1908~1945년 시기의 작품 3권을 제3기로 간행하였다. 오무라는 특히 1939~1945년 시기의 일본어 한국문학 작품을 선별한 제1기의 간행을 주도하였다.

여기에 실은 작품군은, 거듭 말하지만, 일본어로 쓰여 있었던 까닭으로 이른바 '친일 문학'으로 취급되어, 그 결과 연구의 대상으로 제대로 간주되는 경우가 많지 않았다. 물론 이들 작품은 어느 나라의 문학은 그 민족언어로 쓰인 작품이 중심이라는 원칙에서 본다면, 결실할 수 없는 꽃임이 틀림없다. 그럼에도 불구하고 이들 일본어 작품에도 어김없이 조선인 문학자들의 생활과 고뇌가 새겨져 있다. 시대를 알고 또한 그렇게 한 시대에 살았던 문학자들의 생각을 알 수 있는 빼놓을 수 없는 자료라고 생각한다.

본 작품집은 초출初出 수록을 원칙으로 했다. 그와 관련하여 김사량의 작품을 다시 초출 형식으로 수록하고 있는 것도, 본 작품집의 한 가지 특징이다. (…중략…) 왜냐하면 현재 가장 널리 유통되고 논문 등에서도 텍스트로 사용되는 경우가 많은 가와데쇼보신사河出書房新社 판 『김사량전집金史良全集』에는 본문에 편자의 손길이 다소 가해졌다는 문제가 있기 때문이다. 본 작품집에 수록 및 기록된 초출 원 텍스트와 비교하기 바란다. (…중략…) 또한 안이하게 단행본을 복각하는 것도 가급적 피했는데, 예외로 최병일의 『배나무梨の木』, 김종한의 『어머니의 노래たらちねのうた』, 『설백집雪白集』, 그리고 평론편에 실리는 최재서의 『전환기의 조선문학轉換期の朝鮮文學』 네 권만 전권을 수록하였다. 이 경우 단행본으로서의 통일성을 중시하여 수록 작품의 초출 연도에는 구애받지 않았다.[10]

오무라는 한국작가의 일본어 문학에 대한 관심을 이어가면서, 일본어 작품집을 간행한다. 그는 한국작가의 일본어 문학을 배제하기 보다는 일본어로 표현된 한국 작가의 생활과 고민에 귀기울일 것을 제안한다. 또한 오무라는 작품집 편집 시 처음 발표된 텍스트를 싣는 것을 원칙으로 삼았다. 이미 일본에서 유통되었던 전집 등이 범한 편자 개입 및 텍스트 오류를 넘어서 한국문학에 대한 온당한 이해에 도달하기 위해서였다.

1997년 오무라는 최재서가 간행한 인문사人文社의 『국민문학國民文學』의 복각본영인본, 1997~1998을 출판한다.

'일제 말 암흑기' 유일의 문학 잡지 『국민문학』『국민시가』 몇 권이 나왔지만, 『국민문학』에 비할 수 없음은 식민지 조선에서 일본문학과의 관련성을 보는 데도 중요하지만, 그 이상 당시 조선인 문학자들의 정신 상황, 나아가 조선의 문학 상황을 알 수 있는 귀중한 자료이다. (…중략…) 어쨌든 이 시기의 문학 연구는 이제 막 시작하는 정도이다. 우선 한국에서도, 각종 공공 도서관이나 대학 도서관을 돌아다녀도 『국민문학國民文學』을 갖추어 둔 곳이 없다. 한국에서 영인본이 나왔다고는 하지만 매우 불완전하다. 앞에서 든 연구의 저자들한일의 연구자들—인용자도 『국민문학』전모를 보고 있는 사람은 없을 것이다. 이번 복각본이 귀중한 이유이다.

『국민문학』을 바라보는 시점은 다양할 것이다. 『국민문학』에서 식민지 지배의 정신적 가학성을 살펴볼 수도 있고, 어느 국가의 권력이 다른 나라의 정신 문명을 빼앗으려 했던 비인간적인 시도가 윤리를 결여한 채 결국 크나큰 허사로 끝나는 과정을 보는 것도 가능할 것이다. 하지만 『국민문학』을 친일 문학지로 규정하는 것은 안이하다. 시국과 함께 친일색이 짙어져 간 것은 사실이지만 결코 친일 일색은 아니며, 각 사람마다 갖은 고뇌 속에서 이전부터의 문학 행위를 질질 끌어가면서 가장 어려운 시대를 살다가 마침내 해방을 맞이하는 불씨를 남겼다는 면도 있었던 것이다.[11]

오무라는 당시까지 『국민문학』의 전모를 본 사람이 없었다는 것을 강조한다. 한국의 도서관 가운데 그 전질을 갖춘 곳은 없었고, 한국의 영인본은 부실했다. 오무라는 연세대, 고려대, 서울대 도서관에서 자료를 수집하고 자신의 소장한 자료를 더하여, 『국민문학』 1941년 11월호에서 1945년 5월호를 복각본 전 13권으로 편집하여 출판하였다.[12] 또한 그는 『국민문학』 복각본 별책으로 해제, 총목차, 저자명 색인 등 잡지에 대한 정보를 종합적으로 정리하였다. 해제에서는 자료의 출판 상황 및 성격,

용어 및 표기, 주요 작가 및 작품 정보를 상세히 설명하였다. 특히 원본을 확보하지 못한 결호^{1945년 4월호}의 존재를 밝혔고, 원문이 훼손된 부분^{검열 의심}, 인쇄 상태가 불량한 부분 가운데 복원한 부분과 판독이 불가능한 부분을 나누어 밝혔다. 김윤식은 한국에서도 불완전한 『국민문학』 영인본이 출판된 상황에서, 오무라가 "이를 보강하여 거의 완벽판^{여기에도 1945년 4호가 빠져 있으나, 과연 이것이 간행되었는지는 의문}을 내놓고 있다"라고 고평하였다.[13] 오무라는 『국민문학』 복각본을 출판하면서, 임종국의 『친일문학론』의 학술사적 의미를 다시 한 번 새긴다.

> 한국에서는 지금으로부터 20여 년 전까지만 해도 임종국의 『친일문학론』^{1966년 출판} 이외에는 거의 누구도 이 시기의 문학 연구나 조사에 착수하지 않으려 했다. 해방 전부터 활동했던 기성세대는 마음의 상처를 건드리는 것이 아팠고, 해방 후 젊은 세대는 친일 문학이라는 이름만 들어도 역겨워하면서 '암흑기'는 문학사의 공백기로 외면하였다. 임종국은 그 터부를 깨고 『친일문학론』을 집필하는 바람에 일정한 직업도 갖지 못하고, 천안 교외 전기도 안 들어오는 언덕 위에 손수 집을 짓고, 사과 상자를 책상 삼아 집필 활동을 계속할 수밖에 없었다.[14]

오무라는 1970년대 중반 임종국의 『친일문학론』을 일본어로 번역하면서, 외면과 매도를 넘어서 '친일문학'의 아픔을 직시하고자 하였다.[15] 하지만 그는 1990년대 중반에도 여전히 한국과 일본에서 '친일문학'에 대한 연구가 충분히 이루어지지 못하고 있다고 보았다. 『국민문학』 복각본 출판은 '친일문학' 시기의 한국문학의 온당한 이해를 위한 실천적인 방법 중 하나였다. 오무라는 『국민문학』의 대일협력을 인정하면서도 그 안에서 모색된 다양한 사상적 고민을 섬세히 살피면서 이에 대한 공공의 토론을 요청하였다.

다른 한편, 오무라는 한국문학 연구의 기초 자료로서 실증적 연구의 토대를 쌓았다. 특히 그는 한국작가의 일본 유학 자료를 수집하였으며, 일본 내 한국문학 관련 장소의 위치 비정을 시도하였다. 오무라는 대학 학적부 등을 확인하여 작가의 약력, 수학 사항 등을 정리하여 보고서 「와세다 출신의 조선인 문학자早稻田出身の朝鮮人文学者」를 작성하였다.[16] 오무라가 수집한 학적부 등 자료의 일부는 하타노 세츠코의 『일본 유학생 작가 연구』소명출판, 2011의 「일본 유학생 학적 자료」로 실려서 한국의 연구자에게도 공개되었다.[17]

오무라는 일본에서 활동한 한국작가가 참여했던 기관 및 단체의 정확한 위치를 비정하였다. 그는 잡지의 판권면과 광고, 신문기사 등 쉽게 지나칠 수 있는 정보를 정리하여 각 기관의 위치 정보를 1차적으로 확인하였고, 지도를 통해 위치를 검증하고 답사를 통해 구체적인 장소를 확인하였다. 오무라는 당시 카프 도쿄지부가 신간회 도쿄지부와 같은 위치인 도쿄시東京市 도쓰카마치戶塚町 199번지에 위치한다는 것을 확인하고, 당대 일본 지도와 교차하여 위치를 특정하였다. 또한 그는 후쿠인인쇄합자회사福音印刷合資會社, 여자계사女子界社, 요코하마 부두 등 한국문학과 관련이 있는 요코하마의 지리 정보를 정리하여 「제2차 세계대전 전의 조선문학과 가나가와戰前の朝鮮文学と神奈川」를 집필하였다.[18]

오무라는 자신이 동아시아 곳곳에서 수집한 자료를 적극적으로 공유하였다. 그는 목록 및 자료집을 여럿 출판하였으며, 한중일 국적을 막론하고 필요한 연구자에게 자료를 기꺼이 제공하였다. 오무라 마스오의 아카이브는 자료의 수집 기능뿐 아니라, 자료의 공유 기능을 적극 수행하

〈그림 2〉 2017.12.27. 요코하마 야마시타 답사 중 지도를 확인하는 오무라 마스오
출처 : 『오무라 마스오와 한국문학』

였다. 오무라의 아카이브 구축은 지식의 민주주의와 '열린 공공성Öffentlich-keit'을 지향한 것이다.[19] 한국문학을 통해 공공성을 지향하는 오무라 마스오의 태도는 그의 연구 초기부터 일관적인 것이었다. 일찍이 1980년 오무라 마스오는 1970년대 일본의 김지하 붐을 신중하면서도 비판적으로 진단한 바 있었다.

김지하의 작품에 대하여 말하자면, 그것은 한국근대문학, 혹은 한국현대문학의 문학 중에 위치하여, 심정적 일체감으로부터 일단 거리를 두고 객관적으로 지속적인 관심으로 가져야할 것이며, 돌출적으로 정치적 정열 속에서 단편적으로 파악해서는 안 된다고 생각한다.

또한 김지하의 작품이 한국현대문학의 일부이기 때문에, 특정 그룹의 사람들이 그것을 동점하려는 섹트주의는 타파해야한다고 생각한다. **특수한 루트를 통하여 작품을 입수하며, 원문을 공표하지 않는다거나, 타자에 의한 번역을 허락하지 않으며 자신들 번역의 개역도 허락하지 않는 태도에는, 무언가 권력적인 기미마저 있다. 순진한 사람들로서는 유감이다.**

구원 활동과 작품의 발표와 진정한 이해의 삼위일체 선언의 앞에서, 필자는 머뭇거리고 고개를 갸웃거리지 않을 수 없다. 타자에 의한 다양한 이해를 부정하기 때문이다. **원문은 전부 공표하여, 각 사람이 각 양의 번역소개를 수행하고, 다양한 작품이해를 전개하여 그 속에서 '진정한 이해'를 경쟁하는 것이 민주주의의 원칙이 아닐까.**[20]

오무라 마스오는 한국의 독재정권에 맞서 자유와 민주를 지향하면서 김지하에 연대하였던 일본 시민사회가 오히려 김지하의 자료를 폐쇄적으로 유통했던 것을 비판하였다. 폐쇄적인 유통은 텍스트 및 번역에 대한 기초적인 검토를 어렵게 만든다. 오무라는 김지하의 작품이 아닌 것이 김지하의 문학으로 소개되거나, 잘못된 번역이 지속적으로 유통된 것을 그 때문이라고 보았다. 텍스트의 폐쇄적인 유통은 텍스트에 대한 오해 및 해석의 평면화를 가져올 수 있다. 오무라는 한국문학에 대한 온당한 이해를 위해서는, 자료의 자유로운 공유를 통해 다양한 번역 및 해석의 경합이 필요하다고 보았다. 그는 번역 및 해석의 경합을 통해 문학의 '민주주의'가 구축될 수 있다고 보았다.

2000년대 오무라는 일본의 윤동주 번역을 비판적으로 검토하면서, 자신이 공들인 번역 역시 지면에 공개하였다.

나는 내 번역에 결점이 없다던가, 질이 높다고는 조금도 생각하지 않는다.

〈그림 3〉 조선프롤레타리아예술동맹 도쿄지부 지도
제공 : 국립한국문학관

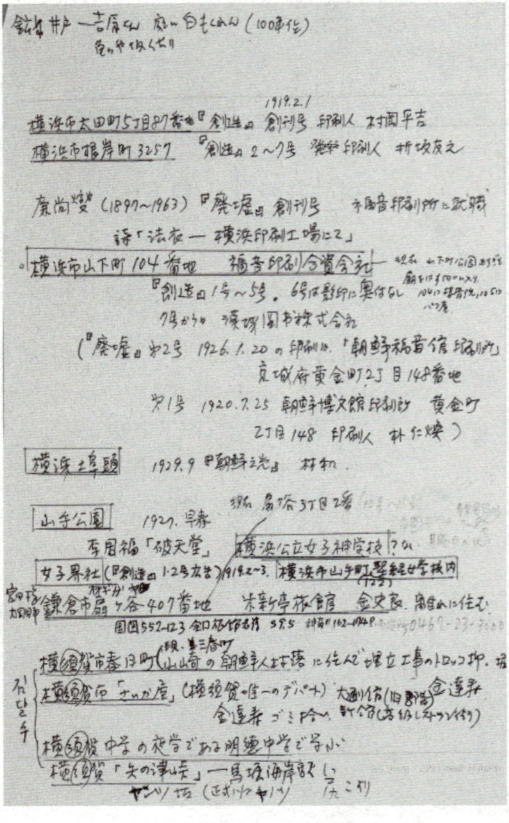

〈그림 4〉 요코하마의 한국문학 관련 장소 검토 초안
제공 : 국립한국문학관

보다 적절한 번역이 있다면 언제나 고치고 싶다. 한 작품을 둘러싸고 다수의 번역이 나오고, 서로 경쟁해서 보다 좋은 번역을 만들어 내면 좋겠다고 생각한다.[21]

오무라는 하나의 작품에 대한 다양한 번역이 경합하면서, 텍스트에 대한 지식 역시 풍요로워진다고 보았다. 텍스트에 대한 풍요로운 해석은 '좋은 번역'의 토대가 된다. 오무라의 학술적 실천은 지식을 비감소성과 비배제성을 갖춘 커먼즈공유재, commons로 이해하는 입장과 공명하면서, 지식이 추구하는 가치를 통해 보다 건강한 사회가 될 수 있다는 입장, 곧 지식의 '열린 공공성'을 지향한다.[22]

2. 동아시아 민중의 상호이해라는 과제

탈냉전으로부터 10여 년이 지난 2004년 1월 15일 10시 40분 와세다대학 4호관 501호 교실에서 오무라 마스오 교수 최종강의 '조선근대문학과 일본朝鮮近代文学と日本'이 열렸다. 그리고 오무라는 퇴직 이후에도 답사와 자료조사, 학술 발표와 논문 집필을 이어갔으며, 또한 신문 칼럼과 심포지엄을 통해 한국문학에 관한 지식을 동아시아의 민중들과 공유하였다.

오무라는 『홋카이도신문北海道新聞』의 「세계문학·문화 아라카르트」의 '한국·북한'란에 「민족적 저항정신과 인간애—윤동주 시 전집 『하늘과 바람과 별과 시』」2000.4.7에서 「조선어로 그린 고바야시 다키지의 맨얼굴」2011.3.15에 이르기까지 11주 간격으로 10년 동안 800자 분량의 칼럼을 신문 지면에 연재하였다. 오무라는 칼럼에서 2000년대 초반 변화하는 동아시아 질서를 염두에 두면서, 일본의 민중에게 한국문학과 북한문학, 그리고 옌볜문학과 제주도문학 등 탈중심화한 한국문학을 다양한 시각에서 소개하였다. 그는 한국의 한용운, 남정현, 안수길과 북한의 김조규 등 문학사적 지위를 인정 받고 있는 작가와 함께 김용제, 김사량, 윤동주, 김학철, 김종한, 심연수 등 언어와 국경의 경계를 넘었던 작가를 두루 소개하였다.

2000년 전후 동아시아는 역사 교과서 야스쿠니 신사참배, 동북공정 등으로 상호갈등이 증가하는 동시에, 남북정상회담, 2002년 한일월드컵 공동개최, 중국의 개방, 한류의 발흥 등으로 "정부 차원과 민간 차원"의 상호교류 역시 증가하였다.[23] 동아시아 담론 역시 한국, 일본, 중국, 타이완의 학계에서 주요한 논제로 논의되었다.[24] 동아시아의 갈등과 만남이 증가하는 상황 앞에서 오무라는 한국과 북한의 관계를 중심으로 동아시아의 상호교류 가능성을 검토한다. 그는 탈냉전 이후 한국과 북한의 교류의 증가, 문학사 시각의 확장 등을 염두에 두면서, 한국과 북한이 "한국전쟁을 되풀이해서는 안된다"라는 인식을 공유하면서 서로에게 "일정한 비판정신을 잃지 않으면서도 민족공동체로서 친근감이 뒷받침된 관심"을 가지고 있다고 신중히 진단하였다.[25]

2000년대 초반 동아시아 정세의 변동 속에서 한국과 북한의 교류 역시 조금씩 진전되고 있었다. 오무라는 2000년 한국의 '통일문학전집' 기획, 2004년 홍석중의 만해문학상 수상, 2005년 남북작가대회 개최, 2008년 '6·15민족문학인협회'가 편집한 『통일문학』 창간호 간행 등의 의미를 실시간으로 일본의 시민에게 소개하였다.

남북의 작가들이 이름과 자신의 작품을 말한 후에는 별다른 화제가 없었다는 불만의 목소리도 있는 듯하지만, 자신들이 위치하고 있는 현대를 '분단시대'로 규정하고 '통일문학'을 지향하는 점에서는 공통적이다. **우리들은 이러한 움직임에 주목하고자 한다.**

최근 북한을 방문한 한국인의 수는 관광객을 포함하여 백만 명을 넘었다고 한다. 이 숫자는 한국의 북한 인식에 영향을 줄 수밖에 없을 것이다.[26]

물론 한국과 북한의 교류 행사가 충분한 결실을 맺지는 못하였지만, 오무라는 한국과 북한이 교류를 통해 확인한 공통성과 가능성에 기대를 걸었다. 그는 실제 진행된 행사 뿐 아니라, 기획은 되었지만 결실을 맺지 못한 기획에도 주목하였다. 2004년 한국정신문화연구원과 조선사회과학원의 공동주최로 기획한 '제2회 세계조선학대회'가 한국의 사정으로 공동주최가 무산되었다. 또한 2007년 시민 모금으로 도라산에 건립하고자 했던 문익환 목사 시비는 한국군의 사기를 떨어뜨릴 수 있다는 이유로 중단되었다. 오무라는 안타까운 마음으로 중단된 교류의 시도를 일본 시민에게 소개하면서, 적당한 시기에 그 시도가 다시금 점화되기를 바랐다. 그는 "대한민국과 조선민주주의인민공화국은 지그재그의 길을 걸으면서 조금씩 화해와 융화의 방향으로 나아가고 있는 것처럼 보인다"[27]라고 언급하였다.

오무라는 동아시아의 상호이해를 위해서는 정부 차원 교류뿐 아니라, 민간 차원 교류가 더욱 중요하다고 강조하였다. 그는 한국과 북한의 경계를 넘어설 수 있는 공통의 텍스트와 역사적 경험을 발굴하고 소개하는 데 힘썼다. 이원수가 작사한 동요 〈고향의 봄〉 역시 한국과 북한이 공유하는 텍스트였다.

1992년 아직 한일 간 문화교류가 제한되어 한국에서 일본의 노래가 불리지 못했던 시절, 일본의 단포포어린이합창단과 한국의 풀초롱어린이합창단이 한국에서 '만남의 콘서트'를 연 적이 있다. 그때 일본 측에서 〈고향의 봄〉을 원어로 불러 우레와 같은 박수를 받았다. 나는 국제문화교류의 참모습을 직접 보고서 스태프의 입장에 있다는 것도 잊고 감동했다.

또 1991년 중국 지린성 옌볜 조선계 중국인 자치주에서 '국제고려학회' 소장학자 심포지엄이 열렸을 때, 남과 북에서 많은 젊은 연구자들이 모였는데, 모임이 끝나고 연회석으로 자리를 옮기자 남북의 청년들이 어깨동무를 하고 몇 번 씩이나 되풀이해서 부른 노래가 바로 〈고향의 봄〉이었다. **남북의 전후세대가 함께 부를 수 있는 노래가 전전**戰前**의 동요밖에 없는 현실을 뼈아프게 생각하면서도 남북이 서로 공감할 수 있는 이러한 문화적 토양 위에서 민족통일이 어느날엔가 반드시 오리라는 것을 확신했다.**[28]

1925년에 발표된 〈고향의 봄〉은 해방 후 분단된 한국의 민중과 북한의 민중 모두가 즐겨 불렀다. 오무라는 1991년 옌볜과 1992년 서울에서 불린 〈고향의 봄〉을 식민지와 냉전의 경계를 넘어서 동아시아의 사람들이 함께 부를 수 있는 노래로 주목하였다. 다만 그는 한국과 북한의 민중이 함께 부를 수 있는 노래가 식민지 시기의 노래였다는 점을 안타까워하였다. 또한 오무라는 한국과 북한에서 공유할 수 있는 문학 작품이 무엇일지 관심을 가지고 "문학이념을 달리하는 한국과 북한이 한결같이 『인간문제』를 높이 평"하는 양상에 주목하면서, 그 자신이 담당한 일본어 번역의 마무리를 다짐하였다.[29]

오무라는 통일이라는 시각을 넘어서 동아시아의 상호소통이라는 시각에서 한국과 북한의 교류에 주목하였다. 특히 그는 한국과 북한에 대한 일본 민중의 비대칭적 인식을 신중히 성찰하였다.

한 가지 마음에 걸리는 것은 일본 사회에서 볼 수 있는 북한에 대한 이상한 혐오감과 한국에 대한 동경이라는 괴리 현상이다. 한국에서는 일본에서와 달리 북한에 대한 혐오감을 찾아보기 어렵다. 한국과 북한은 역사, 언어, 전통문화, 그리고 민족의 핏줄까지 공유하고 있기 때문이다.[30]

그는 2000년대 한류의 시작과 함께 일본 민중이 한국을 우호적으로 인식하는 반면, 북한을 혐오하고 있다고 조심스레 진단하였다. 오무라는 특히 드라마 〈겨울연가冬のソナタ〉의 인기에 힘입어 한류가 시작되면서 민중 차원에서 일본과 한국의 심리적 거리가 급속히 좁아지고 있다고 보았다. 일본의 민중은 한국의 거리를 직접 걸었으며, 한국 민중의 생활에 대한 관심을 가졌다. 특히 그는 당시 일본 여성이 한국에 대한 동경을 가지는 것을 보면서, 그러한 현상을 "한일관계사에서 대서특필할 만한 획기적 사건"으로 판단하였다. 나아가 오무라는 한류와 함께 일본에 확산되는 한국 드라마를 통해 동아시아의 역사를 되돌아보았다. 그는 드라마 〈겨울연가〉 마지막 장면의 배경이 거제도임을 언급하면서 한국전쟁 시기 거제도 포로수용소의 포로 수용과 송환을 간략히 짚었다. 또한 드라마 〈올인〉의 배경인 제주도의 역사를 환기하면서 오성찬의 소설 「어느 공산주의자에 관한 보고서」와 4·3사건을 소개하였다. 오무라는 한류라는 계기를 통해, 일본의 민중에게 식민주의와 냉전이 겹쳐진 동아시아의 역사적 맥락에서 한국을 이해할 것을 제안하였다.

오무라는 일본의 민중이 가진 북한에 대한 스테레오타입이 실제 북한과 다르다는 사실을 거듭 언급하였다. 일본의 대중매체는 북한을 최소한의 생활이 불가능한 참담한 나라로 묘사하지만, 오무라는 자신의 북한 방문을 바탕으로 북한 역시 '겸허하게 살아가는 서민들'의 나라라는 것을 역설하였다. 또한 일본에서 북한은 문화의 불모지인 야만적인 나라로 묘사되지만, 『세계문학전집』 등을 출판할 문화적 역량을 갖추었으며 세계에 대한 관심을 가진 나라라는 것을 강조한다.[31]

오무라는 한국의 민중, 옌볜의 민중, 북한의 민중, 그리고 일본의 민중이 차이에도 불구하고 서로 존중하고 소통할 가능성을 탐색하였다. 그가 소통의 매개로 주목한 것은 문학이었다. 그는 북한 역시 평범한 사람들이 살아가는 나라로 전제하면서, 북한의 문학에 대해 조심스럽게 접근한다. 오무라는 일본인의 시각에서 북한문학을 존중하였지만, 그것이 북한문학에 대한 무조건적 긍정을 의미하는 것은 아니었다. 그는 『조선문학』 2004년 8월호가 '항일투쟁기념호'라고 해도 될 정도로 일본 제국주의를 비판하는 작품이 많이 실려서 "일본인으로서는 읽기가 괴로운 특집호"였다고 솔직한 감정을 토로하였다. 또한 『조선문학』 2006년 4월호 '태양절에 드리는 만민의 축하' 특집을 읽으면서 지면 대부분을 차지한 김일성과 김정일에 대한 찬가에 대해서는 "딱딱하기 그지없는 축하 분위기"로 심리적 거리를 감추지 않았다.

오무라는 일본인의 시각에서 북한문학을 성실히 읽었고, 북한의 경직된 정치 체제에 대해서는 비판적인 거리를 유지하였다. 하지만 북한 체제에 대한 오무라의 비판은 일본인으로서 일본에 대한 성찰과 연동한 것이었다. 오무라는 북한의 '주체' 연호가 주는 생경함을 쓰면서도 "일본에서도 쇼와니 헤이세이니 연호를 사용하고 있으므로 꼭 남의 일이라고는 할 수 없겠지만……"이라는 단서를 통해 북한에 대한 질문을 일본 스스로에게도 되돌렸다. 일본인으로서 오무라는 천황제에 대한 비판적인 입장을 견지하였다.[32] 오무라는 천편일률적인 태양절 축하시를 읽으면서 감흥을 느끼지 못하다가, 한기운의 시 「꽃과 뿌리」를 만나고서야 "안도의 한숨을 쉬게" 된다.

> 누가 뭐래도 한 편의 아름다운 서정시인데, 특집호 전체가 거의 김일성과 김정일에 대한 찬가로 채워져 있는 가운데 이러한 시를 만나면 마음이 개운해진다.[33]

오무라는 「꽃과 뿌리」의 전문을 번역하여 일본의 민중에게 북한 민중의 정서를 온전히 소개하였다. 그는 일본의 민중이 문학을 통해서 북한 민중의 삶과 정서를 이해할 수 있다고 판단하였다.

또한 오무라는 정지용, 임화, 윤동주, 김사량, 김종한 등 현해탄을 오갔던 한국 작가의 행적과 식민주의와 냉전이 이어진 동아시아의 여러 장소를 일본의 민중에게 소개하였다. 그는 제주도의 일본군 군사 기지와 항일기념탑을 소개하였고, 인천의 일본 조계지와 신사神社의 흔적을 더듬었다. 일본 교토의 도시샤대학 교정에 나란히 서있는 정지용과 윤동주의 시비를 바라보면서, 한일의 문화와 역사가 깊은 연결을 환기하였다.

조선인 문학자 중에서 김사량金史良, 1914~1950은 일본에서도 비교적 이름이 알려져 있는 편이다. 가와테쇼보신샤河出書房新社에서 간행한 『김사량 전집』 전 4권이 있고, 이와나미신서로 나온 『김사량-그 저항의 생애』가 있기 때문이다. 물론 진정한 의미에서의 전집은 아직 나와 있지 않다. 가와테쇼보 판에는 해방 직후 조선민주주의인민공화국북한에서 발표된 작품 다수가 빠져 있고 교정도 하자가 있기 때문이다. (…중략…) 김사량은 조선 본국의 문학자이지만 어떤 의미에서는 재일조선인 문학의 길을 연 개척자와 같은 인물이기도 하다. 그의 작품은 민족적 저항 의식을 내밀하게 간직하고 있는 동시에 유려한 서정성을 바탕으로 시정 사람들의 애환을 노래하고 있다.

그런데 바로 그 김사량이 1941년 4월부터 다음해 2월까지 하숙했던 가마쿠라 시 오우기가야쓰扇ヶ谷 408번지 고메신테이米新停 여관의 흔적을 이번 여름에 찾아가 보았다. (…중략…) 당시 여섯 살이었던 고메신테이의 손주는 김사량이 자기와 잘 놀아주었다며 그 시절을 그리워했다. 그는 태평양전쟁이 시작된 다음날 사상범 예방구금령에 따라 김사량이 헌병대에 끌려가던 때의 일을 잘 기억하고 있었다. 할머니가 점심식사를 챙겨주고 싶다고 하자 헌병도 집 밖에서 기다리고 있었다고 한다.[34]

오무라는 김사량의 문학을 북한, 일본, 재일조선인 사회 사이에 위치 짓는다. 김사량은 해방 이전 일본에서 일본어로 작품 활동을 하였으며, 해방 이후 북한에서 조선어로 작품 활동을 하였다. 김사량의 작품집은 타계 후 북한과 일본에서 간행되었지만 그의 온전한 면모를 보여주지는 못하였다. 오무라는 김사량의 문학이 민족적 저항 의식을 내밀하게 품은 동시에, 유려한 서정성을 바탕으로 시정에서 살아가는 민중의 애환을 노래하였다고 평가하였다. 고메신테이 답사를 통해 김사량의 하숙집 주인의 손자를 만나고, 1941년 일본 민중과 김사량의 환대와 교류를 망각 속에서 길어 올렸다.

오무라 마스오의 한국문학 연구는 후학들의 손으로 확장하고 심화하고 있다. 오무라의 아쉬움에 응답하듯, 한국의 문학연구자 김재용과 곽형덕은 한국, 일본, 북한의 문헌을 바탕으로 김사량 문학을 체계적으로 정리하였다.[35] 한국의 역사학자 장신은 고메신테이에서 김사량의 체포는, 알려진 것처럼 「치안유지법」 '사상범예방구금령'에 따른 것이 아니라,

「행정집행법」 제1조의 '검속'에 따른 것임을 바로잡았다. 또한 안우식의 『김사량 평전』 이후 부정확하게 서술된 김사량의 가족 정보 및 평양고등보통학교 동맹휴교 등 그의 초기 연보를 정확히 보충하였다.[36] 곽형덕은 김사량의 문학적 실천에 대한 실증적인 검토를 바탕으로 그의 문학과 사상을 동아시아적 시각에서 새롭게 해석하였다.[37] 일본의 문학연구자 다카하시 아즈사는 김사량의 이중어 문학이 성립하고 동아시아 민중의 삶과 언어에 대한 발견을 바탕으로 확장되는 과정을 밝히고 있다.[38] 동아시아 각국의 학자들은 오무라의 연구성과를 바탕으로 그 오류를 바로 잡고 시각을 확장하면서 김사량 문학에 대한 연구를 심화하고 있다.

3. 아시아를 책임지는 삶, 새로운 아시아를 상상하는 길
1960년의 원점과 2010년의 시작

2004년 퇴직 이후 오무라는 10년간 국제 심포지엄 '식민주의와 문학'에 참여하였다. 한국의 연구자 김재용이 오무라에게 제안하여 시작한 심포지엄은 한국, 일본, 타이완, 중국의 연구자가 참여하였다. 2004년 준비 모임을 가진 이래, 2005년 제1회 심포지엄이 시작되었고 2014년 제10회 심포지엄까지 이어졌다. 김재용은 1990년대 초반 옌벤에서 개최한 국제고려학회 학술행사에서 북한의 연구자, 중국의 연구자와 함께 오무라 마스오를 처음 만났다.[39] 오무라가 『홋카이도 신문』 칼럼에서 남북의 소장 학자가 〈고향의 봄〉을 불렀다고 회고한 바로 그 행사였다.

심포지엄 '식민주의와 문학'에서 오무라는 「일제 말기를 살았던 김종한」제2회, 연세대, 2006.11.24~25, 「야포도와 김일선」제9회, 한국과학기술원, 2013.11.1~2 등 해방 이전 한국 작가의 일본어 문학, 「재'만' 조선인 문학의 두 측면-혁명가요와 심연수」제1회, 연세대, 205.10.14~15, 「안수길의 『북향보』의 의미」제3회, 연세대, 2007.5.26~27, 「이토 에이노스케伊藤永之介의 「만보산」과 장혁주의 『개간』」제5회, 한국과학기술원, 2009.9.26, 「'만주'시대의 김조규」제8회, 연세대 원주, 2012.8.24 등 해방 이전 '만주'지역의 한국문학, 「제2차 세계대전 말기의 제주 문학자의 활동」제10회, 제주대, 2014.5.30~31 등 해방 이전의 제주도문학에 관해 발표하였다. 심포지엄의 연구자 다수가 참여한 학술행사에서는 「도카이 산시東海散士의 『가인지기우佳人之奇遇』와 양계초梁啓超의 번역」인하대, 2009.12.3~4등 중국문학에 관해 발표하기도 하였다.

심포지엄 '식민주의와 문학'에서 오무라 마스오는 탈중심화한 한국문학이라는 문제의식을 학술적 쟁점으로 제안하였다. 그는 식민지 시기 한국의 작가가 도쿄, 서울, 옌볜, 제주도 등 동아시아의 여러 장소를 이동하면서 텍스트를 생산하는 과정에 유의하였다. 그가 주목한 한국 작가들은 식민주의와 냉전 아래 동아시아의 국경을 거듭 넘으면서 한국문학이 복수의 정체성을 가지도록 한 이들이었다. 오무라는 국민국가의 문학사에서는 주목하지 못한 동아시아적 계기를 내포한 한국문학 작가를 지속적으로 발굴하고 시민과 학자들에게 소개하였다.

특히 오무라는 심포지엄 '식민주의와 문학'에서 본격적으로 식민주의라는 논제를 검토하였다. 「일본에서의 '만주문학' 연구 상황」특별강연, 원광대, 2004.4.6, 「대동아문학자대회에 참가한 사람, 하지 않은 사람」제6회, 한국과학기술원, 2010.12.4, 「제2회 대동아문학자대회와 김용제」제7회, 충남대, 2011.9.3 등이 그것이다. 오무라의 문제 제기는 1990년대 중반 식민지에 관한 일본의 연구가 변모하는 과정을 맥락으로 두고 있다.

1960년대 이후 일본의 식민지 연구는 제국주의에 대한 연구와 옛 식

<정그림 5> 2013.11.1. 제8회 식민주의와 문학 심포지엄에 참여한 일본, 한국, 타이완, 중국 연구자들
출처 : 오무라 마스오 저작집 6

민지의 내재적 발전 및 민족해방투쟁을 중시하는 각국사 연구가 중심이 었다. 하지만 1990년대 중반 '문화론적 전회'와 '공간론적 전회'의 영향 아래 일본의 식민지 연구 역시 국민국가론, 총력전론, 포스트콜로리얼리 즘 등 다양한 관점에 근거한 '제국사' 연구로 전환하였다. 『이와나미 강좌 근대일본과 식민지岩波講座 近代日本と植民地』전 8권岩波書店, 1992~1993는 기본적 으로 냉전기 식민지 연구를 집대성한 성과였지만, 탈냉전의 과정에 편집 되어서 포스트콜로니얼리즘의 시각도 일부 반영한 업적이었다.[40]

이러한 맥락에서 오무라는 『이와나미 강좌 근대일본과 식민지』의 제7 권 '문화 안의 식민지文化のなかの植民地'를 비판적으로 검토한다. 첫째, 그는 강좌의 편자가 '식민지'를 일본 근대화의 한 측면으로 파악하면서 식민지 보유를 필연적인 것으로 긍정했다는 것을 비판하였다. 둘째, 그는 강좌의 편자가 극복과 비판이라는 문제의식 없이 식민지를 현재와 연결하고 있 다는 것 역시 비판하였다.

저는 '식민지 문화'가 있었다고 한다면, 그것을 일본 근대화의 왜곡으로 보고, 그것을 어떻게 극복하느냐 하는 문제의식이 필요하다고 생각합니다. 분명히 역사는 현대와 단절시킬 수가 없습니다. 식민지 문화도 현대 일본으로 이어지는 부분도 있을 것입니다. 당시 일본의 구 식민지에 있었던 식민지 문화의 어느 부분을 계승하고, 어느 부분을 부정하느냐 그것에 대한 철저한 분석이 필수 불가결하다고 생각합니다.

과연 일본의 식민지 문화는 존재했었는가, 존재하지 않았는가. 존재했다고 한다면, 그것은 일생을 바쳐 연구하기에 합당한 가치가 있는 것인가, 없는 것인가. 남들은 어떨지 모르나, 저는 'NO'라고 말합니다. 일본인 연구자로서 당연히 한국문학과 일본과의 관계에 대해서도 발언하고 싶습니다. 그러나 일본의 식민지문화가 있었다 해도, 저는 그것을 연구하고 싶은 생각은 없습니다.[41]

첫 번째 논점과 관련하여 오무라는 식민지를 근대화의 왜곡으로 보았다. 다케우치 요시미는 「나라의 독립과 이상」[1952]에서 서구 선진국을 모방하는 것이 후진국 일본 근대화의 유일한 길이라고 생각한 결과, "식민지가 되든지 그게 싫다면 식민지를 갖든지 양자택일이 있을 뿐"인 상황을 마주했다고 보았다. 일본은 겉으로는 '독립국'이었지만, 아시아태평양전쟁의 패전 이전까지 "덧없는 꿈"에서 깨어나지 못했고, 중국과 인도가 걸었던 다른 근대화의 길을 상상하지 못하였다. 다케우치는 중국은 외관으로는 독립을 성취하지 못했지만, "자기 힘으로 독립을 획득하려는 자세"를 취하면서 "식민지적 현실을 직시하고 그 고뇌 속에서 민족의 전통에 발딛고 내세운 이상"을 지향하였다고 판단하였다.[42] 오무라 역시 식민지를 근대화의 필연으로 보는 시각을 비판하면서 식민지의 역사적 경험을 바탕으로 일본의 근대를 성찰할 것을 요청하였다.

두 번째 논점과 관련하여 오무라는 식민지 문화가 존재했다면 그것에 대한 비판적 진단과 분석을 바탕으로 계승과 부정을 논의해야 한다고 보았다. 이러한 문제의식에서 오무라는 오자키 호쓰미尾崎秀実의 동생 오자키 호쓰키尾崎秀樹에 주목하였다. 오자키 호쓰키는 전시체제하에서 '사회'를 재조직하여 민족해방과 사회해방을 동시에 실현하고 다민족이 협동하는 사회적 광역권을 구축하는 '동아협동체'론을 주장한 전향 사회주의자였다. 그는 아시아태평양전쟁 직전 독일인 리하르트 조르게Richard Sorge와 함께 스파이 혐의로 검거되어 옥중에서 처형되었다.[43] 오자키 호쓰키는 '매국노의 동생'으로서 전시 파시즘 체제에서 경험한 혐오와 폭력을 바탕으로, "역사의 상처를 스스로의 손으로 정리하고, 화흔禍痕의 발자취로서 기"하기 위해 '만주'의 문학을 연구하였다.[44] 오무라는 1945년 패전 이후 20년 만에 처음으로 식민지 문학을 '근대문학의 상흔'으로 포착했던 오자키의 시각이 가진 중요성을 강조하면서, 일본의 식민지 연구에 그의 시각이 계승되지 않는 것을 안타까워하였다.

'일본의 식민지문화'에 대한 오무라의 단호한 비판이 식민지 연구의 무의미함을 말하는 것은 아니었다. 그는 다케우치와 오자키의 시각에 공명하면서, 일국사를 넘어선 제국 및 식민지 인식, 식민지의 경험에 근거한 제국 비판, 식민지 및 그 유산에 대한 성찰 등을 요청하였다. 1960년대 전후 중국학의 시각에서 학술 활동을 시작하였던 오무라는 2000년대 동아시아의 시각에서 식민지와 그 문학에 대한 근본적인 성찰을 요청하였다.

오무라는 '만주'에 거주한 일본인의 문학을 '만주문학'으로 이해하는 일본의 문학사 연구에 비판적 거리를 유지하였다. '만주국'은 '오족협화五族協和'를 슬로건으로 한 다민족국가였다. 오무라는 '만주국'의 문학은 여러 민족문학이 상호 교섭 없이 개별성과 비대칭성을 가지고 존재하였다고 판단하였다. 1945년 이후 일본인의 귀환으로 옛 '만주'의 일본문학은 소멸하지만 한족문학은 다시금 전체상을 복원하였고, 조선족문학 및 몽고족문학은 중국의 소수민족문학으로 지속한다. 오무라는 옛 '만주국'문학의 다층성을 복원하면서, 그 유산을 어떻게 비판적으로 계승할 것인지 질문하였다. 옛 '만주' 문학에 대한 비판적 인식은 일국 문학사에 대한 경계를 넘어, 한국문학에 대한 재인식과도 연동하였다.

좀 더 대담하게 말한다면, 저는 해방 전의 한국문학은 세 개의 지역으로 나눠 검토해야 마땅하다고 생각합니다. 첫 번째는 본국, 즉 일본의 식민지지역의 문학입니다. 두 번째는 '만주'의 일본 지배구역의 문학입니다. 이것은 『만선일보滿鮮日報』나 기타 만선일보사滿鮮日報社 간행물 등이 그 중심을 이루고 있을 것입니다. 세 번째가 일본의 지배력이 미치지 못했던, '만주'의 항일 빨치산 지구 문학입니다.

이 세 개의 기둥 중, 어느 하나가 빠져도 한국문학은 성립되기 어려운 것이 아닐까. 이렇게 생각합니다. 조선민주주의 인민공화국은 '만주'의 항일무장투쟁 과정에서 생긴 문학을 자국 문학사의 중심에 두고, 본국의 문학은 그 영향 아래에 전개된 문학이라고 보고 있습니다. (…중략…) 이 제삼의 기둥을 완전히 무시하고서는 한국문학사는 성립될 수 없을 것이라고 저는 생각합니다. 그것은 북한문학을 제외하고 한민족문학을 논하는 것과 마찬가지라고 할 수 있는 것이 아닐까 싶습니다.[45]

오무라는 옛 '만주국'문학 내부의 다층성에 주목하였듯, 한국문학의 공간적 다층성에 주목하였다. 그는 해방 이전 한국문학을 식민지 지배 아래 한반도의 문학, '만주국'지역의 문학, 항일 빨치산 지구의 문학으로 대별하면서, 각각의 전통이 해방 후 한국과 북한의 문학으로 계승된다는 시각에서 한국문학사를 이해할 것을 제안하였다. 식민지에 대한 오무라의 성찰은 새로운 한국문학사 이해의 청사진을 남겼다.

다른 한편, 오무라는 아시아태평양전쟁기인 1942년에서 1944년까지 세 차례 도쿄와 난징에서 열린 대동아문학자대회를 통해 식민지의 상처를 되돌아보았다. 1942년 도쿄에서 열린 제1회 대회에는 이광수, 박영희, 유진오 등이, 1943년 도쿄에서 열린 제2회 대회에는 유진오, 최재서, 유치진, 김용제 등이, 1944년 난징에서 열린 제3회 대회에는 이광수, 김기진 등이 참여하였다. 이광수는 대동아정신을 명쾌하게 설명하였고 도쿄 현지에서 제2회 대회 준비위원으로 참여한 장혁주는 일본의 작가보다 더욱 적극적인 태도를 보여주었다. 열심히 참여한 이들만 있던 것은 아니었다. 제2회 대회를 마치고 교토의 일정을 진행할 때, 김용제는 혼자 빠져나와 옛 연인을 만났다. 제3회 대회에서 중국의 작가들은 거의 듣지 않고 딴짓을 하였다. 일본의 언론과 문단은 대회에 크게 주목하였지만, 한국과 중국의 언론과 문단은 냉담하였다. 오무라는 "대체로 대동아문학자대회에 고직하게 몰두했던 것은 일본 측뿐이었던 것은 아닐까"라는 질문을 통해 대동아문학자대회를 둘러싼 동아시아의 비균질성을 환기하였다.

대동아문학자대회는 상처의 유산이다. 이제 와서 토론할 가치가 있다고는 생각하지 않는다. 그러나 곤란에 부딪쳤을 때, 인간이 어떻게 대처하는가, 어떻게 처신하는가를 보기에는 좋은 재료이다. 대회의 방침에 순진하게 따른 자, 편승한 자, 면종복배로 지냈던 자, 참가하지 않은 자, 인간 각각의 사는 법에 관련된 문제이다. 그리고 **대동아문학자대회에 이르는 일련의 문화 상황을 야기한 책임의 문제도 아직까지 그대로 남아 있다.**[46]

오무라는 대동아문학자대회를 '상처의 유산'으로 받아 안는다. 오무라는 대동아문학자대회를 통해 역사의 곤혹 앞에서 인간의 선택과 책임이라는 윤리적 문제를 도출하며, 식민주의와 책임이라는 문제를 사유하였다.

그리고 오무라 마스오는 대동아문학자대회를 되돌아보면서, 그 자신 평생 연구의 원점을 형성한 스승 다케우치 요시미를 다시 만난다. 중국문학 연구자 다케우치는 대동아문학자대회에 참여하지 않은 작가였다. 1942년 다케우치는 「대동아문학자대회에 관하여」[1942]에 "쇼와17년 모월 모일에 어떤 모임이 있었고, 일본문학보국회가 주최했지만, 중국문학연구회는 참여하지 않았다는 것을, 그 참여하지 않은 것이, 현재에 있어서는, 가장 좋은 협력의 방법이라는 것을, 백 년 후의 일본문학을 위하여, 역사에 기록하여 남겨두고 싶다"라는 다짐을 적어두면서, 대동아문학자대회에 참여하지 않았다.[47] 이듬해 다케우치는 「『중국문학』 폐간과 나」[1943]에서 밝혔듯 "우리가 당파성을 상실했다"라는 이유로 중국문학연구회를 해산하고 『중국문학』을 폐간한다.[48] 그리고 다케우치는 허식의 협력을 가열찬 부정으로 불태운 잿더미 안에서, 루쉰의 '쩡자挣扎'와 대면하면서 근본에서부터 문학을 되물은 『루쉰魯迅』일본평론사(日本評論社), 1944을 집필한다.[49]

반세기 후인 2010년 오무라는 한국의 연구자와 학생을 청중으로 두고 "백년을 기다릴 필요도 없었다. 3년 후인 1945년 다케우치가 정확했음이 증명되었다. 다케우치 요시미의 존재를 우리는 자랑스럽게 생각한다"라고 평가하였다.[50] 스승에 대한 오무라의 고평이 다케우치의 「대동아전쟁과 우리의 결의」[1941]를 못 본 척한 것은 아니었다. 아시아태평양전쟁이 개전했던 1941년 12월 8일 다케우치는 "우리는 지나를 사랑하고 지나와 함께 걷는다"라는 연대의 다짐과 함께 "동아의 해방을 세계의 신질서 위에 놓기 위하여 오늘 이후 우리는 우리의 자리에서 미력하나마 힘을 다한다"라는 침략에 대한 동의를 함께 적어두었다.[51] 오무라는 8살이었던 1941년 12월 8일 개전開戰의 소식을 듣고 "아무것도 모르는 채로 이것은 큰일이구나 하고 예감하고 긴장"했던 기억을 되짚고, 초등학교 교과서에서 배운 노래 〈대동아〉의 가사 한 구절 "여기에 태어난 십억의 / 사람의 마음은 모두 하나 / 맹주일본의 깃발 아래 / 결단코 지킬 철의 진영"을 떠올린다. 오무라는 유년시절 전쟁경험에 겹쳐서 다케우치의 아시아주의를 근본적으로 검토한다.

대동아전쟁에 쌍수를 들어 찬성한 것은 다케우치답지 않은 실수였다. 하지만, 그 심정은 이해할 수 있다. 1937년에 시작된 중일전쟁은 침략전쟁이었다. 다케우치는 그 중국으로부터 에너지를 받아 자신을 지탱해 왔다. 모순과 의혹이 그를 괴롭혔다. 그러나 영미가 상대가 된다면, 이것은 제국주의와 제국주의의 맞부딪침이다. 윤리적으로 가책을 느낄 일은 아니다. 말하자면 대동아전쟁 발발에 의해 그때까지의 찜찜함이 후련해졌던 것이다. (…중략…) 이 결론에 달한 데는 그의 '아시아주의'가 작용하고 있었던 것이지만, 대동아문학자대회라는 주제에는 벗어난 것이므로 다른 기회에 다루려 한다. 다만 하나, 그의 아시아주의에는 일본이 아시아의 리더라고 하는 지도자 의식이 없는 것이 하나의 특색이 되고 있다.[52]

일본이 중국을 침략한 중일전쟁을 바라보면서는 모순과 의혹으로 괴로워했던 다케우치는 일본이 아시아의 해방을 기치로 유럽과 싸우는 아시아태평양전쟁에서는 후련함을 느꼈다는 것. 오무라는 다케우치의 실수를 내재적으로 검토하면서, 다케우치의 아시아주의가 가진 침략과 연대의 이중성을 숙고한다. 동시에 그는 제2회 대동아문학자대회에 참여한

<그림 6> 2010.12.8. 인하대 초빙 특강 '대동아문학자대회에 참석한 문학자, 하지 않았던 문학자'
출처 : 오무라 마스오 저작집 6

중국문학 연구자 요시카와 고지로吉川幸次郎와 비교를 통해 다케우치의 아시아주의에는 지도자 의식이 없다는 점에 주목한다. 그는 지도자 의식의 유무라는 기준을 통해, 침략과 연대 사이에서 아시아주의의 유산을 어떻게 계승할 것인가 고민하였다.

오무라는 대동아문학자대회에 참여한 김용제를 통해 과오에 대해 책임지는 삶의 의미를 무겁게 새긴 바 있다. 그에 따르면, "김용제는 길을 잘못 들었다. 그러나 6년 반1939~1935.8의 실수 때문에, 해방부터 1994년에 죽을 때까지 49년간을, 울지도 날지도 못하고생활을 위해 편집업이나 매문업을 했다, 괴로운 신세로 사는 것으로 그것을 속죄하려 했다".[53] 다른 한편, 오무라는 대동아문학자대회에 참여하지 않는 다케우치 요시미를 통해서도 과

오에 대해 책임지는 삶의 의미를 무겁게 새겼다.

　1943년 11월 『루쉰』의 원고 ― 유서라고 해도 좋다 ― 를 일본평론사에 건네고 12월 1일 소집영장을 받아 4일에 입영하고 10일 사쿠라 출발, 28일 이등병으로 그가 사랑해마지 않는 중국에 간다. 다케우치 요시미의 33세 때 일이다. 귀향하여 평론가, 사상가로 활약하면서도 전후, 다시는 중국의 땅에 발을 디디지 않았다. 그는 1960년 안보투쟁의 때에 중국을 포함한 전면강화를 주장하여, 미국과의 단독강화를 추진한 기시 내각의 비민주주의적 소행에 항의하여 도립대학 교수를 사임했다. 만년은 임어당林語堂의 『논어』를 따라 "민주주의에는 반대하지 않는다", "정치에 관여하지 않는다", "양식·공정·불편부당을 신용하지 않는다", "중일문제를 일본인의 입장에서 생각한다"를 취지로 잡지 『중국』을 내면서 번역 등을 하며 지냈다.[54]

　다케우치는 패전 이후에도 평생 중국에 대한 글을 쓰고 번역하였다. 하지만 패잔병으로 일본에 귀국한 이후, 그는 다시는 중국 땅에 발을 딛지 않았다. 1960년 안보투쟁 당시 다케우치는 중국을 포함한 전면강화와 민주주의를 주장하면서 공무원인 도립대학 교원직을 사임하였다. 이후 다케우치는 「일본의 아시아관」에서 "아시아의 일원으로서 아시아에 책임을 지는 자세"를 신중히 요청하였다.[55] 오무라 마스오는 제자의 자리에서 스승 다케우치 요시미가 아시아에 대한 침략에 동의하였던 과거의 과오에 대하여 지속적으로 책임을 지면서, 아시아의 민주주의와 평화를 위한 실천에 참여하고 목소리를 내는 과정을 목도하였다. 나아가 그는 다케우치의 아시아주의에 내재한 연대의 계기를 분별하면서, 아시아주의를 사상 과제로서 계승하고자 하였다. 스승 다케우치가 중국 및 아시아에 대한 책임의 자리에 섰던 1960년 도쿄, 오무라는 한국 민중의 목소리에 귀기울이며 한국문학으로 나아갔다. 아시아주의는 오무라 마스오의 학술적 실천이 시작한 장소이자 최종적으로 다시금 도달한 자리였다. 아시아주의는 오무라 마스오가 수행한 학술적 실천의 영도였다.

그리고, 영도의 자리에서 새로운 시작. 10년간 진행된 심포지엄 '식민주의와 문학'에서 발표한 글을 단행본으로 엮으면서, 오무라 마스오는 '정착'과 '변혁'에 대한 짧은 감상을 적어두었다.

뒤돌아보면 10년, 이 심포지엄도 정착됐다고 할 수 있다. **정착하면, 변혁이 필요하다.** 10년의 성과를 바탕으로, 새로운 세계를 탐구해 날아올라야 한다.[56]

'정착하면 변혁이 필요하다'라는 화두. 이 화두는 오무라 마스오가 정년퇴직 후 10년의 시간동안 동아시아 여러 나라의 학자들과 함께 토론하였던 과정을 정리하는 언급이다. 동시에 이 화두는 1960년에서 2010년대까지 이어진 오무라 마스오의 학술적 실천에 일관하는 태도였다. 그의 학술적 실천은 중국문학으로부터 한국문학으로 나아갔으며, 재일조선인과의 만남으로부터 북한과 한국 그리고 옌벤과 제주를 거쳐 동아시아로 나아갔다. 한 자리에 머무르지 않고, 계속해서 나아가는 것. 오무라 마스오의 한국문학 연구 및 번역 역시 식민주의와 냉전이 겹쳐진 동아시아의 현실에서 한국문학을 통해 새로운 아시아를 상상하는 길을 만들어가는 과정이었다.

제16회 한국문학번역상
문화체육관광부 장관상 수상소감

오무라 마스오

　이번에 이기영의 『고향』 번역이 한국문학번역원으로부터 번역상을 수상하게 된 것을 대단히 기쁘게 생각합니다. 그러나 이 상이 『고향』에게만 주어진 것은 아니라고 생각하고 싶습니다.

　원래 『고향』은 『조선근대문학선집』 제8권의 일부로서 기획되었습니다. 이 『조선근대문학선집』은 1998년에 기획되었습니다. 일본인 한국문학연구자 9명이 공동으로 기획 편집한 것이었는데, 제8권 『고향』은 우연히 제가 번역을 맡게 된 데에 지나지 않습니다. 그런 의미에서 오늘의 수상이 제 개인에게 주어진 것이라고 하기보다, 9명의 번역자 전원에게 주어진 것으로 이해하고 있습니다.

　생각해 보니, 기획부터 출판에 이르기까지 20년이 걸린 것 같습니다. 『조선근대문학선집』은 다음과 같은 구성으로 되어 있습니다.

　제1권 이광수 『무정』 (하타노 세츠코 역, 2005)

　제2권 강경애 『인간문제』 (오무라 마스오 역, 2006)

　제3권 박태원 『소설가 구보 씨의 일일 외 13편』 (세리카와 데쓰요 외역, 2006)

제4권 채만식『태평천하』(호테이 토시히로 외역, 2009)

제5권 김동인『김동인 작품집』(하타노 세츠코 역, 2011)

제6권 염상섭『삼대』(시라카와 유타카 역, 2012)

제7권 이태준『사상의 월야 외 5편』(구마키 쓰토무 역, 2016)

제8권 이기영『고향』(오무라 마스오 역, 2017)

『고향』의 작가 이기영은 근대 한국을 대표하는 문학자이며, 그의 작품은 남쪽 한국에서도 북쪽 조선에서도 높은 평가를 받고 있습니다.

현대 일본에는 아직 한국과 북조선을 동시에 이해하려고 하는 노력이 부족한 점이 있습니다. 『고향』이 남에서도 북에서도 높게 평가받고 있다는 사실조차 많은 일본 사람들은 모르고 있습니다. 이번의 수상이 남북 양쪽을 동시에 종합적으로 이해하려고 하는 지적 계기의 하나가 될 수 있기를 기대하는 바입니다.

마지막으로 번역에 협력해 준 많은 한국 연구자 여러분께도 감사를 드립니다. 그분들과 함께 기쁨을 나누고 싶습니다.

〈그림 1〉 2018.12.11. 제16회 한국문학번역상 시상식

2018년 12월 11일 오무라 마스오는 제16회 한국문학번역상 문화체육부장관상을 수상하였다. 제16회 한국문학번역상 수상소감은 한국문학번역원의 후의로 게재할 수 있었다.

제28회 용재상 수상소감

오무라 마스오

〈그림 1〉 2022.11.21. 제28회 용재상 시상식 수상소감
제공 : 연세대 국학연구원

안녕하십니까? 저는 오무라 마스오라는 늙은이입니다.

이번에 연세대학교 국학연구원으로부터 용재학술상을 받게 되어 매우 명예롭게 생각합니다. 정말 생각해본 적 없는 일이었어요. 저 같은 사람이 과연 받아도 되나 망설였지만, 무엇보다도 제 일을 인정해 준 것에 감

〈그림 2〉 2022.11.21. 제28회 용재상 시상식 모임
제공 : 연세대 국학연구원

사하며 받기로 했습니다.

수상 이유를 살펴보면 ① 한국어 교육의 개척, ② 윤동주의 궤적 추적과 묘지 발견, ③ 윤동주 육필 원고의 조사, ④ '만주'의 한국인 혹은 한국계 작가 연구, ⑤ 친일 문학자의 재평가 등을 들 수 있습니다. 여기에 북한문학과 제주도문학에 대한 관심을 더하면 저의 빈약한 일의 전부입니다. 여기서는 ①, ②, ③에 대해 간단히 언급하며 인사를 대신하고자 합니다.

① 일본에서는 1968년부터 1969년까지 대학투쟁의 폭풍이 몰아쳤습니다. 많은 건물들이 학생에게 점거되었고 도쿄대학 야스다강당과 와세다 오쿠마강당에서는 학생과 경찰의 격돌이 있었습니다. 그러던 중 학생들 사이에서 한국어를 배우고 싶다는 요구가 나왔습니다. 학생들에게 한국의 4·19가 염두에 있었을지도 모릅니다. 저도 학생의 요청에 따라 일본 대학의 바리케이드를 뚫고 학생들에게 '아야어여'를 가르친 적이 있습

니다. 물론 정규 수업이 아닙니다. 그런 환경 속에서 1970년대 초반에 등장한 나가이 미치오 문부대신은 한국어를 대학교육 안에 도입해야 한다고 주장했습니다. 위와 아래의 추진력이 어우러져서 각 대학에서 한국어 강좌 개설이 시작되었습니다. 하지만 당시 가르칠 사람이 없었습니다. 저도 1970년대에 도쿄도립대학, 릿쿄대학, 메이지대학 등 8개 학교를 비상근으로 뛰어다니며 매우 바빴습니다. 78년도에는 저는 중국어 교사에서 한국어 교사로 변신했습니다. 와세다대학 150년 오랜 역사에서 처음으로 한국어 교사가 된 셈이죠. 전공 변경에 있어서는 여러 가지 어려움이 많았습니다.

②1996년 8월 23일 연세대학교 한국문학연구회에서 「윤동주의 일본 체험―독서력을 중심으로」라는 제목으로 윤동주의 장서와 메모에 대한 고증을 시도한 적이 있습니다.[1] 그때 제 말투가 서툴렀는지 젊은 연구자로부터 "당신의 보고는 윤동주를 모독하는 것이다"라고 비판을 받았습니다. 저는 당황하여 말을 잃었습니다. 그 연구회의 사회를 본 사람이 심원섭 선생님이었고 그의 도움으로 상황을 수습할 수 있었습니다. 김응교 선생님은 그 보고를 자신들의 잡지에 그대로 게재해 주셨습니다. 또 김영민 선생님은 정다산의 무덤을 보여주기도 하고 원주 캠퍼스를 안내해 주는 등 여러 가지 배려해 주셨습니다. 모두 연세 사람이었어요. 그리고 제가 2004년 정년퇴직 후 10년간 한국, 중국, 대만, 일본 등 아시아 각국의 연구자들을 조직하고 그 핵심이 되어 국제심포지엄을 계속 열었고, 저의 게으름을 채찍질해 주신 김재용 선생님도 연세 출신입니다. 저는 이 사람들의 도움을 받아 오늘까지 왔습니다. 1972년에 연세대 어학당에서 고생했던 추억과 함께 연세는 제 마음에 영원히 남습니다.

③연세대학교 교정에 윤동주의 시비가 서 있습니다. 새겨진 시를 육필

원고와 비하면 5군데 차이가 납니다. 대부분은 철자법 문제지만 그렇지 않은 것도 있습니다. 하지만 이 문제는 외국인이 해결할 수 없는 문제입니다.

　기묘한 수상소감이 되어버렸습니다만, 이것으로 마치겠습니다. 감사합니다.

2022년 11월 21일 오무라 마스오는 제28회 용재상을 수상하였다. 제28회 용재상 수상소감은 연세대 국학연구원의 후의로 게재할 수 있었다. 수상소감의 원본은 연세대 국학연구원에 보관되어 있고, 김하린 선생님(한국학협동과정 박사과정)이 한국어로 번역하였다. 이 책에 싣는 수상소감은 시상식 당일 오무라 마스오가 몇 군데 수정하여 낭독한 것을 따랐다. 수강소감의 수록에 도움을 주신 김현주 선생님, 신지영 선생님, 전무영 선생님께 감사드린다.

제6부

한국문학 혹은 먼저 도착한

미래의 약속

한국문학을 연구하려면 중심으로부터 주위로 연구하는 방법과 거꾸로 옌볜, 만주, 제주 등 주위로부터 시작해서 중심으로 연구하는 방법이 있겠지요.

「『출판저널』 특별 인터뷰」 2017

우리 세대가 조선학을 붙들고 씨름할 때에는 '하지 않으면 안 된다'는 생각으로 출발했다. 나의 경우도 대학원 학생 시절에 청나라 말기의 중국문학을 전공하던 중 그것과 동시대의 조선문학을 이해하지 않으면 안 된다는 인식에서 초급 조선어를 배우기 시작했다. 요즘의 젊은이들은 그저 좋아서 한반도의 인간과 문화를 접한다. 그 어떤 망설임도 없다. 그것이 오히려 진짜 출발점일 것이다.

「지금은 여성들이 동경하는 땅」 2004

조선어와 그것을 통해 조선인의 사고·문화를 접하는 것은 우리에게 새로운 시각을 열어줄 것이다. 이러한 의미에서 나는 일본인에게 조선어는 다른 어떠한 외국어보다도 필요한 외국어라고 믿는다.

「조선어를 권함」 1979

 영원히 오지 않은 날을 기다리며
조선문학을 권하다

1. 연대의 이념에서 주체성의 세계로

오무라 마스오의 한국문학 연구 및 번역은 일본인으로서 연대의 이념을 넘어서 '한국어로 이야기되는 세계'라는 주체성의 세계를 발견하는 과정이었다. 사상사 연구자 요네타니 마사후미의 통찰처럼, 동아시아의 근대는 서양의 충격을 통해 세계 시장에 포섭되며 시작되었다. 서양의 충격을 받아안은 동아시아 안에서는 모순과 분열이 생겨나고 마찰과 항쟁이 일어났다. 동아시아 내부의 주체와 실천은 서로 교착하고 연대하고 또 갈등하였다. 이러한 역사적 맥락을 염두에 둔다면 "아시아의 변혁과 연대를 누가 누구를 향해서 이야기하는가. 아시아 연대를 호소하고 받아들이고 응답하고 교섭하는 가운데 어떤 모순, 갈등, 그리고 균열과 마찰이 생겨나는가"라는 성찰적 질문이 필요하다.[1]

오무라 마스오는 한국문학을 통해서 식민주의와 냉전이 이어진 동아시아의 연대와 갈등을 마주하였다. 1960년대 일본조선연구소는 동아시아 인민 연대를 주장하였고, 1970년대 김지하구원운동은 일한연대를 요청하였다. 두 가지 정치적 실천은 일본과 한국의 연대를 주장했다는 점에서는 의미가 있지만. 한국을 특정한 구도 안에서의 정형stereotype 으로 인식할 뿐 타자로 인식하지 못하였다. 한국에 대한 정형화된 인식은 '일본어로 이야기되는 세계'를 벗어나지 않았으며 연대의 이념에 머물렀다.

하지만 오무라 마스오와 역사학자 가지무라 히데키 등은 연대의 이념을 넘어 '한국어로 이야기되는 세계'에 귀 기울였다. 그는 한국어를 통해 한국문학을 접하고, 나아가 한국인의 사고와 문화를 접할 수 있다고 보았다. 그가 한국어를 통해 발견한 '한국어로 이야기되는 세계'는 한국에 대한 일본인의 선입견과 정형을 넘어선 곳에 존재하였다. 그가 정치를 넘어서는 문학의 역할을 강조했던 것은 이러한 맥락에서였다.[2] 나아가 그는 한국이라는 구성적 외부를 통해 일본의 주체성을 재구성하고자 하였고, 일본인의 아시아관을 변혁하고자 하였다.

이 점에서 오무라 마스오는 일본인의 시각에서 한국문학을 읽고자 하였다. 그는 일본인이 한국어와 한국문학을 통하여 한국인의 생각과 삶을 만날 수 있다고 생각하였다. 그에게 한국어와 한국문학은 동아시아의 민중이 정치적 질서와 서로에 대한 선입견을 넘어서 서로를 이해하고 대화할 수 있는 매개이자 공유지였다. 냉전의 경계를 넘어서 서울을 방문했던 1970년대 초반과 중국 조선족 자치주 옌볜을 방문했던 1980년대 중반 오무라는 동아시아의 곳곳에서 살아가는 한국인과 조선족의 구체적인 삶에 주목하고 그 목소리에 귀 기울였다. 탈냉전 이후인 1990년대와 2000년대 그는 북한 민중의 목소리에도 조심스럽게 귀기울였다. 그는 북한에서 한국문학 및 세계문학을 바라보는 시각이 조금씩 넓어지는 과정에 섬세하게 주목하였으며, 북한문학을 읽으면서 정치체제 너머에 존재하는 북한 민중의 목소리에 신중히 귀기울였다.

오무라 마스오는 '한국어로 이야기되는 세계'에 존중하면서, 한국문학을 통해 일본인의 주체성을 재구성하고자 하였다. 문학연구자 류준필의 통찰처럼, 동아시아의 상호 이해를 위해서는 국가 단위의 공통성을 확인하는 동시에, 하나의 국가를 이질적인 복합체로 재구성할 필요가 있다. 하나의 국가라는 지정학적 공간은 세계적 차원, 동아시아적 차원, 국가적 차원, 지역적 차원의 역학이 동시에 작용하고 있기 때문이다.[3] 오무라 마스오의 한국문학 연구 및 번역은 "새로운 복수성과 상호 침투의 지평"의 가능성을 염두에 둔 동아시아의 주체 형성 및 타자 인식을 열어가는 과정이었다.[4] 만년에 오무라는 "다케우치 고竹內好의 제자 중에서 조선학으로 나아간 것은 제가 처음입니다"라고 조심스럽게 스스로를 소개한 것은 그의 한국문학 연구 및 번역이 가진 동아시아적 계기를 강조한 언급이었다.[5]

2. 번역자로, 아키비스트로, 한국문학 함께 읽기

오무라 마스오는 "우리 외국인 연구자들은 한국의 그러한 제도번역지원제도-인용자나 원망願望과 관계없이 자신에게나 일본 사회에나 필요하다고 생각하는 작품을 번역 소개하는 자세를 견지하고 싶어 한다"라고 번역에 대한 자신의 입장을 제시한 바 있다.[6] 오무라 마스오는 연구의 기초로서 작가의 행적을 면밀히 살폈지만, 작품과 무관하게 작가의 행적에 과도한 의미를 부여하는 것은 단호히 경계하였다. 오무라가 수행한 문학 연구의 중심에는 작품이 있었으며, 그의 연구는 정확한 텍스트의 확정 및 이해에서 시작하였다.[7]

2000년을 전후하여 일본의 한국문학 연구자들은 신뢰할 수 있는 한국문학선집으로 헤이본샤平凡社의 '조선근대문학선집'을 기획한다. 오무라는 2006년 제2권으로 강경애의 『인간문제』를, 2017년 제8권으로 이기

〈그림 1〉 푸른 지붕 집의 텃밭에서 오무라 마스오

영의 『고향』을 번역하였다.[8] 오무라는 번역에 앞서 두 작품의 연재본, 한국 및 북한의 단행본, 일본의 번역본 등을 두루 검토하고 텍스트 비평을 수행한 후 학술적 근거를 갖추어 번역 저본을 선정하였고 작품을 정확히 번역하였다. 또한 단행본 말미에 실린 해설에서 그는 작가의 생애 특징, 작품의 구조 및 서사, 작품의 배경, 작품의 이해를 위해 알아야할 정보 등을 상세히 소개하였고, 나아가 작품에 대한 한국과 북한의 평가 또한 함께 정리하였다.

소설의 무대는 공화국의 용연龍淵, 한국의 서울과 인천이 중심이지만, 강경애의 작품은 그 대부분이 중국 지린성 룽징에서 쓰였다. 『인간문제』도 그

〈그림 2〉 1998년 와세다대학 오무라 마스오 연구실에서 열린 조선근대문학선집 간행위원회 회의
출처 : 오무라 마스오 저작집 6

러하다. 강경애의 문학비도 룽징에 세워졌다. 그 때문에 강경애 문학은 중국의 소수 민족의 하나인 조선족문학의 일부이기도 하다. (시인 윤동주도 마찬가지로 중국 측에서 본다면 조선족문학이다) 중국, 공화국, 한국의 연구자가 모여서 강경애 문학을 말하는 날이 머지않아 올 것임에 틀림 없다.[9]

1970년 오무라는 '38선이 없는 마음'을 강조하면서 백두산 이남에서 현해탄에 이르는 지역을 살아가는 사람들의 문학으로 한국문학을 인식하였다. 1980년대 중후반 북한과 한국 모두에서 작가에 대한 '해금'을 통해 문학사를 바라보는 시각은 이전보다 넓어졌지만, 한국의 연구자와 북한의 연구자의 소통은 여전히 활발하지 못한 상황이 지속되었다. 오무라는 한국문학의 번역 해설을 통해 한국과 북한의 연구를 한 지면에 소개하면서, 동아시아의 연구자들이 한국문학을 통해 식민주의와 냉전의 경계를 넘을 날을 기대하였다.

2018년 12월 11일 오무라 마스오는 제16회 한국문학번역상^{문화체육관광부} 장관상을 수상하였다. 수상작은 이기영의 『고향故鄕』헤이본샤(平凡社), 2017이었다. 오무라는 "오늘의 수상이 제 개인에게 주어진 것이라고 하기보다, 9명의 번역자 전원에게 주어진 것으로 이해"한다는 소감과 함께 헤이본샤의 조선근대문학선집이 기획부터 출판까지 20여 년간 공들인 것임을 강조하였다. 또한 그는 이기영이 "근대 한국을 대표하는 문학자이며, 그의 작품은 남쪽 한국에서도 북쪽 조선에서도 높은 평가를 받고 있"지만, "현대 일본에는 아직 한국과 북조선을 동시에 이해하려고 하는 노력이 부"하다고 언급하면서 "이번의 수상이 남북 양쪽을 동시에 종합적으로 이해하려고 하는 지적 계기의 하나가 될 수 있기를 기대"한다고 소감을 밝혔다.[10] 오무라는 한국문학이라는 공유지를 통해 동아시아의 민중이 자신을 성찰하고 서로를 이해할 가능성을 일관되게 탐색하였다.

오무라의 한국문학 번역이 학술적인 목적만을 갖는 것은 아니다. 식민지 시기 한국의 시, 해방 후 한국의 시, 북한의 시를 선별하여 출판한 『대역 시로 배우는 조선의 마음』청구문화사(靑丘文化社), 1998에서 오무라는 다양한 방식의 한국문학 읽기를 시도하고 그 즐거움을 기록해두었다. "이하윤의 시는 소리내어 읊으면, 리듬이 있어서 상쾌해진다. 이는 원문을 접하는 사람만이 느낄 수 있는 기쁨이다"라는 평에서 볼 수 있듯, 오무라는 한국시를 한국어로 소리내어 낭독하는 즐거움을 감추지 않았다.[11] 또한 그는 해금으로 복원된 한국문학사의 앞에서 비극적으로 세상을 떠났던 임화의 마음을 새겼다.

임화의 시는 고양 속에도 비애가 있고, 침잠 속에도 희망이 있다. 프롤레타리아 시로 절규하는 아지테이트는 감상을 짙게 담고 있고, 패배의 통곡을 하

〈그림 3〉 강경애, 오무라 마스오 역,
『인간문제』, 헤이본샤, 2006
출처 : 『오무라 마스오와 한국문학』

〈그림 4〉 이기영, 오무라 마스오 역,
『고향』, 헤이본샤, 2017
출처 : 『오무라 마스오와 한국문학』

면서도 "중요한 것은 우리가 피로하지 않는 것이다"라고 스스로에게 단언해 희망을 미래에 연결하고 있다.

임화는 남북의 정치 대립 속에서 그 문학도 사라져 버렸다. 하지만 최근 한국에서는 민주화운동의 물결 속에서 임화의 시집이 영인되면서 본격적인 임화론이 다시 한번 당당하고 합법적으로 일반문예지에서 논의하게 되었다.예를 들면『문학사상』1988년 10~12월 그것은 크게는 45년 동안 반신불수였던 조선문학의 전인격적 회복이며, 작게는 임화라는 시인에 대한 진혼가라고나 할까.[12]

오무라는 패배의 통곡 가운데에서도 희망을 길어 올리는 임화의 마음에 겹쳐서 식민주의와 냉전을 경험한 20세기 동아시아의 근대 너머의 미래를 조심스럽게 기약한다.

패배의 역사를 받아 안으면서 미래를 기약하는 태도는 번역자 오무라의 태도이기도 하였다. 한국문학번역상 시상식 전날의 간담회에서 오무라는 "지금까지 한국문학과 중국문학에 관한 책을 십몇 권 냈지만 팔리는 책은 한 권도 없었다"라고 일본 독자의 반응에 대해 안타까움을 숨기지 않았지만, "지금 당장 많은 사람이 읽는 것은 아니지만, 일단 책을 번역 출간해 놓으면 10년 후나 100년 후에 이것을 읽고 연구하는 사람이 나타날 것이라는 신념"이 번역의 원동력임을 밝혔다.[13] 오무라의 한국문학 번역은 10년 후, 혹은 100년 후 새로운 시대의 독자의 독서와 연구자의 학술적 실천을 위해 미리 도착한 미래의 약속이었다. 그가 수상소감에서 '조선근대문학선집'에 참가한 동료 번역자들을 호명하고, 또한 현해탄을 건너 한국인 연구자 동료들에게 사의를 표한 것은 미래를 기약하는 긴 호흡의 실천에 참여한 동료에 대한 연대의 표현이다.

한국문학을 매개로 한 연대와 소통이 동아시아에 한정될 필요는 없을 것이다. 오무라 마스오가 일본인의 위치와 시각에서 한국문학을 번역하였듯, 세계 여러 나라의 번역자들은 자신의 위치와 시각에서 한국문학을 번역하고 있다.[14] 다양한 국적, 인종, 젠더를 가진 번역자들이 자신의 시각에서 한국문학을 해석하고 새롭게 구성해갈 때, 복수화한 한국문학은 대화적 관계를 형성하며 풍요롭게 재구성될 것이다.

오무라는 한국문학을 함께 읽기 위한 자료를 성실히 수집하였고 아낌없이 공유하였다. 그가 연구를 시작한 1960년대 한국문학 자료는 식민주의와 냉전으로 인해 북한, 한국, 중국, 일본에 흩어져 있었고, 그는 연구와 번역에 앞서 자료를 수집해야 했다. 오무라는 재일조선인의 서재, 북한의 출판물, 일본의 도서관을 통해서 한국문학 자료의 수집을 시작한다. 한일기본조약 체결 이후 그는 김윤식, 임종국 등 한국의 연구자들과 함께 자료를 발굴하고 공유하며, 서로의 연구를 검토하고 번역하였다. 오무라는 일본, 한국, 중국 등 여러 나라의 도서관을 통해 다양한 자료를 수집하였고, 그것을 목록집, 자료집, 문학 지도 등으로 공간하였다. 오무라 마스오가 일평생 성실히 구축한 한국문학 아카이브는 한국문학 연구의 토대가 형성되는 과정을 보여주는 동시에, 지식의 '열린 공공성'을 지향하는 연구의 태도를 시사한다. 오무라 마스오의 아카이브는 현해탄을 건너 한국에 자리를 잡는다.

"윤동주 묘 찾아낸 오무라 마스오, 자료 2만점 한국에 기증." 2023년 8월 한국의 언론은 오무라 마스오의 자료가 국립한국문학관에 기증된다는 사실을 알렸다. "유족이 기증하는 2만여 점 자료엔 중국에서 수집한 한국문학 자료, 일본에서 출간된 한국문학 관련 자료, 한국과 일본 연구자들이 주고받은 서신 등이 포함됐다."[15]

3. 연구자의 협동과 지식의 '열린 공공성'

오무라 마스오는 자료의 자유로운 공유를 바탕으로 연구자들이 다양한 의견을 주고 받으면서 협동할 때, 한국문학에 관한 보다 풍요로운 연구 및 번역이 생산될 수 있다고 판단하였다. 그는 동아시아 곳곳에 산재한 한국문학 자료를 모았지만, 그것을 폐쇄적으로 점유하지 않았다. 오무라는 1970년대 김지하구원운동의 과정에서 텍스트를 소수가 독점한 결과, 김지하 문학에 대한 온당한 이해에 도달하지 못하였고, 번역 역시 오류를 피하지 못했다고 반성하였다. 2010년대 오무라는 일본에서 출판된 윤동주의 시 「서시」 번역을 비판적으로 검토하면서, 자신의 번역 또한 제시하였다.

> 나는 내 번역에 결점이 없다던가, 질이 높다고는 조금도 생각하지 않는다. 보다 적절한 번역이 있다면 언제나 고치고 싶다. 한 작품을 둘러싸고 다수의 번역이 나오고, 서로 경쟁해서 보다 좋은 번역을 만들어 내면 좋겠다고 생각한다.
> 이상, 많은 번역자에게 무례한 말을 했을지도 모르지만, 보다 좋은 번역을 위한 한 가지 의견이라고 생각하고, 관대히 넘어가 주시길 바라본다.[16]

오무라는 자신의 번역을 가장 정확한 번역으로 자부하지 않았다. 그는 자신의 번역 역시 충분히 오류를 범할 수 있다는 것을 인정하고, 교정 및 수정 가능성을 열어둔다. 오무라는 한 작품에 대하여 다양한 번역이 공개되고, 서로 경쟁하고 토론할 때, 보다 정확하고 좋은 번역으로 나아갈 수 있다는 것을 신뢰하였다. 오무라 마스오는 지식을 비감소성과 비배제성을 가진 커먼즈^{공유재(commons)}로 이해하면서, 지식의 '열린 공공성'을 지향하였다.

오무라 마스오에게 연구자의 협동이라는 이념은 그 자신의 학술적 경험에서 길어올린 것이기도 하였다. 1960년대 오무라 마스오는 일본의 한국문학 연구가 '황무지'와 같은 상황에서 자료 수집과 연구를 시작하였다.

> 우리는 '소수 민족'임을 자각해야 합니다. 저는 생각이 다른 사람과도 함께 할 수 있다는 생각이 있습니다. 『조선문학—소개와 연구』를 만들었을 때부터 사상과 의견이 다른 분들과 작업을 함께 했습니다. 일본 내 조선문학 연구가 '소수 민족'적인 상황하에 있음을 알아야 합니다. 작은 사회인데 서로 물고

뜯고 싸우면 아무 것도 되지 않습니다. 동업자, 동지로 함께 한다는 생각으로 일본 내의 조선문학 연구를 만들어 가야 합니다.[17]

오무라는 2000년대 이후에도 일본의 한국문학 연구가 여전히 소수적인 위치에 머물러 있다고 판단하였다. 일본의 한국문학 연구는 아카데미즘에 충분히 뿌리내리지 못하였지만, 일본의 한국문학 연구자들은 아카데미즘의 안팎에서 학술적 실천을 수행하였다.[18] 오무라는 일본의 한국문학 연구가 가진 소수적인 위치를 가능성의 계기로 적극적으로 받아안고자 하였다. 오무라는 한국문학 연구자의 협동을 적극 요청하였다. 하지만 협동에 대한 그의 요청은 동일성을 지향한 것이 아니라 탈중심화한 다양성을 지향한 것이었다.

1970년 '조선문학의 회'의 성립 이후 동인들은 '한국어로 이야기되는 세계'에 대한 존중을 공유하면서도, 각자의 시각에 따라 다양한 관심으로 분기하면서 한국문학 인식을 심화하고 확대하였다. 오무라 마스오는 한국문학을 통해 한국의 의미를 두텁게 사유하였다면, 조 쇼키치는 한국문학을 통해 문학의 의미를 두텁게 사유하였다. 오무라가 리얼리즘 작가와 북한의 문학에 관심을 두었다면, 조는 모더니즘 작가와 한국의 문학에 관심을 두었다. 또한 오무라 마스오가 일본의 식민주의에 대한 성찰을 바탕으로 한국문학을 읽었다면, 사에구사 도시카쓰는 한국문학을 경유한 일본의 과거에 대한 반성이 자칫 "일본을 구제하기 위"한 행위가 될 수 있다는 것을 지적하면서 "한국문학을 외국문학으로서 연구"해야 한다고 주장하였다.[19] 물론 와타나베 나오키의 지적처럼 "'속죄의식'이란 오무라 선생이 가장 거리를 둔 말"로 오무라 역시 "얄팍한 말만으로 도대체 어떻게 '속죄'가 가능한가"를 깊이 의심하였다.[20] 오무라와 사에구사는 구체적인 연

구의 시각과 방법에서는 차이가 있었지만, 일본인으로서 한국문학을 읽
는다는 것의 의미에 대한 고민을 놓지 않았다는 점에서는 연구의 태도를
공유하였다.

일본의 한국문학 연구는 '한국어로 이야기되는 세계'에 대한 존중을
공유하면서 연구자 개인이 자신의 개성에 따라 연구를 수행하였으며, 개
별 연구가 협동의 구조를 형성하면서 한국문학에 대한 이해를 확대하고
심화하였다.

4. 주변에서 새롭게 바라본 한국문학,
혹은 한국문학의 탈중심적 인식

오무라 마스오의 한국문학 연구 및 번역은 한국인에게 한국문학을 주
변에서 새롭게 바라볼 가능성을 제안한다. 1970년 '조선문학의 회'를 창
립하면서 오무라 마스오는 백두산 이남에서 현해탄에 이르는 지역에 살
아가는 사람들의 문학에 관심을 가졌다. 냉전기 한국과 북한이 각기 휴전
선 이남과 이북의 문학에만 관심을 두었던 상황에서, '조선문학의 회'가
남북의 경계를 넘어 한반도의 문학에 주목한 것은 의미가 컸다. 오무라
마스오의 문학 연구가 가진 중요한 기율이 "남북한 등거리 문학 연구"로
한국에 소개되었던 것은 이 때문이다.[21]

한국문학을 연구하려면 중심으로부터 주위로 연구하는 방법과 **거꾸로 옌볜,
만주, 제주 등 주위로부터 시작해서 중심으로 연구하는 방법이 있겠지요.**[22]

1980년대 이후 오무라는 백두산부터 현해탄에 이르는 지역, 곧 한반도에 살고 있는 민족의 문학을 한국문학의 '중심'으로 인식하는 동시에 중심 외부의 '주변'으로 자신의 시각을 확장하였다. 그가 '주변'으로 주목한 장소는 옌볜, 제주도였다. 오무라가 주목한 한국문학의 '주변'은 식민지와 냉전이라는 동아시아의 역사적 경험과 연동하면서 언어, 국가, 민족성의 계기가 교차하는 장소였다.

조선 현대문학을 연구할 때 일본문학과의 접점에서부터 연구에 착하든가 중국 조선족문학이나 제주도의 문학으로부터 시작하는 방법도 있지 않을까 생각한다. 오키나와沖繩라는 존재가 공간적으로 중앙과 떨어져 있음에도 불구하고 일본 사회의 모순과 문제점을 드러내는 데에 유리했다는 점에 비추어 볼 때, 제주문학을 통하여 한국문학의 전체상이 보여질 수도 있지 않을까 하는 것이 나의 생각이었다.[23]

한국문학을 중심으로부터 주변으로 나아가며 연구하는 길과 주변에서 중심으로 나아가며 연구하는 길. 오무라가 선택한 길은 후자였다. 오무라가 판단하기에 옌볜과 제주는 '주변'이었지만, 중심과 단절된 것이 아니었다. 오히려 옌볜문학과 제주문학은 식민주의와 냉전이라는 한국 사회의 모순을 전면화하였다. 오무라는 "중앙에서 떨어져 있"는 곳, 곧 '주변'의 시각에서 '중심'을 새롭게 이해할 수 있다는 시각을 분명히 제시하였다. 한국문학의 '주변'으로서 옌볜과 제주는 고립된 것이 아니라, 한국문학의 '중심'과 연결되고 그것을 재구성할 계기를 포함한 것이었다. 그는 '중심'과 '주변'의 상호 얽힘에 기반하여 한국문학을 탈중심화하면서 재인식하고자 하였다.[24] 또한 일본인 연구자인 오무라가 윤동주 문학과 김용제 문학을 겹쳐 읽고, 『친일문학론』의 저자 임종국과 '친일문학' 작가 김용제 모두와 교류하였듯, 주변에서 한국문학을 바라보는 것은 새로운 시각에서 한국문학을 이해할 가능성을 열어준다.

나아가 오무라에게 한국문학의 '주변'은 한국문학의 외부인 중국문학 및 일본문학과 '접점'을 형성하는 것이었다. '주변'은 한국문학과 중국문학 및 일본문학과의 연결을 보여주는 동시에, 한국문학에 내재한 중국문학 및 일본문학의 계기, 곧 한국문학의 동아시아적 계기를 환기한다. 오무라는 옌볜 조선족 문학, 제주문학, 재일조선인 문학에 주목하면서 단일한 민족국가의 문학으로 존재하지 않는 한국문학의 중층성에 유의하면서, 한국문학의 새로운 상을 그려간다. 그는 동아시아의 역사적 경험에 근거하여 언어, 국가, 민족이라는 계기가 교차하면저 존재하는 한국문학의 주변에 주목하였고, 한국문학에 내재하는 동아시아적 계기를 발견하면서 한국문학을 탈중심화하였다. 오무라 마스오가 제안한 '주변에서 바라본 한국문학'이라는 시각은 그동안 균질적으로 상상된 한국문학에 내재하는 비균질성을 가시화하는 한국학의 학술적 실천이라 할 수 있다.[25]

5. 20세기 아시아인의 한국문학 읽기

오무라 마스오의 글은 그의 성품을 담고 있어 정갈하다. 하지만 연구자 심원섭이 언급하였듯, 오무라의 짧은 문장은 침묵의 무게를 온전히 받아안은 문장이기도 하였다.

오무라 선생님의 글은 모두 짧다. 문장 자체도 짧고 단문이 많다. 접속사도 적다. 내용도 반복 부언이 없다. 그래서 선생님의 글을 처음 보면 당황스럽다. 길게 잡아빼고 꾸미고 돌리고 첨언하는 데 익숙한 것이 보통 문학자나 연구자들의 언어 생리이기 때문이다.

선생님은 현실 언어생활도 그렇다. 말수가 현저히 적다. 논문의 언어와 똑같다. 대화 중 어느 대목에선 침묵이 오래 가는 경우도 있다. 침묵은 실은 무서운 대화법. 그 침묵의 공포에서 벗어나기 위해 우리는 얼마나 많은 언어의 교태를 부려 왔던가.[26]

오무라 마스오는 사실에 대한 정확한 기술과 엄정한 판단을 꾸밈없이 제시하는 글쓰기를 수행하였다. 심원섭은 오무라의 글쓰기의 이면에서 침묵을 견디는 의지를 읽어냈다면, 곽형덕은 오무라 마스오의 열정을 읽어낸다. 그에 따르면, "선생님의 성격을 반영하듯 화려가지 않는 짧은 글의 단조로워보이는 문체 속에는 뜨거운 열정이 숨겨져 있다. 기교와 과장이 없는 문체이지만, 그 안에는 불타는 열정과 유머, 그리고 따뜻함이 있다". 특히 그는 오무라 마스오의 초기 글을 번역하면서, "청년 오무라 마스오의 불타는 듯한 열정과 시대에 대한 분노"를 함께 느낄 수 있었다고 고백하였다.[27]

오무라 마스오의 한국문학 연구 및 번역의 원점에는 미국의 동아시아 냉전 질서가 재편에 대한 일본 민중의 저항인 안보투쟁의 경험이 놓인다. 오무라 마스오는 아내 아키코와 거리로 나섰고, 오무라의 스승 다케우치 요시미는 '미일안전보장조약' 개정에 반대하면서 도쿄도립대학 교원직을 사직한다. 안보투쟁을 전후하여 다케우치 요시미는 아시아의 근대를 고민하면서 「방법으로서의 아시아」[1961]라는 강연을 남겼다. 이 강연에서 그는 일본의 근대와 중국의 근대를 비교하고, 또한 서구의 원리와 대별되는 아시아의 원리의 가능성을 가늠하였다. 동시에 다케우치는 일본의 아시아 연구가 가진 제도적 허약성과 비대칭성을 지적하였다.

　제도상의 난점에 관해 한 가지만 실례를 들어보겠습니다. 현재 일본에는 대학이 아주 많습니다. 수백 개는 되겠죠. 그 가운데 중국어를 가르치는 학교는 얼마 되지 않습니다. 제가 있는 **도쿄도립대학에서는 가르칩니다. 하지만 조선어를 가르치는 대학은 전국 어디에도 없습니다**. 겨우 덴리대학天理大学 정도인데 그나마도 포교를 위해서입니다. 전전에는 도쿄대학에서 조선어를 가르쳤는데 전후 없어졌습니다. 일본에서 가장 가까운 외국인 조선에 대해 우리는 정말이지 아는 바가 없습니다. 알지 못할 뿐 아니라 알려고도 하지 않죠. 조선어를 다루는 대학이 없다는 사실이 이를 입증합니다. 일일이 조사해보지는 않았지만 이런 나라는 일본뿐이지 않을까 싶습니다.[28]

다케우치 요시미의 고민에 응답하기라도 하듯, 안보투쟁을 전후하여 오무라는 한국어를 배우고 한국문학을 읽기 시작하였다. 오무라는 '한국어로 이야기되는 세계'를 존중하였으며, 일본인의 주체성을 바탕으로 한국문학을 연구하고 번역하였다. 다케우치 요시미는 「일본의 아시아관」 1964에서 "아시아의 일원으로서 아시아에 책임을 지는 자세"를 요청하였는데,[29] 오무라 마스오의 한국문학 연구 및 번역은 식민지와 냉전이 겹친 동아시아 근대의 역사적 경험을 성찰하면서, 아시아의 일원으로서 책임을 지는 문학적 실천이었다. 후일 시인이자 연구자인 김응교는 일본에서 이방인의 위치에 있던 자신에 대한 오무라 마스오의 인격적인 배려를 떠올리면서, "이때부터일까. 이분이 일본으로 보이지 않았다. 동양의 군자 혹은 거대한 아시아인으로 보였다"라고 회고하였다.[30] 오무라 마스오는 일본인인 동시에 아시아인으로서 한국문학을 연구하고 번역하였다.

물론 오무라 마스오의 한국문학 연구 및 번역은 1960년대에서 2020년대에 이르는 동아시아를 배경으로한 역사적인 성격을 가진다. 다른 누구보다 오무라 마스오 스스로 자신의 연구가 가진 역사성에 유의하였다. 마지막 한국 방문이었던 2022년 11월 21일 용재상 수강 소감에서 오무라는 "와세다대학 150년 오랜 역사에서 처음으로 한국어 교사가 된 셈이죠"라고 언급하면서, 자신의 학술사적 위치를 역사화하였다.[31]

오무라는 스스로를 "전 시대의 사람"이라고 명명하면서, 동아시아의 질서 변동과 일본의 한국 및 북한 인식의 변화를 돌아보았다. 오무라가 청년이었던 시기 일본에서는 "북한이 잘 보이고 한국은 보이지 않았"다. 일본인이 한국에 입국하는 것 역시 어려웠다. 오무라 역시 1965년 한일기본조약 체결 이후인 1970년대 초반 처음으로 한국 땅을 밟을 수 있었다. 1970년대 한국은 개발독재 정권 아래의 국가였으나, 1980년대 후반 한국은 민주화를 이룩하였다. 하지만 북한은 독자적인 길을 걸어가면서 점차 일본의 시각에서 멀어져갔다.[32] 동아시아 질서의 역사적 변동과 연동하여 한국에 대한 일본인의 관심 역시 변모하였다.

우리 세대가 조선학을 붙들고 씨름할 때에는 '하지 않으면 안 된다'는 생각으로 출발했다. 나의 경우도 대학원 학생 시절에 청나라 말기의 중국문학을 전공하던 중 그것과 동시대의 조선문학을 이해하지 않으면 안 된다는 인식에서 초급 조선어를 배우기 시작했다.

요즘의 젊은이들은 그저 좋아서 한반도의 인간과 문화를 접한다. 그 어떤 망설임도 없다. 그것이 오히려 진짜 출발점일 것이다.[33]

　오무라에 따르면, 자신의 세대는 '하지 않으면 안 된다'라는 생각으로 한국어와 한국문학을 연구하였다. 하지만 2000년대 이후 일본의 새로운 세대는 망설임 없이 호감을 바탕으로 한반도의 사람들과 그 문화에 관심을 가진다. 오무라는 이념적 지향에 근거하여 한국문학을 읽었던 자신의 학술적 실천을 역사화하면서, 일본의 새로운 주체는 새로운 시각에서 한국문학을 읽어줄 것을 기대한다. 그가 "연구자로서 한국인들이 제게 '감사합니다'라고 말하는 시대와는 이제 작별하고 싶"다고 언급한 것은 이 때문이었다.[34] 오무라는 자신의 시대를 스스로 종언하면서, 동아시아의 새로운 시대를 기다렸다.

　오무라 마스오의 한국문학 연구는 전후 일본의 중국학에 기반을 두었고, 또한 사회주의의 이념에 대한 공명으로부터 시작하였다. 그의 한국문학 연구 및 번역이 동아시아 민중의 주체성을 강조하는 것은 그 때문이다. 오무라의 관찰처럼 2000년 이후 한류의 확산과 함께 일본에서는 한국어에 대한 관심이 높아졌으며, 한국문학에 대한 관심 역시 높아지고 있다. 한국문학에 대한 일본 사회의 관심은 식민지 및 냉전과 얽혀 있는 '당사자의 문학'으로서 한국문학에서 '외국문학'으로서 한국문학으로 그 성격이 변모하고 있다.[35] 하지만 오무라의 기대와 달리, 한국과 북한의 관계는 좀처럼 가까워지지 못하고 있다. 오무라의 한국문학 번역 및 연구가 성취한 것과 멈추어 있는 자리를 살피면서, 새로운 동아시아와 세계라는 조건 아래에서 한국문학의 의미를 새롭게 탐색할 필요가 있다.

<그림 5> 손주가 만들어준 파티가발을 쓴 오무라 마스오

6. 조선어를 권함, 조선문학을 권함

오무라 마스오의 한국문학 연구 및 번역을 살펴보는 여정을 마무리하면서, 그가 한국어를 공부하였던 첫 장면을 되돌아보고자 한다. 오무라 마스오의 스승 다케우치 요시미는 「조선어를 권함」[1970]이라는 글을 통해 한국어 공부의 필요성을 언급한다.

차별자와 피차별자 사이에 대화가 성립하지 않는 까닭은 의식적으로 언어를 내리눌러서다. 그 억압을 다른 조건으로부터 따로 떼어내 해결할 수는 없다. 다만 억압이 있다는 사실만큼은 확인할 수 있다. 이를 위해서는 눈으로 마주 보아봤자 불충분하니, 역시 언어의 매개에 기대야 한다.

여력이 있으면 나는 이제라도 조선어를 익히고 싶다. 남들에게도 권하고 싶다. 여력 따위 돼먹지 않은 소리라고 질책을 사겠지만, 나이가 나이인지라 용서를 구한다. 대신에, 하지 못하는 몫만큼 젊은 사람들에게 극력 권하겠다. 당신이 바로 당신이려면 조선어가 얼마나 필요한지 역설하겠다.

프로이센·프랑스전쟁 시기에 모국어를 빼앗긴 프랑스인의 슬픔을 담은 모파상Guy de Maupassant의 단편이 있다. 그 단편을 텍스트로 삼아 공부한 프랑스어 학습자가 자연스레 일조 관계를 연상하는 날이 오기를 바라지만, 내 살아 생전에 실현될지 미덥지 못해 불안하다.[36]

1970년 다케우치는 차별자의 언어와 피차별자의 언어 사이의 억압적 권력 구도를 비판적으로 진단하면서, 그 억압의 존재를 합당하게 인식하기 위해서는 한국어를 배워야 한다고 역설하였다. 언어를 매개로 타자를 인식하는 것은 주체와 타자의 권력관계를 비판적으로 인식하면서, 타자가 놓인 세계를 존중하면서 타자의 세계를 통해 주체성을 재구성할 가능성을 열어준다.

다케우치가 한국어를 권했던 때로부터 8년 후, 오무라 역시 같은 제목의 글인 「조선어를 권함」[1978]을 통해 식민주의적 입장을 반복하면서 한국문화를 무시하는 태도와 정치적 입장에서는 한국의 중요성을 역설하면서도 실제로는 한국문화에 무관심한 태도 모두를 비판하였다.

조선어와 그것을 통해 조선인의 사고·문화를 접하는 것은 우리에게 새로운 시각을 열어줄 것이다. 이러한 의미에서 나는 일본인에게 조선어는 다른 어떠한 외국어보다도 필요한 외국어라고 믿는다.[37]

다케우치 요시미가 한국어라는 타자의 언어를 통해 억압의 구조를 확인할 수 있다고 역설하였듯, 오무라 마스오는 타자의 언어인 한국어를 매개로 일본의 주체성을 새롭게 구성할 수 있다고 판단하였다. 나아가 오무라 마스오는 한국문학을 통해 "일본인의 아시아관을 변혁"할 수 있다고 판단하였다.[38] 하지만 다케우치 요시미가 한국어를 권하면서도 '일조 관계'의 변화가 자신 생전에 오지 않으리라 예감한 것처럼, 오무라 마스오 역시 한국과 일본의 상호이해가 쉽게 성취되지는 않으리라 판단하였다.

> 허나 일조 양국이 서로를 완전히 이해할 수 있는 날이 오리라고는 결코 생각하지 않는다. 아마도 그 날은 영원히 오지 않을 것이다. 민족주의적 관점에서는 한 그것은 당연한 일이다.[39]

1963년 오무라는 한일 상호가 완벽하게 이해하는 날이 "절대 오지 않을" 것이라 단언하였다. 그 또한 희망을 쉽게 언급하기 보다는 절망을 응시하고자 하였다. 오무라는 절망을 응시하면서 자신이 할 수 있는 일에 철저하고자 하였다. 당시 오무라는 가나가와현립 가미미조고등학교上溝高等学校 상업과 교사로 근무하고 있었다. 그는 학생들에게 세계사 과제로 아시아를 주제로 한 서적의 독서를 제시하였다. 한 학생이 유아사 가쓰에湯浅克衛의 「간난이カンナニ」를 읽고 "처음 놀란 것은 간난이가 일본어를 매우 잘한다는 사실이었습니다. 식민지에 일본인이 행했던 것을 수치스럽게 생각합니다. 일본어는 일본인의 것. 조선어는 조선인의 것. 그것이 가장 가치 있고 아름답다고 생각했습니다"라는 감상을 제출하였다. 그 학생은 중학교 이래 가장 친한 친구가 귀화한 조선인이라는 사실을 알게 되자, "그렇게도 흉허물없이 지냈던 그 친구와의 사이에도, 아무래도 뛰어넘을 수 없는 선이 있다는 사실"을 안타깝게 적어두었다. 오무라는 학생

〈그림 6〉 2010년 대부도 갯벌을 걸어가는 오무라 마스오
출처 : 심원섭, 「어느 빛에 대하여」, 『문학인』 9, 2023.

에게 다음과 같이 말하였다.

> 어쩔 수 없어요. 그것은. 아무리 사이좋은 친구라 해도, 혹 부부라 해도 민족이라는 벽을 넘어설 수는 없는 거에요. 그래도 포기해서는 안 되지요. **두 나라가, 상대방 나라를 향해 다리를 놓아가는 노력은 포기해선 안돼요.** 일본과 조선의 경우는 더욱 특별해요.[40]

불가능을 응시하면서도, 절대 그것을 포기하지 않는 것. 지금을 위한 것이 아니라 10년 후 100년 후를 기대하면서 한국문학을 연구하고 번역하는 것.

동아시아의 근대를 마주하면서 루쉰은 「고향」[1921]에서 "생각하면 희망이라는 것은 대체 '있다'고도 말할 수 없고 또는 '없다'고도 말할 수 없는 것이다. 그것은 마치 지상에 길과 같은 것이다. 길은 본래부터 지상에 있는 것은 아니다. 왕래하는 사람이 많아지면 그때 길은 스스로 나게 되는 것이다"[41]라고 언급한 바 있다. 오무라 마스오의 한국문학 연구 및 번역 역시 식민주의와 냉전이 겹쳐진 동아시아의 현실에서 한국문학을 통해 새로운 아시아를 상상하는 길을 만들어가는 과정이었다. 그 길을 걸어가면서 오무라 마스오는 조선문학을 권하였다.

1960~1970년대
일본의 한국문학 연구와 '조선문학의 회'

오무라 마스오 선생님께 여쭈어보다

차례

1. 1960년대 일본 아카데미즘과 한국어(교육)

    −와세다대학의 강좌와 '공부 모임'

2. 한국문학 읽기의 조건과 맥락

    −사진판 자료·일본조선연구소·다케우치 요시미

3. 1970년의 '독립선언'

    −'조선문학의 회'와 동인지 『조선문학−소개와 연구』

4. 농부와 시인, 그리고 춘추필법

    −임종국과 김윤식의 연구서 번역과 출판사 고려서림

5. 1970년을 다시 읽으며

    −한일의 주고받기·백두산에서 현해탄까지·38선이 없는 마음

인터뷰 일러두기

1. 이 인터뷰는 2015년 8월 4일(화) 오후 1시 30분에서 4시 30분까지, 지바현(千葉県) 이치카와시(市川市) 답변자의 자택에서 한국어로 진행하였다. 반세기 전의 사실에 대한 후학의 두서없는 질문에, 자상하고 너그럽게 응답해주신 오무라 마스오(大村益夫) 선생님과 오무라 아키코(大村秋子) 선생님께 마음 깊이 감사의 인사를 올린다.

2. 인터뷰를 진행한 후, 질문자가 주제에 맞추어 질의와 응답을 재배치하고 정리하였다. 그리고 답변자가 정리된 원고를 거듭 검토하며 누락 내용을 보완하고 부정확한 정보와 표현을 수정하였다.

3. 한국과 관련된 여러 개념어(한국, 조선, 북한, 북조선, 공화국, 북, 남 등)는 답변자가 인터뷰에서 사용한 것을 그대로 살렸으며, 인물에 대한 호칭 및 경칭 또한 그대로 실었다.

1. 1960년대 일본 아카데미즘과 한국어(교육)
와세다대학의 강좌와 '공부 모임'

문 선생님 안녕하십니까. 오늘은 1960년대에서 1970년대 초반에 이르는 시기, 일본에서의 한국근대문학 연구와 그 주변에 관해 여쭙고자 합니다. 구체적으로는 '조선문학의 회朝鮮文学の会'와 동인지 『조선문학―소개와 연구朝鮮文学―紹介と研究』에 대해 여쭙겠습니다. 지난 번 심원섭 선생님과의 인터뷰를 살펴보니, 선생님께서는 1965~1966년 무렵 일본조선연구소日本朝鮮研究所에 소속되어 활동하신 적이 있다고 말씀하셨습니다. 그리고 그 즈음 한국근대문학을 읽는 모임이 선생님의 와세다대학早稲田大学 연구실에서 있었다고 하셨습니다. 이 말씀을 실마리로 하여 오늘 인터뷰를 시작하고자 합니다. 선생님께서 와세다대학에 가신 것이 언제인가요?

답 저는 와세다대학에서 소속이 두 번 바뀌었습니다. 저는 1961년 6월부터 가나가와현립 가미미조고등학교上溝高等学校 상업과에서 교사로 근무하다가 1963년 4월부터 와세다대학 어학교육연구소語学教育研究所 을종乙種 비상근강사로, 1964년 4월부터 전임강사로 유학생에게 일본어를 가르쳤습니다. 1966년 4월 제1・제2법학부로 옮겼고 1967년 4월 조교수가 되었고, 1972년 4월에 교수가 되었습니다. 법학부에서는 1978년까지 12년을 재직했습니다. 처음에는 중국어 강사였고, 1973년쯤부터 1978년 3월까지는 법학부에서 중국어를 강의하면서 어학교육연구소에서 조선어를 겸담兼擔을 하였어요. 법학부로 옮기기 전까지는 연구실도 없었습니다. 당시 법학부의 교과과정은 1, 2학년은 교양과정이었고 3, 4학년은 전공과정이었습니다. 저는 교양과정에서 외국어를 가르쳤습니다. 1978년 4월부터는 다시 어학교육연구소 교수로 옮겨서 조선어를 담당했습니다. 어학교육연구소로 옮긴 이후에는 한동안 법학부의 중국어를 겸담했지요. 당시 어학교육연구소에는 소속 학생이 없었고, 학부 학생들이 연구소의 강좌를 들으러 왔습니다.

문　1978년에 다시 어학교육연구소로 옮기신 계기가 있었나요?

답　외적인 상황과 내적인 의지가 함께 있었습니다. 1978년부터 도야마대학富山大□에서 조선학이 전공과정으로 생겼습니다. 전해인 1977년에 준비를 하였고 문부성에 인사人事 문제가 올랐지요. 도야마대학 인문학부장이 도쿄에 와서 제게 그곳으로 옮길 의사가 있는지 물어보았습니다. 저는 조금 생각을 하다가 그만 두었습니다. 당시는 집을 지은 직후이기도 했고, 가지이 노보루梶井陟 씨가 도야마대학에 가는 것이 더 낫겠다는 생각도 하였습니다. 다만 약간 사정이 있어서 문부성에는 우선 제가 가는 것으로 서류를 제출하고 나중에 가지이 씨로 바꾸기로 했습니다. 하지만 절차상 도야마대학에서 와세다대학에 저를 요청하는 서류를 보냈고, 와세다대학 법학부에서는 그것을 승인하게 되었지요. 서류상 이직移職을 승인한 상태에서 계속 법학부에 있을 수는 없어서, 다시 어학교육연구소로 옮겼습니다. 이것은 외적인 상황이었습니다. 앞에서 말했듯 그때 저는 법학부에서 중국어 담당 교수였습니다. 그런데 저의 내적인 의지로는 한국과 한국문학에 점점 관심이 생겼고 그것에 전념하고자 하는 생각도 있었지요. 그래서 어학교육연구소로 다시 옮기기로 마음을 먹었습니다. 또한 당시는 문화대혁명 시기이기도 했습니다. 저는 중국어 교수였는데, 당시 와세다의 분위기는 문화대혁명을 지지하면 법학부에 있을 수 있었지만, 지지하지 않으면 있을 수 없었습니다. 어학교육연구소에서 학부로 옮긴 경우는 가끔 있었지만, 반대로 학부에서 어학교육연구소로 옮기는 것은 무척 예외적인 경우였습니다. 1978년 4월에 어학교육연구소로 옮긴 뒤에는 2004년 3월 퇴직까지 그곳에 있었습니다. 제가 퇴직할 무렵 연구소가 없어지고 국제교양학부로 바뀌었지요.

문 선생님께서 와세다대학에 부임하시고, 1970년 '조선문학의 회'를 만드시기까지의 상황이 궁금합니다.

답 '조선문학의 회' 이전에는 두 가지 모임이 있었습니다. 하나는 와세다대학의 교직원 대상 조선어 강좌입니다. 제가 와세다대학에 오기 전인 1961년부터 와세다대학에는 교직원을 대상으로 한 조선어 강좌가 있었습니다. 1961년 5월 박정문朴正汶 씨가 강사로 출강하였습니다. 박정문 씨는 이케부쿠로池袋와 아카바네赤羽 사이에 있던 주조十條 조선중고등학교朝鮮中高等□校에서 선생을 하다가 나중에 조선대학朝鮮大□에 가신 분이며, 돌아가신 뒤 공화국에서 박사학위를 받는 사람입니다. 조선중고등학교는 도쿄에서 처음 생긴 조선인 교육기관이었으며 조선대학이 생기기 전까지 최고의 교육기관이었습니다. 와세다에서는 교직원 대상 조선어 강좌를 열기로 하고, 당시 학생 신분이자 고등학교 선생이던 제게 강사 초청을 요청했습니다. 저는 처음

에 박정문 씨를 소개했습니다. 이후 박정문 씨가 조선어 강좌
를 그만두었어요. 이유는 두 가지인데 집이 멀고 바빠서였습니
다. 1967년부터는 김호경金護經 씨가 강사로 왔습니다. 그 사람
은 『조선신보朝鮮新報』 스페인어판의 주임이자 기자였습니다. 그
런데 곧 문제가 생겼습니다. 총련의 지시일 수도 있는데, 김호
경 씨가 자신이 일본 사람에게 조선어를 가르치면 일본 사람이
그것을 어떻게 이용할지 모르겠다고 하면서 의심을 하였습니
다. 그 말을 듣고 저는 "의심이 나면 그만 두세요"라고 말했고
결국 김호경 씨는 그만 두었습니다. 그다음 1968년에 강사로
온 사람이 윤학준尹□準 씨였습니다.

문　윤학준 씨는 어떤 분이셨습니까?

답　1940년대 김사량金史良과 김달수金達□ 씨는 가나가와현神奈川県
의 요코스카□須賀와 요코하마□浜에서 같이 지내며 활동한 선
후배 사이입니다. 김달수 씨가 조금 후배이지요. 윤학준 씨는
1932년 생으로 김달수의 제자입니다. 그런데 후에 윤학준 씨
는 김달수 씨와는 사이가 멀어졌습니다. 원인은 잘 모르겠는
데, 아마 금전 문제인 것 같고 생활이 어려워서일 겁니다. 김달
수 씨와 윤학준 씨 모두 부인들이 고생을 많이 하셨어요. 김달
수 씨는 스캔들이 있어서 결국 이혼을 했고, 윤학준 씨의 아내
는 우에노上野에서 한약판매점을 하였지요. 윤학준 씨는 경상북
도에서 살다가 1953년 일본으로 건너온 사람입니다. 호세이대
학法政大□ 문학부를 졸업했고요. 그리고 여기 보는 것처럼 윤학
준 씨는 조선의 시조에 대한 책을 내기도 했습니다. 이 책에 수
록된 시조의 번역은 다나카 아키라田中明 씨가 맡았습니다. 이

후 윤학준 씨는 에세이집을 낸 적도 있습니다. 나중에 윤학준 씨가 돌아가시고, 그의 장례식에서 읽었던 추도문에서 저는 그의 번역이 절문絶文이라고 쓰기도 하였습니다.

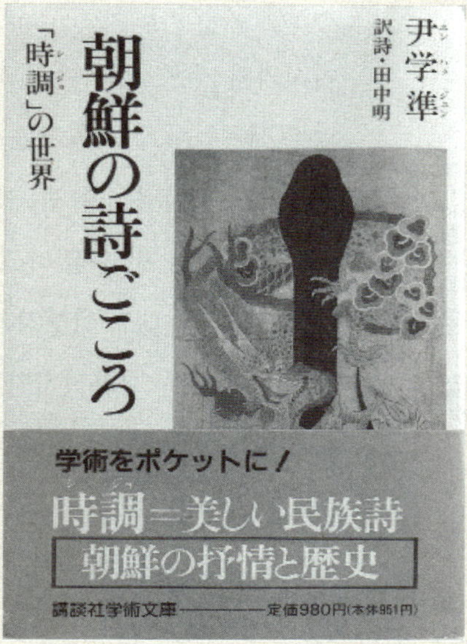

문　와세다대학의 교직원 대상 조선어 강좌는 어떻게 운영이 되었나요?

〈그림 1〉 윤학준, 『조선 시의 마음』, 고단샤, 1992

답　와세다대학의 교직원 대상 강좌는 중국어 교사, 일본 국어학자, 교육학자, 교직원 등이 수강하였습니다. 하지만 교직원들은 본직이 너무 바빠서 처음 1년은 괜찮지만, 그 다음 해부터는 거의 나오지 않았습니다. 해마다 초급반만 개설되는 것이지요. (웃음) 제가 와세다에 부임했을 때도 초급반만 있었고요. 결국 교직원 강좌에서 다른 사람들은 그만 두고 저와 오쓰키 다케시大槻健 두 사람만 남았습니다. 오쓰키 선생은 저보다 나이가 10살 많은 교육학 전공 교수였습니다. 후에 둘이서 박영순의 『연길 폭탄』직업동맹출판사, 1962을 번역했는데 출판사가 테러 행위를 선동하는 것처럼 보일 수 있다고 해서 결국 출판 중지를 당했습니다. 대신 교직원은 아니었지만 한국문학을 공부하고 싶었던 외부의 사람들이 등록을 하지 않고 한국어 강좌를 들으러오곤 하였습니다. 그때 강좌에 나왔던 사람이 시라카와 유타카白川豊,

이시카와 세쓰코石川節子 등입니다. 실제로 윤학준은 와세다의 외부 사람들에게 조선어를 가르친 것이지요. 후에 와세다대학 사무국에서 강좌의 실체를 알게 되었고, 와세다와 관계없는 사람에게 지원을 할 수 없다고 하여서, 강좌는 사라집니다. (웃음)

문 그러면 와세다대학 학생강좌의 사정은 어떠했나요?

답 교직원 강좌는 사라졌지만, 어학교육연구소의 학생대상 강좌는 1961년에 개설된 이후 지속됩니다. 처음에는 한국어, 이탈리아어 등 몇몇 언어를 묶어서 '특수어 강좌'라는 이름으로 개설했습니다. 당시 한국어는 특수어였던 것이지요. (웃음) 맨 처음 우메다 히로유키梅田博之 씨가 어학교육연구소의 강사가 되었습니다. 그는 도쿄외대東京外大 AA연구소アジア·アフリカ言語文化口究所의 교수입니다. 그 다음에는 같은 도쿄외대 AA연구소의 소원所員 오에 다카오大江孝男 씨가 어학교육연구소의 강사가 됩니다. 1971년부터는 김유홍金裕鴻 씨가 강좌를 맡았습니다. 당시 김유홍 씨는 NHK 국제국에서 근무하는 아나운서였고, 후에 NHK 〈한글ハングル 강좌〉의 강사가 됩니다. 오에 씨가 한국에 연구 유학을 갈 때까지 와세다대학 조선어 강좌는 오에, 김유홍, 그리고 제가 맡았습니다.

문 당시 한국어 강좌를 들었던 학생들은 어떤 학생들이었고, 수강생 수는 어느 정도였나요?

답 연구소의 어학 강좌는 졸업에 필요한 학점을 취득하는 곳이 아니라, 배우고 싶은 학생만 배우는 것이었습니다. 초급반은 30명 전후였고, 중급반은 10~15명이었고, 상급은 3~4명이었습니다. 당시 수강 학생으로 일본 이름을 쓰는 재일 교포는 있었

지만, 유학생은 없었습니다. 나중에 상학부, 교육학부, 법학부
에서 연구소의 강좌를 각 학부의 학점으로 인정하니 학생 수가
많아졌습니다.

문　'조선문학의 회' 이전에 두 가지 모임이 있었다고 하셨습니다.
하나는 교직원 대상 조선어 강좌였고, 나머지 모임 하나는 무
엇인가요?

답　와세다대학 교직원 강좌가 초급반이다 보니 가지이 씨는 교직
원 강좌에 잘 나오지 않았고, 사실 저도 잘 가지는 않았어요. 와
세다대학 조선어 강좌와는 별개로, 윤학준, 가지이 노보루, 이
시카와 세쓰코, 다나카 아키라, 이노쿠치 아키라^{井口晃} 그리고
제가 하는 연구회가 있었습니다. 이노쿠치 아키라는 주오대학
^{中央大□}의 중국어 교수였고, 짧은 시간 함께 했습니다. 연구회에
따로 이름은 없었고 그냥 '공부 모임^{勉□□}'이었습니다.

문　1974년『조선문학―소개와 연구』의 종간호인 제12호^{1974.8}에
실린 선생님의 글에 의하면, 종간으로부터 8, 9년 전에 한국근
대문학을 읽는 '공부 모임'을 시작하신 것으로 적어두셨습니
다. 처음에는 와세다대학 선생님의 연구실에 모여서 매주 단편
소설을 매주 2~3페이지씩 읽었다고 말씀하셨는데요, '공부 모
임'에서는 무엇을 읽으셨는지 여쭙습니다.

답　'공부 모임'은 1967년에서 1968년 무렵에 시작한 것으로 기억
합니다. 장소가 적당하지 않아서 각자의 집을 돌아가면서 모였
어요. 이번에는 윤학준, 다음에는 다나카 아키라, 그 다음에는
저, 이런 식으로 장소를 옮기곤 하였습니다. '공부 모임'에서는
소설을 읽었고, 모두가 구해서 읽을 수 있는 텍스트인 조연현

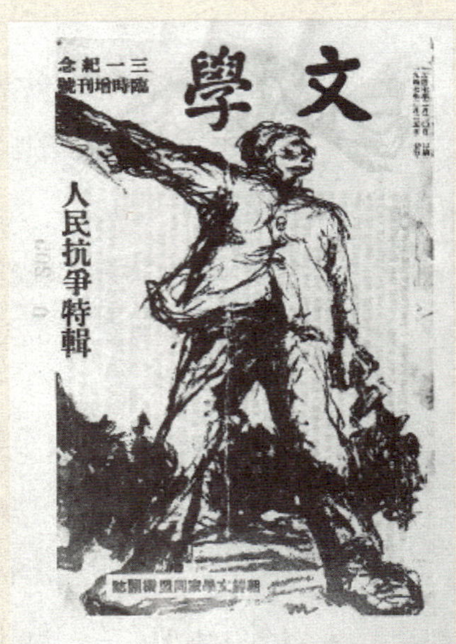

〈그림 2〉
오무라 마스오가 촬영한 조선문학가동맹의 기관지 『문학』 1947년 2월호 및 임화의 평론 「인민항쟁과 문학운동」

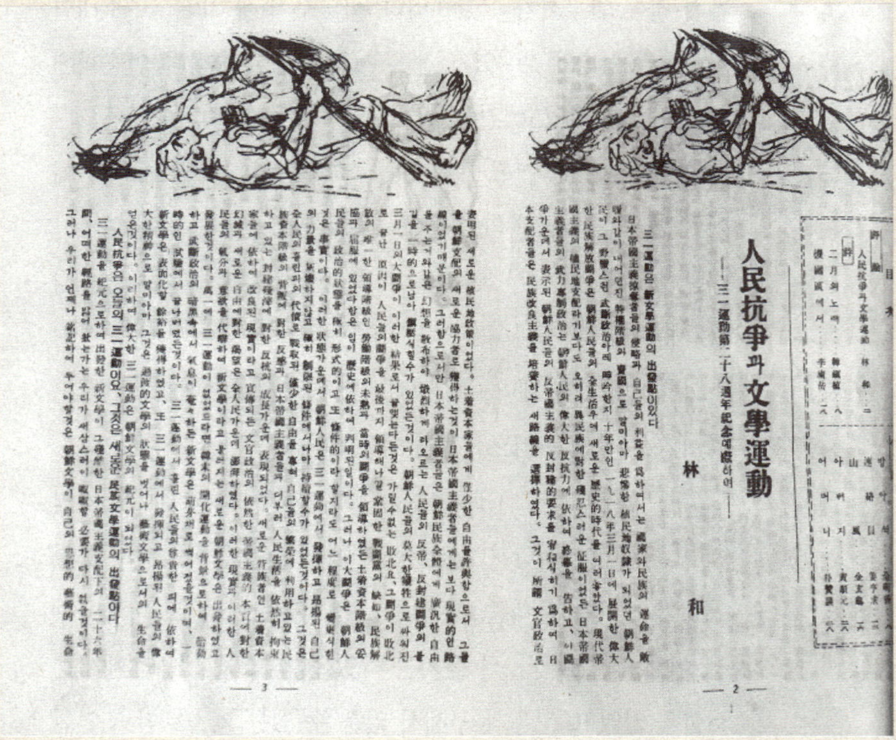

人民抗爭과 文學運動

—三一運動第二十八週年紀念에際하여—

林和

三一運動은 新文學運動의 出發點이었다

人民抗爭은 오늘의 三一運動이요, 그것은 새로운 民主文學運動의 出發點이다

— 2 —

— 3 —

의 『한국현대문학사』를 읽었습니다. 물론 당시 백철의 『신문학
사조사』의 존재도 알고 있었지만, '공부 모임' 멤버 모두가 가
질 수 있는 책을 찾아야 했거든요. 구할 수 있는 자료가 많이 없
었기 때문에 선택의 여지가 별로 없어서, 기준이랄 것도 없이
읽었어요.

2. 한국문학 읽기의 조건과 맥락
사진판 자료 · 일본조선연구소 · 다케우치 요시미

문   말씀하신 대로 1960년대 당시에는 한국문학에 관한 체계적
인 연표가 있는 것도 아니었고, 자료 구하기가 어려웠을 것
같은데요. 그 당시에 선생님께서는 어떻게 자료를 구하셔서
보셨습니까? 『조선문학—소개와 연구』 종간호의 후기에 보
면 해방 직후 『문학』과 『학병』, 그리고 해방 전 『문장』의 카피
본이 남아있으니 필요하면 연락하라는 메시지도 있는데요,
당시 한국근대문학 텍스트의 존재는 어떻게 아셨으며, 그것을
어떻게 입수하셨는지 궁금합니다.

답   이 자료를 보면 아시겠지만, 이것은 그때 구한 조선문학가동맹
의 『문학』입니다. 당시에는 복사할 기계가 없었어요. 사진을 찍
고 그것을 확대해서 이렇게 묶었습니다. 『문학』이라는 자료는
김달수의 집에서 찍었습니다. 『문학』은 그렇게 입수는 했는데,
사람들과 같이 읽지는 않았습니다.

문   책을 펼치셔서 사진으로 찍고 그것을 다시 인쇄하셨군요. 김달

수 씨 말고 다른 분의 도움도 받으셨나요?

답 아쿠타가와상 후보였던 이은직李殷直 씨의 집에는 『문장』이 있
었어요. 그렇지만 이은직 씨는 일본인이 『문장』을 보면 악용할
것이라고 하면서, 열람을 거절했습니다. 김달수 씨는 전혀 거
리낌 없이 자료를 보여주셨어요. 당시 저는 대학원생이었는데,
마음대로 김달수의 서고에 들어가서 볼 수 있었어요. 이후 김
달수 씨가 돌아가신 후 그의 장서는 현립 가나가와 근대문학관
県立神奈川近代文□館으로 옮겨집니다. 김달수는 해방 후 임화의 노
선을 목표로 했다고 할 수 있을 것 같습니다. 그래서 쫓겨난 것
이지요. 김달수는 처음에는 총련의 중심인물이기도 했지만, 문
학 활동을 하면서 점점 사이가 나빠진 것 같습니다. 그리고 이
것은 임화의 시집 『너 어느 곳에 있느냐』문화전선사, 1951입니다.

문 한국에서 공식적으로 임화의 『너 어느 곳에 있느냐』가 소개된
것은, 1992년 여름이었다고 기억합니다.[1]

답 제가 한 연구에서 임화의 시를 전문 인용한 적이 있어요. 그러
자 김윤식 씨가 오무라 번역에서 다시 번역했다고 하면서 자신
의 글에 인용한 적도 있고요. (웃음) 김윤식 씨도 분명히 원고가
있었을 텐데, 제 글에서 읽었던 것처럼 인용을 한 것이지요.

원시原詩를 볼 수 없었기 때문에 오무라 마스오大村益夫의 「해방 후의 임화
解放後の林和」『와세다 사회과학토구(早稲田社会科学討究)』 제13권 1호의 일역日譯 부분을 참조했
음. 이하 일부를 소개함. "아직도 앞머리를 내려 / 내려 땋는 것을 / 부끄러워
얼굴을 붉히던 / 너는 지금 / 바람찬 눈보라 속에 / 무엇을 생각하며 어디 있느
냐 / 어지간히 백발이 된 아비를 생각하며 / 바람 부는 산 속에 있는가 / 가슴이

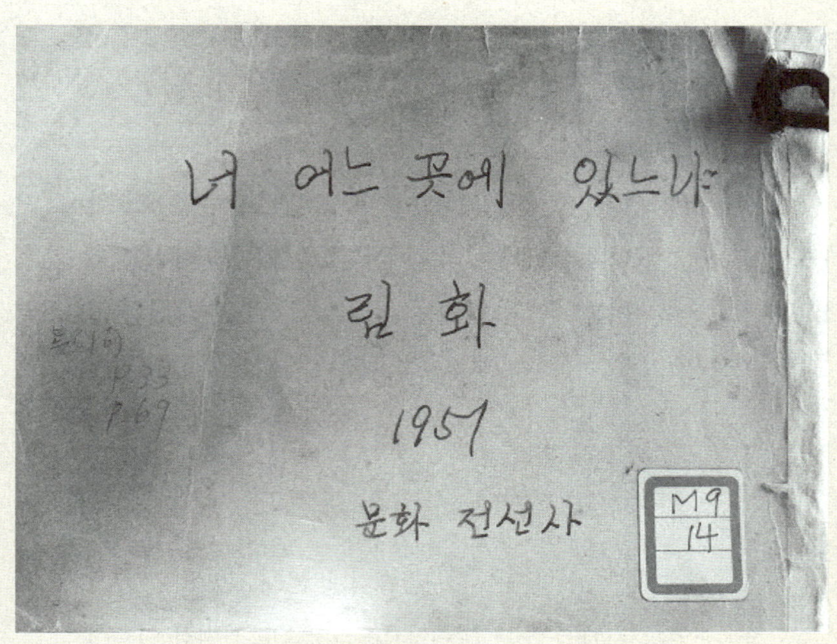

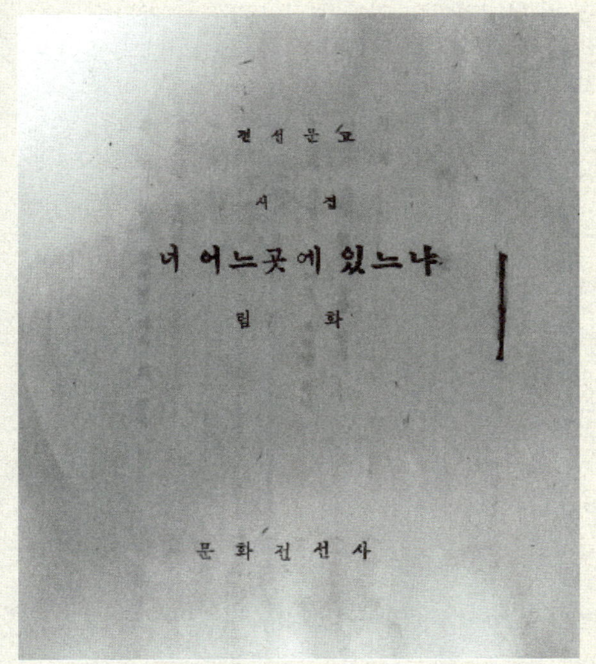

〈그림 3〉
오무라 마스오가 촬영한 임화의 시집
『너 어느 곳에 있느냐』
(문화전선사, 1951)

종이처럼 얇은 / 언제나 가슴앓이의 / 에미를 생각하며 / 해저무는 들길에 서 있는가 / (…중략…) / 그리운 내 자식아"「너 어디에 있느냐」일역에서 대의(大意)만 번역함[2]

문 한국에서 해금 이전 한국문학 연구의 조건을 보여주는 중요한 일화인 듯합니다. '조선문학의 회' 이전의 모임에 대해 여쭙고 거기서 이야기를 시작을 하였는데, 어느 새 1960년대 일본에서 조선어와 조선문학을 바라보는 여러 입장과 당대의 정황에 대한 이야기로 옮겨간 듯합니다. 이야기가 옮겨간 김에, 1960년대 일본조선연구소와 그곳에서 선생님의 활동에 대해 여쭙겠습니다.

답 1961년에 일본조선연구소가 생겼습니다. 데라오 고로寺屋五□가 중심이었어요. 데라오 고로는 일본공산당에도 관여한 인물이었고, 북조선도 몇 번 다녀왔어요. 안도 히코타로安藤彦太□도 중심인물이었고, 북조선에 한 번 다녀온 것으로 기억합니다. 이사장은 후루야 사다오古屋貞雄로 일본사회당 국회의원이었습니다.

문 일본조선연구소는 어떤 단체였나요?

답 일본조선연구소는 일본 사람의 입장에서 조선을 연구하자는 목표가 있었고, 저도 1965~1966년 즈음에 관여하였습니다. 투쟁적인 단체였기 때문에 한일협정 반대운동도 했습니다. 당시 연구소 소원은 하루에 한 사람이 두세 군데 강연운동을 하고 있었지만, 저는 한 번도 가지 않았습니다. 아무래도 정치와 경제가 중심이었고, 어학이나 문학은 방계였지요. 어학 분야에 관여한 간노 히로미菅野裕尾 씨는 동경외대 몽골어과 출신으로, 도쿄외대의 초기 조선어과 주임이었습니다. 도쿄외대의 조선어과에는 간노 히로미가 있었고, 그 다음에 조 쇼키치^{長璋吉}가 왔고, 그 다음이 사에구사 도시카쓰^{三枝壽勝}입니다. 사에구사 씨는 교토대학 물리학 조교 출신이지요. 간노 히로미와 제가 조선연구소의 어학부회 회원이었습니다.

문 선생님께서는 그곳에서 어떤 활동을 하셨나요?

답 윗사람들은 북한 논문을 번역하라고 지시하였고, 그 번역으로 자신들의 주장을 전달하겠다고 말하곤 했습니다. 즉 어학을 수단으로 사고하는 방식이었지요. 일본조선연구소는 정치단체였고, 정치하는 사람들은 어학이나 문화에 대한 관심은 별로 없었습니다. 중국에서 문맹퇴치의 방법으로 사용하였던 '소선생^{小先生}'이라는 방법이 있습니다. 학생이 그날 학교에서 배운 것을 집에 가서 아버지, 어머니에게 그 지식을 알려드려서 문맹을 퇴치하는 방식입니다. 우리도 이 방식으로 선생 노릇을 하였습니다. 일본조선연구소의 장소가 좁아서 분쿄 구^{文京口}에 방을 빌려서 조선어 강습회를 하였습니다. 간노 히로비 씨는 초급, 저는 중급이었습니다. 초급이 마치는 시간과 중급이 시작하는 시간이 겹쳤는데, 역전에서 만나면 간노 히로비 씨는 손으로 'V자'를 그려 보이곤 했습니다. 그날 학생 수가 두 명이라는 것이었지요. (웃음)

문 선생님께서는 주로 조선어 학습을 맡으셨군요. 자료를 찾아보다 보니, 선생님께서는 일본조선연구소의 기관지 『조선연구^{朝鮮研究}』에 조명희의 「낙동강」^{1966.10}과 최서해의 「탈출기」^{1966.11}를 번역해 실으셨고, 가지이 노보루 선생님께서는 한설야의 「과도기」를 번역해서 실으셨어요.[3] 당시 일본조선연구소의 활동 중

〈그림 4〉 조선민주주의인민공화국 사회과학원 역사연구소 편, 일본조선연구소 편역,
『조선문화사』 상(조선문화사간행회, 1966) 및 도판 일부

　　　　기억에 남는 것이 있으신지요?

답　　지금은 일본조선연구소의 활동에 대해 여러 가지 평가가 가능
할 것입니다. 하지만 지금 생각에 『조선문화사』를 번역한 것은
상당히 공들인 작업이었다고 생각합니다. 두 권으로 나온 『조
선문화사朝鮮文化史』는 공화국 과학원 력사연구소가 간행한 『조
선문화사초판 1963.9; 재판 1965.7』를 저본으로 한 호화본입니다. 일본
에서 상권은 1966년 7월 25일에 나왔고, 하권은 1966년 12월
25일에 간행되었지요. 당시 좋은 도판을 책에 넣으려고 노력
을 많이 했습니다. 저본에 있는 도판은 모조리 넣었고, 그 외의
이 책에 나온 여러 유물들의 사진을 새로 찍기 위해서, 사진기
사가 북한에 가서 직접 유물들의 사진을 찍어왔습니다. 그리고
사진은 잘 인쇄해서 낱장의 칼라 사진을 인쇄된 책에 풀로 붙
여서 나왔지요.

문　　『조선문화사』의 번역은 어떤 분과 함께 하셨나요?

　　조선문학을 권함 오무라 마스오와 한국문학이라는 공유지

답　와타나베 마나부^{渡部□}와 가지이 노보루, 그리고 제가 번역 책임
　　자였습니다. 와타나베 마나부는 원래 조선총독부의 학무 관료
　　였고, 경성제국대학^{京城帝□大□} 부속^{付□} 이과교원양성소^{理科□員養}
　　^{成所} 교수였습니다. 3명의 책임자 아래 7명의 번역 실무자가 있
　　었고, 실무자 중 한 명이 가지무라 히데키^{梶村秀樹}였습니다. 후에
　　가지무라 씨가 세상을 떠난 뒤, 제가 추도문을 쓴 적이 있습니
　　다.[4] 그리고 가지무라 선생의 부인이 '조선문학의 회' 동인으로
　　활동하기도 했습니다.

문　일본조선연구소에 다니실 즈음인 1965년 『문학^{文□}』 11월호에
　　조선문학에 관한 글을 발표하셨어요.

답　이와나미서점^{岩波書店}의 『문학』 1965년 11월호에 제 글과 임전
　　혜^{任展慧} 선생의 글이 소개되었어요. 그 해는 바로 한일협정이
　　있었던 해였지요. 부끄러운 글이지만 저는 「1920년대의 조선
　　문학－프롤레타리아문학과 '민족주의문학'^{一九二〇年代の朝鮮文□－}
　　^{プロレタリア文□と「民族主義文□}」이라는 제목의 글을 썼고, 임전혜 선
　　생은 「장혁주론^{張赫宙論}」과 부록으로 「1945년 이전의 재일조선
　　인 문학 관계 연표^{一九四五年以前の在日朝鮮人文□□係年表}」를 발표했어
　　요. 거의 최초의 장혁주론으로 기억됩니다. 임전혜 선생은 호
　　세이대학^{法政大□}과 도립대학^{都立大□}에서 강사 생활을 하기도 했
　　고, 가정주부이십니다. 『해협^{海峽}』이라는 잡지의 중심인물이었
　　고, 지금도 살아계십니다. 그리고 5년 후인 『문학』 1970년 11
　　월호가 '조선문학^{朝鮮文□}' 특집이었습니다.

문　앞에서 나왔던 윤학준 선생님 성함이 보이고, 선생님과 가지이
　　선생님, 다나카 아키라^{田中明} 선생님 등 '조선문학의 회'의 선생

님들도 글을 실으셨네요. 김달수나 김시종^{金時鐘} 등 자이니치 작가들도 글을 쓰셨고, 안우식^{安宇植} 선생님은 김사량에 관한 글을 쓰셨어요. 김석범^{金石範}, 이회성^{李恢成}, 그리고 오에 겐자부로^{大江健三□}의 좌담도 있습니다. '문학의 광장^{文□のひろば}'에는 중국문학 연구자 다케우치 요시미^{竹□好}가 글을 실었군요.

답 다케우치 요시미는 제가 도립대학 대학원을 다니던 시기 선생님이셨어요.

문 앗! 그렇군요!

답 물론 제가 박사과정에 진학한 첫 번째 해 정도에, 그분은 도립대학 교수를 사임하시긴 하셨죠.

문 1960년 안보투쟁의 맥락에서 사임한 것으로 알고 있는데, 당시 선생님께서 학생이셨군요. 도립대학 대학원 시기에 대해서 조금 여쭙겠습니다.

답 도립대학에는 조선사 담당인 하타다 다카시^{旗田巍}가 있었습니다. 1958년 이진우사건이 일어났을 때, 그가 중심이 되어서 구명운동을 했습니다. 저는 집이 가까워서 이진우의 가족을 몇 번 만나기도 했습니다.[5] 다케우치 요시미 선생님의 강의는 재미가 없었어요. (웃음) 교재로는 청조 말기 상해에서 나온 소설을 읽었어요. 하지만 실제 다케우치 요시미 선생님에게 배운 곳은 교실이 아니라 교실 바깥에서였어요. 같이 학습하고 숙의했어요. 때로는 다케우치 요시미 선생님의 집에 놀러가기도 했어요. 당시에는 대학원을 나와도 직업이 없는 사람들이 대부분이었습니다. 다케우치 요시미의 제자들이 모여서 실업 대책으로 중국고전문학을 번역하여 출판했는데, 30~40년 전이었지만 많이 팔려서 돈도 벌었어요. 그 돈으로 북망사北望社라는 출판사를 만들었습니다. 이후 북망사에서는 주로 대학 교과서를 출판하였는데 1971년 김사엽의 『조선문학사』를 번역하여 출간했습니다.[6] 그런데 가격이 당시로서는 비싼 4,800엔 정도였고, 결국 이 책이 팔리지 않아 북망사는 망하게 되었어요. (웃음)

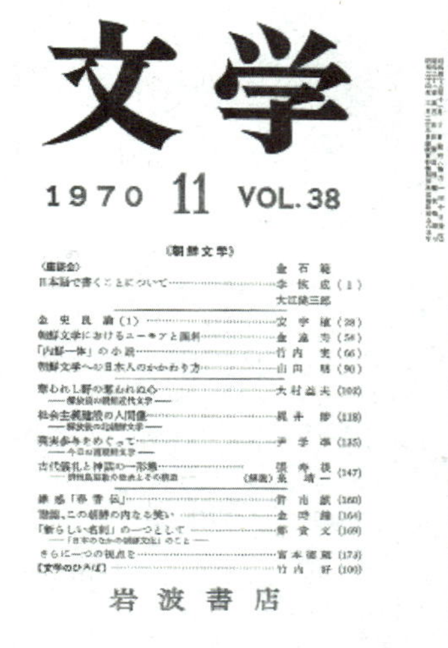

〈그림5〉 『문학』 1970년 11월호, 이와나미서점

문 무척 흥미롭습니다. 다케우치 요시미 선생님은 1970년 11월 『문학』의 '조선문학' 특집호에 글을 쓰시기 직전에, 「조선어를 권함朝鮮語のすすめ」『아시아여성교류사연구(アジア女性交流史研究)』7호, 아시아여성교류사연구회(アジア女性交流史研究会), 1970.9을 발표하신 것을 확인이 됩니다.[7] 다음 세대에게 조선어를 권하는 그 글이 어떤 맥락에서 쓰인 것인지 조금은 가늠할 수 있게 된 듯합니다.

답 어쩌면 제가 한국에 관심을 가지게 된 것도 다케우치 요시미 선생님의 영향인지도 모르겠어요.

3. 1970년의 '독립선언'

'조선문학의 회朝鮮文学の会'와
동인지『조선문학 — 소개와 연구朝鮮文学—紹介と研究』

문　앞서 '조선문학의 회' 이전에 있었던 두 모임인 와세다 교직원 강좌와 '공부 모임'에 대해 말씀해주셨습니다. 그리고 1970년 가을『문학』11월호가 '조선문학' 특집으로 꾸려질 무렵 '조선문학의 회'가 생긴 것으로 보입니다.

답　'조선문학의 회'가 발족한 것은 1970년 초가을이었으며, 당시의 멤버는 가지이 노보루梶井陟, 이시카와 세쓰코石川節子, 다나카 아키라田中明, 그리고 오무라 마스오大村益夫였습니다. 다나카 아키라는 아사히 신문의 저널리스트였고, 가지이 노보루는 중학교 이과 선생이었습니다. 이시카와 세쓰코는 여성이었고, 일본 전통 악기 사미센 선생이었습니다. 제2호부터 마지막까지 참여한 오구라 히사시小倉尙는 경제전문잡지『도요케이자이東洋□□』의 기자였습니다. 조 쇼키치長璋吉는 모임의 준비단계에는 없었지만 창간이 되고 들어왔습니다. 조 쇼키치는 후에 동경외대 교수가 되었지만, 그 당시는 직업이 없었어요. (웃음) 그는 동경외대 중국어과를 졸업하고 1965년 이후 처음으로 한국에 유학을 다녀왔습니다. 간사이關西의 다카기 히데아키高木英明, 도모나가 노리朝長ノリ가 이후에 들어왔지만 거의 활동하지 못했습니다. 다카기는 덴리대학天理大□ 학생이었습니다. 제9호1973.3 즈음부터는 마키세 아키코牧□□子와 가지무라 마스미梶村□澄가 들어왔습니다. 마키세 아키코는 아직도 활동을 하고 계신 박태원

연구자입니다. 그리고 가지무라 마스미는 가지무라 히데키의
아내로 중국어 교수였습니다.

문　1960년대에 이미 '공부 모임'이 있었는데, '조선문학의 회'라는
단체를 정식으로 발족하셨습니다. 1970년 '조선문학의 회'라
는 단체를 만드시고 『조선문학－소개와 연구』를 창간하신 것
은 어떤 의미였는지 궁금합니다.

답　'조선문학의 회'는 '독립선언'이었다고 생각합니다. 아까 말씀
드린 『문학』 1970년 11월호 '조선문학' 특집을 봐도 알 수 있듯
저와 다나카, 가지이 등 몇몇을 제외한 모든 필자들은 한국인
이었습니다. 일본조선연구소처럼 정치 단체의 활동도 있었지
만, 우리는 한국의 문학과 문화를 연구한다는 생각이었습니다.
'조선문학의 회'는 한국인들이 아닌 일본인들의 모임이자, 정
치와는 거리를 둔 문학 연구 모임이었습니다.[8] 그래서 사실 윤
학준 씨의 가입은 거절했습니다. 그가 여러 점에서 도와준 것
은 고마웠지만 결국 거절하였습니다. 그렇지만 처음 『조선문학
－소개와 연구』가 나왔을 때, 그것을 판매할 경로가 따로 없어
서 우리가 직접 서점에 가서 소개를 하고 비치를 해야 하는 처
지였어요. 당연히 차가 필요했는데, 우리 중 아무도 차가 없었
습니다. 결국 윤학준 씨가 『조선문학－소개와 연구』의 제1호
1970.12, 제2호1971.3, 제3호1971.6가 나오는 동안, 차로 많이 도와주
었어요. 그리고 나중에 1974년 백수사白水社에서 『한국단편문
학전집韓□短編文□全集』 다섯 권이 같이 나오자 그것을 함께 읽기
도 하였습니다.

문　그런 점에서 '독립선언'이었군요. 김윤식 선생님이 '조선문학의

회'가 '순수한 일본인만의 모임'이자 정치와 거리를 둔 입장에서 '초라하기 짝이 없는 조선문학'에 관심을 두신 모임이라 쓰셨는데,[9] 그렇게 쓰신 이유를 이제 조금은 헤아릴 수 있을 듯합니다. 『조선문학－소개와 연구』 제1호[1970.12]의 창간사에는 따로 기명이 되어 있지 않은데요, 어떤 선생님께서 쓰셨나요?

답 첫 호에 실린 창간의 말은 가이지 씨가 우선 쓰고, 다나카 씨가 보다 긴장감 있도록 수정을 하였습니다.

문 제2호[1971.3]부터는 '계간季刊'이라는 표지가 적혀 있습니다.

답 1971년에는 제2호[1971.3], 제3호[1971.6], 제4호[1971.9], 제5호[1971.12]를 4번 간행하였습니다. 그런데 1972년에는 제6호[1972.3], 제7호[1972.6], 제8호[1972.10]를 3번 간행하였습니다. 1973년에는 제9호[1973.3]와 제10호[1973.9]를 2번 간행하였고, 1974년에도 제11호[1974.1]와 제12호[1974.8]를 2번 간행하였습니다.

문 판권면을 보니 편집인과 발행인이 따로 이름이 올라가 있습니다. 종간호를 살펴보니 제1호[1970.12]와 제2호[1971.3]의 편집 실무는 다나카 아키라 선생님께서, 제3호[1971.6]에서 제10호[1973.9]까지는 오구라 선생님께서, 그리고 제11호[1974.1]와 제12호[1974.8]는 선생님께서 담당하셨다고 적혀 있습니다. 편집은 주로 어떤 일을 하셨나요?

답 『조선문학－소개와 연구』에는 편집인과 발행인이 나누어져 있었습니다. 편집인은 금방 말한 편집 실무를 맡은 것이고, 발행인은 연락을 맡은 사무소를 담당했습니다. 발행인은 인쇄소와 연락을 하였고, 그곳에 가서 출간 전에 교정을 보는 일을 했습니다. 인쇄소는 사정 상 계속 바뀌어서 간행할 수밖에 없었는데, 다나카 씨가 알던 인쇄소를 쓴 적도 있고, 오구라 씨의 소개로 도요케이자이의 인쇄소를 이용하였고, 와세다대학 출판부에서도 한두 번 인쇄를 한 적이 있습니다.

문 동인지의 발간을 위한 재정은 어떻게 마련하셨나요?

답 우선 동인의 회비를 걷었고, 정기구독자의 구독료, 그리고 잡지에 기고할 경우 그 원고료도 사용했습니다. 『문학』1970년 11월호에 글을 싣고 받았던 원고료를 창간에 사용했지요.

문 잡지의 가격과 구독료는 얼마 정도였나요?

답 가격은 제1호[1970.12]에서 제11호[1974.1]까지는 200엔이었고, 종간호만 300엔이었습니다. 그리고 정기구독료는 제2호[1971.3]부터 제6호[1972.3]까지는 연간 940엔, 그리고 제7호[1972.6]에서 제11호[1974.1]까지는 연간 1,000엔이었습니다.

문 동인지는 한 번에 몇 부씩 제작하셨나요?

답 정확한지는 다시 생각해야하겠지만, 1,000부 이하를 인쇄했습니다. 그렇지만 많이 남아서 많이 버리기도 했지요. 그래도 창간호는 다 팔리고 없어요.

문 창간호가 간행된 직후의 소감을 적으신 「기쁨과 당혹감」에 보면, 선생님께서 그 당시의 독자의 반응에 대해 적어두셨습니다.[10] 그 글에서 소개된 반응을 읽어보면, 후쿠시마로부터 오사카까지 여러 지역에서, 그리고 청년에서 노년에 이르는 다양한 연배에 해당하는, 연구자, 청년, 교사, 재일조선인 등 다양한 성격의 독자들이 『조선문학─소개와 연구』의 창간을 반가워했다고 생각합니다.

답 독자 반응으로 보면 재일 한국사람이 절반, 일본사람이 절반이었던 것으로 기억하고 있습니다.

문 배포나 판매는 어떻게 하셨나요? 아까 말씀도 하셨지만, 「기쁨
과 당혹감」을 보면 선생님들께서 직접 서점에 동인지를 가져
가셨고, 서점에서 흑색과 적색 매직을 빌려 "『조선문학─소개
와 연구』 창간. 1층 잡지 매장으로『朝鮮文□─紹介と□究』創刊. 一階の□
誌□場へどうぞ"라는 문구의 홍보판도 직접 만드셨다고 적어두셨
는데요.[11]

답 『조선문학─소개와 연구』 제6호[1972.3]의 끝에 보면 취급 서점
목록이 나옵니다. 취급 서점이 오사카, 고베 등에 조금 있었고,
교토에도 조금 있었지만, 아무래도 도쿄에 있는 서점이 제일
많았습니다. 거기에 와세다대학 생협도 있기는 하지만, 전혀
안 팔렸습니다. (웃음) 오히려 일반 서점에서 조금 팔렸습니다.
어느 정도 있었던 정기구독자들 덕분에 유지할 수 있었습니다.

문 『조선문학─소개와 연구』의 몇몇 호에는 따로 '특집' 기획이 있
는 듯합니다.

답 제9호[1973.3]에는 '1960년대 남조선문학一九六〇年代南朝鮮文学'라는
특집을, 제10호[1973.9]에서는 '조선민주주의인민공화국의 문학
朝鮮民主主義人民共和□の文□'이라는 특집을 기획했습니다. 종간호인
제12호[1974.8]는 '아동문학□童文□' 특집이었습니다.

문 선생님께서는 3년 8개월 동안 『조선문학─소개와 연구』에 논
문 9편, 에세이 10편이 실렸고, 번역으로는 소설 29편, 시 24
편, 시조 12편, 동화 7편, 동시·동요 7편, 민요 4편, 평론 4편이
실렸다고 정리하신 적이 있습니다. 또한 번역 작품의 선택은
해방 전후에 두루 걸쳐 있으며, 해방 뒤에는 남과 북을 함께 대

本誌取扱い書店名

本誌ご希望の方は振替（東京 一三一五一六）で直接、当会へお申込みになるか、左記の書店をご利用下さい。

…東京…
内山書店 千代田区神田神保町一－一五
ウニタ書房 千代田区神田神保町一－五二
（吉祥寺店） 武蔵野市吉祥寺本町二－二〇－七
コマバ書店 目黒区駒場二－四－五
敬文堂 千代田区九段北四－三
紀伊国屋 新宿店、三階雑誌売場
国学院大学 生協書籍部
広文堂書店 新宿区戸塚一－四二
信山社 千代田区神田神保町二、岩波神保町ビル
大盛堂 渋谷区神南一－二二－四、安田火災ビル
都立書房 目黒区八雲二－五
芳林堂 豊島区西池袋一－二一
美和書房 渋谷区千駄ケ谷四－三〇
模索社 新宿区新宿二－八〇 中江ビル
早稲田大学 生協書籍部
…横浜…
栄松堂 横浜ステーションビル内

…大阪…
近映書店 阿倍野区松崎町一－二七
ウニタ書房 浪速区新川町二－六八一
ミシマ書店 住吉区遠里小野町一一二九
梅書房 貝塚市近木一〇六五
…京都…
京阪書房 中京区三条河原町上東側
ミレー書房 中京区蛸薬師河原町西入ル
竹苞書店 中京区寺町通姉小路上ル
レブン書房 左京区百万辺
大学堂書店 中京区三条河原町西側
平安堂書店 中京区六角河原町西入ル
万字堂書店 中京区三条河原町西入ル
文華堂書店 中京区河原町竹屋町上ル
…神戸…
イカロス書房 生田区北長狭通り国鉄高架二六号
…浦和…
荒井書店 仲町一－一二－九

〈그림 6〉『조선문학－소개와 연구』 취급서점 목록(제6호, 1972.3)

상으로 삼았다고 쓰셨습니다.[12]

답 부제副題가 '소개와 연구'이지만, 사실 '소개'가 많습니다. 당시에는 우리는 아직 연구할 단계는 아니라는 생각을 다들 어느 정도 가지고 있었던 듯합니다. 다나카 씨 역시 당시 일본인에게 한국문학과 문화란 여전히 소개가 필요한 단계에 있다고 생각했습니다.

문 소개였지만 선생님께서 쓰신 대로, 해방 전후, 그리고 남과 북의 작품을 두루 보여주셨다고 생각이 됩니다. 그리고 『조선문학－소개와 연구』에 보면 아동문학의 비중이 상당합니다. 한국에서도 아동문학은 최근에 들어서 본격적으로 연구가 된 것이라, 이점은 상당히 흥미롭습니다.

답 아동문학은 제가 좀 취미가 있었어요. 제가 한국문학에 관심을 가지게 된 것도 아동문학을 통해서였어요. 최근 가미 쇼이치로

<그림 7> 윤세중, 오무라 마스오 역, 『붉은 신호탄』,
신일본출판사, 1967

上笙一口라는 아동문학 연구자가 타계했어요. 금년 『식민지문화연구植民地文化口究』 제14호2015.7.15에 제가 추도문을 싣기도 했습니다. 가미 씨는 식민지 아동문학을 필생 과제로 한 분으로 식민지문화연구회 회원입니다. 또한 저의 아버지 오무라 가즈에大村主計의 연구자이기도 하십니다. 저 역시 학생 시절부터 아동문학에 흥미를 가졌고요, 한국문학과 관련은 없지만 이발사를 노래한 레코드 TEST판을 만든 적도 있습니다. (웃음) 시장에서 판매를 하지는 않았고요. 여기에 보시면 1967년에 윤세중의 『붉은 신호탄』을 번역하기도 했어요. 6·25전쟁을 다룬 작품입니다.

문 윤세중이면 북한의 문학자로군요.

답 윤세중은 1912년 1월 4일에 태어나 1965년 11월 24일에 타계하였습니다. 원본은 북한에서 1963년 아동도서출판사에서 간행한 것을 이용했고, 번역서는 1967년 5월 30일에 나왔습니다.

문 신일본출판사新日本出版社라는 곳에 '세계신소년소녀문학선世界新少年少女文口選' 제10권으로 나왔어요.

답 '세계신소년소녀문학선'은 전체 16권으로 기획하였습니다. 세계문학의 시각에서 아동문학을 출판하는 기획이었고, 저 역시

북한문학이 세계문학의 일각을 차지할 수 있다고 생각해 그 기획에 찬동하였습니다. 신일본출판사는 일본공산당의 출판사는 아니었지만, 그쪽 색채가 짙었어요. 그런데 출판 조건이 '후기あとがき'를 출판사에서 역자인 제 이름으로 쓰는 것이었습니다. 실제로 후기는 제가 쓰지 않고, 출판사에서 썼습니다. 어렸을 때부터의 취미와 여러 활동이 한국 아동문학에 대한 관심으로 이어진 것 같습니다. 그리고 『조선문학─소개와 연구』의 종간호도 아동문학 특집으로 기획했습니다.

문   『조선문학─소개와 연구』는 1974년 8월 제12호로 종간하였습니다.

답   폐간의 이유는 3년 반이 지나다 보니, 많이 지쳐서이기도 했습니다. 가지이 씨가 폐간에 반대하였지만, 결국 폐간이 되었습니다. 그동안 가지이 씨는 중학교 교사였기에 바빠서 원고는 쓸 수 있었지만, 교정이나 편집은 다른 동인들이 도맡아 해야 하는 상황이었습니다. 조 쇼키치 씨는 동인잡지란 이름 없는 사람들이 하는 것이라고 하였습니다. 그리고 우리는 이제 유명하게 되었으니, 폐간해도 괜찮다고 주장을 하였지요. 저 역시 이유는 다르지만 동의하였고, 결국 폐간을 결정하였습니다.

문   그러면 동인지 『조선문학─소개와 연구』를 발간하면서, '조선문학의 회'는 어떤 활동을 병행하였나요?

답   '조선문학의 회'는 주로 잡지 준비단계에서 많이 모이고 활동했습니다. 하지만 동인지를 내기 시작한 후에는 활동이 있긴 했지만, 활발하지는 않았거든요.

문   『조선문학─소개와 연구』에 번역한 소설들을 중심으로, 한국문학 번역 선집 『현대조선문학선^{現代朝鮮文□選}』소도샤(創土社), 1973~1974을 두 권 발간하셨습니다. 그런데 두 책의 해설은 윤학준 선생님이 쓰셨네요?

답 윤학준 씨의 주도로 만든 책입니다.

문 '조선문학의 회'가 번역한 것으로 책이 나왔는데도, 윤학준 씨가 주도를 하셨군요.

답 이것은 잡지는 아니었으니까요. (웃음) 윤학준 씨가 책 출간을 주도하고 해설도 썼어요. 오히려 책 발간과 관련해서는 우리 발언권이 거의 없었습니다. 그리고 책의 발간에는 가지이 선생의 친척인 이타 가즈에^{井田─衛}의 도움이 있었습니다. 그는 운동에 관심이 있었지요. 제2권에 번역자로 참가한 와타나베 아키요시^{渡□了好}는 젊은 사람이었는데, 도중에 어디론가 사라졌습니다.

문 제1권은 1960~1970년대 동시대의 한국문학을 번역하셨고요, 제2권에서는 오히려 시대를 거슬러 해방공간의 문학을 번역하셨군요.

답 무의식적으로 해방공간에서 '통일'을 모색하는 느낌이 있었다고 할까요.

문 번역한 한국문학 선집은 어느 정도 팔렸나요?

답 책을 내기는 했지만 전혀 팔리지는 않았어요. 가지고 있으면 세금의 대상이 되니까 결국 폐기하게 되었습니다. 그리고 1984년 저와 조 쇼키치, 그리고 사에구사 도시카쓰가 번역한 『조선단편소설선^{朝鮮短編小□選}』이와나미서점(岩波書店), 1984 이라는 두 권의 한국문학 번역서가 나왔어요. 그전에 이와나미 문고로 나온 한국문</sup>

학은 김소운金素雲의 조선 시나 민요 번역처럼 한국 사람의 번역이었지요. 1984년에 나온 이 번역서는 어느 정도 팔렸습니다.

문　‘조선문학의 회’ 동인 분들에 대해 여쭙고자 합니다.

답　금방 말한 조 쇼키치는 센스가 있는 사람이었습니다. 『조선문학－소개와 연구』에 연재하였고 후에 단행본으로 나온 그의 『나의 조선어 소사전－서울 유학기私の朝鮮語小口典－ソウル遊口記』호쿠요사(北洋社), 1973 는 무척 재미있습니다. 한국말 하나하나를 감각적으로 논한 책이지요. 이후 조 쇼키치는 도쿄외대 조선어과 교수가 되었지요.

문　다나카 아키라 선생님은 어떤 분이셨나요?

답　다나카 아키라는 서울 용산에 있던 중학을 나왔습니다. 중간에 야마다山田 집안으로 양자로 들어가서 어떤 글에는 야마다 아키라山田明라고 서명이 되어 있고요, 이후 복귀하여 다시 다나카 아키라田中明가 되었습니다. 저널리스트여서 현실의 전면모를 입체적으로 볼 수 있었지만, 그래서 위기를 느끼기도 했던 것 같습니다. 사실 다나카 아카라는 창간호 이후 바로 탈회를 하려고 했습니다만, 나머지 동인들이 만류하여 제5호1971.12까지 한 뒤에 그만두었습니다. 그리고 한국으로 유학을 갔지요. 일본조선연구소는 처음에 『조선연구』를 발간하다가 그 후신으로 우익적인 성향의 『현대코리아現代コリア』를 발간하였습니다. 그때 다나카 아키라는 사토 가쓰미佐藤勝巳 등과 함께 이 잡지에도 참여하였습니다. 사토 가쓰미는 니가타현新潟県 일한협회日朝協會의 협회장이었는데, 이후 북한과 나치 문제를 계기로 혐한 인사嫌韓人士가 되어 버립니다. 일본인의 조선 연구는 복잡합니

다. 그리고 다나카 아키라 씨도 저널리스트였다가 다쿠쇼쿠대학拓殖大□의 교수가 되었습니다. 이 학교는 옛날에는 식민지와 관계된 보수적인 학교였지요. 다나카 아키라에게 있어서는 재조일본인으로서 경험이 복잡하다고 생각합니다. 다나카 아키라는 선우휘, 김윤식 씨와 친했습니다. 다나카 아키라는 선우휘 씨의 책 번역을 준비하고 있었어요. 아마 두 사람 사이에 체질 상 공통점이 있어서 친했을 것이라 생각합니다.

문 선우휘 선생이 타계하자, 『현대코리아』의 1986년 8월호에 '선우휘선생추도鮮于煇先生追悼'란이 있었고, 다나카 아키라 선생님은 「선우휘 님을 잃고鮮于煇さんを失って」라는 글을 쓴 것으로 확인됩니다.[13] 선생님께서 당시에 교류하셨던 한국 연구자들은 누구인가요?

답 조 쇼키치와 저는 김우종 씨와 친했습니다. 1975년 조 쇼키치는 김우종 씨의 『한국현대소설사』를 번역하기도 하였습니다.[14] 김윤식 선생 이전에 교류가 있던 사람은 김우종 씨입니다. 후에 김우종 씨는 이상한 방향으로 들어가긴 했지만, 당시로서는 가장 친하게 지낸 사람이었습니다.

문 김우종 씨와의 교류에 관해 좀 더 말씀해주실 부분이 있나요?

답 김우종 씨를 어떻게 알게 되었는지는 기억이 나지 않습니다만, 김우종 선생의 강의를 들은 적이 있어요. 그 당시 경희대학에서 가르치고 있었고요. 제가 한국에 체류할 때, 김우종 씨와 학생들과 경기도 양수로 소풍을 간 적이 있습니다. 그런데 당시 양수에는 전등이 없어 곤란을 겪었지요. 2주일에 두 번 쌀 없는 날 행사를 하기도 했습니다. 그리고 김우종 씨는 일본에서도 만났고, 우리 집에 놀러오기도 했습니다.『한양』사건으로 곤혹을 치르기 전의 이야기입니다. 후에 10월 유신 무렵 김우종, 임헌영, 장백일, 이호철, 정을병 씨가 잡혀가는 일이 생겼지요. 그래서 일본에서 구명운동을 하기도 하였습니다.

문 김윤식 선생님은 몇몇 저서에서 1970~1971년 일본 유학 무렵 선생님으로부터 여러 도움을 받았다고 적어두셨어요. 김윤식 선생님은 원래 도쿄대학의 이즈미 세이이치泉靖一 선생님의 초빙으로 왔지만 이즈미 선생님은 돌아가신 상황이었다고 합니다. 김윤식 선생님은 다나카 선생님으로부터는 일본 지식인의 동향, 교포 사회의 구조, 일본인의 삶의 방식 등에 대해 배웠고, 선생님께는 당시 일본의 조선문학 연구자와 연구동향, 각 도서관의 조선문학 자료 분포, 도서관 이용법 등에 대해 두루 도움을 받았다고 적어두셨습니다. 그리고 선생님의 도움으로 호세이대학 오하라 연구소大原□究所에서 사회주의 관련 자료, 무정부주의 잡지『탈환奪還』, 재일 조선인 노동자의 선전 삐라, 신문, 잡지를 열람하셨고요. 특히 선생님께서 와세다대학 출신 조선 유학생 자료조사와 이광수의 학적부고등부 시절 열람을 도와주셨고, 선생님 덕분에 초빙기관인 도쿄대학보다 오히려 와세다대학 도서관이 편하셨다고 회고하셨습니다.[15]

답 당시 김윤식 씨는 매일 같이 와세다대학 도서관에 와 있었습니다. 그래서 김윤식 씨가 와세다대학 자료를 이용하는데 작은 도움을 주었지요.[16] 그리고 김윤식 씨는 처음 와서는 하숙집을 구해달라고 부탁했지요. 그 부탁을 듣고 다나카 씨는 김윤식 씨가 대학 교수이니까 좋은 곳을 소개했는데, 조건이 안 맞아

성사되지는 않았지요. 김윤식 씨는 가난한 아파트를 찾고 있었 거든요. 그렇지만 찾지 못하고 결국 고급 맨션에 들어갔습니다. (웃음)

문　1970년 당시에 교류가 있었던 것 같은데, 김윤식 선생님도 '조 선문학의 회'에 정식으로 방문하신 적이 있나요?

답　윤학준 씨가 오지 않았던 것처럼 김윤식 씨도 모임으로서 '조 선문학의 회'에는 오지 않았습니다. 그리고 한참 『조선문학— 소개와 연구』이 나올 때 김윤식 씨는 한국에 있었지요.[17] 그리 고 앞에서도 말했지만, 동인지를 발간하면서부터는 동인지 간 행이 중심의 일이었습니다. 그래도 김윤식 선생은 체일 시 동 인 개개인들과 교류를 했습니다.[18] 우리 잡지에도 흔적이 남아 있습니다. 제4호[1971.9] 권말 '사랑방さらんばん'란에서 오구라 씨가 한국 『동아일보』 김병익 씨의 기사를 인용하는데, 그 기사에 일 본에 있던 김윤식 씨의 언급이 인용되어 있습니다.

문　"1년간 동경대에 유학하고 있는 김윤식 씨서울대학 조교수"는 "최근 의 한국문학에 대한 관심은 취미, 일시적인 관심의 수준에 머 물고 있다. 문학적 차원에 높이기 위해서는 번역, 출판이 더 적 극적으로 되어야 한다"라고 적혀 있군요.[19]

답　또한 제7호[1972.10] 권말 '사랑방'란에서는 제가 김윤식 씨와 이 호철 씨의 글을 번역해서 실었습니다.[20]

문　아, 한국의 『세대』 1972년 4월호에 이회성李恢成의 「반쪽발이半 チョッパリ」를 이호철 선생님이 번역하여 신고, 김윤식 선생님이 해제를 쓰셨네요. 그리고 선생님께서, 『세대』에 수록된 김윤식 선생님의 해제와 이호철 선생님의 '역자의 말'을 번역하여 『조

<그림 8> 신주쿠역에서 다나카 아키라, 김윤식, 오무라 마스오
출처 : 김윤식, 『내가 읽고 만난 일본』, 그린비, 2012.

선문학―소개와 연구』에 실으셨고요. 최근에 김윤식 선생님이 간행하신 『내가 읽고 만난 일본』^{그린비, 2012}에서 사진을 한 장 발견할 수 있었습니다. 선생님과 김윤식 선생님, 그리고 다나카 아키라 선생님이신 듯합니다. 전철역 같은데, 맞습니까?

답 오다큐 전철^{小田急電口} 신주쿠^{新宿}역의 입구입니다. 2004년으로 기억하고 있습니다. 김윤식 씨 부부와 우리 부부가 하코네^{箱根} 온천으로 가고 있었는데, 다나카 씨가 그 소식을 듣고 신주쿠 역에 만나러 온 사진입니다.

4. 농부와 시인, 그리고 춘추필법
임종국과 김윤식의 연구서 번역과 출판사 고려서림

문　선생님께서는 김윤식 선생님의『한일문학의 관련양상』일지사, 1974을『상흔과 극복 — 한국의 문학자와 일본傷痕と克服 — 韓□の文□者と日本』으로 번역을 하셔서 1975년 아사히신문사朝日新聞社에서 간행하셨고, 다음 해 임종국 선생님의『친일문학론』평화출판사, 1966을 일본어로 옮기셔서 1976년 고려서림高麗書林에서 내셨어요. 선생님께서 1970년 당시 한국에서 간행된 한일문학의 관계에 대한 중요한 연구서 두 권을 옮기신 것이라 생각합니다.

답　『상흔과 극복』부터 이야기를 하면, 다나카 씨가 중개를 하여서 아사히신문사에서 냈어요. 그래서 아사히신문사에서 원고료도 조금 받았습니다. 이 책은 원본과 조금 다른데요, 원본인『한일문학의 관련양상』은 두꺼운 책입니다만, 일부를 제가 선택하여 번역하였고요.

문　한국에서 간행된『한일문학의 관련양상』중에서 제2부인 '상흔과 극복'을 중심으로 하셔서 번역서의 제1부로 삼으셨어요. 그리고『한일문학의 관련양상』의 1부에 실린 글 두 편과 다른 곳에서 가져온 2편을 다시 배치하셔서 번역서의 2부와 3부로 삼으셨고요.

답　『한일문학의 관련양상』에서 선택한 글에 두 편의 글을 추가하고, 편집 체재를 조금 바꾸었습니다.

문　번역서『상흔과 극복』의 제1부는 1940년대 한국문학의 이중어 글쓰기, 일본문학과의 관련, 그리고 1970년대 당시 일본문

학의 자이니치문학에 대한 관심을 다루고 있습니다. 그리고 제
2부에는 '친일문학'의 역사적 의미를 성찰하고 새로운 해석의
가능성을 탐색한 글을 모으셨고요. 제3부는 윤동주와 임화에
대한 작가론 두 편을 붙이셨어요.

답   김윤식 씨의 요청으로 『한국근대문예비평사연구』^{한얼문고, 1973}의
마지막에 실린 「임화 연구」를 추가했습니다. 그리고 김윤식 씨
가 일본어 번역서의 서문을 새로 썼지요. 또한 원제는 '한일문
학의 관련양상'인데 이렇게만 하면, 임팩트가 없어서 저와 다
나카 씨가 의견을 모아 '상흔과 극복'이라는 제목으로 발간하
였지요.

문   번역 과정에서 기억나시는 점이 있으신가요?

답   김윤식 씨는 책을 쓰는 속도가 무척 빠릅니다. 그러다보니 원
문 하나하나를 정확하게 인용하지 않은 점이 좀 있었어요. (웃
음) 역자로서 그냥 둘 수가 없어서 확인을 했고, 그러다보니 번
역에 시간이 꽤 걸렸습니다. 그래도 1년까지 걸리지는 않았습
니다.

문   임종국 선생님의 책을 번역한 『친일문학론^{親日文□論}』은 부피가
상당합니다. 번역의 경위가 궁금한데요.

답   와세다대학 강사였고 나중에 오사카의 모모야마가쿠인대학<sup>桃
山□院大□</sup> 교수를 맡은 김학현^{金□鉉} 씨가 있었습니다. 하지만 당
시에는 적당한 직업이 없어서 고려서림에서 사무를 보고 있었
어요. 김학현 씨와 제가 두 권의 책을 기획하였습니다. 항일^{抗日}
과 친일^{親日}이라는 두 주제의 책이었습니다. 김학현 씨가 먼저
'항일'을 선택했고요, 그래서 제가 '친일'을 맡았습니다. 김학현

씨는 이육사를 비롯하여 10명의 시인을 소개하는 책을 내려고 했습니다. 번역은 아니었고요. 그리고 '친일'이라는 주제로는 제가 임종국 씨의 책을 번역하였지요.

문 이 책을 번역하실 때도 인용 자료 원문을 확인하셨나요?

답 원문을 확인했지요. 그런데 『친일문학론』에 실린 글 중에서 작가들이 일본어로 쓴 글이 있습니다. 그것을 임종국 씨는 한국어로 번역하여서 한국에서 책을 냈지요. 그런데 『친일문학론』을 일본에서 번역하여 출간할 때, 원래 일본어를 쓴 글을 임종국 씨가 한국어로 옮긴 것을 다시 일본어로 옮길 수는 없으니까. (웃음) 원문을 확인해야 했습니다. 문제는 원문을 구해야하는데, 일본에서는 대부분 구할 수가 없었어요. 그래서 임종국 씨에게 폐를 끼치면서 편지를 드려서 다시 확인해달라고 하거나 자료를 요청하였습니다.

문 1940년대 식민지 조선의 이중어 글쓰기라는 역사적 경험이 가져온 곤란이었던 듯합니다. 또 다른 고민으로는 번역자의 주석 문제도 있는 것 같습니다. 한국에서 간행된 『친일문학론』에 원래 부록으로 상당한 분량의 '관련작품표'와 '인명해설'이 있는데요. 선생님께서는 그것을 모두 번역하시고 더해서 번역자의 주석을 77개 더 다셨어요.

답 번역자의 주석은 번역을 하다가 모르는 것을 달았습니다. 거기에 달린 주석은 두 가지 성격입니다. 하나는 역주 1번인 '김구' 같은 주석입니다. 한국인에게는 친숙하지만 일본인은 알지 못하는 사항에 대해서 주석을 달았습니다. 또 하나는 임종국 씨가 원저에서 충분히 설명하지 않은 사항, 혹은 저도 모르는 사항들에 대해서는 공부를 해서 주석을 달았습니다. 번역 당시 임종국 씨와 편지로 자주 왕래했습니다. 임종국 씨는 무척 정확합니다. 『친일문학론』에서는 남에 대한 비판이나 평가가 없이 재료를 나열하고 있습니다. 재료가 말하게 하는 춘추필법^{春秋筆法}으로 책을 쓰셨다고 생각합니다. 『춘추^{春秋}』의 필법은 '몇 년 몇 달 몇 일에 무엇이 있다' 이렇게만 쓰는 것입니다. 이것을 읽고 아는 사람은 주장을 알아보고, 모르는 사람은 모르도록 하는 것이지요. 정확하게 자료를 인용하여 쓴 책이기 때문에, 번역 역시 정확해야 했습니다. 원문 확인에 시간이 많이 걸려서 『친일문학론』 번역은 1년 정도 걸린 것 같습니다.

문 굉장히 공을 많이 들이신 번역이었다고 생각합니다.

답 김윤식 씨는 이런 저를 보고 농부라고 불렀습니다. (웃음) 저희 집 뒤편 밭에서 저는 지금도 매일 김을 매고 있으니까요. 하지만 그보다도 제가 공부하고 번역하고 하는 작업 방식을 보고 그렇게 말씀하신 뜻이 있다고 생각해요. 저는 김윤식 씨를 시인이라고 불렀습니다. 유학 초기부터 김윤식 씨와 사귀었고, 지금도 친밀하고 신뢰할 관계를 가지고 있습니다. 김윤식 씨는 넘을 수 없는, 그래도 넘어야하는 고개라고 생각합니다.

문 자료를 찾다보니, 선생님께서도 김윤식 선생님의 '고별강연'인 2001년 9월 11일 현해탄을 건너 서울대에 오셨고, 김윤식 선생님께서도 선생님의 와세다대학 최종강의에 오셨다는 것을 보았습니다.[21]

답 맞습니다. 2004년 1월 15일 저의 최종강의에 김윤식 선생이 오셨습니다.

〈그림 9〉 직접 경작한 농작물과 오무라 마스오

문 　『친일문학론』은 번역 원고료가 있었나요?

답 　고려서림에서 나온 책이기 때문에, 원고료는 거의 못 받았습니다. 고려서림에서는 책을 내주는 것만으로도 고마워해야 할 상황이었죠.

문 　나중에 임종국 선생님을 직접 뵈셨던 경험에 대해 여쭙습니다.

답 　『실천문학』에 발표한 적도 있는데 나중에 제가 임종국 씨를 찾아간 적이 있어요.[22] 1981년에 한 번, 1987년에 다시 찾아갔습니다. 전기도 없는 산꼭대기집이었고, 사과박스에 글을 쓰고 계셨습니다. 온돌은 있었지만, 나무를 태워야 했고요. 그래서 온돌 연기가 방안에 새어서 연기가 자욱했습니다. 그리고 그 연기에서 구수한 향이 났고요. 그곳으로 임종국 씨를 찾아가서 찍은 사진이 나중에 한국에서 보도가 되었지요. KBS의 다큐멘터리로 90분짜리 프로그램이었던 것 같습니다.

문 　아! 제가 학부 1학년 시절에 보았던 다큐멘터리여서 아직도 기억을 합니다. KBS의 〈인물현대사〉였고 '배반의 역사를 고발하다—임종국'이라는 제목으로 2003년 8월 22일에 방영되었습니다. 친구의 아버님께서 먼저 시청하시고는 친구에게 알려주셨고요, 친구 아버님의 심부름으로 지금은 한국의 문화방송 기자로 일하는 동기 배주환과 같이 서울 광화문 교보문고에 『친일문학론』을 사러 갔던 기억도 있습니다. (웃음) 그 다큐멘터리에 당시 평화출판사 허창성 사장님이 출연하셔서 『친일문학론』 1쇄로 1,500부를 간행했는데, 그 해가 가도록 한국에서는 500부가 못 나갔고, 어떻게 알고 일본에서 한국문학을 연구하는 분들이 1,000부 정도를 사갔다고 하신 것이 기억에 납니다.

▲ 〈그림 10〉 2004.1.15.
　오무라 마스오 교수 최종강의
출처 : 김윤식, 『내가 읽고 만난 일본』, 그린비, 2012

〈그림 11〉 오무라 마스오와 임종국
출처 : KBS 〈인물현대사〉
'배반의 역사를 고발한다―임종국', 2003.8.22

답 『친일문학론』은 당시에 한국보다 일본에서 비교적 많이 팔렸다는 이야기를 들었습니다. (웃음)

문 『친일문학론』을 간행한 고려서림은 어떤 곳이었나요?

답 당시 일본에서 한국책을 살 수 있는 서점으로는 총련계 쪽이 두 군데, 한국 쪽이 세 군데가 있었습니다. 한국 쪽으로는 고려서림과 한국서적센터 등이 있었어요. 고려서림은 원래 서점이었는데, 출판도 조금 같이 했어요. 고려서림의 사장은 박광수^{朴光洙} 씨였습니다. 박광수 씨는 아직 살아 계시고, 고려서림도 같은 장소에 있어요. 지금은 그분의 아들이 사장입니다. 아까 말했듯, 김학현 씨가 그곳에서 사무를 보고 있었고 '친일'이라는 주제의 책을 내자고 제안한 것도 그 사람입니다.

문 저는 서울대 중앙도서관 고문헌자료실^{개인문고}에 소장된 일역본 『친일문학론』을 살펴보았는데요, 1976년 당시 판매 도서목록이 끼워져 있었습니다. 여기에 살펴보면, 고려서림에서 나온 책 목록을 보니 『한국고전문학선집^{韓□古典文□選集}』도 제1차분으로 세 권이 간행되었고, 『한국의 민요와 전설^{韓□の民□と□□}』도 다섯 권이 나와 있습니다. 그리고 한국어 회화 같은 한국어 교재도 있어요.

답 당시 고려서림에서는 한국어 교재, 한국문학, 한국요리 등 다양한 책이 간행되었습니다. '한국어대역총서^{韓□語□□叢書}' 시리즈에는 저와 조 쇼키치 씨가 작업을 하였지요.

문 『불의 개^{火の犬}』. 선생님께서는 동화집을 번역해서 내셨군요.

답 「흥부와 놀부」 같은 전래동화 12편, 그리고 현대 동화 4편을 번역해서 실었습니다. 조 쇼키치 씨는 김동인의 단편을 모아 책으로 냈고, 마키세 아키코 씨는 황진이와 유관순의 전기를 번역하였습니다. 그리고 저는 이보다 조금 이른 1971년 홍상규^{洪相圭} 씨가 번역한 『한국고전문학전집^{韓□古典文□全集}』전8권, 다이리쿠서방^(大陸書房)이 간행하는 데도 관여를 하였습니다. 홍상규 씨가 일본어로 초벌 번역을 했는데, 도저히 현대 일본어라고 할 수 없을 상태여서 제가 수정을 하느라 고생하였습니다.

문　선생님께서는 1970년 중반 이후에도 계속 고려서림에서 책을 내셨나요?

답　저는 고려서림에서 『친일문학론』이나 대역문고 시리즈 외에도 책을 많이 냈습니다. 중국 조선족문학을 모은 『시카고 복만이 —중국 조선족문학선^{シカゴ福万－中□朝鮮族文□選}』1992, 제주도문학선을 모은 『탐라 나라 이야기—제주도문학선^{耽羅のくにの物語－□州島文□選}』1996 등을 출판했습니다. 제가 출판사로부터 돈을 받지는 못했지만, 책을 내준 것만으로도 큰 도움을 받았습니다. 고려서림은 한국문학과 관계된 책을 계속 출판해주었습니다.

문　선생님께서 임종국 선생님에 대해 쓰신 글을 보면, 고려서림의 박광수 사장님은 임종국 선생님과 선생님 사이에서 편지와 선물을 전해주는 분으로 등장하셨던 분 같습니다.[23]

답　박광수 사장은 좋은 분이셨습니다. 임종국 선생이 제게 병풍을 선물할 때 가져다 주기도 하셨죠. 좋은 분이셨고 저와도 몇 차례 교류가 있었습니다. 하지만 동시에 거리가 있기도 했습니다. 그래서 저는 그분이 무엇을 하고 무엇으로 생활비를 마련하는지 아직도 알지 못합니다. 그것은 윤학준 씨도 마찬가지였습니다. 일본인과 재일 조선인 사이의 거리라고 할까요. 아주

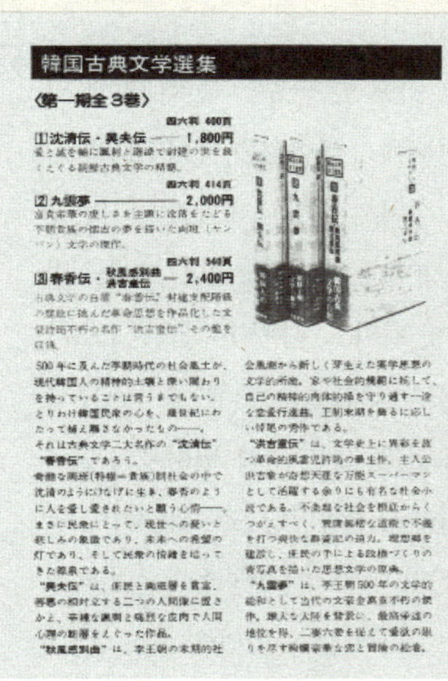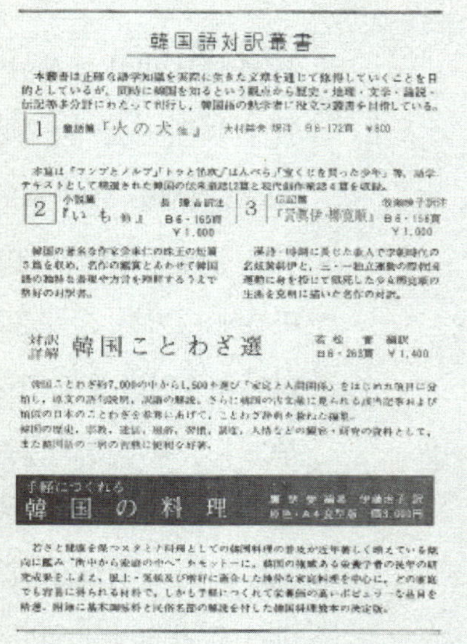

〈그림 12〉 고려서림 도서 팜플렛(1976)
제공 : 서울대 중앙도서관 고문헌자료실

가깝더라도 그 사람의 삶에 대해서는 잘 알지 못했습니다.

5. 1970년을 다시 읽으며
한일의 주고받기 · 백두산에서 현해탄까지 · 38선이 없는 마음

문 김윤식 선생님께서는 1970년에 일본에 오셨는데, 그러면 선생님께서 한국에 처음 가신 것은 언제인가요? 호테이 토시히로 布袋敏博 선생님과의 인터뷰를 보니 1972년에 선생님께서 처음 한국에 가신 것으로 말씀하셨습니다.[24]

답 『조선문학—소개와 연구』를 보면 발행인이 바뀌는 시기가 있습니다. 제5호 1971.12까지는 제가 발행인인데, 제6호 1972.3부터는 조 쇼키치 씨가 발행인입니다. 이때 반 년동안 동국대학에 있었습니다. 조 쇼키치 선생이 한국에서 돌아왔을 때이기도 하고요. 조 선생을 보니 저도 가고 싶어서, 와세다대학의 안식년을 맞아 중국과 한국을 고민하다가 한국으로 갔습니다. 그래도 법학부에 있어서 갈 수 있었던 것 같아요. 사립대학은 연구소가 힘이 없습니다. 돈을 쓰기만 하고 벌 수는 없으니까요. (웃음) 학부도 이공학부, 문학부는 힘이 없고, 정치, 경제, 법학부가 힘이 셉니다. 그리고 같은 학부에서라면 전공담당 교수와 교양담당 교수 사이에 격차가 있지요. 만약 어학교육연구소에 소속되었다면 못 갔겠지만, 법학부에 소속되어 갈 수 있었습니다.

문 1970년대 초 일본인의 시각에서 경험하신 한국은 어떠셨나요?

답 당시 동국대 총장은 역사학자 신국주 씨였습니다. 신국주 씨가 환영 행사를 열어주었지요. 동국대 주요 멤버들이 모인 자리였는데, 어떤 사람이 명함을 주었습니다. 그 명함에는 회사 이름이 적혀 있었지만, 사실 그 사람은 정보기관 소속이었죠. 그래도 신국주 씨가 제가 위험인물이 아니라고 해주었지요.

문 다니시고 지내시기가 불편하셨겠어요.

답 지방여행을 갈 때면 신분증을 보여야 그곳에 머물 수 있었습니다. 그리고 숙박시설은 주변 경찰서에 외국인이 왔다는 것을 통지해야 했고요, 그러면 정보기관이나 경찰이 저를 찾아왔습니다. 시골 사람들이 저를 간첩으로 오해를 한 적도 몇 번 있었습니다.

문 도쿄대학 교양학부에서 인류학을 연구하시던 이토 아비토^{伊藤亜人} 선생님의 회고록에서도 비슷한 장면을 읽은 기억이 있습니다. 1970년대에는 어딘가 지방에 가면 경찰이 와서 신분증을 요구하였으며, 간첩으로 오인된 적도 있다는 이야기였습니다.[25]

답 이토 씨는 저와 같은 시기 한국에 있었습니다. 동국대학에서는 책상 하나를 주고, 제게 아무 것도 제공하지 않았어요. 그래서 당시 근처인 종로 대학로에 있던 서울대 어학연구소에 가서 한국말을 배웠습니다. 초급반과 중급반 두 반이 있었는데, 이토 씨는 초급반이었고, 저는 중급반이었습니다. 그렇게 6개월 만에 돌아왔습니다.

문 이토 선생님도 1972년 현지조사를 앞두고 여름에 서울에서 어학연수를 했다고 적으셨는데,[26] 선생님과 같은 시기 같은 곳에서 한국어를 공부하셨군요. 선생님께서 처음 한국에 가셨던 시기는 1965년 한일협정 이후, 다시 한국과 일본의 연구자들이 교류하기 시작하였던 시기였던 듯합니다. 그럼 그 다음에 방한하신 것이 1980년대인가요?

답 그 다음에는 전두환 대통령 취임식 무렵 1주일 정도 머물렀습니다. 그리고 1980년대에 들어서는 고려대 교환교수로 있었고요, 1990년대에 다시 한 번 방문하였습니다. 그 외에는 와세다대학과 고려대학 사이의 제도를 이용해서 여름방학을 이용해 2달 정도 머물고는 하였습니다.

문 이제 정리하려고 합니다. 이번에 인터뷰를 준비하면서 자료를 살펴보다 보니 1970년, 그리고 1970년대 초라는 시기에 대해서 많은 궁금증이 생겼습니다. 일본에서는 '조선문학의 회'가 결성되고 활동하였고, 동인지 『조선문학―소개와 연구』가 간행되었습니다. 그리고 한국문학이 번역되고 소개가 됩니다. 또한 한국문학 연구서도 번역되어 간행이 되고요. 그리고 일본과 한국, 두 나라의 연구자들은 현해탄을 건넜습니다. 김윤식 선생님이 일본에 오시고, 반대로 선생님과 조 선생님, 다나카 선생님은 한국에 연구를 하러 가셨어요. 1970년대 초 한국근대문학을 중심에 두고, 한국의 문학 연구자와 일본의 문학 연구자가 서로를 인식하고 서로 소통하기 시작한 시기였던 것 같습니다. 활발한 공동 연구로 이어지지는 못했지만, 이 시기 이후 조금씩이지만 의미 있는 교류가 이어집니다. 이번에 선생님 말씀을 들으면서, 저는 1970년을 전후한 시기를 이렇게 이해하였습니다. 이 시기에 대해서 선생님께서 가지고 계신 생각을 말씀해주시면 감사하겠습니다.

답 이렇게 말씀을 드리겠습니다. 1982년 5월 『코리아평론コリア評論』에 제가 「문학사를 둘러싼 두세 가지 문제文□史をめぐる二、三の問題」라는 글을 실었습니다.[27] 1960~1970년대는 남의 문학사에 북의 소설이 실리지 않고, 반대로 북의 문학사에 남의 소설이 실리지 않았어요. 조연현의 『한국현대문학사』와 북에서 나온 『조선문학통사』가 좌우 양쪽 끝에 있었고요. 당시로서는 비교적 중간에 있었던 것이 김우종 씨의 문학사였습니다.

문 1960년에서 1961년 사이에 쓰인 마쓰모토 세이초松本□張의 『북의 시인北の詩人』 역시 그러한 분위기의 산물인 것 같습니다.

답 그렇습니다. 제가 가도카와 문고角川文庫의 『북의 시인北の詩人』가도카와서점(角川書店), 1983에 해설을 단 적이 있었습니다. 해설에서 제가 마쓰모토가 이 책을 쓸 당시 북의 두 문서를 기초로 하여 썼다, 이것은 대단한 일이다. 이렇게 썼습니다. 그런데 이 말을 표

면 그대로 읽고 제 말을 마쓰모토에 대한 찬가讚歌로 인식하는
사람이 있어 놀랐습니다. 그러한 언급 이면에는 북에서 나온
두 종류의 문헌만 보고 한 편 분량의 소설을 쓰면 안 된다고, 그
것은 진실이 아니라는 의미가 담겨 있습니다. 이 소설은 소설
이지만 인물은 모두 실명으로 나옵니다. 그렇기 때문에 독자는
이 소설을 진실로 믿기 쉽습니다. 하지만 이 소설에 등장하는
인물 중 몇은 그들 자신의 생각이라기보다는, 마쓰모토의 생각
이 그들에게 붙어있는 것 같기도 하고요.[28] 그는『북의 시인』외
에는 조선에 대한 소설을 쓰지 않았어요. 1960년 당시 일본에
서 '지성'이라 불리던 사람이, 한국에 관해서 이 정도의 소설을
쓴 것이었지요. 기타큐슈北九州 시에 있는 마쓰모토 기념관에서
『마쓰모토 세이초 연구松本□張研究』라는 기관지를 내고 있어요.
제가 해설을 쓴 연고도 있어서, 몇 년 전에 그 기관지에서『북
의 시인』에 대해서 글을 써 달라고 했습니다만, 제가 거절했습
니다. 마쓰모토에 대한 찬가를 쓸 수는 없었거든요.

문　　지난 7월 하순 제가 일본에 들어올 때 인하대 김동식 선생님,
출판평론가 표정훈 선생님, 그리고 홍익대 송민호 선생님과 함
께 규슈지역에서 근대 초기 일본의 문학자와 사상가의 흔적을
탐방하였습니다. 그리고 동행한 선생님들과 마쓰모토 세이초
의 기념관도 방문하였습니다. 그곳 자료실에서 보니 선생님께
청탁드렸던 글은, 결국 와다 하루키和田春樹 선생님께 넘어가서,
와다 선생님이 쓰신 글이 그 기관지에 실려 있었습니다.[29] 마쓰
모토 세이초의 예에서 보듯, 냉전의 시대 한국에 대해 제한된
상상만을 가졌던 그런 시기에, 선생님께서 한국근대문학의 번

역과 연구를 시작하신 것이로군요.

답 한국 역시 마찬가지였습니다. 1970년대 한국 사람들은 한국 문학에 대해, 임화에 대해 쉽게 말을 하지 못했습니다. 찾아보고 싶어도 읽지 못하는 시기였죠. 그런 상황이 1988년까지 이어집니다. 한국에서도 잘 모르고 일본에서도 잘 몰랐던 시기에, 저희들은 연구를 시작했지요. 지금은 북한의 자료를 보는 데는 큰 어려움은 없지만, 여전히 연구가 활발하지는 못하지요. 그리고 만약 북한에서 출판된 책까지를 포함하여서, 김사량의 온전한 전집을 남한에서 출판할 수 있을까 의문이기도 합니다.

문 긴 시간 선생님 말씀을 듣고 나니, 선생님께서 1970년 12월 『조선문학―소개와 연구』 창간호 말미 「진군 나팔소리는 들리지 않는다」라는 글에 써두신 말씀이 다시 떠오릅니다. "우리 회에는 회칙은 없다. 그러나 최소한, 이 모임이 ① 일본인에 의한, 적어도 일본인을 주체로 한 모임이라는 점, ② 백두산 이남에서 현해탄에 이르는 지역에 살았던, 또한 살아가고 있는 민족이 낳은 문학을 대상으로 한다는 것이 원칙이라는 점을 확인하자. 우리의 마음속에 38선은 없다"라는 말씀이 그것입니다. 많은 것들이 달라졌지만, 또한 여전히 지속되는 조건과 풍경이 있는 듯합니다. 그렇기 때문에 지금으로부터 40년 전, 1970년대 초 현해탄을 건너셨던 일본과 한국의 문학 연구자들의 활동과 모색은 지금 2015년에도 현재성이 있다고 생각합니다. 그리고 그 다음에 써두신 말씀도 가르침으로 마음에 새기고자 합니다. "우리는 발을 내딛었다. 어쨌든 간에, 우리의 기분은 무겁다. 기세 좋은 진군 나팔소리는 들려오지 않는다. 서두르지 말

자. 서둘러서는 안 된다. 비수에 찔리어도, 피를 흘리면서도, 우리는 쉬지 않고 걸어갈 것이다."[30] 선생님, 많이 배웠습니다. 예정 시간을 훌쩍 넘겼는데요, 소중한 가르침을 많이 얻었습니다. 깊이 감사드립니다.

이 인터뷰는 인하대 한국학연구소에서 간행한 『한국학연구』 40집(2016.2)에 수록되었다.

"이 아해들에게 장난감을 주라"[1]
책장을 덮으며

장문석

2018년 여름 나는 오무라 마스오大村益夫 선생님, 오무라 아키코大村秋子 선생님, 다카하시 아즈사高橋梓 선생님과 함께 일본 지바현千葉県 이치카와오노市川大野의 거리를 걷고 있었다. 약간 더운 날. 점심을 먹고 돌아오는 길, 공원 한 구석에서 매미를 만났다. 세 분은 반가워 반색했지만, 나는 조금 움츠렸다. 오무라 선생님은 왜 그런지 물으셨다. 곤충이 무서워요. 짧지 않은 시간 집 앞의 밭을 성실히 일구셨고 감나무를 돌보셨던 농부인 선생님은 세상에 그런 사람도 있는가 하고 놀라는 표정이셨다. 그날 결국 우리는 매미와 함께 댁으로 돌아왔다. 그날 이후 곤충의 껍질은 내 몫이었다. 물론 후학에게 자연을 경외하면서 함께 어울려 살아가는 삶을 가르쳐주시려는 의도이셨겠지만, 그 의도만으로는 설명할 수 없는 선생님의 장난기 가득한 표정은 아직도 마음속에서 반짝인다. 하네다 공항에서 김윤식 선생님과 두 분이 오무라 아키코 선생님과 가정혜 선생님께는 말도 없이 아이스크림을 사드시러 가셨다는 그날도 아마 같은 표정이셨으리라.

이 책은 2015년 여름 일본어 한 마디 못하는 한국의 박사과정 학생이 어떤 분을 뵙는지도 전혀 감을 잡지 못한 채, 일본의 한국문학 연구의 거

<그림 1> 2017.6.21. 와세다대학에서 오무라 마스오 선생님과 다카하시 아즈사 선생님과

장께 두 시간 동안 1960~1970년대 일본의 한국문학 번역과 연구를 체계적으로 정리해서 설명해 주십사 부탁드린 무리한 청에서 시작되었다. 긴장보다는 철없는 설렘을 안고 푸른 지붕 집의 문을 두드렸던 그날, 오무라 마스오 선생님과 아키코 선생님은 애초에 약속해 주신 시간을 훌쩍 넘기시면서 나를 반 세기 전 냉전기 일본의 한국문학 번역 및 연구가 시작되었던 골목골목으로 인도해 주시고 많은 사람을 만날 수 있도록 해주셨다. 그해 가을과 겨울, 선생님은 전자우편 십여 통으로 그날 내가 잘못 기록한 인명, 지명, 사실 50여 군데를 고쳐주셨다.

오무라 선생님은 내게 스승의 스승이시다. 제자의 제자뻘이었기에 오무라 마스오 선생님과 아키코 선생님을 뵈러 가는 길은 항상 내게 소풍을 가듯 놀러 가는 길이었고, 두 분 선생님께서도 정답게 맞아주셨다. 한류의 확산으로 한국문학에 대한 세계시민의 관심이 높아지면서, 한국문학 연구자인 내게 외국의 한국문학 연구 및 번역을 조사하고 발표할 기회가 주어지기 시작했다. 잘 모를 때는 두 분 선생님께 여쭙는 것이 지름길. 두 분 선생님께서는 내가 궁금해 질문한 것 이상으로 내가 헤아리고 새겨야 할 것을 가르쳐주셨다. 중간중간 서재에 들어가셔서 책 여러 권을 가져오시며 한참을 설명해 주셨다. 내가 여쭈어본 것은 일본의 한국문학 연구 및 번역의 역사였지만, 두 분 선생님께서는 그것을 넘어서 문학과 함께 살아가는 삶, 가치를 지향하는 삶, 품격 있는 삶, 웃음을 잃지 않는 삶, 성실한 삶, 함께 공부하는 삶, 이웃을 배려하는 삶, 이방인을 환대하는 삶, 후학을 이끌어주는 삶, 그리고 아시아인으로 살아가는 삶을 그렇게 가르쳐 주셨다.

오무라 마스오 선생님과 아키코 선생님께 들었던 말씀을 바탕으로 당대의 자료를 찾아 읽으면서 그때그때 조금씩 쓴 원고를 이번에 책으로 묶는다. 이 책은 두 분 선생님께서 살아오신 성실한 삶을 들었던 한 학생의 행운과 한국학에 대한 세계시민의 관심 확산이라는 사회적 맥락에 힘입어 쓴 것이다. 한국문학에 대한 생각을 근원에서 흔들면서 넓혀준 이 책은 나에게 선물과 같다.

아무것도 모르기에 곧장 찾아뵙고 궁금한 걸 모두 여쭤보면 된다는 용기와 함께 일본으로 갈 길을 열어주신 윤대석 선생님, 이치카와오노로 놀러 가는 길의 동행이 되어준 다카하시 아즈사 선생님, 일본의 한국문학 연구 및 번역에 대한 소중한 통찰과 귀중한 자료를 공유해주신 하타노 세츠코波田野節子 선생님, 심원섭 선생님, 호테이 토시히로布袋敏博 선생님, 이상경 선생님, 김재용 선생님, 와타나베 나오키渡辺直紀 선생님, 최현식 선생님, 요네타니 마사후미米谷匡史 선생님, 최태원 선생님, 홍종욱 선생님, 정종현 선생님, 미쓰이 다카시三ツ井崇 선생님, 고영란 선생님, 서영인 선생님, 곽형덕 선생님, 신지영 선생님, 시미즈 미사토^{清水美里} 선생님, 한승희 선생님, 조은애 선생님, 정창훈 선생님, 조민우 선생님, 송가배 선생님, 아이카와 타쿠야^{相川拓也} 선생님, 야나가와 요스케^{柳川陽介} 선생님께는 깊이 감사드릴 뿐이다. 최경희 선생님과 시간 가는 줄 모르고 오무라 선생님의 기억과 해외 한국학에 대한 이야기를 나누었던 화창한 봄날 시카고 하이 드파크의 따뜻한 햇살 또한 이 책의 갈피 갈피에 새겨져 있다.

딱 한 번 침통한 마음으로 이치카와오노를 찾았던 2023년 가을. 오무라 마스오 선생님께서 계시지 않는 푸른 지붕 집. 얼마 전 선생님의 장서를 모두 국립한국문학관으로 기증했기에 집이 텅 비어있지 않을까 염려하며 문을 두드렸다. 오무라 아키코 선생님께서 현관문을 열어주시고 웃음으로 맞아주셨다. 그리고 작은 나무 상자를 건네주셨다. "선생님께서 어린아이가 오면 저걸 꼭 보여주라고 하셨어요." 어린아이는 두 손 모아 조심스레 나무 상자를 받았다. 상자 안에는 매미 한 마리가 평온히 잠들어 있었다.

2024년 9월 27일
푸른 지붕 집, 기분좋은 바람,
이치카와오노의 가을을 걸으며

〈그림 ②〉 2023.11.24. 푸른 지붕 집에서 오무라 아키코 선생님과
다카하시 아즈사 선생님과 자료를 살펴보면서
촬영 : 김민수

희망이란 것, 지상에 길과 같은 것,
왕래하는 사람이 많아지면,[1]
『조선문학을 권함』의 길

이상경 KAIST

만년에 뵙게 된 오무라 선생님은 권위의식이라고는 전혀 없는, 친절하고 겸손한 이웃집 할아버지 같으셨다. 오무라 선생님께서 이기영의 『고향』이나 강경애의 『인간문제』를 번역하면서 질문하거나 알려주신 것은 한국인인 나에게는 너무 익숙하여 그동안 스치고 지나갔던 것들이었다. 선생님께서는 사실에 대한 철저한 검증, 사안을 해석하는 분명한 입장 등을 워낙 온화하게 말씀하셔서 그 순간에는 선생님 지적의 중요성을 알아듣지 못하기도 하였다. 하지만 뒤늦게 그것이 잘못이나 실수에 대한 치명적인 조언이라는 것을 깨달은 적이 한두 번이 아니다. 『조선문학을 권함』은 일본인으로서 과거 식민지로 삼았던 한국의 문학을 연구하는 것에 대해 끊임없이 자기 성찰하면서 학문에 엄정하셨던 오무라 선생님의 학문적 여정을 저자의 길 안내를 통해 한눈에, 그리고 더 넓고 깊게 따라 읽을 수 있도록 한다.

다카하시 아즈사(高橋梓) 니가타현립대학

오무라 마스오 선생님께서 번역하신 책을 통해 한국문학에 접하게 된 나에게는 선생님은 마치 '역사'와 같은 존재였다. 나중에 선생님을 직접 뵈었을 때, 많이 경직되어 버렸다. 그런데 선생님과 이야기를 나누면서 늘 느꼈던 것은 선생님의 유연성이었다. 한국문학 연구에 대한 나의 엉뚱한 질문도 절대 부정하지 않으시고, 조용히 하나씩 대답해 주셨다. 선생님 자택에 놀러 갔을 때는 세계 각지에서 수집하신 아기자기한 기념품들과 함께 다양한 자료들을 아낌없이 보여주신 것도 생각난다. 선생님의 유연성이 여러 문학자와의 교류로 이어지고, 새로운 각도에서 한국문학에 접근하는 연구로 맺어졌다고 생각한다. 장문석 선생님의 『조선문학을 권함』은 오무라 선생님의 연구 자세에 접할 수 있는 기회를 제공해주고, 그런 연구 자세의 중요성을 지금 우리에게 상기해 준다.

최경희의 목소리_ "원컨대 용기이어라."

1 임화, 「9월 12일−1945년, 또 다시 네거리에서」(『찬가』, 백양당, 1947), 김재용 편, 『임화문학예술전집 1−시』, 소명출판, 2009, 248쪽.

2 오무라 마스오, 「조선문학 연구에 뜻을 품고 50년」, 곽형덕 편, 『오무라 마스오와 한국문학』, 소명출판, 2024, 253쪽.

3 오무라 마스오, 「조선문학 연구에 뜻을 품고 50년」, 234쪽.

제1부 윤동주 문학이라는 공유지를 찾아서

제1장 윤동주 묘소 앞에 선 일본인과 재일조선인

1 「중공의 '윤동주 유적' 공개」, 『조선일보』, 1987.4.15.

2 大村益夫, 「尹東柱の事跡について」, 『朝鮮学報』 121, 朝鮮学会, 1986.10, 133~159쪽; 오무라 마스오, 「윤동주의 사적에 대하여(尹東柱の事跡について)」(『朝鮮学報』 121, 朝鮮学会, 1986.10), 오무라 마스오 저작집 1, 25~59쪽.

3 「85년 윤동주 묘소 첫 발견 오무라 교수」, 『동아일보』, 1993.5.26.

4 곽형덕, 「조선문학 연구자 오무라 마스오의 삶과 문학 1」(인터뷰, 『태백』, 2017.8), 오무라 마스오 저작집 6, 440쪽.

5 곽형덕, 「조선문학 연구자 오무라 마스오의 삶과 문학 1」, 441쪽.

6 오무라 마스오, 「윤동주의 사적에 대하여」, 29~30쪽.

7 곽형덕, 「조선문학 연구자 오무라 마스오의 삶과 문학 1」, 441쪽.

8 오무라 마스오, 「윤동주의 사적에 대하여」, 29~30쪽.

9 「조선민족의 시인 윤동주에 대한 지구적인 연구」(『길림신문』, 2017.4.13), 오무라 마스오 저작집 6, 404~405쪽; 오무라 마스오, 「윤동주의 사적에 대하여」, 34~36쪽.

10 이홍매, 「오무라 마스오와 조선문학」, 『일본에서 살기』, 북코리아, 2022, 256쪽.

11 「조선민족의 시인 윤동주에 대한 지구적인 연구」, 404~405쪽.

12 오무라 마스오, 「윤동주의 일본체험−독서력을 중심으로」(『두레사상』 5, 1996.겨울), 오무라 마스오 저작집 1, 72쪽.

13 오무라 마스오, 「한국문학에서 일본은 무엇인가」(대담, 『한국문학평론』, 1998.가을), 오무라 마스오, 곽형덕 역, 『한국문학의 동아시아적 지평』, 소명출판, 2017, 163~164쪽.

14 김월회, 『맹자에게 배우는 나를 지키며 사는 법』, EBS BOOKS, 2023, 262쪽을 참조하여 서술한 문장이다.

15 미하라 요시아키, 「읽다」, 미하라 요시아키·와나타베 에리·우도 사토시·고하라 가이 편, 장문석·조은애·송민호 역, 『문학 '읽기'의 방법들−문학이론 도구상자』, 이음, 2024, 79쪽을 참조하여 서술한 문장이다.

16 「윤동주의 일본체험−독서력(讀書歷)을 중심으로」, 85~89쪽.

17 류준필, 「한국학의 동아시아적 지평에 대하여」, 『비교한국학』 23(2), 국제비교한국학회, 2015, 586쪽을 참조하여 서술한 문장이다.

18 박서현, 「지식커먼즈로서 학술지식의 사회적 가치−열린 공공성을 가지는 공공재」, 『상허학보』 60, 상허학회, 2020, 753~754쪽을 참조하여 서술한 문장이다.

19 「조선민족의 시인 윤동주에 대한 지구적인 연구」(『길림신문』, 2017.4.13), 404쪽.

20 오무라 마스오, 「『사진판 윤동주 자필시고 전집』 편찬 공간 작업을 둘러싸고(『写真版尹東柱自筆詩稿全集』の編纂公刊作業をめぐって)」(『近代朝鮮文学における日本との関連様相』, 綠陰書房, 1998.1), 오무라 마스오 저작집 1, 92~94쪽.

21 오무라 마스오, 「『사진판 윤동주 자필시고 전집』 편찬 공간 작업을 둘러싸고」, 92~94쪽; 「조선민족의 시인 윤동주에 대한 지구적인 연구」, 405쪽; 「윤동주의 묘를 처음 발견하고, 사적을 발굴 조사해온 오무라 마스오 와세다대학 명예교수」(『출판저널』 499, 2017.8), 오무라 마스오 저작집 6, 417쪽.

22 오무라 마스오, 「『사진판 윤동주 자필시고 전집』 편찬 공간 작업을 둘러싸고」, 94~98쪽.

23 오무라 마스오, 심원섭 역, 「윤동주 시의 일본어 번역−「서시(序詩)」를 중심으로」, 『비교한국학』 26(2), 국제비교한국학회, 2016, 630쪽,

24 오무라 마스오, 「윤동주를 둘러싼 네 가지 문제(尹東柱をめぐる四つのこと)」(『星うたう詩人』, 三五館, 1997.2), 오무라 마스오 저작집 1, 161~162쪽.

25 오무라 마스오, 「윤동주를 둘러싼 네 가지 문제」, 147~148쪽.

26 오무라 마스오, 「윤동주의 「서시」 번역에 대하여(尹東柱「序詩」の翻訳について)」(『言葉のなかの日韓関係』, 立命館大学コリア研究センター, 2013.4), 오무라 마스오 저작집 4, 16쪽; 오무라 마스오, 심원섭 역, 「윤동주 시의 일본어 번역−「서시(序詩)」를 중심으로」, 『비교한국학』 26(2), 국제비교한국학회, 2016, 634쪽.

27 오무라 마스오, 「윤동주의 「서시」 번역에 대하여」, 23~24쪽.

28 요네타니 마사후미, 조은미 역, 『아시아/일본』, 그린비, 2010, 30~37쪽, 43~48쪽; 후쿠자와 유키치, 이동주 역, 『학문을 권함』, 기파랑, 2011, 29~32쪽; 竹内好, 「朝鮮語のすすめ」(『アジア女性交流史研究』 7, 1970.9), 『竹内好全集』 5, 筑摩書房, 1981, 237~238쪽; 다케우치 요시미, 윤여일 역, 「조선어를 권함」, 마루카와 데쓰시・스즈키 마사히사 편, 『다케우치 요시미 선집 2−내재하는 아시아』, 휴머니스트, 2011, 460~461쪽; 오무라 마스오, 「조선어를 권함(朝鮮語のすすめ)」(『センター通信』 35, 京都イングリッシュセンター, 1978.3.15), 이 책의 「목소리4_조선어를 권함」.

29 오무라 마스오, 곽형덕 역, 「NHK '한글 강좌'가 시작되기까지」, 45쪽.

30 古屋貞雄 外, 「学術文化交流促進に関する共同声明」, 『日朝学術交流のいしずえ−1963年度訪朝日本朝鮮研究所代表団報告』, 日本朝鮮研究所, 1965, 3쪽.

31 오무라 마스오, 곽형덕 역, 「연변 생활기」(『季刊三千里』 47~50, 1986.秋~1987.夏), 오무라 마스오 저작집 4, 441쪽.

32 오무라 마스오, 「나와 조선」(『朝陽』, 1963.3), 오무라 마스오 저작집 1, 694쪽.

33 이남희, 유리·이경희 역, 『민중 만들기』, 후마니타스, 2015, 55~124면.

34 竹内好, 「日本の民衆」(『現代史講座 3－世界史と日本』, 創文社, 1953), 『竹内好全集』 6, 筑摩書房, 1980, 245~249쪽; 오무라 마스오, 윤여일 역, 「일본의 민중」, 『일본 이데 올로기』, 돌베개, 2017, 100~104쪽.

35 梶村秀樹, 「朝鮮語で語られる世界」(『自主講座朝鮮論』 6, 1975.12), 『梶村秀樹著作 集 1－朝鮮史と日本人』, 明石書店, 1992, 81쪽.

목소리 1_ 윤동주, 그의 시와 생애 (2016)

1 왕신영·심원섭·오무라 마스오·윤인석 편, 『사진판 윤동주 자필 시고전집』, 민음사, 2002.

2 이 강연으로부터 1년 후인 2017년 10월 28일 우지강 아마가세(天ケ瀬) 다리로부터 약 300m 상류에 있는 백홍교(白虹橋) 곁에 '시인 윤동주 기억과 화해의 비(詩人尹東柱 記憶と和解の碑)'가 세워진다.

3 오무라 마스오, 「윤동주의 일본체험－독서력을 중심으로」(『두레사상』 5, 1996.겨울.), 오무라 마스오 저작집 1, 69~70쪽.

4 김병철, 『한국 세계문학 문헌 서지목록 총람』, 단국대 부설동양학연구소, 1992, 79·87~88쪽; 박용철 역, 「소녀의 기도－마리아께 드리는」, 『여성』, 1936.6; 윤태웅 역, 「가을」, 『문우』, 1941.6; 윤태웅 역, 「고독」, 『문우』, 1941.6; 윤태웅 역, 「위대한 밤」, 『춘 추』, 1942.6; 윤태웅 역, 「가을날」, 『춘추』, 1942.7.

5 ライナア・マリア・リルケ, 鹽谷太郎 訳, 『旗手クリストフリルケの愛と死の歌』, 昭 森社, 1941.

6 フランシス・ジャム, 三好達治 訳, 『夜の歌』, 野田書房, 1936.

7 「소장 도서 목록」, 왕신영·심원섭·오무라 마스오·윤인석 편, 『사진판 윤동주 자필 시 고전집』, 민음사, 2002.

8 강처중, 「발문」, 윤동주, 『하늘과 바람과 별과 시』, 정음사, 1948, 70쪽.

9 정병욱, 「잊지 못할 윤동주의 일들」, 『나라사랑』 23, 외솔회, 1976.6, 139~140쪽.

10 홍장학 편, 『정본 윤동주 전집』, 문학과지성사, 2004, 120~121쪽; 홍종학, 『정본 윤동주 전집 원전 연구』, 문학과지성사, 2004, 633~634쪽.

제2부 아시아라는 질문을 안고 한국어를 배우다

제2장 일본인 중국학 연구자, 한국 민중의 목소리를 듣다

1 오무라 마스오, 「일본에서의 남북한 현대문학의 연구 및 번역 상황」(『한국문학』, 1992.3·4~5·6), 오무라 마스오 저작집 1, 643쪽.

2 김윤식, 「일본에서 한국 문학을 연구·번역하는, 내가 아는 일본인 교수들」, 『내가 읽고 쓴 글의 갈피들』, 푸른사상, 2014, 279쪽.

3 오무라 마스오, 「나의 8·15」(『季刊青丘』 23, 1995.8.15), 오무라 마스오 저작집 1, 688쪽.

4 오무라 마스오, 곽형덕 역, 「연변 생활기」(『季刊三千里』 47~50, 1986 秋~1987夏), 오

무라 마스오 저작집 4, 424쪽.

5   エドガー・スノウ, 「日本語版への序」, エドガー・スノウ, 宇佐美誠次郎 訳, 『中国の赤い星』, 筑摩書房, 1952, 6쪽; 宇佐美誠次郎, 「訳者あとがき」, エドガー・スノウ, 宇佐美誠次郎 訳, 『中国の赤い星』, 372쪽.

6   竹内好・山口一郎・斎藤秋男・野原四郎, 『中国革命の思想－アヘン戦争から新中国まで』, 岩波書店, 1953, iii~iv쪽.

7   오무라 마스오, 곽형덕 역, 「연변 생활기」, 424쪽.

8   金素雲 訳, 『朝鮮詩集－前期』, 興風館, 1943; 金素雲 訳, 『朝鮮詩集－中期』, 興風館, 1943; 金山, ニム・ウェイルズ 編, 安藤次郎 訳, 『アリランの唄－ある朝鮮人革命家の生涯』, 朝日書房, 1953.

9   오무라 마스오, 「나와 조선」(『朝陽』, 1963.3), 오무라 마스오 저작집 1, 690쪽.

10   홍종욱, 「3·1운동과 비식민화」, 한국역사연구회 3·1운동100주년기획위원회 편, 『3·1운동 100년－3 권력과 정치』, 휴머니스트, 2019, 297~288쪽.

11   곽형덕, 「조선문학 연구자 오무라 마스오의 삶과 문학 2」(인터뷰, 2017.11.12 및 2017.12.28), 오무라 마스오 저작집 6, 447~445쪽; 곽형덕 편, 『오무라 마스오와 한국문학』, 소명출판, 2024, 123~129·232쪽.

12   곽형덕, 「조선문학 연구자 오무라 마스오의 삶과 문학 1」(인터뷰, 『태백』 2017.8), 오무라 마스오 저작집 6, 428쪽.

13   강덕상기록간행위원회 편, 이규수 역, 『시무의 역사학자, 강덕상』, 어문학사, 2021, 93~121쪽.

14   곽형덕 편, 『오무라 마스오와 한국문학』, 131~132쪽.

15   安藤彦太郎, 『中国通信－1964-66』, 大安, 1966, 473쪽.

16   곽형덕 편, 『오무라 마스오와 한국문학』, 132쪽.

17   곽형덕 편, 『오무라 마스오와 한국문학』, 148쪽.

18   安藤彦太郎 編, 『文化大革命の研究』, 亜紀書房, 1968, 3~9쪽.

19   大村益夫, 「革命的人間像を「紅岩」の読まれかた」, 『人文論叢』 6, 早稲田大学 法学会, 1969.2, 188~189쪽.

20   곽형덕, 「조선문학 연구자 오무라 마스오의 삶과 문학 1」, 431쪽; 곽형덕, 「조선문학 연구자 오무라 마스오의 삶과 문학 2」, 454~455쪽.

21   곽형덕, 「조선문학 연구자 오무라 마스오의 삶과 문학 1」, 438쪽.

22   곽형덕 편, 『오무라 마스오와 한국문학』, 134쪽.

23   竹内好, 「日本の民衆」(竹内好, 「日本の民衆」(『現代史講座 3－世界史と日本』, 創文社, 1953), 『竹内好全集』 6, 筑摩書房, 1980, 255쪽; 다케우치 요시미, 윤여일 역, 「일본의 민중」, 『일본 이데올로기』, 돌베개, 2017, 109쪽.

24   竹内好, 「魯迅」(日本評論社, 1944; 未來社, 1961), 『竹内好全集』 1, 筑摩書房, 1980, 121쪽; 다케우치 요시미, 서광덕 역, 『루쉰』, 문학과지성사, 2003, 139쪽.

25   竹内好, 「ナショナリズムと社会革命」(『人間』 1951.7), 『竹内好全集』 7, 筑摩書房,

1981, 20쪽; 다케우치 요시미, 서광덕·백지운 역, 「내셔널리즘과 사회혁명」, 『일본과 아시아』, 소명출판, 2004, 393쪽.

26 竹内好, 「日本の民衆」(『現代史講座 3—世界史と日本』, 創文社, 1953), 251~254쪽; 다케우치 요시미, 윤여일 역, 「일본의 민중」, 106~108쪽.

27 カル·マルクス, 城塚登 他 訳, 『経済学·哲学草稿』, 岩波書店, 1964, 96~97쪽; 칼 마르크스, 강유원 역, 『경제학—철학 수고』, 이론과실천, 2006, 94~95쪽.

28 竹内好, 「日本のアジア観」(合同通信社配信, 1964.1), 『竹内好全集』 5, 筑摩書房, 1981, 115~133쪽; 다케우치 요시미, 서광덕·백지운 역, 「일본의 아시아관」, 『일본과 아시아』, 소명출판, 2004, 206~221쪽; 요네타니 마사후미, 조은미 역, 『아시아/일본』, 그린비, 2010, 24~29쪽 참조.

29 곽형덕 편, 『오무라 마스오와 한국문학』, 144쪽; 오무라 마스오, 「조선문학 연구에 뜻을 품고 50년」, 233~235쪽; 鲁迅, 「人之历史」, 『鲁迅全集』 1, 人民文学出版社, 1981, p.17; 루쉰, 홍석표 역, 「인간의 역사」, 『루쉰 전집 1—무덤·열풍』, 그린비, 2010, 48쪽.

30 오무라 마스오, 「량치차오와 『가인지기우』」(『人文論集』 11, 早稲田大学 法学会, 1974.2), 오무라 마스오 저작집 1, 203~204쪽.

31 요네타니 마사후미, 조은미 역, 『아시아/일본』, 36쪽 참조.

32 竹内好, 「日本のアジア主義」(『現代日本思想大系 7—アジア主義』, 筑摩書房, 1963), 『竹内好全集』 8, 筑摩書房, 1980, 140~147쪽. 다케우치 요시미, 윤여일 역, 「일본의 아시아주의」(1963), 마루카와 데쓰시·스즈키 마사히사 편, 『다케우치 요시미 선집 2—내재하는 아시아』, 휴머니스트, 2011, 355~365쪽.

33 오무라 마스오, 「량치차오와 『가인지기우』」, 194쪽.

34 오무라 마스오, 「도카이 산시의 『가인지기우』와 양계초의 번역」(인하대, 2009.12.3~4), 오무라 마스오 저작집 3, 136쪽.

35 오무라 마스오, 「량치차오와 『가인지기우』」, 194~195쪽.

36 오무라 마스오, 「량치차오와 『가인지기우』」, 196쪽.

37 竹内好, 「日本のアジア主義」, 153~154쪽; 다케우치 요시미, 윤여일 역, 「일본의 아시아주의」, 373쪽.

38 오무라 마스오, 「량치차오와 『가인지기우』」, 204쪽.

39 竹内好, 「魯迅」(日本評論社, 1944; 未來社, 1961), 『竹内好全集』 1, 筑摩書房, 1980, 71~72쪽; 다케우치 요시미, 서광덕 역, 『루쉰』, 문학과지성사, 2003, 87쪽.

40 곽형덕, 「조선문학 연구자 오무라 마스오의 삶과 문학 1」, 428쪽.

41 오무라 마스오, 「나와 조선」, 690쪽.

42 곽형덕 편, 『오무라 마스오와 한국문학』, 144쪽.

43 오무라 마스오, 「조선문학 연구에 뜻을 품고 50년」, 234쪽.

44 강덕상기록간행위원회 편, 이규수 역, 『시무의 역사학자, 강덕상』, 93~107쪽

45 오무라 마스오, 「조선문학 연구에 뜻을 품고 50년」, 234쪽; 곽형덕, 「조선문학 연구자 오무라 마스오의 삶과 문학 1」, 433쪽.

46 오무라 마스오, 「나와 조선」, 690~691쪽.

47 竹内好, 「近代主義と民族の問題」(『文学』, 1951.9), 『竹内好全集』 7, 筑摩書房, 1981, 35~36쪽; 다케우치 요시미, 윤여일 역, 「근대주의와 민족의 문제」, 『일본 이데올로기』, 돌베개, 2017, 244~246쪽; 쑨거, 윤여일 역, 『다케우치 요시미라는 물음』, 그린비, 2007, 165~166쪽.

48 오무라 마스오, 「나와 조선」, 691쪽; 곽형덕, 「조선문학 연구자 오무라 마스오의 삶과 문학 1」, 433쪽; 곽형덕 편, 『오무라 마스오와 한국문학』, 124~125·135쪽.

49 大村益夫, 「解放後の朝鮮文学(上)」, 『柿の会月報』 24, 柿の会編集部, 1962.11, 1쪽.

50 竹内好, 「辞職理由書」(手紙, 1960.5), 『竹内好全集』 9, 筑摩書房, 1981, 99~100쪽; 다케우치 요시미, 「사직이유서」, 마루카와 데쓰시·스즈키 마사히사 편, 『다케우치 요시미 선집 1 – 고뇌하는 일본』, 휴머니스트, 2011, 374~375쪽.

51 日高六郎, 『1960年 5月 19日』, 岩波書店, 1960. 45~140쪽; 김항, 「알레고리로서의 4.19와 5.19」, 『상허학보』 30, 상허학회, 2010, 176~178쪽 참조.

52 주디스 버틀러·아테나 아타나시오우, 김응산 역, 『박탈 – 정치적인 것에 있어서의 수행성에 관한 대화』, 자음과모음, 2016, 315쪽.

53 곽형덕, 「조선문학 연구자 오무라 마스오의 삶과 문학 1」, 435쪽.

54 곽형덕, 「조선문학 연구자 오무라 마스오의 삶과 문학 2」, 435쪽.

55 오무라 마스오, 「나와 조선」, 692쪽.

56 魯迅, 竹内好 訳, 「自序」(1922.12.3), 『魯迅文集』 1, 筑摩書房, 1983, 3~10쪽; 魯迅, 竹内好 訳, 「狂人日記」(1918.4), 『魯迅文集』 1, 11~28쪽; 루쉰, 공상철 역, 「서문」, 『루쉰 전집 2 – 외침·방황』, 그린비, 2010, 21~43쪽; 루쉰, 공상철 역, 「광인일기」, 『루쉰 전집 2 – 외침·방황』, 44~50쪽.

57 곽형덕, 「조선문학 연구자 오무라 마스오의 삶과 문학1」, 431쪽. 곽형덕의 발언.

58 오무라 마스오, 「나와 조선」, 693쪽.

59 윤여일, 『사상의 번역』, 현암사, 2014, 120~123쪽을 참조하여 서술한 문장이다.

60 오무라 마스오, 「나와 조선」, 694쪽.

61 오무라 마스오, 「나와 조선」, 690~691쪽.

62 윤여일, 『사상의 번역』, 113쪽을 참조하여 서술한 문장이다.

63 곽형덕, 「청년 오무라 마스오와 한국문학 – 중국문학에서 한국문학으로의 전환을 중심으로」, 『한국학연구』 73, 인하대 한국학연구소, 2024, 72쪽.

64 곽형덕, 「조선문학 연구자 오무라 마스오의 삶과 문학 1」, 434쪽; 곽형덕 편, 『오무라 마스오와 한국문학』, 177쪽.

65 오무라 아키코의 증언. 2024년 8월 29일(목); 이홍매, 「오무라 마스오와 조선문학」, 『일본에서 살기』, 북코리아, 2022, 281쪽.

제3장 일본조선연구소의 어학문학연구부에서

1 古屋貞雄, 「『朝鮮研究月報』創刊に際して」, 『朝鮮研究月報』 1, 日本朝鮮研究所, 19
   62.1, 1쪽.

2 요네타니 마사후미, 조은미 역, 『아시아/일본』, 그린비, 2010, 198쪽을 참조하여 서술한
   문장이다.

3 板垣竜太, 「日韓会談反対運動と植民地支配責任論－日本朝鮮研究所の植民地主義
   論を中心に」, 趙景達・宮嶋博史・李成市・和田春樹 編, 『「韓国併合」100年を問う－
   『思想』特集・関係資料』, 岩波書店, 2011, 249~251쪽. 일본조선연구소의 창립 구성원
   에 관해서는 주미애, 「일본조선연구소의 연대의 공명 방식과 일그러진 조선관－1960
   년대 일본조선연구소의 연속 심포지엄과 『심포지엄 일본과 조선』을 중심으로」, 『동방
   학지』 199, 연세대 국학연구원, 2022, 113~116쪽.

4 곽형덕 편, 『오무라 마스오와 한국문학』, 소명출판, 2024, 130~131・134・240쪽; 오무
   라 마스오, 「조선문학 연구에 뜻을 품고 50년」, 곽형덕 편, 『오무라 마스오와 한국문학』,
   240쪽.

5 「日本朝鮮研究所概要」, 井上學・樋口雄一 編, 『日本朝鮮研究所初期資料 1－
   一九六一~六九』, 緑蔭書房, 2017, 28쪽; 板垣竜太, 「日韓会談反対運動と植民地支配
   責任論－日本朝鮮研究所の植民地主義論を中心に」, 152쪽.

6 寺尾五郎, 「運動と研究における日本人の立場・朝鮮人の立場」, 『朝鮮研究月報』 11,
   日本朝鮮研究所, 1963.1, 26~27쪽.

7 寺尾五郎・安藤彦太郎・宮田節子・吉岡吉典, 『日・朝・中三国人民連帯の歴史と理
   論』, 日本朝鮮研究所, 1964, 175쪽.

8 古屋貞雄 外, 「学術文化交流促進に関する共同声明」, 『日朝学術交流のいしずえ－
   1963年度訪朝日本朝鮮研究所代表団報告』, 日本朝鮮研究所, 1965, 3쪽; 일본조선연
   구소대표단의 북한 방문 및 학술교류에 대해서는 韓昇憙, 「冷戦下日朝間の学術交流
   のあり方－日本朝鮮研究所の日朝学術交流運動を中心に」, 『クアドランテ[四分儀]
   －地域・文化・位置のための総合雑誌』 21, 東京外国語大学海外事情研究所, 2019,
   216~222쪽 참조. 에드윈 라이샤워의 동아시아학과 근대화론에 관해서는 장세진, 「라
   이샤워와 전후 미국의 지역연구－한국학의 위치는 어디인가」, 『숨겨진 미래』, 푸른역
   사, 2019 참조.

9 旗田巍 編, 『シンポジウム 日本と朝鮮』, 勁草書房, 1969; 하타다 다카시 편, 주미애 역,
   『심포지엄 일본과 조선』, 소명출판, 2021; 박준형, 「과거라는 타자와의 대화는 가능한
   가」, 하타다 다카시 편, 주미애 역, 『심포지엄 일본과 조선』, 607~609쪽. 『심포지엄 일
   본과 조선』에 관해서는 조은애, 「'조선학'을 되돌아보기 위한 괄호들」, 『동방학지』 199,
   연세대 국학연구원, 2022 참조.

10 나카노 시게하루 외, 「일본인의 조선관」(1962.11), 하타다 다카시 편, 『심포지엄 일본과
   조선』, 101쪽. 나카노 시게하루의 발언. 인용문 앞뒤 문단에서 나카노 발언의 직접 인
   용은 94・97・102쪽에서 가져왔다.

11 윤대석, 『식민지 문학을 읽다』, 소명출판, 2012, 71~76쪽 참조.

12 김달수 외, 「조선인의 일본관」(1962.8), 하타다 다카시 편, 『심포지엄 일본과 조선』, 87~89쪽. 안도 히코타로와 미야타 세쓰코의 발언.

13 고노 로쿠로 외, 「일본의 조선어연구」(1963.10), 하타다 다카시 편, 『심포지엄 일본과 조선』, 265~266쪽. 고노 로쿠로의 발언.

14 김달수 외, 「조선인의 일본관」(1962.8), 84~85쪽. 우부카타 나오키치의 발언. 인용문 앞뒤 단락에 등장하는 김달수 및 도야마 마사오의 발언 역시 같은 곳에서 인용하였다.

15 곽형덕 편, 『오무라 마스오와 한국문학』, 소명출판, 2024, 213~214쪽.

16 菅野裕臣, 「朝鮮語教授の若干の問題点」, 『朝鮮研究月報』 15, 日本朝鮮研究所, 1963.3, 35쪽.

17 畑田重夫, 「研究ならびに教育活動の一年をふりかえて」, 『朝鮮研究』 45, 日本朝鮮研究所, 1965.11, 34쪽.

18 오무라 마스오, 「조선문학 연구에 뜻을 품고 50년」, 곽형덕 편, 『오무라 마스오와 한국문학』, 소명출판, 2024, 238쪽.

19 朝鮮民主主義人民共和国社会科学院歴史研究所 編, 日本朝鮮研究所 訳編, 『朝鮮文化史』 上, 朝鮮文化史刊行会, 1966; 朝鮮民主主義人民共和国社会科学院歴史研究所 編, 日本朝鮮研究所 訳編, 『朝鮮文化史』 下, 朝鮮文化史刊行会, 1966. 일본조선연구소의 『조선문화사』 번역 및 출판에 관해서는 韓昇憙, 「冷戦下日朝間の学術交流のあり方ー日本朝鮮研究所の日朝学術交流運動を中心に」, 225~227쪽 참조.

20 홍종욱, 「식민자 와타나베 마나부(渡部學)의 교육론ー한국교육사 연구의 원점」, 『동방학지』 179, 연세대 국학연구원, 2017, 18~22쪽.

21 「語学講座・研究会のおしらせ」, 『朝鮮研究月報』 22, 日本朝鮮研究所, 1963.10, 9쪽.

22 홍종욱, 「반식민주의 역사학에서 반역사학으로ー동아시아의 '전후 역사학'과 북한의 역사서술」, 『역사문제연구』 31, 역사문제연구소, 2014, 77~82·87~88쪽.

23 곽형덕 편, 『오무라 마스오와 한국문학』, 171~172쪽.

24 곽형덕 편, 『오무라 마스오와 한국문학』, 240쪽.

25 「朝鮮語講習会ご案内」, 『朝鮮研究』 47, 日本朝鮮研究所, 1966.2, 43쪽; 「講座のおしらせ」, 『朝鮮研究』 60, 日本朝鮮研究所, 1967.4, 4쪽.

26 곽형덕 편, 『오무라 마스오와 한국문학』, 131쪽.

27 장문석, 「1960~1970년대 일본의 한국문학 연구와 '조선문학의 회(朝鮮文學の會)'ー오무라 마스오(大村益夫) 선생님께 질문을 드리다」, 이 책의 「목소리12_1960~1970년대 일본의 한국문학 연구와 '조선문학의 회'」의 「2. 한국문학 읽기의 조건과 맥락」.

28 「火曜講座のおしらせ」, 『朝鮮研究』 61, 日本朝鮮研究所, 1967.5, 35쪽; 「火曜講座のおしらせ」, 『朝鮮研究』 62, 日本朝鮮研究所, 1967.6, 5쪽; 「火曜講座のおしらせ」, 『朝鮮研究』 64, 日本朝鮮研究所, 1967.8, 17쪽; 「火曜講座のおしらせ」, 『朝鮮研究』 66, 日本朝鮮研究所, 1967.10, 63쪽; 「新講座を一月から開講」, 『朝鮮研究』 68, 日本朝鮮研究所, 1967.12, 54쪽.

29 畑田重夫,「硏究ならびに敎育活動の一年をふりかえて」, 34쪽.

30 곽형덕 편,『오무라 마스오와 한국문학』, 178·235~237쪽.

31 「お知らせ」,『朝鮮文学－紹介と研究』12, 朝鮮文学の会, 1974.8, 76쪽. 1974년 8월 『조선문학－소개와 연구』폐간호는『문장』,『문학』,『학병』등의 여분이 있으니 필요하면 연락하도록 독자에게 안내한다.

32 조은애,『디아스포라의 위도－남북일 냉전 구조와 재일조선인 문학』, 소명출판, 2021, 200~203쪽. 특히 주석 40 참조.

33 이용범,「김달수의「살해당한 김태준에 대하여」(1951) 자료 소개」,『근대서지』21, 근대서지학회, 2020.

34 오무라 마스오,「일본에서의 남북한문학의 연구 및 번역 상황」(『한국문학』, 1992. 3·4~5·6), 오무라 마스오 저작집 1, 614~617쪽; 호테이 도시히로,「해방 후 재일 한국인 문학의 형성과 전개－1945~60년대 초를 중심으로」,『인문논총』47, 서울대 인문학연구원, 2002, 87~88쪽; 오미정,「전후 일본의 북한문학 소개와 수용－잡지『민주조선』을 중심으로」,『우리어문연구』40, 우리어문학회, 2011, 158~159쪽; 오미정,「1950년대 일본의 북한문학 소개와 특징－『신일본문학』과『인민문학』을 중심으로」,『한국근대문학연구』13(1), 한국근대문학회, 2012, 185~186쪽.

35 「『현대 조선 문학 선집』편찬 위원회로부터」,『조선문학』131, 1958.7, 25쪽.

36 남원진,「'현대조선문학선집'의 구성 원리와 균열 양상－북조선 정전집,『현대조선문학선집(1~16)』(1957~1961)을 중심으로」,『한국근대문학연구』19(2), 한국근대문학회, 2018 참조.

37 尹学準,「日本人と朝鮮語－大村益夫さんと私」,『民主文学』23, 新日本出版社, 1967.10, 119쪽.

38 崔曙海, 大村益夫 訳,「脱出記」,『柿の会月報』20~21, 柿の会編集部, 1962.4~6.; 趙明熙, 大村益夫 訳,「洛東江」,『朝鮮と文学』1~2, 朝鮮文学の会, 1964.1~2.

39 「活動の反省と展望－語学·文学研究部会」,『朝鮮研究』34, 日本朝鮮研究所, 1964.11, 4쪽.

40 梶村秀樹,「東亜日報(1920~1928)所載文学作品目録」,『朝鮮研究』35, 日本朝鮮研究所, 1964.12, 42쪽.

41 大村益夫,「「朝鮮之光」1927.11~1930.1 総目録」,『朝鮮研究』35, 日本朝鮮研究所, 1964.12, 32~33쪽.

42 최태원,「전후 일본에서의 조선근대문학연구의 성립과 전개－〈조선문학의 회〉를 중심으로」,『한국학연구』61, 인하대 한국학연구소, 2021, 301~302쪽; 畑田重夫,「研究ならびに教育活動の一年をふりかえて」, 34쪽.

43 梶井陟,「朝鮮文学翻訳の足跡 (11)」,『季刊三千里』32, 三千里社, 1982.11, 218쪽.

44 『朝鮮研究』55, 日本朝鮮研究所, 1966.10, 12쪽.

45 大村益夫,「作者紹介－洛東江」,『朝鮮研究』55, 日本朝鮮研究所, 1966.10, 12쪽.

46 「해제」, 현대조선문학선집 편찬위원회 편,『현대조선문학선집 1－소설집』, 조선작가동

맹출판사, 1957, 13쪽.

47 大村益夫, 「作者紹介-脱出記」, 『朝鮮研究』 56, 日本朝鮮研究所, 1966.11, 39쪽.

48 고자연, 「해방 후 한설야 문학 연구」, 인하대 박사논문, 2020, 185~198쪽.

49 梶井陟, 「解說(その2)-過渡期」, 『朝鮮研究』 59, 日本朝鮮研究所, 1967.2·3, 38쪽.

50 大村益夫, 「カップについて」, 『朝鮮研究』 35, 日本朝鮮研究所, 1964.12, 29쪽.

51 곽형덕 편, 『오무라 마스오와 한국문학』, 255쪽.

52 大村益夫, 「1920年代の朝鮮文学-プロレタリア文学と「民族主義文学」」, 『文学』 33(11), 岩波書店, 1965.11, 75~80쪽.

53 大村益夫, 「解放後の朝鮮文学(上)」, 『柿の会月報』 24, 柿の会編集部, 1962.11, 1쪽.

54 大村益夫, 「解放後の朝鮮文学(上)」, 1쪽.

55 大村益夫, 「訳者解説-脱出記」, 『柿の会月報』 21, 柿の会編集部, 1962.6, 7쪽.

56 大村益夫, 「カップについて」, 『朝鮮研究』 35, 日本朝鮮研究所, 1964.12, 49쪽.

57 大村益夫, 「1920年代の朝鮮文学-プロレタリア文学と「民族主義文学」」, 82쪽.

58 大村益夫, 「1920年代の朝鮮文学-プロレタリア文学と「民族主義文学」」, 78~80쪽.

59 大村益夫, 「1920年代の朝鮮文学-プロレタリア文学と「民族主義文学」」, 75~76쪽.

60 大村益夫, 「1920年代の朝鮮文学-プロレタリア文学と「民族主義文学」」, 77쪽.

61 이 책의 「제2장_일본인 중국학 연구자, 한국 민중의 목소리를 듣다」의 「4. 안보투쟁의 나날에 한국어를 배우다, 한국문학을 읽다」 참조.

62 現代朝鮮研究会 訳編, 『暴かれた陰謀-アメリカのスパイ, 朴憲永, 李承燁一味の公判記録』, 駿台社, 1954, 137~138·146쪽; 와타나베 나오키, 『임화문학 비평-프롤레타리아 문학과 식민지적 주체』, 소명출판, 2018, 328~335쪽 참조.

63 이 책의 「목소리2_ 해방 후의 임화」의 1절.

64 이 책의 「목소리2_ 해방 후의 임화」의 4절.

65 임화, 「조선 민족문학 건설의 기본과제에 관한 일반보고」(『건설기의 조선문학』, 백양당, 1946), 하정일 편, 『임화문학예술전집 5-비평 2』, 소명출판, 2009, 422~423쪽.

66 오무라 마스오·곽형덕, 「조선문학 연구자 오무라 마스오의 삶과 문학 1」(인터뷰), 오무라 마스오 저작집 6, 432쪽; 金達寿, 『朝鮮-民族·歷史·文化』, 岩波書店, 1958, 191~192쪽.

67 이 책의 「목소리2_ 해방 후의 임화」의 4절.

68 毛沢東, 竹内好 訳, 「結論」(1942.5.23), 『文芸講話』, 岩波書店, 1956, 40~42쪽; 임춘성 편역, 『중국근현대문학운동사(1917~1982)』, 한길사, 1997, 178~200쪽; 전형준, 『현대 중국의 리얼리즘 이론』, 창작과비평사, 1997, 195~232쪽; 백영길, 『중국항전기 리얼리즘문학논쟁 연구』, 고려대 출판부, 1998, 15~36쪽. 다만, 통일전선이 공식적이고 주류적인 문학 입장이 되었지만, 구체적인 문예이론 및 창작에 대해서는 여러 가지 논쟁이 있었다. 또한 통일전선의 요구를 앞세우면서 여성의 권리를 억압하거나, 논쟁을 중단하는 등 내부의 차이와 모순을 억압하기도 하였다. 중국문학의 통일전선에 대해서는 송가배 선생님(서울대 중어중문학과)의 가르침을 받았다.

69　竹内好,「ナショナリズムと社会革命」(『人間』1951.7),『竹内好全集』7, 筑摩書房, 1981, 14~17쪽; 다케우치 요시미, 서광덕·백지운 역, 「내셔널리즘과 사회혁명」, 386~389쪽.

70　竹内好,「日本共産党論(その二)」(「人民への分派行動−最近の日共の動きについて」, 『朝日評論』, 1950.6),『竹内好全集』6, 筑摩書房, 1980, 147~151쪽; 다케우치 요시미, 윤여일 역, 「일본공산당 비판 2」,『일본 이데올로기』, 41~45쪽.

71　임화, 「조선 민족문학 건설의 기본과제에 관한 일반보고」, 418쪽.

72　홍종욱, 「해방을 전후한 주체 형성의 기도−좌파 지식인의 '전향'을 중심으로」, 윤해동·천정환·허수·황병주·이용기·윤대석 편,『근대를 다시 읽는다』1, 역사비평사, 2006, 250~266쪽.

73　브루스 커밍스, 김범 역,『한국전쟁의 기원 2-1−폭포의 굉음 1947~1950』, 글항아리, 2023, 438쪽.

74　이 책의 「목소리2_ 해방 후의 임화」의 5절.

75　竹内好,「ナショナリズムと社会革命」(『人間』1951.7),『竹内好全集』7, 筑摩書房, 1981, 19~20쪽; 다케우치 요시미, 서광덕·백지운 역, 「내셔널리즘과 사회혁명」, 392~393쪽.

76　竹内好,「魯迅と毛沢東」(『新日本文学』, 1947.9),『竹内好全集』5, 筑摩書房, 1981, 255~257쪽; 다케우치 요시미, 윤여일 역, 「루쉰과 마오쩌둥」,『루쉰잡기』, 에디투스, 2022, 46~49쪽.

77　毛沢東, 竹内好 訳, 「まえおき」(1942.5.2),『文芸講話』, 岩波書店, 1956, 14쪽.

78　竹内好,「魯迅の評価をめぐって」(『新日本文学』, 1952.7),『竹内好全集』1, 筑摩書房, 1980, 273쪽; 다케우치 요시미, 윤여일 역, 「루쉰의 평가를 둘러싸고」,『루쉰잡기』, 160쪽.

79　大村益夫,「革命的人間像を「紅岩」の読まれかた」,『人文論叢』6, 早稲田大学 法学会, 1969.2, 164~173쪽. 직접 인용은 180쪽.

80　이 책의 「목소리2_ 해방 후의 임화」의 5절.

목소리 3_ 『북의 시인(北の詩人)』해설 (1983)

1　오무라는 특히 이 문장을 표면 그대로 마쓰모토에 대한 찬가로 받아들이는 것을 경계하였다. 이 언급의 이면에는 북한에서 나온 소수의 문헌만을 본 상태에서 한 편 분량의 소설을 쓰는 것은 경계해야한다는 비판적 함의를 담았다. 이 책의 「목소리12_1960~1970년대 일본의 한국문학 연구와 '조선문학의 회'」의 「5. 1970년을 다시 읽으며」.

제3부 일본인의 시각에서 한국문학을 읽다

제4장 김지하구원운동이라는 이념형 연대

1　李美淑,『「日韓連帯運動」の時代−1970-80年代のトランスナショナルな公共圏とメディア』, 東京大学出版会, 2018, 137~138쪽; 和田春樹,『回想 市民運動の時代と

歴史家 1967-1980』, 作品社, 2023, 152~153쪽.

2 김지하전집간행위원회 편, 『김지하 전집』, 한양사, 1975, 448쪽; 和田春樹, 「「金芝河
らを助ける会」の意味」, 『季刊三千里』 1, 三千里社, 1975.2, 54~57쪽; 미야타 마리에,
「시인 김지하와의 52년」, 김지하시인추모문화제추진위원회 편, 『김지하, 타는 목마름
으로 생명을 얻다』, 모시는 사람들, 2022, 260~264쪽; 和田春樹, 『回想 市民運動の時
代と歴史家 1967-1980』, 153~159쪽.

3 「七五年ロータス賞特別賞金芝河に決定」, 『月刊 AA 別冊—金芝河氏ロータス賞特別
賞受賞記念号』, 日本アジア・アフリカ作家会議, 1975.7, 2쪽; 針生一郎, 「金芝河にロ
ータス賞を手渡す日」, 『朝日ジャーナル』 19(20), 朝日新聞社, 1977.5.13, 95~96쪽
참조.

4 일본에서 간행된 공식 및 비공식 김지하 출판물의 목록은 장문석, 「현해탄을 건넌 '타
는 목마름'—1970년대 일본과 김지하라는 텍스트」, 『상허학보』 60, 상허학회, 2020,
153~156쪽 참조.

5 김지하, 『불귀—김지하작품집』, 일본가톨릭정의와평화협의회, 1975, 11~12쪽.

6 木下降男, 「長璋吉—普段着の朝鮮語をめざして」, 舘野晢 編, 『36人の日本人—韓
国・朝鮮へのまなざし』, 明石書店, 2005, 224쪽.

7 和田春樹, 「「金芝河らを助ける会」の意味」, 60쪽. '박(朴) 정권에 모든 정치범의 석방
을 요구하며, 정부・재계에 대한(對韓) 정책의 근본적 전환을 촉구하는 9.19 국민대집
회'(1974.9.19)의 결의문.

8 '이념형 연대'에 대해서는 권혁태, 오석철 역, 「한일관계와 연대의 문제」, 우카이 사토시
외, 연구공간 '수유＋너머' 번역네트워크 역, 『반일과 동아시아』, 소명출판, 2005, 356
쪽 참조.

9 鶴見俊輔 外, 『戦争が遺したもの—鶴見俊輔に戦後世代が聞く』, 新曜社, 2004, 336
쪽. 쓰루미 슌스케의 발언. 1976년 쓰루미는 김지하가 자신에게 건넨 말을 "Your move-
ment cannot help me. But I will add my voice to it to help your movement(당신의 운동
은 나를 도울 수 없다. 그러나 나는 당신들의 운동을 돕기 위해 나의 목소리를 더한다)"
라고 정리하였고, 자신의 여러 글에서 김지하의 언급을 거듭 인용하였다. 鶴見俊輔,
「分断」, 室謙二 編, 『金芝河—私たちにとっての意味』, 三一新書, 1976, 219~220쪽.
다음 단락의 쓰루미의 언급은 鶴見俊輔 外, 『戦争が遺したもの』, 337쪽에서 가져왔다.

10 김지하, 『흰 그늘의 길』 2, 학고재, 2003, 232쪽. 김지하의 회고에서는 그가 쓰루미에게
건넨 말의 표현이 조금 다르다. "You can not help me, I can help your movement by my
resistance!"(당신은 나를 도울 수 없다. 내가 저항을 통해 당신들의 운동을 도울 수 있을
것이다.)

11 鶴見俊輔・金達寿, 「激動が生みだすもの」, 『季刊三千里』 1, 三千里社, 17~18쪽.

12 鶴見俊輔 外, 『戦争が遺したもの—鶴見俊輔に戦後世代が聞く』, 336쪽. 우에노 치즈
코의 발언.

13 鶴見俊輔, 「金芝河著—『苦行』」(『日韓連帯』, 1979.2), 『鶴見俊輔集 12—読書回想』, 筑

摩書房, 1992, 119~122쪽.

14 鶴見俊輔 外, 『戦争が遺したもの-鶴見俊輔に戦後世代が聞く』, 337쪽. 쓰루미 슌스 케의 발언.

15 大村益夫, 「Kimjiha 作品翻訳における 語学上の問題点」(『早稲田大学語学教育研究 所紀要』21, 早稲田大学 語学教育研究所, 1980), 『朝鮮近代文学と日本』, 緑陰書房, 2003, 322쪽.

16 田中明, 「〈民族のこころ〉とは何か」(『コリア評論』, 1974.6), 『ソウル実感緑』, 北洋社, 1975, 157쪽.

17 大村益夫, 「Kimjiha 作品翻訳における 語学上の問題点」, 336~337쪽.

18 김지하전집간행위원회 편, 『김지하 전집』, 122~123쪽.

19 大村益夫, 「訳者のことば」, 『朝鮮文学-紹介と研究』3, 朝鮮文学の会, 41쪽.

20 김지하전집간행위원회 편, 『김지하 전집』, 422쪽.

21 「きらんばん-読者の作品評」, 『朝鮮文学-紹介と研究』4, 朝鮮文学の会, 66쪽.

22 竹内好, 「日本のアジア観」(合同通信社配信, 1964.1), 『竹内好全集』5, 筑摩書房, 1981, 118쪽; 다케우치 요시미, 서광덕·백지운 역, 「일본의 아시아관」, 『일본과 아시 아』, 소명출판, 2004, 205쪽.

23 신지영, 「도미야마 다에코의 '미술운동'이라는 현재적 공명판-1950년대와 1980년대 강제노동(탄광) 및 위안부 관련 작품·다큐·글을 중심으로」, 『동방학지』198, 연세대 국학연구원, 2022, 146~168쪽.

24 다카하시 아즈사, 「도미야마 다에코가 만난 김지하-방한 르포르타주와 시화집 『심야』 (1976)를 중심으로」, 『동방학지』198, 연세대 국학연구원, 2022, 178~190쪽.

25 다카하시 아즈사, 「도미야마 다에코가 만난 김지하-방한 르포르타주와 시화집 『심야』 (1976)를 중심으로」, 199쪽.

26 富山妙子, 「わが深夜の記」, 金芝河·富山妙子, 『深夜』, 土曜美術社, 1976, [쪽수없음]. 일본어 원문과 같은 면에 실린 정경모(鄭敬謨)의 한국어 번역을 인용하였다.

27 장문석, 「수이성(水生)의 청포도-동아시아의 근대와 「고향」의 별자리」, 『상허학보』 56, 상허학회, 2019, 173~178쪽 참조.

제5장 백두산에서 현해탄까지, 38선 없는 한국문학

1 홍종욱 외, 『가지무라 히데키의 내재적 발전론을 다시 읽는다』, 아연출판부, 2014, 10~22·28~40·77~83·252~255쪽 참조.

2 大村益夫, 「照れ屋さん」, 梶村秀樹著作集刊行委員会 編, 『梶村秀樹著作集 別巻-回 想と遺文』, 明石書店, 1990, 117쪽.

3 梶村秀樹, 「朝鮮語で語られる世界」(『自主講座朝鮮論』6, 1975.12), 『梶村秀樹著作 集 1-朝鮮史と日本人』, 明石書店, 1992, 81쪽.

4 梶村秀樹, 「朝鮮語で語られる世界」, 81쪽.

5 차승기, 「가지무라 히데키의 '미발의 계기'-식민지 역사 서술과 근대 비판」, 홍종욱 외,

『가지무라 히데키의 내재적 발전론을 다시 읽는다』, 260~265쪽 참조.

6 오무라 마스오, 「나와 조선」(『朝陽』, 1963.3), 오무라 마스오 저작집 1, 소명출판, 2016, 690쪽.

7 주디스 버틀러, 조현준 역, 『젠더 허물기』, 문학과지성사, 2015, 303쪽.

8 오무라 마스오, 「조선문학 연구에 뜻을 품고 50년」, 곽형덕 편, 『오무라 마스오와 한국문학』, 소명출판, 2024, 254쪽.

9 강원봉, 「가지무라 히데키의 사회운동과 한국사 연구」, 홍종욱 외, 『가지무라 히데키의 내재적 발전론을 다시 읽는다』, 아연출판부, 2014, 32~40쪽; 오무라 마스오·곽형덕, 「조선문학 연구자 오무라 마스오의 삶과 문학 2」(인터뷰), 오무라 마스오 저작집 6, 462~463쪽.

10 沈熏, 梶村秀樹·現代語学塾常緑樹の会 訳, 『常緑樹』, 竜渓書舎, 1981.

11 魯迅, 竹内好 訳, 「教育界の三魂」(『語絲』, 1926.2), 『魯迅文集』 3, 筑摩書房, 1977, 295쪽; 루쉰, 박자영 역, 「학계의 삼혼」, 『루쉰 전집 4-화개집·화개집속편』, 그린비, 2014, 273~274쪽.

12 竹内好, 「指導者意識について」(『綜合文化』, 1948.10), 『竹内好全集』 6, 筑摩書房, 1980, 112~113쪽; 다케우치 요시미, 윤여일 역, 「지도자 의식에 대하여」, 『일본 이데올로기』, 돌베개, 2017, 17~18쪽.

13 오무라 마스오, 「이력서」; 오무라 아키코의 증언. 2024년 8월 29일(목); 이 책의 「목소리11_ 제28회 용재상 수상소감」.

14 大村益夫, 「謝辞その他」, 『朝鮮文学-紹介と研究』 12, 朝鮮文学の会, 1974.8, 74쪽; 「創刊のことば」, 『朝鮮文学-紹介と研究』 1, 朝鮮文学の会, 1970.12, 1쪽; 이 책의 「목소리12_ 1960~1970년대 일본의 한국문학 연구와 '조선문학의 회'」의 「1. 1960년대 일본 아카데미즘과 한국어(교육)」.

15 이 책의 「목소리11_ 제28회 용재상 수상소감」.

16 최태원, 「전후 일본에서의 조선근대문학연구의 성립과 전개-〈조선문학의 회〉를 중심으로」, 『한국학연구』 61, 인하대 한국학연구소, 2012, 307~310쪽. 『문학』 1970년 11월호를 분석하는 시각은 이 글로부터 많은 시사를 받았다. 감사의 인사를 드린다.

17 박삼헌, 「1970년대 '조선반도 연구자'의 한국론-다나카 아키라(田中明)를 중심으로」, 『교차와 접합의 지-냉전과 탈식민의 한일 지식인 교류사』, 소명출판, 2023, 93~103쪽.

18 山田明(田中明), 「朝鮮文学への日本人のかかわり方」, 『文学』 38(11), 岩波書店, 1970.11, 93~94쪽.

19 大村益夫, 「奪われし野の奪われぬ心-解放前の朝鮮近代文学」, 『文学』 38(11), 岩波書店, 1970.11, 116쪽.

20 大村益夫, 「奪われし野の奪われぬ心-解放前の朝鮮近代文学」, 110쪽.

21 大村益夫, 「謝辞その他」, 『朝鮮文学-紹介と研究』 12, 朝鮮文学の会, 1974.8, 74~75쪽.

22 이 책의 「목소리12_ 1960~1970년대 일본의 한국문학 연구와 '조선문학의 회'」의 「3. 1970년의 '독립선언'」.

23 오무라 마스오, 「진군 나팔 소리는 들리지 않는다―동인의 변(進軍のラッパは聞えない―同人の弁)」(『朝鮮文学―紹介と研究』1, 1970.12), 오무라 마스오 저작집 1, 696~697쪽.

24 최태원, 「전후 일본에서의 조선근대문학연구의 성립과 전개―〈조선문학의 회〉를 중심으로」, 313쪽.

25 山田明(田中明), 「異質な人間の共通意思―同人の弁」, 『朝鮮文学―紹介と研究』1, 朝鮮文学の会, 1970.12, 64쪽.

26 이 책의 「목소리12_ 1960~1970년대 일본의 한국문학 연구와 '조선문학의 회'」의 「3. 1970년의 '독립선언'」.

27 오무라 마스오, 「조선문학 연구에 뜻을 품고 50년」, 곽형덕 편, 『오무라 마스오와 한국문학』, 243쪽.

28 大村益夫, 「文学史をめぐる二、三の問題」, 『コリア評論』242, コリア評論社, 1982.5, 35쪽.

29 김윤식, 『내가 읽고 만난 일본』, 그린비, 2012, 688쪽.

30 오무라 마스오, 「조선문학 연구에 뜻을 품고 50년」, 곽형덕 편, 『오무라 마스오와 한국문학』, 243쪽.

31 「年報」, 梶村秀樹著作集刊行委員会 編, 『梶村秀樹著作集 別巻―回想と遺文』, 明石書店, 1990, 283쪽.

32 에드워드 사이드, 최유준 역, 『지식인의 표상―지식인이란 무엇인가』, 마티, 2012, 83~91쪽.

33 곽형덕, 「청년 오무라 마스오와 한국문학―중국문학에서 한국문학으로의 전환을 중심으로」, 『한국학연구』73, 인하대 한국학연구소, 2024, 84~85쪽. 오무라 마스오의 학술적 실천을 '아마추어주의'로 분석하는 시각은 이 글의 분석에 힘입었다. 감사의 인사를 드린다.

34 곽형덕 편, 『오무라 마스오와 한국문학』, 150쪽.

35 곽형덕 편, 『오무라 마스오와 한국문학』, 159쪽; 이 책의 「목소리12_ 1960~1970년대 일본의 한국문학 연구와 '조선문학의 회'」의 「3. 1970년의 '독립선언'」.

36 「創刊のことば」, 『朝鮮文学―紹介と研究』1, 朝鮮文学の会, 1970.12, 1~2쪽. 번역은 곽형덕 편, 『오무라 마스오와 한국문학』, 155~156쪽.

37 이 책의 「목소리12_ 1960~1970년대 일본의 한국문학 연구와 '조선문학의 회'」의 「3. 1970년의 '독립선언'」.

38 大村益夫, 「奪われし野の奪われぬ心―解放前の朝鮮近代文学」, 104쪽.

39 石川節, 「作家紹介―玄鎮健」, 『朝鮮文学―紹介と研究』1, 1970.12, 19쪽.

40 梶井昇, 「作家紹介―趙明熙・朴八陽」, 『朝鮮文学―紹介と研究』1, 1970.12, 33쪽; 조명희, 「나의 고향이」, 현대조선문학선집 편찬위원회 편, 『현대조선문학선집』2, 조선작가동맹출판사, 1957, 153쪽; 박팔양, 「데모」, 『현대조선문학선집』2, 250~251쪽; 박팔양, 「진달래―봄의 선구자를 노래함」, 『현대조선문학선집』2, 257~258쪽; 「해제」, 『현

대조선문학선집』2, 7~9쪽 및 11~14쪽.

41 山田明(田中明), 「作家紹介－崔仁勲」, 『朝鮮文学－紹介と研究』1, 朝鮮文学の会, 1970.12, 5쪽.

42 오무라 마스오, 「기쁨과 당혹과－『조선문학－소개와 연구』 창간호를 내고(喜びと, ともどいと－創刊号を出して)」(『朝鮮文学－紹介と研究』2, 1971.3), 오무라 마스오 저작집 1, 699~702쪽을 바탕으로 재구성하였다.

43 오무라 마스오, 「기쁨과 당혹과－『조선문학－소개와 연구』 창간호를 내고」, 702~703쪽.

44 大村益夫, 「謝辞その他」, 74~75쪽.

45 山田明(田中明), 「異質な人間の共通意思－同人の弁」, 64쪽; 이 책의 「목소리12_ 1960~1970년대 일본의 한국문학 연구와 '조선문학의 회'」의 「3. 1970년의 '독립선언'」.

46 「終刊のお知らせ」, 『朝鮮文学－紹介と研究』11, 朝鮮文学の会, 1972.1, 72쪽.

47 為田英一郎, 「朝鮮のこころをたずねて－朝鮮文学の会」(サークル歴訪), 『朝日アジアレビュー』3(3), 朝日新聞社, 1972.9, 162~163쪽.

48 오무라 마스오, 「일본에서의 남북한 현대문학의 연구 및 번역 상황」(『한국문학』, 1992.3・4~5・6), 오무라 마스오 저작집 1, 622쪽.

49 최태원, 「전후 일본에서의 조선근대문학연구의 성립과 전개－〈조선문학의 회〉를 중심으로」, 314~317쪽. 『조선문학－소개와 연구』의 번역에 관한 분석은 이 글로부터 많은 시사를 받았다. 감사의 인사를 드린다.

50 최태원, 「전후 일본에서의 조선근대문학연구의 성립과 전개－〈조선문학의 회〉를 중심으로」, 315쪽.

51 서동만, 「1950년대 북한의 정치 갈등과 이데올로기 상황」, 역사문제연구소 편, 『1950년대 남북한의 선택과 굴절』, 역사비평사, 1998, 307~309쪽; 김재용, 『분단구조와 북한문학』, 소명출판, 2000, 47~72쪽.

52 이타가키 류타, 고영진・임경화 역, 『북으로 간 언어학자 김수경』, 푸른역사, 2024, 156~188쪽.

53 『朝鮮文学－紹介と研究』5, 朝鮮文学の会, 1971.12, 35쪽.

54 김윤식, 『천상의 빵과 지상의 빵』, 솔, 1995, 402쪽.

55 「메마른 일본에 싹트는 한국문학」, 『동아일보』, 1971.7.5.

56 小倉尚, 「韓国『東亜日報』紙から」, 『朝鮮文学－紹介と研究』4, 朝鮮文学の会, 1971.9, 68쪽.

57 小倉尚, 「誤訳とグチ」, 『朝鮮文学－紹介と研究』6, 朝鮮文学の会, 1972.3, 64쪽.

58 為田英一郎, 「朝鮮のこころをたずねて－朝鮮文学の会」(サークル歴訪), 162쪽.

59 大村益夫, 「韓国から見た在日朝鮮人作家」, 『朝鮮文学－紹介と研究』7, 朝鮮文学の会, 1972.7, 63쪽.

60 에드워드 사이드, 김정하 역, 『저항의 인문학－인문주의와 민주적 비판』, 마티, 2012, 50쪽을 참조하여 서술한 문장이다.

61 이 책의 「목소리12_ 1960~1970년대 일본의 한국문학 연구와 '조선문학의 회'」의 「3.

1970년의 '독립선언'」.

62	최태원, 「전후 일본에서의 조선근대문학연구의 성립과 전개-〈조선문학의 회〉를 중심으로」, 318쪽.

63	최태원, 「전후 일본에서의 조선근대문학연구의 성립과 전개-〈조선문학의 회〉를 중심으로」, 321쪽.

64	尹学準, 「解説」, 朝鮮文学の会 訳編, 『現代朝鮮文学選』 1, 創土社, 1973, 541쪽.

65	『朝鮮文学-紹介と研究』 8, 朝鮮文学の会, 1972.10, 뒷표지.

66	大村益夫, 「文学史をめぐる二、三の問題」, 37쪽.

67	尹学準, 「解放直後の文化状況-解説に代わって」, 朝鮮文学の会 訳編, 『現代朝鮮文学選』 2, 創土社, 1974, 531쪽.

68	이 책의 「제7장_ 옌볜 조선족문학과 '인간의 얼굴을 한 사회주의'」의 「3. 김학철의 '망각을 위한 기념'」.

69	이 책의 「목소리11_ 제28회 용재상 수상소감」; 이 책의 「목소리 12_ 1960~1970년대 일본의 한국문학 연구와 '조선문학의 회'」의 「1. 1960년대 일본 아카데미즘과 한국어(교육)」; 오무라 마스오, 곽형덕 역, 「NHK '한글 강좌'가 시작되기까지(NHKハングル講座が始めるまで)」(『早稲田大学語学教育研究所三十年記念論文集』, 早稲田大学語学教育研究所, 1992), 오무라 마스오 저작집 4, 29~30쪽.

70	長璋吉, 『私の朝鮮語小辞典-ソウル遊学記』, 北洋社, 1973.

71	이 책의 「목소리6_ 조 쇼키치 추도문」.

72	木下隆男, 「長璋吉-普段着の朝鮮語をめざして」, 223~225쪽.

73	長璋吉, 「お母さん子は告発する-1950年代の韓国文学について」, 『朝鮮文学-紹介と研究』 8, 朝鮮文学の会, 1972.10, 58쪽.

74	長璋吉, 「作家紹介-李泰俊」, 『朝鮮文学-紹介と研究』 7, 朝鮮文学の会, 1972.7, 3쪽.

75	長璋吉, 「李泰俊」, 『朝鮮学報』 92, 朝鮮学会, 1979, 149쪽.

76	와다 도모미, 「외국문학으로서의 이태준 문학-일본문학과의 차이화」, 『상허학보』 5, 상허학회, 1999, 85~89쪽.

77	정실비, 「전후 일본의 이태준 다시 읽기-1970년대 조선문학특집·선집에 나타난 이태준 표상의 재구성을 중심으로」, 『춘원연구학보』 23, 춘원연구학회, 2022, 252~253쪽; 서영채, 「두 개의 근대성과 처사의식-이태준의 작가의식」, 『상허학보』 1, 상허학회, 1991, 85쪽.

78	大村益夫, 「文学史をめぐる二、三の問題」, 39~43쪽.

79	사에구사 도시카쓰, 심원섭 역, 「한국문학. 읽지 않아도 되는 까닭-좀비들 세계에서의」, 『사에구사 교수의 한국문학 연구』, 베틀북, 2000, 11쪽.

80	곽형덕 편, 『오무라 마스오와 한국문학』, 247쪽.

81	三枝壽勝, 「解説」, 大村益夫·長璋吉·三枝壽勝 編訳, 『朝鮮短篇小説選(上)』, 岩波書店, 1984, 402~403쪽.

82	三枝壽勝, 「解説」, 409쪽.

83　三枝壽勝,「解說」, 411쪽.

84　이 책의「목소리 6_ 조 쇼키치 추도문」.

85　와세다대학 도서관에는『유진오 단편집』(학예사, 1939)[청구기호 : ヘ15 04258]과 『이기영 단편집』(학예사, 1939)[청구기호 : ヘ15 04259]가 소장되어 있다.

86　三枝壽勝,「解說」, 412쪽.

87　「凡例」, 大村益夫・長璋吉・三枝壽勝 編訳,『朝鮮短篇小説選(上)』, 岩波書店, 1984, 3쪽.

88　「訳注」, 大村益夫・長璋吉・三枝壽勝 編訳,『朝鮮短篇小説選(上)』, 390~391쪽.

89　조명희,「락동강」,『포석 조명희 선집』, 쏘련과학원 동방도서출판사, 1959, 319쪽.

90　「해제」, 현대조선문학선집 편찬위원회 편,『현대조선문학선집 1-소설집』, 조선작가동맹출판사, 1957, 13쪽.

91　조명희,「락동강」, 현대조선문학선집 편찬위원회 편,『현대조선문학선집 1-소설집』, 조선작가동맹출판사, 1957, 574쪽; 趙明熙, 大村益夫 訳,「洛東江」, 大村益夫・長璋吉・三枝壽勝 編訳,『朝鮮短篇小説選(上)』, 218쪽;「訳注」, 大村益夫・長璋吉・三枝壽勝 編訳,『朝鮮短篇小説選(上)』, 391쪽; 조명희,「락동강」,『포석 조명희 선집』, 299쪽.

92　「訳注」, 大村益夫・長璋吉・三枝壽勝 編訳,『朝鮮短篇小説選(上)』, 392~393쪽. 유진오,「김 강사와 T 교수」,『유진오단편집』, 학예사, 1939, 124・131・145쪽; 俞鎭午,「金講師とT教授」, 秋田雨雀・村山知義・張赫宙・俞鎭午 編,『朝鮮文學選集』1, 赤塚書房, 1940, 67・75・88쪽.

93　「訳注」, 大村益夫・長璋吉・三枝壽勝 編訳,『朝鮮短篇小説選(上)』, 393쪽.

94　윤대석,『식민지 문학을 읽다』, 소명출판, 2012, 138~144쪽.

95　「訳注」, 大村益夫・長璋吉・三枝壽勝 編訳,『朝鮮短篇小説選(下)』, 岩波書店, 1984, 374쪽.

96　三枝壽勝,「解說」, 大村益夫・長璋吉・三枝壽勝 編訳,『韓国短篇小説選』, 岩波書店, 1988, 415쪽.

97　오무라 마스오,「조선문학 연구에 뜻을 품고 50년」, 245쪽; 곽형덕 편,『오무라 마스오와 한국문학』, 173・217~218쪽.

제6장 현해탄을 오간 우정의 역사

1　정창훈,『한일관계의 '65년 체제'와 한국문학-한일국교정상화를 둘러싼 국가적 서사의 구성과 균열』, 소명출판, 2021, 28~37쪽.

2　「長璋吉年譜」, 長璋吉,『朝鮮・言葉・人間』, 河出書房新社, 1989, 411쪽;「田中明先生年譜」,『田中明さんのぶ草-1926-2010, 田中明先生追悼文集』, 66쪽.

3　이 책의「목소리7_ 한국의 지식인」.

4　이 책의「목소리12_ 1960~1970년대 일본의 한국문학 연구와 '조선문학의 회'」의「5. 1970년을 다시 읽으며」.

5　오무라 마스오,「그 땅의 사람들(かの地の人々)」(『朝鮮文学-紹介と研究』10, 1973.9), 오무라 마스오 저작집 4, 138~139쪽.

6	오무라 마스오, 「그 땅의 사람들」, 151쪽.

7	미야지마 히로시, 「동아시아 소농사회의 형성」, 『미야지마 히로시, 나의 한국사 공부』, 너머북스, 2015, 66~81쪽.

8	이타가키 류타, 홍종욱·이대화 역, 『한국 근대의 역사민족지-경북 상주의 식민지 경험』, 혜안, 2015, 48쪽.

9	오무라 마스오, 「그 땅의 사람들」, 148~150쪽.

10	오무라 마스오, 「나와 8·15(私の8·15)」(『季刊青丘』 23, 1995.8.15), 오무라 마스오 저작집 1, 684~685쪽.

11	오무라 마스오, 「나의 8·15」, 683~684쪽.

12	오무라 마스오, 「그 땅의 사람들」, 146~147쪽.

13	오무라 마스오, 「그 땅의 사람들」, 139쪽, 146~147쪽.

14	권보드래, 「내 안의 일본-해방세대 작가의 식민지 기억과 '친일' 문제」, 『상허학보』 60, 상허학회, 2020, 397~442쪽.

15	김윤식, 「어느 일본인 벗에게」, 『한일문학의 관련양상』, 일지사, 1974, 1~2쪽; 윤대석, 『식민지 문학을 읽다』, 소명출판, 2012, 271~275쪽; 장문석, 「상흔과 극복-1970년 김윤식의 도일과 비평」, 『민족문학사연구』 59, 민족문학사연구소, 2015, 25~30쪽 참조.

16	장문석, 「상흔과 극복-1970년 김윤식의 도일과 비평」 참조.

17	김윤식, 『지상의 빵과 천상의 빵』, 솔, 1995, 402쪽.

18	김윤식, 『내가 읽고 만난 일본』, 그린비, 2012, 688쪽.

19	김윤식, 『비도 눈도 내리지 않는 시나가와 역』, 솔, 2004, 218~219쪽.

20	김윤식, 『내가 읽고 만난 일본』, 38쪽.

21	김윤식, 『내가 읽고 만난 일본』, 736쪽. 이후 김윤식은 「산사 사람들」과 함께 「사랑인가」를 『문학사상』(1981.2)에 다시 수록한다.

22	김윤식, 「낯선 신을 찾아서-김동인 연구를 마치며」, 『낯선 신을 찾아서』, 일지사, 1988, 267쪽.

23	김윤식, 「글쓰기의 리듬감각-「이광수와 그의 시대」를 마치며」, 『김윤식평론문학선』, 문학사상사, 1991, 447~463쪽.

24	「윤동주의 묘를 처음 발견하고, 사적을 발굴 조사해 온 오무라 마스오 와세다대학 명예교수」(『출판저널』 499. 2017.8), 오무라 마스오 저작집 6, 422쪽.

25	김윤식, 「임화 연구-비평가론 기7」, 『논문집-인문·사회과학』 4, 서울대 교양과정부, 1972, 18쪽, 주석 29; 김윤식, 「임화 연구」, 『한국근대문예비평사연구』, 한얼문고, 1973, 585쪽, 주석 29.

26	이 책의 「목소리12_ 1960~1970년대 일본의 한국문학 연구와 '조선문학의 회'」의 「2. 한국문학 읽기의 조건과 맥락」.

27	장문석, 「『한국근대문예비평사연구』의 학술사적 의의를 묻다」, 『한국현대문학연구』 41, 한국현대문학회, 2013, 623~628쪽.

28	김윤식, 『체험으로서의 한국근대문학연구』, 아세아문화사, 1999, 13쪽.

29 시라카와 유타카, 「일본인에 의한 한국현대문학연구와 오무라 마스오(大村益夫)」, 『한 국학연구』 73, 인하대 한국학연구소, 2024, 141쪽.

30 김윤식, 「어느 일본인 벗에게」, 『한일문학의 관련양상』, 일지사, 1974, 1~2쪽.

31 田中明, 「〈反日〉の風化」(『朝日アジアレビュー』, 1973.9), 『ソウル実感録』, 北洋社, 1975, 77~78쪽. 다나카 아키라의 「'반일'의 풍화」에 관해서는 박삼헌, 「1970년대 '조선반도 연구자'의 한국론—다나카 아키라(田中明)를 중심으로」, 『교차와 접합의 지—냉전과 탈식민의 한일 지식인 교류사』, 소명출판, 2023, 117~120쪽 참조.

32 윤대석, 『식민지 문학을 읽다』, 소명출판, 2012, 272~273쪽; 장문석, 「상흔과 극복—1970년 김윤식의 도일과 비평」, 25~44쪽.

33 大村益夫, 「訳者あとがき」, 金允植, 大村益夫 訳, 『傷痕と克服』, 朝日新聞社, 1975, 275~276쪽.

34 이 책의 「목소리12_ 1960~1970년대 일본의 한국문학 연구와 '조선문학의 회'」의 「4. 농부와 시인, 그리고 춘추필법」.

35 金允植, 「日本語版への序文」, 金允植, 大村益夫 訳, 『傷痕と克服』, i쪽.

36 大村益夫, 「訳者あとがき」, 276쪽.

37 임종국, 『친일문학론』(평화출판사, 1966), 이건제 교주, 민족문제연구소, 2013, 344쪽.

38 최태원, 「전후 일본에서의 조선근대문학연구의 성립과 전개—〈조선문학의 회〉를 중심으로」, 『한국학연구』 61, 인하대 한국학연구소, 2021, 310쪽. 임종국의 『친일문학론』, 오무라의 「제2차 세계대전하에 있어서 조선의 문화 상황」, 그리고 김윤식의 「식민지문학의 상흔과 그 극복」의 연쇄에 대한 서술은 이 글의 분석으로부터 큰 도움을 받았다. 깊은 감사의 인사를 드린다.

39 大村益夫, 「第二次世界大戦下における朝鮮の文化状況」, 『社会科学討究』 43, 早稲田大学 社会科学研究所, 1970.3, 415~416쪽. 앞 문단의 인용은 각각 417쪽 및 418쪽에서 가져왔다.

40 竹内好, 「近代の超克」(『近代日本思想講座 7—近代化と伝統』, 筑摩書房, 1959), 『竹内好全集』 8, 筑摩書房, 1980, 12쪽; 다케우치 요시미, 윤여일 역, 「근대의 초극」, 마루카와 데쓰시·스즈키 마사히사 편, 『다케우치 요시미 선집 1—고뇌하는 일본』, 휴머니스트, 2011, 114쪽.

41 김윤식, 「식민지문학의 상흔과 그 극복」, 134~135쪽; 金允植, 大村益夫 訳, 「植民地文学の傷痕とその克服」, 金允植, 大村益夫 訳, 『傷痕と克服』, 109~111쪽. 김윤식의 글에는 "내선일체론자들의"로 되어 있지만 오무라는 "내선일체론의"로 바로 잡아 옮겼다. 이 글은 오무라의 교감에 따른다.

42 김윤식, 『비도 눈도 내리지 않는 시나가와 역』, 216~217쪽.

43 김윤식, 『비도 눈도 내리지 않는 시나가와 역』, 228쪽.

44 魯迅, 「为了忘却的记念」, 『魯迅全集』 4, 人民文学出版社, 1981, pp. 479~490; 魯迅, 竹内好 訳, 「忘却のための記念」(『現代』, 1933.4), 『魯迅文集』 5, 筑摩書房, 1978, 105~120쪽; 루쉰, 공상철 역, 「망각을 위한 기념」, 『루쉰 전집 6—이심집·남북조강집』,

그린비, 2014, 374~387쪽.

45 김윤식, 『비도 눈도 내리지 않는 시나가와 역』, 237쪽.

46 김윤식, 『비도 눈도 내리지 않는 시나가와 역』, 237~238쪽.

47 곽형덕 편, 『오무라 마스오와 한국문학』, 소명출판, 2024, 198쪽.

48 임종국, 「자화상」, 『친일문학론』, 12~13쪽.

49 林鍾国, 大村益夫 訳, 「自畫像」, 『親日文学論』, 高麗書林, 1976, vii쪽.

50 임종국, 『친일문학론』, 311쪽.

51 윤대석, 『식민지 국민문학론』, 역락, 2006, 25쪽.

52 林鍾国, 大村益夫 訳, 『親日文学論』, 277쪽.

53 이혜령, 「친일파인 자의 이름-탈식민화와 고유명의 정치」, 『민족문화연구』 54, 고려대 민족문화연구원, 2011, 37쪽.

54 大村益夫, 「第二次世界大戦下における朝鮮の文化状況」, 423쪽, 註2.

55 大村益夫, 「訳者解説」, 林鍾国, 大村益夫 訳, 『親日文学論』, 高麗書林, 1976, x~xi쪽.

56 大村益夫, 「訳者解説」, xvi쪽.

57 大村益夫, 「訳者解説」, xvii~xviii쪽.

58 이 책의 「목소리12_ 1960~1970년대 일본의 한국문학 연구와 '조선문학의 회'」의 「4. 농부와 시인, 그리고 춘추필법」.

59 임종국, 「초판 일러두기」, 『친일문학론』, 16쪽.

60 오무라 마스오, 「임종국 선생님을 그리며」(『실천문학』 81, 2006. 봄), 오무라 마스오, 정선태 역, 오무라 마스오 저작집 5, 131쪽.

61 임종국, 「초판 일러두기」, 16쪽.

62 大村益夫, 「訳者解説」, xv쪽.

63 임종국, 「서론」, 『친일문학론』, 24쪽.

64 大村益夫, 「訳者解説」, xiii~xiv쪽.

65 이 책의 「목소리12_ 1960~1970년대 일본의 한국문학 연구와 '조선문학의 회'」의 「4. 농부와 시인, 그리고 춘추필법」.

66 좌구명, 김월회 역, 『춘추좌전』, 풀빛, 2009, 329~330쪽.

67 竹内好, 「屈辱の事件」(『世界』, 1953.8), 『竹内好全集』 13, 筑摩書房, 1981, 77~79쪽; 다케우치 요시미, 윤여일 역, 「굴욕의 사건」, 마루카와 데쓰시·스즈키 마사히사 편, 『다케우치 요시미 선집 1-고뇌하는 일본』, 30~31쪽.

68 大村益夫, 「訳者解説」, xvii쪽.

69 오무라 마스오, 「임종국 선생님을 그리며」, 131~133쪽.

70 오무라 마스오, 「임종국 선생님을 그리며」, 134~135쪽.

71 오무라 마스오, 「임종국 선생님을 그리며」, 135~136쪽.

72 임종국, 『친일문학론』, 502쪽.

73 竹内好, 「日本のアジア主義」(『現代日本思想大系 7-アジア主義』, 筑摩書房, 1963), 『竹内好全集』 8, 筑摩書房, 1980, 100~101쪽, 153~154쪽; 다케우치 요시미, 윤여일

역,「일본의 아시아주의」(1963), 마루카와 데쓰시·스즈키 마사히사 편,『다케우치 요시 미 선집 2 – 내재하는 아시아』, 휴머니스트, 2011, 302·373쪽.

74 홍종욱,「일본 지식인의 근대화론 비판과 민중의 발견 – 다케우치 요시미와 가지무라 히데키를 중심으로」,『사학연구』125, 한국사학회, 2017, 116쪽을 참조하여 서술한 문 장이다.

75 오무라 마스오,「임종국 선생님을 그리며」, 137~138쪽.

76 오무라 마스오,「임종국 선생님을 그리며」, 138~139쪽.

77 오무라 마스오,「임종국 선생님을 그리며」, 140쪽.

78 오무라 마스오,「임종국 선생님을 그리며」, 143~144쪽.

79 이혜령,「인격과 스캔들 – 임종국의 역사서술과 민족주의」,『민족문화연구』56, 고려대 민족문화연구원, 2012, 37·442~459쪽.

80 "君子求諸己小人求諸人" 이강재,『논어 – 개인윤리와 사회윤리의 조화』, 살림, 2006, 294쪽.

81 "仁者如射, 射者正己而後發, 發而不中, 不怨勝己者, 反求諸己而已矣." 김월회,『맹자 에게 배우는 나를 지키며 사는 법』, EBS BOOKS, 2023, 150쪽.

82 "反求諸己 其身正而 天下歸之" 왕신영·심원섭·오무라 마스오·윤인석 편,『사진판 윤 동주 자필 시고전집』, 민음사, 2002, 199쪽; 김월회,『맹자에게 배우는 나를 지키며 사 는 법』, 150쪽.

83 차승기,「폐허로부터의 비전 – 일제 말기 김남천의 소설론과 탈식민의 계기」,『민족문학 사연구』61, 민족문학사연구소, 2016, 155~156쪽.

84 오무라 마스오,「임종국 선생님을 그리며」, 144쪽.

목소리 4_ 조선어를 권함 (1978)

1 홍로외어(紅露外語)는 독일어학자 고로 분페이(紅露文平)가 전후(戰後) 일본에서 운 영하였던 독일어 학원이다.

2 「절명시」의 원문은 오무라 마스오가 입력한 판본을 따랐다. 「절명시」의 번역은 황현, 권경열 역,「절명시」(4수),『매천집』3, 한국고전번역원, 2010, 351~352쪽 및 임형택, 『우리 고전을 찾아서』, 한길사, 2007, 672쪽을 참조하였다.

3 金允植, 大村益夫 訳,「日本文学の韓国体験」,『傷痕と克服』, 朝日新聞社, 1975, 275~276쪽. 김윤식,「일본문학의 한국체험」,『한일문학의 관련양상』, 일지사, 1974, 66쪽. "가장 교활한 점은 전후(戰後) 일본(日本)이 원폭(原爆) 피해를 내세워 일시에 피해자(被害者)의 입장으로 둔갑한 점이다."

목소리 5_ 수줍음 많은 이 – 가지무라 히데키(梶村秀樹) 회상 (1990)

1 卓喜銖,『朝鮮語の初歩』, 学友書房, 1957.

목소리 6_ 조 쇼키치(長璋吉) 추도문 (1989)

1 한국단편문학전집간행회 편, 『한국단편문학전집』 1~5, 백수사, 1965.
2 長璋吉, 「私の朝鮮語小辞典-ソウル遊学記」 1~8, 『朝鮮文学-紹介と研究』 1~11, 朝鮮文学の会, 1970.8~1974.11; 長璋吉, 『私の朝鮮語小辞典-ソウル遊学記』, 北洋社, 1973.
3 長璋吉, 『普段着の朝鮮語-私の朝鮮語小辞典2』, 河出書房新社, 1988.
4 長璋吉, 『韓国小説を読む』, 草思社, 1977.
5 大村益夫·長璋吉·三枝壽勝 編訳, 『韓国短篇小説選』, 岩波書店, 1988.
6 大村益夫·長璋吉·三枝壽勝 編訳, 『朝鮮短篇小説選』 上~下, 岩波書店, 1984.
7 金宇鍾, 長璋吉 訳註, 『韓国現代小説史』, 竜渓書舍, 1975.

제4부 주변에서 새롭게 한국문학을 발견하다

제7장 옌볜 조선족문학과 '인간의 얼굴을 한 사회주의'

1 오무라 마스오, 곽형덕 역, 「연변 생활기」(『季刊三千里』 47~50, 1986.秋~1987.夏), 오무라 마스오 저작집 4, 406쪽, 471쪽; 오무라 마스오, 「조선문학 연구에 뜻을 품고 50년」, 곽형덕 편, 『오무라 마스오와 한국문학』, 소명출판, 2024, 248쪽.
2 오무라 아키코의 증언. 2024년 8월 29일(목).
3 大村益夫, 『中国朝鮮族文学の歴史と展開』, 緑蔭書房, 2003, 7쪽.
4 安藤彦太郎, 「延辺紀行」, 『東洋文化』 36, 東京大学東洋文化研究所, 1964.6, 26~27쪽.
5 오무라 마스오, 「[청취록]김학철-내가 걸어온 길([聞き書き]金学鉄-私の歩んだ道)」(『中国朝鮮族文学の歴史と展開』, 緑蔭書房, 2003.3), 오무라 마스오 저작집 4, 314쪽.
6 오무라 마스오, 「연변 생활기」, 462쪽.
7 安藤彦太郎, 「延辺紀行」, 32·68쪽.
8 寺尾五郎·安藤彦太郎·宮田節子·吉岡吉典, 『日·朝·中三国人民連帯の歴史と理論』, 日本朝鮮研究所, 1964.
9 安藤彦太郎, 「延辺紀行」, 67쪽.
10 오무라 마스오, 「나와 조선(わたしと朝鮮)」(『朝陽』, 1963.3), 오무라 마스오 저작집 1, 693쪽.
11 오무라 마스오, 「『시카고 복만이』(중국 조선족 단편소설선)를 번역하고 나서」(『シカゴ福万-中国朝鮮族短篇小説選』, 高麗書林, 1989), 오무라 마스오 저작집 1, 555쪽.
12 오무라 마스오, 「연변 생활기」, 454쪽.
13 安藤彦太郎, 「延辺紀行」, 68~69쪽.
14 鈴木道彦, 「不服従の権利の記録」, 『日本読書新聞』 1181, 1962.11.12. 스즈키 미치히코의 식민주의 비판 및 프란츠 파농 번역에 관해서는 요네타니 마사후미, 「전후 일본에서 식민주의 비판 생성-쓰루미 슌스케(鶴見俊輔)와 스즈키 미치히코(鈴木道彦)의 경우」, 『일본비평』 27, 서울대 일본연구소, 2022, 61~71쪽 참조.

15 오무라 마스오, 「연변 생활기」, 423쪽.

16 오무라 마스오, 「연변 생활기」, 466~467쪽.

17 오무라 마스오, 「연변 생활기」, 424쪽.

18 오무라 마스오, 「연변 생활기」, 421·424·446쪽.

19 오무라 마스오, 「연변 생활기」, 461쪽.

20 오무라 마스오, 「연변 생활기」, 425쪽.

21 오무라 마스오, 「연변 생활기」, 432~433쪽.

22 오무라 마스오, 「연변 생활기」, 411쪽.

23 安丸良夫, 「日本の近代化と民衆思想」(『日本史研究』78·79, 1965), 『日本の近代化と民衆思想』, 平凡社, 2016, 12~92쪽.

24 오무라 아키코의 증언. 2024년 8월 29일(목)

25 홍종욱, 「가지무라 히데키의 한국 자본주의론」, 『아세아연구』55(3), 고려대 아세아문제연구소, 2012, 32~33쪽; 홍종욱, 「일본 지식인의 근대화론 비판과 민중의 발견―다케우치 요시미와 가지무라 히데키를 중심으로」, 『사학연구』125, 한국사학회, 2017, 122~123쪽.

26 오무라 마스오, 「연변 생활기」, 426쪽.

27 오무라 아키코의 증언. 2024년 8월 29일(목).

28 오무라 마스오, 「연변 생활기」, 405쪽.

29 오무라 마스오, 「조선문학 연구에 뜻을 품고 50년」, 248쪽.

30 오무라 마스오, 「연변 생활기」, 450~453쪽.

31 오무라 마스오, 「연변 생활기」, 464쪽.

32 오무라 마스오, 「연변 생활기」, 453~454쪽.

33 오무라 마스오, 「연변 생활기」, 454~455쪽.

34 梶村秀樹, 「旧韓末北関地域経済と内外の交易」(1989), 『梶村秀樹著作集 3―近代朝鮮社会経済論』, 明石書店, 1993, 161~182쪽.

35 오무라 마스오, 「연변 생활기」, 441쪽.

36 이상경, 「강경애 연구」, 서울대 석사논문, 1984; 김윤식, 「강경애의 시비, 안수길의 소설, 혹은 윤동주의 우물, 송몽규의 무덤」, 『김윤식 문학기행―머나먼 울림, 선연한 헛것』, 문학사상사, 2001, 161~172쪽; 이상경, 「남북 상호 소통의 역사―한결같이 사랑을 받은 강경애」, 『지구적세계문학』18, 지구적세계문학, 2021, 365~388쪽. 姜敬愛, 三枝壽勝 訳, 「地下村」, 大村益夫·長璋吉·三枝壽勝 編訳, 『朝鮮短篇小説選』(上), 岩波書店, 1984.

37 오무라 마스오, 「연변 생활기」 442쪽; 오무라 마스오, 「조선문학 연구에 뜻을 품고 50년」, 249쪽.

38 오무라 마스오, 「『시카고 복만이』(중국 조선족 단편소설선)를 번역하고 나서」, 560~563쪽.

39 오무라 마스오, 「『시카고 복만이』(중국 조선족 단편소설선)를 번역하고 나서」,

561~562쪽.

40 오무라 마스오, 「『시카고 복만이』(중국 조선족 단편소설선)를 번역하고 나서」, 565쪽.

41 이혜령, 「친일파인 자의 이름-탈식민화와 고유명의 정치」, 『민족문화연구』 54, 고려대 민족문화연구원, 2011, 37쪽.

42 毛沢東, 竹内好 訳, 「まえおき」(1942.5.2), 『文芸講話』, 岩波書店, 1956, 14쪽.

43 장문석, 「김태준과 연안행」, 김재용·장문석 편, 『한국 근대문학과 동아시아 2-중국』, 소명출판, 2018, 165~173쪽; 장문석, 「김사량과 독일문학」, 『인문논총』 76(3), 서울대 인문학연구원, 2019, 200~203쪽.

44 오무라 마스오, 「연변 생활기」, 449쪽.

45 오무라 마스오, 「『시카고 복만이』(중국 조선족 단편소설선)를 번역하고 나서」, 567~568쪽; 오무라 마스오, 「연변 생활기」, 447쪽.

46 오무라 마스오, 「『시카고 복만이』(중국 조선족 단편소설선)를 번역하고 나서」, 570쪽.

47 이홍매, 「오무라 마스오와 조선문학」, 『일본에서 살기』, 북코리아, 2022, 270~271쪽.

48 오무라 마스오, 「『시카고 복만이』(중국 조선족 단편소설선)를 번역하고 나서」, 576쪽.

49 오무라 마스오, 「『시카고 복만이』(중국 조선족 단편소설선)를 번역하고 나서」, 575쪽, 571~572쪽.

50 오무라 마스오, 「『시카고 복만이』(중국 조선족 단편소설선)를 번역하고 나서」, 572~573쪽; 大村益夫, 「解說」, 大村益夫 編訳, 『シカゴ福万-中国朝鮮族短篇小説選』, 高麗書林, 1989, 408~409쪽.

51 오무라 마스오, 「『시카고 복만이』(중국 조선족 단편소설선)를 번역하고 나서」, 559쪽.

52 김종욱, 『한국문학과 동아시아적 지평』, 역락, 2023, 354쪽을 참조하여 서술한 문장이다.

53 金学鉄, 大村益夫 訳, 「たばこスープ」, 朝鮮文学の会 訳編, 『現代朝鮮文学選』 2, 創土社, 1974.

54 尹学準, 「解放直後の文化状況-解説に代わって」, 朝鮮文学の会 訳編, 『現代朝鮮文学選』 2, 創土社, 1974, 531쪽.

55 「이다 가즈에 선생의 편지」, 김학철문학연구회, 『조선의용군 최후의 분대장 김학철』 1, 연변인민출판사, 2002, 46쪽.

56 「윤학준 서한(1)」(1981.11), 김학철문학연구회, 『조선의용군 최후의 분대장 김학철』 2, 연변인민출판사, 2005, 53~55쪽. 윤학준의 발송 주소는 일본국(日本国) 도쿄도(東京都) 네리마구(練馬区) 후지미다이(富士見台) 4-25-13 이다.

57 「윤학준 서한(2)」(1982.7.17), 김학철문학연구회, 『조선의용군 최후의 분대장 김학철』 2, 56쪽.

58 「현대조선족문단의 리정표인 김학철선생의 마음의 벗」(『길림신문』, 2017.4.15), 오무라 마스오 저작집 6, 407쪽.

59 이홍매, 「오무라 마스오와 조선문학」, 261~262쪽.

60 오무라 아키코의 증언. 2024년 8월 29일(목).

61　오오무라 마스오, 남성현 역, 「김학철 선생의 발자취(하)」, 김학철문학연구회, 『조선의
　　용군 최후의 분대장 김학철』 4, 연변인민출판사, 2006, 472쪽.

62　오오무라 마스오, 남성현 역, 「김학철 선생의 발자취(상)」, 김학철문학연구회, 『조선의
　　용군 최후의 분대장 김학철』 2, 203~256쪽; 오오무라 마스오, 남성현 역, 「김학철 선생
　　의 발자취(하)」, 427~473쪽.

63　오오무라 마스오, 「김학철 선생님의 편지」, 김학철문학연구회, 『조선의용군 최후의 분
　　대장 김학철』 4, 139~141쪽.

64　오무라 마스오, 「김학철, 그 생애와 문학(金学鉄試論－『抗戦別曲』と『二十世紀の神
　　話』を中心に)」(『植民地文化研究－資料と分析』 16, 2017.7), 195~199쪽.

65　김학철의 재판 문헌은 두 종이 전해진다. 「洪性杰に對する(朝鮮民族革命黨關係)治安
　　維持法違叛被告事件豫審終結決定－長崎地方裁判所檢事局報告」, 『思想月報』 101,
　　1943.3·4, 65~69쪽; 「洪性杰に對する抗敵竝治安維持法違叛被告事件判決－長崎
　　地方裁判所裁判所 報告」, 『思想月報』, 103, 1943.6, 97~102쪽. 두 문헌은 변은진 편,
　　『일본 사법성 형사국－사상월보』, 국가보훈처, 2012, 754~755·762~764쪽에 실려
　　있다.

66　오무라 마스오, 정선태 역, 「김학철 선생의 편지」, 오무라 마스오 저작집 5, 151쪽.

67　「김학철(홍성걸)에 대한 일본 나가사끼 지방재판소의 판결서」 김학철문학연구회, 『조
　　선의용군 최후의 분대장 김학철』 1, 연변인민출판사, 2002, 559~564쪽.

68　오무라 마스오, 「김학철, 그 생애와 문학」, 204쪽; 「[청취록]오무라 마스오, 김학철－내
　　가 걸어온 길」, 220~221쪽

69　김학철, 「무명용사」, 『항전별곡』, 흑룡강조선민족출판사, 1983, 32쪽.

70　김학철, 「『항전별곡』을 내놓으면서」, 『항전별곡』, 216쪽.

71　오무라 마스오, 「김학철, 그 생애와 문학」, 205쪽.

72　魯迅, 「为了忘却的记念」, 『魯迅全集』 4, 人民文学出版社, 1981, p.488; 魯迅, 竹内好
　　訳, 「忘却のための記念」(『現代』, 1933.4), 『魯迅文集』 5, 筑摩書房, 1978, 119~120
　　쪽; 루쉰, 공상철 역, 「망각을 위한 기념」, 『루쉰 전집 6－이심집·남북조강집』, 그린비,
　　2014, 387쪽.

73　오무라 마스오, 「연변 생활기」, 423~424쪽.

74　오무라 마스오, 「김학철, 그 생애와 문학」, 199~200쪽.

75　김학철, 『20세기의 신화』, 창작과비평사, 1996, 351쪽; 오무라 마스오, 「김학철, 그 생
　　애와 문학」, 200~201·207쪽. 오무라 마스오, 「[청취록]김학철－내가 걸어온 길」,
　　235~237·276~277쪽.

76　오무라 마스오, 「김학철, 그 생애와 문학」, 214쪽.

77　오무라 마스오, 「[청취록]김학철－내가 걸어온 길」, 235쪽.

78　오무라 마스오, 「김학철, 그 생애와 문학」, 213쪽.

79　오무라 마스오, 「김학철, 그 생애와 문학」, 201쪽.

80　오무라 마스오, 「[청취록]김학철－내가 걸어온 길」, 224쪽.

81 김학철, 『항전별곡』, 90쪽.

82 김학철, 『항전별곡』, 20쪽.

83 오무라 마스오, 「[청취록]김학철-내가 걸어온 길」, 268~269쪽.

84 김학철, 『항전별곡』, 103~104쪽.

85 오무라 마스오, 「김학철, 그 생애와 문학」, 203쪽.

86 조은애, 『디아스포라의 위도-남북일 냉전 구조와 월경하는 재일조선인 문학』, 소명출판, 2021, 310쪽을 참조하여 서술한 문장이다.

87 오무라 마스오, 「김학철, 그 생애와 문학」, 204쪽.

88 김학철, 「담배국」, 박시형 편, 『20세기 중국조선족문학사료선집 20-김학철 문학편(중)』, 도서출판 숨, 2002, 81쪽.

89 김민수, 「'해방'의 전통과 복원-김학철을 중심으로」, 『어문론총』 89, 한국문학언어학회, 2021, 106~108쪽 참조.

90 김학철, 『최후의 분대장』, 문학과지성사, 1995, 308~309쪽.

91 「오오무라 마스오 선생의 편지」, 김학철문학연구회, 『조선의용군 최후의 분대장 김학철』 1, 43쪽.

92 김학철, 「원쑤와 벗」, 박시형 편, 『20세기 중국조선족문학사료선집 20-김학철 문학편』(중), 221쪽.

93 김학철, 「원쑤와 벗」, 236쪽.

94 이홍매, 「오무라 마스오와 조선문학」, 262~263쪽.

95 김학철, 「원쑤와 벗」, 『문학사상』, 1989.12, 204쪽.

96 조은애, 『디아스포라의 위도-남북일 냉전 구조와 월경하는 재일조선인 문학』, 302쪽.

97 풀빛 편집부, 「이 책을 읽는 이들에게」, 김학철, 『해란강아 말하라』 1, 풀빛, 1988, [쪽수 없음].

98 오무라 마스오, 「김학철 선생의 발자취」, 김학철, 『해란강아 말하라』 2, 풀빛, 1988, [쪽수없음].

99 김학철, 『20세기의 신화』, 창작과비평사, 1996, 358쪽

100 김학철, 『최후의 분대장』, 문학과지성사, 1995, 309~310쪽; 「해방직후 '프로'문인들 모습 첫 공개」, 『문학사상』, 1989.12, [쪽수없음].

101 김학철, 「서울 나들이」, 박시형 편, 『20세기 중국조선족문학사료선집 20-김학철 문학편』(중), 641~644쪽.

102 이홍매, 「오무라 마스오와 조선문학」, 265쪽.

103 곽형덕, 「조선문학 연구자 오무라 마스오의 삶과 문학 2」(인터뷰, 2017.11.12 및 2017.12.28), 오무라 마스오 저작집 6, 460쪽.

104 大村益夫, 「解放直後ソウル時代の金学鉄」, 『植民地文化研究-資料と分析』 17, 植民地文化学会, 2018, 56~66쪽.

105 金学鉄, 大村益夫 編訳, 『金学鉄文学選集 1-短編小説選 たばこスープ』, 新幹社, 2020.

106 김응교, 『백년 동안의 증언-간토대지진, 혐오와 국가폭력』, 책읽는고양이, 2023, 217~218쪽.

107 곽형덕, 「청년 오무라 마스오와 한국문학-중국문학에서 한국문학으로의 전환을 중심으로」, 『한국학연구』 73, 인하대 한국학연구소, 2024, 76쪽.

제8장 제주도문학과 식민주의의 상흔

1 오무라 마스오, 「탐라 이야기(解說)」(『耽羅のくにの物語-済州島文学選』, 高麗書林, 1996), 오무라 마스오 저작집 1, 414쪽.

2 사카이 나오키·니시타니 오사무, 차승기·홍종욱 역, 『세계사의 해체』, 역사비평사, 2009, 49~54쪽.

3 한경희, 「제주 민중에게 제주 4·3은 무엇이었는가-민주화 이행기 제주 4·3이 민중항쟁으로 재현되는 과정과 방식」, 『우리문학연구』 79, 우리문학회, 2023, 482~520쪽.

4 오무라 마스오, 「제주문학을 생각한다」(『제주도』 9, 1998[예정]), 오무라 마스오 저작집 1, 384쪽.

5 윤대석, 「오무라 마스오를 따라 일제 말기 제주 문학 읽기」, 『한국학연구』 73, 인하대 한국학연구소, 2024, 33쪽.

6 임종국, 『친일문학론』(평화출판사, 1966), 이건제 교주, 민족문제연구소, 2013, 472쪽.

7 오무라 마스오, 「제주문학을 생각한다」, 386쪽.

8 오무라 마스오, 「『청년작가』와 제주도 출신의 작가-이영복·양종호에 대하여」(『語研フォーラム』 4, 早稲田大学, 1996), 오무라 마스오 저작집 1, 397쪽.

9 오무라 마스오, 「『청년작가』와 제주도 출신의 작가-이영복·양종호에 대하여」, 406쪽.

10 오무라 마스오, 「『청년작가』와 제주도 출신의 작가-이영복·양종호에 대하여」, 409쪽.

11 오무라 마스오, 「『청년작가』와 제주도 출신의 작가-이영복·양종호에 대하여」, 410쪽.

12 大村益夫, 「訳者解説」, 林鍾国, 大村益夫 訳, 『親日文学論』, 高麗書林, 1976, xiv쪽.

13 윤대석, 「오무라 마스오를 따라 일제 말기 제주 문학 읽기」, 28쪽.

14 오무라 마스오, 「제주문학을 생각한다」, 389쪽.

15 윤대석, 「오무라 마스오를 따라 일제 말기 제주 문학 읽기」, 14~29쪽.

제9장 '친일문학'의 속죄와 책임

1 오무라 마스오, 정선태 역, 「잊혀져버린 김용제」(『北海道新聞』 2001.7.10), 오무라 마스오 저작집 5, 24쪽.

2 大村益夫, 「詩人·金竜済の軌跡」, 『季刊三千里』 11, 三千里社, 1977.8, 186~187쪽.

3 大村益夫, 「詩人·金竜済の軌跡」, 191쪽.

4 김용제, 「고백적 친일문학론-오무라 교수에게 답하는 위장 친일문학의 진상」, 『한국문학』, 1978.8, 253~254쪽.

5 임종국, 『친일문학론』(평화출판사, 1966), 이건제 교주, 민족문제연구소, 2013, 22쪽.

6 오무라 마스오 저작집 2, 24쪽.

7	오무라 마스오,「시인 김용제 연구—부보(訃報)와 신발견 자료(詩人金竜済研究—訃報と新資料発見)」(『世界文学』80, 1994.12), 오무라 마스오 저작집 1, 367쪽.

8	竹内好,「近代主義と民族の問題」(『文学』, 1951.9),『竹内好全集』7, 筑摩書房, 1981, 35~36쪽; 다케우치 요시미, 윤여일 역,「근대주의와 민족의 문제」,『일본 이데올로기』, 돌베개, 2017, 244~246쪽.

9	竹内好,「屈辱の事件」(『世界』, 1953.8),『竹内好全集』13, 筑摩書房, 1981, 77~79쪽; 다케우치 요시미, 윤여일 역,「굴욕의 사건」, 마루카와 데쓰시·스즈키 마사히사 편,『다케우치 요시미 선집 1—고뇌하는 일본』, 30~31쪽.

10	김용제,「사랑하는 대륙이여(愛する大陸よ)」(『ナップ』, 1931.10), 오무라 마스오 저작집 2, 236~237쪽.

11	林房雄,「新しき朝鮮」,『大陸』2(2), 1939.2, 338쪽.

12	金村龍濟,「日本への愛執」,『國民文學』1942.7, 26쪽.

13	임종국,『친일문학론』, 249쪽.

14	오무라 마스오 저작집 2, 127쪽.

15	金龍濟,「亞細亞の詩」(1939),『亞細亞詩集』, 大同出版社, 1942, 26쪽; 김용제,「아세아의 시」, 오무라 마스오 저작집 2, 128쪽.

16	金龍濟,「風の言葉」(1940),『亞細亞詩集』, 145쪽; 김용제,「바람의 언어」, 오무라 마스오 저작집 2, 130쪽.

17	오무라 마스오 저작집 2, 132쪽.

18	쓰루미 슌스케, 최영호 역,『전향』, 논형, 2005, 33쪽.

19	오무라 마스오 저작집 2, 157쪽.

20	竹内好,「近代とは何か—日本と中国の場合」(「中国の近代と日本の近代—魯迅を手がかりとして」,『東洋文化講座 3—東洋的社会倫理の性格』, 白日書院, 1948),『竹内好全集』4, 筑摩書房, 1980, 162~163쪽; 다케우치 요시미, 윤여일 역,「근대란 무엇인가—일본과 중국의 경우」(1948), 마루카와 데쓰시·스즈키 마사히사 편,『다케우치 요시미 선집 2—내재하는 아시아』, 휴머니스트, 2011, 257쪽.

21	竹内好,「日本共産党論(その一)」(「日本共産党に与う」,『展望』, 1950.4),『竹内好全集』6, 筑摩書房, 1980, 141쪽; 다케우치 요시미, 윤여일 역,「일본공산당 비판1」,『일본 이데올로기』, 돌베개, 2017, 35쪽.

22	森活 他,「國民文學の一年を語る」,『國民文學』, 1942.11, 96쪽; 모리 히로시 외,「국민문학의 1년을 말하다」, 문경연 외역,『좌담회로 읽는『국민문학』』, 소명출판, 2010, 298쪽. 스기모토의 발언.

23	김용제,「고백적 친일문학론—오무라 교수에게 답하는 위장 친일문학의 진상」, 264~269쪽.

24	요네타니 마사후미, 조은미 역,『아시아 / 일본』, 그린비, 2010, 164~165쪽.

25	오무라 마스오 저작집 2, 164~165쪽.

26	오무라 마스오 저작집 2, 169쪽.

27 오무라 마스오 저작집 2, 171쪽.

28 松田利彦,『東亜連盟運動と朝鮮・朝鮮人―日中戦争期における植民地帝国日本の断面』, 有志舍, 2015, 72~82쪽.

29 오무라 마스오, 심원섭 역, 「책머리에」, 오무라 마스오 저작집 2, 9쪽.

30 류준필, 「한국학의 동아시아적 지평에 대하여」, 『비교한국학』 23(2), 국제비교한국학회, 2015, 593쪽을 참조하여 서술한 문장이다.

31 오무라 마스오 저작집 2, 159쪽.

32 오무라 마스오, 심원섭 역, 「제2회 대동아문학자대회와 김용제」(충남대, 2011.9.3), 오무라 마스오 저작집 3, 71쪽.

33 오무라 마스오, 심원섭 역, 「제2회 대동아문학자대회와 김용제」, 72쪽.

34 정종현, 「오무라 마스오의 '프로문학' 연구」, 『한국학연구』 73, 인하대 한국학연구소, 2024, 61~63쪽.

35 심원섭, 「역자 후기」, 오무라 마스오 저작집 2, 201~202쪽.

36 오무라 마스오 저작집 2, 192~193쪽.

37 정종현, 「오무라 마스오의 '프로문학' 연구」, 59~60쪽.

38 오무라 마스오 저작집 2, 199쪽.

39 오무라 마스오, 「시인 김용제 연구―부보(訃報)와 신발견 자료」, 346~347・355쪽.

40 최인호, 「가족 (227)―사랑하는 나의 대륙아」, 『샘터』, 샘터사, 1994.8, 89쪽

41 오무라 마스오 저작집 2, 159쪽.

42 최인호, 「가족 (227)―사랑하는 나의 대륙아」, 90쪽.

목소리 7_ 한국의 지식인 – 뿌리 깊게 남은 일본에 대한 거부 반응 (1973)

1 金達寿, 「朴達の裁判」, 『新日本文学』, 1958.11; 김달수, 임규찬 역, 「박달의 재판」, 『박달의 재판』, 연구사, 1989.

목소리 8_ 서울의 도서관들 (1988)

1 신언준과 루쉰의 교류에 관해서는 신언준, 「중국의 대문호 노신 방문기」, 민두기 편, 『신언준 현대 중국 관계 논설선』, 문학과지성사, 2000; 민두기, 「신언준(1904~38)과 격동중국(1927~35)의 현장 보고」, 『시간과의 경쟁―동아시아 근현대사 논집』, 연세대출판부, 2001; 홍석표, 「루쉰의 근대적 '조선' 인식」, 『근대 한중 교류의 기원―문학과 사상 그리고 학문의 교섭』, 이화여대출판문화원, 2015; 홍석표, 「신언준과 카라시마 타케시의 루쉰 방문과 루쉰 형상화」, 『루쉰과 근대 한국―동아시아 공존을 위한 상상』, 이화여대출판문화원, 2017 참조.

2 大村益夫, 「尹東柱の事跡について」, 『朝鮮学報』 121, 朝鮮学会, 1986.10, 133~159쪽; 오무라 마스오, 윤인석 역, 「윤동주의 사적 조사보고」, 『문학사상』, 문학사상사, 1987.5, 134~149쪽.

3 서지학자 김근수에 관해서는 정진석, 「김근수―목록집 발간, 잡지학회 창립, 연구소 운

영」,『책 잡지 신문 자료의 수호자-지식의 보물창고를 지키고 탐험로를 개척한 사람들』, 소명출판, 2015 참조.

제5부 동아시아의 평범한 사람을 위한 열린 한국문학
제10장 식민주의와 냉전의 경계를 넘어서는 한국문학

1 에드워드 사이드, 김정하 역,『저항의 인문학-인문주의와 민주적 비판』, 83쪽을 참조하여 서술한 문장이다.

2 홍종욱, 「일본 지식인의 근대화론 비판과 민중의 발견-다케우치 요시미와 가지무라 히데키를 중심으로」,『사학연구』125, 한국사학회, 2017, 122~123쪽.

3 오무라 마스오, 곽형덕 역, 「김학철 선생님에 대해서」(1990), 오무라 마스오 저작집 4, 188쪽.

4 오무라 마스오, 「일본에서의 남북한문학의 연구 및 번역 상황」(『한국문학』, 1992.3·4 ~5·6), 오무라 마스오 저작집 1, 618쪽.

5 오무라 마스오, 「일본에서의 남북한문학의 연구 및 번역 상황」, 634~635쪽.

6 오무라 마스오, 「일본에서의 남북한문학의 연구 및 번역 상황」, 635~636쪽.

7 김지윤, 「1980년대 동아시아 고대사 논쟁과 최인호의 역사소설-『잃어버린 왕국』과 몇 개의 '이본(異本)'들」,『상허학보』58, 상허학회, 2020, 169~180쪽 참조.

8 오무라 마스오, 곽형덕 역, 「NHK '한글 강좌'가 시작되기까지(NHKハングル講座が 始めるまで)」(『早稲田大学語学教育研究所三十年記念論文集』, 早稲田大学語学教育 研究所, 1992), 오무라 마스오 저작집 4, 29쪽.

9 오무라 마스오, 곽형덕 역, 「NHK '한글 강좌'가 시작되기까지」, 34쪽.

10 「'한국어 강좌'를 '조선어 강좌'로」,『조선일보』1981.7.4.

11 오무라 마스오, 곽형덕 역, 「NHK '한글 강좌'가 시작되기까지」, 39쪽.

12 이현복, 「한국어와 조선어의 슬픈 싸움」,『한글 새 소식』109, 한글학회, 1981.9, 2~3쪽.

13 오무라 마스오, 곽형덕 역, 「NHK '한글 강좌'가 시작되기까지」, 37쪽.

14 오무라 마스오, 곽형덕 역, 「NHK '한글 강좌'가 시작되기까지」, 28쪽.

15 오무라 마스오, 곽형덕 역, 「NHK '한글 강좌'가 시작되기까지」, 46쪽.

16 오무라 마스오, 곽형덕 역, 「NHK '한글 강좌'가 시작되기까지」, 45쪽.

17 오무라 마스오, 곽형덕 역, 「NHK '한글 강좌'가 시작되기까지」, 53쪽.

18 김응교,『백년 동안의 증언-간토대지진, 혐오와 국가폭력』, 책읽는고양이, 2023, 212쪽.

19 채금옥, 「애국시인 윤동주」,『금수강산』루계 제111호, 1998년 제11호, 16~17쪽; 최현식, 「북한에서 동주 시의 발명과 환대의 방법」,『지구적세계문학』24, 지구적세계문학, 2024, 284~295쪽.

20 오무라 마스오, 곽형덕 역, 「연변 생활기」(『季刊三千里』47~50, 1986.秋~1987.夏), 오무라 마스오 저작집 4, 438쪽.

21 오무라 마스오, 곽형덕 역, 「연변 생활기」, 439쪽.

22 김재용, 「분단 비극과 남북 통합의 상징-정지용」,『지구적세계문학』18, 지구적세계문

학, 2021, 272~273쪽.

23 김일성, 『세기와 더불어』 5, 조선로동당출판사, 1994, 52쪽.

24 김정일, 『주체문학론』, 조선로동당출판사, 1992, 77쪽.

25 오무라 마스오, 「90년대 북한의 프로문학 연구」(『문학평론』 2, 1997.6), 오무라 마스오 저작집 1, 438~441쪽.

26 竹内好, 「解說」, 毛沢東, 竹内好 訳, 『文芸講話』, 岩波書店, 1956, 76쪽.

27 오무라 마스오, 「90년대 북한의 프로문학 연구」, 443쪽.

28 오무라 마스오, 「90년대 북한의 프로문학 연구」, 448~449쪽.

29 이상경, 「남북 상호 소통의 역사 – 한결같이 사랑을 받은 강경애」, 『지구적세계문학』 18, 지구적세계문학, 2021, 375~396쪽.

30 오무라 마스오, 「북한의 문학선집 출판 현황」(『한길문학』 2, 1990.6), 오무라 마스오 저작집 1, 460쪽.

31 장문석, 「북으로 간 심훈과 채만식 – 북한 『현대조선문학선집』의 '해금 작가' 연구 서설」, 『한국학연구』 67, 인하대 한국학연구소, 2022, 118~128쪽.

32 남원진, 「북조선 정전집, '현대조선문학선집' 연구 서설 – 1980년대 중반 이후 현대조선문학선집(1~53)(1987~2011)을 중심으로」, 『통일정책연구』 26(1), 통일연구원, 2017, 141~145쪽; 이상숙, 「북한문학 속의 김소월 1」, 『한국학연구』 67, 인하대 한국학연구소, 2022, 53~55쪽; 최현식, 「한용운·유산과 전통·애국주의」, 『한국학연구』 66, 인하대 한국학연구소, 2022, 246~255쪽.

33 오무라 마스오, 「북한의 문학선집 출판 현황」(『한길문학』 2, 1990.6), 오무라 마스오 저작집 1, 469쪽.

34 장문석·최경희, 「북한의 '세계문학' 인식과 『세계문학선집』」, 『통일과평화』 15(1), 서울대 통일평화연구원, 2023, 120쪽.

35 오무라 마스오, 「북한의 문학선집 출판 현황」(『한길문학』 2, 1990.6), 오무라 마스오 저작집 1, 463쪽.

36 오무라 마스오, 정선태 역, 「네 종류의 선집과 북한의 문화적 수준」(『北海道新聞』, 2003.5.20), 오무라 마스오 저작집 5, 39~40쪽.

37 오무라 마스오, 정선태 역, 「겸허하게 살아가는 서민들」(『北海道新聞』, 2002.11.26), 오무라 마스오 저작집 5, 35~36쪽.

38 大村益夫, 「まえかき」, 大村益夫 編訳, 『對訳 詩で学ぶ朝鮮の心』, 青丘文化社, 1998, 4~5쪽.

39 김윤식, 「월하의 시 「경건한 정열」 읽기」, 『농경사회 상상력과 유랑민의 상상력』, 문학동네, 1999, 83쪽.

40 大村益夫, 「朝鮮近代詩史ノート – 解說をかえて」, 大村益夫 編訳, 『對訳 詩で学ぶ朝鮮の心』, 244~245쪽.

41 大村益夫 編訳, 『對訳 詩で学ぶ朝鮮の心』, 81쪽.

42 김윤식, 「임화와 김남천 – '물논쟁'에서 '문학가동맹' 조직까지」, 『문학사상』, 1988.10,

279~301쪽; 김윤식, 「임화와 박영희-월북문인 연구」, 『문학사상』, 1988.11, 220~250쪽; 김윤식, 「임화와 이북만-누이 콤플렉스에 대하여, 월북문인 연구 2」, 『문학사상』, 1988.12, 273~324쪽; 김윤식, 『임화 연구』, 문학사상사, 1989.
43   김응교, 『백년동안의 증언-간토대지진, 혐오와 국가폭력』, 216쪽.
44   大村益夫, 「訳者解説」, 林鍾国, 大村益夫 訳, 『親日文学論』, 高麗書林, 1976, xiii~xiv쪽.
45   大村益夫 編訳, 『對訳 詩で学ぶ朝鮮の心』, 106쪽.
46   김윤식, 「월하의 시 「경건한 정열」 읽기」, 94쪽.
47   大村益夫 編訳, 『對訳 詩で学ぶ朝鮮の心』, 137쪽.
48   大村益夫 編訳, 『對訳 詩で学ぶ朝鮮の心』, 166쪽.
49   大村益夫 編訳, 『對訳 詩で学ぶ朝鮮の心』, 128·131쪽. 해방공간 김기림의 문학적 실천이 수행한 근대에 대한 성찰 및 통일에 대한 희구에 관해서는 김재용, 『남북협상과 문인들』, 역사공간, 2024, 226~257쪽 참조.
50   大村益夫, 「朝鮮近代詩史ノート-解説をかえて」, 247쪽.
51   오무라 마스오, 「북한에서의 김조규의 발자취와 그 작품 개작(共和国における金朝奎の足跡と作品改作)」(『朝鮮学報』176·177, 朝鮮学会, 2000), 오무라 마스오 저작집 1, 471쪽.
52   오무라 마스오, 「북한에서의 김조규의 발자취와 그 작품 개작」, 472~481쪽; 大村益夫 編訳, 『對訳 詩で学ぶ朝鮮の心』, 193·197·200·203·219·223·230·232·235·238·240쪽.
53   오무라 마스오, 「북한에서의 김조규의 발자취와 그 작품 개작」, 476쪽, 484~486쪽; 大村益夫 編訳, 『對訳 詩で学ぶ朝鮮の心』, 211쪽.
54   大村益夫, 「朝鮮近代詩史ノート-解説をかえて」, 242쪽.

제11장 한국문학으로 새로운 아시아를 상상하다

1   大村益夫, 「中国訳朝鮮文学作品の目録」, 『朝鮮研究月報』23, 1963.11, 64쪽.
2   이 책의 「제3장_일본조선연구소의 어학문학연구부에서」의 「4. 아카이브 구축의 세 가지 경로」.
3   大村益夫·石川節·小倉尚·樋口雄一, 「朝鮮文学に関する日本語文献目録」, 『朝鮮研究』64, 1967.10, [附錄] 1~2쪽.
4   大村益夫, 「「朝鮮之光」1927.11~1930.1 総目録」, 『朝鮮研究』35, 日本朝鮮研究所, 1964.12, 32~33쪽.
5   大村益夫, 「『朝鮮文学関係日本語文献目録』の編纂」, 『書誌索引展望』8(3), 日本索引家協会, 1984.8, 24~26쪽.
6   大村益夫, 「まえかき」, 大村益夫·任展慧 編, 朝鮮文学関係日本語文献目録」, プリントピア, 1984, [쪽수없음.]
7   오무라 마스오, 「일본에서의 남북한 현대문학의 연구 및 번역 상황」, 613~614쪽.
8   大村益夫, 「ソウルの図書館たち」, 『ふみくら-早稲田大学図書館報』13, 早稲田大学

図書館, 1988, 11쪽.

9 大村益夫,「まえかき」, 大村益夫·布袋敏博 編,『朝鮮文学関係日本語文献目録－ 1882.4~ 1945.8』, 緑蔭書房, 1997, 1~2쪽.

10 「『近代朝鮮文學日本語作品集(1939~1945) 創作篇』解説」, 大村益夫·布袋敏博 編, 『近代朝鮮文學日本語作品集(1939~1945) 創作篇』6, 緑蔭書房, 2001, 471~472쪽.

11 大村益夫,「解題」,『國民文學』別冊－解題·総目次·索引』, 緑蔭書房, 1998, 18쪽.

12 오무라 마스오 선생님이 저자에게 발송한 전자우편(2021.1.15).

13 김윤식,「월하의 시「경건한 정열」읽기」, 84쪽.

14 大村益夫,「解題」, 17쪽.

15 이 책의「제6장_현해탄을 오간 우정의 역사」의「3. 임종국의 '춘추필법'」.

16 大村益夫,「早稲田出身の朝鮮人文学者」,『語研フォーラム』14, 早稲田大学語学教育 研究所, 2001.

17 하타노 세츠코, 최주한 역,『일본 유학생 작가 연구』, 소명출판, 2011, 12쪽.

18 오무라 마스오,「제2차 세계대전 전의 조선문학과 가나가와(戦前の朝鮮と神奈川)」 (『神奈川と朝鮮の関係史調査報告書』, 神奈川県庁, 1994), 오무라 마스오 저작집 1, 266~268쪽.

19 Öffentlichkeit은 보통 '공공성'으로 번역되지만, 철학 연구자 박서현은 Öffentlichkeit의 어원인 offen가 '열려 있다'라는 의미를 가진다는 것에 주목하여, 그것을 인간 자신에 대한 이해를 넘어서는 초과 혹은 열림의 계기를 강조하기 위해, '열린 공공성'이라는 번역어를 제안하였다. 박서현,「지식커먼즈로서 학술지식의 사회적 가치－열린 공공성을 가지는 공공재」,『상허학보』60, 상허학회, 2020, 754쪽, 주석 3.

20 大村益夫,「Kimjiha 作品翻訳における 語学上の問題点」(『早稲田大学語学教育研究 所紀要』21, 早稲田大学 語学教育研究所, 1980),『朝鮮近代文学と日本』, 緑蔭書房, 2003, 336~337쪽.

21 오무라 마스오,「윤동주의「서시」번역에 대하여」(『言葉のなかの日韓関係』, 立命館大 学コリア研究センター, 2013.4), 오무라 마스오 저작집 4, 24쪽.

22 박서현,「지식커먼즈로서 학술지식의 사회적 가치－열린 공공성을 가지는 공공재」, 753~754쪽을 참조하여 서술한 문장이다.

23 오무라 마스오, 정선태 역,「상호이해, 일본을 앞서다」(『北海道新聞』, 2002.3.19), 오무라 마스오 저작집 5, 29쪽.

24 윤여일,『동아시아 담론－1990~2000년대 한국사상계의 한 단면』, 돌베개, 2016.

25 오무라 마스오, 정선태 역,「뜨거워지는 북한 연구 열기」(『北海道新聞』, 2003.8.5), 오무라 마스오 저작집 5, 15~16쪽.

26 오무라 마스오, 정선태 역,「'분단시대'의 표현을 모색하다」(『北海道新聞』, 2006.1.10), 오무라 마스오 저작집 5, 72쪽.

27 오무라 마스오, 정선태 역,「남북 융합을 위한 교류 진전」(『北海道新聞』, 2004.9.14), 오무라 마스오 저작집 5, 53쪽.

28 오무라 마스오, 정선태 역, 「남북에서 아직까지 불리는 동요」(『北海道新聞』, 2002. 6.18), 오무라 마스오 저작집 5, 32쪽.

29 오무라 마스오, 정선태 역, 「남북을 넘어 평가받는 『인간문제』」(『北海道新聞』, 2004. 12.7), 오무라 마스오 저작집 5, 72쪽.

30 오무라 마스오, 정선태 역, 「지금은 여성들이 동경하는 땅」(『北海道新聞』, 2004.6.29), 오무라 마스오 저작집 5, 72쪽.

31 오무라 마스오, 정선태 역, 「겸허하게 살아가는 서민들」, 35~36쪽; 오무라 마스오, 정선태 역, 「네 종류의 선집과 북한의 문화적 수준」, 39~40쪽.

32 김응교, 『백년 동안의 증언-간토대지진, 혐오와 국가폭력』, 211~212쪽.

33 오무라 마스오, 「남북 융합을 위한 교류 진전」, 54쪽; 오무라 마스오, 정선태 역, 「마음을 씻어주는 서정시」(『北海道新聞』, 2006.6.20), 오무라 마스오 저작집 5, 76~77쪽.

34 오무라 마스오, 정선태 역, 「시정의 애환을 묘사한 김사량」(『北海道新聞』, 2000.9.12), 오무라 마스오 저작집 5, 15~16쪽.

35 김재용·곽형덕 편, 『김사량, 작품과 연구』 1~6, 역락, 2008~2016.

36 장신, 「김사량 초기 연보의 재구성 -가족 관계와 평양고보 맹휴사건을 중심으로」, 『서강인문논총』 63, 서강대 인문과학연구소, 2022, 34~60쪽.

37 곽형덕, 『김사량과 일제 말 식민지문학』, 소명출판, 2017.

38 다카하시 아즈사, 「김사량의 일본어 문학, 그 형성 장소로서의 『문예수도』-'제국'의 미디어를 통한 식민지 출신 작가의 교류」, 『인문논총』 76(1), 서울대 인문학연구원, 2019; 다카하시 아즈사, 「김사량의 조선어 작품 「지기미」와 일본어 작품 「벌레」의 개작 과정에 관한 고찰-조선인 이주 노동자 집단 거주지를 둘러싼 표현의 차이」, 『구보학보』 22, 구보학회, 2019; 다카하시 아즈사, 「이동과 창작언어로부터 본 김사량 문학의 생성-일본과 중국으로의 이동 경험을 중심으로」, 『구보학보』 24, 구보학회, 2020; 다카하시 아즈사, 「김사량의 번역과 일본어 창작에 나타난 '방언'에 관한 고찰」, 『동방학지』 191, 연세대 국학연구원, 2020; 다카하시 아즈사, 「김사량과 여성-중일전쟁기 일본어 소설을 중심으로」, 『상허학보』 68, 상허학회, 2023 참조.

39 김재용, 「한라에서 백두까지-『식민주의와 문학』 출간에 부쳐」, 오무라 마스오 저작집 3, 소명출판, 2017, 239쪽.

40 戶邉秀明, 「ポストコロニアリズムと帝国史究」, 日本植民地研究会 編, 『日本植民地研究の現況と課題』, アテネ, 2008, 60~62쪽; 홍종욱, 「일본 학계의 '제국사' 연구」, 『역사와 현실』 92, 한국역사연구회, 2014, 378~380쪽.

41 오무라 마스오, 서영인 역, 「일본에서의 '만주문학' 연구 상황」(원광대, 2004.4.6), 오무라 마스오 저작집 3, 210쪽.

42 竹内好, 「国の独立と理想」(『思想』, 1952.1), 『竹内好全集』 6, 筑摩書房, 1980, 84~86쪽; 다케우치 요시미, 「나라의 독립과 이상」, 마루카와 데쓰시·스즈키 마사히사 편, 『다케우치 요시미 선집 1-고뇌하는 일본』, 휴머니스트, 2011, 98~100쪽.

43 요네타니 마사후미, 조은미 역, 『아시아/일본』, 그린비, 2010, 165~168·189~190쪽.

44 尾崎秀樹, 『旧植民地文学の研究』, 勁草書房, 1971, 335쪽.

45 오무라 마스오, 서영인 역, 「일본에서의 '만주문학' 연구 상황」, 236~237쪽.

46 오무라 마스오, 서영인 역, 「대동아문학자대회에 참가한 사람, 하지 않은 사람」(한국과학기술원, 2010.12.4), 오무라 마스오 저작집 3, 98쪽.

47 竹内好, 「大東亜文学者大会について」(『中国文学』, 1942.11), 『竹内好全集』 14, 筑摩書房, 1981, 436쪽; 다케우치 요시미, 윤여일 역, 「대동아문학가대회에 관하여」, 마루카와 데쓰시·스즈키 마사히사 편, 『다케우치 요시미 선집 1 – 고뇌하는 일본』, 66쪽.

48 竹内好, 「『中国文学』の廃刊と私」(『中国文学』, 1943.3), 『竹内好全集』 14, 筑摩書房, 1981, 447쪽; 다케우치 요시미, 윤여일 역, 「『중국문학』 폐간과 나」, 마루카와 데쓰시·스즈키 마사히사 편, 『다케우치 요시미 선집 1 – 고뇌하는 일본』, 69쪽.

49 요네타니 마사후미, 장문석 역, 「'제국'의 미디어와 문화공작의 네트워크 – 중일전쟁기의 문화항쟁」, 『동아문화』 59, 서울대 동아문화연구소, 2021, 199쪽.

50 오무라 마스오, 서영인 역, 「대동아문학자대회에 참가한 사람, 하지 않은 사람」, 94쪽.

51 竹内好, 「大東亜戦争と吾等の決意(宣言)」(『中国文学』, 1942.1), 『竹内好全集』 14, 筑摩書房, 1981, 297쪽; 다케우치 요시미, 윤여일 역, 「대동아전쟁과 우리의 결의」, 마루카와 데쓰시·스즈키 마사히사 편, 『다케우치 요시미 선집 1 – 고뇌하는 일본』, 60~61쪽.

52 오무라 마스오, 서영인 역, 「대동아문학자대회에 참가한 사람, 하지 않은 사람」, 96쪽.

53 오무라 마스오, 심원섭 역, 「제2회 대동아문학자대회와 김용제」(충남대, 2011.9.3), 오무라 마스오 저작집 3, 82쪽.

54 오무라 마스오, 서영인 역, 「대동아문학자대회에 참가한 사람, 하지 않은 사람」, 95~96쪽.

55 竹内好, 「日本のアジア観」(合同通信社配信, 1964.1), 『竹内好全集』 5, 筑摩書房, 1981, 118쪽; 다케우치 요시미, 서광덕·백지운 역, 「일본의 아시아관」, 『일본과 아시아』, 소명출판, 2004, 205쪽.

56 오무라 마스오, 서영인 역, 「서문」, 오무라 마스오 저작집 3, 6쪽.

목소리 11_ [소감] 제28회 용재상 수상소감 (2022)

1 오무라 마스오, 「윤동주의 일본체험 – 독서력을 중심으로」(『두레사상』 5, 1996.겨울), 오무라 마스오 저작집 1, 72쪽.

제6부 한국문학, 혹은 먼저 도착한 미래의 약속
제12장 영원히 오지 않은 날을 기다리며 조선문학을 권하다

1 요네타니 마사후미, 조은미 역, 『아시아/일본』, 그린비, 2010, 19쪽 및 48쪽.

2 곽형덕, 「조선문학 연구자 오무라 마스오의 삶과 문학 1」(인터뷰, 『태백』 2017.8), 오무라 마스오 저작집 6, 446쪽; 곽형덕 편, 『오무라 마스오와 한국문학』, 소명출판, 2024, 227쪽.

3 류준필, 「한국학의 동아시아적 지평에 대하여」, 『비교한국학』 23(2), 국제비교한국학회, 2015, 593쪽.

4   요네타니 마사후미, 조기은 역, 「포스트 동아시아, 새로운 연대의 조건」, 우카이 사토시·천꽝싱·쑨거·권혁태 외, 연구공간 '수유+너머' 번역네트워크 역, 『반일과 동아시아－반일이라는 사상과제』, 소명출판, 2005, 91쪽.

5   곽형덕 편, 『오무라 마스오와 한국문학』, 134쪽.

6   오무라 마스오, 정선태 역, 「각광받지 못하는 초조함」(『北海道新聞』, 2004.4.6), 오무라 마스오 저작집 5, 49쪽.

7   渡辺直紀, 「大村益夫先生のこと」, 『植民地文化研究－資料と分析』 22, 植民地文化研究会, 2024, 160~161쪽.

8   姜敬愛, 大村益夫 訳, 『朝鮮近代文学選集 2－人間問題』, 平凡社, 2006; 李箕永, 大村益夫 訳, 『朝鮮近代文学選集 8－故郷』, 平凡社, 2017.

9   大村益夫, 「解說」, 姜敬愛, 大村益夫 訳, 『朝鮮近代文学選集 2－人間問題』, 384~385쪽.

10 이 책의 「목소리 8_ 서울의 도서관들」.

11 大村益夫 編訳, 『對訳 詩で学ぶ朝鮮の心』, 青丘文化社, 1998, 137쪽.

12 大村益夫 編訳, 『對訳 詩で学ぶ朝鮮の心』, 81쪽.

13 「한국문학번역상에 이기영의 '고향' 옮긴 오무라 마스오」, 『한겨레』, 2018.12.10.

14 프랑스의 시각에서 한국문학을 다양하게 해석한 사례에 관해서는 정우경·이가은, 「한국문학 프랑스어 번역출판 연구(1)－악트 쉬드(Actes Sud) '한국문학총서'를 중심으로」, 『상허학보』 71, 상허학회, 2024 참조.

15 「윤동주 묘 찾아낸 오무라 마스오, 자료 2만점 한국에 기증－대표적 국외 한국문학 연구자 … 유족이 국립한국문학관에」, 『한겨레』, 2023.8.16.

16 오무라 마스오, 「윤동주의 「서시」 번역에 대하여(「尹東柱「序詩」の翻訳について」(『言葉のなかの日韓関係』, 立命館大学コリア研究センター, 2013.4), 오무라 마스오 저작집 4, 23~24쪽.

17 곽형덕 편, 『오무라 마스오와 한국문학』, 225쪽.

18 柳忠熙, 「韓国－当事者の文学から外国文学へ変化するコリアン・リテラチャー」, 今橋映子 他 編, 『比較文学比較文化ハンドブック』, 東京大学出版会, 2024, 181쪽.

19 사에구사 도시카쓰, 심원섭 역, 「한국문학. 읽지 않아도 되는 까닭－좀비들 세계에서의」, 『사에구사 교수의 한국문학 연구』, 베틀북, 2000, 11쪽.

20 渡辺直紀, 「大村益夫先生のこと」, 『植民地文化研究－資料と分析』 22, 植民地文化研究会, 2024, 160~161쪽.

21 임헌영, 「『윤동주와 한국근대문학』 발간의 의미」, 오무라 마스오 저작집 1, 10~14쪽.

22 「윤동주의 묘를 처음 발견하고, 사적을 발굴 조사해 온 오무라 마스오 와세다대학 명예교수」(『출판저널』 499, 2017.8), 오무라 마스오 저작집 6, 421쪽.

23 오무라 마스오, 「탐라 이야기(解說)」(『耽羅のくにの物語－済州島文学選』, 高麗書林, 1996), 오무라 마스오 저작집 1, 414쪽.

24 홍종욱 외, 「전시기 조선 지식인의 전향」, 『역사문제연구』 28, 역사문제연구소, 2012, 373~374쪽 참조.

25 한수영, 「'한국학'의 존재론 – '한국학'이라는 기표의 낯섦과 익숙함에 관한 몇 가지 생각들」, 연세대 근대한국학연구소 국제학술대회『한국학의 한 세기를 다시 생각한다』, 연세대 근대한국학연구소, 2024.7.11~12, 11쪽을 참조하여 서술한 문장이다.

26 심원섭, 「어느 빛에 대하여 – 오무라 마스오 선생 동행기」, 『문학인』 9, 소명출판, 2023, 33쪽.

27 郭炯德, 「青い屋根の家で – 大村益夫先生を想う」, 『植民地文化研究 – 資料と分析』 22, 149쪽.

28 竹内好, 「方法としてのアジア」(『思想史の方法と対象』, 創文社, 1961.11), 『竹内好全集』 5, 筑摩書房, 1981, 102~103쪽; 다케우치 요시미, 윤여일 역, 「방법으로서의 아시아」, 마루카와 데쓰시·스즈키 마사히사 편, 『다케우치 요시미 선집 2 – 내재하는 아시아』, 휴머니스트, 2011, 49쪽.

29 竹内好, 「日本のアジア観」(合同通信社配信, 1964.1), 『竹内好全集』 5, 筑摩書房, 1981, 118쪽; 다케우치 요시미, 서광덕·백지운 역, 「일본의 아시아관」, 『일본과 아시아』, 소명출판, 2004, 205쪽 참조.

30 김응교, 『백년 동안의 증언 – 간토대지진, 혐오와 국가폭력』, 책읽는고양이, 2023, 214쪽.

31 이 책의 「목소리11_ 제28회 용재상 수상소감」.

32 곽형덕, 「조선문학 연구자 오무라 마스오의 삶과 문학 2」(인터뷰, 2017.11.12 및 2017.12.28), 오무라 마스오 저작집 6, 461~462쪽; 곽형덕 편, 『오무라 마스오와 한국문학』, 203쪽.

33 오무라 마스오, 정선태 역, 「지금은 여성들이 동경하는 땅」(『北海道新聞』, 2004.6.29), 오무라 마스오 저작집 5, 72쪽.

34 오무라 마스오, 「한국문학에서 일본은 무엇인가」, 182쪽.

35 柳忠熙, 「韓国 – 当事者の文学から外国文学へ変化するコリアン·リテラチャー」, 181쪽.

36 竹内好, 「朝鮮語のすすめ」(『アジア女性交流史研究』 7, 1970.9), 『竹内好全集』 5, 筑摩書房, 1981, 237~238쪽; 다케우치 요시미, 윤여일 역, 「조선어를 권함」, 마루카와 데쓰시·스즈키 마사히사 편, 『다케우치 요시미 선집 2 – 내재하는 아시아』, 휴머니스트, 2011, 460~461쪽.

37 이 책의 「목소리4_ 조선어를 권함」.

38 오무라 마스오, 「한국문학에서 일본은 무엇인가」, 182쪽.

39 오무라 마스오, 「나와 조선(わたしと朝鮮)」(『朝陽』 2, 1963.3), 오무라 마스오 저작집 1, 693쪽.

40 오무라 마스오, 「나와 조선」, 694쪽.

41 루쉰, 이육사 역, 「고향」(『조광』 1936.12), 홍석표 주해, 『이육사의 중국 평론과 번역』, 소명출판, 2022, 216쪽.

목소리 12_ 1960~1970년대 일본의 한국문학 연구와 '조선문학의 회' – 오무라 마스오 선생님께 여쭈어보다 (2015)

1　「독점발굴－북한에서 '미제간첩'으로 몰린 임화의 마지막 시집 『너 어느곳에 있느냐』」, 『한길문학』, 한길사, 1992.여름; 이경훈, 「전쟁을 시쓰기－임화 시집 『너 어느곳에 있느냐』에 대하여」, 『한길문학』, 한길사, 1992.여름. 해제에는 발굴 과정에서 와세다대학 오무라 마스오(大村益夫) 교수와 동경외대 사에구사 도시카쓰(三枝壽勝) 교수의 도움을 받았다고 기록하고 있다.

2　김윤식, 「임화 연구－비평가론 기7」, 『논문집－인문·사회과학』 4, 서울대 교양과정부, 1972, 18쪽, 주석 29; 김윤식, 『한국근대문예비평사연구』, 한얼문고, 1973, 585쪽, 주석 29.

3　오무라 마스오, 「일본에서의 남북한 현대문학의 연구 및 번역 상황」(『한국문학』, 1992. 3·4~5·6), 오무라 마스오 저작집 1, 621쪽.

4　이 책의 「목소리 5_ 수줍음 많은 이－가지무라 히데키 회상」.

5　1971년 4월 22일(목) 김윤식의 일기에 따르면, 그날 저녁 그는 오무라 마스오, 다나카 아키라 등 일본의 한국문학 연구자를 만난다. "신주쿠 니시구치(西口) 서울 할머니 집 가서 한식 먹고 종업원 여자(뚱뚱한)가 이진우(일인 여학생 살해사건 당사자) 누이라는 것. 그때 오무라 등이 애썼다는 것. 여러 가지 일본 이야기 하다가 10시 넘어 야마테 선으로 돌아오다."(김윤식, 『지상의 빵과 천상의 빵』, 솔, 1995, 402쪽.)

6　金思燁·趙演鉉, 『朝鮮文学史』, 北望社, 1971.

7　竹内好, 「朝鮮語のすすめ」(『アジア女性交流史研究』 7, 1970.9), 『竹内好全集』 5, 筑摩書房, 1981, 235~238쪽; 다케우치 요시미, 윤여일 역, 「조선어를 권함」, 마루카와 데쓰시·스즈키 마사히사 편, 『다케우치 요시미 선집 2－내재하는 아시아』, 휴머니스트, 2011, 458~461쪽.

8　김윤식 역시 '조선문학의 회'가 일본인들의 모임이며, 남과 북 양쪽에 균형적인 입장을 가진 모임임을 회고하였다. "순수한 일본인으로 조선문학 연구모임을 결성한 점에 미루어 볼 때 더욱 그러한 느낌이 강하게 왔다. 그동안 조선문학 연구 및 소식을 맡은 쪽은, 당연히도 재일교포 논객들이었다. 그들만이 제일 잘 안다고 믿었던 풍토 속에서 솟아오른 조선문학 연구 모임은 남북 어느 쪽에 편들 이치가 없었다."(김윤식, 『내가 읽고 만난 일본』, 그린비, 2012, 688쪽.)

9　김윤식, 『비도 눈도 내리지 않는 시나가와 역』, 솔, 2004, 218쪽.

10　오무라 마스오, 「기쁨과 당혹과－『조선문학－소개와 연구』 창간호를 내고(喜びと, ともどいと－創刊号を出して)」(『朝鮮文学－紹介と研究』 2, 1971.3), 오무라 마스오 저작집 1, 698~704쪽.

11　오무라 마스오, 「기쁨과 당혹과－『조선문학－소개와 연구』 창간호를 내고」, 703~704쪽.

12　오무라 마스오, 「일본에서의 남북한 현대문학의 연구 및 번역 상황」, 622쪽.

13　田中明, 「鮮于輝さんを失って」, 『現代コリア』 264, 現代コリア研究所, 1986.9, 55~57쪽.

14 金宇鍾, 長璋吉 訳註, 『韓国現代小説史』, 竜渓書舎, 1975.

15 김윤식, 『비도 눈도 내리지 않는 시나가와 역』, 19~20·218~219쪽.

16 김윤식은 1차 일본 유학에서 돌아온 후, 『백금학보(白金学報)』 제19호에 실린 「사랑인
가(愛か)」를 번역하여 해설과 함께 한국의 지면에 발표한다(『독서신문』, 1971.12.5).
이후 「사랑인가」를 「산사 사람들」과 함께 『문학사상』(1981.2)에도 재수록하였다(김윤
식, 『내가 읽고 만난 일본』, 736쪽). 오무라 마스오 역시 같은 시기에 「자료소개－일본
유학시대의 이광수(資料紹介－日本留学時代の李光洙)」를 『조선문학－소개와 연구』
제5호(1971.12)에 발표한다. 이 글은 메이지학원(明治学院) 시절 『백금학보』 제19호
에 실린 「사랑인가」와 성적표, 그리고 와세다 시절 학적부와 성적표 등을 소개하였다.

17 일본 유학에서 돌아온 김윤식이 자료의 보충과 이론의 보완을 거쳐 첫 연구서 『한국근
대문예비평사연구』(한얼문고, 1973)를 간행하자, 일본의 연구자들은 이 책을 읽었다.
"나의 학위논문이기도 한 이 책이 오무라 교수 주도의 조선문학연구회('조선문학의 회'
－인용자)에서 텍스트로 한동안 사용된 바 있음을 나는 알고 있었다. 책 구입 수표까지
온 바 있었던 것이며 또 그들이 질의응답도 우편으로 여러 번 한 바 있었음을 기억해 냈
다." 김윤식, 『내가 읽고 만난 일본』, 687~688쪽.

18 1971년 4월 22일(목) 김윤식의 일기에 따르면, 그는 와세다대학 법학부 오무라 마스오
교수의 연구실에서, 오무라 마스오, 다나카 아키라, 조 쇼키치 등을 만나, 한국어와 일본
어를 섞어가며 1시간 가량 한국문학에 관해 강의하였다. 김윤식, 『지상의 빵과 천상의
빵』, 402쪽.

19 「さらんばん」, 『朝鮮文学－紹介と研究』 4, 朝鮮文学の会, 1971.9, 68쪽.

20 「さらんばん」, 『朝鮮文学－紹介と研究』 7, 朝鮮文学の会, 1972.7, 63~65쪽.

21 김윤식, 『비도 눈도 내리지 않는 시나가와 역』, 12~13쪽.

22 오무라 마스오, 「임종국 선생님을 그리며」(『실천문학』 81, 2006.봄), 오무라 마스오 저
작집 5, 131~144쪽.

23 오무라 마스오, 「임종국 선생님을 그리며」, 131~134쪽.

24 오무라 마스오, 「한국문학에서 일본은 무엇인가」(대담, 『한국문학평론』, 1998.가을),
오무라 마스오 저작집 4, 154쪽.

25 이토 아비토, 임경택 역, 『그리운 한국마을』, 일조각, 2010, 175~177쪽.

26 이토 아비토, 『그리운 한국마을』, 43쪽.

27 大村益夫, 「文学史をめぐる二、三の問題」, 『コリア評論』 25, 民族問題研究所, コリア
評論社, 1982.5, 34~43쪽.

28 이 책의 「목소리3_『북의 시인』 해설」.

29 和田春樹, 「『北の詩人』ノート」, 『松本清張研究』 12, 北九州市立松本清張記念館,
2011.3.

30 오무라 마스오, 「진군 나팔소리는 들리지 않는다(進軍ラッパは聞こえない)」(『朝鮮文
学－紹介と研究』 1, 1970.12), 오무라 마스오 저작집 1, 697쪽.

장문석의 목소리_ "이 아해들에게 장난감을 주라" – 책장을 덮으며

1   이상, 「이 兒孩들에게 장난감을 주라」(김수영 역, 『현대문학』 1960.12), 김주현 주해, 『증보 정본 이상문학전집 3 – 수필·기타』, 소명출판, 2009, 162~166쪽.

이상경의 목소리 · 다카하시 아즈사의 목소리
    – 희망이란 것, 지상에 길과 같은 것, 왕래하는 사람이 많아지면,

1   루쉰, 이육사 역, 「고향」(『조광』 1936.12), 홍석표 주해, 『이육사의 중국 평론과 번역』, 소명출판, 2022, 216쪽.

참고문헌

1. 기본자료

(1) 오무라 마스오

오무라 마스오, 『오무라 마스오 저작집 1 ─ 윤동주와 한국근대문학』, 소명출판, 2016.

__________, 심원섭 역, 『오무라 마스오 저작집 2 ─ 사랑하는 대륙이여 ─ 시인 김용제 연구』, 소명출판, 2016.

__________, 서영인 역, 『오무라 마스오 저작집 3 ─ 식민주의와 문학』, 소명출판, 2017.

__________, 곽형덕 역, 『오무라 마스오 저작집 4 ─ 한국문학의 동아시아적 지평』, 소명출판, 2017.

__________, 정선태 역, 『오무라 마스오 저작집 5 ─ 한일 상호이해의 길』, 소명출판, 2017.

편집부 편, 『오무라 마스오 저작집 6 ─ 오무라 마스오 문학앨범』, 소명출판, 2018.

곽형덕 편, 『오무라 마스오와 한국문학』, 소명출판, 2024.

오무라 마스오, 심원섭 역, 「윤동주 시의 일본어 번역 ─ 「서시(序詩)」를 중심으로」, 『비교한국학』 26(2), 국제비교한국학회, 2016.

__________, 「제16회 한국문학번역상(문화체육관광부 장관상) 수상소감」, 『2018 LTI KOREA AWARDS』, 한국문학번역원, 2018.

__________, 「제28회 용재상 수상소감」, 연세대학교, 2022.11.21.

왕신영·심원섭·오무라 마스오·윤인석 편, 『사진판 윤동주 자필 시고전집』, 민음사, 2002.

심원섭, 「오무라 마스오(大村益夫) 교수를 찾아서」, 『문학과의식』 73, 문학과의식사, 2008. 여름.

大村益夫, 「訳者解説 ─ 脱出記」, 『柿の会月報』 21, 柿の会編集部, 1962.6.

__________, 「解放後の朝鮮文学(上)」, 『柿の会月報』 24, 柿の会編集部, 1962.11.

__________, 「「朝鮮之光」 1927.11~1930.1 総目録」, 『朝鮮研究』 35, 日本朝鮮研究所, 1964.12.

__________, 「カップについて」, 『朝鮮研究』 35, 日本朝鮮研究所, 1964.12.

大村益夫,「「朝鮮之光」1927.11~1930.1 総目録」,『朝鮮研究』35, 日本朝鮮研究所, 1964.12.

________,「1920年代の朝鮮文学－プロレタリア文学と「民族主義文学」」,『文学』33(11), 岩波書店, 1965.11.

________,「作者紹介－洛東江」,『朝鮮研究』55, 日本朝鮮研究所, 1966.10.

________,「作者紹介－脱出記」,『朝鮮研究』56, 日本朝鮮研究所, 1966.11.

________,「解放後の林和」,『社会科学討究』13(1), 早稲田大学社会科学研究所, 1967.6.

________,「金日成の文芸論」,『朝鮮研究』64, 日本朝鮮研究所, 1967.8.

________,「革命的人間像を「紅岩」の読まれかた」,『人文論叢』6, 早稲田大学 法学会, 1969.2.

________,「第二次世界大戦下における朝鮮の文化状況」,『社会科学討究』43, 早稲田大学 社会科学研究所, 1970.3.

________,「奪われし野の奪われぬ心－解放前の朝鮮近代文学」,『文学』38(11), 岩波書店, 1970.11.

________,「韓国から見た在日朝鮮人作家」,『朝鮮文学－紹介と研究』7, 朝鮮文学の会, 1972.7.

________,「謝辞その他」,『朝鮮文学－紹介と研究』12, 朝鮮文学の会, 1974.8.

________,「詩人・金竜済の軌跡」,『季刊三千里』11, 三千里社, 1977.8.

________,「朝鮮語のすすめ」,『センター通信』35, Kyoto English Center(京都イングリッシュセンター), 1978.3.15.

________,「韓国の知識人－根強く残った日本への拒絶反応」,『毎日新聞』, 1973.8.18.

________,「Kimjiha 作品翻訳における語学上の問題点」(『早稲田大学語学教育研究所紀要』21, 早稲田大学 語学教育研究所, 1980),『朝鮮近代文学と日本』, 緑陰書房, 2003.

________,「文学史をめぐる二、三の問題」,『コリア評論』242, コリア評論社, 1982.5.

________,「解説」, 松本清張,『北の詩人』, 角川書店, 1983.

________,「『朝鮮文学関係日本語文献目録』の編纂」,『書誌索引展望』8(3), 日本索引家協会, 1984.8.

________,「尹東柱の事跡について」,『朝鮮学報』121, 朝鮮学会, 1986.10.

________,「ソウルの図書館たち」,『ふみくら－早稲田大学図書館報』13, 早稲田大学図書館, 1988.2.

________,「弔文」, 長璋吉,『朝鮮・言葉・人間』, 河出書房新社, 1989.

大村益夫, 「照れ屋さん」, 梶村秀樹著作集刊行委員会 編, 『梶村秀樹著作集 別巻－回想と遺文』, 明石書店, 1990.

______, 『愛する大陸よ－詩人金竜済研究』, 大和書房, 1992.

______, 「解題」, 『『國民文學』別冊－解題・総目次・索引』, 緑陰書房, 1998.

______, 「早稲田出身の朝鮮人文学者」, 『語研フォーラム』14, 早稲田大学語学教育研究所, 2001.

______, 『中国朝鮮族文学の歴史と展開』, 緑蔭書房, 2003.

______, 「解放直後ソウル時代の金学鉄」, 『植民地文化研究－資料と分析』17, 植民地文化学会, 2018.

崔曙海, 大村益夫 訳, 「脱出記」, 『柿の会月報』20~21, 柿の会編集部, 1962.4~6.

趙明熙, ______, 「洛東江」, 『朝鮮と文学』1~2, 朝鮮文学の会, 1964.1~2.

尹世中, ______, 『赤い信号弾』, 新日本出版社, 1967.

金学鉄, ______, 「たばこスープ」, 朝鮮文学の会 訳編, 『現代朝鮮文学選』2, 創土社, 1974.

金允植, ______, 『傷痕と克服』, 朝日新聞社, 1975.

林鍾国, ______, 「自畫像」, 『親日文学論』, 高麗書林, 1976.

大村益夫 編訳, 『シカゴ福万－中国朝鮮族短篇小説選』, 高麗書林, 1989.

______, 『耽羅のくにの物語－済州島文学選』, 高麗書林, 1996.

______, 『對訳 詩で学ぶ朝鮮の心』, 靑丘文化社, 1998.

姜敬愛, 大村益夫 訳, 『朝鮮近代文学選集 2－人間問題』, 平凡社, 2006.

李箕永, ______, 『朝鮮近代文学選集 8－故郷』, 平凡社, 2017.

金学鉄, ______ 編訳, 『金学鉄文学選集 1－短編小説選 たばこスープ』, 新幹社, 2020.

大村益夫・任展慧 編, 朝鮮文学関係日本語文献目録』, プリントピア, 1984.

______・長璋吉・三枝壽勝 編訳, 『朝鮮短篇小説選(上)』, 岩波書店, 1984.

______, 『朝鮮短篇小説選(下)』, 岩波書店, 1984.

______, 『韓国短篇小説選』, 岩波書店, 1988.

______・布袋敏博 編, 『朝鮮文学関係日本語文献目録－1882.4.~ 1945.8.』, 緑蔭書房, 1997.

______, 『近代朝鮮文學日本語作品集(1939~1945) 創作篇』6, 緑蔭書房, 2001.

(2) 가지무라 히데키

梶村秀樹, 「東亜日報(1920~1928)所載文学作品目録」, 『朝鮮研究』 35, 日本朝鮮研究所,
　　　1964.12.

＿＿＿＿＿＿, 「朝鮮語で語られる世界」(『自主講座朝鮮論』 6, 1975.12.), 『梶村秀樹著作集 1－
　　　朝鮮史と日本人』, 明石書店, 1992.

沈熏, 梶村秀樹·現代語学塾常緑樹の会 訳, 『常緑樹』, 竜渓書舎, 1981.

(3) 다케우치 요시미

다케우치 요시미, 서광덕 역, 『루쉰』, 문학과지성사, 2003.

＿＿＿＿＿＿＿＿, 서광덕·백지운 역, 『일본과 아시아』, 소명출판, 2004.

＿＿＿＿＿＿＿＿, 마루카와 데쓰시·스즈키 마사히사 편, 윤여일 역, 『다케우치 요시미 선집 1
　　　－고뇌하는 일본』, 휴머니스트, 2011.

＿＿＿＿＿＿＿＿＿＿＿＿＿＿＿＿＿＿＿＿＿＿＿＿＿＿＿, 『다케우치 요시미 선집 2
　　　－내재하는 아시아』, 휴머니스트, 2011.

다케우치 요시미, 윤여일 역, 『일본 이데올로기』, 돌베개, 2017.

＿＿＿＿＿＿＿＿＿＿, 『루쉰잡기』, 에디투스, 2022

竹内好, 『国民文学論』, 東京大学出版会 1954.

＿＿＿, 「大東亜戦争と吾等の決意(宣言)」(『中国文学』, 1942.1), 『竹内好全集』 14, 筑摩書
　　　房, 1981.

＿＿＿, 「大東亜文学者大会について」(『中国文学』, 1942.11), 『竹内好全集』 14, 筑摩書房,
　　　1981.

＿＿＿, 「『中国文学』の廃刊と私」(『中国文学』, 1943.3), 『竹内好全集』 14, 筑摩書房, 1981.

＿＿＿, 「魯迅」(日本評論社, 1944; 未來社, 1961), 『竹内好全集』 1, 筑摩書房, 1980.

＿＿＿, 「魯迅と毛沢東」(『新日本文学』, 1947.9), 『竹内好全集』 5, 筑摩書房, 1981.

＿＿＿, 「指導者意識について」(『綜合文化』, 1948.10), 『竹内好全集』 6, 筑摩書房, 1980.

＿＿＿, 「近代とは何か－日本と中国の場合」(「中国の近代と日本の近代－魯迅を手がか
　　　りとして」, 『東洋文化講座 3－東洋的社会倫理の性格』, 白日書院, 1948), 『竹内好
　　　全集』 4, 筑摩書房, 1980.

＿＿＿, 「日本共産党論(その一)」(「日本共産党に与う」, 『展望』, 1950.4), 『竹内好全集』 6,
　　　筑摩書房, 1980.

＿＿＿, 「日本共産党論(その二)」(「人民への分派行動－最近の日共の動きについて」, 『朝

日評論』, 1950.6),『竹内好全集』6, 筑摩書房, 1980.

竹内好,「ナショナリズムと社会革命」(『人間』1951.7),『竹内好全集』7, 筑摩書房, 1981.

______,「近代主義と民族の問題」(『文学』, 1951.9),『竹内好全集』7, 筑摩書房, 1981.

______,「国の独立と理想」(『思想』, 1952.1),『竹内好全集』6, 筑摩書房, 1980.

______,「魯迅の評価をめぐって」(『新日本文学』, 1952.7),『竹内好全集』1, 筑摩書房, 1980.

______,「屈辱の事件」(『世界』, 1953.8),『竹内好全集』13, 筑摩書房, 1981.

______,「日本の民衆」(『現代史講座 3－世界史と日本』, 創文社, 1953),『竹内好全集』6, 筑摩書房, 1980.

______,「近代の超克」(『近代日本思想講座 7－近代化と伝統』, 筑摩書房, 1959),『竹内好全集』8, 筑摩書房, 1980.

______,「辞職理由書」(手紙, 1960.5),『竹内好全集』9, 筑摩書房, 1981.

______,「方法としてのアジア」(『思想史の方法と対象』, 創文社, 1961.11),『竹内好全集』5, 筑摩書房, 1981.

______,「日本のアジア主義」(『現代日本思想大系 7－アジア主義』, 筑摩書房, 1963),『竹内好全集』8, 筑摩書房, 1980.

______,「日本のアジア観」(合同通信社配信, 1964.1),『竹内好全集』5, 筑摩書房, 1981.

______,「朝鮮語のすすめ」(『アジア女性交流史研究』7, 1970.9),『竹内好全集』5, 筑摩書房, 1981.

毛沢東, 竹内好 訳,『文芸講話』, 岩波書店, 1956.

竹内好・山口一郎・斎藤秋男・野原四郎,『中国革命の思想－アヘン戦争から新中国まで』, 岩波書店, 1953.

(4) 김윤식

김윤식,「임화 연구－비평가론 기7」,『논문집－인문·사회과학』4, 서울대 교양과정부, 1972.

______,『한국근대문예비평사연구』, 한얼문고, 1973.

______,『한일문학의 관련양상』, 일지사, 1974.

______,『낯선 신을 찾아서』, 일지사, 1988.

______,『임화 연구』, 문학사상사, 1989.

______,『김윤식평론문학선』, 문학사상사, 1991.

김윤식, 『천상의 빵과 지상의 빵』, 솔, 1995.

______, 『농경사회 상상력과 유랑민의 상상력』, 문학동네, 1999.

______, 『체험으로서의 한국근대문학연구』, 아세아문화사, 1999.

______, 『김윤식 문학기행 – 머나먼 울림, 선연한 헛것』, 문학사상사, 2001.

______, 『비도 눈도 내리지 않는 시나가와 역』, 솔, 2004.

______, 『내가 읽고 만난 일본』, 그린비, 2012.

______, 『내가 읽고 쓴 글의 갈피들』, 푸른사상, 2014.

(5) 임종국

임종국, 『친일문학론』(평화출판사, 1966), 이건제 교주, 민족문제연구소, 2013.

(6) 김학철

김학철, 『항전별곡』, 흑룡강조선민족출판사, 1983.

______, 『해란강아 말하라』 1, 풀빛, 1988.

______, 『해란강아 말하라』 2, 풀빛, 1988.

______, 『최후의 분대장』, 문학과지성사, 1995.

______, 『20세기의 신화』, 창작과비평사, 1996.

김학철문학연구회, 『조선의용군 최후의 분대장 김학철』 1, 연변인민출판사, 2002.

______________, 『조선의용군 최후의 분대장 김학철』 2, 연변인민출판사, 2005.

______________, 『조선의용군 최후의 분대장 김학철』 4, 연변인민출판사, 2006.

박시형 편, 『20세기 중국조선족문학사료선집 20 – 김학철 문학편』 중, 도서출판 숨, 2002.

(7) 김용제

김용제, 「고백적 친일문학론 – 오무라 교수에게 답하는 위장 친일문학의 진상」, 『한국문학』, 1978.8.

金龍濟, 『亞細亞詩集』, 大同出版社, 1942.

金村龍濟, 「日本への愛執」, 『國民文學』, 1942.7.

(8) 루쉰

루쉰, 홍석표 역, 『루쉰 전집 1 – 무덤 · 열풍』, 그린비, 2010.

____, 공상철 역, 『루쉰 전집 2 – 외침 · 방황』, 그린비, 2010.

____, 박자영 역, 『루쉰 전집 4 – 화개집 · 화개집속편』, 그린비, 2014.

루쉰, 공상철 역, 『루쉰 전집 6—이심집·남북조강집』, 그린비, 2014.

鲁迅, 『魯迅全集』 1, 人民文学出版社, 1981.

____, 『魯迅全集』 4, 人民文学出版社, 1981.

____, 竹内好 訳, 『魯迅文集』 1, 筑摩書房, 1983.

____________, 『魯迅文集』 3, 筑摩書房, 1977.

____________, 『魯迅文集』 5, 筑摩書房, 1978.

(9) 그 외의 저자

김일성, 『우리 혁명에서의 문학 예술의 임무』, 조선로동당출판사, 1965.

______, 『세기와 더불어』 5, 조선로동당출판사, 1994.

김지하, 『불귀—김지하작품집』, 일본가톨릭정의와평화협의회, 1975.

______, 『흰 그늘의 길』 2, 학고재, 2003.

김지하전집간행위원회 편, 『김지하 전집』, 한양사, 1975.

김정일, 『주체문학론』, 조선로동당출판사, 1992.

문경연 외역, 『좌담회로 읽는 『국민문학』』, 소명출판, 2010.

변은진 편, 『일본 사법성 형사국—사상월보』, 국가보훈처, 2012.

안막, 전승주 편, 『안막 선집』, 현대문학, 2010.

유진오, 『유진오단편집』, 학예사, 1939.

윤동주, 『하늘과 바람과 별과 시』, 정음사, 1948.

이상, 김주현 편, 『증보 정본 이상문학전집 3—수필·기타』, 소명출판, 2009.

이육사, 홍석표 주해, 『이육사의 중국 평론과 번역』, 소명출판, 2022.

이태준, 「해방전후」(『문학』, 1946.8), 상허학회 편, 『이태준 전집 3—사상의 월야·해방전후』,
　　　소명출판, 2015.

임화, 『너 어느 곳에 있느냐』, 문화전선사, 1951.

____, 김재용 편, 『임화문학예술전집 1—시』, 소명출판, 2009.

____, 하정일 편, 『임화문학예술전집 5—비평 2』, 소명출판, 2009.

조명희, 「락동강」, 『포석 조명희 선집』, 쏘련과학원 동방도서출판사, 1959.

조선문학가동맹, 『건설기의 조선문학』, 조선문학가동맹, 1946.

정병욱, 「잊지 못할 윤동주의 일들」, 『나라사랑』 23, 외솔회, 1976.6.

최인호, 「가족 (227)—사랑하는 나의 대륙아」, 『샘터』, 샘터사, 1994.8.

한국문인협회 편, 『해방문학 20년』, 정음사, 1966.

현대조선문학선집 편찬위원회 편, 『현대조선문학선집』 2, 조선작가동맹출판사, 1957.

사에구사 도시카쓰, 심원섭 역, 『사에구사 교수의 한국문학 연구』, 베틀북, 2000.

쓰루미 슌스케, 최영호 역, 『전향』, 논형, 2005.

하타노 세츠코, 최주한 역, 『일본 유학생 작가 연구』, 소명출판, 2011.

하타다 다카시 편, 주미애 역, 『심포지엄 일본과 조선』, 소명출판, 2021.

秋田雨雀·村山知義·張赫宙·俞鎮午 編, 『朝鮮文學選集』 1, 赤塚書房, 1940.

安藤彦太郎, 「延辺紀行」, 『東洋文化』 36, 東京大学東洋文化研究所, 1964.6.

安藤彦太郎, 『中国通信－1964-66』, 大安, 1966.

井上學·樋口雄一 編, 『日本朝鮮研究所初期資料 1－一九六一～六九』, 緑蔭書房, 2017.

尾崎秀樹, 『旧植民地文学の研究』, 勁草書房, 1971.

金宇鍾, 長璋吉 訳註, 『韓国現代小説史』, 竜渓書舍, 1975.

金思燁·趙演鉉, 『朝鮮文学史』, 北望社, 1971.

金山, ニム·ウェイルズ 編, 安藤次郎 訳, 『アリランの唄－ある朝鮮人革命家の生涯』, 朝日
　　　書房, 1953.

金芝河·富山妙子, 『深夜』, 土曜美術社, 1976.

金素雲 訳, 『朝鮮詩集－前期』, 興風館, 1943.

　　　　　, 『朝鮮詩集－中期』, 興風館, 1943.

金達寿, 『朝鮮－民族·歴史·文化』, 岩波書店, 1958.

現代朝鮮研究会 訳編, 『暴かれた陰謀－アメリカのスパイ'朴憲永'李承燁一味の公判記
　　　録』, 駿台社, 1954.

田中明, 『ソウル実感緑』, 北洋社, 1975.

朝鮮民主主義人民共和国社会科学院歴史研究所 編, 日本朝鮮研究所 訳編, 『朝鮮文化史』
　　　上, 朝鮮文化史刊行会, 1966.

　　　　　　　　　　　　　　　　　　　　　　　　　　　　　　　, 『朝鮮文化史』
　　　下, 朝鮮文化史刊行会, 1966.

朝鮮文学の会 訳編, 『現代朝鮮文学選』 1, 創土社, 1973.

　　　　　　　　　, 『現代朝鮮文学選』 2, 創土社, 1974.

長璋吉, 『私の朝鮮語小辞典－ソウル遊学記』, 北洋社, 1973.

　　　, 『韓国小説を読む』, 草思社, 1977.

　　　, 『普段着の朝鮮語－私の朝鮮語小辞典2』, 河出書房新社, 1988.

　　　, 『朝鮮·言葉·人間』, 河出書房新社, 1989.

鶴見俊輔,『鶴見俊輔集 12－読書回想』, 筑摩書房, 1992.

鶴見俊輔 外,『戦争が遺したもの－鶴見俊輔に戦後世代が聞く』, 新曜社, 2004.

寺尾五郎・安藤彦太郎・宮田節子・吉岡吉典,『日・朝・中三国人民連帯の歴史と理論』, 日本朝鮮研究所, 1964.

旗田巍 編,『シンポジウム 日本と朝鮮』, 勁草書房, 1969.

日高六郎,『1960年 5月 19日』, 岩波書店, 1960.

室謙二 編,『金芝河－私たちにとっての意味』, 三一新書, 1976.

安丸良夫,「日本の近代化と民衆思想」(『日本史研究』78・79, 1965),『日本の近代化と民衆思想』, 平凡社, 2016.

和田春樹,「『北の詩人』ノート」,『松本清張研究』12, 北九州市立松本清張記念館, 2011.3.

________,『回想 市民運動の時代と歴史家 1967-1980』, 作品社, 2023.

『日朝学術交流のいしずえ－1963年度訪朝日本朝鮮研究所代表団報告』, 日本朝鮮研究所, 1965.

『統一朝鮮年鑑 1965-66年版』, 統一朝鮮新聞社, 1965.

『田中明さんのぶ草－1926-2010, 田中明先生追悼文集』.

エドガー・スノウ, 宇佐美誠次郎 訳,『中国の赤い星』, 筑摩書房, 1952.

ライナア・マリア・リルケ, 鹽谷太郎 訳,『旗手クリストフリルケの愛と死の歌』, 昭森社, 1941.

フランシス・ジャム, 三好達治 訳,『夜の歌』, 野田書房, 1936.

(10) 연속 간행물

『동아일보』,『문학』,『조선일보』,『조선문학』,『한겨레』,『한길문학』,『한글 새 소식』,『國民文學』,『금수강산』,『문화전선』,『朝日アジアレビュー』,『朝日ジャーナル』,『柿の会月報』,『季刊三千里』,『大陸』,『文学』,『民主朝鮮』,『民主文学』,『月刊AA 別册－金芝河氏ロータス賞特別賞受賞記念号』,『現代コリア』,『思想月報』,『朝鮮学報』,『朝鮮研究月報』,『朝鮮研究』,『朝鮮文学 － 紹介と研究』,『日本読書新聞』

2. 단행본

강덕상기록간행위원회 편, 이규수 역,『시무의 역사학자, 강덕상』, 어문학사, 2021.

곽형덕,『김사량과 일제 말 식민지문학』, 소명출판, 2017.

김병철,『한국 세계문학 문헌 서지목록 총람』, 단국대부설동양학연구소, 1992.

김월회, 『맹자에게 배우는 나를 지키며 사는 법』, EBS BOOKS, 2023.

김응교, 『백년 동안의 증언-간토대지진, 혐오와 국가폭력』, 책읽는고양이, 2023.

______, 『분단구조와 북한문학』, 소명출판, 2000.

김재용, 『남북협상과 문인들』, 역사공간, 2024.

______·곽형덕 편, 『김사량, 작품과 연구』 1~6, 역락, 2008~2016.

김종욱, 『한국문학과 동아시아적 지평』, 역락, 2023.

김지하시인추모문화제추진위원회 편, 『김지하, 타는 목마름으로 생명을 얻다』, 모시는 사람
        들, 2022.

민두기, 『시간과의 경쟁-동아시아 근현대사 논집』, 연세대 출판부, 2001.

______ 편, 『신언준 현대 중국 관계 논설선』, 문학과지성사, 2000

백영길, 『중국항전기 리얼리즘문학논쟁 연구』, 고려대 출판부, 1998.

윤대석, 『식민지 문학을 읽다』, 소명출판, 2012.

윤여일, 『사상의 번역』, 현암사, 2014.

______, 『동아시아 담론-1990~2000년대 한국사상계의 한 단면』, 돌베개, 2016.

이강재, 『논어-개인윤리와 사회윤리의 조화』, 살림, 2006.

이남희, 유리·이경희 역, 『민중 만들기』, 후마니타스, 2015.

이홍매, 『일본에서 살기』, 북코리아, 2022.

임춘성 편역, 『중국근현대문학운동사(1917~1982)』, 한길사, 1997.

장세진, 『숨겨진 미래』, 푸른역사, 2019.

전형준, 『현대 중국의 리얼리즘 이론』, 창작과비평사, 1997.

정진석, 『책 잡지 신문 자료의 수호자-지식의 보물창고를 지키고 탐험로를 개척한 사람들』,
        소명출판, 2015.

정창훈, 『한일관계의 '65년 체제'와 한국문학-한일국교정상화를 둘러싼 국가적 서사의 구
        성과 균열』, 소명출판, 2021.

조은애, 『디아스포라의 위도-남북일 냉전 구조와 재일조선인 문학』, 소명출판, 2021.

홍석표, 『근대 한중 교류의 기원-문학과 사상 그리고 학문의 교섭』, 이화여대 출판문화원,
        2015.

______, 『루쉰과 근대 한국-동아시아 공존을 위한 상상』, 이화여대출판문화원, 2017.

홍종욱 외, 『가지무라 히데키의 내재적 발전론을 다시 읽는다』, 아연출판부, 2014.

쑨거, 윤여일 역, 『다케우치 요시미라는 물음』, 그린비, 2007.

좌구명, 김월회 역, 『춘추좌전』, 풀빛, 2009.

미야지마 히로시, 『미야지마 히로시, 나의 한국사 공부』, 너머북스, 2015.
미하라 요시아키·와나타베 에리·우도 사토시·고하라 가이 편, 장문석·조은애·송민호 역,
　　　『문학 '읽기'의 방법들―문학이론 도구상자』, 이음, 2024.
사카이 나오키·니시타니 오사무, 차승기·홍종욱 역, 『세계사의 해체』, 역사비평사, 2009.
와타나베 나오키, 『임화문학 비평―프롤레타리아 문학과 식민지적 주체』, 소명출판, 2018.
요네타니 마사후미, 조은미 역, 『아시아 / 일본』, 그린비, 2010.
이타가키 류타, 홍종욱·이대화 역, 『한국 근대의 역사민족지―경북 상주의 식민지 경험』, 혜
　　　안, 2015.
__________, 고영진·임경화 역, 『북으로 간 언어학자 김수경』, 푸른역사, 2024.
이토 아비토, 임경택 역, 『그리운 한국마을』, 일조각, 2010.
후쿠자와 유키치, 이동주 역, 『학문을 권함』, 기파랑, 2011.

브루스 커밍스, 김범 역, 『한국전쟁의 기원 2-1―폭포의 굉음 1947-1950』, 글항아리, 20
　　　23.
에드워드 사이드, 김정하 역, 『저항의 인문학―인문주의와 민주적 비판』, 마티, 2012.
____________, 최유준 역, 『지식인의 표상―지식인이란 무엇인가』, 마티, 2012.
주디스 버틀러, 조현준 역, 『젠더 허물기』, 문학과지성사, 2015.
__________·아테나 아타나시오우, 김응산 역, 『박탈―정치적인 것에 있어서의 수행성에
　　　관한 대화』, 자음과모음, 2016.
칼 마르크스, 강유원 역, 『경제학-철학 수고』, 이론과실천, 2006.

舘野晢 編, 『36人の日本人―韓国·朝鮮へのまなざし』, 明石書店, 2005.
松田利彦, 『東亜連盟運動と朝鮮·朝鮮人―日中戦争期における植民地帝国日本の断面』,
　　　有志舎, 2015.
李美淑, 『「日韓連帯運動」の時代―1970-80年代のトランスナショナルな公共圏とメディ
　　　ア』, 東京大学出版会, 2018.
カル·マルクス, 城塚登 他 訳, 『経済学·哲学草稿』, 岩波書店, 1964.

3. 논문

고자연, 「해방 후 한설야 문학 연구」, 인하대 박사논문, 2020.
곽형덕, 「청년 오무라 마스오와 한국문학―중국문학에서 한국문학으로의 전환을 중심으

로」,『한국학연구』73, 인하대 한국학연구소, 2024.

권보드래, 「내 안의 일본－해방세대 작가의 식민지 기억과 '친일' 문제」, 『상허학보』60, 상허학회, 2020.

권혁태, 오석철 역, 「한일관계와 연대의 문제」, 우카이 사토시 외, 연구공간 '수유+너머' 번역 네트워크 역, 『반일과 동아시아』, 소명출판, 2005.

김민수, 「'해방'의 전통과 복원－김학철을 중심으로」, 『어문론총』89, 한국문학언어학회, 2021.

김재용, 「분단 비극과 남북 통합의 상징－정지용」, 『지구적세계문학』18, 지구적세계문학, 2021.

김지윤, 「1980년대 동아시아 고대사 논쟁과 최인호의 역사소설－『잃어버린 왕국』과 몇 개의 '이본(異本)'들」, 『상허학보』58, 상허학회, 2020.

김항, 「알레고리로서의 4.19와 5.19」, 『상허학보』30, 상허학회, 2010.

남원진, 「북조선 정전집, '현대조선문학선집' 연구 서설－1980년대 중반 이후 현대조선문학선집(1~53)(1987~2011)을 중심으로」, 『통일정책연구』26(1), 통일연구원, 2017.

______, 「'현대조선문학선집'의 구성 원리와 균열 양상－북조선 정전집, 『현대조선문학선집(1~16)』(1957~1961)을 중심으로」, 『한국근대문학연구』19(2), 한국근대문학회, 2018.

류준필, 「한국학의 동아시아적 지평에 대하여」, 『비교한국학』23(2), 국제비교한국학회, 2015.

박삼헌, 「1970년대 '조선반도 연구자'의 한국론－다나카 아키라(田中明)를 중심으로」, 박삼헌 편, 『교차와 접합의 지－냉전과 탈식민의 한일 지식인 교류사』, 소명출판, 2023.

박서현, 「지식커먼즈로서 학술지식의 사회적 가치－열린 공공성을 가지는 공공재」, 『상허학보』60, 상허학회, 2020.

서동만, 「1950년대 북한의 정치 갈등과 이데올로기 상황」, 역사문제연구소 편, 『1950년대 남북한의 선택과 굴절』, 역사비평사, 1998.

서영채, 「두 개의 근대성과 처사의식－이태준의 작가의식」, 『상허학보』1, 상허학회, 1991.

신지영, 「도미야마 다에코의 '미술운동'이라는 현재적 공명판－1950년대와 1980년대 강제노동(탄광) 및 위안부 관련 작품·다큐·글을 중심으로」, 『동방학지』198, 연세대 국학연구원, 2022.

심원섭, 「어느 빛에 대하여－오무라 마스오 선생 동행기」, 『문학인』9, 소명출판, 2023.

오미정, 「전후 일본의 북한문학 소개와 수용－잡지『민주조선』을 중심으로」, 『우리어문연구』40, 우리어문학회, 2011.

오미정, 「1950년대 일본의 북한문학 소개와 특징-『신일본문학』과 『인민문학』을 중심으로」, 『한국근대문학연구』 13(1), 한국근대문학회, 2012.

윤대석, 「오무라 마스오를 따라 일제 말기 제주 문학 읽기」, 『한국학연구』 73, 인하대 한국학연구소, 2024.

이경훈, 「전쟁을 시쓰기-임화 시집 『너 어느곳에 있느냐』에 대하여」, 『한길문학』, 한길사, 1992.여름.

이상경, 「강경애 연구」, 서울대 석사논문, 1984.

______, 「남북 상호 소통의 역사-한결같이 사랑을 받은 강경애」, 『지구적세계문학』 18, 지구적세계문학, 2021.

이상숙, 「북한문학 속의 김소월 1」, 『한국학연구』 67, 인하대 한국학연구소, 2022.

이용범, 「김달수의 「살해당한 김태준에 대하여」(1951) 자료 소개」, 『근대서지』 21, 근대서지학회, 2020.

이혜령, 「친일파인 자의 이름-탈식민화와 고유명의 정치」, 『민족문화연구』 54, 고려대 민족문화연구원, 2011.

______, 「인격과 스캔들-임종국의 역사서술과 민족주의」, 『민족문화연구』 56, 고려대 민족문화연구원, 2012.

장문석, 「『한국근대문예비평사연구』의 학술사적 의의를 묻다」, 『한국현대문학연구』 41, 한국현대문학회, 2013.

______, 「상흔과 극복-1970년 김윤식의 도일과 비평」, 『민족문학사연구』 59, 민족문학사연구소, 2015.

______, 「김태준과 연안행」, 김재용·장문석 편, 『한국 근대문학과 동아시아 2-중국』, 소명출판, 2018.

______, 「김사량과 독일문학」, 『인문논총』 76(3), 서울대 인문학연구원, 2019.

______, 「수이성(水生)의 청포도-동아시아의 근대와 「고향」의 별자리」, 『상허학보』 56, 상허학회, 2019.

______, 「현해탄을 건넌 '타는 목마름'-1970년대 일본과 김지하라는 텍스트」, 『상허학보』 60, 상허학회, 2020.

______, 「북으로 간 심훈과 채만식-북한 『현대조선문학선집』의 '해금 작가' 연구 서설」, 『한국학연구』 67, 인하대 한국학연구소, 2022.

______·최경희, 「북한의 '세계문학' 인식과 『세계문학선집』」, 『통일과평화』 15(1), 서울대 통일평화연구원, 2023.

장신, 「김사량 초기 연보의 재구성 -가족 관계와 평양고보 맹휴 사건을 중심으로」, 『서강인문논총』63, 서강대 인문과학연구소, 2022.

정실비, 「전후 일본의 이태준 다시 읽기-1970년대 조선문학특집·선집에 나타난 이태준 표상의 재구성을 중심으로」, 『춘원연구학보』23, 춘원연구학회, 2022.

정우경·이가은, 「한국문학 프랑스어 번역출판 연구(1)-악트 쉬드(Actes Sud) '한국문학총서'를 중심으로」, 『상허학보』71, 상허학회, 2024.

정종현, 「오무라 마스오의 '프로문학' 연구」, 『한국학연구』73, 인하대 한국학연구소, 2024.

조은애, 「'조선학'을 되돌아보기 위한 괄호들-하타다 다카시 편, 주미애 역, 『심포지엄 일본과 조선-제국 일본, 조선을 말하다』(소명출판, 2020)」, 『동방학지』199, 연세대 국학연구원, 2022.

주미애, 「일본조선연구소의 연대의 공명 방식과 일그러진 조선관-1960년대 일본조선연구소의 연속 심포지엄과 『심포지엄 일본과 조선』을 중심으로」, 『동방학지』199, 연세대 국학연구원, 2022.

차승기, 「가지무라 히데키의 '미발의 계기'-식민지 역사 서술과 근대 비판」, 홍종욱 외, 『가지무라 히데키의 내재적 발전론을 다시 읽는다』, 아연출판부, 2014.

______, 「폐허로부터의 비전-일제말기 김남천의 소설론과 탈식민의 계기」, 『민족문학사연구』61, 민족문학사연구소, 2016.

최태원, 「전후 일본에서의 조선근대문학연구의 성립과 전개-〈조선문학의 회〉를 중심으로」, 『한국학연구』61, 인하대 한국학연구소, 2021.

최현식, 「한용운·유산과 전통·애국주의」, 『한국학연구』66, 인하대 한국학연구소, 2022.

______, 「북한에서 동주 시의 발명과 환대의 방법」, 『지구적세계문학』24, 지구적세계문학, 2024.

한경희, 「제주 민중에게 제주 4.3은 무엇이었는가-민주화 이행기 제주 4.3이 민중항쟁으로 재현되는 과정과 방식」, 『우리문학연구』79, 우리문학회, 2023.

한수영, 「'한국학'의 존재론-'한국학'이라는 기표의 낯섦과 익숙함에 관한 몇 가지 생각들」, 연세대 근대한국학연구소 국제학술대회 『한국학의 한 세기를 다시 생각한다』, 연세대 근대한국학연구소, 2024.7.11~12.

홍종욱, 「해방을 전후한 주체 형성의 기도-좌파 지식인의 '전향'을 중심으로」, 윤해동·천정환·허수·황병주·이용기·윤대석 편, 『근대를 다시 읽는다』1, 역사비평사, 2006.

______, 「가지무라 히데키의 한국 자본주의론」, 『아세아연구』55(3), 고려대 아세아문제연구소, 2012.

______, 「일본 학계의 '제국사' 연구」, 『역사와 현실』92, 한국역사연구회, 2014.

______, 「식민자 와타나베 마나부(渡部學)의 교육론-한국교육사 연구의 원점」, 『동방학지』

179, 연세대 국학연구원, 2017.

홍종욱, 「일본 지식인의 근대화론 비판과 민중의 발견―다케우치 요시미와 가지무라 히데키
　　를 중심으로」, 『사학연구』 125, 한국사학회, 2017.

＿＿＿, 「3·1운동과 비식민화」, 한국역사연구회 3·1운동100주년기획위원회 편, 『3·1운동
　　100년―3 권력과 정치』, 휴머니스트, 2019.

＿＿＿ 외, 「전시기 조선 지식인의 전향」, 『역사문제연구』 28, 역사문제연구소, 2012.

다카하시 아즈사, 「김사량의 일본어 문학, 그 형성 장소로서의 『문예수도』―‘제국’의 미디어
　　를 통한 식민지 출신 작가의 교류」, 『인문논총』 76(1), 서울대 인문학연구원, 2019.

＿＿＿＿＿＿, 「김사량의 조선어 작품 「지기미」와 일본어 작품 「벌레」의 개작 과정에 관
　　한 고찰―조선인 이주 노동자 집단 거주지를 둘러싼 표현의 차이」, 『구보학보』 22,
　　구보학회, 2019.

＿＿＿＿＿＿, 「이동과 창작언어로부터 본 김사량 문학의 생성―일본과 중국으로의 이동
　　경험을 중심으로」, 『구보학보』 24, 구보학회, 2020.

＿＿＿＿＿＿, 「김사량의 번역과 일본어 창작에 나타난 ‘방언’에 관한 고찰」, 『동방학지』
　　191, 연세대 국학연구원, 2020.

＿＿＿＿＿＿, 「도미야마 다에코가 만난 김지하―방한 르포르타주와 시화집 『심야』
　　(1976)를 중심으로」, 『동방학지』 198, 연세대 국학연구원, 2022.

＿＿＿＿＿＿, 「김사량과 여성―중일전쟁기 일본어 소설을 중심으로」, 『상허학보』 68, 상
　　허학회, 2023.

시라카와 유타카, 「일본인에 의한 한국현대문학연구와 오무라 마스오(大村益夫)」, 『한국학
　　연구』 73, 인하대 한국학연구소, 2024.

와다 도모미, 「외국문학으로서의 이태준 문학―일본문학과의 차이화」, 『상허학보』 5, 상허
　　학회, 1999.

요네타니 마사후미, 장문석 역, 「‘제국’의 미디어와 문화공작의 네트워크―중일전쟁기의 문
　　화항쟁」, 『동아문화』 59, 서울대 동아문화연구소, 2021.

＿＿＿＿＿＿, 「전후 일본에서 식민주의 비판 생성―쓰루미 슌스케(鶴見俊輔)와 스즈
　　키 미치히코(鈴木道彦)의 경우」, 『일본비평』 27, 서울대 일본연구소, 2022.

호테이 토시히로, 「해방 후 재일 한국인 문학의 형성과 전개―1945~60년대 초를 중심으로」,
　　『인문논총』 47, 서울대 인문학연구원, 2002.

板垣竜太, 「日韓会談反対運動と植民地支配責任論―日本朝鮮研究所の植民地主義論を中心に」, 趙景達・宮嶋博史・李成市・和田春樹 編, 『「韓国併合」100年を問う－『思想』特集・関係資料』, 岩波書店, 2011.

郭炯德, 「青い屋根の家で－大村益夫先生を想う」, 『植民地文化研究－資料と分析』22, 植民地文化研究会, 2024.

戶邉秀明, 「ポストコロニアリズムと帝国史究」, 日本植民地研究会 編, 『日本植民地研究の現況と課題』, アテネ, 2008.

韓昇憙, 「冷戦下日朝間の学術交流のあり方－日本朝鮮研究所の日朝学術交流運動を中心に」, 『クアドランテ[四分儀]－地域・文化・位置のための総合雑誌』21, 東京外国語大学海外事情研究所, 2019.

柳忠熙, 「韓国－当事者の文学から外国文学へ変化するコリアン・リテラチャー」, 今橋映子 他 編, 『比較文学比較文化ハンドブック』, 東京大学出版会, 2024.

渡辺直紀, 「大村益夫先生のこと」, 『植民地文化研究－資料と分析』22, 植民地文化研究会, 2024.

4. 그외

KBS 〈인물현대사〉 '배반의 역사를 고발한다－임종국'(2003.8.22).

인명색인

ㄱ

가지무라 마스미　215, 219, 243, 562, 563

가지무라 히데키　64, 82, 108, 109, 118, 124, 203~205, 312~314, 330, 334, 339, 435, 457, 478, 522, 559, 563

가지이 노보루　77, 115, 118, 127, 130, 211, 212, 219, 221, 232, 240, 243, 244, 315, 426, 432, 546, 551, 557, 559, 562

간노 히로미　115, 118~120, 556, 557

강경애　122, 218, 231, 248~250, 341, 448, 452, 511, 523~525, 527, 597

강덕상　82, 83, 95, 203

강정기　347, 348

강처중　50, 71

고노 로쿠로　113, 440

곽형덕　219, 498, 499, 535, 595

구노 오사무　439

구라이시 다케시로　82

구로누마 유리코　198

권보드래　267

기석복　176

기시 노부스케　99

김기림　150, 231, 467, 469, 470

김남천　122, 136, 149, 150, 242, 243, 250, 357, 373, 406, 407, 451

김달수　105, 113, 120~123, 127, 135, 141, 144, 188, 211, 369, 370, 372, 417, 439, 440, 548, 553, 554, 560

김달진　351, 462~464, 467

김동리　152, 218, 230, 233, 242, 243, 250, 256

김동식　589

김명수　173

김병익　236, 574

김사량　156, 237, 250, 251, 344, 355, 430, 484, 492, 497~499, 548, 560, 590

김석범　188, 211, 372, 560

김성한　230, 242, 243, 246

김성휘　345, 346, 348, 349

김소운　78, 80, 248, 469, 571

김승옥　231, 257

김시곤　232

김시종　188, 211, 560

김영민　516

김우종　218, 247, 318, 572, 573, 588

김우철　232, 234

김유정　218, 231, 249, 250

김유홍　550

김윤식　59, 77, 120, 219, 234~238, 260, 261, 267~274, 276, 277, 279~284, 303, 319, 320, 466, 467, 486, 529, 554, 563, 572~577, 579, 582, 585, 588, 592

김은하　232

김응교　445, 459, 516, 536

김일성　96, 110, 143, 175, 232, 365, 446, 449, 451, 496, 497

김재용　498, 499, 516, 594

김정일　449~451, 496, 497

김정한　214, 218

김조규　351, 464, 470~474, 492, 500

문헌색인